TRE60

15

Gianfranco Nerozzi

CONTINUUM

IL SOFFIO DEL MALE

Romanzo

tre60

ISBN 978-88-6702-000-3

Per essere informato sulle novità
del Gruppo editoriale Mauri Spagnol visita:
www.illibraio.it
www.infinitestorie.it

Tre60 è un marchio di
TEA – Tascabili degli Editori Associati S.p.A.
Gruppo editoriale Mauri Spagnol

CONTINUUM
IL SOFFIO DEL MALE

Tendi l'orecchio al mio lamento...

Libro dei Salmi, 87:3

Tic tac, tic tac...

Questo libro è dedicato al Cavalier Sergio Scarani,
magnifico father in law *e grande uomo.*
Che le mie parole possano giungerti forti e chiare anche lassù,
oltre la riva del blu, così come il mio affetto.

Uscito dal tuo nascondiglio coperto di petali bianchi, ti muovi adagio. Con la sensazione di galleggiare, avanzi nel vivaio mentre tutte quelle vespe nere ronzano nel sangue.

La cerchi con lo sguardo. Dimmi dove sei...

Finalmente la scorgi. Lei è inginocchiata, col busto piegato in avanti. La testa a terra. Il corpo percorso da tremiti.

Ti chini e le accarezzi i capelli.

Lei solleva il capo, lentamente: il suo volto bellissimo è scomparso in un totem orribile, scolpito nell'osso lucido.

Trattenendo un grido, cadi all'indietro e punti le mani a terra immergendole nella pozza purpurea che allaga il pavimento. Le vespe si posano su di te, cercano di coprirti gli occhi, di entrarti in bocca. Annaspando in un convulso tentativo di scivolare via, trovi la rivoltella a terra, la stringi forte e l'impugnatura è così viscida, mentre sollevi il braccio come in un sogno.

Lei allunga le mani per toccarti il viso e scacciare gli insetti sulla tua pelle, poi afferra l'arma che stai impugnando e ti aiuta a puntarla e a sollevare il cane.

Bulbi oculari rotondi e pupille prive di luce. Un soffio gorgogliante dalla gola, la punta rossa della lingua che vibra in mezzo ai denti. L'alito sa di ferro e miele.

Dimmi cosa sei...

Il tuo dito tremante preme sul grilletto. La detonazione assordante e improvvisa, il foro al centro della fronte sembra un terzo occhio che ti guarda. Un granato incastonato nell'avorio.

Prostrato davanti al corpo immobile di colei che hai tanto amato, lacrime che sgorgano e vespe vive tra i capelli, ascolti i sussulti del tuo cuore, il dolore che si allontana, un battito dopo l'altro. Fino a quando tutto si spegne. E resta nel tuo petto solo un involucro, un favo ricolmo di vuoto: per quello che è stato e quello che dovrà ancora essere.

PRIMA SOGLIA

ASSOLUTA

You need coolin', baby, I'm not foolin',
I'm gonna send you back to schoolin',
Way down inside honey, you need it,
I'm gonna give you my love,
Wanna Whole Lotta Love?

LED ZEPPELIN, *Whole Lotta Love*

La somma del dolore
Che va spargendo sulla terra l'uomo;
Il Tuo cuore è la sede appassionata
Dell'amore non vano.

GIUSEPPE UNGARETTI, *Mio fiume anche tu*,
(da *Il Dolore*)

Dark, you are dark
Enemy of stars
Melting ice moon, scratches mother
Our Madam of the screams

Z MASTÉMA, *Our Mother*

I

TEMPO DI MOSTRI

1

Ricordo, come se fosse adesso: il baluginare rabbioso della neve e l'urlo del vento, mentre la sera diventava sempre più scura.

Quel sabato 24 dicembre, la fottuta vigilia di Natale del '94.

Eravamo giunti, come spettri nella bufera.

Giubbotti antiproiettile sotto le giacche a vento, cuffie di lana in testa e maschere protettive sulla bocca. Il distintivo luccicante appeso al collo.

Scesi dal fuoristrada, con le scarpe che affondavano nella neve fresca ci eravamo disposti a cuneo di fronte all'entrata della cripta. Cinque maschi e una femmina con le pistole puntate assieme alle torce elettriche.

In cima al portale c'era una lunetta scolpita nella pietra, la rappresentazione della pesatura delle anime: l'arcangelo Michele e il diavolo che assieme sorreggono una bilancia. Sulla soglia dell'inferno: il Bene e il Male si contendono i frutti del giudizio finale.

In alto era incisa una scritta in latino: *TERRIBILIS EST LOCUS ISTE.*

Noi tutti avevamo letto quelle parole traducendole mentalmente.

Questo luogo è terribile.

Poi io avevo fatto un cenno per impartire il comando a procedere.

Fantasmi che si muovono ruotando le teste, occhi tesi a percepire il minimo segnale di pericolo. Formazione tattica: a due a due. Per infilarsi nelle viscere dell'antico cimitero dell'Addolorata.

Scivolando nell'oscurità. Bocche di fuoco frugavano alla ricerca di bersagli nel baluginare dei fasci di luce. Archi brevi e misurati. Copertura sistematica delle possibili fonti di minaccia.

Il pavimento appariva costellato di macerie. Le pareti completamente dipinte con raffigurazioni di mostri dalle fauci snudate.

Alla fine del percorso c'era una scala scavata nella roccia.

Iniziammo a scendere, un gradino alla volta, senza esitare.

Raggiunto il fondo, lo spazio si fece più ampio.

Nella visione concessa dai fasci delle torce, il pavimento risultava lucente d'umidità. Radici si erano aperte varchi nella pietra: intrusioni naturali per contrastare l'antica architettura di quel luogo. Una costruzione sotterranea per celebrare l'inferno in contrapposizione al paradiso. La grotta delle streghe nella cripta di un cimitero cristiano.

Percorsi una ventina di metri, il buio parve schiarirsi. C'era un'apertura circolare sulla volta di pietra del soffitto, un tentativo di mettere in comunicazione il cielo con l'abisso. La neve che cadeva lenta attraverso il foro battezzava la scena sottostante, venti metri più in basso, come un orrido presepe per pazzi allucinati.

Assaliti dall'odore della morte, ci schierammo l'uno di fianco all'altro, gomito a gomito. Quasi come se il contatto delle braccia potesse formare una catena di protezione per combattere l'orrore che si sprigionava davanti ai nostri occhi.

Una scena vistosa e organica come un morso.

Quello era il luogo che stavamo cercando. Il teatro delle grida.

Ormai eravamo entrati nel *cerchio*. E non ne saremmo più potuti uscire. Il combattimento era iniziato.

2

Il mio nome è Francesco Negronero, per servirvi, come diceva sempre un mio buon amico. Nel presente che scorre, nel passato che stringe, tutto ha un inizio e una fine. Ogni fase della nostra vita comincia quasi per caso, poi peggiora. Nel work in progress delle ore che si susseguono, una goccia dopo l'altra, nel nostro cuore, accompagnando ogni più insignificante palpito di sangue, ci ritroviamo prede del destino. I suoi morsi spesso sono distratti. A volte consapevolmente protesi verso una sorta di predestinazione.

Il 18 novembre del 1994, dentro l'ufficio del questore. L'aria non odorava di nulla, quasi che fosse troppo pulita e cristallina per dare presenza di sé. Tanto che mi sembrava persino di soffocare.

« Lei, dottor Negronero, dirige la squadra omicidi da meno di un anno e ha già dimostrato notevoli capacità... » Le parole del mio superiore si mescolavano nella mia testa assieme a un barlume di stupore. Lui mi aveva convocato urgentemente mezz'ora prima con una telefonata interna. Il dottor Mastroleo in persona che mi chiedeva di raggiungerlo *senza porre tempo in mezzo*, un'espressione che io avevo sempre detestato.

Non avevo niente d'importante da fare in quel momento, ma avevo atteso lo stesso qualche minuto prima di muovermi. Controllando gli orologi che tenevo ai polsi, destro e sinistro (uno giusto e uno sbagliato: una variante filosofica del concetto di yin e yang in ambito temporale), alla fine mi ero deciso ad andare. Avevo preso l'ascensore per salire all'ultimo piano, avevo percorso il lungo corridoio lucido di cera, avevo sorriso al piantone in divisa seduto davanti all'entrata dell'ufficio: « Ehi, come va? »

L'agente era scattato sull'attenti. « Buongiorno signor commissario. Il signor questore la sta aspettando. »

Io gli avevo detto di stare comodo, *signor agente*, strizzandogli l'occhio. Poi avevo varcato la soglia chiudendomi l'uscio alle spalle.

Mastroleo mi stava aspettando seduto a una scrivania incredibilmente sgombra. Vedendomi entrare, con un cenno della mano mi aveva invitato ad accomodarmi sulla poltroncina di fronte a lui. Poi aveva iniziato a parlare. A fare complimenti. E sembrava non dover più smettere. « Lei possiede un talento eccezionale ed è dotato di carisma con una grandissima attitudine al comando... »

Io avevo provato fastidio per quel prologo fatto di lodi sperticate. Perché sapevo, per esperienza, che doveva essere il preludio di una grana: direttamente proporzionale.

« Lei è un astro nascente, dottor Negronero. Confido molto

nelle sue brillanti capacità. Perché, come ben saprà, ci troviamo in un momento delicatissimo per il Paese... »

Io ascoltavo le parole del mio superiore e non vedevo l'ora di andarmene. Desideravo fumarmi un toscano. Bermi un caffè forte.

Mastroleo continuava a sproloquiare. Così lo avevo apostrofato con tono brusco: « Non riesco a capire dove vuole arrivare! »

Sorriso, testa che scuote. « Mi lasci concludere. » Mano destra che si solleva e sventola come una bandiera. « Con tutti quei mafiosi che si sono trasferiti al Nord, le cosche malavitose provenienti dall'ex Unione Sovietica, i cinesi, gli albanesi... »

Improvvisamente la poltroncina su cui mi ero accomodato era diventata più calda.

« Sembra che si siano formati nuovi giri di guadagno nelle regioni settentrionali, con potenti lobbies criminali che manovrano nell'ombra... »

Mi chiedevo dove volesse arrivare Mastroleo. Quell'uomo non mi piaceva. Aveva un che di viscido. E poi nemmeno fumava. Il suo ufficio era così lindo. C'era da dubitare di un uomo di legge maniaco della pulizia. C'era da dubitare degli uomini troppo asettici, in generale. Spesso quel tipo di ossessione era insita in coloro che erano più inclini a sporcarsi.

« Questo potere parallelo deve essere contrastato con ogni mezzo. È una guerra ormai... »

Io avevo dato uno sguardo rapido all'orologio che portavo al polso destro. Un bellissimo Timex Vintage anni '70 che tenevo 33 minuti avanti rispetto all'orario giusto. *Oh cazzo, com'è tardi!* avevo pensato. Poi avevo controllato l'orologio che tenevo al polso sinistro, un Minerva Pitagora in acciaio, che invece segnava l'ora giusta: *No, non è tardi per un cazzo! Sono ancora in tempo!*

« Il ministero dell'Interno intende formare degli organismi investigativi specializzati per contrastare il proliferare delle organizzazioni criminali. Gruppi interforze, come quelli della DIA, collegati al contesto internazionale. Mi piacerebbe che lei prendesse il comando di una di queste nuove squadre. Potrà scegliere gli uomini che vuole, pescandoli dove meglio crede: Guardia di Finanza, Carabinieri... »

« Ma perché proprio io? »

« Lei ha lavorato per diversi anni in Europa come funzionario dell'Interpol. Quindi ritengo sia l'uomo perfetto per questo incarico.» Io avevo fissato il mio superiore senza sapere cosa dire. E lui aveva sostenuto il mio sguardo, socchiudendo appena le palpebre. «Se lei accetterà la mia proposta, diventerà il responsabile del team che opererà in Emilia-Romagna, a stretto contatto con le squadre delle altre regioni. Sotto il comando logistico della direzione centrale della polizia criminale. Il vicecommissario Monvisi, con cui lei ha già lavorato in passato, l'affiancherà.»

«Ci penserò su, signor questore...» avevo detto con fare sbrigativo.

Mastroleo si era alzato in piedi. Risultava alto e imponente. Corpulento, per non dire grasso. Con le spalle più strette dei fianchi. «Ho bisogno che mi dica di sì, *adesso*...»

Mi ero alzato a mia volta. Ed ero alto pure io. Ma con le spalle larghe che gonfiavano la giacca di pelle nera che indossavo. Il mio sedere bruciava per quella poltrona troppo calda. Avevo appena ricevuto la proposta di occupare un ruolo molto problematico. C'erano grossi casini in vista. Lo sentivo d'istinto. La poltrona che mi veniva offerta era bollente, più di una patata.

Avevo pensato a mio figlio. Al poco tempo che mi sarebbe rimasto per stare con lui. Avevo pensato a mia moglie, a come ultimamente litigassimo sempre, per un nonnulla. Se avessi accettato quell'incarico, sarei stato in perenne ritardo con le persone che amavo, alla faccia degli orologi giusti e di quelli sbagliati.

Ma io ero quello che ero: un poliziotto. Niente di più, niente di meno. E non potevo sottrarmi ai miei doveri. Così avevo fissato l'uomo di fronte a me. Le sue ultime parole mi risuonavano nella testa: *Ho bisogno che mi dica di sì, adesso*. Avevo allungato la destra e avevo atteso che l'altro me la stringesse. Poi avevo proclamato, con tono ironico: «Sì, adesso!»

Mastroleo aveva annuito, senza l'ombra di un sorriso. «Sono molto contento, commissario.» Poi aveva aggiunto: «*Per adesso*», staccando la sua mano dalla mia.

«Voglio carta bianca sulla scelta dei componenti della squadra e sulle decisioni strategiche operative», avevo puntualizzato. Mi sembrava di sentire ancora l'impronta della sua mano molliccia nella mia. Per reagire al fastidio avevo stretto il pugno. Sfiorandomi con l'indice della sinistra le nocche della destra, avevo saggiato le callosità lasciate dai miei trascorsi da karateka agonista.

Il questore aveva fatto un sospiro, guardandomi fisso. «Lei dovrà riferire solo a me e al PM incaricato di seguirla.»

E io avevo pensato come sarebbe stato colpirlo dritto al centro del naso. *Per adesso*. Giusto perché era antipatico e me lo stava mettendo nel culo. Con quella poltrona bollente che mi aveva rifilato, lentamente e con gusto, neanche fosse un cazzo.

«Agirete coperti dal più assoluto riserbo. Avrete una sede operativa tutta vostra: un'antica villa a Casalecchio di Reno, un edificio che il ministero ha rilevato dal comune per approntare degli uffici periferici. Per nascondere la vostra vera attività risulterete essere una società che si occupa d'informatica.»

«Quando dovrò cominciare?» avevo chiesto. Anche se conoscevo già la risposta.

«Lei sarà operativo da subito. Giusto il tempo di effettuare il passaggio di consegne al funzionario che prenderà il suo posto alla omicidi. Poi le farò avere al più presto le documentazioni che le potranno servire per scegliere gli agenti da arruolare.» Dopo aver parlato, aveva mosso la mano destra, sventolandola come aveva fatto in precedenza. Adesso, però, doveva essere un modo per invitarmi a *smammare*. Come per scacciare un insetto invisibile.

Con lei ho finito, caro commissario, avanti il prossimo. Ho ancora cazzi e poltrone per ardere i vostri santi culi, a bizzeffe.

A quel punto avevo già girato le spalle per andarmene da quello studio senza odore, senza fumo, senza nulla.

3

L'indomani mattina, giunto in ufficio, avevo trovato ad aspettarmi sulla scrivania un enorme faldone di documenti *tutti per me*, la cui vista mi aveva fatto scaturire una smorfia di disappunto. Il primo compito che avrei dovuto portare a termine era davvero una rottura di coglioni, ma di quelle necessarie da subire. Arruolare gli agenti giusti per la nuova squadra non era certo cosa da prendere alla leggera. Così erano seguiti giorni di ricerche interminabili, ore e ore trascorse a consultare le schede e le biografie degli agenti più meritevoli. Con io che leggevo e poi scartavo. E, dopo aver letto decine di note che riportavano aggettivi del tipo «indomita dedizione», «sprezzo del pericolo», «rigore», «onestà», non ne potevo davvero più. Non riuscivo a decidermi per nessuno. E il mio malumore aumentava a vista d'occhio, assieme alla dose giornaliera di caffeina e di tabacco.

Giunto al terzo giorno, la mia attenzione era stata attratta da una cartelletta inviata dal comando generale della Guardia di Finanza, con una strana dicitura sulla copertina, una parola in rosso stampata di traverso: CANCELLAT. Un timbro venuto male, *cancellato* senza la o... Di certo una cartella giunta lì per sbaglio, che però mi aveva incuriosito.

Sovrintendente Masina Luigia. Nata a Napoli nel 1965. Laureata in Ingegneria informatica. Frequenta la Scuola ispettori e sovrintendenti con sede a L'Aquila. In forza per tre anni al GAT, il nucleo contro le frodi telematiche della Guardia di Finanza. In seguito entra a far parte del GICO, il Gruppo d'investigazione sulla criminalità organizzata. Distintasi per le notevoli capacità, partecipa con successo alle indagini per incastrare alcuni boss della camorra.

Fino a qui la sua carriera era stata all'insegna della luce. Poi era giunta l'ombra...

Accusata di essersi introdotta nel sistema informatico della Banca Nazionale per rubare una cospicua somma di denaro dal conto di un capocosca sotto inchiesta: una cifra a otto zeri spostata abilmente sul conto corrente di un ospedale privato in Svizzera.

Il motivo per cui lei aveva buttato nel cesso la sua carriera non era da poco. Niente di venale, cattivo o bacato. Ragazza madre. Una figlia di tre anni affetta da una rarissima forma di immunodeficienza con pochi mesi di vita. Servivano soldi per una cura sperimentale perché potesse avere un'occasione per farcela. E di fatto Luigia c'era riuscita. Aveva salvato la vita di sua figlia. Ma era stata anche *di fatto* scoperta e inquisita...

E ora lei era stata CANCELLAT, sospesa dal servizio in attesa di essere processata.

Dopo aver letto le pagine del dossier, ero rimasto immobile, con gli occhi fissi a guardare la foto della ragazza. Mora, coi capelli tagliati cortissimi. Occhi grandi, da cerbiatto. Era carina. Faceva tenerezza. Ma nello stesso tempo emanava qualcosa... Una forza sotto.

La Masina era tecnicamente preparata. Operativamente eccellente.

E con un cuore grande come una casa.

Lei era un elemento perfetto per la mia squadra.

Improvvisamente sapevo in che modo dovevo dirigere la mia ricerca. Che tipo di rosa cercare di formare, un petalo alla volta.

Occorreva trovare dei cavalieri con la macchia.

Nella banca dati del personale militare dell'Arma dei Carabinieri avevo trovato il secondo *petalo* perfetto. Con un notevole tasso di disperazione nel sangue e una recondita forma d'eroismo al centro esatto dell'anima. Le due cose messe assieme ne facevano scaturire una terza, la più utile in assoluto per un combattente degno di questo nome: la rabbia.

Sottotenente Bondi Umberto, nativo di Bolzano, classe '59. Biondo, occhi azzurri. Lineamenti scolpiti nella roccia. Un angelo trasformato in pietra da una gorgone incazzata nera.

Laurea in Giurisprudenza nell'81, Università di Trento. Servizio militare nell'Arma a Livorno: 1° Reggimento carabinieri paracadutisti « Tuscania ». Prolunga la ferma e s'iscrive al corso per sottoufficiali. Supera le prove selettive per entrare nel GIS, Gruppo d'intervento speciale. Accede al corso nell'83. Nell'86 diventa effettivo. Dirige una squadra d'intervento dall'88. Si distingue per le notevoli doti operative.

Fino a quando non uccide in circostanze poco chiare un folle omicida durante un'incursione per liberare degli ostaggi.

Aprile '94. Giannocaro Rosario, condannato per associazione a delinquere, ottiene il regime di libertà vigilata per buona condotta. Una volta fuori di galera prende in ostaggio l'ex moglie assieme ai figli di sette e otto anni. Poi chiama i carabinieri, in evidente stato confusionale, e minaccia di uccidere tutti i suoi famigliari. Viene subito comandata una squadra dei GIS. Un gruppo di tre militari fa irruzione nell'appartamento senza incontrare alcuna resistenza. Trovano prima il corpo smembrato della moglie. Poi quello dei ragazzini, questi ultimi hanno il torace squarciato. Giannocaro è inginocchiato a terra e dice cose senza senso, denuncia la presenza di uno spirito malvagio dentro di sé, un demonio che ha preteso un sacrificio. Sul pavimento c'è un coltello da macellaio. Con due organi cardiaci dentro enormi pozze di sangue. Due piccoli cuori. A questo punto Bondi spara al pazzoide. Una pallottola sola, al centro della fronte, come in un'esecuzione. Nella dichiarazione rilasciata al piemme spiega di aver agito per legittima difesa: l'omicida aveva cercato di prendere il coltello per reagire all'arresto. I suoi uomini confermano questa versione. Ma le circostanze non sono chiare e il giudice decide di indagarlo.

Il sottotenente Umberto Bondi non ce l'aveva fatta a seguire le regole e si era trasformato in un giustiziere. E per questo, forse, sarebbe finito in prigione. Non potevo permettere uno spreco del genere. Lui sarebbe stato il secondo candidato della rosa di probabili adepti.

Giunto a quel punto, la cernita aveva preso una deriva ben precisa.

Nel giro di poco, ai primi due cavalieri con la macchia era seguito il terzo.

Agente scelto della Polizia di Stato Ballardini Michele, di anni ventisei. Calabrese. Laurea in Sociologia conseguita nell'Università La Sapienza di Roma, all'età di vent'anni. Quello stesso anno, suo padre, sindaco comunista di un piccolo paese in provincia di Catanzaro, viene ucciso in un attentato dalla 'ndrangheta. Allora decide di entrare in polizia. Nell'87, in forza alla DIA, accetta di agire da infiltrato. Per quasi due anni fa il doppio gioco. Poi i nervi gli cedono. Affronta coloro che ritiene essere i responsabili della morte del padre, uccidendoli in un conflitto a fuoco, rivelando così la sua copertura. L'intera operazione viene compromessa e muoiono tre colleghi. Sottoposto a un'inchiesta disciplinare, entra in una profonda crisi depressiva e viene ricoverato in una casa di cura per malattie nervose per sei mesi. Tutt'ora si trova a casa in aspettativa e ha presentato una richiesta formale di lasciare la polizia che non è stata ancora accolta.

Nella foto del dossier, Ballardini aveva gli occhi tristi e spenti di chi ha raggiunto il fondo e si dispera soprattutto per il fatto di non avere una vanga a disposizione per continuare a scavare un centimetro alla volta, per nascondersi sempre più in profondità, in direzione dell'inferno.

Io gli avrei fornito una vanga nuova di zecca, per uno scopo diverso però: esplorare i sotterranei del settimo girone, stanare tutti i diavoli possibili e immaginabili e distruggerli a uno a uno. Se lui avesse accettato, il tempo di giocare a nascondino si sarebbe concluso. Il desiderio di giustizia poteva ancora vincere il sogno di scomparire nel nulla.

Ballardini Michele sarebbe stato il terzo.

Per un'Apocalisse che si rispetti, però, i cavalieri devono essere quattro.

Avevo ricontrollato la lista dei poliziotti sospesi dal servizio e alla fine avevo rinvenuto l'ultimo petalo per la mia rosa di campo.

Manichelli Dario, classe '60. Sembrava Tyson in versione bianca: naso schiacciato, labbra grosse, occhi piccoli, collo taurino... Rasato a zero. Romagnolo puro sangue, di Ravenna. Trascorsi come pugile dei pesi medi nelle Fiamme Oro, compie l'addestramento per entrare nelle forze speciali dei NOCS. Completa il corso a pieni voti, poi litiga col comandante istruttore e lascia. Grazie alla sua laurea in Scienze politiche, entra nella DIGOS di Milano. Partecipa ad alcune indagini per smascherare nuovi gruppi eversivi. Con la sua stazza e il suo aspetto poco raccomandabile s'infiltra in alcune organizzazioni neonaziste riuscendo a bloccare sul nascere i progetti di un attacco terroristico alla stazione ferroviaria di Milano, una sorta di doppione della famigerata strage di Bologna, alla vigilia delle politiche del 1994. Riceve la promozione a ispettore senza clamori, in quanto la faccenda di cui è stato protagonista viene secretata senza che niente possa essere divulgato agli organi di stampa, per evitare il panico nell'opinione pubblica, in un periodo elettorale. A quel punto la sua carriera sembra decollare. Poi, però, un bel giorno prende a pugni il suo diretto superiore: gli fa saltare tutti gli incisivi, un mese di prognosi. Manichelli viene sospeso dal servizio. Nel dossier non veniva spiegato altro. Soltanto osservazioni di ordine generale relative al soggetto in questione. «Carattere ribelle»,

« sinistroide »... Tutte caratteristiche deleterie per un poliziotto. Ma perfette per un cavaliere con la macchia.

Benvenuto quarto petalo.

La rosa aveva completato la corolla.

4

Sono seduti a tavola, schierati l'uno di fianco all'altro come gli apostoli dell'ultima cena, anche se sono solo cinque. E nessuno parla bene l'italiano. Così il brusio delle conversazioni è strano. Idiomi diversi che si mescolano. Appaiono tutti molto nervosi, anche se cercano di mascherare l'apprensione che provano ridendo spesso e con arroganza.

Il russo è il più chiassoso di tutti: mangia a quattro palmenti, lancia imprecazioni nella sua lingua madre e poi sghignazza con la bocca unta di salsicce. La sua guardia del corpo è impalata dietro di lui: alta uno e novanta, col collo largo come quello di un toro.

Obiettivo che si apre. Sensore a croce illuminato nell'oculare telemetrico. Bersaglio in focale, al centro preciso della fronte.

Seduto alla sinistra del russo c'è il magrebino, che parla veloce e controlla continuamente che il suo sgherro si trovi al suo posto, dietro di lui pronto a proteggerlo.

Tacca millimetrica regolata: tre clic in senso antiorario fino a raggiungere il punto d'intersezione illuminato al trizio. Secondo bersaglio okay.

Spostando lo sguardo ancora più verso sinistra, il cinese se ne sta composto e non tocca quasi il cibo. Sbriciola il pane, e ogni tanto fa un cenno alla sua guardia e gli parla all'orecchio.

Armare il cane sul percussore. Il meccanismo oliato che non fa attrito e non provoca quasi rumore.

A seguire l'albanese, il più anziano di tutti. Beve vino asciugandosi la bocca col dorso della mano e non parla con nessuno, nemmeno col suo protettore...

Saggiare il grilletto col dito fermo, immobile, respirare calmo.

A un certo punto il rumeno propone un brindisi: « Alla nostra misteriosa ospite! » dice, in un italiano rauco e stentato. Poi recupera l'idioma natale e aggiunge: « *Doamna de viespi!* »

La sua guardia tiene la mano stretta sull'impugnatura della pistola in una fondina al fianco sinistro.

Ultimo bersaglio acquisito, focale di centro leggermente spostata. Numero cinque pronto al fuoco.

La sala in cui si trovano i commensali è priva di mobili, ci sono solo il tavolo e le sedie. Sulla parete di fondo, proprio di fronte al tavolo su cui stanno banchettando, c'è uno schermo da videoproiezione.

Ogni invitato ha potuto portare una sola guardia del corpo, l'unica regola da osservare per partecipare al summit. Prendere o lasciare. Dentro quel luogo strano, vagamente inquietante. Un istituto per la cremazione dei defunti che si chiama *Mors tua*. Un nome che è tutto un programma.

Quando sono giunti sul posto, sono stati ricevuti da un tipo grande e grosso che non ha detto una parola e li ha condotti all'interno, lasciandoli soli. Poi è iniziata la cena: carne ai ferri, braciole e salsicce e molte bottiglie di vino rosso.

Non essendoci camerieri a disposizione, tutti si sono rassegnati a servirsi da soli. E, dopo un'ora di gozzoviglie, ecco che lo schermo sulla parete di fronte si accende e inizia a proiettare immagini.

Si vedono mani guantate che usano bisturi insanguinati. Poi le inquadrature si allargano a mostrare un tavolo operatorio con un piccolo corpo sdraiato sopra. Si tratta del filmato di un intervento effettuato su un bambino molto piccolo. Gli stanno aprendo la pancia. Estraggono le sue viscere...

I commensali cominciano a rumoreggiare. Si chiedono cosa voglia significare quello schifo di spettacolo proprio mentre stanno mangiando, roba da vomitare.

Poi da un altoparlante nascosto chissà dove si ode risuonare una voce. Sottile e argentina. La voce di una donna, che parla nelle diverse lingue dei commensali intervenuti, come una hostess che saluta i passeggeri. Per ultimo, in italiano: « Benvenuti a questa splendida festa di morte ».

Subito dopo gli spari.

Lunghe fiammate bucano la tela dello schermo e le guardie

crollano a terra tutte quante, quasi simultaneamente, con la fronte bucata al centro.

Le immagini della videoproiezione continuano a mostrare quelle mani guantate che estraggono gli organi interni dal piccolo disteso sul tavolo operatorio, coi fori delle pallottole che hanno formato una sorta di strana costellazione... Cinque stelle sfrangiate che fumano.

Poi tutto si deforma e la tela pare aprirsi e spostarsi, rigurgitando uomini con le maschere da teschio che impugnano fucili di precisione.

I cinque commensali cercano di alzarsi dalle sedie, di reagire in qualche modo. Ma ormai è troppo tardi.

Sono caduti in trappola, tutti quanti.

5

Dopo aver scelto gli elementi cui proporre il lavoro nella squadra, avevo convocato Monvisi, il mio vice, e gli avevo esposto la mia idea, mostrandogli le foto con entusiasmo. « Che ne pensi, Davide? » gli avevo chiesto.

Lui mi aveva guardato scuotendo la testa. « Tu sei sempre stato un pochino fuori di testa, Francé », aveva detto, stringendo le labbra in una smorfia, come se avesse morsicato un limone.

Davide Monvisi era il mio secondo da sempre: ancora prima che assieme decidessimo d'intraprendere la carriera in polizia. Anche quando eravamo studenti al liceo, con le ragazze, nello sport. Durante gli anni che avevo trascorso all'estero, ci eravamo persi di vista. Tornando a Bologna, ci eravamo incontrati di nuovo, io alla omicidi e lui alla mobile. E adesso gli era stato chiesto di accompagnarmi in quella nuova avventura e lui aveva accettato.

« Sono i peggiori che potevi scegliere! » aveva detto con impeto, perorando la sua contrarietà. « Ma se ci fosse la remota possibilità che le tue richieste vengano accolte, credi davvero che questi agenti potrebbero servirti per organizzare al meglio la squadra? »

« Lo credo fermamente! » A quel punto mi ero accalorato, infastidito dal suo atteggiamento critico. « Possiedono tutti quanti grandi doti operative, ma sono stati toccati dalla malasorte, oltre che dalla malavita. Sono degli idealisti che hanno sperimentato il lato oscuro. Daremo loro un'altra occasione, e questo li renderà fedeli e coraggiosi più di altri. »

Monvisi aveva sorriso con aria di sufficienza. « Tanto Mastroleo non accetterà mai una proposta del genere! »

E io gli avevo sorriso, con aria di sfida. « Vedremo, caro Davide. Vedremo... » Mi sentivo sicuro delle mie decisioni. E non vedevo l'ora di battermi per esse. Così avevo telefonato e preso appuntamento col questore. E lui mi aveva ricevuto subito, *senza porre tempo in mezzo.*

6

Ancora dentro quell'ufficio senza odore. A sostenere le mie ragioni.

Al cospetto della mia scelta, Mastroleo non aveva reagito molto bene. « Come crede che potrei giustificare una cosa del genere, commissario?! » Lui si era alzato in piedi e faceva volteggiare quelle sue mani grandi e mollicce, gesticolando disapprovazione. « Questi sono tutti agenti sospesi dal servizio! A parte uno... che è in aspettativa per depressione! »

« Per questioni straordinarie, è già stato fatto, dottore. »

« Che cosa è stato fatto, commissario? Mi dica cosa! »

Io ce l'avevo messa tutta per restare calmo. « Voglio dire che certe situazioni possono imporre un tipo di arruolamento non convenzionale. »

« Alla faccia del non convenzionale, però! »

« Se diamo la possibilità di pentirsi a mafiosi che hanno fatto le peggiori cose, possiamo anche reclutare agenti sotto inchiesta. »

« Sì, ma in questo caso non si capisce il motivo di una scelta del genere. Quelli non sono indispensabili alle indagini per qualche motivo preciso e inderogabile. Lei mi dice che sente per *istin-*

to che sono quelli giusti e questa, mi perdoni, mi pare una giustificazione un poco misera. Se succede un casino cosa vado a riferire al ministro?»

Avevo preso un respiro per alimentare il mio stato di calma assoluta. «Io le ho posto un'unica condizione nel momento in cui ho accettato l'incarico, si ricorda?»

«Lei mi ha chiesto di poter gestire la squadra a modo suo. Ma così mi pare esagerato. Perché proprio questi uomini, con tutti quelli bravi e onesti che possiamo avere a disposizione?»

Non gli avevo risposto subito. Prima mi ero perso a fissare la sua scrivania, assolutamente vuota. Alzando il capo, avevo riattaccato a parlare, esprimendo il mio parere senza fare pause, tutto d'un fiato. «*Questi* agenti sono tra i migliori nei loro campi d'intervento, ma in qualche modo sono stati costretti a passare la misura. Così adesso è come se si trovassero in bilico tra due versanti. A tutti loro serve una redenzione e faranno di tutto per ottenerla. Sono perfetti. La squadra poi sarà segreta, no?»

Il questore era rimasto un attimo pensoso. Poi aveva annuito con aria rassegnata e aveva detto: «Lei doveva fare l'oratore, sa? Farò preparare i documenti che servono».

Stavo per andarmene, quando all'ultimo momento gli avevo chiesto: «Ma non c'era un nome più bello di 'squadra Antigang'?»

7

«Sembra preso da un film di Brian De Palma!» era stato il commento dell'agente scelto Ballardini, quando aveva saputo il nome del team investigativo di cui doveva entrare a far parte.

Io lo avevo guardato con simpatia, dicendo: «Ti riferisci a *Gli intoccabili,* immagino... Io non sono bello come Kevin Costner, ma il paragone è appropriato».

La sovrintendente Masina era saltata su, con gli occhi che le brillavano: «Secondo me lei non è da meno, commissario».

Manichelli e Ballardini si erano lanciati uno sguardo allusivo, dandosi di gomito, poi erano scoppiati a ridere. Bondi era rimasto impassibile, algido e composto, ma gli occhi blu gli luccicavano, si vedeva che era divertito. Mentre Monvisi se ne stava in disparte a scuotere il capo: ormai per lui non approvare un cazzo era diventata una prassi.

L'arruolamento vero e proprio in realtà era avvenuto qualche giorno prima. Incontri singoli coi diversi candidati per spiegare bene cosa, come, dove e quando. La proposta indecente era stata accettata da tutti e quattro. Prima con stupore, poi con sospetto, infine con entusiasmo.

Volete voi, Masina, Bondi, Ballardini e Manichelli, prendere come vostro comandante il qui presente Negronero, per obbedirgli e combattere con lui finché morte non vi separi?

E tutti e quattro, prima di dirmi «Sì, lo voglio», mi avevano chiesto il motivo per cui portassi due orologi.

«Per ingannare il tempo, solo per quello», avevo risposto. Una motivazione «fuori di testa» che doveva averli soddisfatti.

In seguito la faccenda era stata ufficializzata dalle alte sfere, e i procedimenti disciplinari sospesi a data da destinarsi. I petali della rosa erano stati insigniti cavalieri a tutti gli effetti ed erano stati consegnati loro i nuovi distintivi: placche dorate del ministero dell'Interno.

A quel punto avevamo preso possesso della sede operativa, a Villa Dall'Olio. Un luogo suggestivo, distante un quarto d'ora dal centro. Al cancello d'entrata figurava una targa col nome della società fittizia di copertura: GOLDFINGER INFORMER. Gli uffici operativi ricavati nelle stanze del secondo piano erano stati attrezzati con Macintosh di ultima generazione collegati alla banca dati dell'Interpol. Gli uomini della squadra avevano iniziato il lungo e tedioso lavoro di preparazione. Giorni passati a documentarsi. Con la sensazione di trovarsi in un'anticamera, in attesa del peggio.

Poi qualcuno aveva mandato uno speciale regalino di Natale.

Un pacchetto postale giunto in questura, alla mia pregiatissima attenzione. Mittente: sconosciuto. Così la tempesta aveva fatto capolino, presentandosi sottoforma di lamenti e grida.

8

Nella registrazione si udivano voci umane che producevano versi agghiaccianti. La colonna sonora di una tortura indicibile.

Con un colpo dell'indice avevo schiacciato il tasto di STOP, poi avevo alzato gli occhi sull'uomo di fronte a me, dicendo: «Cosa ne pensi?»

Il mio luogotenente mi aveva guardato con espressione perplessa. «Potrebbe essere uno scherzo», aveva ipotizzato.

Io avevo aggrottato la fronte. «Ma che scherzo e scherzo...» Infilandomi il mezzo toscano spento tra le labbra, avevo fatto sprizzare una luce infastidita dagli occhi. «Perché qualcuno dovrebbe divertirsi a spedirmi una cosa del genere, Monvisi?» Quando mi arrabbiavo, tendevo a chiamare il mio vice per cognome, anche se ci conoscevamo da una vita. E Davide sapeva bene che in quei momenti non era il caso di contraddirmi, amico o non amico: ero pur sempre il suo diretto superiore.

«Allora mi dica cosa ne pensa lei, *signor commissario*», aveva detto *lui*, con una vaga punta d'ironia.

Mi ero tolto il toscano dalle labbra, poi lo avevo puntato in avanti, quasi fosse un'arma. «Credo che qualcuno abbia voluto farmi gli auguri per il mio nuovo incarico.»

Monvisi aveva inarcato un sopracciglio. «Peccato che, in teoria, nessuno dovrebbe sapere dell'esistenza della nuova squadra!»

Spazientito, mi ero alzato per raggiungere la finestra e avevo guardato fuori, le querce secolari nel parco antistante la villa. Tronchi grossi e scuri, i rami contorti e senza foglie. Avevano un che di minaccioso, sembravano gli alberi della strega di una fiaba per bambini. «Nessuno dovrebbe saperlo, proprio così...» avevo confermato, in un sussurro.

Agirete coperti dal più assoluto riserbo...

Ricordavo molto bene le parole del questore quando mi aveva proposto il nuovo lavoro: la poltrona bollente per bruciarsi il culo...

Era passato meno di un mese da quando avevo formato l'Antigang e non avevamo ancora avviato indagini su qualcuno in particolare.

Quindi poteva avere ragione Monvisi: l'invio di quell'audiocassetta era solo lo scherzo di qualche coglione in vena di spiritosaggini. Magari un gruppo di studenti di criminologia. Oppure un maniaco stimolato dall'onda mediatica suscitata dal caso che avevo risolto mesi prima. La clamorosa cattura di Cappuccetto Nero, altrimenti detto il Boia.

Allora ero stato su tutti i giornali per diverse settimane, e avevo persino fatto una comparsata in televisione in un programma di approfondimento del TG1, per parlare del serial killer messo fuori gioco.

« Come pensi di procedere, informiamo anche gli altri? » La voce di Monvisi mi aveva distolto dai miei pensieri.

Avevo smesso di fissare il vuoto oltre la finestra. « Facciamo subito analizzare i suoni della registrazione. Il personale è ridotto a causa del periodo natalizio, ma il dirigente della scientifica non mi negherà un piacere », avevo detto. « Quando avremo i risultati, faremo un brainstorming operativo con tutta la squadra e decideremo strategie e quant'altro... »

Il mio vice si era alzato. Aveva recuperato il registratorino con dentro la microcassetta e lo aveva infilato in una bustina di cellophane. « Andrò subito a portarlo a chi di dovere », aveva assicurato, uscendo dalla stanza.

Rimasto solo, mi ero guardato attorno, in quel luogo che sembrava circondarmi. Lo avevo battezzato il Pensatoio, un nome che si addiceva perfettamente alla sua destinazione d'uso. C'erano sei poltroncine provviste di leggio per prendere appunti e una grande scrivania antica su cui era posizionato il computer che gestiva il mainframe operativo. Su una parete laterale, c'erano tre lavagne appese l'una accanto all'altra, come in certe aule universitarie, mentre, su quella in fondo, avevo fatto montare un grande pannello di sughero che sarebbe servito per affiggere qualsiasi tipo di indizio utile: ritagli di giornale, fotografie... Tutto ciò che poteva aiutarci a definire quadri e contro-quadri d'indagine. Il nostro personalissimo *Muro del pianto*. Adesso era vuoto e pulito, ma presto si sarebbe riempito e sporcato...

Un cicalio improvviso mi aveva fatto sobbalzare. Estratto il Motorola dalla tasca di dietro dei jeans, avevo risposto alla chiamata, temendo qualche urgenza. Invece era mia moglie che voleva assicurarsi che sarei andato a prendere nostro figlio a scuola. « Te lo ricordi vero? », mi aveva chiesto con fare inquisitorio, e io avevo confermato sbrigativamente che non c'era nessun problema, riattaccando subito dopo senza nemmeno salutare.

Quella mattina, prima di uscire di casa, le avevo comunicato che sarei andato io, una volta tanto. E lei aveva controbattuto acida: « Oh, ma ti sei ricordato di avere una famiglia! E non è ancora Natale... vuoi far nevicare per caso? » Mara riusciva a essere così sgradevole quando ci si metteva e io avevo fatto male a darle il numero del telefonino operativo. L'accordo era di chiamarmi sempre prima sul cercapersone, e di usare il cellulare solo come emergenza, ma lei ovviamente se ne fregava.

Recuperato il giubbotto dall'attaccapanni, lo avevo indossato. Poi avevo abbandonato la stanza.

Nel corridoio, si sentiva l'odore di caffè. Avevo infilato la testa nella stanza dei computer, subito prima del Pensatoio: là dove gli altri membri del team stavano lavorando alla raccolta dati. « Come andiamo, ragazzi? » avevo chiesto.

Tre uomini seduti davanti alle postazioni informatiche avevano distolto gli sguardi dagli schermi per sorridere al loro superiore. « Tutto bene, capo! » Capelli ricci, barba lunga. Un fricchettone anni '70 aveva fatto da portavoce: agente scelto Ballardini Michele, detto Ballard, per servirvi. Gli altri due si erano limitati ad annuire. Il pelato aveva anche sbadigliato. Mentre il biondo si grattava la testa. Ispettore Manichelli e sottotenente Bondi, Manico e Bond, avevano l'aria annoiata di due studenti costretti in classe mentre fuori c'è il sole. Ci trovavamo nella fase d'indagini preliminari. E passavamo le giornate a esaminare tabulati e a leggere dossier statistici per individuare nuovi disegni criminosi. Un lavoro noioso che non si confaceva a poliziotti operativi facenti parte di una squadra speciale.

Sopra una mensola, accanto a un piccolo albero di Natale adornato con pigne e fiocchi rossi, c'erano briciole di pane su fogli di carta oleata, i residui di uno spuntino consumato al volo. Sopra un fornelletto da campo borbottava una moka sbuffando vapore dal beccuccio. La quarta componente del gruppo, Masina Luigia, capelli rasati e sguardo da cerbiatto, stava trafficando con un vassoio di tazzine. « Commissario vuole *nu* poco di caffè? »

Avevo scosso la testa. « No, grazie, Lois. Devo uscire. »

Il riccio aveva detto: « Piacerebbe anche me andare fuori un poco ».

Il pelato, di rimando: « Ma tu sei già fuori come un balcone, Ballard ».

Io avevo dedicato ai miei agenti uno sguardo colmo di simpatia. « Anche Monvisi è via. Se avete bisogno, chiamatemi sul cercapersone », avevo spiegato, mentre volgevo le spalle per andarmene. Ci avevano dotati tutti quanti di telefonini GSM di ultima generazione, ma io faticavo ancora ad abituarmi a quel nuovo modo di comunicare.

Sceso al piano di sotto, ero uscito dall'edificio per raggiungere la mia auto parcheggiata in fondo al cortile. Mi ero ricordato solo in quel momento di non aver preso la pistola, che era rimasta nel cassetto della scrivania nel mio ufficio personale. Mi ero chiesto se fosse il caso di andare a recuperarla. Decisi di no. Anche se mi sentivo in apprensione. Quel cazzo di misterioso pacchetto regalo mi aveva turbato più di quanto ero disposto ad ammettere e stavo diventando paranoico. La cosa di per sé m'infastidiva. Mi trovavo a Bologna, non a Palermo. Non c'era bisogno di girare sempre armati.

Salito sulla Hyundai coupé, avevo aspirato l'odore di tabacco e di mimosa che ristagnava nell'abitacolo e avevo acceso il motore con un rombo. Retromarcia. Apertura del cancello automatico. Infilandomi su via Guinizelli, avevo valutato che era ancora abbastanza presto e che potevo prendere la strada più lunga e passare dalla collina. Guidare un poco mi avrebbe aiutato a spegnere il mio nervosismo.

9

La radio ricetrasmittente lancia una bordata di statica che sembra un ringhio. Allunga la mano, afferra il microfono appeso al cruscotto per rispondere, il cavo a spirale si distende. Posa le labbra sulla plastica e parla. Dice: «Sono in ascolto». Il suo compare le comunica che il commissario è andato via dalla villa e che adesso è diretto in zona colli. Interrompe la comunicazione dicendo: «O-Kappa, passo e chiudo». Poi mette la freccia per fermarsi. Ormai è arrivata a destinazione. Parcheggia la Cherokee a destra nella strada prospiciente la scuola. C'è una targa sulla facciata dell'edificio: ISTITUTO JUNGEN HOUSE.

Spegne il motore. Recupera il pacchetto di Marlboro. Ne preleva una e se la infila tra le labbra. Allunga la mano per spingere l'accenditore. Serra le palpebre e conta mentalmente fino a sei. Poi le riapre nell'attimo stesso in cui il dispositivo scatta, la resistenza già incandescente e pronta. Accende la paglia e aspira il primo tiro. Si riempie i polmoni, conta fino a tre e poi li svuota.

Dentro e fuori. Con un ritmo costante. La nicotina prende a disporsi tra una cellula e l'altra dentro il suo organismo, creando compagini di sollievo: isole di quiete nella tempesta.

Inclina lo specchietto retrovisore per scrutare la propria immagine riflessa. Gli occhi nascosti dietro gli occhiali scuri. La piega crudele delle labbra. Controlla l'orologio da polso. È ancora presto. Da sotto il cinturino di acciaio, sbuca la cicatrice che le marchia la pelle, risalendo in un arabesco di tessuti lucidi e chiari verso il dorso della mano, come il disegno di un mostro strano. Ne sfiora la ruvidezza coi polpastrelli.

Recupera dal sedile a fianco un paio di guanti di pelle, senza dita, e se li infila, tenendo la Marlboro stretta fra i denti.

Scrolla la sigaretta nel portacenere. Prende un altro tiro. Mantiene dentro il fumo, conta. Si chiede se questa volta sarebbe andato il padre a prendere il ragazzo. In quel caso non si sarebbe lasciata sfuggire l'occasione per incontrarlo.

10

Avevo guidato sui colli come un pazzo. Una corsa a *perdicurva*. Attento ai punti ghiacciati sull'asfalto. Con lo stereo a palla e la canzone che prediligevo in quei momenti: *Paranoid* dei Black

Sabbath. Quella che mio figlio era solito chiamare «la musica forte».

Pensare a Franco mi aveva fatto venire il dubbio di essermi dimenticato il regalo di Natale per lui. Facendo mente locale, mi ero ricordato con sollievo di averlo già recuperato dal rivenditore di fumetti usati e di averlo impacchettato e rinchiuso nel bagagliaio.

Con le gomme che stridevano, ero arrivato in cima al colle della Guardia, là dove sorgeva il santuario di San Luca, e avevo accostato a destra per ammirare il panorama della città. I tetti e le sommità delle torri ricoperte da un velo candido di neve.

Bologna, città degli angeli e dei tortellini. Accesa di mattoni rossi, nel verde delle colline. Ero nato lì. E avevo imparato cosa fosse il dolore consumandolo per la prima volta tra quelle case e quelle campagne. Poi ero cresciuto. Ero diventato poliziotto e me n'ero andato in giro per il mondo a combattere i cattivi. Alla fine, però, ero tornato. Avevo ripreso servizio nella mia città natale da meno di un anno, portandomi al seguito una famiglia disperatamente tenuta assieme con un'overdose di Super Attak, un coccio dopo l'altro: i vasi restavano interi per miracolo, ma non erano più comunicanti.

All'inizio dell'anno ci saremmo dovuti trasferire nella nuova casa sulle colline sopra Sasso Marconi: un bellissimo rustico ristrutturato, una nuova occasione per me e mia moglie, l'ultimo tentativo per salvare il nostro matrimonio in nome dell'amore per nostro figlio.

Franchino stava per compiere tredici anni e ogni giorno che passava mi somigliava sempre più. Uno specchio che cresceva: il miglior alleato per sconfiggere l'inevitabile count-down fatto di rughe e mal di schiena. Grazie a lui potevo invecchiare senza sentirmi troppo perduto.

Avevo controllato l'orologio di destra rendendomi conto di quanto fosse tardi. Poi ero passato a quello di sinistra e mi ero detto che *No! C'è ancora tempo, vecchio...*

Con un sospiro, avevo messo in moto per ripartire. Prendendo la strada che scendeva dalla collina.

Le grida della registrazione continuavano a riecheggiarmi nella testa, non se ne andavano neanche a morire.

11

Non aveva studiato un cazzo. Pensava che l'ultimo giorno prima delle vacanze natalizie non ci sarebbero state interrogazioni. Così adesso, impalato davanti al testo di latino aperto sopra il banco, cercava d'improvvisare la traduzione di un brano di Ovidio, senza riuscirci. Odiava quella materia. Oltretutto si trovava nell'unica scuola media che l'aveva inclusa nel programma: fottuto istituto privato per bambini ricchi e boriosi. Si sentiva fuori posto in quel *posto*. Ma sua madre era stata irremovibile: «Solo il meglio per il nostro Franchino».

Quando si erano trasferiti a Bologna, lei aveva rispolverato la laurea conseguita all'Accademia delle belle arti ed era riuscita a farsi assumere come insegnante di disegno part-time nella sezione infantile dell'istituto Jungen, grazie a Irene, una sua amica americana che teneva corsi di musica e canto. Era occupata solo qualche mattina la settimana. E prendeva due soldi. Ma andava bene lo stesso: adorava avere a che fare coi bambini. Grazie a quell'impiego, aveva potuto iscrivere il figlio a quella scuola così esclusiva pagando metà della retta. Una gran fortuna, che il diretto interessato, però, non aveva gradito più di tanto.

Al primo errore di traduzione era arrossito. Al secondo aveva alzato gli occhi per incontrare il volto severo della professoressa, e tutta la classe si era messa a ridere.

Franco incrociò lo sguardo di Claudia, la bella della classe, che gli andava dietro già da un po' nell'invidia generale degli altri maschietti, e le fece l'occhiolino. Poi cercò di assumere un'aria innocente con l'insegnante, sgranando gli occhioni verdi per scusarsi.

La campanella suonò in quel momento esatto, salvandolo da un brutto voto e da una solenne sgridata.

La professoressa però non smise di fissarlo severamente. «Negronero, lei si deve impegnare di più, lo sa? A-p-p-l-i-c-a-r-s-i.»

Franco annuì . «Cercherò di farlo», rassicurò. *Mi applicherò da matti...* Non gli era mai piaciuto il termine applicarsi. Voce del verbo «fare meglio», che gli dava l'idea di qualcosa di viscido, appiccicato addosso. Un dovere colloso.

Riposti i libri nello zainetto, si affrettò a uscire dall'aula e a mettersi in fila con gli altri.

« Cercare non basta! Se lo ricordi! » gli gridò dietro l'insegnante.

Ma lui non si girò nemmeno, facendo finta di non aver sentito. *Cercare basta eccome!* pensò. Lo diceva quel filosofo greco con la lanterna: Diogene. Scoprire l'uomo nascosto nel buio, illuminarlo. Per quanto lo riguardava, adesso, sperava di trovare una donna. Si fa per dire. Diciamo una ragazza. Claudia la bella, coi suoi occhi dolcissimi.

Lei procedeva tre file avanti a lui, ormai in fondo al corridoio principale, nel plotone di soldatini in marcia verso la salvezza. Li attendevano quindici giorni di vacanza e tutti erano piuttosto eccitati: risuonavano risate e gridolini...

Il bidello aveva splancato il portone e si era messo sulla soglia con le mani tese, per cercare di rallentare il flusso di ragazzi diretti verso la libera uscita.

Franco pensò con gioia al fatto che sarebbe andato a prenderlo il padre, cosa che non succedeva mai. Quella mattina sua madre glielo aveva annunciato, usando il solito sarcasmo: « Oggi, *deo gratias,* verrà a prenderti il babbo ».

Deo gratias... Si chiese se sua madre possedesse doti di preveggenza. Era come se avesse voluto prenderlo in giro anticipatamente per l'interrogazione di latino. Naturalmente si trattava di una coincidenza. Quelle parole, però, lo avevano infastidito. Ormai sapeva che tra i suoi genitori c'era qualcosa che non andava, ma cercava di fare finta di nulla.

Il bidello si mise da parte per lasciar passare l'ultima fila di studenti. E Franco, affrettando il passo, si ritrovò all'aperto. Scivolando accanto all'enorme abete addobbato con palle colorate, guardò verso l'alto: il cielo era ricoperto da una coltre di nuvole compatta e bianca, che faceva presagire nevicate prossime venture.

Claudia la bella ormai era troppo avanti rispetto a lui. Irraggiungibile anche se si applicava. Lei aveva già superato il cancello e sculettava verso la Mercedes blu che l'avrebbe accompagnata a casa.

La guardò mentre apriva la portiera, saliva a bordo dell'auto e spariva. Gli sarebbe piaciuto scambiare due parole con lei, decidersi a chiederle il numero di telefono e magari mettersi d'accordo per vedersi durante le vacanze. Ma forse, tutto sommato, era meglio così.

Quella tipa era molto carina, certo. Ma dava l'idea di essere appiccicosa. *Troppo applicabile, già...*

Oltrepassato il cancello, subito cercò d'individuare l'auto di papà Francesco senza riuscirci: lui non c'era ancora.

Si tolse lo zainetto dalle spalle e si chiuse il giubbotto sul davanti, perché faceva freddo. Poi si mise in disparte a osservare i genitori degli altri alunni che riprendevano possesso dei figli, elargendo baci sulle guance, carezze e sorrisi. Fino a quando non rimase solo davanti al cancello. *Quasi* da solo.

« Non è venuto nessuno a prenderti? » Una voce risuonò alle sue spalle.

Voltandosi, si ritrovò davanti una donna sorridente che indossava gli occhiali scuri, sebbene non ci fosse il minimo accenno di sole.

Franco fece segno di no con la testa. « Mio padre è in ritardo », disse.

La donna si avvicinò di un passo. Aveva una cuffia di lana calcata sulla testa... e nessuna ciocca che spuntava da sotto, cosa che poteva voler dire che aveva i capelli molto corti. Allenato com'era a osservare le cose con attenzione, Franco non si lasciava sfuggire nulla, nemmeno il più piccolo particolare. Glielo aveva insegnato suo padre, costringendolo a fare il gioco del detective fin da quando era piccolo.

La sconosciuta teneva la mano sinistra nella tasca del cappotto, come se cercasse di tirare fuori qualcosa. « Se vuoi, aspetto con te », si offrì.

Scuotendo la testa, il ragazzo rispose: « No, grazie, non importa, tanto *lui* adesso arriva ». Con un lato della mente si chiese cosa avesse intenzione di fare *quella* con la mano in tasca. E pensò assurdamente: *Adesso mi offre una caramella, come quei maniaci che circuiscono i bambini. Anche se... Udite, udite: io non sono più un bambino!*

Sentì un rombo. Alzò lo sguardo e, con sollievo, vide il muso nero della Hyundai coupé del padre spuntare dal fondo della strada.

Esultò. Lui non si era dimenticato. Era andato a prenderlo - *deo gratias* - e adesso lo avrebbe salvato dalla sconosciuta con la mano nella tasca del cappotto.

Alla faccia di tutte le frasi ironiche del mondo, suo padre c'era. E ci sarebbe sempre stato. Nel suo cuore. Attorno a lui. *Suo padre.*

La donna sconosciuta esclamò: « *Ecce homo!* »

Ancora latino, *applicato* inopinatamente.

La Hyundai si fermò e il finestrino scese emettendo un sibilo.

12

« Come va, figlio? »

« Non c'è male, padre! »

La giovane donna si era piegata in avanti per salutare pure lei. « Buongiorno, signor commissario. »

Io avevo salutato a mia volta chinando appena il capo, valutando subito che *quella* era abbastanza carina. Sbloccando la portiera avevo atteso che mio figlio salisse a bordo. Lui e il suo zainetto. « Ehi, perché non lo appoggi sul sedile di dietro, Son? »

L'importante era che non lo mettesse nel bagagliaio, accorgendosi del pacco regalo nascosto e rovinandosi la sorpresa.

Dopo mi ero rivolto con un sorriso alla donna con gli occhiali scuri per accomiatarmi, chiunque lei fosse. Mi ero accorto di quella mano in tasca, che adesso stava uscendo lentamente. E mi ero immaginato una scena: la bella sconosciuta che estrae un'arma e spara e colpisce prima me e poi mio figlio... Un bell'attentato del cazzo.

Avevo pensato che non avevo portato con me la pistola. E avevo contratto gli addominali, pronto a scattare. A fare qualcosa, eventualmente.

Piegarsi il più possibile verso destra per offrire meno bersaglio e proteggere mio figlio col corpo...

Sarebbe stato comunque un tentativo disperato: *eventualmente.*

La donna aveva estratto dalla tasca un pacchetto di sigarette, delle Marlboro light. E io allora avevo tirato un sospiro di sollievo. La scena di reazione che mi ero creato nella mente era scomparsa lasciando il posto a una frase lampeggiante: sei proprio un idiota, lo sai?

Annuendo, mi ero lasciato scappare una risposta tra i denti: « Sì che lo so », mentre inserivo la prima per partire. Dimenticare di portarsi dietro l'arma, come un novellino, non era da me. Io che ci andavo anche a letto col ferro: suscitando le ire di mia moglie, ovvio.

Franco aveva chiesto: « Cos'è che sai, babbo? »

Io avevo scosso la testa. « Niente, niente... » Poi mi ero avviato giù per via Cino da Pistoia. Avevo controllato nello specchietto retrovisore. *La donna che si accende la paglia e continua a guardarci mentre ci allontaniamo, sbuffando una nuvola di fumo. Indossa guanti di pelle senza dita, tipo quelli delle forze speciali.*

« Chi era quella signorina, una tua professoressa? »

Franco aveva risposto di no, mentre si allungava per accendere lo stereo.

« E quindi chi era? »

« Non lo so, padre. Forse è un'insegnante nuova, di un'altra classe. »

Gli avevo dedicato un'occhiata inquisitoria, strizzando le palpebre. Il segnale che annunciava l'inizio del gioco che facevamo sempre: *il gioco del detective.* « Dammi un quadro, Sonnyboy. »

Franco aveva annuito prendendo a relazionare le sue osservazioni, relative al caso in oggetto: la donna sconosciuta come, quando e perché... « Essa portava dei Ray-Ban scuri sebbene non ci fosse il sole, forse perché non voleva farsi vedere bene in faccia. Capelli presumibilmente corti sotto la cuffia. Ha usato la sinistra per prelevare il pacchetto dalla tasca, quindi è mancina. E deve essere una che fuma molto perché ha le falangi più esterne dell'indice e del medio ingiallite. Portava guanti di pelle con le dita scoperte belli da matti che *mi* piacerebbe tanto avere. »

Nello stereo era partita *Paranoid,* una versione lenta di Gus Black, con la chitarra e basta. Il volume basso.

« Poi lei ti conosceva. »

Avevo controllato ancora nel retrovisore. La donna era scomparsa del tutto dalla vista, mentre imboccavamo via Odofredo. « Sì, lei mi conosceva », avevo confermato.

Franco aveva concluso: «Del resto tu sei famoso, no?»

Mi ero voltato per guardare mio figlio, lo specchio delle mie brame, il piccolo uomo che cresceva e diventava sempre più uguale a me ogni giorno che passava. Gli avevo sorriso vincendo l'impulso di allungare la mano per accarezzarlo. Per non dire di peggio. Fermarsi al lato della strada per abbracciarlo un poco. Ormai Franco era un ometto, come si suol dire. Gli stava già venendo su qualche filo di barba sulle guance e aveva un accenno di baffi sotto il naso, la sua voce stava cambiando ed era sempre più profonda ogni giorno che passava e le smancerie di un vecchio padre non gli si addicevano più tanto. O forse sì?

Per quanto lui potesse crescere, io provavo sempre lo stesso desiderio di stringerlo, accarezzarlo, baciarlo. Come se fosse ancora in fasce.

La voce di mio figlio era risuonata nell'abitacolo all'improvviso. «La mamma ci sta aspettando.» Una frase che non era né interrogativa né affermativa. *Lei ci sta aspettando*, come se fosse solo un dato di fatto.

Io avevo cercato di annuire senza riuscirci. Nel dubbio avevo detto, in un sussurro: «Lo so...» Poi, per reazione, avevo rallentato l'andatura, invece che aumentarla. Nel desiderio di prolungare quel momento assieme a mio figlio e allontanare la fase due: quella del pranzo con mia moglie e il suo broncio perenne. Mi sarebbe piaciuto recarmi a un Burghy e pranzare col mio ragazzone a patatine fritte, King Bacon e Coca-Cola, senza intromissioni. Da maschio a maschio.

Invece occorreva andare a casa e anche in fretta. Perché ormai il pranzo doveva essere pronto, se conoscevo bene mia moglie, ansiosa com'era. Lei faceva sempre tutto prima, per fare in tempo, sbagliando i tempi, anticipandoli sempre troppo. A quell'ora, la pasta asciutta fumante di certo era già in tavola, coperta da un altro piatto perché restasse al caldo. E così si sarebbe inevitabilmente scotta. Diventando gommosa.

Avevo controllato l'orologio sbagliato, quello avanti trentatré minuti, e mi ero detto che c'era ancora tempo a disposizione. Tutto il tempo del mondo. Era una finta. Ma andava bene lo stesso.

13

Quel pomeriggio, contagiato dall'entusiasmo che aveva mostrato Franco per la mia presenza in famiglia, avevo deciso di prendermi una mezza giornata libera come non facevo da tanto (troppo!) tempo. Così avevo telefonato in villa per avvertire i miei agenti di non aspettarmi. «Continuate a fare i compiti e usate giudizio...» mi ero raccomandato scherzosamente, prima di riattaccare.

La mia presenza a casa, però, era servita soltanto per accentuare l'insofferenza matrimoniale. Perché gli anni passavano e diventava sempre più difficile accontentarsi. E la serenità era una chimera. Un animale strano che lanciava versi incomprensibili da lontano.

A cena avevamo preso a discutere sulle problematiche relative all'acquisto della casa in campagna dove ci saremmo dovuti trasferire. Mara non era più tanto dell'idea di andare a isolarsi in collina, anche se in un posto così bello. E io allora avevo alzato gli occhi al cielo e le avevo ricordato che proprio *lei* aveva insistito *fino alla morte, e forse anche di più*, per andare a vivere in mezzo alla natura.

Perché così nostro figlio almeno crescerà respirando aria buona...

Mara aveva fatto di tutto per convincermi, e alla fine c'era riuscita. Io avevo dato il mio benestare. E lei si era messa subito a caccia della casa dei suoi sogni e alla fine l'aveva trovata, quasi per caso, grazie a un volantino trovato nella buca delle lettere: la pubblicità di una vendita d'occasione da parte di una nuova immobiliare che si chiamava Domus snc. Il rustico perfetto! Così come l'aveva definito quando me ne aveva parlato, mostrandomi le foto con entusiasmo.

«Dopo sarà tutto più scomodo, ne sei consapevole?» le avevo fatto notare io.

Mara aveva licenziato il problema con una delle sue solite frasi fatte: «Un piccolo sacrificio vale la candela!»

E adesso, dopo tutti i soldi spesi e le rotture di coglioni, dopo le schiere di muratori e fontanieri e arredatori che erano confluiti in quel di via Vizzana per approntare il nuovo nido d'amore dei coniugi Negronero... Adesso che era già tutto pronto, o quasi, *quella* si faceva cogliere dai dubbi?

Io mi ero spazientito e avevo alzato la voce dandole della bambina viziata e allora lei, figuriamoci: apriti cielo.

Tanto tu fai fare sempre tutto a me. Tanto tu non ci sei mai, quindi...

Tanto tu, un cazzo!

Non c'era stato verso di farla ragionare. Dolcemara voleva questionare per forza. Cercava attenzione, forse, vai a sapere. Così io, a un certo punto, l'avevo mandata a quel paese. E mi ero rifugiato in solaio per trafficare con gli orologi della mia collezione, per sbollirmi un poco. Poi, verso le dieci, mi ero messo a vedere un film con Franchino, noi due da soli in salotto. Mentre Mara era già a letto col broncio. L'avevo raggiunta a mezzanotte in punto. E lei sembrava dormire. Con sollievo mi ero coricato. Avevo spento l'abat-jour e chiuso gli occhi scivolando piano verso il sonno. E nell'attimo esatto in cui stavo per spiccare il balzo definitivo nel dolce e meritato riposo, dopo una giornata all'insegna dei brividi e delle rotture di coglioni, *clic,* luce accesa. Occhi aperti. Mara seduta sul letto che mi chiede con aria disperata: « Tu non mi ami più, dimmi la verità ».

Mentre da lontano la chimera lanciava il suo verso stridulo: *Sono lontana, e non mi raggiungerete mai e poi mai...*

Io non avevo risposto: non sapevo se l'amavo ancora. Allora lei aveva attaccato con una tiritera sul senso del matrimonio. Per tre ore e passa. Alla fine avevamo fatto all'amore selvaggiamente, senza aver *fatto* veramente pace. Ci eravamo sfogati usando i nostri corpi, per affermare l'appartenenza reciproca nonostante tutto. Concludendo con un orgasmo simultaneo e intenso, ci eravamo abbandonati ansimanti l'uno accanto all'altro. Poi ci eravamo assopiti. E la sveglia aveva suonato alle sei e mezzo, inesorabile. *Un piccolo sacrificio vale la candela! Fanculo.*

La nuova giornata doveva cominciare. Con la solita routine. Andare in bagno, farsi una doccia e vestirsi. Raggiungere la cucina e bere un caffè in fretta. Portare il vassoio della colazione nella camera del figlio. Chinarsi per baciarlo sulla fronte e guardare l'ora al polso sinistro, l'inesorabile ora giusta, ignorando quella sbagliata. Constatare così quanto sia tardi. Poi scappare via da casa. Per correre alla scientifica.

14

Il tecnico indossava il camice bianco come un medico. Personalmente avevo sempre trovato curiosa l'usanza degli operatori della scientifica di vestirsi in quel modo. Nella sede del Gabinetto regionale della sezione, sembrava di essere in un ospedale.

L'esperto di acustica aveva già effettuato le analisi sulla registrazione. Ci aveva lavorato fino a notte fonda, anche fuori dal turno. E aveva appurato alcune cose interessanti. Non si trattava di una traccia sonora proveniente da qualcosa di pre-registrato, tipo un film in VHS. Si trattava della riproduzione di grida umane dal vero. Spettri sonori e timbri appartenenti alle voci di cinque maschi adulti.

Alcuni versi emessi sembravano tentativi di articolare parole compiute, oltre ai gemiti e ai lamenti. L'idea che il tecnico si era fatta era che tutti i soggetti della registrazione avessero la lingua mozzata.

Le sorprese però non erano finite. In una delle tracce secondarie era stato rilevato un suono che si doveva riferire a qualcosa di lontano dal luogo dove stava avvenendo il fatto. Il tecnico aveva sudato sette camicie per riuscire a isolarlo e a tradurlo, confrontandolo con una banca dati che riuniva migliaia di campioni. Non era stato facile. Ma alla fine c'era riuscito. Il suono apparteneva a un animale...

Per un attimo mi ero anche chiesto: *Non sarà di una chimera?* Invece no. Si trattava di altro. Il verso era quello di una *Hyaenida Crocuta* africana, in poche parole: una fottuta iena ridens.

15

Con quell'assurda rivelazione in mio possesso, era giunto il momento di indire una riunione con la squadra al gran completo. Il nostro primo brainstorming operativo nella sala del Pensatoio.

All'inizio, Monvisi aveva fatto una breve introduzione, spiegando del plico giunto in questura. Poi aveva messo su il nastro.

Per tutto il tempo i miei agenti avevano ascoltato quelle grida senza fare commenti. Con le facce pallide e gli occhi lucidi.

Quando la registrazione era arrivata al termine, nell'improvviso silenzio, era risuonato un sospiro di sollievo collettivo.

A quel punto mi ero fatto avanti, togliendomi dalla bocca il toscano spento, e avevo rivelato il risultato della perizia relativa al suono fantasma nascosto in mezzo agli altri. E tutti mi avevano guardato con un certo stupore.

« Lo so che sembra assurdo, ma non ci sono dubbi », avevo ribadito, cercando di mostrarmi sicuro di me, incurante delle chimere.

Manichelli aveva alzato la mano per avanzare una supposizione: « Potrebbe essere che il registratore abbia carpito un suono proveniente da un televisore? »

« È la prima cosa cui ho pensato pure io. In quel caso, però, lo spettro sonoro sarebbe falsato dalle interferenze tipiche della banda VHF... »

« Sembra *L'uccello dalle piume di cristallo...* » era saltato su Ballardini. I capelli folti e ricci sembravano vibrargli sulla testa come una compagine dotata di vita propria.

« Cazzo dici, si può sapere? » aveva sbraitato Manichelli, di rimando. « Non cominciamo con le stronzate, eh! »

« Intendi quel film di Dario Argento? » aveva chiesto la Masina.

Ballardini aveva annuito con foga. « I poliziotti protagonisti riescono a trovare l'assassino grazie a un suono rilevato nella registrazione di una telefonata: il verso di un uccello che si trova soltanto in uno zoo in particolare. Vanno là e così arrivano al colpevole. »

« Quindi potremmo supporre che gli uomini della registrazione siano stati torturati in un luogo vicino a uno zoo dove viene ospitata una iena? » Muovendo le mani sulla tastiera del computer, la giovane sovrintendente aveva preso a digitare veloce.

Io mi ero fatto avanti: « Alla luce di una supposizione del genere, cominceremo col prendere in considerazione la provincia di Bologna e poi semmai ci allargheremo ».

Bondi, con la fronte corrugata, si era infilato nel discorso. « Non ci sono zoo a Bologna. Il più vicino è quello di Pistoia, in Toscana. »

La Masina aveva smesso di digitare, sollevando una mano come si fa a scuola. «Ho appena controllato sul sito, pare che allo zoo di Pistoia non ci siano iene.»

Manichelli, che se ne stava in disparte, come se pensasse ai fatti suoi, aveva preso la parola: «Potrebbe anche trovarsi in un circo».

«Giusto.» Io mi ero mostrato d'accordo, anche se non mi pareva che quel tipo di animale rientrasse di norma negli spettacoli circensi. «In seconda battuta, estenderemo la ricerca a tutti i circhi equestri che stanno lavorando in questo periodo. Non dovrebbero essercene tanti...»

L'ispettore aveva annuito soddisfatto. «Per quanto riguarda le impronte digitali, immagino che non ne siano state trovate.»

Monvisi gli aveva risposto con tono brusco: «Ovviamente. Nel caso ve lo avremmo già detto, no?»

Io gli avevo lanciato un'occhiataccia. Il comportamento ostile del mio vice stava iniziando a stufarmi. In quel momento il telefono sulla scrivania aveva squillato e lui aveva afferrato la cornetta per rispondere. «Ciao, come stai?» aveva detto, accennando un sorriso. «Te lo passo subito.» Poi era tornato serio e mi aveva guardato, coprendo il microfono con la mano. «È tua moglie.»

Alzando gli occhi al cielo, avevo annuito. «Passa la chiamata sul telefono del mio ufficio.» Avevo tenuto il cellulare spento apposta per non essere disturbato. Ma non era servito. Mara non ne voleva proprio sapere di usare il cercapersone. Infilandomi di nuovo il toscano in bocca, avevo preso a masticarlo nervosamente mentre lasciavo il Pensatoio. Detestavo essere interrotto durante una riunione operativa.

16

Afferrato il cordless, ero andato alla finestra. Stava nevicando e i rami delle querce erano ricoperti di un velo candido. Notai che davanti al cancello c'era un'auto ferma. Un fuoristrada.

Avevo spinto il tasto verde sulla cornetta. «Pronto?»

Dall'altra parte del filo, la voce secca della mia consorte: « Alla buon'ora! »

« Mara, io sto lavorando... »

« Sì, certo. Ti passo Franchino che vuole chiederti una cosa. »

Silenzio. Poi uno strano ronzio, come un'interferenza sulla linea.

La Jeep davanti al cancello stava facendo retromarcia.

« Pronto, papà? »

La voce di mio figlio era risuonata nelle mie orecchie all'improvviso e mi aveva fatto trasalire. « Ehi, Son, è successo qualcosa? »

La macchina misteriosa aveva completato la manovra e stava andando via nel baluginare di fiocchi di neve.

« Volevo solo salutarti e chiederti se stasera vieni a casa per cena. »

Scostandomi dalla finestra mi ero sentito stringere il cuore. Era la vigilia di Natale e tutti l'avrebbero dovuta trascorrere in famiglia. « Mi sa che sarà difficile che possa fare in tempo. » Deglutendo un groppo amaro, avevo salutato, cercando, come al solito, di giustificarmi.

« Cerca di capire, figlio mio... sto facendo una cosa importante. »

La sua voce delusa aveva risposto: « Non ti preoccupare ».

Poi il *clic* e il *tu-tu-tu*. E io mi ero sentito come un verme ambulante e avevo pensato che Mara doveva averlo istigato a chiamarmi, apposta per farmi venire i sensi di colpa.

Mentre riponevo il cordless, avevo imprecato con gusto.

17

Quando ero tornato nel Pensatoio, la Masina stava smanettando al computer, mentre gli altri la osservavano in silenzio.

« Allora hai trovato qualcosa? » le avevo chiesto, cercando di nascondere la mia espressione da cane bastonato.

Lei aveva smesso di digitare, rivolgendomi un sorriso soddisfatto. « Esiste un unico posto che ospita una iena ridens in tutta la regione. Si tratta del 'Centro tutela e ricerca della fauna esotica e selvatica' che si trova nel comune di Pianoro, al confine con Sasso Marconi.» Alzandosi dalla scrivania, aveva raggiunto la mappa provinciale appesa alla parete di fronte al Muro del pianto. Aveva puntato il dito indice facendolo scorrere fino a fermarsi nel punto interessato. «Ecco, dovrebbe trovarsi più o meno qua... Località Brento, Riserva Naturale Contrafforte Pliocenico», aveva detto. «Alle falde del monte Adone!»

Mi ero avvicinato alla cartina per dare un'occhiata, ma le scritte erano troppo piccole. Così mi ero rassegnato a prendere i miei occhiali abbandonati sul ripiano e li avevo inforcati, provando allo stesso tempo un senso di fastidio e di sollievo. Non sopportavo di tenerli addosso. Ma per leggere da vicino dovevo usarli, ormai. Da quando avevo superato la soglia dei quaranta, era scoccata l'*ora presbiteriana*, come la definiva mia moglie quando voleva prendermi per il culo. E gli occhialini da lettura erano entrati nella mia dotazione di poliziotto stagionato.

Avevo guardato con attenzione la disposizione delle strade, cercando di memorizzarle. Poi mi ero rivolto ai miei agenti, tenendo la testa bassa per poterli scrutare da sopra le lenti. «Che aspettate? Alzate le chiappe, che andiamo a fare quattro chiacchiere con quelli che gestiscono questo Centro», avevo detto loro.

Erano già le quattro del pomeriggio. Fuori stava facendo buio e nevicava. Forse sarebbe stato più saggio rimandare. Io però ero ben lungi dall'essere una persona ragionevole. Grazie a Dio.

18

Land Rover Defender nero, senza contrassegni, lampeggiatore blu sul tettuccio. Una corsa sulla statale Porrettana con la sirena spiegata, sorpassando la fila di automobili ferme sotto la neve. Cercando di fare in fretta, con le gomme che mordevano il fondo ghiacciato, avevamo raggiunto il «Centro tutela» in tre quarti d'ora. Non c'erano campanelli per entrare, così avevamo suonato ripetutamente il clacson. Dopo qualche minuto il cancello automatico si era aperto e allora ci eravamo introdotti nella proprietà avanzando a passo d'uomo lungo un vialetto illuminato da lampioncini rotondi.

La responsabile di quel posto era una donna minuta sui quarant'anni, vestita come un uomo: jeans sdruciti, stivali di gomma, maglione a collo alto di lana grezza. Di fronte al nostro tesserino, aveva esibito subito un'espressione allarmata. Sentirsi dire «Siamo della polizia e vorremmo farle qualche domanda...» fa sempre un certo effetto, a prescindere, anche se hai la coscienza a posto. Con grande cortesia ci aveva comunque invitati a entrare in casa, tutti quanti: «... che fuori fa freddo!» accogliendoci in una grande cucina, calda e spaziosa, di quelle di una volta col caminetto acceso, l'odore di legna bruciata e il profumo di dolci fatti in casa. In un angolo c'era un enorme albero di Natale addobbato con luci colorate. E cinque ragazzi seduti a tavola, che dovevano essere volontari del Centro. Di fronte a loro, un mazzo di carte da briscola, bicchieri di vino rosso e un vassoio di biscotti.

«Volete accomodarvi?» aveva chiesto la donna. «Vi faccio un caffè?»

Io avevo sorriso, scuotendo il capo. «Lei è molto gentile», avevo detto. «Ma non abbiamo tempo.» Notai che c'era un cane scodinzolante accucciato in un angolo che ci osservava, con accanto due gatti soriani in una posa regale. L'atmosfera da favola Disney che aleggiava in quella stanza metteva allegria, e allo stesso tempo spiazzava.

Ero andato subito al punto e avevo chiesto se nei giorni precedenti avessero notato gente insolita transitare da quelle parti.

La responsabile mi aveva guardato senza riuscire a celare un'espressione incuriosita. «Effettivamente, qualche giorno fa, ci sono stati rumori di auto. Sembravano fuoristrada che si arrampicavano sulla sterrata che porta in cima al monte.» Rivolgendo lo sguardo ai giovani che se ne stavano seduti a tavola ad ascoltare la nostra conversazione, aveva chiesto conferma: «Lo avete sentito anche voi, vero ragazzi?»

E loro avevano annuito quasi all'unisono.

«Noi tutti ci siamo domandati cosa potevano andare a fare delle persone lassù, in pieno inverno. Allora non aveva ancora nevicato, ma era comunque una cosa strana.»

« La strada di cui parla dove porta esattamente? » avevo chiesto.

« Ci sono le rovine dell'antica chiesa dell'Addolorata. Che d'estate sono spesso meta di turisti, attirati dalla leggenda... »

« Che tipo di leggenda, scusi? »

« C'è una cripta sotterranea in quel luogo, un vecchio cimitero. Si narra che un tempo venisse usato per i sabba delle streghe. Cavolate folkloristiche! »

Il mio cuore si era messo a battere più forte. Una grotta in un luogo isolato poteva essere un posto perfetto per torturare e uccidere delle persone. Stavamo seguendo la pista giusta. Non avevo più dubbi.

Mi ero accomiatato dalla donna, ringraziandola per la sua gentilezza.

Poi ero uscito nell'aia seguito dai miei agenti. E l'avevamo sentita: la iena in quel momento aveva lanciato la sua risata, come per salutarci da qualche gabbia lì vicino. Un verso stridulo che dava i brividi.

Saliti di nuovo sul Defender, avevamo lasciato il Centro avventurandoci nella strada che portava in cima, seguendo le indicazioni che ci avevano dato. C'erano già quindici centimetri di neve sulla carreggiata e la pendenza era molto forte: ma con le marce ridotte e la trazione integrale, il Land Rover riusciva a procedere senza problemi. Ai venti all'ora, però, il viaggio sembrava non dover finire mai.

Mentre c'inerpicavamo verso la sommità, era calato il silenzio e nessuno diceva più nulla. I miei agenti seduti nell'abitacolo posteriore avevano già indossato i giubbotti antiproiettile sotto le giacche a vento e stavano controllando il resto dell'attrezzatura: torce elettriche e pistole. Manico guidava con le mascelle contratte, concentrato sulla strada. I tergicristalli spostavano la neve dal parabrezza con un battito e un cigolio. La notte stava calando. E il vento ululava nella tormenta. Sembrava di essere in un sogno. Irreale e sospeso. Un sogno che presto si sarebbe trasformato in un incubo.

19

Battezzate dai fasci gialli delle torce, sotto il baluginare della neve che scendeva dal foro circolare che bucava il soffitto, cinque croci giganti rovesciate erano infilate nel terreno.

Corpi umani completamente nudi erano inchiodati a testa in giù con le pance squarciate: gli intestini scendevano come sipari formando aureole ghiacciate attorno alle teste penzolanti.

Restammo immobili a contemplare quella scena per un tempo interminabile. Gomito a gomito con le pistole puntate. Come se ci aspettassimo che quei poveri cristi potessero animarsi per assalirci.

Io fui il primo a reagire. Mi avvicinai a uno degli uomini crocefissi. Vincendo il ribrezzo, mi piegai in avanti, spostando con la torcia i cascami di budella ghiacciate e scricchiolanti, per riuscire a osservare il volto da vicino.

Le supposizioni fatte dal tecnico della scientifica riguardo alle lingue mozzate erano giuste, la bocca, infatti, appariva come un buco nero di coaguli. Ma non era solo quello. Anche le cavità orbitali apparivano svuotate: gli avevano cavato gli occhi.

Recuperando la posizione eretta, abbassai la maschera antigelo dalla bocca per rivolgermi al mio vice. «Davide, chiama quelli della scientifica e avverti il magistrato», dissi, sbuffando una nuvola di fiato condensato. «E speriamo che ci sia abbastanza segnale qua sotto.»

Monvisi si frugò nel corpetto con la destra e prese il Motorola per eseguire l'ordine, girandosi da una parte per parlare. Un gesto fatto apposta per distogliere lo sguardo da quello spettacolo orribile.

Io invece non potevo e non volevo smettere di guardare. Cercavo di imprimermi nella memoria ogni particolare. Spostando la luce della torcia da un corpo all'altro. Notai che una delle vittime era di colore...

Qualcuno mi afferrò per un braccio. Era il sottotenente Bondi. Lui stava indicando col dito qualcosa a terra...

Mi avvicinai per vedere di cosa si trattasse. Era una specie di vassoio in terracotta. Puntata la luce della torcia per vedere cosa contenesse, avevo scoperto le lingue mozzate e i bulbi oculari delle vittime, disposti l'uno di fianco all'altro, come in un orrido piatto di portata. Rabbrividendo, mi chiesi cosa potesse significare. Indietreggiai di un passo. Poi mi rivolsi a Monvisi per chiedere notizie dei rinforzi.

«Saranno qua al più presto!» La voce del mio luogotenente era risuonata leggermente distorta. Come se ci fosse un'interferenza che disturbava l'emissione delle parole: doveva trattarsi del batticuore.

20

Quelli della scientifica non ci misero molto ad arrivare, nonostante la neve che veniva giù sempre più fitta, nonostante la notte di Natale e tutto quello che ne conseguiva. Nel silenzio più completo, montarono i riflettori a batteria dentro la cripta, illuminando a giorno il perimetro. Così iniziò il lavoro di rilevamento alla ricerca di tracce significative. Impronte digitali, impronte organiche... Fotografie per cristallizzare i particolari della scena del crimine. E riprese su VHS da tutte le angolazioni: primi piani dei volti, dettagli delle ferite.

Il magistrato giunse un'ora dopo a bordo di un SUV di servizio guidato da un autista della questura. Si trattava di un procuratore fresco di nomina. Una donna. Entrata nella cripta, mi si avvicinò con la mano tesa per presentarsi. «Silvia Cavallo», disse. «Sono il piemme incaricato di affiancarla nelle indagini.» Io la guardai con attenzione per valutarla. Mi era piaciuto il suo approccio, aveva parlato di *affiancare* e non di *dirigere,* e la differenza era sostanziale. Così mi venne da provare per lei un'immediata simpatia. Era carina, occhi grandi, lineamenti aristocratici. E, da come si guardava attorno pallida e smarrita, doveva essere alle prime armi. «Quegli uomini crocefissi... Lei sa chi possono essere, signor commissario?»

Io scossi la testa. «Non ne ho idea, signora giudice istruttore...»

Silvia Cavallo arrossì. E allora la presi a braccetto per allontanarmi con lei dalla scena del crimine. « Lasciamo lavorare in pace i tecnici della scientifica », dissi.

Uscimmo dalla cripta. Aveva smesso di nevicare, il vento si era calmato, ma faceva un freddo cane. C'erano numerosi fuoristrada della polizia parcheggiati sul pratone, motori accesi e fanali puntati. Agenti chini a terra cercavano tracce . Poco distante, era atterrato l'elicottero per portare i corpi al reparto di medicina legale.

Condussi il magistrato nel Defender. Silvia tremava per il freddo: indossava solo un cappotto di pettinato di lana, niente cappello né sciarpa. Frugai nel vano portaoggetti per prelevare una bottiglietta di grappa e gliela allungai. Lei l'accettò subito, senza fare complimenti. « Proprio quello che ci vuole », commentò tra i denti, mentre svitava il tappo. Prese un sorso abbondante, poi mi guardò con gli occhi lucidi: « Va bene, adesso mi racconti tutto », disse. E aggiunse con fare ironico: « Signor commissario! » Poi sorrise e terminò il contenuto della bottiglietta. Io pensai che non mi ero sbagliato: il magistrato che mi avevano assegnato era a posto. Meritava un'esposizione particolareggiata di quello che era successo.

Sorridendo con fare magico, presi a raccontare. Partendo dall'inizio.

21

Una volta tornati alla sede operativa alla fine di quella notte da incubo, ci radunammo nel cortile antistante il patio di entrata, sotto la tettoia dove avevamo parcheggiato le nostre macchine personali. Ci abbracciammo, come fossimo amici di vecchia data, augurandoci a vicenda buon Natale con affetto e con trasporto. E persino il truce Monvisi si lasciò andare a un sorriso. Condividere forme d'inferno, unisce e rende tutti uguali al cospetto della fragilità del cuore.

Lois andò ad aprire il bagagliaio della sua Tigra giallo canarino – dentro era stipata di pacchetti regalo – e recuperò cinque scatoline di cartone rosso a forma di stella, che distribuì a tutti noi, lasciando per ultimo il sottoscritto.

«Lo dia alla persona che ama di più ed esprima un desiderio», mi disse. «È un simbolo d'immortalità e di pace». Poi si alzò sulle punte dei piedi per darmi un bacio su una guancia.

Il biondo, il riccio e il pelato protestarono: «A noi niente?!»

A quel punto montammo sulle rispettive auto per abbandonare la sede operativa, sotto il minaccioso incombere delle querce secolari, i rami scintillanti di ghiaccio. Ognuno diretto a trascorrere quella giornata di letizia: pace e bene a profusione, per festeggiare la nascita di una speranza che non c'è.

22

Giunsi a casa mentre il sole sorgeva nel bianco della neve, insinuando raggi rosati tra una casa e l'altra. Recuperato dal bagagliaio posteriore della Hyundai il regalo per mio figlio, superai il cancello pedonale e percorsi il vialetto fino al portoncino d'ingresso.

Una volta entrato, cercai di non fare troppo rumore e raggiunsi il piccolo soggiorno. Posai il pacchetto sotto l'albero di Natale spento. Mi chiesi se Sonnyboy avrebbe gradito il mio pensiero: la collezione dei fumetti dell'*Uomo mascherato*, con le tavole originali di Falk & Barry, cronologicamente raccolte dal 1962 a oggi.

L'Uomo mascherato, altrimenti detto l'Ombra che cammina, era il nostro supereroe preferito. Un giustiziere in calzamaglia rossa che prendeva a pugni i cattivi marchiandoli con l'anello a forma di teschio che portava al dito.

Allungai una mano per infilare la spina nella presa di corrente. Indietreggiando di un passo, restai ad ammirare l'effetto delle lucine colorate che si accendevano e si spegnevano cercando di provare le stesse sensazioni di quando ero piccolo: quel senso di tepore, come se avessi un caminetto acceso nel bel mezzo del cuore. Ma trovai solo un nodo di tristezza e un filo di nausea, quindi scappai fuori, nel corridoio.

Raggiunsi in punta di piedi la camera di mio figlio.

Lui stava dormendo nella sua tipica posizione: pancia all'aria, testa voltata da una parte e mano destra chiusa a pugno contro la guancia come per proteggersi da qualcosa. La stessa posizione che assumeva Dolcemara nel sonno. Un modo di *sognare* trasmesso geneticamente.

Attento a non far cigolare la rete, mi sedetti sul bordo del letto. Mi frugai nelle tasche e recuperai la scatolina rossa che mi aveva dato la Masina e l'aprii. Il pensiero di Natale che lei aveva avuto per tutti.

Dentro c'era un origami, una bellissima gru, una simbologia giapponese risalente al periodo Edo per realizzare i desideri del cuore. Da piccolo avevo letto un libro che mi aveva colpito molto, *Il gran sole di Hiroshima*, che narra la storia di una bambina malata di leucemia in seguito alle radiazioni della bomba atomica, e che, sul letto di morte, cerca di piegare mille gru nella speranza di salvarsi.

Sentendomi crescere un groppo in gola, lessi l'haiku che Lois aveva inserito: *Scriverò pace sulle tue ali, intorno al mondo volerai, perché i bambini non muoiano mai così...*

Richiusi commosso l'ala di carta e posai l'origami sul comodino. Poi restai a spiare il volto di mio figlio.

Spero di averti dato le ali giuste, piccolo, pensai. *Robuste e capaci, per scoprire i significati del cielo e della terra.*

Concentrandomi sull'amore che provavo per lui, cercai di non sentire i brividi urlanti e l'angoscia che crescevano. Quel senso di paura latente che non mi abbandonava. Le immagini di morte di quei cinque uomini crocefissi: restavano appesi ai bordi della mia coscienza, ondeggiavano senza vento, e non cadevano.

23

Quando Franco spalancò gli occhi, ebbe un piccolo sussulto di paura, e si fece impercettibilmente indietro. Ma poi il suo sguardo appannato dal sonno mise a fuoco chi fosse l'uomo seduto sul bordo del letto. «Sei qua!» gridò con entusiasmo.

Ci abbracciammo. Contenti di esserci l'uno per l'altro.

« Tutto bene? »

« Tutto bene! »

« Sei a posto? »

« Sono a posto! »

Franco si accorse dell'origami sul comodino e disse: « Ma che bello! »

« È il regalo di una mia amica. Per te... » Lasciai che lui lo esaminasse, poi mi alzai in piedi e gli diedi un buffetto su una guancia. « Vado a farmi una doccia. Poi facciamo colazione assieme. »

Abbandonai la camera sorridendo al piccolo uomo con gli occhi gonfi di sonno che teneva sul palmo della mano la gru di carta e la esaminava in ogni dettaglio sussurrando: « Ma che forte! »

Mia moglie doveva essersi già svegliata: si sentiva trafficare in cucina. Andai a salutarla e la trovai che stava apparecchiando con gli occhi fissi sul televisorino acceso sopra il ripiano della credenza. Il TG regionale mostrava stralci di una Bologna natalizia bianca di neve, piazza Maggiore con la facciata della basilica di San Petronio adornata di luci colorate. Dolcemara indossava una vestaglia semitrasparente che lasciava intravedere i capezzoli scuri. Lei aveva sempre avuto seni notevoli, tondi e grossi. Cercando di non indugiare troppo in quella visione, augurai « Buon Natale! » ad alta voce, cercando di metterci tutta l'allegria possibile.

Lei si distolse dallo schermo della TV e inaspettatamente sorrise, poi mi venne incontro, mi buttò le braccia al collo e mi baciò dritto sulla bocca. Dopo si scostò per parlare. Il suo fiato sapeva di dentifricio alla menta. « Meno male che sei arrivato. Ieri sera Franchino era molto triste perché non c'eri, almeno oggi cerchiamo di sembrare una famiglia normale... » Quelle parole dette così, come se niente fosse, nascondevano dietro una bandiera bianca sempre le stesse cose: le ostilità erano ancora presenti e nemmeno tutti i Natali del mondo avrebbero potuto dissiparle completamente.

Si trattava di una finta. Ma andava bene comunque, in mancanza di altro.

Accarezzai il volto di Mara, avvicinai di nuovo le labbra e cercai di darle un bacio vero. Con la lingua. E lei ricambiò, mettendoci persino un pizzico di tenerezza. Poi si distolse spingendomi via con garbo. «Devo sbrigarmi a preparare la colazione», annunciò, con voce melodiosa. «Che poi mi devo mettere sotto per cucinare il pranzo.» Andò ad aprire il frigo, recuperò il bricco del latte e si volse di nuovo verso di me. «Davide viene a mangiare da noi oggi?»

Io pensai al volto pallido che aveva il mio vice quella mattina. E dissi che no, lui (*non ha fame per niente*) avrebbe fatto solo un salto per gli auguri nel pomeriggio.

Monvisi era come uno zio. E frequentava casa nostra da sempre. Ma stavolta aveva passato la mano.

«Sicuro che non vuoi venire a pranzo da noi?» avevo provato a chiedergli quando ci eravamo lasciati dopo aver riportato il Land Rover alla villa, dopo i regali di Lois, i sorrisi e gli abbracci.

«No, Francé. Ti ringrazio per l'invito. Sono stanco morto e voglio andare a casa e dormire. Semmai vengo a salutarvi verso sera.»

Lui era molto scosso, e come dargli torto?

Appresa la notizia, Mara disse, con tono dispiaciuto: «Peccato!» Poi raggiunse i fornelli. E io non potei fare a meno di ammirare il suo sedere. Aveva messo su qualche chilo, ma la cosa non era sgradevole. Anzi. La faceva sembrare più matura e, per certi versi, più desiderabile.

Lei stava dicendo: «Vanno bene fette di pandoro per colazione?»

«Certo, sono perfette, cara.» Mi resi conto di avere il pene in erezione. E mi diedi mentalmente dell'idiota. «Intanto che finisci di preparare vado a farmi una doccia», dissi. Poi abbandonai la cucina e mi avviai lungo il corridoio.

Cinque uomini con le mani e i piedi bucati e gli intestini colanti mi accompagnarono. Non mi volevano lasciare da solo neanche a morire.

24

Il dottor Anders, responsabile del reparto di anatomopatologia, vedendomi entrare, mi salutò con un cenno del capo. Portava gli occhiali di plastica e la mascherina sulla bocca, entrambi schizzati di rosso. Tenava le mani guantate rivolte verso l'alto e con la destra impugnava un bisturi sporco di sangue.

Sul tavolo scanalato, un corpo nudo, grigio e spaventoso. Orbite svuotate. Bocca tenuta aperta con un divaricatore.

Si trattava di uno dei cadaveri della cripta. L'ultimo della serie, nella fattispecie. Gli altri quattro erano già stati esaminati.

Mi avvicinai di un passo, rimpiangendo di non essermi messo sotto il naso l'unguento per dissipare il cattivo odore. «Si può sapere perché mi hai fatto venire?» gli domandai. I miei occhi puntavano il ventre svuotato del cadavere, ero come ipnotizzato. Pensavo che sembrava un'enorme bocca, le fauci di un mostro sdentato.

«Volevo che tu vedessi di persona una cosa.» Anders buttò il bisturi sul vassoio di metallo portastrumenti con un *clanc* e prelevò una spatola palatale assieme a un paio di pinze. «Quando sono state crocefisse, le vittime erano prive di conoscenza. Nel sangue abbiamo riscontrato lievi tracce di cloroformio. Quando è iniziata la tortura, però, si erano già risvegliate. Pronte per soffrire a dovere.»

Abbassando il braccio estensibile con la lente in dotazione al tavolo anatomico, il medico la puntò sulla bocca spalancata per scrutare meglio all'interno. «Per la cronaca: le lingue sono state strappate, non tagliate», disse. «Probabilmente hanno usato delle tenaglie.»

«Fa molta differenza?» chiesi.

Lui si girò un attimo verso di me per rispondermi: «No, è stato solo più doloroso!» Continuò a fissarmi. «Per gli occhi invece devono aver usato qualcosa di metallico e di concavo, tipo un cucchiaino da dessert.»

Detto questo, riprese a trafficare sul cadavere. Infilò le pinze in fondo alla bocca, poi estrasse un grosso grumo giallognolo. «Eccola!» esclamò.

«Di cosa si tratta?» chiesi, allungando il collo per vedere meglio.

Anders lasciò cadere il vermiciattolo in un'ampollina. Notai che ce n'erano altri uguali, che galleggiavano in un liquido rosato. «Tutte le vittime hanno questi *cosi* dentro le cavità orbitali e in fondo al palato molle.»

Guardai l'anatomopatologo corrugando la fronte. «E non hai idea di cosa siano?»

«Non sono sicuro, perché sono piuttosto grandi, ma potrebbero essere uova...» disse, con una certa enfasi. «Uova d'insetto.»

25

Guidavo e pensavo, mentre raggiungevo il posto che mi aveva indicato Anders: dipartimento di Scienze agroambientali dell'Università di Bologna, area di entomologia. Il patologo aveva telefonato per organizzare subito un colloquio con chi di dovere. «Il professor Donati, che è un mio buon amico, si è reso disponibile per una perizia. Ti aspetta...» mi aveva detto lui prima di riprendere il suo lavoro sui cadaveri.

A quel punto mi ero accomiatato. «Mi raccomando, se vengono fuori altre cose strane chiamami.» Poi me ne ero andato con mille ragionamenti che mi giravano nella testa.

I cinque uomini della cripta appartenevano a diverse etnie: uno era africano, un altro cinese, un paio avevano caratteristiche fisiche tipiche delle popolazioni balcaniche e, infine, il quinto dava l'idea di essere caucasico. Dall'analisi dei resti di cibo nello stomaco, le vittime avevano mangiato tutte le stesse cose, prima di morire: carne di manzo e salsiccia di maiale. E la cosa dava da pensare che fossero a cena tutti assieme da qualche parte e che poi qualcuno li avesse sorpresi e messi fuori combattimento per portarli in quella fottuta cripta per torturarli e ucciderli. Avevano usato una sparachiodi pneumatica per effettuare le crocefissioni. Mani e piedi erano stati fissati al legno con chiodi da quindici centimetri ciascuno. Per le croci erano stati usati semplici pali rettangolari da recinzione. Tutto materiale anonimo, da bricolage si potrebbe dire, reperibile ovunque.

Quindi le vittime erano state inchiodate a quelle croci fatte in casa. Poi erano state sottoposte allo strappo della lingua e all'estirpazione dei bulbi oculari. Dopodiché era iniziato il calvario vero e proprio. Sventrati con precisione chirurgica usando un arnese affilatissimo, quasi sicuramente un bisturi, le budella erano colate sul terreno, aggrovigliandosi attorno alle loro teste, simili a serpenti. Ci dovevano aver messo molto tempo per morire: interminabili battiti di tempo trascorso a gocciolare sangue e dolore. Alla fine erano tutti morti per dissanguamento. Tranne uno, più anziano degli altri: deceduto per un arresto cardio-respiratorio terminale dovuto allo shock.

Tutto era stato portato a termine in modo impeccabile, senza errori. Non erano state trovate impronte digitali utili alla comparazione sulla scena del delitto. Nessun elemento significativo da nessuna parte. Nemmeno tracce di pneumatici all'esterno della cripta, con tutta la neve che era caduta.

Parcheggiai davanti all'entrata della facoltà, senza preoccuparmi del divieto di fermata. Per evitare casini coi vigili, misi la paletta con la scritta MINISTERO DELL'INTERNO sul cruscotto in modo che si potesse vedere attraverso il parabrezza.

Guadagnato l'ingresso, chiesi informazioni al portiere. Lui m'indicò l'ascensore: « Entomologia si trova al terzo piano ».

Mi accolse un uomo calvo, sulla cinquantina, con la mano destra tesa per farsela stringere. « La stavo aspettando, commissario. »

Il professor Donati mi fece strada in un corridoio fiancheggiato da schiere di scatole metalliche dipinte di verde. Fino a dentro un laboratorio con ripiani piastrellati. C'erano apparecchiature scientifiche, microscopi, stenditoi, piccole presse per erbari...

Donati si fece dare l'ampollina con dentro i reperti da esaminare. Poi si procurò un forcipe, prelevò uno dei grumi dal recipiente e lo posò su un foglio di carta bianca, sotto la luce di una lampada. Spostò la lente d'ingrandimento su un braccio flessibile e si chinò per guardare. Scosse il capo. « Non è un uovo d'insetto, ma una larva », disse. « Direi all'ultimo stadio, quello dell'impupamento. »

« Quindi una crisalide, subito prima che nasca l'insetto adulto? »

Donati annuì, senza smettere di rigirare il reperto con le pinze. Visto con la lente, ricordava il sarcofago di una mummia. C'erano appendici sotto il corpo e un accenno di muso, come un bassorilievo alieno.

«Comunque non è un insetto di quelli che solitamente infestano i cadaveri in decomposizione, tipo le mosche.»

«Quindi di cosa si tratta?»

«La pupa appare protetta da un involucro chitinoso.» Donati prese un minuscolo bisturi dal portastrumenti posato sul tavolo. Poi sezionò la larva con gesto esperto. «Ecco, lo sapevo. I segmenti addominali. Le ali. Cremastere e pungiglione...» Alzò il capo e mi fissò con aria seriosa. «Senza dubbio si tratta di un imenottero», spiegò.

Lo guardai con stupore. «Un'ape?»

«No, direi una vespa. Le sue protuberanze larvali sono disposte a cerchio, caratteristica di certi esemplari del Centro America.» Con un gesto m'invitò a seguirlo fuori del laboratorio. Nel corridoio, dove c'erano le cassettiere metalliche che avevo notato entrando, Donati si fermò per scrutare i nomi sulle etichette: NOTTUIDI, NEOTROPICALI... Poi parve decidersi e fece scorrere lo sportello contrassegnato con la scritta PEPSINAE. Passò le dita lungo i tiretti e ne scelse uno, estraendo l'espositore dall'alloggiamento. Sul vassoio c'erano piccole uova in una provetta e un bruco dentro una fiala di alcol che sembrava identico a quello che avevamo appena esaminato, la piccola mummia che infestava i cadaveri crocefissi. L'insetto adulto imbalsamato campeggiava al centro di un foglio di sughero, infilzato da un grosso spillo. Restai a guardarlo, provando una strana sensazione. Dava l'idea di qualcosa di pericoloso.

«Le presento la *Vespa Nigra*.» La voce di Donati parve risuonare vagamente funerea, come se stesse annunciando una disgrazia. «La cosiddetta 'vespa carnivora'.»

26

«Si tratta di una specie molto rara, una variante primitiva della *Vespa Pepsis Formosa* tipica della foresta pluviale, un insetto parassita che ha la caratteristica d'ingravidare forme animali ospiti, iniettando loro le uova per far sì che quando queste si schiudono, le larve si possano nutrire dell'ospite dall'interno fino a quando non diventano adulte.» La mia voce risuonava forte e chiara dentro la sala del Pensatoio. Mentre relazionavo ciò che avevo appreso quella mattina, aiutandomi con alcune note che avevo buttato giù durante il colloquio con l'esperto entomologo.

Ballardini a quel punto fece per dire qualcosa, ma Manichelli lo anticipò: «Sembra *Alien*. Stavi per dire quello, vero?»

Dopo la mia visita dal professor Donati, avevo subito raggiunto la sede operativa e indetto una riunione coi miei *petali* per metterli al corrente delle assurdità emerse dall'autopsia.

La Masina alzò la mano per fare una domanda. «Per quale ragione quell'insetto viene chiamato in quel modo?»

«La vespa nera può arrivare a scarnificare le carcasse degli animali morti, per procurarsi le proteine animali con cui nutrire le sue larve. Da qui quel soprannome così inquietante. La sua puntura è dolorosissima. E può inoculare una dose di veleno molto alta: dieci punture possono essere letali per un uomo di corporatura media. Da quello che mi è parso di capire, è un residuo della notte dei tempi. Un insetto preistorico, che non si è evoluto ed è giunto immutato fino ai giorni nostri.»

Monvisi borbottò un commento: «Un po' come gli scorpioni».

Io annuii. «Pare che oltretutto ne siano rimasti pochissimi esemplari.»

Bondi prese la parola: «Quindi il responsabile delle crocefissioni, il mandante, quel benedetto che è... potrebbe essere un collezionista di insetti rari. Magari interpellando le aziende dove vengono allevati gli insetti per essere venduti, potremmo trovare nuovi indizi».

«È la prima cosa che ho chiesto al professor Donati, ma lui sostiene che quel tipo di insetto non si può trovare in commercio, è troppo raro.»

Guardai i miei agenti, a uno a uno. «Credo che noi adesso dobbiamo concentrarci più sul perché, che sul come. Il motivo per cui è stato infilato quel tipo di larva dentro le vittime.»

« Deve trattarsi di una simbologia. La componente rituale è evidente... » disse la Masina.

Mi avvicinai al Muro del pianto. Che non era più tanto vuoto. C'erano una decina di foto affisse che ritraevano la scena del crimine dentro la cripta. Tutta quella platealità doveva avere un significato. Croci rovesciate. Vassoio di portata con sopra lingue mozzate e bulbi oculari. Poteva essere opera di un gruppo di fanatici religiosi. E forse c'era una persona che avrebbe potuto aiutarmi a fare chiarezza.

27

Gli avevo telefonato e lui aveva risposto con quella sua voce un po' cantilenante, che sembrava sempre sul punto di recitare un'omelia: « Sono monsignor Sisto Connubio, per servirvi ».

Io mi ero presentato, con tono scherzoso: « Sono una pecorella smarrita, padre! »

« Sogno o son desto? Il mio ranger preferito che si *degna* di chiamarmi! » aveva detto lui.

Facendo mente locale, mi ero reso conto con disappunto che erano mesi che non mi facevo sentire e che non gli avevo nemmeno fatto gli auguri per Natale. Quel prete mi era stato vicino dopo che era morto mio padre. E provavo un grande affetto nei suoi confronti. Lo rispettavo profondamente, come il mio maestro di arti marziali. Entrambi avevano contribuito a farmi diventare l'uomo che ero. « Vorrei incontrarti per una consulenza, possibilmente erudita... »

Risolino. Un sussurro tra i denti: « Oh, buon Gesù Salvatore del mondo, che pazienza che mi ci vuole... »

Sisto era un gesuita laureato in Psicologia e specializzato in Antropologia religiosa che era stato docente alla facoltà di Paranormologia dell'Università Lateranense di Roma. Si era occupato di fenomeni paranormali, di sette sataniche e aveva scritto molti libri a sfondo filosofico sui cosiddetti « percorsi del male », analizzando avvenimenti e personaggi storici. Non c'era persona più adatta di lui per dare un parere su quello che stava succedendo.

Mi aveva dato appuntamento nel baretto in fondo alla strada che conduceva al santuario di San Michele in Bosco. Vicino al seminario arcivescovile dove insegnava da qualche anno.

Quando giunsi sul posto, verso le cinque del pomeriggio, lui mi stava già attendendo seduto a un tavolino sulla terrazza verandata del locale. E stava sorseggiando un tè.

Gli sorrisi e lui contraccambiò. Poi mi sedetti sulla sedia di fronte. « Come stai, prete della malora? »

Sisto aggrottò la fronte in quella sua smorfia caratteristica che lo faceva assomigliare a Fernandel quando interpretava Don Camillo. « Qualche acciacco dovuto all'età, un po' di diabete che mi fa arrabbiare, ma non posso lamentarmi. »

Giunse il cameriere che mi chiese cosa desiderassi e io ordinai un caffè macchiato caldo.

A quell'ora, nel locale c'eravamo solo noi. E la situazione era perfetta per parlare di cose delicate, lontano da orecchie indiscrete.

« Allora quale sarebbe questa consulenza urgente di cui abbisogni, figliolo? »

Cercai di raccogliere le idee un attimo, prima di cominciare a parlare. Valutai che la cosa migliore era quella di esporre i fatti nudi e crudi, lasciando da parte qualunque componente emozionale. Così raccontai della registrazione delle grida. E descrissi con dovizia di particolari la scena del crimine nella cripta. Lasciando per ultima l'assurdità delle larve di vespa emerse dall'autopsia.

Quando terminai la mia esposizione, nell'improvviso silenzio che seguì, mi parve di sentire il cuore battermi in gola e allora presi la tazzina e mi decisi a bere il macchiato caldo, che ormai, per forza di cose, era diventato macchiato gelido. Il sapore del caffè era comunque forte e respinse il mio cuore al suo posto, al centro del petto.

Sisto annuì lentamente. Poi attaccò a parlare: « Il quadro che ne emerge presenta caratteristiche rituali appartenti a estrazioni diverse: la demonologia cristiana, con riferimenti al satanismo come le croci rovesciate... mentre gli occhi e le lingue strappati e posti su un vassoio danno l'idea di certi rituali magici legati ai culti sincretici dell'America Latina, tipo il Palo Mayombe o la santeria, culti che sono a loro volta delle mescolanze, tra mitologie africane e cattoliche... »

« Delle larve di vespa, invece, cosa ne pensi? »

Lui si morse le labbra in un atteggiamento riflessivo. « Non conosco alcuna simbologia legata a quel tipo di insetto », disse. « Le vespe di per sé sono accomunate alla sporcizia, un poco come le mosche, sono attirate dal sangue e vengono considerate in certe culture insetti malefici... In questo caso, poi, parliamo di una specie rara, molto particolare. »

« Quindi potrebbe essere un delirio, qualcosa che ha un significato preciso solo per colui che ha perpetrato quegli omicidi. »

Sisto annuì di nuovo. « Tutto quanto lascia supporre un fanatismo spinto all'eccesso, ci deve essere alla base un'ideologia, un dogma, una fede in qualcosa. Ma non è escluso che possa trattarsi anche solo di una forma di follia intrinseca. Il quadro criminale presenta una certa ricercatezza, quasi un gusto estetico, per quanto orribile. »

« Come una celebrazione della morte, intendi dire? »

Il gesuita mostrò i palmi delle mani. « Considerando la registrazione delle grida durante la tortura, sembrerebbe più una celebrazione del dolore. Ma le mie sono solo supposizioni a ruota libera. »

Restai a fissare il vuoto, dentro la tazzina. Pensai a certe zingare che riescono a leggere il futuro nei fondi di caffè. Guardando bene, a me sembrava di vedervi la forma di un teschio, e allo stesso tempo la corolla di un fiore: scherzi dello sguardo, giochi di luce. Le parole del mio amico erano state evocative, anche se non avevano portato alla luce cose particolarmente eclatanti. In qualche modo mi avevano mostrato dove dirigere lo sguardo e il cuore. Sapevo di essermi imbattuto in un nemico molto pericoloso. Che dovevo riuscire a stanare.

Il fiore dentro la tazzina tornò a essere un teschio, allora presi una bustina di zucchero e la versai dentro. Poi strizzai l'occhio al mio prete preferito, che mi guardava con un sorriso stupefatto.

« Figliolo, dolcifichi sempre il caffè dopo averlo già bevuto? »

Mi strinsi nelle spalle. Frugando nelle tasche del giubbotto, tirai fuori una moneta da cinquecento lire e la buttai sul tavolo, vicino allo scontrino. Poi mi alzai e Sisto fece lo stesso.

Usciti dal locale, ci abbracciammo e lui disse: « Tienimi informato sugli sviluppi ».

Io risposi che lo avrei fatto senz'altro. Poi lo guardai allontanarsi verso il cancello di entrata del seminario. Le spalle larghe. Leggermente curve. Era invecchiato molto dall'ultima volta che lo avevo incontrato e mi dispiaceva per lui.

In quel momento il Motorola squillò. E io risposi subito, mentre mi dirigevo verso la mia coupé parcheggiata alla cazzo di fianco al bar. La voce di Monvisi: « Capo, ci sono sviluppi importanti ». Ascoltai cosa aveva da dire il mio vice. Prima di riattaccare, assicurai che sarei giunto in villa nel giro di mezz'ora.

Mi volsi per cercare padre Sisto con gli occhi, ma era già scomparso oltre il cancello. I lampioni del viale si accesero di colpo, come un battito di ciglia. La sera stava scendendo. Il buio era un pagliaccio nero che attendeva dietro le nuvole gonfie di neve. E di colpo faceva più freddo.

28

Al centro del pannello di sughero del Muro del pianto, campeggiavano cinque foto segnaletiche. Le indicavo a una a una col dito, come per controllare se c'erano tutte. « Adem Luli, boss della gang albanese. Wang Li, capo della Triade cinese. Vlad Ivankov, leader della Organizatsya russa. Radu Romano, capo della mafia rumena. Tariq El Dosu, capogruppo del clan africano... » Dopo aver letto quei nomi, mi tolsi gli occhiali e mi girai per fissare i miei agenti.

La donna, il biondo, il riccio e il pelato, ricambiarono il mio sguardo. Mentre Monvisi si manteneva fuori del coro, ricoprendo il ruolo dell'araldo, seduto con le braccia conserte al mio fianco.

« Quindi gli uomini torturati e uccisi nella cripta, come tutti già sapete, erano dei boss. I capi malavitosi delle maggiori gang responsabili del traffico di droga in Emilia-Romagna. » La mia voce risuonava nella stanza, tranquilla, quasi rassicurante. « Voi cosa ne pensate? » chiesi, mentre mi avvicinavo alla lavagna centrale.

Sulla scrivania accanto, c'era un vassoio con sopra un esercito di struffoli, palline di pasta fritta cosparse di miele, frutta candita e confettini colorati. Erano dolcetti di Natale portati dalla Masina, una specialità napoletana da leccarsi i baffi fatta da sua madre: *la mia vecchia non fa altro che cucinare, ed è brava assai...*

Quelle palline dorate rappresentavano l'unica nota frivola in quella sala piena di note dolenti: i referti dell'autopsia appesi e i ritratti delle vittime, volti da sfinge in un contesto irreale.

Bondi alzò la mano, come a scuola. «Qualcuno ha fatto il lavoro sporco al nostro posto», ipotizzò.

Annuendo, presi un gessetto e scrissi sulla lavagna:

OPERA DI UN GIUSTIZIERE?

Manichelli, che nel frattempo aveva tagliato strisce di carta e fatto palline con alcune pagine del suo blocchetto per gli appunti, come un alunno di prima elementare, saltò su dicendo: «Be', bisogna ammettere che a questo punto il nostro lavoro è praticamente finito, capo. Le gang sono già state sgominate».

La Masina fece un risolino. «E noi adesso possiamo prenderci una bella licenza premio postnatalizia!»

Ballardini diede il suo parere: «Magari si tratta di una squadra di poliziotti frustrata che ha pensato bene di saltare tutte le prassi burocratiche d'indagine: *Una 44 Magnum per l'ispettore Callaghan...*»

«Ecco, appunto, è arrivata la citazione cinematografica...» Manichelli gli tirò una pallina di carta e l'altro cercò di schivarla e non ci riuscì: gli finì in mezzo alla compagine di capelli ricci.

Fissai serio i miei collaboratori. «Un'impresa del genere può averla compiuta soltanto un'organizzazione criminale più potente di tutte le altre.» Tornando alla lavagna, scrissi:

IPOTESI UNO

Poi feci un trattino e completai con la parola:

VENDETTA

Mi girai un attimo verso gli altri. «Loro sono stati eliminati da qualcuno che voleva punirli. Un giustiziere o un gruppo di vendicatori.» Sorrisi a Ballardini. «Come suggerisce Callaghan.» Strizzai l'occhio al mio agente e questi arrossì. Aveva ancora la pallina di carta tra i capelli.

Rivolgendomi di nuovo alla lavagna, proseguii a scrivere:

IPOTESI DUE

Aggiungendo poi a fianco, sottolineato:

REGOLAMENTO DI CONTI

«Qualcuno aveva questioni da risolvere coi cinque boss...»

Manichelli saltò su dicendo: «Capo, questa, però, mi sembra un po' tirata per i capelli . Perché prendersi la briga di compiere un rituale del genere?»

Ballard fece un risolino. «Il Manico ne sa qualcosa di capelli tirati!»

Lois alzò la mano per dare il suo parere. «Secondo me qualcuno ha eliminato la concorrenza!»

Rivolsi un sorriso alla bella sovrintendente. «È quello che credo anch'io.» Avvicinandomi di nuovo alla lavagna, scrissi:

IPOTESI TRE - AVVICENDAMENTO

Poi tracciai un cerchio attorno. «Qualcuno vuole prendere in mano il potere criminale legato al traffico di sostanze stupefacenti e gestirlo da solo.» Mi volsi verso i miei agenti. «In poche parole si è trattato della prima fase di un'acquisizione!» I miei occhi corsero alla finestra. Colsi le sagome nude degli alberi che circondavano la villa. «Un nuovo personaggio sta subentrando. E vuole farcelo sapere.» I brividi sulla mia schiena scivolarono lungo un paio di vertebre tanto per farmi sentire che erano ancora là. Non se ne sarebbero andati troppo facilmente. Forse non se ne sarebbero andati mai: *brividi forever*. Per distogliermi dagli alberi e dalla paura, andai a prendere una manciata di struffoli e me la ficcai in bocca. Un confettino mi andò di traverso facendomi tossire. Allungai una mano sul vassoio e presi tra le dita una perlina di zucchero.

«Sono *diavolilli*, commissario.»

Lois si era avvicinata per prendere un boccone pure lei. «I confettini che stanno nella pasta degli struffoli li chiamiamo così, a Napoli. Piccoli diavoli che farciscono il tutto, *mimulicchi*!»

Annuii fissando i dolcetti con aria pensosa.

«Come procediamo adesso, Francesco?» Monvisi aveva parlato.

Deglutendo sapore dolce, mi girai verso il mio vice, che mi aveva chiamato per nome. Il buon Davide non mancava mai occasione per mostrarsi un gradino più su rispetto agli altri. Faceva tenerezza questo suo desiderio di rivalsa spinto all'eccesso. Tenerezza e fastidio assieme.

«Procederemo in un unico modo.» Mentre stringevo i pugni più forte del dovuto, feci un sorriso, prima di concludere. «Adesso andiamo a farci una bella scorpacciata di *mimulicchi*»

E nei giorni a seguire fu esattamente quello che cercammo di fare.

29

«Lei si chiama Lucia Molesini e un tempo è stata una tossica e una puttana. Poi ha smesso. Adesso campa facendo le pulizie. Sguattera a ore per un'agenzia che la chiama quando ha bisogno...»

Col cellulare ben premuto contro l'orecchio, ascolta le informazioni che gli vengono date. Tiene lo sguardo perso nel vuoto. Assimila ogni parola.

«Lui è Giuliano Moras, di professione meccanico. A tempo perso fa lavoretti in giro. Roba di poco conto. Si dice che abbia le orecchie grandi e la bocca che perde. Lui ascolta e riferisce. Fa l'informatore per la polizia. E questa volta ha ficcato il naso nel posto sbagliato...»

Tira giù il finestrino, sporge la testa tonda e grossa e guarda la facciata del palazzo. L'appartamento che gli interessa si trova al terzo piano. Le tapparelle sono tutte alzate. Trapela una sagoma da una tenda, solo per un attimo. In casa c'è qualcuno.

Apre lo sportello e scende dall'auto. Si guarda attorno, consapevole di avere una stazza che attira l'attenzione. In quel momento non c'è nessuno in giro. Meglio così. Si avvia verso l'entrata del palazzo.

Pensa: *Eliminazione, pulizia.*

Il suo uomo le ha telefonato per dirle di prepararsi, che sarebbero andati a fare un viaggio. « Potremmo recarci dai miei in Sardegna », ha detto. « Che qua l'aria si è fatta troppo pesa. » È da un po' di tempo che lo vede teso. Quasi spaventato. Tante volte gli ha chiesto il motivo del suo nervosismo, ma lui non le ha mai dato una risposta sensata. Solo mugugni o frasi di circostanza della serie « sta' tranquilla, va tutto bene ». Invece non va bene nulla e lei è davvero contenta di cambiare aria. Quindi si mette a preparare le valigie, sperando che lui si sbrighi a raggiungerla. Si sente in apprensione perché ha avvertito un senso di urgenza nella voce di Giuliano. Per non dire di peggio.

Così, quando il campanello suona, si precipita alla porta per aprire convinta che sia lui. E si ritrova davanti uno sconosciuto: un uomo grasso e calvo, con la faccia tonda, quasi infantile, che le sorride triste mentre avanza per varcare la soglia, il braccio teso per impedire che lei richiuda.

Lucia fa un passo indietro. La voce tremante, assottigliata dalla paura: « Scusi, cosa vuole lei? »

Il Grasso avanza inclinando la testa da una parte in un atteggiamento riflessivo. « Voglio te », dice in un sussurro. « *¿Entiendes?* »

Un sibilo argenteo nell'aria. Nella sua mano compare un coltello.

Con un rapido movimento afferra la donna per i capelli e le spinge la lama contro la gola.

« Lui dov'è? » chiede, con voce suadente. « *¿Dónde está?* »

Lei muove le labbra convulsamente. « Non è in casa », risponde.

Il Grasso si scosta indietro quel tanto che basta per fissarla dritto negli occhi. Scrutando nei meandri della sua paura, valuta che lei non sta mentendo. «Quando torna a casa?» chiede, sussurrando dolce. Poi la colpisce alla pancia. Un pugno forte e duro come un maglio, che le lacera la sacca gastrica.

Giuliano Moras rallenta e accosta a destra, di fronte al palazzo in cui abita. Per prudenza prende il cellulare per chiamare. Suona libero. E forse c'è qualcosa che non va... La sua compagna lo sta aspettando per partire e non ha senso che non si faccia trovare. Irrigidendosi, pensa al da farsi, mentre spinge il telefonino contro l'orecchio così forte da farsi male.

Driiiiiiiiiiiiiiiiin...

Il Grasso fissa il telefono posato sul mobiletto di fianco al divano. Il trillo della suoneria riempie la stanza. Afferra la donna per un polso e la trascina per la stanza. Poi le ordina di rispondere e di fare la brava e mostra il coltello con fare minaccioso. «Se non fai come devi, ti cavo gli occhi e te li faccio mangiare, *¿entiendes?*»

Lucia afferra la cornetta ansimando con la bocca aperta. Si chiede in che brutto guaio si sia ficcato stavolta Giuliano. Lo stomaco le fa così male, e le viene da vomitare. Pensa che se lui sale, quell'uomo immenso lo ammazza e poi fa fuori anche lei. Pensa che Giuliano le ha sempre dato una mano quando ne aveva bisogno, che l'ha salvata dalla droga e dal marciapiede e che qualcosa in fin dei conti glielo deve. Allora prende una decisione e risponde al telefono: «Devi scappare, amore. Devi andare via, se no ti ammazzano!»

Il Grasso la guarda scuotendo il capo e le toglie la cornetta dalle mani quasi con delicatezza. Poi l'afferra per i capelli e se la trascina dietro come se fosse un sacco. Lei gli graffia i dorsi delle mani e lui nemmeno ci fa caso. Raggiunge la finestra, scosta la tenda e guarda giù in strada. Una Ford Fiesta rossa sta andando via. L'auto del suo uomo.

Si gira per guardare Lucia: lei singhiozza e chiede pietà. Con un ringhio la solleva di peso come se fosse una bambola e la butta contro la finestra. I vetri che s'infrangono. Il corpo che precipita nel vuoto.

Moras sente un rumore, come di qualcosa di flaccido che si schianta sull'asfalto pochi metri davanti alla sua auto, e allora frena sbandando verso il marciapiede. Col cuore che sembra uscirgli dalla gola, fissa attonito quella poltiglia rossa spiaccicata sulla strada e gli ci vuole qualche secondo per rendersi conto che si tratta di un corpo. Poi riconosce la sua donna e allora lancia un grido e pigia il pedale dell'accelleratore per scappare. Loro gli stanno addosso. Hanno ucciso Lucia e adesso toccherà a lui...

Perdendo lacrime dagli occhi, pensa che deve fare qualcosa prima che lo becchino. Rivelare quello che ha scoperto a chi di dovere.

Il Grasso prende il cellulare e chiama. « La donna è morta e Moras è scappato », dice. Un resoconto rapido.

Dall'altra parte una voce gli risponde: « Rientra pure, adesso non è più un tuo problema ».

30

Morena Brizio aveva lo sguardo incollato allo schermo del televisore. Stava seguendo la registrazione di un servizio speciale del TG2 che mostrava uno stralcio della conferenza stampa che il capo della polizia aveva tenuto qualche giorno prima per spiegare i successi ottenuti contro il crimine organizzato: una retata in un covo di trafficanti in un magazzino della zona industriale di Reggio Emilia con centinaia di chili di eroina sequestrati... Seguivano immagini riprese in esterno dove si vedevano agenti in borghese portare via uomini in manette. Per un attimo veniva inquadrato lui, Francesco Negronero, che presiedeva a quell'operazione.

Mise il fermo immagine e restò a guardare la figura imponente dell'ex dirigente della omicidi. C'erano voci riguardo a un suo nuovo incarico come capo di una squadra speciale.

Con un sospiro, spense il televisore e si andò a sedere a gambe aperte sul tappeto. Era completamente nuda e il contatto dei suoi glutei con la trama vellutata del persiano le provocò un brivido di piacere. Di fronte a lei erano schierate fotocopie di protocolli riservati, che era riuscita a procurarsi di straforo grazie alle sue conoscenze. Stralci di documentazioni che riguardavano i cinque boss trovati morti la notte di Natale. Li aveva letti innumerevoli volte ed era ancora incredula.

Quando era successo il fatto, un mese e mezzo prima, la notizia di quelle uccisioni aveva sollevato un po' di polverone. Ma gli inquirenti avevano licenziato in fretta la questione avanzando l'ipotesi di un regolamento di conti tra bande rivali. Erano state relazionate, senza entrare troppo nei particolari, orribili mutilazioni causate da morsi di animali, in quanto i cadaveri erano rimasti diversi giorni dentro una cripta sotterranea.

Peccato che le cose, in realtà, non fossero andate così. Secondo il materiale che si era procurata, quegli uomini erano stati crocefissi a testa in giù. E crudelmente torturati. Occhi e lingua strappati, pance aperte. I particolari più cruenti evidentemente erano stati taciuti per evitare di incoraggiare possibili emulatori. In ogni caso, non dava proprio l'idea di essere un regolamento di conti tra bande. Almeno non solo.

Poi, come se tutto questo non bastasse, il commissario Francesco Negronero era stato l'artefice della scoperta. Sempre lui.

Con un sospiro, allungò una mano per prendere la sua agenda Moleskine, e prese a sfogliarla leggendo le note che vi aveva appuntato: *sette blitz della polizia in regione nel giro di un mese: spacciatori colti con le mani nel sacco, bische clandestine smantellate...*

Il questore vantava grandi successi in campo operativo, ma in realtà erano stati beccati più che altro pesci piccoli. Niente di eclatante. Tanto fumo e niente arrosto.

Quell'azione di forza rivolta alla piccola criminalità era collegata a quegli uomini crocefissi? E cosa c'entrava in tutto ciò il commissario Negronero e la sua presunta fantomatica nuova squadra operativa?

Si alzò dal tappeto e raggiunse il telefono poggiato sopra la scrivania. Spinse il tasto della segreteria e riascoltò il messaggio registrato che gli aveva lasciato sua figlia la sera prima: non lo aveva cancellato e continuava a tenerlo lì, tanto per sentirsi meno sola. Non la vedeva da molti mesi la sua piccolina, e le mancava. Ma era anche contenta di essere lontana da lei. La sua Monica viveva a Montpellier col padre e frequentava una scuola esclusiva, stava bene. Lei faceva parte di una vita diversa, un errore di gioventù cui voleva un bene dell'anima ma che, nello stesso tempo, aborriva. Con un sospiro, riavvolse il nastro e riascoltò per l'ennesima volta la voce argentina di sua figlia: *Mi manchi tanto, mammina.* Pensò: *Invece tu non mi manchi per niente, bambina. Ti voglio troppo bene!* Poi schiacciò il tasto per cancellare il messaggio vocale.

Scacciando i pensieri tristi, prese la cornetta e telefonò in redazione. Voleva accertarsi che fosse tutto a posto per l'uscita della rivista la mattina seguente. Di sicuro quello che aveva scritto avrebbe suscitato un certo scalpore. La gente era affamata di mistero e sangue. E adorava le storie di vendetta atroce. Il fatto che fosse tutto *presunto* non faceva alcuna differenza.

Dopo aver ricevuto rassicurazioni che fosse tutto a posto, chiuse la comunicazione, e le scappò un sorriso al pensiero della faccia che avrebbe fatto il commissario ricevendo il plico che lei gli aveva fatto recapitare. Una copia della rivista in anteprima, ancora fresca di stampa, con una piccola dedica all'interno: *Il mio regalo di san Valentino, commissario del mio cuore.*

Passandosi una mano sui seni nudi, trovò i capezzoli irrigiditi così tanto che, toccandoli, provò quasi una sensazione di dolore.

Niente da fare: certe cose la eccitavano da morire.

31

Il '94 si era concluso ed era giunto il '95. Gennaio tutto intero e mezzo febbraio trascorsi a divorare *mimulicchi.*

Nella fattispecie, la mia metafora, discutibile quanto si vuole, voleva significare una precisa tattica operativa: quella che si *basa* sullo sfaldamento della *base*. E benvenuti i giochi di parole che rendono l'idea, invece di ammazzarla!

In sintesi, quello che avevamo fatto operativamente in quegli ultimi febbrili 76 giorni era stato creare più trambusto possibile all'interno delle compagini della malavita rimaste senza guida. Agitare le acque in quel modo sarebbe servito per sciogliere la lingua dei superstiti e superare le barriere di reticenza.

Fino a quel momento, però, nessuno degli arrestati si era lasciato andare a rivelazioni particolari. E l'idea generale che ne veniva fuori era che fossero tutti piuttosto spaventati. Poi, la mattina del 14 febbraio, mi chiamò sul cellulare un mio informatore abituale, un certo Giuliano Moras. Tutto trafelato, mi chiese d'incontrarlo al più presto perché aveva delle cose da dirmi. E io naturalmente accettai, recandomi subito all'appuntamento.

Alle dieci esatte, puntuale come la morte, giunsi sul posto, al parco di Forte Bandiera, zona colli. E parcheggiai la Hyundai sul ciglio della strada, di fianco a una Ford Fiesta rossa, all'inizio di via Santa Liberata.

Scesi dall'auto tenendo una rivista sotto il braccio. Mi guardai attorno, stringendomi il bavero del giubbotto attorno al collo. Anche gli ultimi residui di neve si erano sciolti, ma faceva ancora freddo. L'inverno era ben lungi dall'essere terminato.

Si sentiva in lontananza il rumore scoppiettante e isterico di un motorino: di certo qualcuno stava facendo del cross nei sentieri che si diramavano nel bosco sottostante. Mi venne in mente di quando ero piccolo e mio padre mi portava a vedere le gare la domenica mattina, prima che morisse, ai tempi in cui non m'interessavo ancora dell'identità dei cieli e credevo che il mondo fosse un posto pulito e senza dolore. Ricordo che c'era un campione che vinceva sempre. Lo chiamavano tutti Brylcreem, che era il nome stampato sulla sua maglia, la pubblicità di una brillantina. Stringendo la mano di papà, cercavo di non mostrare quanto fossi spaventato. Quei motociclisti incrostati di fango all'inverosimile sembravano mostri su due ruote che ruggivano.

Raggiunto l'uomo che mi stava aspettando seduto nell'area picnic, su una delle panchine al limitare del parco, mi sedetti accanto a lui. Non c'era nessun altro lassù, oltre a noi, con quel tempo rigido. Quello era un posto frequentato soprattutto in primavera ed estate. Famigliole che si organizzavano per fare il barbecue oppure coppiette che pomiciavano guardando il panorama. E anche ragazzi che andavano a *farsi* dietro qualche cespuglio di sera, lasciando siringhe a terra.

Restai in silenzio. E presi a sfogliare la rivista che mi ero portato dietro: *Best'seven*, un rotocalco a cadenza settimanale che mi era stato recapitato quella mattina da un addetto della questura.

Leggendo la dedica che mi aveva scritto Morena Brizio, l'autrice dell'articolo di punta, mi era saltata la mosca al naso. Il rotocalco, il cui delirante slogan era *Il meglio della settimana, parola nostra!*, si occupava di cronaca nera e di gossip, spesso mescolandoli assieme: una creatura ibrida in grado di dileggiare a piacimento, col solo scopo di ottenere l'esaurimento delle tirature.

Questa volta la copertina era di grande effetto. Un esercizio notevole di grafica, dove era stata replicata cinque volte la *Crocefissione di san Pietro* di Caravaggio. A lettere cubitali, il titolo: *Vigilantes satanici alle falde dell'Appennino*. Seguiva un articolo dove si parlava dei cinque boss uccisi descrivendo la tortura cui erano stati sottoposti. L'ipotesi che veniva avanzata era quella di un giustiziere.

La Brizio, che nell'ambiente veniva giustamente chiamata la Murena, era furba e rompicazzo, e non si smentiva mai.

L'avevo conosciuta ai tempi della vicenda del Boia. E c'era mancato poco che ci finissi pure a letto. Ci eravamo incontrati in un bar in piazza Maggiore per un aperitivo e un'intervista. E io, tra un bicchiere di Negroni on the rocks e una manciata di patatine, le avevo rivelato alcuni retroscena della vicenda. Dopo la nostra chiacchierata, si era fatta accompagnare a casa e prima di scendere mi era saltata al collo e mi aveva infilato un metro di lingua in bocca. Poi mi aveva invitato a salire nel suo appartamento, per ringraziarmi della mia gentilezza... Ma io avevo rifiutato. Dopo qualche giorno era uscito un articolo con alcune insinuazioni *insinuanti* sul mio operato. Che avevano sortito come unico effetto quello di enfatizzare il caso in questione. Aumentando la mia fama di superpoliziotto che non si ferma di fronte a nulla.

Adesso la fottuta anguilla cannibale era tornata all'attacco. In qualche modo era riuscita a sapere che i cinque boss erano stati crocefissi. E stava usando quella notizia per dileggiare la polizia. Con un interrogativo alla base di tutto: *Perché la vera causa della morte di quegli uomini è stata segretata dagli organi inquirenti?*

C'era anche una bella foto a mezza pagina che mi ritraeva, una vecchia immagine risalente a dieci anni prima, con la pistola impugnata a due mani, in tuta da combattimento. Il cipiglio da brutto canchero, con barba incolta e occhi chiari. Sembravo il divo di un action thriller di serie B. Sotto la foto c'era l'interrogativo insinuato dal morso della murena: *Cosa c'entra in questo sordido intrico il celebre poliziotto?* Seguiva una biografia romanzata dove si descriveva il mio operato nelle forze dell'ordine, sottolineando i miei trascorsi all'Interpol, mostrandomi come una sorta di sceriffo del West sempre pronto a menare le mani.

Il rumore della moto da cross si stava facendo più vicino. Stava risalendo per il sentiero del bosco.

Diedi un'ultima occhiata alla rivista che tenevo aperta sul grembo. Stringendo gli occhi per mettere a fuoco meglio, lessi distrattamente la pubblicità di un profumo: *Sadako Dream eau de toilette, colpisce il tuo cuore*, con una donna giapponese vestita da samurai che impugna una katana, la scritta *festa degli innamorati* sotto.

Era il 14 febbraio e non avevo comprato ancora nulla per Dolcemara. Prima di sera magari sarei andato ad acquistare qualcosa. Avevamo anche progettato di andare fuori a cena, se fosse stato possibile. Magari più tardi le avrei telefonato per farle gli auguri.

Girandomi verso l'informatore seduto accanto, iniziai a parlare. « Allora, cos'hai da dirmi di così urgente? » chiesi.

L'altro inspirò dal naso prima di parlare. « C'è una nuova organizzazione criminale che vuole soppiantare tutte le altre... »

« E tu sai di che gente si tratta? »

Lui puntò lo sguardo nel vuoto. « Gente molto pericolosa, commissario. E io non avrei mai dovuto ficcare il naso nei loro affari: ho fatto troppe domande in giro e qualcuno si deve essere accorto di me. » Aveva il volto pallido, le occhiaie scavate. Si vedeva che era molto scosso. « La mia fidanzata è stata uccisa, l'hanno buttata giù dal terzo piano ieri sera e io sono rimasto in macchina tutta la notte, nascosto in collina in attesa di incontrarti. »

Mi ricordai di aver sentito la notizia, quella mattina. Ma si parlava di un suicidio. Una prostituta tossica che aveva deciso di farla finita. Una notizia che non avrei mai potuto collegare al mio fottuto caso e al mio informatore.

« Ti metterò al sicuro, Moras, cerca di calmarti ora! »

Giuliano Moras, di anni trentacinque, nuorese trapiantato a Bologna, aveva transitato nelle acque limitrofe ai grandi traffici di droga e collaborava con la polizia da qualche anno. Restando ai margini, acquisiva informazioni attraverso le sue vecchie conoscenze.

« Commissario, quelli arrivano ovunque. Non credo che potrai fare qualcosa per me. »

« I personaggi cui ti riferisci sono responsabili della morte dei cinque boss? » chiesi.

Moras annuì stancamente. « Era stata organizzata una cena di lavoro per discutere di nuove alleanze e strategie. In realtà quell'incontro era solo una scusa per farli cadere in trappola e ucciderli tutti quanti. »

Il rumore della moto si faceva sempre più vicino. Un centauro del cross stava risalendo il sentiero e presto sarebbe sbucato. Il ritorno di Brylcreem!

« Chi comanda questa nuova organizzazione? »

L'informatore inspirò nuovamente, come se avesse bisogno di più ossigeno per riuscire a completare la sua esposizione. « Negli ambienti criminali si parla di una fantomatica 'Signora delle vespe'. »

Io pensai alle larve trovate dentro le vittime. Le cose stavano assumendo un senso, per quanto assurdo. Guardai l'informatore stringendo gli occhi. « Quindi vuol dire che c'è una donna dietro tutto? »

Lui fece segno di no con la testa. « Non lo so esattamente. È come una leggenda che circola. E che terrorizza tutti quanti. »

In quel momento sbucò la moto.

Un tipo con un casco modulare nero sopra una KTM sporca di fango.

M'irrigidii, avvertendo il pericolo: c'era qualcosa che non andava. Il motociclista stava guidando con una mano sola e stava dirigendosi proprio verso di noi.

Mi accorsi della Mini UZI impugnata e allora scattai da una parte tuffandomi sul terreno per portarmi fuori della linea di tiro. Nell'attimo in cui risuonò la raffica, estrassi la Beretta e la puntai.

Colpito in pieno petto da una scarica di pallottole, Moras si muoveva in modo convulso, eruttando spruzzi di sangue.

Assumendo una posizione *weaver* inginocchiata, sparai in doppia azione al killer nell'attimo in cui si girava verso di me, stando in sella alla moto col braccio armato puntato in avanti ...

La deflagrazione, l'odore acre della cordite. Una rosa di sangue al centro del suo petto. E lui che continava a puntarmi addosso la mitraglietta, come se la mia pallottola non gli avesse fatto nulla.

Schiacciai ancora il grilletto per due volte mirando alla base del casco e il centauro finalmente crollò da una parte, mentre la KTM scivolava via dalla parte opposta, derapando su un fianco.

Corsi e calciai via la Mini UZI caduta a terra. Puntando la pistola, controllai che il killer fosse morto. Uno dei proiettili era entrato nella sua gola da sotto in su ed era uscito portandogli via mezza testa assieme a una porzione del casco: lui era andato.

Con l'adrenalina che stava rifluendo nel mio sangue rendendolo effervescente, raggiunsi il corpo dell'informatore: lui era ancora vivo, ma respirava a fatica. Era stato colpito al torace e i polmoni dovevano essere bucati in più punti, considerando il gorgoglio che emetteva nel respiro. Non c'era alcuna possibilità che potesse sopravvivere ridotto in quello stato. Mi chinai per soccorrerlo e lui mi afferrò la mano e me la strinse. Poi cercò di dire qualcosa: « Devi scoprire cosa c'è dietro... »

Mi allungai fino a sfiorare con l'orecchio destro le sue labbra. « Dietro cosa? » provai a chiedere.

Lui sboccò un getto di sangue scuro. Sentii odore di metallo nel suo respiro. Ancora un sussurro, poche parole. « Strage... San Valentino... »

Niente di comprensibile oltre a quello.

In coda a un tremito, la vita prese definitivamente il largo dal suo corpo e Moras smise di muoversi. E io mi sentii venire su il croissant che mi ero mangiato a colazione. Deglutendo la nausea, presi il cellulare e chiamai la sede operativa.

32

Strappa la pagina e ripone la rivista. Guarda la foto del commissario provando un brivido. Preso dal panico fa vagare lo sguardo per la stanza e controlla i particolari del suo Sancta Sanctorum. Raffigurazioni di massacri e torture, quadri di santi martirizzati, madonne nere con la faccia da teschio e il cuore trafitto. C'è un vaso pieno di rose sopra a una sorta di altarino in marmo nero. I gambi e le spine bianche, proprio come i petali. Rose albine frutto di innesti compiuti in assenza di luce.

Antichi ricordi, malinconie di ghiaccio e brividi.

Tesoro guarda com'è pulita...

Il viso bellissimo e il suo sguardo dolce che ti accarezza il cuore. Mentre ti porge il fiore recuperato dalla camera oscura del vivaio.

Allunga la mano destra, afferra una rosa e l'annusa. Coglie un profumo dolciastro, mescolato con un retrogusto metallico. Odore di ferro e miele.

Guarda la foto del poliziotto ancora una volta e se la porta fin sotto il naso per annusarla. Come se fosse anch'essa un fiore. Con un gesto lascivo vi posa sopra le labbra per baciarla e poi la fa scendere accarezzandosi il torso nudo che sbuca dalla vestaglia aperta, sfiorandosi i capezzoli, e poi sempre più giù, sopra un sentiero di pelle tatuata da innumerevoli cicatrici... Un grosso spillone chakra conficcato nel nervo addominale superiore: la terza ruota, il ventre della consapevolezza piena. Il telefono squilla. Attende che s'inneschi il risponditore automatico. Una voce gli comunica che Moras è stato eliminato, ma che il commissario è sopravvissuto all'agguato uccidendo il killer.

Stacca la comunicazione senza dire nulla. Il commissario è ancora vivo. E non si sa cosa potrebbe avergli rivelato l'informatore.

In un impeto di rabbia, accartoccia la foto e la scaglia lontano, poi distrugge la rosa albina stringendola nel pugno.

Quando spalanca la mano lasciando cadere i petali a terra, una perla di sangue si allunga sul suo palmo ferito da una spina.

Si lecca. Pensa che il dolore non ha alcun sapore. Latte malato, privo d'identità come una rosa spenta.

Si guarda attorno per vedere se la scorge. *Dimmi dove sei...*

Le ombre nella stanza sembrano allungarsi su di lui. Dita di tenebra gli accarezzano il petto, s'infilano attraverso la pelle, superano le ossa, cercano il cuore, lo trovano e lo strizzano, come se fosse una spugna. I battiti sgocciolano una melassa di ferocia e disperazione.

Una sagoma scura nascosta nell'angolo della stanza lo sta fissando. Spettatrice di ogni sua lacrima e di ogni suo sorriso.

Come quando era ancora tutto innocente e bello.

Tu che ti avvicini con un sorriso e lei che ti accarezza i capelli.

E il suo viso è talmente radioso da commuoverti.

Occhi chiusi e il teschio compare nel buio.

Dimmi cosa sei...

Occhi aperti e bocca tesa che lancia un gemito.

Si scuote dalla confusione. Afferra lo spillone che tiene conficcato al centro dell'addome e lo spinge per provare una fitta di dolore lancinante, che lo faccia sentire di nuovo vivo.

Attende che il dolore degradi, ansimando come dopo un orgasmo. Pensa che *lei* non lo lascerà mai solo. Allora sorride.

Raggiunto lo scrittoio, prende una cartelletta posata sopra e la apre. Dentro ci sono delle foto. Una giovane donna con la divisa grigia della Guardia di Finanza. Poi quella stessa donna coi capelli tagliati quasi a zero, che tiene in braccio una bambina sorridente, pallida e con gli occhi profondi: *il piccolo frutto della violenza*. Dentro una busta di plastica allegata al dossier, c'è una microcassetta con un'etichetta: SEDUTA D'ANALISI 001-LUIGIA MASINA. Inserisce la cassettina in un piccolo Sony da intervista. Spinge PLAY e ascolta fino ad arrivare al punto che gli interessa: una voce femminile che ripete un'unica frase piagnucolante: *Ridevano e mi chiamavano tesorino...*

Pensa che i nemici vanno prima compresi. E poi terrorizzati. L'annientamento deve essere soltanto l'ultimo verso di una poesia. La rima baciata del delirio.

Schiaccia REWIND, e riascolta.

Ridevano e mi chiamavano tesorino...

Quella sera avrebbe inviato a quella poliziotta l'augurio per la festa degli innamorati. Solo il graffio di un ricordo: per celebrare il nulla.

33

Monvisi mi raggiunse dopo la sparatoria, al parco di Forte Bandiera. Assieme a Silvia Cavallo. Il luogo era stato transennato perché la squadra d'intervento facesse i rilevamenti.

Rilasciata la mia dichiarazione alla piemme, senza entrare troppo nei particolari, le promisi di farle avere un rapporto scritto al più presto. Poi chiamai in disparte il mio vice per raccontargli della frase pronunciata dall'informatore in punto di morte. « Torna in villa, spiega ciò che è successo ai ragazzi, e inizia a ragionare con loro su quelle cazzo di parole », ordinai.

Dopodiché girai le spalle per defilarmi. Avevo bisogno di schiarirmi le idee.

Abbandonata la scena del delitto, decisi di recarmi alla mia vecchia palestra. Mi sentivo in colpa per quello che ero stato costretto a fare. E dovevo sfogare quello che sentivo, attraverso un gesto di meditazione, concentrandomi sulla mia anima combattente.

Al bancone dell'accettazione c'era una segretaria che non avevo mai visto, una nuova assunta che mi chiese cosa desiderassi con aria annoiata. Io mi presentai, spiegandole che ero un vecchio allievo e che mi sarebbe piaciuto salutare il maestro.

La segretaria disse che il *sensei* sarebbe arrivato solo nel pomeriggio. Poi mi sorrise suadente, dichiarando di conoscermi di fama.

« Posso andare di là, sul tatami? » le chiesi, in modo sbrigativo, per troncare sul nascere le sue intenzioni civettuole. Poi, senza attendere risposta, mi avviai verso l'area di allenamento.

« Si tolga le scarpe, però », si raccomandò lei.

Come se non lo sapessi già: praticavo arti marziali da trent'anni.

Coi piedi nudi sul parquet freddo, mi guardai attorno accarezzando con gli occhi il quadrato luccicante di legno tirato a cera, lasciandomi invadere dai ricordi. Tutte le ore trascorse in quel luogo. I pugni presi e quelli dati. Le lezioni di vita col sapore di sangue nella bocca.

Superare i propri limiti. Credere nella sincerità. Avere il coraggio di affrontare soprattutto se stessi, per diventare uomini migliori.

Adesso non avevo più tempo per allenarmi. E mi consolava solo il fatto di avere iniziato a quell'arte anche mio figlio. Lui era una vera promessa e presto avrebbe dato l'esame da cintura nera.

Mi spogliai mettendomi a torso nudo buttando sulla panca il maglione e la canottiera, assieme alla fondina con la pistola. Indossando soltanto i jeans scoloriti, raggiunsi la tavola di frassino del *makiwara* e presi a colpirlo buttando fuori l'aria con un soffio, al posto del *kiai*.

Un colpo. Un altro. Le nocche che affondano nella paglia di riso. L'asse che si piega fino a quasi toccare il muro.

Era da molto tempo che non lo facevo. Quando ero giovane potevo colpire fino a mille volte in una seduta di allenamento. Dopo avevo le nocche dure come legno. Quell'allenamento serviva per esercitarsi a ignorare il dolore.

Un colpo. Un altro. Cercando di sentire ogni pugno col cuore. Mantenendo la forza al centro dell'addome.

Un colpo. Un altro. E intanto ripensavo a quello che era successo.

Il killer centauro aveva diciotto anni appena compiuti. Era praticamente un ragazzino. Non certo un professionista. Era stato mandato allo sbaraglio, per così dire. Aveva sparato all'informatore e poi aveva cercato di fare fuori anche me. Avevo dovuto colpirlo tre volte per riuscire a fermarlo. Doveva essere sotto l'effetto di qualche sostanza stupefacente. A giudicare dai segni che aveva sulle braccia era tossico già da tempo.

Comunque adesso c'erano indizi nuovi su cui si poteva lavorare. Partendo da un nome decisamente folkloristico: Signora delle vespe. Per arrivare a quella frase enigmatica da morire: Strage San Valentino.

Forse si riferiva a qualcosa che doveva accadere proprio il 14 febbraio? Mi chiesi se fosse il caso d'allertare le pattuglie delle volanti e moltiplicare i posti di blocco.

Un colpo. Un altro. E non sentivo nulla. Era come se non stessi colpendo veramente.

Il cercapersone infilato nella tasca dei jeans mandò un trillo. Il decimo che mi era arrivato nell'ultima mezz'ora. Doveva essere Mastroleo che mi cercava per avere notizie in merito alla sparatoria.

Fanculo. Quello avrebbe aspettato. Tanto poi non potevo relazionargli un cazzo, ero troppo angosciato. Per questo tenevo il cellulare spento. Avevo ucciso un ragazzo che aveva solo sei anni più di mio figlio e la cosa mi faceva sentire una merda.

Un colpo. Un altro... Con la sensazione che ci fosse qualcosa di sbagliato. Oltre alla situazione in sé, per quello che era successo. Qualcosa che non andava, soprattutto in me.

Cercai di capire, di sentire.

Signora delle vespe, strage San Valentino... Fanculo!

Galleggiare e prendere a pugni il tempo.

Il cercapersone lanciò di nuovo un cicalio.

Stavolta smisi di colpire per controllare e lessi: Dolcemara. Ma non potevo e non volevo parlare con mia moglie. Prima dovevo prendere le distanze dalle emozioni che stavo provando.

Stavo vivendo un'escalation. Più o meno da quando ero nato, avevo ricevuto la sensazione di rotolare verso qualcosa. Fin da quando era morto mio padre, lasciandomi solo con mia madre all'età di dodici anni.

Crescendo, diventando adulto, mi era sembrato sempre più di precipitare lentamente in un vuoto assoluto e definitivo.

Cadere verso il cielo.

Il problema vero era la comprensione, come sempre. E gli interrogativi si moltiplicavano fino a togliere il fiato.

Ma che cos'è un cielo?

Vecchie domande convulse, dentro la morbida pasta del cuore, infiltrate nel dolore della perdita.

Mi guardai le nocche con stupore, erano sanguinanti, sbucciate fino all'osso. Ma non sentivo nulla.

Cazzo mi sta succedendo? mi chiesi.

Il cercapersone suonò per l'ennesima volta. Sul display: Monvisi.

Presi il cellulare, lo accesi e chiamai. «Dimmi.»

«Forse abbiamo capito cosa significano quelle parole.»

«Vengo subito.»

Mi rivestii in fretta. Cercai i guanti nelle tasche del giubbotto e me li infilai per tamponare il sangue che sgorgava dalle nocche.

Il cuore mi batteva così forte da non sentirlo.

34

Guardarsi allo specchio con la sua nuova pettinatura. Reduce dalla parrucchiera dove era andata a farsi bella. Per suo marito. Perché quel giorno avrebbe dovuto essere speciale.

Avrebbe voluto che lui le avesse fatto almeno gli auguri, quella mattina. Avrebbe voluto qualche parola dolce.

Guardarsi allo specchio e vedersi così brutta.

Il cordless sul bordo del lavandino. Silenzioso. Nessuna chiamata in arrivo, nonostante tutti gli avvisi che gli aveva lasciato sul cercapersone. Silenzio radio da quello stronzo.

Aprire il rubinetto e ficcarvi sotto la testa. Poi tirarsi su e gocciolare acqua dai capelli e dal volto. Il trucco che cola, e sentirsi così sola da non poterne più.

Per l'occasione si era comprata un vestito: un abito rosso come la passione, come il sangue. Pensò che lo avrebbe fatto a brandelli, tagliato con le forbici, trasformato in striscioline: stelle filanti della malinconia.

C'era una musica proveniente dalla camera di Franchino: *Whole lotta love* dei Led Zeppelin. Suo figlio stava studiando con lo stereo a palla, come faceva sempre. Diceva che lo aiutava a concentrarsi.

Hai bisogno di calmarti, piccola... cantava Robert Plant con quella sua voce acuta e strana. *Vuoi tutto quanto il mio amore?*

Prese il cordless e tentò ancora. Adesso il cellulare suonava libero ma nessuno rispondeva. Un'ombra di preoccupazione si stava facendo largo sul suo risentimento. Forse poteva provare sul telefono dell'ufficio. Oppure chiamare Davide per chiedergli notizie. Ma non voleva farlo. Non ancora. Non stavolta.

Era arrabbiata per quella sua mancanza di notizie e nello stesso tempo non poteva fare a meno di essere preoccupata. Era moglie di un poliziotto da quindici anni e non si era ancora abituata a convivere coi brutti presentimenti. Provava a cullarli, tenendoli tra le braccia, con l'intenzione di sopprimerli una volta che si fossero addormentati. Ma non c'era mai riuscita.

Se li figurava nascosti dentro un bozzolo nero che pulsava nella sua pancia, tra l'utero e l'ombelico, in una zona tangenziale al desiderio di terminare in fretta, per smetterla di sentirsi così male.

I brutti presentimenti erano crisalidi che crescevano in attesa di giungere a maturazione. Prima o poi si sarebbero aperte e nugoli di insetti sarebbero sbucati, per espandersi nel cielo in grida di dolore e disperazione. Insetti come frammenti neri, senza un'identità precisa.

Illusioni volanti mutate in graffi che ronzano.

Uno sguardo all'orologio: 16.30. Tardi, tardissimo.

Cerca di calmarti, baby...

Afferrò il cordless e uscì dal bagno nuda, rabbrividendo per il freddo. Ma non voleva mettersi l'accappatoio o la vestaglia. Davanti allo specchio a figura intera nella sua camera, si scrutò a lungo e cercò di capire se era ancora bella, se era ancora desiderabile.

I seni le sembravano troppo grossi, i fianchi troppo larghi, le gambe troppo lunghe e la pancia troppo piatta...

Un mostro che cercava di sembrare donna e non ci riusciva.

Cerca di calmarti, baby!

Il vestito rosso posato sul letto: corto, scintillante. Sembrava troppo piccolo: *Possibile che io riesca a entrare dentro una cosa così stretta?*

Si sentiva inadeguata, una racchia impensabile. Dovevano aver sbagliato a darle il vestito. La commessa anoressica che l'aveva servita si era presa gioco di lei e le aveva fatto il pacchetto col vestito sbagliato, un capo che apparteneva a una bella donna. Una che fosse...

Desiderabile, respirabile, scopabile.

La desinenza *-bile* faceva da padrona, ma se toglievi le virgolette restava il nome *bile, che era uno strumento misterioso di digestione e di rabbia nello stesso tempo.*

Quello che doveva fare adesso era riuscire a comprendere come (calmarsi, baby) smaltire il risentimento e la preoccupazione e uccidere il presentimento crisalide prima che mutasse in un insetto graffiante.

Oppure poteva distruggere il vestito rosso.

Muovendosi come un automa, andò a procurarsi un paio di forbici per fare quello che doveva: solo per calmarsi un poco.

Coi capelli tutti arruffati, umidi e sfatti, e il cordless muto stretto in mano.

35

Quando giunsi in villa, tutto trafelato, i miei cavalieri mi stavano già attendendo nel Pensatoio.

Ballardini fu il primo a parlare: «Io ne ho conosciuti un paio di quelli!» Lui mi fissava serio, mentre cercava di spiegarsi.

Gli altri della squadra gli stavano dietro, i petali di una corolla scomposta. Fuori della rosa, come sempre, Monvisi con le braccia conserte.

Io guardai l'ex agente della DIA con espressione interrogativa e severa assieme. «Di quelli cosa? Di quelli chi?» chiesi con tono brusco. «Potresti essere più chiaro?!»

Ballard annuì, irrigidendosi. «I San Valentino erano una famiglia palermitana che si era messa in affari con la cosca della 'ndrangheta in cui mi ero infiltrato quando facevo parte del dipartimento indagini dell'antimafia.» Notai che aveva gli occhi lucidi, come se si stesse commuovendo. Doveva essere turbato perché stava rivangando il suo calvario di uomo e di poliziotto.

«Quindi tu credi, o per meglio dire, supponi che le parole dell'informatore si riferiscano a loro? E che dietro tutta questa follia ci sia una famiglia mafiosa che si chiama San Valentino?»

«No, questo non è possibile, capo.»

Occhi a fessura. Sguardo perplesso. «Si può sapere perché non è possibile?» Mi aggiustai i guanti di pelle che avevo tenuto sulle mani per tamponarmi le nocche ferite. Sentivo l'umido del sangue sotto, e nient'altro: nessun dolore.

Monvisi intervenne: «Perché loro sono tutti morti!»

Mi volsi verso il mio luogotenente. «Ti puoi spiegare meglio?» chiesi.

Lui annuì. «Alla fine degli anni '80, i componenti della famiglia sono stati trucidati tutti quanti in quella che si è ipotizzato essere una delle ultime battute della guerra di mafia portata avanti dai Corleonesi capeggiati da Totò Riina. In un clima di caos assoluto in cui le uccisioni erano all'ordine del giorno, la cosiddetta 'strage dei San Valentino' è passata quasi inosservata. E la stampa ha licenziato il fatto come uno dei tanti regolamenti di conti, senza far risaltare troppo la cosa.»

Nel frattempo mi ero avvicinato alla finestra per guardare fuori. Le querce erano ancora là. *Fottute querce delle streghe.*

Se il povero Moras con le sue parole si era riferito davvero a quel lontano fatto di mafia, il problema era comprendere quale correlazione ci poteva essere con quanto stava accadendo in quel momento a Bologna, a distanza di cinque anni.

Suonò il cellulare: mi ero dimenticato di staccarlo. Lessi il nome di mia moglie sul display. Dolcemara, per la terza volta, ci stava provando.

Mi sentivo soffocare. Strinsi il Motorola così forte che per poco non mi scivolò via. Attesi che smettesse di suonare. Poi mi volsi verso i miei agenti, che stavano osservando le mie mani con aria perplessa: si chiedevano perché avessi tenuto i guanti. Io non potevo dar loro spiegazioni. Che cosa avrei potuto dire: scusate ma mi sono sbucciato le mani prendendo a pugni una tavola per sfogarmi un poco. La cosa bella è che ho le nocche scoperte fino all'osso e non sento un bel niente.

«Okay, mettiamoci al lavoro, miei prodi. Archivi Interpol, documentazioni del pool antimafia. Voglio sapere tutto dei fatti di allora. Le notizie non ufficiali, quelle vere.»

Un nome mi comparve nella mente, all'improvviso: Signora delle vespe. Non avevo ancora parlato di quella nuova assurdità ai miei uomini. Ma forse era meglio così. Preferivo che si concentrassero solo su quell'ultima traccia di sangue: la strage dei fottuti San Valentino.

Mi accorsi di avere ancora tra le mani il cellulare e lo guardai con stupore. Poi mi ricordai di mia moglie. Lei mi stava cercando da ore. E io non mi facevo trovare. Da bravo stronzo.

Sebbene fosse il 14 febbraio, la fottuta festa degli innamorati. Io avevo ben altro cui pensare. E non era giusto.

Guardai i miei agenti a uno a uno. Loro si stavano già dando da fare, digitando sulle tastiere.

Mi chiedevo come fosse la loro vita privata, se avessero qualcuno da raggiungere pure loro quella sera. Un amore da festeggiare. Mi chiedevo se tutti quegli anni trascorsi a sacrificare la mia vita nel nome del dovere fossero valsi davvero a qualcosa.

« Ragazzi, se stasera volete andare a casa prima, potete farlo! Il lavoro può tranquillamente aspettare fino a domattina. » Le parole mi erano uscite dalla bocca di getto, senza averle prima pensate. Parole come un riflesso automatico.

Cinque volti stupiti rivolti verso di me mi fissavano come si guarda un fantasma: *sogno o son desto?*

Bondi fu il primo a parlare. « Sei sicuro, capo? » chiese.

La Masina fece spallucce. « Io non ho nessuno con cui festeggiare. Però mi piacerebbe passare una serata con mia figlia. »

Ballardini continuò a digitare sulla sua tastiera come se niente fosse. « Io non ho un cazzo da fare e resto ancora », affermò.

Manico fu l'unico a dire che non sarebbe stato male, una volta tanto, non perdere la fidanzata di turno proprio il giorno degli innamorati. A ogni bidone conseguiva una dipartita. Non che gliene importasse più di tanto. « Fingere di avere una vita normale, potrebbe essere divertente. »

« Ma scusa, non te la fai con la badante di tuo padre? » lo apostrofò subito Ballard, senza nemmeno staccare gli occhi dallo schermo.

« E allora? Anche le badanti hanno una cuore, cosa credi burdèl! »

« Okay. Chi vuole andare, vada », dissi, tagliando corto. « Ci vediamo comunque tutti domattina presto per ricominciare a darci dentro! »

Monvisi, in un angolo della sala, mi fissava con aria imbronciata, vai a sapere perché. Lui era stato l'unico che non aveva fatto commenti. Però adesso stava impugnando il cellulare e forse, di lì a poco, avrebbe contattato qualcuno, la fidanzatina di turno probabilmente, e comunque: fatti suoi! Guardai l'orologio sinistro, quello giusto, non mi servivano inganni. Il Cartier in acciaio segnava le 19.10. Se mi fossi sbrigato, sarei riuscito a raggiungere una profumeria in tempo per prendere un regalo per mia moglie. Infilato il giubbotto, cercai di fare in fretta. Con una sensazione di panico nel bel mezzo del cuore.

36

C'è mancato poco, pensa.

La situazione stava per sfuggire di mano. Se il commissario fosse morto adesso, avrebbero dovuto rivedere il piano da capo.

Si accorge di avere ancora il telefonino stretto in pugno. La linea fa *tu–tu-tu* perché il suo complice ha già riattaccato dopo averle comunicato come sono andate le cose. Ripone il Nokia sul bordo del lavabo e prende l'accendino. Si siede nuda sul bidet e si accende la paglia che stringe tra i denti. Aspira un tiro profondo e lungo.

Controllo... pensa

Butta fuori il fumo.

Ci vuole più controllo.

D'ora in poi tutto dovrà filare liscio. Senza intoppi.

Una fitta dolorosa la coglie al basso ventre e, per un attimo, prova la sensazione di aprirsi in due. Impreca tra i denti mentre perde sangue dalla vagina. Detesta avere le mestruazioni. Il ciclo del dolore che torna. Sangue che cola da dentro, e morde, come se fosse un ricordo.

Chiude gli occhi e vede due ragazzini che gridano, mentre cercano di non guardare quello che sta succedendo di fronte a loro.

Apre gli occhi e vede la cicatrice sul dorso della sua mano sinistra, il tatuaggio raggrumato di un mostro.

Butta la sigaretta dentro il water e la sente sfrigolare mentre si spegne. Scende una lacrima. E se l'asciuga subito, quasi con rabbia.

Poi si accarezza il ventre e si sente così sporca e gravida di sangue.

Apre il rubinetto. Fa scorrere l'acqua del bidet per lavarsi e disinfettarsi. Un favo sta colando miele marcio dal suo ventre, un cuore che perde i battiti. Solo per non dimenticare mai.

37

Dopo aver messo l'auto nel posto a lei riservato, nel parcheggio privato del condominio, la Masina si diresse verso l'entrata del palazzo dove abitava, avanzando sotto la luce spettrale dei lampioni.

Nessuno in giro. Tettucci ricoperti di gelo scintillavano nella notte. Cumuli di neve sporca. Affrettò il passo, macinando la ghiaia con le scarpe, desiderosa di arrivare a casa da sua figlia.

Poi si accorse di una cosa strana in mezzo al vialetto.

Incuriosita, si fermò per vedere di cosa si trattasse...

Una maschera da carnevale, accartocciata. Forse persa da qualche ragazzino. Spostandola col piede, vide che si trattava di un teschio. Chinandosi per esaminarla meglio, provò un tuffo al cuore, rendendosi conto della scritta che c'era sopra. Un'unica parola vergata con un pennarello rosso: TESORINO.

Come un flash rapidissimo, nella mente le apparve l'immagine di una scena lontana: lei che cerca di divincolarsi mentre mani sgarbate l'afferrano da dietro e la tengono stretta...

Allarmata, si tirò su di scatto e si guardò attorno. Tutto deserto, tutto immobile. Avanzò di un passo. Poi di un altro.

Non sapeva cosa pensare. Nessuno poteva conoscere quello che le era successo tanto tempo prima. Quello che le avevano fatto.

Ridevano e mi chiamavano tesorino...

Un passo, un altro. Senza mollare la pistola.

Il portone del palazzo ancora così lontano, irraggiungibile.

In quel momento si accorse di tre figure immobili, impalate in mezzo al giardino che costeggiava il vialetto.

Tre sagome scure con indosso maschere da teschio che la fissavano...

Le scappò un verso rauco, simile a un gemito. Loro erano tornati per farle gli auguri, da bravi innamorati.

Restò a guardarli con gli occhi pervasi da un odio profondo, come un ribollire d'acqua sporca. Pronta a estrarre la pistola.

Loro non si muovevano. Così irreali e spaventosi, la guardavano e basta. Sentì i capelli della nuca che le si rizzavano, come quando ci si trova davanti a un serpente. Il rettile velenoso del ricordo. Per la violenza subita, tanto tempo prima.

Indietreggiando, corse verso l'entrata. Senza girarsi.

Raggiunto il portone del palazzo, cercò le chiavi per entrare. Le trovò e aprì con movimenti spasmodici. Una volta al sicuro nell'androne, deglutì le lacrime che spingevano per uscire assieme a una selva di sussurri e grida. Afferrò il Motorola e fece il numero del commissario per chiedergli aiuto.

Uno squillo, due squilli. Col cellulare spinto contro l'orecchio, avvicinò il volto alla porta a vetri per scrutare fuori.

Tutto buio, tutto immobile. Poi un tonfo improvviso.

Una faccia da teschio era comparsa contro il vetro.

Lanciando un grido strozzato, la Masina indietreggiò di scatto, mentre dal cellulare si sentiva una voce metallica : *Servizio di segreteria telefonica...*

Imprecò, mentre estraeva la pistola e la puntava dritto davanti a sé.

Dopo il segnale acustico, lasciò un messaggio vocale spiegando cosa fosse successo: « Sono arrivata a casa e ci sono degli uomini mascherati ». Raggiunta la porta dell'ascensore, vide la lucina verde accesa, quindi la cabina si trovava già al piano. Concluse il suo messaggio in fretta. « Credo di essere in pericolo... » Poi schiacciò il pulsante d'apertura senza smettere di tenere sotto controllo l'ingresso con la Beretta spianata.

Il vetro del portone era una cornice vuota sul buio. Il teschio non c'era più. Forse non c'era mai stato per davvero.

Le ante dell'ascensore terminarono di scorrere e lei si girò per entrare e trasalì, bloccandosi con gli occhi sbarrati.

38

La serranda stava iniziando ad abbassarsi, quando mi ero infilato nel negozio. Sorridendo con aria di scusa alla giovane commessa, avevo chiesto: « Ce l'avete quel profumo con la donna samurai? »

« Essenza di Sadako? Certamente. » La commessa aveva spinto un pulsante per fermare la chiusura della serranda, poi si era girata per prendere una confezione nera dalla scaffalatura alle spalle del bancone di vendita. Si era dovuta alzare sulle punte dei piedi per riuscirci: non era tanto alta ma aveva un considerevole sedere, stampato dai jeans elasticizzati. Qualunque torbido pensiero, però, era bandito. Doveva avere al massimo vent'anni e poteva essere mia figlia.

«Le faccio un pacchetto regalo, giusto?»

Io le avevo dato conferma annuendo con un sorriso. Poi avevo controllato l'orologio sbagliato al polso destro e mi ero aggrappato con forza all'illusione di essere ancora in tempo. Avevo provato a chiamare Dolcemara e lei non aveva risposto. Doveva essere arrabbiata, giustamente.

La commessa aveva terminato il pacchetto e io le avevo allungato la carta di credito.

«È un profumo fantastico. Vedrà che farà bella figura con la sua ragazza!» aveva detto la giovane, mentre passava la MasterCard nell'apposito apparecchio.

Io l'avevo fissata e l'avevo vista così piccola, nonostante i seni prosperosi, e mi ero sentito *così* vecchio. Pieno di rughe e fuori moda.

«È per mia moglie», avevo puntualizzato.

«Ah, be'...» La commessa aveva ammiccato con fare complice. «È una cosa bella continuare a farsi regali romantici anche da sposati!»

La ricevuta era uscita e io l'avevo firmata, restituendola alla ragazza, che non smetteva di sorridermi.

«Lo sa che anch'io uso quel profumo?»

In quel momento il cellulare aveva suonato. E io avevo cercato di rispondere, ma la linea era caduta subito.

«Qua il segnale è debole, sa?»

Uscendo dal negozio, avevo salutato sbrigativamente la commessa e subito mi era giunto l'avviso della segreteria telefonica. Avevo digitato il numero per ascoltare il messaggio...

Era la Masina.

Sono arrivata a casa e ci sono degli uomini mascherati

C'era qualcosa che non andava, stava vaneggiando.

Credo di essere in pericolo...

Ero corso via in fretta.

Raggiunta l'auto dall'altra parte della strada, ero salito a bordo ed ero partito. E non mi ero accorto della commessa sulla soglia del negozio col pacchettino in mano che gesticolava per attirare la mia attenzione.

Avevo dimenticato il regalo di Mara sul bancone.

Quella cazzo di giornata storta non voleva proprio terminare.

E le nocche continuavano a non farmi male.

39

Cercando di fare più in fretta che potevo, raggiunsi la Masina. Era tutta tremante nell'androne del suo palazzo, con la pistola stretta in pugno, e la prima cosa che feci fu abbracciarla per consolarla e calmarla. Dopo, lei mi mostrò lo specchio dentro la cabina dell'ascensore. C'era una scritta fatta con la vernice spray: BUON SAN VALENTINO. La lessi impassibile, poi mi rivolsi alla mia poliziotta per chiederle spiegazioni. «Si può sapere cosa ti è successo, esattamente?»

La Masina aveva il volto pallido e gli occhi lucidi. «Ho ricevuto una visita», mi spiegò in un sussurro. «Fantasmi del passato.»

Vedendo quanto era sconvolta, la presi a braccetto e la condussi fuori del palazzo. C'era un bar ancora aperto dalla parte opposta della strada.

Decidemmo di andare là per bere qualcosa di caldo e parlare.

Seduti davanti a una cioccolata calda e a un caffè, lei mi raccontò cosa le era accaduto quella sera: la minaccia dei mostri mascherati da teschio. E quella parola proveniente dal passato.

«Forse è il caso che mi racconti anche il resto, Lois, non credi?» dissi, fissandola dritto negli occhi. «A cosa si riferirebbe la scritta TESORINO?»

Lei dapprima parve esitare. Ma poi le labbra si mossero, e iniziò la sua confessione: una parola dietro l'altra, senza mai interrompersi, come in un monologo.

«Non ho mai denunciato quello che mi hanno fatto. Non l'ho raccontato nemmeno a mia madre. Non avrei sopportato gli sguardi di compatimento, le gentilezze forzate. E soprattutto non potevo rischiare che mi mettessero a casa dal lavoro per supposta fragilità psicologica in seguito al trauma fisico e mentale riportato.

«Era il 14 Febbraio 1990. Ero appena stata nominata sovrintendente ed ero tornata a Napoli dopo il corso di specializzazione alla scuola dell'Aquila. Tre uomini mi hanno aggredito nel garage sotterraneo del condominio dove abitavo. Mi hanno afferrato alle spalle, immobilizzandomi e mi hanno avvolto il viso con del nastro da pacchi per chiudermi gli occhi e la bocca. Poi hanno tirato giù la serranda e mi hanno violentato a turno, per molto tempo. Ridevano e mi chiamavano 'tesorino', e non smettevano mai. Dopo aver fatto i loro bisogni, se ne sono andati lasciandomi lì sul pavimento, nuda e tremante, imbrattata di sperma: sul corpo, sui capelli, ovunque. Con uno sforzo, mi sono tirata su, mi sono strappata il nastro adesivo dalla faccia e mi sono rivestita. Poi ho raggiunto l'appartamento dove vivevo con la pancia che gridava di dolore. Sono andata a farmi una doccia e mi sono sfregata con la spugna più forte che potevo, fino a graffiarmi, per essere sicura di togliere ogni residuo di sporcizia. L'odore però non se ne voleva andare, e continuavo a sentirmi i capelli appiccicati. Così ho preso il rasoio elettrico che usavo per depilarmi le gambe e mi sono rasata la testa a zero. Poi mi sono sdraiata sul divano con addosso l'accappatoio e sono rimasta lì a fissare il vuoto fino a mattina, cercando di non pensare a nulla.

«Alle sette in punto mi sono vestita e truccata per coprire le occhiaie e il pallore. Uscendo, mi sono calcata un berretto di lana sulla testa perché mi vergognavo della mia nuova pettinatura e sono andata al lavoro in centrale, mettendocela tutta per prendere le distanze da quello che mi era accaduto, da quell'orrore. La violenza che avevo subito non era una cosa vera. Apparteneva al mondo dei sogni, anzi degli incubi: il ricordo di qualcosa che non c'era stato veramente. Il prodotto malato della mia fantasia, il prodotto malato delle mie paure.

«Dopo, nei giorni a seguire, ho continuato a fare il mio lavoro. 'Come se niente fosse' era diventato il mio motto, il mio grido di battaglia, l'epitaffio da scrivere sulla tomba del mio cuore.

«Sapevo che avrei fatto meglio a buttare fuori e a sfogarmi

per non rischiare di perdere la ragione. Ma non riuscivo nemmeno a piangere. E ridevo di continuo per un nonnulla. Stavo diventando un'altra persona.

« Il mese dopo non mi sono venute le mestruazioni. E ho scoperto di essere in 'stato interessante'...

« La cosa di per sé non mi ha riempito di particolare rabbia.

« Ricordo di essermi sentita evanescente e leggera. Tanto che sono dovuta andare a specchiarmi per essere sicura di esserci ancora.

« Un angolo della mia mente mi consigliava: 'Questa cosa che ti sta crescendo nella pancia devi fartela togliere via subito!'

« Un angolo del mio cuore invece mi sussurrava dolcemente: 'Si tratta di una creatura innocente, che merita un'occasione'.

« A quel punto sono andata da una mia amica psicologa per chiederle consiglio. Ma lei ha approfittato della situazione per psicanalizzarmi e io l'ho subito mandata a quel paese.

« La decisione la dovevo prendere soltanto io. Così alla fine ho scelto di portare a termine la gravidanza.

« E solo quando la mia bambina è nata, ho capito pienamente il senso di tutto. Di come la luce possa provenire dalle tenebre. Mettendo al mondo Laura, io mi sono sentita più vera e più ricca. Mia figlia ha contribuito a dissolvere i vapori dell'incubo. Lei mi ha salvato.

« Ma ho comunque continuato a tenermi i capelli rasati. Uno stratagemma per allontanare i ricordi, le immagini, i suoni, gli odori e i sapori.

« Quando Laura si è ammalata, io ho fatto tutto quello che potevo per tenerla in vita. Era mio dovere, al di là del mio dovere. »

Terminata la sua confessione, Lois cercò di sorridermi, con gli occhi gonfi di lacrime. « Questa sera ho riprovato la paura di allora. Ed è stato terribile. Avevo la pistola stretta in pugno, ma mi sentivo come se fossi inerme al cospetto di qualcosa che non si può combattere. »

Io allungai una mano per asciugare il suo pianto con la punta delle dita. Indossavo ancora i guanti di pelle e sembravo un maniaco. « Hanno organizzato quella carnevalata apposta per spaventarti, Lois. »

« Io però non ne ho mai parlato con nessuno, tranne che con la psicologa di allora. »

« Evidentemente qualcuno è stato in grado di procurarsi le registrazioni della tua seduta. Magari avviamo una piccola indagine... »

Lois mi guardò con gli occhioni lucidi e sbarrati. « Sanno dove abito. E potrebbero cercare di fare del male alla mia bambina, a mia madre... »

« Io credo che ti abbiano usato come tramite. »

Lei inarcò un sopracciglio. « In che senso? »

« Per lanciare un monito a tutta la squadra, qualcosa delle serie: 'Sappiamo tutto di voi'. »

Lois fece una smorfia buffa. « Quindi sono stata fortunata assaje, cummissa'. »

Sorrisi e mi sporsi dal tavolino per darle un bacio su una guancia. E lei si volse per cogliere quel mio bacio un po' più vicino alle labbra, ne aveva bisogno.

Provavo una forte ammirazione per quella piccola grande donna. Per quello che aveva fatto per sua figlia. Per come si era messa in gioco, contrapponendosi al sorriso della morte.

Nella mia mente sentii un sussurro: *La fonte del diavolo è un teschio che grida.*

Dopo le accarezzai la testa e le dissi: « Non è ora che mi presenti la tua bambina? »

40

Eravamo saliti al quarto piano. Lois aveva suonato il campanello. Si erano sentiti dei passi avvicinarsi alla porta e qualcuno aveva sbirciato dallo spioncino. Era seguito un gridolino e poi un bisbiglio: « Vai a nasconderti che c'è la mamma! »

L'uscio si era finalmente aperto e la madre di Lois era comparsa sulla soglia con un sorriso radioso. « Luigina, mi dispiace ma sei arrivata troppo tardi», le aveva detto strizzando l'occhio. «Laura non c'è...»

Lois era entrata allungando un passo nel corridoio. «Ma come! La mia bambina è andata via?» Si era guardata attorno sorridendo. «Possibile che la mia piccola principessa sia stata così crudelina?!»

Da dietro un piccolo separé in carta di riso che si trovava in fondo al corridoio si era udito provenire il suono di un sorrisino trattenuto.

«Eppure mi sembra di sentire odore di mocciosina.»

Laurina allora era sbucata gridando forte: «Buuuuuu!» Poi, ridendo, era corsa incontro alla madre e le aveva abbracciato le gambe con forza. «Mamma, mamma...»

«Mocciosina crudelina che non sei altro!»

Un bacio sulla guancia paffuta. Sorrisi luminosi. Una scena così bella da non sembrare vera.

In quel momento la piccola si era accorta di me e mi aveva guardato con un'espressione interrogativa accompagnata da un ditino infilato in bocca. Aveva le trecce e le lentiggini ed era molto carina. «Te sei il fidanzato della mamma?» mi aveva chiesto.

«No, bella signorina, io sono solo un collega di lavoro.»

«E perché porti i guanti anche in casa, hai una malattia?»

Senza rispondere, le avevo strizzato l'occhio.

La madre di Lois, dal canto suo, mi stava squadrando da capo a piedi. «Così lei è il famoso commissario, tengo piacere assaje a conoscerla!» Aveva un forte accento napoletano che metteva di buonumore.

Si era presentata: «Io sono Carmela». Poi mi aveva invitato a fermarmi a cena. Ma io le avevo detto che era tardi e che sarei tornato casa perché mia moglie mi aspettava. Anzi mia moglie e mio figlio...

Allora lei era sparita in cucina e dopo poco era tornata con un vassoio in mano, già bello impacchettato. «Ne vuole da portare a casa?» aveva chiesto. «Sono struffoli e so che le piacciono tanto. Li faccia assaggiare ai suoi cari.»

Ed era davvero difficile dirle di no.

Mentre tornavo a casa con un trionfo di dolci napoletani sul sedile a fianco, ripensavo alla serenità che aleggiava nella casa della Masina: Lois, sua madre, sua figlia, avevano le carte in regola per sentirsi disperate e invece sorridevano sempre. Avrei dovuto prendere esempio. Io che avevo una famiglia completa e non riuscivo a essere felice.

Per non cedere ancora una volta alla malinconia del « come potrebbe essere », cercai di concentrarmi su quanto era accaduto.

Il fantomatico personaggio che stava nascosto nell'ombra, la Signora delle vespe o quel cazzo che era, stava dimostrando di avere potere d'informazione e capacità di controllo. Per poco quella mattina non ero stato ucciso. E adesso quegli uomini mascherati erano stati mandati a insidiare la Masina, per minacciarla. Era semplicemente un modo per farci capire quanto fossimo vulnerabili e raggiungibili... D'ora in poi dovevamo tutti essere più prudenti. E non abbassare mai la guardia.

Controllai l'ora, mi resi conto di quanto fosse tardi e mi sentii un groppo alla gola, così forte da impedirmi il respiro. Dovetti tossire per liberarmene. Erano le nove passate. Era evidente che non avrei più fatto in tempo a portare a cena fuori Dolcemara.

In quel momento mi ricordai del regalo. Il profumo che le avevo comprato me lo ero dimenticato nel negozio. *Merda.*

Le mie buone intenzioni erano miseramente fallite.

E adesso mi sentivo un verme. Forse anche qualcosa di peggio.

Semaforo rosso. Mi fermai ad aspettare in coda.

Tanto ormai, minuto più, minuto meno....

Attesi che tornasse il verde, tamburellando con le dita sul volante. La radio era sintonizzata sul secondo canale della RAI. Jack Folla, trasmissione speciale per San Valentino: un dj nel braccio della morte elargiva riflessioni intelligenti e musica a denominazione d'origine controllata. Dedicato a tutti gli innamorati del mondo, *The Way We Were* di Barbra Streisand, per tutte le coppie che non ricordano più quando ogni cosa era dolce e pulita...

Il semaforo rosso e il tempo che non passa mai.

Un ticchettio contro il vetro. Mi girai di scatto. Un giovane di colore con le braccia cariche di mazzi di fiori bussava al finestrino.

Abbassai il volume della radio, azionai il pulsante per far scendere il vetro e sorrisi a quella sorta di spacciatore di regalini, l'impavido vu cumprà di San Valentino. Notai che aveva la mano deforme, con solo tre dita unite tra loro da una membrana di carne più chiara, come una grinfia. Misi mano al portafoglio e cercai di tirare fuori una banconota, impacciato per i guanti che indossavo.

Il negretto prese le diecimila lire che gli porgevo e mi allungò i fiori che stringeva con l'artiglio. Roselline bianche.

Semaforo verde.

Le macchine davanti erano già partite e quella dietro stava suonando rabbiosamente perché io mi muovessi.

Salutai il ragazzo facendogli l'occhiolino. Poi posai con delicatezza il mio acquisto sul sedile a fianco, vicino al vassoio di struffoli.

Quello dietro continuava a suonare come un dannato.

Vinsi l'impulso di scendere per andare a chiedergli i documenti, visto che rompeva tanto i coglioni. A vedere se si tranquillizzava di fronte al tesserino, il signore.

Peccato che non avessi tempo da perdere con quelle stronzate.

Schiacciai forte l'acceleratore facendo stridere le gomme e superai l'incrocio in fondo a via Saragozza, poi girai a destra nel viale.

Sarei arrivato a casa entro dieci minuti.

Sbirciai con la coda dell'occhio il mazzo di rose bianche sul sedile e pensai con un certo sollievo che ce l'avevo fatta davvero per il rotto della cuffia. Peccato che non avessi trovato delle rose rosse, che sarebbero state decisamente più appropriate. Ma tanto valeva accontentarsi.

Notai che avevano anche lo stelo bianco. Magari non erano neanche vere. Nel caso, sarebbero state perfettamente in tema per celebrare quello che era rimasto tra me e mia moglie: un sentimento di plastica. Candido ma finto.

Il rosso della passione era andato a farsi fottere da un pezzo.

Le lancette del cuore erano ferme. Il ticchettio era cessato.

Alla faccia di San Valentino.

41

Il mattino dopo, mi recai di buon'ora a casa del mio amico prete, con un paio di croissant salati comprati nella pasticceria San Mamolo. Le nocche ferite si erano risvegliate dal torpore e adesso mi facevano male. Non sanguinavano più e le avevo fasciate con cerotti e garze e così sembravo un pugile pronto a indossare i guantoni prima di un incontro. Suonai il campanello e lui mi venne ad aprire, accompagnato da un buon odore di caffè, già vestito di tutto punto con l'abito talare impeccabile. A giudicare dall'espressione vispa del viso, doveva essere sveglio da un po'.

« Ti ho portato la colazione, uomo di Dio », dissi, con un sorriso. « Niente roba dolce, naturalmente. »

Lui si scostò per farmi entrare, regalandomi un grugnito. Poi m'invitò ad accomodarmi. « Sei capitato a fagiolo, uomo della legge. Ho appena fatto bollire una moka gigante piena di miscela arabica. »

Io presi posto al tavolo del cucinotto. Notai la caratteristica siringa da insulina, con la lente d'ingrandimento sul serbatoio per facilitare il dosaggio, posata su un vassoio assieme alla confezione di medicinale. Doveva essersi appena fatto un'iniezione e mi sentii stringere il cuore. Sisto era vecchio e malato, anche se non lo sembrava per nulla. Restai a guardarlo con affetto, mentre trafficava con la caffettiera.

« Hai qualche novella? » chiese lui, mentre mi allungava una tazzina piena fino all'orlo.

Io annuii con una certa tristezza. Ogni tanto mi tornava in mente il killer motociclista e me lo vedevo a terra in un lago di sangue.

« Ho sentito il giornale radio questa mattina e so quello che ti è successo ieri », continuò il gesuita. Abbassando lo sguardo, si accorse delle mie mani fasciate, ma non mi fece domande a riguardo. « Sarai sconvolto, immagino », aggiunse, in coda a un sospiro.

« Non sono venuto per questo. » Presi un sorso di caffè, era bollente e forte come piaceva a me. « La presenza di quelle larve di vespa sembrano aver assunto un senso. »

« Spiegati meglio. »

« L'informatore che è stato ucciso ieri durante il conflitto a fuoco mi ha rivelato alcune cose interessanti su una sorta di dirigente occulta che sembra stare dietro i fatti criminosi su cui sto indagando. Il nome che serpeggia è quello di una certa Signora delle vespe.»

Il prete prese un croissant dal sacchetto di carta che avevo posato sul tavolo e gli diede un morso. Masticò e deglutì. «Questo non fa che confermare la mia ipotesi di un culto sotterraneo. Una simbologia creata apposta per nutrire un delirio e creare una forma di terrore. La storia è piena di esempi del genere. Leader occulti che agiscono per perpetrare un loro ideale oscuro. Non so... pensa a Hitler e a tutta la mitologia ariana, con le croci uncinate e le credenze esoteriche. Oppure al fanatismo di un folle satanista come Charles Manson...»

«Quindi potrebbe essere soltanto una specie di manifesto criminale!»

«Qualcosa del genere, sì. Un emblematico cartello, che deve comunque avere un significato preciso alla luce della sua evidente originalità concettuale. L'asportazione di parti del corpo delle vittime era usata nei rituali di sacrificio degli aztechi, dei maya. Ma è anche una pratica recente di tanti serial killer. Tutto questo è il risultato del silenzio...»

Mi sporsi in avanti con un'espressione interrogativa: «In che senso?»

«Il silenzio che invade il cuore e l'anima, diventando assordante più di mille grida. La mancanza di fede che porta alla lontananza da Dio. In questo modo, l'essere umano arriva a contemplare e a seguire veri e propri archetipi del male per giungere a creare le icone di nuovi demoni...»

«E la Signora delle vespe potrebbe essere uno di questi», conclusi io, provando un brivido. Terminai il caffè e vinsi l'impulso di controllare il fondo della tazzina per vedere se c'erano teschi o fiori. Mi alzai dalla sedia perché era ora di togliere il disturbo. «Ti ringrazio per la consulenza», dissi, mentre mi avviavo verso la porta.

Sisto morsicò di nuovo il cornetto. «Grazie a te per la gradita colazione, poliziotto.»

Salendo in auto, avviai il motore, e feci manovra, sentendomi impacciato per quelle cazzo di fasce sulle nocche. Pensando a come avevo smesso di sentire dolore per tutte quelle ore, mi chiesi se non stessi diventato anch'io preda di un'anestesia dell'anima.

42

Passai il resto della mattina in questura a redigere rapporti su rapporti su quello che era successo al parco di Forte Bandiera il giorno prima. Poi fui convocato da Mastroleo che volle conoscere tutti i particolari dalla mia viva voce. Infine, dulcis in fundo, mi dovetti recare dalla Cavallo, che mi fece la ramanzina perché non era stato prudente recarmi a un appuntamento con un informatore senza avvertire i miei uomini per creare una copertura adeguata. Io le spiegai con pazienza che di solito gli informatori non gradiscono appuntamenti collettivi e che quindi avevo agito con cognizione di causa.

Giunto a metà pomeriggio, ne avevo ormai le palle piene. I miei uomini erano in villa che lavoravano sulla pista dei San Valentino e io sentivo davvero il desiderio di staccare, andare via. Correre da qualche parte. Prendere a pugni un muro.

Poi giunse il rapporto dell'autopsia del killer motociclista. E un altro tassello si aggiunse al fottuto quadro generale. Nel suo sangue, confermando la mia ipotesi iniziale, era stata trovata una forte concentrazione di sostanze stupefacenti. Il bello era che si trattava di una composizione chimica mai vista prima. In poche parole quel ragazzo era strafatto di un nuovo tipo di droga. Questo poteva voler dire che il gruppo criminale di cui aveva parlato il povero Moras stava cercando di soppiantare i vecchi traffici di droga con un nuovo prodotto. Nel rapporto si parlava della presenza di erbe allucinogene, come la belladonna, e di mescalina. E mi vennero subito in mente le pozioni magiche delle streghe.

43

Nelle pagine centrali di *Best'seven* del 21 febbraio, fresco di uscita, c'era il commissario Negronero con la pistola impugnata, la solita vecchia foto ritoccata digitalmente: cappello in testa stile Far West, sigaro in bocca alla Clint Eastwood. Titolo cubitale: *Il ritorno dello sceriffo!*

L'articolo parlava di quello che era successo al parco di Forte Bandiera non mancando di sottolineare i particolari più cruenti: *Il giovane killer raggiunto da ben tre colpi di pistola, la testa esplosa dentro il casco... Morto anche un informatore della polizia. Una faccenda a dir poco nebulosa. La questura non rilascia dichiarazioni. Cosa sta succedendo nella nostra città? Una sparatoria all'O.K. Corral all'ombra delle due torri!*

Firmato Morena Brizio. Un altro morso della murena.

Mara indicava la rivista incriminata aperta sul tavolo della cucina e mi fissava con aria di rimprovero. Con la fronte corrugata. « Franchino è rimasto tutto il pomeriggio chiuso nella sua camera e questa sera non ha nemmeno voluto cenare. Era preoccupato per qualcosa, ma non mi ha voluto dire niente. Poi ho trovato dentro il suo zaino di scuola questa bella sorpresina. »

Io ero appena tornato a casa, ed ero stanco morto e non avevo voglia di discutere, né tantomeno di giustificarmi. « Adesso lui dov'è? » chiesi, cercando di tagliare corto.

« In camera sua. Che finge di studiare. »

Notai che sul tavolo era pronto un vassoio con due toast e un bicchiere di latte. Mia moglie doveva averli appena preparati perché il latte fumava. Di certo voleva convincere nostro figlio a mangiare qualcosa. Presi quel vassoio senza aggiungere altro, sotto lo sguardo inquisitorio della donna che avevo sposato.

Andai subito da lui. Entrai nella camera e Franco nemmeno alzò gli occhi dal fumetto dell'Uomo mascherato che aveva aperto sulla scrivania. Non stava studiando.

Posai il vassoio sul comodino, poi mi sedetti sul bordo del letto. « Tutto a posto, Son? » chiesi.

Lui chiuse il giornalino e si girò per guardarmi dritto negli occhi: pupille verdi contro pupille verdi. « Sei in pericolo, papà? »

chiese. La voce gli tremava. Forse era sul punto di mettersi a piangere.

E io dovetti vincere l'impulso di abbracciarlo per consolarlo. Stavamo per affrontare una di quelle discussioni da uomo a uomo e occorreva adottare l'atteggiamento giusto, della serie «ormai sei grande, figlio mio».

«Faccio un lavoro che comporta dei rischi, lo dovresti sapere», dissi.

«Infatti lo so. Ma cerco sempre di non pensarci.»

Lo invitai a sedersi di fianco a me, sul letto, e lui ubbidì.

Presi uno dei toast e glielo porsi. Lui lo accettò. Ma lo guardò come se non capisse bene di cosa si trattasse.

«I giornalisti poi... esagerano sempre», provai a spiegare.

Lui annuì. E cercò di sorridere, ma non ci riuscì del tutto, gli venne fuori una smorfietta buffa.

«Mangia, dai, finché è caldo. Che se no tua madre si preoccupa.»

Lui avvicinò il toast alla bocca e gli diede un piccolo morso. «Comunque è già freddo!» disse.

Io presi l'altro panino e lo assaggiai. Aveva ragione. «La mamma li avrà preparati prima del tempo, come fa sempre. In compenso il latte sembra bollente.»

Terminammo di mangiare senza dire nulla, masticando piano con gli occhi puntati sul pavimento. E nessuno si azzardò a toccare il latte.

«Ti senti meglio?» chiesi, deglutendo l'ultimo boccone.

«Mi prometti che non morirai?» chiese lui, di rimando.

Presi un respiro dal naso. E deglutii il sapore salato del prosciutto. «Te lo giuro, Son. Io per te ci sarò sempre.» Poi cercai di sorridergli con fare magico, come sapevo fare io.

«Però stai bene col cappello da sceriffo», stava dicendo lui.

Annuii, mentre mi guardavo con sospetto le nocche sbucciate. Dopo una settimana stavano guarendo e mi facevano male. Qualunque cosa mi fosse successa, mi era passata. Ero tornato sensibile a tempo pieno. Uno sceriffo normale con reazioni normali.

Guardai mio figlio e lui guardò me. Tutti e due scoppiammo a ridere. Disperatamente, con gusto.

44

Era dovuto trascorrere un mese prima che la procura di Palermo si decidesse a inviare le documentazioni relative all'uccisione dei membri della cosca dei San Valentino. Dai verbali di autopsia era emersa una cosa tenuta segreta agli organi di stampa, per evitare strumentalizzazione mediatiche: il padrino dei San Valentino era stato crocefisso a testa in giù sopra l'altare della cappella privata della sua villa. Gli avevano strappato il cuore, come in un rituale maya, e nello squarcio del petto era stata inserita una grossa vespa morta. Questo fatto lasciava emergere un'ipotesi piuttosto attendibile: chi era dietro quella strage mafiosa era anche il misterioso personaggio che stava agendo adesso. La Signora delle vespe incombeva, manifesto criminale, delirio o feticcio leggendario che fosse. Giunti a quel punto, occorreva valutare tutte le possibili implicazioni. E forse sarebbe stata una buona idea chiedere l'aiuto di qualcuno.

Cercando nel database del computer, comparve il volto di una giovane donna, molto bella: Chiara Monti, anni venticinque, vicecommissario.

« Dobbiamo assoldare nella squadra questa poliziotta. Assieme ad altri funzionari ha condotto le indagini sulla strage dei San Valentino », dissi.

Monvisi mi guardò perplesso: « Perché proprio lei? »

« Ha presentato domanda per essere trasferita nel Settentrione e credo che potrebbe accettare di lavorare per me. »

Il mio *pard* si lasciò sfuggire una smorfia: non aveva apprezzato quel *lavorare per me* invece che *per noi*.

« Non ti basta convocarla per farti raccontare quello che sa? »

Scossi la testa. « Credo che potrebbe tornarci utile come membro effettivo, considerando che per due anni ha fatto parte della squadra investigativa del pool antimafia. Poi è così giovane... vicecommissario a quell'età vuol dire che è brava. »

Piegandosi in avanti, Davide lesse sullo schermo le note della scheda biografica della poliziotta in oggetto, e dopo poco iniziò a scuotere la testa. « Non va bene! » esclamò.

Lo guardai con aria interrogativa. « Cosa intendi dire? »

« Be', non è sospesa dal servizio. Non è inquisita per nulla. Ha un curriculum operativo di tutto rispetto... Cosa ci starebbe a fare con quegli altri desperados?»

Io decisi di stare al gioco e ironizzai a mia volta: «È vero. Da quel punto di vista, questa non avrebbe nulla da che spartire con loro.»

«Be', potremmo sempre chiederle di andare a rapinare una banca al più presto, vestita da agente, naturalmente, così siamo più sicuri di poterla reclutare assieme agli altri avanzi di galera.»

Ignorai il sarcasmo sempre più acido del mio vice. Ingrandii la foto della Monti e la fissai con attenzione. Era davvero molto bella.

«Una considerevole gnocca, Francé. Credo che possiamo sorvolare sul fatto che lei è anche onesta...»

«Onesta, per ora...» dissi, in un sussurro. Senza nemmeno alzare la testa dallo schermo. Ero troppo impegnato a fissare quella foto.

Non riuscivo a staccare gli occhi.

45

Traslocare vuol dire trasportare frammenti di vita da un punto A a un punto B. Parrebbe una semplice operazione matematica, detta così. Quelli che sono complicati e difficili, quasi sempre, sono i passaggi intermedi, proprio come nelle equazioni.

Raccolta e catalogazione dei reperti. Poi il trasporto. E infine la disposizione nella diversa sede. Roba vecchia nella nuova. Il numero dei fattori non cambia. L'ordine invece sì. E il risultato è qualcosa che ti riempie di confusione. Summa di vita uguale senso di soffocamento. Con la sensazione di non potercela fare mai ad arrivare sino in fondo.

In un certo qual modo è come se una parte della tua vita dovesse rigenerarsi. Tessuti cicatriziali persi nel nulla che ce la mettono tutta per formare nuovi organi da poter usare a piacimento.

Tornare a vivere senza casino. Senza scatoloni. Con tutte le *tue* cose tornate magicamente al loro posto nel nuovo contesto.

Il punto d'arrivo dovrebbe essere la gioia. Se non fosse che la stanchezza, alla fine, riesce sempre a urlare più forte. Così resti assordato e rovini tutta quanta la rigenerazione del corpo. E alla fine ti ritrovi nel contesto nuovo sentendoti più vecchio.

Il 27 marzo del 1995, in un lunedì profumato di erba e di fiori, per l'occasione del nostro trasloco io mi feci di nebbia, tanto per cambiare, e Dolcemara, di conseguenza, divenne isterica. Ancora più del solito, voglio dire. Io avevo assoldato una squadra di operai che doveva essere al suo servizio, per sopperire alla mia assenza, per fare in modo che lei non toccasse nemmeno un soprammobile. Doveva solo dirigere, impartire ordini per la disposizione. Niente di più tranquillo al mondo. Salvo inconvenienti, entro sera tutto si sarebbe concluso.

Il problema era che, ancora una volta, io non ero potuto stare con lei per condividere i malumori e i disagi collaterali, a causa di una riunione interminabile alla questura di Piacenza coi dirigenti delle altre squadre Antigang: un aggiornamento sulle tecnologie legate alle intercettazioni ambientali. Durante la serata era stato presentato un innovativo sistema di microcamere telecomandate a distanza e collegate a una console di controllo, con tanto di monitor ad alta risoluzione.Il nome del prodotto era banale e scontato: The Eyes.

Dopo c'era stata l'immancabile cena tutti assieme nella Locanda del Falco, vicino al castello di Rivalta. Tornato a mezzanotte in punto, quando ormai tutto il lavoro in casa era stato completato, lei non ce l'aveva proprio fatta ed era sbottata.

«Io non ne posso più, lo sai?»

Mi aveva atteso sveglia, ancora vestita con la tuta da ginnastica che aveva usato durante la giornata per seguire il trasloco. Nella nostra nuova casa che sapeva di tinteggiatura fresca e di legno pulito. Mi aveva atteso al varco al centro della sala, e mi aveva insultato con foga, sottovoce perché Franchino non sentisse e si svegliasse. Lui stava già dormendo al piano di sopra nella sua nuova cameretta, parecchio più grande della vecchia!

E io non ero riuscito a dire niente di sensato per controbattere. Perché stavolta Mara aveva ragione da vendere. Si sentiva trascurata perché non c'ero mai e non la consideravo come avrei dovuto. Ma non potevo farci nulla. Era una maledetta febbre che mi pervadeva. Il senso del dovere come un'esigenza di vita, una prerogativa piuttosto che un sacrificio. Non avrei potuto essere altro che così, un poliziotto nel profondo.

Gary Cooper mi faceva l'occhiolino, con la stella d'oro sul petto e il suo orologio da taschino col tempo che scadeva stretto in pugno.

Una vocazione che però riguardava soltanto me. Gli altri non c'entravano. Mia moglie non aveva colpa. Lei cercava di fare il meglio che poteva, ma poi falliva miseramente e si sentiva perduta.

Provai a calmarla. Cercai di abbracciarla, chiedendole scusa. E per tutta risposta lei mi spinse contro il petto i pugni chiusi e mi guardò furente. « I tuoi orologi del cazzo sono già in solaio che ti aspettano, dentro uno scatolone. Perché non vai a tirarli fuori per guardarteli un po'? » sputò fuori con rabbia. Poi mi voltò le spalle e salì al piano di sopra. Io allora restai in piedi nel bel mezzo della sala, per molto tempo, senza sapere bene cosa fare. Di andare in solaio a disfare la mia roba neanche a parlarne. Avrei potuto seguire Dolcemara al piano di sopra e cercare di fare pace con lei. Scopandola per ore, fino all'alba, per farmi perdonare, senza dirle mai « ti amo ». Sarei potuto andare nella camera di Franchino e spiarlo mentre dormiva fino a mattina. Oppure sarei potuto andare in bagno a vomitare... Le patatine che avevo mangiato quella sera coi colleghi continuavano a tornarmi su assieme all'aroma del rosmarino.

Alla fine, stanco morto, mi sdraiai sul divano di pelle davanti al caminetto e cercai inutilmente di addormentarmi. Spegnere il contatto. Non pensare più a un cazzo. Mentre Dolcemara coricata sul letto, nella stanza nuova, immaginavo assaporasse vecchie tristezze e disperazioni ritrite, sentendosi tanto sola da non poterne più.

Quella notte non riuscii a dormire nemmeno un minuto. E aspettai che arrivasse mattina nella casa nuova così: separato dai miei cari a causa del risentimento, nel marasma più completo. Con la sensazione di non esserci più veramente.

46

Restai sdraiato, assolutamente immobile sul divano della sala fino alle otto. A guardarmi attorno in quel posto alieno che mi stava contenendo, rivelandone gli anfratti, frammento dopo frammento, a mano a mano che i raggi di luce s'intensificavano trapelando dai vetri delle finestre. E quando provai finalmente ad alzarmi, non ci riuscii. Era come se metà del mio corpo si fosse dissolta nel nulla. Lanciai un paio di ordini perentori col cervello. Ma si persero a mezza via. I collegamenti tra le mie intenzioni e la possibilità di esecuzione delle stesse si erano interrotti a cavallo di un brivido. Allora sperimentai una paura cruda e terribile: quella di non essere in grado di fare nulla, di essere imprigionato dentro una gabbia costruita nella mia stessa carne, con le sbarre di ossa bianche. Pensai che forse, in realtà, stavo dormendo e che quello era solo un sogno.

Con uno sforzo enorme, aiutandomi con le braccia, riuscii a mettermi su un fianco. E allora avvertii una sorta di pizzicore seguito da un formicolio, come un esercito di insetti che si prepara a marciare sulla pista interna delle mie terminazioni nervose.

Mi si erano addormentate le gambe, niente di che: nessuna particolare trascendenza e nessun mistero. Ero rimasto fermo nella stessa posizione e il sangue si era semplicemente fermato. Di solito certe cose accadono durante fasi di sonno profondo, quando si è talmente presi dalla fase onirica da spegnere qualsiasi movimento naturale di aggiustamento del nostro corpo. Quei piccoli spostamenti che si compiono in modo automatico per impedire di provocarsi dei danni. Nel mio caso, era accaduto mentre ero bello sveglio a causa dell'insonnia con gli occhi sbarrati. E forse il punto era proprio questo, *era sempre questo*: dovevo trovare la maniera per dormire di più.

Attesi che le vene si colmassero, fino a quando il flusso ematico raggiunse la giusta intensità. Poi, sperimentando un gelo profondo alle pendici estreme dei miei quadricipiti femorali, mi alzai dal divano con una fatica immensa. Muovendomi come uno zombi, con gli occhi gonfi e la schiena rigida, andai in cucina.

Dentro il frigo c'era già tutto quello che serviva e nella credenza trovai facilmente tazze e tazzine, caffettiera e scatola di biscotti piena di Macine del Mulino Bianco, una passione mia e di Franco. Mara aveva pensato davvero a ogni cosa e aveva fatto quello che doveva perfettamente, e questo contribuì ad aumentare il mio rimorso per come l'avevo trattata. Ero proprio uno stronzo ambulante!

Misi il latte a scaldare e la moka sul fuoco. Poi andai a svegliare Franco. « Muoviti, Son, che oggi mi sono preso un giorno libero. Andiamo a comprare il giornale in centro, da bravi omarini! »

Mezz'ora dopo lui mi raggiunse in cucina già vestito di tutto punto. Bevemmo latte e caffè intingendo i biscotti e guardandoci attorno, leggermente spaesati. La casa era davvero bella.. Ma ci si doveva ancora abituare. Nuovi odori e nuove atmosfere ancora da conoscere e assimilare.

« Devo fare un salto in questura per incontrare una persona. Una cosa da mezz'ora al massimo... » gli confessai, mentre lavavo le tazzine nel secchiaio. « E dopo sai cosa facciamo? Andiamo a comprare delle paste per festeggiare la casa nuova. » Parlavo di continuo per non dargli tempo di ragionare, di porsi domande della serie « ehi, ma cosa c'è che non va? » Il mio obiettivo era togliere mio figlio dalla casa nuova, mentre era così intrisa di tensione. Speravo che lasciando passare ancora qualche ora, la rabbia di mia moglie si sarebbe sbollita del tutto.

Mio figlio, però, non si fece ingannare più di tanto e mi chiese con sospetto: « Okay, però perché mamma non è ancora scesa? »

« Lei è molto stanca per il trasloco, lasciamola riposare in pace. »

« Quindi avete discusso ieri sera? »

« Solo un poco, bimbo, tranquillo... »

Presi la giacca, uscii dalla casa e lui mi seguì.

Sostammo un attimo in mezzo al giardino. Il paesaggio stupendo che si vedeva da una sorta di terrazza che dava sulla vallata era davvero impressionante. In quel punto avevamo progettato di mettere un gazebo per mangiare all'aperto o prendere il sole e guardare il panorama: piccole scene di paradiso quotidiano.

« Ti piace la nuova casa? » mi arrischiai a chiedere.

Lui subito annuì con foga. « È bellissima, sì... »

Peccato che avesse la faccia triste mentre lo diceva e io mi sentii sempre di più stringere il cuore.

Dong!

C'era stato un rintocco. Come una campana lontana. Un suono che dava l'idea di qualcosa di rotto, piuttosto che di tintinnante.

« Ma c'è una chiesa qua vicino? » domandai, rivolto verso il nulla, oltre la siepe.

Mio figlio rispose che non lo sapeva.

Mentre salivamo in auto, alzai lo sguardo verso la casa e mi accorsi di Mara, che ci spiava da dietro la tenda del primo piano. Anche a quella distanza potevo vedere con chiarezza la sua espressione imbronciata. Con quelle splendide labbra piegate al-l'ingiù vagamente sprezzanti e gli occhi lucidi di lacrime. Occhi blu, toccanti in certi frangenti e insopportabili in altre situazioni. Quando litigavamo, diventavano quasi neri. Ma continuavano a brillare lo stesso. Brillavano sempre, proprio come stelle che non si rassegnano alla fine dello splendore.

Vinsi l'impulso di alzare una mano per salutarla, presi posto a bordo della Hyundai e attesi che anche Franco si accomodasse a sua volta.

Poi partimmo strisciando sulla ghiaia. Attraversammo il cancello. Per andarcene via dalle balle, come si suol dire. Uno degli indirizzi che ultimamente gradivo di più raggiungere.

Diedi gas per aggredire la strada. Le mie gambe erano sveglie e le sentivo perfettamente: erano attaccate al mio corpo, stessa carne stesso sangue. Quello che mi era capitato quella mattina, nemmeno un'ora prima, adesso era solo un ricordo. Il mio sangue scorreva nelle vene, un torrente incazzato nero che non ce la faceva più a calmarsi, grazie a Dio.

47

Restò nascosta dietro la tenda della finestra per molto tempo, dopo che suo marito e suo figlio se ne furono andati. La pelle nuda sotto la vestaglia increspata di brividi.

La loro prima notte nella casa nuova era stato un vero disastro. Un battesimo sconsolante, che forse avrebbe portato male.

La iella è con noi, pensò. *E col nostro spirito.*

Adesso provava rimorso e si sentiva pentita per come era stata inflessibile e severa. Ma stavolta non ce l'aveva fatta a trattenersi. Così aveva aggredito suo marito in quel modo, poi se n'era andata via. E in camera aveva atteso tutta la notte che lui arrivasse per fare pace, con le orecchie tese a percepire il più piccolo rumore. Sperando di udire i suoi passi, le impronte sonore che amava così tanto. Invece Francesco era rimasto giù, immobile, silenzioso. E lei si era sentita morire una volta di più. Aveva così bisogno di essere abbracciata e coccolata. Ma lui come al solito non aveva capito e aveva reagito lasciando perdere.

Forse avrebbe preferito essere presa a schiaffi, piuttosto. Oppure una di quelle belle litigate con scopata riparatrice, che ormai erano diventate sconsolanti peculiarità della loro vita matrimoniale. Sempre meglio di niente. Invece questa volta lui non era nemmeno sbottato più di tanto, non si era nemmeno scusato più di tanto. La verità era che suo marito, per lei, non faceva *più di tanto* sempre e comunque, e a prescindere. E così i segni dei graffi aumentavano.

Francesco l'aveva lasciata sola la prima notte nella casa nuova e adesso lei era rimasta sola anche la prima mattina.

Le era venuta la nausea per il nervosismo, assolutamente dispersa dentro qualcosa di appiccicoso. Una sostanza colloide che la paralizzava. Alla fine era giunta a chiedersi per l'ennesima volta cosa provasse ancora *lei* per suo marito, facendo seguire un interrogativo molto peggiore: che cazzo prova *lui* per me?

Le domande di sempre, che nascevano dal centro del suo cuore di donna frustrata, per non dire di peggio.

Mi ama ancora? Mi ha mai amata veramente?

Interrogativi, sempre quelli.

Davanti alla finestra. Con le tende scostate a metà, stando ancora nascosta anche se in cortile non c'era più nessuno.

Stare nascosta a prescindere.

Quando il cellulare suonò per l'avviso di un SMS, attese un poco prima di controllare chi fosse.

Solo dopo un paio di respiri profondi si decise e trafficò goffamente coi pulsanti, attenta a non spingere quelli sbagliati, non ci capiva ancora nulla di quei cosi.

Il messaggio diceva: SEI MOLTO STANCA?

Le scappò un sorriso triste. Meno male che c'era ancora qualcuno che s'interessava a lei. Che in qualche modo la confortava.

Muovendo le dita sulla tastiera del Nokia, digitò la sua risposta, controllando di non fare errori: SONO COSÌ STANCA DA NON POTERNE PIÙ!

48

Nell'aria c'era già l'odore della primavera. La si sentiva persino lì, in pieno centro, attraversando piazza Roosevelt.

Un odore che sa di buono. Di cose tiepide e semplici.

Il profumo di una rinascita.

Offrii a mio figlio un caffè, come fanno gli adulti, e gli chiesi della scuola. Come stava andando (« Abbastanza bene, dai »). Se aveva già cominciato a prepararsi per gli esami (« Be', mica tanto »). Se era emozionato al pensiero di essere prossimo ad andare alle superiori (« Per adesso no, ma mi sa che tra poco... »).

Mentre conversavamo, provavo quella sensazione di malinconia che sentivo sempre quando ero assieme a Sonnyboy: un senso di inadeguatezza temporale, come se i minuti trascorsi con lui venissero alterati da una velocità innaturale. Tutto sfuggiva troppo in fretta. Tanto da rovinare quei momenti, inquinandoli con un senso d'ineluttabilità latente. In poche parole mi sembrava che tutto scorresse troppo veloce e ogni volta mi sentivo come chi voleva fare cento ed era riuscito solo a conseguire un misero dieci.

Il risultato era un'intensa nostalgia per qualcosa che in effetti non era ancora finita. Malinconia forever. Ancora prima che cominciasse la vera mancanza. Rimpiangevo quelle ore con mio figlio, proprio mentre le stavo vivendo, alla faccia dei miei orologi sbagliati e di quelli giusti. Il tempo è una bestia feroce, difficile da imprigionare. Che non molla e continua a battere, a sbattere e a ringhiare, dentro e fuori. Quando credi di averla catturata, lei comincia a ucciderti.

Il tempo è ingannevole come un sentimento sbagliato. Credi di averlo in pugno, credi di averne ancora tanto a disposizione. Ma all'improvviso lui finisce e non te ne resta più nemmeno un goccio. Un secondo prima avevi tutto il tempo del mondo, e poi più nulla.

« Hai già deciso in quale liceo andare? » chiesi, mentre mettevo in bocca il toscano spento.

Franco disse: « *Ta ta ta ta!* » tambureggiando sul bordo del tavolino. « Domandina da cento punti, padre. »

Si udì una sirena della polizia passare in via Rizzoli. E mi ricordai il motivo per cui ero venuto in centro.

Guardai subito l'orologio sul polso sinistro, quello giusto, per non fare casino. Lessi il datario, che segnava il 28 marzo. Poi controllai le lancette, constatando con sollievo che per una volta tanto ero in tempo. Non era tardi per il mio appuntamento di lavoro, già...

« Il più classico dei classici! » La voce di mio figlio mi riportò alla nostra conversazione.

« Cosa dici, Son? » Non capivo a cosa si riferisse: al fatto che non era tardi oppure ad altro?

« Dico che il liceo classico è il più probabile. »

Pensai che io avevo fatto l'istituto tecnico, il rinomatissimo Aldini Valeriani, e che ai miei tempi andare al liceo era roba da fighetti.

Ma i tempi cambiano, oltre che passare. E fanno entrambe le cose troppo in fretta.

« Sai che il classico sarà impegnativo? »

« Cercherò di... applicarmi! »

Franco fece un risolino - chissà perché - e io mi alzai dal tavolo per andare a pagare, ma il barista mi sorrise scuotendo il capo. « Dottore, offre la casa! »

Ringraziai e strizzai l'occhio a Son.

Attraversammo la piazza, diretti al palazzo della questura.

Camminando fianco a fianco. Tutti e due coi texani ai piedi che ticchettavano sul selciato, tutti e due coi pollici infilati nelle tasche dei jeans scoloriti. Stesso passo, stessa postura. Due *pard* che andavano verso un duello all'ultimo sangue, una sfida al sole.

Il piantone scattò sull'attenti e io gli dissi: « Stai comodo, stai comodo ».

Salimmo al terzo piano e arrivammo in un corridoio con vecchie mattonelle lucidate a cera. Incrociandomi, un paio di colleghi mi salutarono.

Il maresciallo Macchiavelli si fermò a stringermi la mano con affetto. Poi squadrò mio figlio. « L'ultima volta che ti ho visto eri grande così... » disse facendo con la mano destra un segno vago all'altezza dell'inguine.

Franco rideva, contento e fiero di essere lì con me.

Entrai nel mio vecchio ufficio, mi sedetti dietro la scrivania e controllai l'ora. Pensai che lei era in ritardo.

Dissi scherzosamente a Son di fare quello che voleva, ma senza toccare nulla. E lui mi fece una smorfia.

Tanto per darmi un contegno assunsi un'aria seria e mossi il mouse del computer per accendere lo schermo. Il logo della Polizia di Stato prese a roteare, a ingrandirsi e a rimpicciolirsi.

Suonò l'interfono. Risposi. Era il piantone all'entrata. « La dottoressa Chiara Monti è arrivata », risposi.

Io risposi di darle un pass e di farla salire.

E restai in attesa, cercando di assumere un'aria professionale. Mi sentivo gli occhi gonfi di sonno, e dovevo avere una bella faccia da cazzo. Scrutando nei meandri dello stemma che veleggiava sullo schermo come se fosse la cosa più interessante del mondo, leggermente sfocata a causa dell'era presbiteriana, feci spallucce. La nuova arrivata mi avrebbe visto in una delle mie forme abituali: stanco morto e leggermente disperato. Si sarebbe dovuta abituare.

Franchino guardava fuori dalla finestra. C'era un piccione sul tetto che muoveva la testa a scatti e beccava qualcosa d'invisibile nell'aria.

Quando sentii il lieve bussare, mi schiarii la voce e dissi: « Avanti, prego ». E cercai di non sollevare lo sguardo per squadrare colei che era arrivata. Continuai a fissare il logo della polizia con espressione seria, come se fosse una cosa davvero bellissima, oltre che sfocata.

Il cuore chissà perché mi batteva un po' più forte del dovuto. Forse un infarto in arrivo sul terzo binario. A forza di non dormire.

Battei un piede a terra e poi l'altro, per vedere se si muovevano nel modo giusto, per sentire se c'erano. Poi finalmente decisi di degnarla e sollevai lo sguardo per rispondere al buongiorno detto quasi sottovoce che la nuova arrivata aveva pronunciato entrando. Già nella foto del suo dossier si vedeva che era carina. Ma dal vivo... era uno schianto.

Franco si girò e anche lui rimase colpito dalla bellezza di quella donna impalata sulla soglia. Sorrise e andò a stringerle la mano, come un bravo ometto. «Io sono il figlio del commissario.»

Chiara Monti si presentò a Sonnyboy e poi a me, allungandomi la cartelletta che stringeva in pugno. Era diventata tutta rossa e allora io le sorrisi con fare magico: «Benvenuta», le dissi, mentre mi alzavo per andarle incontro.

Il mio cuore non accennava a smettere di battere troppo forte.

Cercavo di stringerlo, per metterlo al sicuro al centro del petto, ma non ci riuscivo.

49

Quando il lunedì della settimana successiva presentai la nuova arrivata agli altri della squadra, furono tutti molto gentili con lei. I maschi sfoggiarono sorrisoni esagerati e l'unica donna si mostrò subito propensa a instaurare una specie di complicità femminile.

Anche Chiara fin da subito diede l'idea di sentirsi a suo agio. Con tutti, tranne che con me. Già durante il nostro primo incontro in questura, lei aveva adottato in mia presenza un comportamento sulla difensiva che poteva essere una forma di soggezione, ma non solo. Mi dava più l'idea di qualcuno che cerca di stare più stretto possibile. Come quando devi difenderti da qualcosa, un possibile colpo che sta per arrivare, e allora strizzi le palpebre e incassi la testa tra le spalle. La Monti al mio cospetto cercava di farsi più piccola per offrire meno bersaglio possibile su cui colpire.

La cosa di per sé mi pareva strana, ma nello stesso tempo assolutamente comprensibile, visto che anch'io stavo provando una cosa simile. L'unica differenza era che io sapevo come nasconderla. Con la maschera del capo inflessibile e dedito al dovere: stacanov*ista* e ideal*ista*. La desinenza *-ista* sembrava caratterizzarmi, la stessa di *vista*... A voler proprio speculare a ruota libera su giochi di parole o quant'altro. Organo sensoriale in grado di mostrarti immagini.

La mia vista di poliziotto da un po' di tempo a questa parte percepiva flash di ombre che si muovevano rapide ai margini della coscienza. Qualcuno le chiama premonizioni, altri allucinazioni. Io preferisco definirle fragranze. Odori che aleggiano. Sinestesie che chiarificano, invece che confondere.

Mio dovere era portare alla luce strati di merda metropolitana. E anche quelle immagini che percepivo avevano un cattivo odore.

Durante la nostra prima riunione operativa, misi a conoscenza il vicecommissario Chiara Monti di tutti gli accadimenti degli ultimi mesi. Aiutando il mio resoconto con gli appunti affissi sul Muro del pianto.

La registrazione dei lamenti. I cinque boss crocefissi a testa in giù e la tortura cui erano stati sottoposti, con tutti i simbolismi annessi e connessi: mutilazioni varie e la presenza di larve d'insetto dentro i corpi. Il tutto per la regia occulta di una cosiddetta Signora delle vespe che stava agendo per prendere in mano i traffici di droga della regione, collegata alla strage dei San Valentino. L'ipotesi di una nuova sostanza stupefacente introdotta sul mercato. Tralasciai di proposito la questione degli uomini con la maschera da teschio che avevano insidiato Lois, perché quell'episodio sarebbe rimasto tra me e lei, così come la confessione della sua terribile esperienza passata.

Al termine della mia relazione, alzai lo sguardo sul nuovo petalo della squadra: la vicecommissario Monti stava scrivendo sul bloc-notes che si era portata dietro. Tutti rimasero in silenzio, mentre lei continuava a scrivere come una forsennata.

Monvisi tossicchiò. Bondi prese a fare cerchi sul suo quadernino. Manico sbadigliò. E Ballard allungò le braccia verso l'alto per stiracchiarsi. La Masina si alzò per andare a versarsi un po' di caffè. Io continuavo a fissare Chiara, e lei, con la testa china, non smetteva di scrivere. Sembrava una studentessa a un esame, col tempo che sta per scadere mentre cerca di fare in fretta per rispondere a tutte le domande che le sono state poste.

«Non vuole rischiare un brutto voto, dottoressa?» chiesi, a un certo punto, tanto per fare una battuta.

Lei alzò la testa di scatto e si scusò, posando subito la penna. «Stavo buttando giù qualche appunto.» Adagiò la mano sul bloc-notes, come se volesse distenderla per farla riposare un attimo. Accarezzò il foglio e gli diede una scorsa. «Quando ho lavorato per il pool antimafia, ho partecipato all'indagine relativa all'uccisione dei componenti della cosca dei San Valentino, come voi già saprete, immagino...»

«È stata una delle ragioni per cui l'ho chiamata a fare parte della squadra!» puntualizzai, mantenendomi stretto, proprio come faceva lei.

«E le altre ragioni?»

La fissai corrugando la fronte. «Come, scusi?»

Lei sorrise, come una stella che si accende. «No, chiedevo quali erano le altre ragioni.»

Monvisi ridacchiò e io gli lanciai un'occhiata furente. Poi mi rivolsi di nuovo alla vicecommissario. «No, dicevo così per dire, dottoressa.» Tossicchiai. «In base al resoconto di indagine che ho testé esposto, lei trova che ci possano essere attinenze o collegamenti tra quello che sta capitando qua e le stragi mafiose di cui in oggetto?» Mi ero messo a parlare come in un verbale dei carabinieri.

La poliziotta annuì. «Il modo in cui furono eliminati i suddetti, in particolare l'esecuzione pittoresca del capofamiglia, suscitò in noi una certa perplessità: quello era un tipo di uccisione che si discostava dai soliti modi operandi dei sicari corleonesi. Tanto da considerare l'ipotesi che i responsabili fossero da ricercare altrove. Forse qualcuno aveva colpito approfittando della guerra di mafia, confondendosi nel caotico vortice di sangue che stava caratterizzando quegli anni.»

«E non sono state portate avanti indagini in quel senso?» chiese Monvisi.

Chiara fece segno di no con la testa. «Vennero poi uccisi Falcone e Borsellino e tutto si complicò ancora di più. Iniziarono le stragi dei pentiti e dei loro famigliari e noi avevamo un'unica priorità: catturare Riina. Poi lui finalmente fu arrestato dal CRIMOR, nel gennaio del '93 e l'incubo di quegli anni finì. Ma ancora oggi l'ex capo dei capi continua a dichiararsi estraneo alla morte dei San Valentino e questo, alla luce dei ragionamenti di cui mi state rendendo parte, fa pensare che le nostre supposizioni iniziali fossero giuste... »

Ringraziai la Monti per la sua esposizione. « Mi piacerebbe che lei nei prossimi giorni riesaminasse tutti i dossier relativi alla strage dei San Valentino. Magari salta fuori qualcosa che è sfuggito fino a ora. Confido nella sua capacità e nella sua esperienza. » Feci una breve pausa. « E benvenuta nella squadra Antigang! » aggiunsi.

Lei mi guardò con una certa intensità. Poi abbassò gli occhi per osservare i miei orologi, polso sinistro e polso destro. Forse si stava chiedendo perché li portassi. O forse lo sapeva già, non aveva bisogno di chiedermelo. E io mi sentii davvero stretto da morire.

50

I mesi passarono veloci tra un'indagine e l'altra.

Organizzammo retate, facendo fuori piccoli trafficanti. E non riuscimmo a ottenere alcun progresso nelle indagini per arrivare ai fautori dei new racket in regione. Nessuno parlava, nessuno sapeva nulla. Era come se ci trovassimo in una zona d'ombra in attesa di qualcosa. Si percepiva un senso di minaccia crescente.

La nuova droga giunta dal nulla aveva invaso il mercato soppiantando tutte le altre sostanze stupefacenti. E adesso aveva anche un nome: Mistura. Era una droga di confine, per così dire. Nel senso che agiva come una droga sciamanica facendoti superare le cosiddette « porte della percezione » e rendendoti in grado di aggirare inibizioni e paure. Così il senso morale si spegneva e andava a puttane, e tutto poteva diventare possibile e allo stesso tempo sostenibile. Nessun ritegno, nessun dolore.

Poteva essere consumata in tutti i modi. I cosiddetti « pulsanti » erano piccole compresse che si potevano assumere per via orale, come le pasticche di LSD, sciolte e iniettate in vena come l'eroina oppure dentro piccoli inalatori tipo quelli per gli asmatici. Aveva una composizione microcristallina e per una dose media bastava pochissima sostanza. Dai rapporti dell'antidroga s'ipotizzava una grande possibilità di trasporto e facilità d'importazione. Nel senso che con un chilo di roba pura si potevano ottenere migliaia di dosi.

Questa propagazione così spropositata e fuori da ogni controllo dava l'idea di un virus, di una malattia che contagiava soprattutto i giovani. Aveva un che di spaventoso e la nostra priorità era diventata quella di scoprire chi c'era dietro tutto quello.

La fottuta Signora delle vespe esisteva veramente? O si trattava solo di un vaneggiamento? Padre Sisto supponeva che fosse un manifesto. Per me stava diventando un'ossessione.

Forse *quella* stava solo giocando a nascondino.

Chi è dentro è dentro...

Ma se lei si nascondeva, io, prima o poi, le avrei fatto tana.

Chi è fuori è fuori...

Alla fine di maggio, Franco diede l'esame di terza media e fu promosso a pieni voti. Nel mese a seguire lo iscrivemmo al liceo classico Minghetti.

L'estate trascorse senza clamori. Dentro e fuori. Lavoravo. Tornavo a casa quando potevo. Litigavo con mia moglie. La mia insonnia peggiorava e dormivo poco. Una routine come un'altra.

La nuova casa era bella. Per non dire stupenda. In estate era un vero paradiso in Terra. La domenica, quando non ero di servizio per combattere i cattivi, andavo con mio figlio a correre nel bosco prospiciente la nuova proprietà, aggiungendo valore alla candela, per parafrasare la mia piccola Dolcemara rompipalle.

Di solito restavamo sul versante occidentale, dove i sentieri erano meno ripidi. Ci facevamo mezz'ora di corsa a perdifiato, andata e ritorno. I primi venti minuti stavo in testa io per poi essere clamorosamente superato negli ultimi dieci minuti dal mio ragazzone. Che stava diventando sempre più forte, alto e robusto. Dopo ci fermavamo a fare esercizi di stretching sul prato antistante la casa nuova, quella specie di terrazza naturale di erba soffice che dava sulla vallata. Infine concludevamo l'allenamento eseguendo un *kata* assieme, in perfetto sincrono. Figurazioni di un combattimento di karate immaginato, come una danza.

Tutti e due con gli stessi movimenti, alla stessa velocità, come se fossimo una visione sdoppiata della stessa cosa.

Erano momenti intensi di comunione, momenti in cui ci specchiavamo l'uno nell'altro.

Mio figlio era come creta che si plasma sullo stampo di un mio desiderio. Lui diventava ogni giorno sempre più uguale a me. E io mi sentivo molto vicino all'immortalità, oltre che alla vecchiaia.

Poi accadde che un bel giorno decidemmo di tentare i sentieri del versante orientale, quello che costeggiava la strada principale e poi scendeva in picchiata verso oscure profondità di tronchi e spine.

E fu così che ci trovammo di fronte alla casa della strega.

51

Tute da ginnastica della Nike e Adidas ai piedi. Giù per l'abetaia fino al ruscello, cercando di non passare sui sassi per paura delle vipere. Poi su dalla parte opposta, tutti sudati, con la spiacevole sensazione di aver smarrito la strada. Il bosco sembrava chiudersi sopra di noi come una creatura viva, malevola e sussurrante. Le foglie non stavano ferme un secondo e l'atmosfera aveva un che di inquietante. Il sentiero su cui ci trovavamo s'inoltrava in mezzo alla vegetazione come un serpente.

A un certo punto ci trovammo di fronte a un cartello appeso a una catena con scritto VIETATO L'ACCESSO.

In fondo c'era un'ampia zona d'ombra dove gli alberi erano più fitti. Le chiome verdastre compatte come se volessero nascondere qualcosa.

Proseguendo per una ventina di metri oltre lo sbarramento, da quegli alberi scaturì un tetto a punta con una grande croce di ferro rugginoso.

Bloccandosi al centro del sentiero, Franco disse: «Sembra una casa stregata. Tutta così nera».

Fermandomi a mia volta, cercai di sorridere, col sudore che

mi scendeva a rivoli lungo la schiena e sulla faccia. « Andiamo a dare un'occhiata da vicino, figlio? »

« Non chiedo di meglio, padre. »

Si trattava di un vecchio edificio costruito in sasso nero. Un tipo di manufatto insolito da quelle parti. Il tetto copriva il corpo centrale dell'edifico, mentre le due ali spingevano verso il bosco come a volersi confondere con la vegetazione. Falde laterali di altezze differenti davano alla struttura un che di asimmetrico.

Quella casa era decisamente strana. Forse la parola giusta per descriverla poteva essere « disarmonica ». Ma, pensandoci bene, « squilibrata » era il termine che più le si addiceva, in tutti i sensi.

C'era un pesante portone, chiuso con assi inchiodate a forma di croce, così come per tutte le finestre. Soltanto quelle dell'ultimo piano non erano sbarrate. Erano senza scuri e sembravano avere persino i vetri intatti, forse il frutto di una qualche ristrutturazione recente.

In cima alla cuspide del tetto, di fianco alla croce, c'era una piccola campana, che al minimo accenno di vento faceva *dong*.

Io l'avevo già sentita, da casa. Un impercettibile rintocco stonato che risuonava lieve e lontano, soffocato più dal vento che dalla lontananza. Così a occhio e croce, in linea d'aria, quella casa abbandonata distava dalla mia magione non più di trecento metri.

Mi ricordai di aver visto un cancello, subito dopo la curva, là dove s'imboccava il viale di accesso alla nuova proprietà. Adesso sapevo a quale edificio apparteneva.

« È davvero strana questa casa, Sonnyboy. »

« Oh sì, Fatherman, stranissima. Andiamo a dare un'occhiata più da vicino? »

« Non è il caso, sarebbe un reato, si chiama violazione di proprietà... »

« Ma tu sei un commissario di polizia, mica possono arrestarti. »

Mi parve di cogliere un movimento dietro il vetro di una delle finestre dell'ultimo piano. Strizzai le palpebre per vedere meglio. Tutto fermo e tutto immobile. Forse si era trattato di un riflesso.

Presi mio figlio per un braccio stringendolo teneramente. Mi resi conto di avere la pelle del volto gelata. Come se fosse imperlata di olio ghiacciato, e la cosa di per sé non era solo strana, ma faceva paura. « Meglio che andiamo. Siamo via da più di due ore e mamma di certo si sta preoccupando. Sai come fa lei... »

« Lo so, lo so... Poi va a finire che litigate. »

Ormai era passato mezzogiorno e annusando l'aria pareva persino di sentire l'aroma di carne ai ferri che Dolcemara aveva preparato per pranzo. Di sicuro era già cotta da un'ora e una volta che fossimo rientrati sarebbe stata gelida, pronta per essere rinfocolata nel microonde, una delle tante assurdità di mia moglie.

« Dobbiamo andare a mangiare, piccolo. »

« Okay, allora andiamo, grande! »

Decidemmo quindi di allontanarci da quel luogo strano. Leggermente a malincuore e nello stesso tempo provando un forte senso di sollievo. Sapevamo in cuor nostro che non ci avremmo più messo piede assieme. Una consapevolezza che proveniva da un sussurro nascosto nell'aria. Un bisbiglio che era come un brivido di freddo.

52

Non ce la feci a resistere e quello stesso pomeriggio, con la pancia piena di salsicce e braciole, mi recai nel mio studiolo in torretta, mi piazzai su Internet e cercai informazioni su quel posto.

Veniva chiamata la Buia, e qualcuno la considerava una casa maledetta. Era stata costruita da una certa contessa Demetra Buia, una nobildonna bolognese sulla quale girava una strana leggenda. Si narrava che avesse avuto un incontro ravvicinato col diavolo. Che lo avesse sfidato e che avesse pure vinto. Nel luogo esatto dove si diceva che il demonio fosse stato distrutto, si era formata una voragine con tanto di fonte sotterranea di acqua salata, attorno alla quale fu eretto l'edificio. Il materiale usato per la costruzione aveva la caratteristica di essere ignifugo, totalmente refrattario al calore, e si vociferava provenisse dal cielo. Qualcuno accampava l'ipotesi di un meteorite.

In realtà in natura esisteva quel tipo di roccia lì, si chiamava ofiolite, dal greco *ophis*, che significa serpente, e *lithos* che vuol dire roccia. Roccia di serpente.

Alla fine degli anni '30, durante la dittatura fascista, la Buia era stata donata alla curia bolognese dagli eredi della contessa. Ed era stata adibita a convento per un ordine monastico non bene identificato: la confraternita degli Addolorati. Un giorno tutti i monaci furono trovati bruciati inspiegabilmente. Qualcuno avanzava l'ipotesi che il diavolo fosse tornato per compiere vendetta. E secondo le dicerie popolari i loro spettri ululanti continuavano ad aleggiare tra quelle mura color notte. Alla fine della guerra c'era stato il progetto di venderla per trasformarla in una stazione termale ma la nomea di casa infestata non aveva giocato a favore per l'approvazione di un progetto del genere. Da allora la Buia era rimasta disabitata in mezzo al bosco. Talmente cupa da tenere lontano tutti.

Così sinistra e solitaria, quella casa poteva davvero essere il rifugio perfetto per i fantasmi.

Ripensando a quel movimento che mi era parso d'intravedere dietro il vetro dell'ultimo piano, mi sentii percorrere dai brividi. E non c'era nulla di strano: ormai ero avvezzo a sopportare vibrazioni lungo la schiena e nel basso ventre.

Ma per quello che mi sarebbe capitato da lì a qualche anno, per la direzione che avrebbe preso la mia vita, era ancora niente.

II

DIREZIONI OCCULTE

1

Julia Méndez si guarda attorno smarrita. Ha appeso al collo il marsupio portabebè. Stringe il bambino tra le braccia e lo sente così freddo, così immobile. Quel corpicino contro il petto sembra incollarsi ai battiti del suo cuore gelandoli fino a rallentarli. Mentre esce dal terminal, cerca di darsi un contegno. Ma non ci riesce. Sente quel pianto impossibile dentro e fuori dalla testa. E non ce la fa più a respirare.

Prima di partire le hanno somministrato una dose di pulsanti, come al solito, per farla stare calma e rilassata e sedare i sensi di colpa spegnendo il suo cuore. Anestetizzavano la sua coscienza perché potesse portare a termine il lavoro sino in fondo senza incertezze.

Il terzo viaggio in una settimana: tratta Città del Messico-Bologna e ritorno. Un trasporto dietro l'altro, senza remissione. Seduta in fondo alla cabina passeggeri, nella fila a soli due posti entrambi prenotati a suo nome, per lei e il neonato che dovrebbe passare per suo figlio. Un certificato di nascita falso, un biberon di acqua zuccherata e dei pannolini di ricambio. Da sola col pupo per evitare che qualche passeggero in vena di chiacchiere possa attaccare discorso. Chiederle notizie. *Oh, ma com'è silenzioso il suo piccolo. Dorme sempre?* Tredici ore di viaggio. Interminabili battiti di tempo. Con la mente vuota e l'anima otturata. Un lavandino con lo scarico intasato d'incrostazioni nere: i suoi peccati che le impediscono di tornare libera.

Nei momenti di lucidità, fra un trasporto e l'altro, ha progettato tante volte di scappare, oppure di farla finita. Ma le è sempre mancato il coraggio per entrambe le cose. Loro sono troppo potenti. Stringevo tra le mani la sua vita e non gliela ridaranno più: l'hanno rubata il giorno in cui lei ha accettato di vendere il frutto del proprio ventre.

Pensando a quel momento, ricorda soprattutto il senso di gioia e di disperazione che ha provato nell'attimo in cui ha sentito la sua creatura piangere, subito prima che gliela portassero via.

Coi soldi presi ha potuto aiutare la madre e le sorelle, farle smettere di lavorare come schiave alle *maquiladores* di Juárez, in quell'inferno affacciato sul deserto. Dopo sono arrivate le altre richieste cui non è stato possibile negarsi. Fingersi madre. Portare in braccio creature fredde e silenziose. Nessuna via d'uscita per quell'incubo interminabile che l'ha resa sempre più schiava della paura.

Questa volta però è diversa dalle altre. Dopo che l'aereo è atterrato, ha iniziato a percepire un suono argentino. Appena un bisbiglio. Che poi è cresciuto fino a diventare assordante.

Questa volta il neonato che le è stato affidato ha cominciato a piangere. *Uè uuuè uè uè...*

Stringendo quella creatura gelida tra le braccia, si guarda attorno.

Nessuno sembra badare a lei.

Barcolla verso l'uscita. Dovrebbe raggiungere il parcheggio e consegnare il carico. Dopodiché prendere il prossimo volo per tornare alla base e ricominciare. Ancora, e ancora, mio Dio...

Affretta il passo e non sa cosa fare.

Quel pianto è così assordante. Se lo sente rimbombare nella mente. Sempre più forte. Fino ad annullare la sua capacità di pensare. Le riempie la testa e si espande come schiuma. Mentre la nausea cresce.

Prende la scala mobile, ma, invece di scendere, sale e raggiunge la terrazza panoramica.

Le gente che incrocia la guarda passare, incuriosita e allarmata, e lei allora inizia a correre e il pianto la insegue. Si ferma contro il parapetto e guarda giù la pista venti metri più sotto. Tutto vortica. Vorrebbe tapparsi le orecchie. Il neonato nel marsupio dondola come un pendolo e lei è sul punto di crollare e perdere i sensi...

«Signora, si sente male?»

Una voce di donna alle sue spalle. Si gira di scatto e vede una giovane poliziotta che la guarda preoccupata.

«Signora, vuole che l'aiuti?»

Julia Méndez si sente perduta e allora punta le braccia in avanti e spinge via con forza l'agente e inizia a scappare.

«Signora, dove sta andando?» La poliziotta la insegue.

Il pianto le sta spaccando la testa. Perde sangue dal naso. Vorrebbe vomitare. Mettersi a gridare. Al limite piangere pure lei, lanciare gemiti nel vuoto in coro con quel pianto di bambino che sente nella testa.

Quel pianto che è così simile a quello del suo piccolino. Il figlio che ha venduto.

Scavalca il parapetto.

La poliziotta la raggiunge e le tende la mano. «Signora, venga qua. Non faccia sciocchezze.»

Julia Méndez guarda giù e le sembra che si stia formando una nuvola. Bambagia fluttuante e soffice, panna montata e zucchero. Cadere nel cielo potrebbe essere una cosa meravigliosa per raggiungere il suo bambino.

«Signora, la prego, io posso aiutarla!»

Julia Méndez pensa: *Nessuno mi può aiutare.*

Poi si butta giù, in mezzo alla nuvola morbida e dolce che la sta aspettando.

2

Ingannare il tempo, fare in modo che non passi. Farlo proprio.

Dirigerlo. Tenerlo spostato in avanti.

Sempre avanti. Per non dover ritardare mai.

I ricordi sono come uno zaino di provviste: nutrizione della mente e dell'anima e vitamine per la fantasia.

Così mi vedo con un mezzo toscano acceso tra i denti, sapore amaro e palpebre strizzate nel fumo sotto gli occhiali, mentre finisco di leggere la comunicazione appena arrivata via fax dal commissario Romeo Gaslini, il responsabile del gruppo Fever dell'Interpol operante in Emilia-Romagna: la cosiddetta «squadra della febbre», un team di poliziotti che indaga sui crimini perpetrati sui minori.

Il 1997 era iniziato da pochi giorni, da quattro a voler essere precisi. E il primo pensiero che mi venne in mente, quando terminai di esaminare quel rapporto, fu che l'anno era iniziato davvero alla grande... si fa per dire.

Una giovane donna messicana, atterrata a Bologna con un volo diretto proveniente da Città del Messico e con un neonato in braccio, si era buttata giù dalla terrazza panoramica, tentando il suicidio in evidente stato confusionale. La notizia già di per sé agghiacciante assumeva toni ancora più gravidi di orrore dopo la constatazione che la creatura che aveva con sé era morta da parecchie ore e aveva la pancia completamente svuotata degli organi interni e stipata di ghiaccio secco. Poi arrivava la ciliegina finale, quella che aveva spinto il capo della squadra Fever a inviare quell'informativa «per conoscenza» anche alla squadra Antigang. Un'analisi qualitativa effettuata su quel ghiaccio secco aveva riscontrato la presenza di microcristalli di Mistura tra una molecola di anidride carbonica e l'altra, un quantitativo pari a due chili e mezzo di sostanza stupefacente pura.

Restai per qualche minuto con gli occhi fissi sul documento che stringevo tra le mani. Mi sentivo incredulo al cospetto di una cosa così raccapricciante. Tanto che non potei fare a meno di pronunciare un commento ad alta voce, abbassandomi gli occhiali sul naso e rivolgendomi alla Masina, che era impalata davanti alla mia scrivania, in attesa che io terminassi di leggere il documento che mi aveva portato. «Ma è mostruoso!» dissi.

In quel momento giunse Chiara. Entrò nel Pensatoio invadendo l'aria col suo profumo Acqua di Giò. «Che cos'è mostruoso?»

Girandomi verso di lei, non potei fare a meno di provare un tuffo nel bel mezzo del petto. Stringendomi al collo il bavero delle emozioni per ripararmi dal batticuore, reagii grugnendo di disapprovazione. «Alla buon'ora, vicecommissario. Si è degnata di arrivare.»

Chiara si allungò verso la collega e le bisbigliò qualcosa che comunque riuscii a sentire perfettamente: «Oggi è di buonumore il grande capo?»

Mi tolsi gli occhiali con gesto deciso. «Monti, non faccia la spiritosa, che non è proprio giornata», sbraitai. «Si legga questa informativa per piacere. Così vediamo se le resta la voglia di scherzare.» Le allungai i fogli del fax e mi guardai attorno smarrito. Erano già le nove di sera, ero stanco morto e avrei voluto solo andare a casa da mio figlio, e invece era arrivata una nuova grana. Di quelle che non si possono ignorare.

Dalla stanza a fianco giungevano le voci degli uomini della squadra impegnati in una discussione calcistica: Ballardini sosteneva che la Juventus avrebbe stracciato tutti in questo campionato, adesso che aveva acquistato anche Vieri. Monvisi gli stava rispondendo che la Roma sì che era una squadra.

In sottofondo la voce grossa di Bondi: « Sì, col cazzo! » Non si capiva bene a cosa si stesse riferendo.

Chiara terminò di leggere corrugando la fronte. « Neonati morti usati come baccelli per importare droga, altro che mostruoso », disse tra sé. Poi alzò la testa per guardarmi. « Ritiene che sia opera della rete criminale della nostra misteriosa *Signora*? »

« Per quello che abbiamo in mano in questo momento, nulla è certo. »

La Masina chiese: « Faccio venire tutti in sala? »

Io feci segno di no. Era ancora presto per convocare una riunione.

Afferrata la cornetta del fisso chiamai l'ospedale dove era piantonata quella Julia Méndez e chiesi informazioni. Mi riferirono che lei era uscita dal coma da qualche ora, ma era ancora molto grave. Riattaccai e feci subito il numero della Cavallo, anche se era sabato sera. Mi serviva l'autorizzazione per un colloquio immediato con la donna messicana.

3

L'agente di guardia era seduto davanti alla porta della camera 33 e stava leggendo una rivista. Vedendola arrivare, la salutò: « Ciao Lara, tutto bene? »

L'infermiera si limitò a sorridere e tirò dritto spingendo il carrello con sopra i medicinali senza perdersi in chiacchiere. Entrata nella camera, si avvicinò al letto. Controllò che fosse tutto a posto. Tolse il tubicino della fleboclisi e collegò una nuova ampollina di antibiotico. Il grafico dell'ECG batteva con un ritmo regolare. La paziente aveva la testa fasciata e gemeva nel sonno. Le sue labbra si muovevano in fretta. L'infermiera si chinò su di lei. Julia Méndez spalancò gli occhi di colpo e la fissò. «*El niño siempre gritos*», disse, in un sussurro roco. «*El niño gritos...*»

Lara cercò di calmarla: «Va tutto bene, stia tranquilla...»

La paziente allora allungò la mano di scatto e le afferrò il braccio con quanta forza aveva. Le sue dita erano dure e sottili e sembravano pungere.

Il *bip bip* dell'apparecchiatura elettrocardiografica prese ad aumentare la sua cadenza.

Julia Méndez scosse il capo. «*Nomine mater!*» disse.

Il *bip bip* crebbe ancora. E l'infermiera controllò allarmata lo schermo del biofeedback, chiedendosi se fosse il caso di chiamare il medico di guardia.

«*Nomine mater, nomine mater...*»

La paziente continuava a ripetere quelle due parole come se recitasse un rosario. Poi di colpo si calmò. E rimase immobile come se le si fosse spento un interruttore nella testa. I suoi battiti erano tornati normali.

Lara restò a guardare quella giovane messicana di ventidue anni provando un'ombra di tenerezza. Sembrava una ragazzina. Sul giornale avevano scritto che le era morto il figlio in braccio e che per questa ragione lei aveva cercato di farla finita. La presenza di tutti quei poliziotti di guardia in ospedale per tutto il giorno, però, faceva supporre che ci fosse qualcos'altro sotto.

Uscita dalla camera, spingendo il suo carrello, l'infermiera salutò l'agente di guardia e si avviò lungo il corridoio aumentando il passo. Il suo turno era già finito e non vedeva l'ora di staccare per andare a casa. La frase che aveva sentito ripetere dalla giovane paziente continuava a riecheggiarle nella testa. *Nomine mater*. Doveva essere un vaneggiamento. Qualcosa del genere. Nel nome della madre: forse si riferiva a se stessa, alla sua esperienza, un figlio che ti muore in braccio e tutto il mondo che ti crolla addosso.

Riposto il carrello con le medicine nella stanza delle infermiere, diede le consegne alla collega del turno di notte, una bionda antipatica che indossava occhiali orribili con la montatura rosa che si stava preparando un caffè. Poi prese il cappotto dall'attaccapanni e se lo infilò. Dirigendosi verso l'uscita, incrociò un dottore che non aveva mai visto prima. Un tipo alto e calvo e piuttosto in carne.

Lo guardò mentre entrava nel reparto, notando come il camice che indossava gli tirasse sulle spalle, fino a quando lui non scomparve in fondo, girando a destra verso la zona degli ambulatori.

A quel punto Lara si sentì percorrere da un brivido dietro la nuca, senza sapere il perché.

4

La piemme mi aveva detto che non si poteva interrogare una persona ridotta in quello stato. Non subito, perlomeno. Qualunque medico si sarebbe opposto a una richiesta formale di quel genere. Occorreva attendere un giorno o due. « Tanto non scappa mica », aveva sentenziato Silvia con lo stesso tono che si usa con un bambino capriccioso. « Ed è controllata giorno e notte da un agente di guardia. »

Io avevo riattaccato il telefono senza nemmeno salutare, pentendomene subito dopo. Lei faceva soltanto il suo lavoro. E lo capivo. Tutto era sotto controllo. E non c'era ragione di forzare la mano, certo... Però non ero per niente tranquillo. Se quella Méndez era un corriere di Mistura, doveva essere a conoscenza di cose che ci sarebbero potute servire. E la cosa più logica era pensare che avrebbero tentato di eliminarla a breve. Quindi non potevo stare ad aspettare.

Nell'area parcheggio riservata al personale medico fermai la Hyundai e scesi. Poi raggiunsi il Land Rover con dentro gli agenti di rinforzo che mi ero portato dietro, con buona pace della Cavallo.

« Salgo soltanto io e vedo se riesco a fare quattro chiacchiere di straforo con quella Méndez », dissi, rivolgendomi a Monvisi seduto al volante. « Voi state qua con la radio accesa, okay? »

Chiara e Lois, sedute nei posti a fianco, mi mostrarono i pollici in segno di approvazione.

Mi avviai verso l'entrata, mentre controllavo che il walkie-talkie che avevo con me funzionasse. La spia verde era accesa. Vi parlai dentro: « Qui Falco, come mi ricevete, interrogativo? » Notai che nel parcheggio c'era una donna che stava salendo su una Fiat Seicento bianca. Doveva essere un'infermiera perché s'intravedeva la divisa bianca sotto il cappotto.

Il microfono gracchiò.

La voce di Monvisi: « Arrivi forte e chiaro, capo ».

Staccai la comunicazione e m'infilai il ricetrasmettitore nella tasca del giubbotto. Varcai la soglia e attraversai l'atrio. Nella sala d'aspetto c'era solo un paziente con una giacca a vento poggiata sulle spalle e sotto un pigiama a righe: stava fumando una sigaretta. E poi, accovacciato in un angolo, c'era un vecchio con un cappotto lurido che sonnecchiava. Doveva essere un barbone entrato di soppiatto per trascorrere la notte al caldo.

Raggiunsi la guardiola già col tesserino alla mano e lo piazzai con aria decisa davanti alla faccia del portiere. Spiegai chi ero e dove dovevo andare e lui controllò subito il registro e mi disse dove si trovava la paziente.

Ultimo piano. Ascensore che si apre.

Sulla porta a vetri una scritta in rosso: REPARTO INTENSIVO. E subito sotto: VIETATO ENTRARE ALLE PERSONE NON AUTORIZZATE.

Presi un profondo respiro: forse stavo facendo una cazzata, o forse no. Ma comunque ritenevo che valesse... la candela. Mi comparve mia moglie nella testa con la sua solita espressione infastidita. La scacciai in malo modo: *Mara, sto lavorando...*

Spinsi la porta per entrare. Il corridoio era deserto. I miei passi risuonavano sul linoleum giallo.

M'infilai dentro la guardiola delle infermiere. Nessuno. Pensai che era strano, e provai il primo morso di apprensione. Sul bancone c'era una tazzina piena di caffè, la toccai con un dito e constatai che era tiepida. Non era stato fatto da molto, ma nessuno se l'era bevuto. Diedi un'occhiata al tabellone con le mappature delle stanze, i letti e i nomi dei pazienti corrispondenti.

Juia Méndez si trovava nella 33.

Passando davanti alle camere affacciate sul corridoio, le luci principali erano spente e c'erano solo le lampade di sicurezza. Si coglievano le sagome dei pazienti sui letti, i corpi che gonfiavano coltri nere, nella penombra, come tanti cadaveri. Si sentiva russare da qualche parte. E dei gemiti: qualcuno che si lamentava.

Odore di disinfettante e di medicinali.

Un passo, un altro.

Arrivato in fondo, lessi i numeri indicati sulla freccia e voltai a destra. A metà corridoio, dieci metri prima dell'ascensore di servizio, c'era il poliziotto di guardia seduto con la schiena appoggiata contro il muro e la testa china in avanti come se stesse leggendo.

Ma il giornale era a terra e allora compresi che c'era qualcosa che non andava. Portai la mano alla pistola dentro la fondina ascellare e strinsi l'impugnatura, pronto ad estrarre.

Mi avvicinai a passo spedito e, a mano a mano che mettevo a fuoco, mi rendevo conto del sangue che gocciolava sul pavimento. Allora presi il walkie-talkie e comunicai coi miei agenti: « Ragazzi, intervenite subito! Terzo piano, reparto intensivo, stanza 33 ». Poi iniziai a correre estraendo la Beretta e tenendola puntata a terra, già col colpo in canna. Alzai la sicura col pollice.

L'agente di guardia aveva la gola tagliata che pulsava piccoli getti di sangue. Il davanti della divisa imbevuto, un bavaglio rosso sul blu. Le mani in grembo, come se stesse pregando.

Lo dovevano aver sgozzato così velocemente da non dargli nemmeno il tempo di alzarsi in piedi, nessuna reazione, una morte rapida. A giudicare da come fluiva il sangue, non doveva essere stato ucciso da molto. Al massimo dieci minuti. La giugulare pompava ancora.

Puntai la pistola in avanti e mi fermai sulla soglia della stanza 33. Spinsi la porta socchiusa e varcai la soglia come un fulmine, puntando la pistola di qua e di là.

Non c'era nessuno. Solo il letto. E la paziente collegata alle apparecchiature mediche. Si sentiva un segnale acustico prolungato, il battito cardiaco scomparso faceva gemere l'elettrocardiogramma.

Mi avvicinai e mi chinai su di lei con una specie di rombo nella testa, l'adrenalina che ribolliva nei canali delle mie vene cerebrali.

Julia Méndez aveva le pupille immobili di una bambola. La gola aperta come una seconda bocca. Ero arrivato tardi.

Avvertii un altro suono, una specie di ronzio leggero, come la vibrazione di un cellulare. I miei occhi caddero su un barattolo di vetro appoggiato sopra il comodino: dentro si stava muovendo qualcosa di scuro e di grosso. Una fottutissima vespa carnivora. Pensai che forse l'assassino non aveva ancora completato il suo rituale del cazzo.

Avvertendo un rumore alle mie spalle, mi volsi di scatto e qualcuno mi aggredì: capelli ricci e biondi, occhiali rosa. Alzai una mano per difendermi, ma colei che credevo mi stesse assalendo scivolò sul pavimento, afflosciandosi. Una donna vestita di bianco con la croce rossa sul taschino: un'infermiera. Probabilmente quella che si era preparata il caffè nella guardiola e che non aveva avuto il tempo di consumarlo. Anche lei aveva la gola tagliata. Nel decimo di secondo che mi servì per realizzare tutto ciò, qualcuno mi piombò addosso. L'assassino doveva essere rimasto nascosto dietro l'uscio con l'infermiera uccisa tra le braccia pronto a buttarmela addosso per disorientarmi, e io non ero stato abbastanza attento. Puntai la pistola e cercai d'inquadrare il mio aggressore nel mirino, ma lui mi afferrò il polso, bloccandomi il braccio con la sinistra. La maschera da teschio che indossava era troppo piccola per il suo viso e porzioni di guance lucide di sudore sbucavano dai lati in un modo quasi grottesco.

Quell'uomo era molto forte e pesante. Indossava un camice bianco schizzato di rosso e impugnava un coltello con la destra, la lama sporca di sangue. Sembrava un macellaio con la faccia da morto. Sentivo il suo ansimare, sembrava un mantice. Doveva avere polmoni enormi. Attesi che lui espirasse, poi lo colpii al fegato con la mano sinistra, di punta, le dita tese come coltelli. Fu come colpire un sacco pieno di sabbia.

Dopodiché lo centrai alla tempia con una percossa rovesciata e la maschera da teschio si spostò in parte dal suo volto scoprendogli l'occhio destro. Una pupilla nera, pungente come uno spillo, comparve in mezzo alle pieghe delle palpebre. La sua mano sinistra stretta sul mio polso sembrava una morsa. Spostando il peso del corpo, rigirai il braccio per applicare una leva contraria e mi liberai dalla sua presa. Il grassone reagì con un fendente fuori misura e io mi spostai indietro, urtando il comodino. Il barattolo di vetro con dentro la vespa cadde a terra e s'infranse sul pavimento.

Cercai ancora una volta di sparare. Ma il killer mi lanciò un affondo con la destra, quella che impugnava il coltello, e io cercai di spostarmi ma fui troppo lento. Lui mi centrò con le nocche della mano chiusa. Contraendo gli addominali con forza, riuscii a contrastare in parte il colpo. Ma fu lo stesso come prendere il calcio di un mulo. Crollai a terra, sulle ginocchia, sostenendomi col braccio sinistro teso e la mano a terra. Pensai che se quell'uomo avesse usato la lama, adesso sarei stato con gli intestini di fuori a perdere merda e sangue... Ero stato fortunato.

Si sentivano passi di corsa nel corridoio. I miei agenti stavano arrivando.

Occhi chiusi, occhi aperti.

Quella faccia assurda, mezzo uomo e mezzo teschio, mi stava fissando.

Adesso mi uccide, pensai, mentre cercavo di sollevarmi. Di puntare la pistola. Il braccio pesante cento chili.

Occhi chiusi, occhi aperti.

Adesso il killer era scomparso.

Al suo posto c'era la Masina. «Capo, stai bene?»

La guardai cercando di metterla a fuoco.

Sentii la voce di Monvisi provenire dal corridoio. «Fermo o sparo!» Ancora passi di corsa. Lui di certo stava inseguendo il killer.

Inquadrai il volto preoccupato di Chiara. Sopra di me, pure lei. La carezza delle sue dita sulla mia guancia ispida di barba.

Col loro aiuto mi tirai su. La testa mi girava. E sentivo un sapore metallico in bocca.

Sulla soglia comparve Monvisi. «Mi è sfuggito!» disse, evitando di guardarmi negli occhi.

C'era un rumore, come una specie di ronzio.

Guardai la grossa vespa nera sul pavimento, in mezzo alle schegge di vetro. E mi ricordai del barattolo caduto dal comodino durante la colluttazione. Mi sentii crescere dentro una rabbia sottile. Lanciai un'imprecazione e schiacciai col piede quell'insetto del cazzo. Il ronzio cessò. Ma non il mio batticuore.

5

« Capo, mi dispiace. Si è infilato nell'ascensore di servizio prima che io potessi fare qualcosa per fermarlo. »

« Potevi inseguirlo usando le scale d'emergenza, no? »

Monvisi mi guardava con la faccia da cane bastonato. « Capo, pensavo che tu potessi avere bisogno di aiuto... »

« Aiuto un cazzo! »

Ero furioso per come erano andate le cose. Ma forse non dovevo prendermela col mio luogotenente. Tutto sommato era meglio che lui non avesse tentato di arrestare il killer, di sicuro ci avrebbe lasciato le penne. Io non me l'ero cavata tanto bene con quella specie di colosso con la faccia da morto.

Pensai che anche gli uomini che avevano minacciato la Masina indossavano quella maschera. Un altro manifesto del cazzo, oltre alle vespe? Era davvero un manicomio assoluto, tutto quanto.

L'ospedale si stava riempiendo di poliziotti. E frotte di cronisti si assiepavano davanti all'entrata del reparto. Come tanti sciacalli chiedevano a gran voce notizie agli agenti che impedivano loro di passare. Era davvero un gran casino.

Il direttore sanitario giunse tutto trafelato al mio cospetto. « È una cosa terribile! » disse.

« Lo so, lo so... » cercai di tagliare corto. « Adesso lei mi convoca, immediatamente, tutto il personale che lavora nel reparto intensivo. »

Alzando gli occhi, mi trovai di fronte la giudice Silvia Cavallo, che era appena arrivata e mi guardava con aria truce. Io feci lo stesso. Poi mi avvicinai, la presi per un braccio e le dissi: « A quanto pare non dovevo stare così tranquillo come dicevi tu.

Se fossi arrivato anche cinque minuti prima, magari sarei riuscito a salvare quella povera donna».

Il magistrato annuì. «Ci sono delle norme da seguire, Francesco, e lo sai benissimo. In tutti i casi *tu* hai poi fatto di testa tua, quindi...»

Quindi un cazzo, pensai. Non riuscivo proprio a digerire di non aver fatto in tempo. Guardai Silvia, senza assumere arie di scusa, e le raccontai nei minimi dettagli quello che era successo.

Lo stomaco mi faceva ancora male per il colpo ricevuto dal killer. La cosa di per sé mi confortava, vai a sapere il perché.

Nel giro di un'ora giunsero i medici e i paramedici che avevo fatto convocare. Furono fatti accomodare nella sala d'attesa dell'atrio principale. Procedetti a interrogarli personalmente uno alla volta, sotto la visione della piemme e dei miei tre agenti, dentro il piccolo posto di polizia dell'ospedale.

Nessuno però aveva visto o sentito cose strane...

Quando si presentò al mio cospetto l'ultima della serie, l'infermiera che aveva lasciato il reparto subito prima che accadesse il fatto, riconobbi la donna che avevo visto andare via dal parcheggio mentre entravo nell'ospedale.

«Cosa mi può dire, signora Lara Marini?» le chiesi, mentre leggevo il nome sulla carta d'identità che mi aveva appena dato.

La donna tirò su col naso come se avesse pianto. E scosse il capo. «L'avevo controllata prima di andare via. Quella povera ragazza...»

«Le viene in mente qualcosa di particolare, qualsiasi cosa, anche se non le sembra attinente o rilevante?» chiese Silvia.

La donna si girò verso il magistrato. «Be', la paziente era sveglia, cosciente voglio dire. E parlava a vanvera.»

Subito la mia attenzione si destò. «Cosa diceva? Si spieghi meglio, per cortesia.»

«Be', prima ha parlato in spagnolo, qualcosa che si riferiva a un bambino che piange, *el niño gritos*... poi si è messa a ripetere una frase per tutto il tempo che sono rimasta nella camera. Il suo elettrocardiogramma risultava alterato in quel momento, come se lei fosse molto eccitata o spaventata.»

« Quella frase che ripeteva, se la ricorda? »

L'infermiera annuì. « Era una frase in latino. *Nomine mater*, che vuol dire nel nome della madre... »

Inarcai un sopracciglio. « So cosa significa, grazie. » Cercai di mantenere un tono calmo. « Ed è stata quella la sola cosa strana che ci può riferire? »

« Ma sì... cioè... almeno mi sembra... »

« Cerchi di concentrarsi meglio, la prego. »

La donna corrugò la fronte e subito dopo parve illuminarsi. « Mentre andavo via, c'è stata una persona che ha attirato la mia attenzione. Un dottore che non avevo mai visto prima. »

Le sorrisi per incoraggiarla a proseguire. « Lo può gentilmente descrivere? »

« Era grosso. Coi capelli radi... »

« Sarebbe in grado di aiutarci a disegnare un identikit di questa persona? » chiese la giudice.

L'infermiera scosse il capo. « L'ho visto di sfuggita mentre entrava nel reparto. Non sono riuscita a distinguere bene i tratti del suo viso. »

La giudice si rivolse a me. « Facciamola comunque convocare in questura per esaminare le foto segnaletiche. » Poi accomiatò la donna ringraziandola. « Si tenga a disposizione », si raccomandò.

Quando l'infermiera uscì dalla stanza, Silvia mi chiese subito se per me quella frase potesse significare qualcosa.

Le risposi di no. « Non mi viene in mente nulla di particolare per adesso », conclusi.

« Potrebbe essere un titolo! » disse Monvisi.

« Potrebbe essere qualunque cosa », controbatté la Masina.

E noi prima o poi lo scopriremo, pensai. Stavo per dirlo ad alta voce ma mi trattenni. Quella frase suonava così melodrammatica, tipo quelle cose che si dicono nei film. Dopo quanto era successo, ostentare troppa sicurezza poteva portare sfiga. L'esperienza m'insegnava che, prima o poi, i « cattivi » un passo falso lo facevano. Il problema era che i cosiddetti « buoni » ne facevano ben più di uno.

In un flash veloce rividi il colosso con la faccia da teschio, che mi si avventava addosso brandendo la lama scintillante di acciaio e sangue.

Cosa avrei dato per essere già fuori da tutta quella merda.

6

In TV una presentatrice bionda sorrideva con fare intrigante. La guardai distrattamente abbassando il volume, poi mi avvicinai a Dolcemara che si era addormentata sul divano aspettandomi. Presi la coperta di pile piegata sul bracciolo della poltrona e la coprii perché non prendesse freddo. Allungai una mano per accarezzarle il volto. Ma ci ripensai e strinsi il pugno a vuoto. Non volevo correre il rischio di svegliarla. Era tardi, tanto per cambiare. E magari mi avrebbe propinato una delle solite solfe sulla mia scarsa presenza: *persino oggi che è domenica, oltre a essere la vigilia dell'Epifania, sei incorreggibile, mon amour!*

Dopo la notte da incubo passata in ospedale, avevo trascorso l'intera mattinata in questura, anche se era un giorno di festa, perché Mastroleo voleva subito un rapporto molto particolareggiato. Poi ero andato in villa e avevo trascorso il pomeriggio e buona parte della serata coi miei agenti a ragionare su quell'assurda frase. Ripassando i fatti successi, riesaminando rapporti... fino alle undici passate. Adesso che finalmente ero riuscito a tornare a casa, la testa mi scoppiava e non avevo certo voglia di subire rimostranze o quant'altro.

Mi tolsi il giubbotto, lo agganciai all'attaccapanni e attraversai la sala per raggiungere la cucina. Aprii il frigo e cercai qualcosa da mettere sotto i denti. Mi sentivo lo stomaco vuoto, anche se non avevo appetito. Sul ripiano centrale c'era un piatto coi resti di una cotoletta, coperto da una pellicola trasparente. Proprio quello che ci voleva.

Mi preparai un panino usando due fette di pane integrale e mi versai un bicchiere di Sangiovese.

Mangiai seduto al tavolo di marmo in cucina, con ancora addosso l'ascellare con la pistola. Masticavo ogni boccone a lungo, senza quasi sentirne il sapore. Intanto pensavo sconsolato al fatto che non avevamo ancora trovato nessuna idea risolutiva per comprendere il significato di quelle fantomatiche parole. *Nomine mater*. Mandai giù l'ultimo boccone, bevendoci sopra quello che restava del vino rosso. Lavai il piatto e il bicchiere e li riposi sul ripiano di scolatura sopra il lavello.

Tornato in soggiorno, Mara dormiva ancora. Ma si era girata verso la spalliera del divano. La coperta si era scostata e la vestaglia si era sollevata. Una porzione del suo sedere nudo dava bella mostra di sé. Pelle bianca e morbida. S'intravedano anche le sue fossette di venere alla base della schiena. Uno spettacolo piuttosto eccitante.

Sentii un morso al pene, ma cercai di fare finta di nulla. Ero indeciso se svegliarla o se spegnere il televisore e la luce e lasciarla lì a dormire. Poi magari andarmene in torretta ad aggiustare il meccanismo avariato di qualche orologio della mia collezione. Una cosa era certa: non avevo la minima voglia di andare a dormire. Anche se mi sentivo gli occhi gonfi e arrossati e non dormivo da due giorni.

Abbassai un lembo del pile per coprire il sedere nudo di mia moglie e mi sedetti sulla poltrona. Lasciandomi andare contro lo schienale, provai fastidio per la pistola nell'ascellare. Imprecando tra i denti, la sfilai e la posai sul tavolino accanto.

Nel televisore adesso c'era una donna truccata da vecchia con tanto di naso bitorzoluto, foulard in testa e una scopa in mano.

Mi ricordai di quando ero piccolo e cercavo di stare sveglio per sorprendere la Befana mentre mi portava i doni. A quei tempi eravamo tutti suoi fan e Babbo Natale non se lo filava nessuno.

Sullo schermo era comparso in sovraimpressione un contatore con dei numeri che scorrevano. Mi chiesi cosa significassero. Poi comparve di nuovo la presentatrice. Presi il telecomando e alzai leggermente il volume.

«... stiamo ormai raggiungendo una cifra record, assolutamente eccezionale. A mezzanotte in punto terminerà la raccolta fondi per finanziare lo straordinario progetto umanitario che aiuta le ragazze madri e i bambini abbandonati.» L'annunciatrice stava invitando qualcuno sul palco. «Vorrei presentarvi il promotore di questa lodevole iniziativa...»

Irrigidendo la schiena, mi spostai in avanti col sedere, per vedere meglio quello che stavano trasmettendo. Sotto scorreva una scritta che spiegava in che luogo stesse avvenendo il tutto. IN DIRETTA DAL TEATRO DUSE DI BOLOGNA.

In mezzo agli applausi scroscianti del pubblico presente in sala, uomini e donne vestiti da gran sera e coi loro migliori sorrisi, la presentatrice tese la mano per invitare l'ospite a salire sul palco. «Signore e signori, ecco a voi Antongiulio Terrano.»

Naturalmente avevo già sentito parlare di quell'uomo. Il benefattore dei benefattori. Ricco sfondato e pieno di buone intenzioni. Qualche sondaggio lo aveva acclamato come l'uomo dell'anno.

Doveva avere più o meno la mia età, portava capelli lunghi e neri, raccolti in una coda, e si muoveva in modo vagamente effeminato. Indossava un trench di pelle lungo fino ai piedi e, se non fosse stato per la sua pettinatura, sarebbe potuto passare per un prete. Lui sfoggiava un sorriso ammaliante e s'inchinava al caloroso battimano proveniente dal pubblico.

Raggiunta la presentatrice che lo aspettava con la mano tesa, l'ospite ne approfittò per farle un baciamano, chinando appena la testa. Ancora applausi.

Terrano raggiunse il microfono e prese la parola. «Ringrazio tutti voi in sala. Ringrazio la gente a casa.» Aveva una voce calda e insinuante. «Ringrazio le donne e gli uomini di cuore, che non si lasciano intimidire dalle lacrime che bruciano il mondo, e investono ogni loro risorsa per fare in modo che qualche sorriso in più possa rendere grazia a una società migliore...»

La sua retorica era fastidiosa. Ma nessuno sembrava accorgersene, considerando l'applauso che seguì il suo intervento.

La telecamera adesso lo stava inquadrando in primissimo piano. E io mi sentii precipitare nei suoi occhi corvini. Occhi strani, che sembravano spostarsi impercettibilmente, in modo asimmetrico.

Provai una brutta sensazione che non mi sapevo spiegare. Come una nausea improvvisa.

Terrano salutò il pubblico con fare accattivante e uscì di scena, dopo aver baciato, stavolta sulle guance, la bella presentatrice.

Sullo schermo presero a scorrere foto che mostravano bambini nelle culle, ragazze sorridenti che allattavano. Poi comparvero nomi di località messicane: Juárez, Tijuana, Matamoros. Dovevano essere le diverse sedi di quell'associazione per cui stavano raccogliendo fondi. Una voce fuori campo presentava un progetto che in futuro avrebbe coinvolto molti altri Paesi.

Mi massaggiai la sella del naso. Gli occhi mi bruciavano. Ero stanco e presi il telecomando con l'intenzione di spegnere, ma dovetti interrompermi di colpo. Al centro dello schermo era comparsa una scritta e io non riuscivo a credere ai miei occhi... Quella cazzo di associazione umanitaria si chiamava NOMINE MATER. Allora il mio cuore fece una sorta di salto mortale ricadendo con un tonfo al centro del petto, e mi mancò il fiato.

7

Mi andai a rifugiare nel mio studiolo in torretta, in mezzo agli orologi che facevano *tic tac*. Per quanto ero eccitato, mi sarebbe piaciuto chiamare i miei agenti, tirarli giù dal letto o da dove si trovavano, e convocarli d'urgenza in villa per cominciare a darci dentro a più non posso per seguire quella nuova pista che era venuta fuori in quel modo così inaspettato. Un vero colpo di fortuna. Cercai di calmarmi. Non era il caso di uscire di nuovo, ero appena arrivato a casa. *Cazzo*. Ma sentivo il bisogno di parlare con qualcuno di quello che avevo scoperto. Subito.

Allora estrassi il Motorola e feci il numero di Chiara. Mi sembrava così ovvio telefonare proprio a lei.

La Monti rispose al secondo squillo. E la sua voce non era per niente assonnata.

«Scusi se la disturbo. Ma devo parlarle di una cosa...»

Due anni che lavoravamo assieme e continuavo a darle del lei. Più che altro, per una forma di difesa. Per stare stretto.

«Nessun disturbo. Non si preoccupi. Mi dica pure...»

Andai subito al punto e le chiesi se aveva mai sentito parlare di Terrano e lei subito rispose: «Ma certo, quello è sempre su tutti i giornali».

«Ho ragione di credere che possa essere implicato...» Seguì

un attimo di silenzio. Così lungo da farmi pensare che fosse caduta la linea. « Dottoressa, è svenuta per caso? » chiesi.

La sua voce tornò a farsi sentire, ma adesso aveva un tono diverso. Più basso, quasi cospiratorio. « Implicato in cosa? »

« Le parole pronunciate dalla Méndez corrispondono alla sigla di un'associazione umanitaria che aiuta l'infanzia abbandonata, con sede a Città del Messico, che si chiama appunto Nomine Mater. »

La voce di Chiara m'interruppe: « E lei crede che Terrano abbia a che fare con questa impresa? »

« Non lo credo, lo so esattamente. Quell'uomo è il fondatore. Questa sera ho visto, per puro caso, una trasmissione televisiva su una raccolta fondi organizzata proprio da lui. »

« Possibile che un uomo del genere possa essere in affari con l'organizzazione criminale cui stiamo dando la caccia? »

« Monti, io non lo so. Ma credo che valga la pena approfondire, non è d'accordo? »

« Assolutamente sì. Ma come vogliamo procedere? »

« Tanto per cominciare occorrerà sapere se quell'uomo ha mai avuto a che fare con fatti legati alla mafia. Di certo risulterà avere una fedina penale candida come la neve. Ma potrebbe aver ricevuto dei favori, anche solo per delle gare di appalto... »

La Monti disse che si sarebbe potuta attivare lei in quel senso. « Mi metto in contatto con un mio vecchio collega di Palermo che adesso lavora all'archivio generale, e gli faccio dare un'occhiata. Magari salta fuori qualcosa. »

In quel momento sentii risuonare una voce profonda in sottofondo che disse: « Ci sono dei problemi, Chiara? » Doveva trattarsi del marito.

« No! » gli rispose lei piuttosto bruscamente. Un « no » unico e inderogabile che era risuonato un po' soffocato, probabilmente perché aveva coperto con la mano il microfono del telefonino.

Chiara era sposata. Ma non doveva esserlo troppo felicemente. Lo avevo capito da come tergiversava quando veniva fuori un argomento legato al matrimonio. Lei di sicuro non aveva una vita coniugale soddisfacente.

Già. Parlava quello con la famiglia perfetta...

Mi venne in mente il culo nudo di Dolcemara. Provai a immaginarmi come poteva essere invece quello di Chiara. E con la fantasia mi spinsi a un confronto virtuale.

Ne sarebbe venuta fuori una bella gara.

« Mi scuso ancora per averla chiamata in un'ora così... inopportuna », dissi.

« Non stavo facendo nulla d'importante », mi rassicurò lei.

A quel punto le diedi la buonanotte e riattaccai, rimanendo solo col mio batticuore.

8

Ore 20.00, riunione operativa nel Pensatoio con la squadra Antigang al gran completo. Dopo una giornata trascorsa a raccogliere informazioni, erano tutti quanti eccitati per la piega che stava prendendo la nostra indagine. Piatto del giorno: il presunto significato della sibillina frase sussurrata dalla Méndez e il relativo *possibile* coinvolgimento di Antongiulio Terrano.

Occorreva sapere tutto su di lui: vita, morte e miracoli. Rilevare connessioni. Annusare possibili coinvolgimenti. Partendo dal possibile, prendere in esame l'impossibile per poi scorporare l'improbabile. Le tre regole d'oro del buon detective per trovare la verità, questa sconosciuta.

Ci eravamo mobilitati tutti, partendo da quello che si sapeva di lui ufficialmente.

« Ricchissimo imprenditore, assurto agli onori della cronaca come una sorta di grande benefattore. Noto a livello internazionale. Tre anni fa ha spostato la sede principale delle sue numerose attività dal Messico all'Italia settentrionale, nella fattispecie a Bologna. Ha un patrimonio considerevole, stimato in milioni di dollari. Possiede finanziarie e innumerevoli banche in tutto il mondo. Ha compiuto investimenti nei settori più disparati. Ma si è soprattutto dedicato a promuovere la ricerca medica. » Monvisi smise di relazionare le notizie più o meno ufficiali che aveva trovato. « Volete che passi al gossip o mi fermo qua? » chiese.

Io gli dissi che per ora poteva bastare per farci un'idea del personaggio. E lui ripose la cartelletta col dossier sulla scrivania, alle falde del Muro del pianto, e tornò ad accomodarsi sulla sua sedia.

Il vicecommissario Chiara Monti a quel punto si alzò in piedi, era arrivato il suo turno. Teneva tra le mani il suo solito quaderno degli appunti aperto, ed era leggermente arrossita sulle gote. Schiarendosi la voce, iniziò a parlare. «Dalla ricerca effettuata oggi, con grande fatica devo dire, dal mio collega dell'investigativa antimafia...» mi guardò un attimo. «Proprio come temeva lei, signor commissario, è emerso il nome dei Terrano. Si tratta di una famiglia molto antica con trascorsi illustri: pare che, alla fine dell'800, fosse legata alla setta dei Beati Paoli, quindi all'origine della mafia stessa. Nel corso degli anni però si è sempre mantenuta fuori delle lotte di potere all'interno di Cosa Nostra o della Stidda. E non ci sono mai state prove di una loro implicazione all'interno del crimine organizzato. All'inizio degli anni '60, Tommaso Terrano, l'ultimogenito, si laurea in Ingegneria agraria all'Università di Bologna e torna nella sua città natale per seguire i numerosi poderi di famiglia al posto del padre, che nel frattempo si è trasferito all'estero, in Messico per l'esattezza. Dopo poco, Tommaso sposa Anita Malavasi, sua compagna di studi, donna di straordinaria bellezza, già incinta di tre mesi. Nel 1961 nasce Antongiulio. Due anni dopo, Tommaso muore per un incidente di caccia piuttosto sospetto. La moglie del defunto, rimasta sola, decide di andarsene dalla Sicilia portandosi dietro il figlio. E pare che vada a raggiungere il suocero a Città del Messico. Da allora, dei Terrano in Sicilia non si sa più niente. L'informativa s'interrompe qua...» Alzò gli occhi dal quaderno e mi guardò con aria di scusa. Come se fosse colpa sua se non era saltato fuori nulla di più determinante. «Del resto stiamo parlando di fatti accaduti più di trent'anni fa, ed è già tanto aver trovato queste poche notizie. Oltretutto, allora non c'erano neanche i computer.»

Manico si grattò la crapa pelata. «Be', abbiamo comunque scoperto che questo Terrano fa parte di un'antica famiglia palermitana in odor di mafia!» commentò. «È già qualcosa.»

«In pratica però non abbiamo scoperto ancora un cazzo», disse Ballard, scuotendo il capo di rimando. «Non è che basta quello per dare plausibilità ai nostri sospetti.»

Bond diede il suo parere. «Io credo che comunque siamo sulla strada giusta.»

«Infatti, sì...» saltò su Lois. «Ci sono degli elementi che cominciano ad assumere reciproca attinenza.» Si alzò dalla poltroncina e raggiunse la lavagna centrale. Prese un gessetto e scrisse tre parole: BOLOGNA, PALERMO, CITTÀ DEL MESSICO. «Ecco, è come se queste tre località fossero i vertici di una figura geometrica.» Puntò il gessetto su Palermo e tracciò una linea fino a Città del Messico. «Questi luoghi sono collegati.» Arrivò a congiungere Bologna, completando il suo disegno. «Dobbiamo scoprire cosa si nasconde dentro questo triangolo.»

Terminata la sua esposizione, la mia agente si girò verso di me, e io la guardai annuendo piano. Masticavo il toscano. Tenevo le braccia conserte. E avevo una leggera nausea. Come quando hai mangiato troppo e male. In realtà il piatto di portata era ancora disperatamente vuoto, povero di vitamine, tanto per dire.

Lois aveva ragione. Occorreva scoprire i segreti nascosti in quell'area misteriosa che si era venuta a creare. Stavamo dando la caccia a un'organizzazione che usava neonati morti per contrabbandare una nuova droga dagli effetti devastanti. E tutto sembrava ricondurre a un posto in particolare, ricorrente si potrebbe dire...

Mi avvicinai alla lavagna e presi il gessetto dalle mani della Masina. Poi tracciai un circolo attorno a Città del Messico. La chiave doveva trovarsi lì, per forza. Quello era il luogo di transizione, quello che faceva da ponte, tra il passato e il presente. «Dobbiamo cercare tracce del nostro uomo nel posto che lo ha visto crescere. Qualunque cosa possa essere diventato, nel bene e nel male, vittima inconsapevole o folle criminale, deve essere partita da lì.»

«Domattina mando una richiesta alla banca dati Interpol?» chiese la Monti.

Annuii al suo indirizzo. «Chieda tutte le notizie possibili relative ad Anita Malavasi in Terrano, tanto per cominciare. Così scopriamo com'è finita sua madre.» Spostai la mia attenzione sulla Masina. «Lois, tu che sei la più ferrata in questo genere di cose, prenderai tutte le informazioni che riesci sullo stato patrimoniale del nostro uomo. Voglio sapere i suoi attivi e passivi a sezioni contrapposte, le proprietà immobiliari, terreni, fabbricati, quali sono le imprese controllate e collegate, debiti eventuali, titoli... Insomma tutto quello che riesci a trovare accedendo alle normali fonti catastali e dell'Agenzia delle entrate, con diritto di pubblica utilizzazione e che quindi non necessitano di un mandato.»

Ballardini e Manichelli mi fissavano in attesa di ordini. «Voi due, invece, farete una ricerca sull'Istituto Nomine Mater, su com'è organizzato, cosa promuove esattamente... Tutto quello che riuscite a sapere può essere utile.»

«Capo, e io che faccio?» Monvisi si era alzato dalla sedia, si era infilato il mezzo toscano spento tra i denti pure lui e mi fissava stringendo gli occhi come se ci fosse del fumo che gli dava fastido.

«Tu e Bondi cercherete di elaborare una serie di riflessioni riguardo al traffico di Mistura. Ipotesi a ruota libera, *please*. Fino a elaborare una serie di schemi attendibili.» Buttai l'occhio sulla parete del Muro del pianto e individuai la foto della povera Méndez, sgozzata sul letto dell'ospedale. Le avevano trovato nel sangue dosi da cavallo di Mistura, e molte sue cellule cerebrali dovevano già essere irrimediabilmente bruciate. E aveva solo ventidue anni, *cazzo*. Il neonato che si portava dietro aveva soltanto pochi mesi ed era stato eviscerato due giorni prima del ritrovamento. Doveva essere come una catena di montaggio: svuotavano, riempivano, trasportavano e poi eliminavano. Uno schifo. Tornai a rivolgermi ai miei due agenti. «Domattina contattate gli uomini della squadra Fever e confrontatevi con loro. Cercate più che altro di capire cosa sanno e a che punto sono con le indagini che stanno portando avanti. E naturalmente...» Feci una pausa a effetto. «Non parlate della nostra ipotesi relativa al Nomine Mater come possibile serbatotio del materiale d'uso. È una cosa troppo delicata e noi siamo ancora nella fase del 'stai a vedere che'.»

Monvisi e Bond annuirono.

Rivolgendomi a tutti, dissi: «Ora avete le consegne per i prossimi giorni». Poi cercai di scherzare. «La messa è finita, andate in pace.» Era ora di sciogliere le file, ormai erano le undici. E i mie petali meritavano un po' di riposo.

Dopo averli congedati, dissi che sarei rimasto ancora un attimo per riordinare le idee e che ci avrei pensato io a chiudere la villa e a inserire gli allarmi. All'offerta della Masina di restare con me, risposi che non importava. « Vai dalla tua bambina e dalle anche un bacino da parte mia! » le dissi. Poi, alzando lo sguardo, incontrai il bel viso di Chiara che mi stava fissando. Ma distolse subito gli occhi non appena realizzò che me n'ero accorto. Stava riponendo il quaderno degli appunti nella sua ventiquattrore. Io mi avvicinai. « È stata una lunga giornata, non vedrà l'ora di tornare a casa. »

Lei mi rispose senza nemmeno alzare gli occhi. « Certo, sono totalmente accecata! »

Seguì un silenzio imbarazzato, durante il quale si sentivano Ballardini e Manico nel corridoio che si punzecchiavano a vicenda, mentre si avviavano verso le scale per scendere al pianterreno.

« Cazzo! Ma sai che te c'hai proprio una testa... »

« Invece tu è come se ne avessi due, tanto sei capoccione, Manni! »

« Non chiamarmi Manni, Balla. »

Monvisi sbucò sulla soglia già col cappotto indosso e mi chiese se volevo andare a bere un aperitivo da qualche parte, con lui e Bondi, prima di tornare a casa. Io gli risposi che non ero molto in vena e lui guardò prima me e poi la Monti e annuì serio. « Capisco », disse. Poi girò il culo per andarsene, e si vedeva che ci era rimasto male. Ultimamente stavo trascurando il mio luogotenente e amico. Mi appuntai mentalmente che avrei fatto bene a invitarlo a pranzo a casa, uno di quei giorni. A Franco avrebbe fatto piacere incontrare lo zio Davide. E anche Mara sarebbe stata contenta.

Chiara mi sorrise. Poi disse: « Be', vado anch'io, allora ».

Io cercai una scusa per fermarla, ma non la trovai. Allora la salutai, con le mani in tasca e il mezzo sigaro spento tra le labbra.

E la guardai mentre usciva dal Pensatoio, provando un senso di angoscia. Mentre tutta una serie di strepiti vibranti giocavano a nascondino tra una vertebra e l'altra, nella mia schiena irrigidita dal mancato sonno. La mia cazzo d'insonnia peggiorava e ogni notte dormivo sempre meno.

Cercai nelle tasche della giacca il pacchetto di fiammiferi che mi ero portato da casa quella mattina, rubandolo dalla cucina. Perché non avevo trovato da nessuna parte il mio accendino. Strofinai la punta di zolfo sulla striscia abrasiva, ma lo feci tenendo il pollice troppo giù e la fiamma, quando si accese, mi avvolse il polpastrello. Non sentii alcun bruciore.

Guardai la fiamma gialla e rossa. E la mia pelle che si scuriva. Allora spostai le dita indietro e mi accesi il sigaro aspirando con forza, una, due, tre boccate. Buttai il legnetto quasi del tutto consumato nel portacenere e aspirai il fumo fin dentro i polmoni, invece di tenerlo solo in bocca: ne avevo bisogno.

Stavo diventando insensibile agli stimoli dolorosi?

Forse dovevo veramente trovare il modo di dormire di più. I miei sensi stavano tornando a dare di matto.

Pigiai assieme il pollice e l'indice e sentii arrivare il bruciore, come da lontano, sempre di più, fino a diventare fastidioso come avrebbe dovuto essere. Se qualcosa si era spento nel mio sistema ricettivo, in quel momento si era di nuovo acceso. Come quando un apparecchio elettrico non funziona a causa di un contatto difettoso e allora gli dai una botta e quello riprende a funzionare. Peccato che io non fossi elettrico, e nemmeno un apparecchio, se era per quello.

M'infilai il dito in bocca per succhiarlo e lì faceva ancora più male, a contatto con la saliva, e allora imprecai. E feci un altro tiro dal sigaro, molto forte, quasi fosse una boccata di ossigeno.

Usando la mano sinistra, recuperai dal ripiano della scrivania la cartelletta col dossier su Terrano che aveva redatto Monvisi, il cosiddetto *official gossip*. Mi sedetti e lo aprii per esaminarlo.

Si trattava per lo più di materiale preso da rotocalchi e giornali.

Terrano che visita il reparto ematologico dell'ospedale pediatrico Gozzadini.
Terrano a cena col sindaco.
Terrano che stringe la mano al famoso chirurgo Di Santa a un convegno sulle tecniche di trapianto.
Terrano col figlio Vasco che attraversa piazza Maggiore.

Pensai che quel ragazzino doveva avere la stessa età di Franco.

In un breve flash, vidi un'auto che si schiantava, *lamiere che si accartocciavano al rallentatore*. E non capii cosa volesse dire. Cosa c'entrasse quella visione con mio figlio, cosa c'entrasse col figlio di Terrano.

Prima l'analgesia temporanea e adesso le visioni inspiegabili...

Bisogna dire che sei proprio in forma smagliante, commissario, pensai.

Scuotendomi da quei pensieri assurdi, cercai nel dossier altre immagini di ordinaria quotidianità. La vita by Antongiulio Terrano.

Terrano che taglia nastri all'inaugurazione di asili.
Terrano che bacia bambini a premiazioni.
Terrano che partecipa a sit-in contro la guerra...

Possibile che un uomo del genere potesse essere dietro un'organizzazione criminale così efferata? Le implicazioni del Nomine Mater, ammesso che ce ne fossero veramente, magari si svolgevano a sua insaputa. Le ipotesi erano ancora tutte aperte.

C'era una foto risalente a cinque anni prima che ritraeva Antongiulio sul bordo di una piscina: aveva il torso nudo e abbronzato, pieno di segni che sembravano tatuaggi, coi seni troppo accentuati, i capezzoli trafitti da anelli. Bicchiere in mano con cannuccia e ombrellino. Dietro di lui s'intravedevano in modo confuso tre sagome femminili distese sui lettini. Mi chiesi chi potessero essere. Non c'erano notizie relative a una sua eventuale moglie, o compagna. Nel suo stato civile figurava celibe. Sposato o non sposato che fosse, risultava chc lui, oltre al figlio naturale, avesse adottato tre gemelle...

Presi dal dossier una foto a tutta pagina che lo ritraeva in primo piano. Poi andai ad attaccarla con delle puntine da disegno al sughero del Muro del pianto. Restai a fissarla per qualche secondo, tirando col toscano. Sembrava un attore. E mi stava già sul cazzo.

Mi grattai la barba ispida di una settimana e cercai di sentirmi sicuro di me. Ma non ci riuscii.

9

Nei giorni a seguire ci dedicammo assiduamente al compito che ci eravamo prefisso. Lois monitorò la situazione finanziaria delle imprese di Terrano, che risultarono decisamente in attivo, senza nessuna ombra o stranezza sul piano fiscale. Tutto veniva portato avanti seguendo le regole in un modo quasi ferreo. Da un anno a questa parte il nostro uomo alloggiava in una suite dell'Hotel Baglioni, che veniva indicata anche come sede legale provvisoria della sua attività. Da qualche tempo stava facendo ristrutturare un antico edificio nella zona collinare suburbana situata tra la Croara e le cave di gesso. Una tipica villa della borghesia terriera ottocentesca, simile a un castello, che un tempo era stata adibita a ospedale psichiatrico e che era andata quasi completamente distrutta da un incendio inspiegabile qualche anno prima. Il nome di quel luogo era tutto un programma: La Croce. E si riferiva al nome del vecchio manicomio, dedicato alla Santa Croce di Gesù. Si vociferava che quella sarebbe diventata la sede della sua impresa, oltre che la sua magione principale.

Per quanto riguardava la questione relativa all'importazione di Mistura, la squadra Fever, in collaborazione con la polizia aeroportuale e i carabinieri, aveva organizzato un massiccio monitoraggio degli aeroporti, sperando di beccare qualche nuovo corriere. Una procedura assolutamente inutile, considerando che i responsabili di quei traffici ormai sapevano di essere stati scoperti. E probabilmente si sarebbero guardati bene dall'usare ancora quel metodo per contrabbandare la droga. Avrebbero smesso di uccidere neonati svuotando le loro pance. Ed era già qualcosa.

L'Istituto Nomine Mater risultava essere candido come un giglio e inespugnabile come una fortezza, e non aveva mai avuto a che fare con Julia Méndez.

L'unica cosa veramente importante che venne fuori fu la scoperta della fine che aveva fatto Anita, la madre di Antongiulio. Quando la Monti mi portò il rapporto inviato per conoscenza dall'Interpol, non riuscii a credere ai miei occhi: avevamo scoperto una connessione con tanto di movente, che faceva di Terrano molto più di un sospettato. « Chiara, organizzami subito un appuntamento con la giudice Cavallo», le dissi, dimenticandomi clamorosamente di darle del lei.

10

Anita Malavasi. Deceduta il 31 ottobre 1969.

Uccisa da una banda di malavitosi. Sorpresa nella sua tenuta, un rancho denominato Casa Sacrada a Città del Messico. Torturata. Morta in seguito a un colpo di pistola alla testa. Calibro 45. Massacrati anche tutte le guardie e gli uomini e le donne del personale di servizio. Sopravvive solo il figlio Antongiulio. Affidato alle cure del nonno Nicola Terrano, ricchissimo imprenditore. Si ipotizza dapprima un tentativo di furto. Poi un tentativo di rapimento. Un'informativa della DEA, giunta qualche tempo dopo, avanza il sospetto che dietro quel fatto di sangue si nasconda una sorta di spedizione punitiva da parte di una cosca mafiosa siciliana leader del traffico di sostanze stupefacenti con l'America Latina. Con la complicità di un cartello locale di narcos.

Il nome che compare come ipotesi dei possibili mandanti, sulla base di una serie d'informazioni riservate, è quello della cosca palermitana dei San Valentino.

Terminai di leggere il protocollo, poi guardai Silvia Cavallo. E lei guardò me.

«I San Valentino gli hanno ucciso la madre! E lui avrebbe avuto tutte le ragioni del mondo per vendicarsi», dissi.

La giudice annuì. «Quindi possiamo ragionevolmente ipotizzare che lui sia complice di questa Signora delle vespe?»

«Lasciamo da parte quel cazzo di nome, che chissà cosa vuole significare veramente. Il fatto è che le cose che sono emerse fino a questo momento riguardano sempre in qualche modo Terrano e questa non può più essere una fottuta coincidenza. In qualche modo lui c'entra.»

«Siamo ancora ben lungi dall'avere prove che possano servire a incriminarlo, ma di sicuro ci sono i presupposti per iniziare a indagarlo ufficiosamente. Di questo te ne do atto.» Silvia aveva gli occhi che le luccicavano. Cercava di mantenere un atteggiamento distaccato, ma si vedeva che era eccitata per la piega che stava prendendo la nostra indagine. Eravamo sulla pista giusta, su questo non c'erano dubbi.

«Cominciamo a metterlo sotto controllo con pedinamenti e microfoni direzionali per l'intercettazione a distanza, per vedere se riusciamo a carpire qualche informazione in più», proseguì lei. «Poi quando avremo più materiale probatorio, passeremo al controllo telefonico vero e proprio.»

Annuii, mentre m'infilavo il mezzo sigaro in bocca.

«Me ne dai uno?» chiese Silvia.

Io feci un'espressione interrogativa.

«Un toscano, intendo...» puntualizzò lei.

La guardai con stupore, poi presi la custodia di pelle e gliela allungai, assieme all'accendino, senza fare commenti. Non avevo mai visto una donna fumare sigari, tantomeno una giudice. Quella piemme era davvero sballinata, ed era perfetta per me, perfetta per noi.

Sbuffando fumo dalle sue labbra carnose, lei mi chiese come intendessi procedere giunto a questo punto.

Quello che era emerso era interessante e sicuramente indicativo. Ma c'erano ancora troppi buchi e troppe cose che non riuscivo a spiegarmi sino in fondo. Per catturare un criminale, le regole da seguire erano sempre le stesse, che si trattasse di un boss o di un serial killer. Occorreva cercare di capirlo il più possibile. Immedesimarsi. Terrano era davvero responsabile di tutto oppure stavamo solo predendo un colossale granchio? Quello che dovevo fare, adesso, era andare ancora più a fondo. Dentro di lui, dentro il suo passato.

Conoscevo un tipo che avrebbe potuto aiutarmi. Floriano Giannini, ex direttore dell'Interpol, che adesso lavorava come consulente per le indagini estere della DEA, l'agenzia federale statunitense per la lotta contro la droga, e che da qualche anno operava proprio a Città del Messico. Avrei potuto telefonargli e farmi mandare tutto il materiale che poteva procurarmi con le sue conoscenze, al di là dei rapporti ufficiali. E quella sarebbe stata di sicuro la soluzione più veloce. Ma non quella più efficace. Qualcosa mi diceva che dovevo vedere, sentire e cercare di capire in modo diretto, personalmente. Rivolgendomi a Silvia, le chiesi di contattare il questore e di farmi avere un permesso per organizzare una trasferta.

11

Tredici ore di viaggio interminabili. Con quella sensazione di angoscia tra lo stomaco e il cuore, la malinconia che provavo quando mi allontanavo da casa. Col ricordo del viso triste di mio figlio.

«*Oh, ma torni presto, vero?*»

«Certo che sì, Son...»

«Oh, ma non ti accadrà nulla di male, vero?»

«Certo che no, Son.»

Poi il saluto imbronciato di Dolcemara: il suo bacio fuggevole e l'abbraccio troppo forte, come se volesse farmi male per lasciarmi un segno. E invece la mia stretta troppo leggera perché potesse servire a qualcosa: inutile per entrambi.

Mi ero dovuto sottoporre a una profilassi obbligatoria contro la malaria. E mi sentivo come se avessi la febbre.

Nostalgia e nausea: il mix più fastidioso al mondo.

Durante il volo rilessi tutte le documetazioni che mi ero portato dietro, per imprimermi nella mente lo stato dell'arte della nostra indagine. Fotografie, reperti autoptici, appunti, note, considerazioni: un caotico insieme di frammenti, le tessere di un puzzle che si stava formando. Il quadro finale che sarebbe emerso sarebbe stato orrido oltre ogni dire: su questo non c'era alcun dubbio.

Nel terminal l'aria condizionata era così alta che sembrava di trovarsi in una cella frigorifera. Giannini mi stava aspettando all'uscita e, quando mi vide, mi venne incontro per abbracciarmi. Era un bel tipo, simpatico, intelligente. Il miglior comandante che avessi mai avuto durante la mia carriera.

Ci squadrammo da capo a piedi.

«Non sei invecchiato per niente!» commentai io.

«Hai bisogno di un paio di occhiali?» controbatté lui.

Floriano doveva avere già una sessantina di anni. Portava sempre un bel paio di baffoni folti e non aveva perso nemmeno un capello. L'unica cosa che tradiva la sua età era l'incanutimento. La sua capigliatura era candida, senza più un filo scuro.

Usciti da quel cazzo di edificio freddo ghiacciato, fuori il caldo mi assalì come una belva feroce, assieme a un vago odore di gasolio. E quasi mi mancò il fiato. Ero partito da una Bologna invernale con una tempertura che scendeva mediamente sotto lo zero per arrivare là che c'erano almeno trenta gradi, alla faccia del clima temperato. Il sudore prese a spingere per uscire dai pori impreparati della mia pelle, lacrime di sale scendevano e rigagnoli viscidi sgorgavano dalla fronte e dalla schiena.

Subito alcuni venditori ambulanti ci assalirono. Una vecchia mi mostrò la statuetta di una madonnina tutta dipinta di nero. Muoveva la sua bocca sdentata per dire: «*No cuesta nada*». Io alzai un braccio per allontanarla. Un ragazzino mi offrì un gagliardetto cencioso e sporco. Giannini alzò la voce per scacciarli tutti, e poi m'invitò a seguirlo.

C'era una Mercedes bianca che ci attendeva sul ciglio della strada.

Salimmo sui sedili posteriori.

Giannini diede ordine all'autista di partire e si girò verso di me, impugnando un fazzoletto. Si accorse della mia faccia madida di sudore e del mio ansimare e sorrise. «Il primo impatto è sempre così: calura e inquinamento a 2200 metri e si fa fatica a respirare. Ma poi ci si abitua.» Si passò il fazzoletto sul viso per asciugarselo. «Sta venendo sera e vedrai che presto ci sarà il problema opposto.» Ancora sorrise e mi fece l'occhiolino: «Benvenuto nel Distrito Federal, *amigo*!»

12

Sull'Avenida Dolores stava calando la sera. L'aria sporca, impregnata di umidità, sembrava quasi di vederla raffreddarsi, una coltre di gelatina tremolante che ricopriva tutto, come un sipario trasparente. I passanti sui marciapiedi, battezzati da una luce argentata, sembravano creature mercuriali, vagamente diaboliche. L'asfalto liquido e vischioso, le strade piene di auto in coda, come scarabei metallici, con innumerevoli taxi gialli ovunque.

Gli uffici della DEA si trovavano nello stesso edificio della sede consolare americana. La Mercedes ci scaricò davanti all'ingresso principale e il mio amico mi guidò all'interno, mostrando i documenti alla guardia. Raggiungemmo il terzo piano. E, dopo aver percorso un lungo corridoio, entrammo in un ufficio polveroso con una scrivania piena di scartoffie, un computer e un ventilatore elettrico sopra un ripiano. Nella stanza aleggiava un vago odore di fumo e sudore.

« Mi spiace, ma l'aria condizionata si è rotta », spiegò Giannini, con tono di scusa. « A dir la verità, è quasi sempre guasta! » Sorrise e tornò subito serio.

Io diedi uno sguardo fuori della finestra. In cima ai tetti dei palazzi antichi e sulle sommità dei grattacieli, il tramonto regalava colori primari, leggermente sfocati per l'alta percentuale di ossido di carbonio nell'aria.

« Accomodati, Francesco. »

Smisi di contemplare il panorama. E presi posto su una sedia davanti alla scrivania. « Mi fa piacere rivederti, Floriano. È passato un bel po' di tempo dall'ultima volta... »

« Sette anni, più o meno. Tua moglie come sta? »

« Bene, dai. E anche Franco... sta diventando un ometto. »

Il volto di Giannini si aprì con un sorrisone. « Adesso quanto ha? Dodici? »

« Compie quindici anni! » Deglutii, avrei bevuto volentieri qualcosa di fresco, avevo la gola secca. « Invece tu sei ancora scapolo? »

Giannini si avvicinò a un piccolo frigo parcheggiato in un angolo della stanza, subito di fianco a uno schedario. « E chi vuoi che se lo prenda un rompicoglioni come me... » Aprì l'anta e sbirciò all'interno. « Mi dispiace, ma ho solo dell'acqua minerale. »

« Va benissimo. »

Lui recuperò due bicchieri e li riempì, poi me ne passò uno. « Vedo che hai ancora quella mania di portare due orologi! » disse.

Io presi subito un sorso, la minerale era gelata e mi feci male ai denti.

« Le vecchie abitudini sono dure a morire, dovresti saperlo. »

Giannini andò a sedersi dietro la scrivania. « Ma veniamo al motivo della tua visita. » Posò il bicchiere e aprì una cartelletta che aveva già preparato. « Credo di aver trovato notizie interessanti sulla madre del tuo sospettato », affermò. Diede uno sguardo alla prima pagina, poi sollevò gli occhi su di me. « Come già ben sai, Anita Malavasi agli inizi degli anni '60 si trasferisce a Città del Messico, là dove aveva messo le radici da tempo Nicola Terrano, un potentissimo banchiere che gestiva un cospicuo giro d'affari, in tutto il mondo. Praticamente una mega finanziaria con tantissimi soldi che giravano... »

Io annuii per confermare che erano cose che già conoscevo.

E lui riabbassò lo sguardo sugli incartamenti e riprese a parlare. « Anita si affianca al suocero, dimostrando notevoli capacità imprenditoriali. Per qualche ragione, però, pesta i piedi ai cartelli della mafia messicana, alleati coi San Valentino, rifiuta di assoggettarsi ai loro voleri ed entrano in conflitto. Lei è una donna fiera, intelligente e forte, che non ha paura di nulla. Cosa Nostra, che non può ammettere un affronto del genere, soprattutto da una femmina, comanda ad alcuni sicari san valentinesi di punire colei che ha osato sfidarli così apertamente.

« 31 ottobre 1969. Casa Sacrada, il rancho dove vive Anita con suo figlio, viene attaccato selvaggiamente. Le guardie vengono uccise. Lei riesce a nascondere Antongiulio nel vivaio. Dopo una disperata difesa, viene presa e barbaramente torturata e uccisa. Quando i poliziotti giungono sul posto, nel pieno della notte, trovano il figlio, unico superstite, inginocchiato davanti alla madre, il cui volto è ridotto a un teschio, orribile. Qui il rapporto della polizia messicana intervenuta sul posto diventa confuso, si ipotizza l'azione di un acido... Non esistono verbali molto esaustivi riguardo a questa follia. All'epoca il governo della città stava ancora subendo i contraccolpi politici in seguito alla strage degli studenti manifestanti nel quartiere di Tlatelolco. C'era molta confusione, ovunque e a tutti i livelli. I Terrano erano siciliani in odor di mafia, imprenditori stranieri che, come tanti altri, approfittavano dell'instabilità del governo messicano per fare buoni affari, speculando a più non posso. Niente di troppo strano se era stata uccisa una di loro...

« Antongiulio, che allora ha otto anni, viene portato in stato di shock a casa del nonno, ormai novantenne. Questi lo affida alle cure di uno psicanalista per fargli superare in fretta il trauma. » Giannini s'interruppe e mi allungò un foglio. « Dai un'occhiata a questo. »

Io lessi con attenzione. Si trattava del resoconto di una seduta di psicanalisi cui era stato sottoposto il piccolo Terrano.

Il soggetto, in seguito al trauma subito, ha sviluppato una pressoché assoluta mancanza di empatia verso il prossimo. Totalmente incapace di provare emozioni: nessuna pietà o compassione...

Quel ragazzino si era trasformato in un essere insensibile. Mi chiesi come avrei reagito io al suo posto, se avessi subito un'esperienza come quella che aveva dovuto passare lui. La morte della madre gli aveva provocato una sorta di distacco interiore, una reazione della sua mente per raggiungere uno stato di anestesia emozionale che in qualche modo lo avrebbe protetto dall'orrore del ricordo.

Restituii il foglio al mio vecchio amico e lui riprese a parlare. « Quando il vecchio Terrano passa a miglior vita, Antongiulio, dietro espresso volere testamentario del nonno, in attesa di diventare maggiorenne, viene affidato alle suore di un convento a Matamoros. Poi, all'età di vent'anni, prende possesso dell'impero finanziario ereditato e inizia la sua scalata al successo. Nel giro di pochi anni, moltiplica i guadagni investendo a destra e a manca, senza sbagliare un colpo. Poi inizia con la beneficenza. »

Mi posai il bicchiere freddo sulle guance, prima l'una e poi l'altra, per rinfrescarmi: mi era tornato il caldo di prima, nonostante il ventilatore e l'abbassamento termico dovuto alla sera. Mi sentivo la pelle del viso molle, come se si stesse per sciogliere. « Dell'Istituto Nomine Mater cosa mi dici? » chiesi.

« È stata la sua prima impresa umanitaria. Un centro di accoglienza per ragazze madri e bambini abbandonati, dedicato espressamente al ricordo di Anita, con tanto di targa dorata col suo nome sulla facciata dell'edificio. » S'interruppe un attimo per bere un sorso d'acqua. Fece una smorfia come se l'avesse trovata troppo amara. « A quel primo centro, poi, ne sono seguiti altri con sedi nelle città di confine con gli Stati Uniti, come Juárez e Tijuana.»

«E secondo te potrebbe essere plausibile che un'impresa del genere venga usata per avere a disposizione neonati da usare per l'esportazione di droga?»

Giannini s'incupì. «Girano delle voci su un commercio sotterraneo di questo tipo. Sembra che vengano offerte somme di denaro a giovani donne che accettano di restare incinte e poi di vendere il nascituro. Però non c'è nulla di collegabile al Nomine Mater. Uno come Terrano, coi soldi che possiede e in un ambiente dove la corruzione impera a tutti i livelli, soprattutto nella polizia, potrebbe tranquillamente fare in modo che non si sappia nulla. Tu sei in Italia e non hai idea di quello che succede in questo posto. La violenza è l'anima del Distrito Federal: anche se non la cerchi, lei ti trova. Gira libera nelle strade assieme al caldo e all'aria ammorbata dall'inquinamento. La miseria produce disperazione e quest'ultima genera follia. Cannibalismo rituale, sette sataniche, poliziotti che assaltano banche e che gestiscono direttamente il traffico di droga. Qua davvero tutto può succedere!»

Mi girava la testa. Ascoltavo quei resoconti da libro dell'orrore e pensavo alle parole di padre Sisto, alla sua teoria sul silenzio dell'anima che genera nuovi demoni. Se un Dio buono esisteva, metteva a dura prova il cuore degli uomini di buona volontà. Terrano era un prodotto di questa follia dilagante? Mi servivano altri indizi, altri particolari su quello che gli era successo. Sentivo che mancavano le ultime tessere per completare il quadro.

«Tornando al passato del nostro uomo, è possibile parlare con uno dei poliziotti intervenuti a Casa Sacrada dopo che è stata uccisa Anita?» chiesi.

Giannini annuì. «Conoscendoti, immaginavo che me lo avresti chiesto. Così mi sono già dato da fare in questo senso. E ho preso appuntamento per domani pomeriggio con l'ufficiale che comandava la pattuglia che allora si è recata al rancho dei Terrano. Adesso è molto vecchio e non è più in servizio. Ma ha dato la sua disponibilità a fare quattro chiacchiere con noi. Naturalmente ho dovuto promettergli, in cambio del favore, di tenere gli occhi chiusi su certi affari che lui porta avanti per arrotondare la pensione: spaccio di erba, cose di poco conto.»

Notai che aveva fatto di nuovo quella smorfia schifata. Forse aveva un tic, oppure ne aveva comunque le palle piene, di tutto. Clima del cazzo e gente del cazzo da affrontare tutti i giorni del cazzo.

«Perché hai deciso di venire proprio in un posto del genere, per finire la tua carriera?» gli chiesi, senza guardarlo direttamente negli occhi.

«Tutte le mattine, quando mi alzo, mi contemplo allo specchio del bagno e penso: *Ma chi è quel vecchio che mi sta fissando?* Poi prendo coscienza di essere proprio io *quel vecchio* e a quel punto parto subito col secondo interrogativo quotidiano: *Sì, ma allora cosa cazzo ci fai qua, ridotto in questo stato?*»

Alzai di nuovo gli occhi su di lui. «Hai trovato le risposte?»

Giannini annuì. «All'inizio non riuscivo a trovarne nemmeno una. Poi ci sono arrivato.» Si alzò dalla scrivania. Andò alla finestra e guardò fuori. La notte era calata del tutto. Puntini di luce nel buio. «Questa città è una succursale... Ci sono uomini e donne in bilico sui due versanti.» Si volse per guardarmi e sorrise tristemente. «Quello del bene e quello del male, intendo.» Mosse le mani davanti al viso per spiegarsi. «Stare a Città del Messico è come essere in trincea. E mi sembra che qui il mio lavoro possa assumere più senso che altrove, non so se mi spiego.» Si avvicinò, mi mise una mano su una spalla e strinse con affetto. «Gli uomini come noi sognano le nobili sfide contro i draghi, ma se non ne trovano in giro perché sono tutti troppo nascosti, vanno bene anche i mulini a vento.»

Sentii le sue parole entrarmi nel cuore e scendere veloci, come su uno scivolo, piombandomi nella pancia fino ad annodarmi le viscere. Capivo cosa intendeva il mio ex capo: era un modo diverso di descrivere la sindrome da Gary Cooper che mi affliggeva, quella dello sceriffo che lotta contro il tempo e affronta i cattivi da solo. Io e Giannini eravamo fatti della stessa pasta. E la cosa mi commuoveva un poco.

13

Bar Escondido, in fondo all'Avenida Revolución. *Gallardetes* colorati pendevano dal soffitto assieme a decine di bandierine di carta. Aria condizionata a palla. L'ambiente era così algido che sembrava di trovarsi in un frigo. I muscoli del collo mi si contrassero e mi parve persino di sentirli mentre lanciavano uno spasmo a cavallo della cervicale, con una sorta di cigolio, come un meccanismo poco oliato che fa attrito.

Jalapas affrescati sul muro. Tavoli quadrati di legno scuro. Tovaglie di plastica rossa con al centro i condimenti.

Io e Giannini prendemmo posto l'uno di fronte all'altro. Notai che c'era una grossa mosca che pascolava nella ciotola dello zucchero, nero su bianco. Pensai che sarebbe stato peggio se ci fosse stata una fottuta vespa...

L'uomo che dovevamo intervistare, l'ex poliziotto spacciatore, non era ancora arrivato. E nel locale c'eravamo solo noi.

Con tutta l'acqua che mi ero bevuto durante la notte, a causa della roba piccante che mi aveva fatto mangiare Floriano a cena, mi sentivo la vescica gonfia. Così mi scusai e mi alzai per andare alla toilette. Davanti ai pisciatoi c'era un inserviente che puliva a terra, un vecchio indio che mi chiese se ero americano.

« No yankee, *soy* italiano! » puntualizzai io, mentre mi frugavo nelle tasche per allungargli qualche spicciolo.

Il vecchio mi sorrise, con due denti in meno sull'arcata superiore, e iniziò a recitare nomi di calciatori famosi. « Roberto Baggio, Totò Schillaci! »

« Non m'*intiendo* di calcio! » dissi, *maccaronando* un po' di spagnolo per togliermelo di torno.

Lui mi guardò stupito e io ne approfittai per andare a pisciare.

Tornato in sala, Giannini non era più solo. Al tavolo con lui, si era seduto un uomo anziano, viso rugoso e baffi spioventi, che mi sorrise tendendomi la mano per presentarsi. « *Soy* capitan Pedro Velásquez. *Encantado de* conoscerla. »

Notai che erano entrati anche due turisti. Due uomini con camicie a fiori e Ray-Ban a specchio, seduti a uno dei tavoli in fondo alla sala, che ridevano parlottando tra loro. Una macchina fotografica posata sul ripiano del tavolo.

Mi accomodai al mio posto e il cameriere giunse subito per chiedere le ordinazioni. Birra Tecate per me. Acqua minerale per Floriano. Mentre il nostro ospite scelse un bicchierino di Tio Pepe, sherry freddo, « per ripulire la bocca dalla polvere! » ci tenne a puntualizzare, facendo l'occhiolino e incassando la testa nelle spalle.

Giannini lo invitò a iniziare. « Pedro, *mi amigo*. Racconta pure tutto quello che sai al commissario! »

Il vecchio messicano guardò nel vuoto, solo per un attimo. Poi si piegò in avanti, e cominciò a parlare in un italiano abbastanza comprensibile, abbassando il tono di voce, come in una confessione. « Era l'antivigilia del giorno dei morti, *el día de Muertos*. Una *fiesta muy* importante qua da noi. Tradizione indio mescolata con cattolicesimo e paganesimo e tanto altro ancora. Così tutta la città si stava preparando e giravano uomini in costume, facce da morto e scheletri in ogni dove. Io e altri due miei colleghi stavamo facendo il controllo notturno tra le strade del quartiere Bravo de Tepito quando ci hanno mandati a fare un sopralluogo in questo rancho fuori San Ángel, alla periferia residenziale sud-est del Distrito. C'era stata una telefonata anonima. »

« Una rivendicazione? » domandai.

Pedro annuì. « Parole minacciose del tipo 'la *puta* straniera ha pagato' e l'indirizzo del luogo dove era avvenuto il fatto. »

Giunse il cameriere col vassoio e lui s'interruppe, tirandosi indietro, appoggiandosi contro lo schienale della sedia.

Giannini bevve subito un sorso d'acqua minerale, direttamente dalla bottiglietta. Io versai la birra nel mio bicchiere, attento a non far traboccare la schiuma. Velásquez tracannò il suo sherry tutto d'un colpo. Poi riprese a raccontare. « Una volta che siamo giunti là, ricordo di aver controllato l'orologio ed era mezzanotte in punto. In quell'istante abbiamo sentito uno sparo provenire dalla serra del vivaio. Allora siamo corsi per andare a vedere. E c'era quel ragazzino inginocchiato davanti al corpo di sua madre con una rivoltella stretta in pugno, ancora fumante. »

Il cuore mi era risalito nella testa e martellava contro le tempie. « Quindi non sono stati i sicari a uccidere la donna? » chiesi.

Velásquez scosse il capo in fretta. « È stato quel piccolo uomo a porre fine alle sofferenze della madre! » Fece una pausa e deglutì con una smorfia, come per mandare giù un sapore cattivo. «E c'erano tutte quelle vespe ovunque...»

Provai una sensazione, come se mi avessero dato uno spintone in mezzo al petto. E mi venne quasi da boccheggiare. Era comparsa una delle tessere mancanti.

«In che senso delle vespe? Spiegati, su...» Giannini aveva parlato, precedendomi di un soffio.

Pedro prese aria dal naso con un sibilo. «La *señora* era un studiosa di insetti, un'appassionata. E aveva creato un vero e proprio allevamento di vespe in quella serra. Quei diavoli volanti erano ovunque e noi ci siamo dovuti coprire la testa con le giacche per paura di essere attaccati. Erano vespe come non ne avevo mai viste. Sembravano calabroni tanto erano grandi. Ricoprivano il corpo del ragazzino, ma non lo pungevano. Lui se ne stava immobile e fissava la madre morta, quello che ne restava...»

«I sicari le avevano scarnificato il viso con dell'acido, giusto?» chiesi.

Lui scosse il capo. «No, non hanno usato un acido.»

Il mio cuore prese a battere più forte del dovuto. «Quindi cosa è successo in realtà?» incalzai.

Pedro si allungò in avanti, pronto per un nuovo segreto da confessare. Mise la mano destra tesa di fianco alla bocca. «Prima le hanno spellato il volto, abbiamo trovato brandelli di pelle sul terreno, in mezzo al sangue, uno schifo... Poi le hanno infilato la testa dentro al favo e hanno aspettato che le vespe le divorassero la carne.» S'interruppe un attimo, come per prendere la rincorsa per concludere. «Anita era una donna bellissima, col viso di un angelo, e loro in quel modo hanno voluto distruggere la sua immagine. Deve aver patito le pene dell'inferno, povera donna...»

In quel momento, il bicchiere di birra che stringevo in pugno si frantumò con uno *crack* improvviso: avevo stretto troppo forte, senza rendermene conto. Restai a fissare con stupore la scheggia di vetro che mi spuntava dal palmo, in mezzo a un ribollire di schiuma: non sanguinavo ancora e nemmeno sentivo dolore.

Con un angolo della mente, pensai: *Oh, ma sta ricominciando?*

Una bolla purpurea parve gonfiarsi e crescere fino a scoppiare in un rivolo saponoso, lento. Gocciolai sangue e birra sul ripiano del tavolo, mentre imprecavo. Giannini alzò una mano per attirare l'attenzione del cameriere. Pedro mi fissò impassibile, come se fosse una cosa normale spaccare bicchieri in Messico...

In quel momento colsi un flash improvviso, seguito da una risatina. Allungai lo sguardo in fondo alla sala: uno dei due turisti stava facendo delle foto all'altro, che si atteggiava con smorfie da coglione.

Afferrai la scheggia con due dita e tirai con forza fino a estrarla del tutto e finalmente il dolore giunse. Chissà dov'era andato a finire... Una fitta lancinante esplose rapida, un fulmine ustionante percorse il dorso della mano fino al polso e poi risalì, come un serpente di fuoco che si fa strada fino a mordermi la gola e poi la mente e poi ancora più su, fino al cielo. Dal metacarpo alle stelle, cazzo.

Guardai la ferita al centro del palmo e pensai che sembrava proprio una stigmate, mi ero autosantificato. Il cameriere mi porse un batuffolo di cotone e dell'alcol denaturato poi si affrettò a ripulire la superficie del tavolo con una spugna. E io mi disinfettai e tamponai, poi avvolsi la mano in un fazzoletto, stringendo forte.

Sospirai di sollievo e lanciai un gemito, mentre mi scusavo.

«Sei molto nervoso, *gringo*!» commentò l'ex poliziotto.

Giannini mi fece un sorrisino d'incoraggiamento. Poi si volse verso il messicano e tornò serio. «Perché nei rapporti ufficiali avete dato un'altra versione dei fatti?»

Pedro puntò gli occhi nel vuoto, solo per un attimo. «È stato il nonno del ragazzino. Lui ci ha pagati perché non rivelassimo quei particolari *muy sangrientos*. E poi non voleva che il nipote venisse coinvolto in nessun modo.» Il suo volto adesso sembrava spento, e molto più rugoso, come se rivivere quella vicenda passata lo avesse fatto deperire di colpo.

In quel momento, entrò nel locale una giovane yaqui che non doveva avere più di diciotto anni, magrolina, occhi grandi e scuri, fianchi stretti, capelli lunghi. Indossava un prendisole di cotone stampato con motivi floreali e mi ricordava Julia Méndez. Si avvicinò al nostro tavolo con un sorriso cordiale. Puzzava leggermente di sudore.

«Lei ti legge il futuro!» mi spiegò Giannini, facendo l'occhiolino.

La giovane mi guardò e sorrise, e io allora le mostrai il palmo ferito e fasciato. Un occhio rosso di sangue era spuntato sul fazzoletto con cui mi ero avvolto, e sembrava fissarmi.

«Lei ti legge le carte, non la mano, *cabrón.*» Pedro aveva parlato. Fottuto messicano.

La yaqui estrasse un mazzo di tarocchi e me lo fece tagliare, poi iniziò a disporre le carte sul tavolo con gesti abili di consumata esperienza. Infine ne scoprì una e la guardò, impallidendo. La buttò sul tavolo. Rappresentava una madonna con la faccia da teschio.

«Santa Muerte», stava sussurando lei, come se stesse pregando.

Cercai aiuto nello sguardo di Giannini, che mi mostrò i palmi e cercò di sorridere.

«La madonna con la faccia da teschio: per i toreri e per i delinquenti significa fortuna!» mi spiegò.

«Per i poliziotti invece che significa?» provai a chiedere.

La ragazza si fece il segno della croce due volte, in fretta, e se ne andò, portando via il suo mazzo di tarocchi, senza pretendere compensi per la sua prestazione e lasciando sul tavolo la carta con quella figura inquietante.

Fui sul punto di chiedere spiegazioni al messicano, quando questi prese un coltello dal tavolo e lo piantò in mezzo alla carta. Poi mi strizzò l'occhio. «Bisogna inchiodare la santa della morte. Se no poi t'insegue.»

Io cercai di muovere i muscoli della faccia per sorridere con aria di sufficienza, come per dire «ma che stronzata». Il mio volto, però, restò impassibile come una sfinge.

14

Giannini mi raggiunse all'aeroporto quando ormai stavo per imbarcarmi. Piombò al terminal tutto trafelato e si scusò per non essere arrivato prima. «Non potevo non venire a salutarti, *mi amigo*», disse, dandomi una pacca sulla spalla. Poi tirò fuori dalla tasca interna della giacca una busta gialla e me la porse. «Ho fatto tardi perché ho dovuto recuperare questo dall'archivio.»

« Di cosa si tratta? »

« È un rapporto autoptico effettuato sul cadavere di un narcotrafficante messicano, nel 1982. Quella storia di Anita Terrano torturata con le vespe me lo ha fatto tornare in mente. »

Non aggiunse altre spiegazioni. Non c'era tempo per farlo, dagli altoparlanti stavano annunciando l'ultima chiamata per il mio volo.

Decollato l'aereo, restai a contemplare il paesaggio sottostante: un'interminabile distesa di case formava quella città pazzesca. Visto dall'alto sembrava tutto così bello e innocente. Ripensai alle parole di Giannini sulla trincea, la gente in bilico e i mulini a vento: sognare un po' di giustizia e battersi per un mondo migliore forse erano solo propositi da dementi. Quando arrivò la comunicazione che ci si poteva sganciare le cinture di sicurezza, feci scattare la fibbia metallica usando la mano sinistra. Presi la busta che avevo tenuto sulle gambe fino a quel momento e l'appoggiai sul tavolino estensibile che avevo di fronte. Ero indeciso se aprirla subito o tenerla per dopo. Sentivo il cuore pervaso da una tristezza infinita e non ero sicuro di poter sopportare altri torbidi indizi. Ma la curiosità era troppo forte, e aveva preso il sopravvento. Così aprii la busta. Dentro c'era la foto segnaletica di un certo Manuel Vasco pinzata alla fotocopia di una pagina di un verbale di autopsia eseguito dalla sezione di medicina legale del Distrito. Alcune righe in fondo erano evidenziate in giallo. Si trattava di una delle note conclusive del patologo. Cercai di rispolverare la mia conoscenza della lingua spagnola per tradurle...

Lo stomaco del soggetto è stato riempito con larve di vespa vive, presumibilmente usando una sonda tracheale da lavanda gastrica...

Emorragia interna. Shock anafilattico da numerose punture di vespa. Morte avvenuta per arresto cardiaco per il forte trauma...

Dentro la busta c'era anche un ritaglio di giornale. Un articolo che parlava, senza entrare troppo nei particolari, dell'uccisione di quel presunto capo del nuovo cartello di narcotrafficanti che agiva in città... Il suo cadavere era stato trovato legato a una poltrona reclinabile, di quelle usate per gli interventi di chirurgia estetica, in una stanza di stoccaggio dentro un vecchio magazzino di apparecchiature mediche in disuso. Di fronte al cadavere c'era un letto con un paio di manette sporche di sangue attaccate alla spalliera metallica: si ipotizzava che quel posto fosse stato usato per tenere prigioniere e torturare anche altre persone. Seguiva una sorta di biografia della vittima: da giovane, Vasco era stato nella Milicia Voluntaria, gruppo di facinorosi del Partido Nacional Fascista, poi aveva preso strade ben peggiori.

La data della sua uccisione, anche quella evidenziata in giallo, era il 31 ottobre 1981. Subito a fianco, scritto a penna da Giannini, un appunto: STESSO GIORNO E STESSO MESE DELLA MORTE DI ANITA!

La polizia imputa il fatto a un regolamento di conti...

Scomparsi i figli della vittima, due gemelli di tredici anni, un maschio e una femmina, che non sono stati trovati da nessuna parte...

Sul bordo bianco in fondo al ritaglio, c'erano altre parole vergate dal mio vecchio amico: MANUEL VASCO NEGLI ANNI '60 FIGURAVA COME UNO DEI SICARI DI CUI SI SERVIVANO I SAN VALENTINO IN LOCO. QUINDI... TIRA TU LE SOMME, *MI AMIGO*.

Il risultato dell'addizione poteva essere uno solo: quel Manuel Vasco aveva guidato il commando di san valentinesi e, a distanza di quindici anni e rotti, l'aveva pagata. La sua morte era stata l'inizio della vendetta di Antongiulio.

Tutto tornava, tutto disperatamente tornava.

In un flash veloce rividi la foto che ritraeva Terrano ai giorni nostri col figlio tredicenne, che aveva assurdamente battezzato Vasco, come il cognome del sicario di allora. L'ennesimo delirio celebrativo!

Quel ragazzino sembrava così tenero e spaurito, mentre stringeva la mano di suo padre. Vasco Terrano, capelli neri, testa china. Mi chiedevo come potesse crescere il figlio di un gangster. Perché il retaggio dei padri e quello delle madri rimane addosso per sempre, nel bene e nel male.

Il mio Franco sarebbe cresciuto credendo fermamente in Gary Cooper e nell'Ombra che cammina. Mentre Vasco in cosa avrebbe potuto credere, oltre alle poesie del sangue e dei lamenti?

Oppresso da un forte senso di vuoto, mi guardai la mano destra fasciata. La ferita mi faceva male a fasi alterne come un interruttore che si accende e si spegne.

La macchia di sangue al centro della garza c'era ancora e continuava a fissarmi come un occhio, uno sguardo rosso e minaccioso che non mi abbandonava.

15

Ore 21.45. Il commissario è sceso dall'aereo con una borsa a tracolla. È salito sulla navetta. Ha raggiunto il terminal ed è uscito. Una macchina di servizio lo stava aspettando. L'autista è scattato sull'attenti quando lo ha visto ed è andato ad aprirgli la portiera per farlo salire a bordo...

Le parole risuonano nell'auricolare che il Grasso ha nell'orecchio. Sta ascoltando di nascosto, seduto in auto mentre attende che i suoi compari tornino.

La maschera da teschio troppo piccola, sollevata sulla fronte, pronta per essere indossata all'occorrenza...

Lo sbirro adesso è partito. Gli vado dietro...

All'improvviso spuntano gli altri, li vede nello specchietto retrovisore mentre trascinano un uomo ammanettato, con un sacco di iuta in testa.

Cercando di non farsi notare, si toglie l'auricolare e se lo infila in tasca. Poi allunga una mano per aprire il bagagliaio col pulsante, aspetta che il prigioniero venga buttato dentro e accende il motore.

Tornando da un viaggio così lungo, si prova sempre una strana sensazione. Come se ci fosse qualcosa che sfugge e rotola nella testa. La differenza di fuso orario, il fottuto jet lag, decomprime la percezione temporale, tanto che sembra di aver viaggiato nel tempo, tra passato e futuro, in una dimensione che si sposta sempre e che non si riesce ad afferrare.

Per quanto mi riguardava, quel senso di confusione si tramutò in un forte mal di testa nell'attimo in cui mettevo piede a terra, sbarcando dall'aereo. Ero partito che era sera ed ero arrivato che era di nuovo sera. Mi sembrava di essere rimasto fermo in una sala d'attesa dove tanta gente gremiva le sedie sperando che non arrivasse mai il proprio turno. Alla fine, però, ti chiamavano sempre e tu dovevi andare. Reduce dalla mia trasferta sulle tracce di Terrano, quello che avevo appreso era come un fardello, un bagaglio invisibile che mi pesava sulle spalle.

Mentre io e il mio autista percorrevamo via Emilio Lepido diretti verso il centro, la sensazione di sfasamento invece di diminuire cresceva, così come la mia emicrania. Guardavo fuori del finestrino: la gente che passeggiava sui marciapiedi, le facciate dei palazzi con le finestre illuminate, e tutto sembrava così tranquillo. Ma sapevo che era una finta. La mia isola felice era sotto attacco. E io l'avrei difesa a ogni costo. Controllai i miei due orologi, partendo da quello giusto per arrivare a quello sbagliato. Pensai che il tempo fuggiva e non era nemmeno più il caso di affannarmi a inseguirlo.

In quel momento, l'unica cosa che volevo davvero era andare a casa da mio figlio. E non pensare più a nulla, almeno per qualche ora.

E che andassero ufficialmente *affanculo* tutti i fardelli del mondo.

16

Le pareti della camera sono state tinteggiate da poco e odorano ancora di vernice. Tutto appare nuovo, scintillante. Gli hanno appena portato il viado sorpreso in flagranza, già pronto per la punizione che si merita: i suoi sgherri l'hanno paralizzato con una dose di tetrodotossina, una sostanza che spegne il movimento ma non il dolore, e sdraiato sul lettino. Ha ordinato di collegarlo alle apparecchiature di rilevamento dell'ECG e ha sorriso lisciandosi i capelli lunghi fino alle spalle, consapevole del proprio fascino. Dopo averli ringraziati per la loro devozione, ha chiesto di essere lasciato solo. Non ama che qualcuno assista: lo studio del dolore è una cosa intima, proprio come la morte.

Si è aggiustato la Colt Frontier calibro 45 che tiene infilata nella cintola, dietro la schiena e si è avvicinato al tavolino portastrumenti. Dieci aghi di acciaio temperato lunghi sei centimetri riposano sopra un vassoio di metallo. Attrezzi di tortura antichi e letali, pronti per essere indossati.

Il suo petto si alza e si abbassa. Inspirazione ed espirazione, dentro e fuori. Prende uno degli aghi e se lo infila nel polpastrello, subito sotto l'unghia del pollice della mano sinistra. Lo spinge dentro per tutta la lunghezza della falange distale, per circa due centimetri, il sangue sgocciola e il dolore che prova è una cava lancinante che gli spacca la mano in due sputando un serpente di fuoco che risale lungo l'avambraccio, fino al cuore, riempiendolo di gemiti soffocati.

Passa a infilare un ago nel dito indice e poi prosegue con le altre dita: spinge gli aghi nella carne tenera dei polpastrelli facendo sgorgare sangue e dolore come se piovesse.

Quando ha terminato, dieci punte sottili di circa quattro centimetri, simili a pungiglioni, fuoriescono dalle sue dita. Infila le mani, prima l'una e poi l'altra, dentro un becher pieno di alcol denaturato per disinfettarsi. Un grido gli scaturisce dalla gola per il bruciore che prova, ma lui stringe i denti e trasforma la sofferenza in un ringhio.

Agitando le dita gocciolanti nel vuoto, con un ghigno disperato, avanza, lento e terribile, verso la vittima sacrificale sdraiata sul lettino.

Il grafico del suo battito lampeggia sullo schermo del biofeedback, e scandisce *bip bip* regolari. Sale sul lettino puntando le ginocchia sui bordi e con una gamba scavalca il corpo della vittima fino a montargli sopra l'inguine, come un amante che vuole iniziare un coito. I capelli sciolti incorniciano il suo volto pallido.

Il giovane viado sembra fissarlo a sua volta, con la faccia da finta femmina immobile e stupefatta, e i puntini di barba che sbucano dallo strato di fard striato di lacrime secche e sudore.

Lo hanno sorpreso mentre spacciava roba vecchia ai suoi clienti, nonostante il divieto, e adesso deve ricevere la giusta punizione.

A questo punto la tortura può avere inizio.

Muove le dita indolenzite davanti al volto della vittima.

E inizia a grattare la carne usando le punte metalliche infilate sotto le unghie, pungiglioni di vespa, aguzzi e letali. Lacera e strappa, scoprendo ossa e circuiti venosi. L'anatomia dei muscoli facciali scompare negli zigomi d'avorio viscido, mentre l'arco dentale scaturisce dalle labbra dilacerate come un sorriso enorme e terribile.

I *bip bip* sullo schermo dell'ECG aumentano...

Con pazienza, raschia via ogni residuo di fibre e tessuti, fino a quando tutto il teschio diventa pulito. Una scultura candida sopra un'esplosione di rosso sul cuscino. Briciole di carne trita ovunque.

I *bip bip* sono velocissimi.

Il viado continua ad avere gli occhi spenti di una bambola. Ma dietro quella facciata, negli oscuri recessi della sua mente, sta vivendo l'inferno.

Scende dal lettino. E adesso gli pare di non sentire più male alle dita. I pungiglioni hanno assorbito tutto il dolore e si sono fusi con la carne e l'osso, diventando parte integrante del suo essere. Adesso lui può ascoltare la voce nascosta che sorge in un punto imprecisato tra la sua anima e il cuore.

« Non ti lascerò mai solo... »

Ed è così che il favo si riempie e cresce fino a scoppiare in frammenti neri. Insetti pieni di veleno. Vespe carnivore che volano e pretendono nutrimento... e aiuto.

Dimmi che ci sei.

Osserva di nuovo lo scempio: la creazione del dolore davanti a lui, il teschio fresco di graffi e sangue.

Le punte delle sue dita fremono, dipinte di rosso, con gli aghi che gridano da sotto le unghie. Inizia a estrarli, a uno a uno, e li butta nel becher di alcol. Ha il volto madido di sudore e gli occhi che si muovono in modo asimmetrico, indipendenti l'uno dall'altro.

Adesso la voce di Lei sta risuonando ovunque, dentro e fuori di lui. È tutto così commovente, e inderogabile.

Porta la mano sinistra dietro la schiena, estrae la Colt .45 e si avvicina al viado agonizzante, un teschio vivo coricato su un cuscino fradicio di sangue. Punta la canna del revolver al centro dell'osso frontale, solleva il cane col pollice e spara senza esitare. La testa esplode e rimbalza, come se volesse entrare nel cuscino e poi uscire. Materia cerebrale cola e brividi salgono.

Il *bip* sullo schermo diventa un gemito prolungato.

17

Eccoli che passeggiano l'uno di fianco all'altro sul vialetto del cimitero, il prete e il poliziotto. Il primo cammina stando leggermente curvo, con le mani strette dietro la schiena. Il secondo tiene i pollici infilati nelle tasche dei jeans. Una folata di vento improvvisa lancia un sibilo tra le lapidi. Tra croci, madonnine e fiori variopinti, masticano ghiaia a ogni loro passo.

« Provo un'infinita compassione per quell'uomo, e tu? » chiede il prete.

« Vorrei avvalermi della facoltà di non rispondere, vostro onore », risponde il poliziotto. « Il mio compito è quello di fermarlo, provare pena nei suoi confronti non è una cosa che mi compete. »

Sisto annuisce con fare indulgente. « Per riuscire nel tuo intento, però, devi cercare di comprendere il motivo della sua follia. »

Arrivati in fondo al viale, svoltano a destra. Non ci sono molte persone in visita a quell'ora. Subito dietro di loro cammina una donna anziana con un mazzo di crisantemi stretto in pugno; il fazzoletto nero sulla testa, gli occhiali da vista e la testa china. Il commissario le dedica un'occhiata distratta, mentre riprende a parlare. « Bisogna stare attenti a non farsi coinvolgere troppo, però », dice.

« Hai proprio tirato fuori il termine giusto, sai: 'coinvolgere', che vuol dire trascinare qualcuno dentro una situazione ottenendo una sua partecipazione emozionale, oltre che fisica... Ogni azione che viene compiuta provoca una sorta di retaggio. In questo modo il male si perpetua nel tempo e nello spazio, come un soffio malato, un contagio dell'anima. Questa persona di cui mi dici, questo tuo sospettato, da ragazzino ha subito un trauma terribile. Ma questo non basta a spiegare quello che è diventato. Sul piano psicanalitico, in effetti, sarebbe persino troppo facile riuscirci. Ma sul piano etico-religioso, le cose sono più complesse. Infatti non tutte le persone che subiscono traumi orribili si trasformano in assassini!»

«E non tutti gli assassini hanno subito traumi orribili, certo. L'interrogativo quindi è: perché esiste questa differenza? E soprattutto, quali possono essere le vere motivazioni?»

«La risposta va ricercata nella domanda stessa: cosa o chi ci rende parte di una fazione o di un'altra, dei buoni o dei cattivi?»

«Intendi parlare del diavolo, per caso? Sapevo che lo avresti fatto, prima o poi.»

«No, Francesco, voglio parlare del margine e della tentazione. Esiste un confine da superare oltre il quale siamo tutti perduti. Una volta superato quello, diventa difficile tornare indietro. L'unica cosa che può aiutare è la grazia del Signore: hai presente la rivoluzionaria possibilità del perdono e della remissione dei peccati? Ma così ci addentriamo in un altro spinoso argomento. La cosa che fa sempre la differenza è un sussurro ancestrale che ti dice cosa devi fare e perché.»

«La voce della tentazione? L'ispirazione? Il *quid* interiore?»

«Tutte quelle cose messe assieme e unite a una predisposizione genetica a essere buoni o malvagi, insita in tutti noi.»

Il prete e il poliziotto abbandonano il vialetto e salgono i gradini che conducono al portico. I loro passi riecheggiano in modo sinistro.

«Voi preti credete che il male sia un'entità vera e propria, giusto? Il diavolo, o chi per lui, è il vero responsabile e questo in qualche modo assolve tutto e tutti.»

«Non assolve proprio nulla, perché esiste quel dono straordinario che ci ha dato il buon Dio, il libero arbitrio.»

«Quindi si tratta solo di una sorta di talento naturale al male?»

«Ovvio che non può essere così semplice. Il male, il dolore e l'ingiustizia esistono, e non sono solo nozioni. Loro hanno comunque un senso preciso nell'equilibrio delle cose. Non potremmo conoscere il concetto di curva se non esistessero le linee rette, tanto per dire. E potremmo proseguire con mille esempi di antitesi significative, come luce e buio, bianco e nero, eccetera eccetera. Il buon Dio ha creato il mondo e gli ha dato un senso fatto di opposti estremismi, e tutto funziona. Non esistono persone del tutto buone o persone del tutto cattive. Ognuno di noi è ugualmente fragile ed esposto a qualunque possibilità... »

Giunti davanti alla lapide che sono andati a visitare, si fermano.

Il prete conclude: « A volte sembra che non possa esistere la speranza. Poi nascono uomini come tuo padre e allora un barlume giunge dalla bruma e la luce trapela... »

Il poliziotto si limita a deglutire, come per un improvviso senso di commozione.

18

Ricordo come se fosse adesso l'odore dei fiori troppo dolce e la sensazione di tranquillità che provavo ogni volta che andavo in visita in quel luogo. Fin da quando ero piccolo e mi divertivo a cacciare le lucertole sui prati circostanti, in attesa che mia madre cambiasse i fiori nel vaso davanti alla tomba del babbo. Ai tempi in cui gli interrogativi sul cielo perseguitavano il mio cuore e cercavo di crescere, di diventare grande nonostante il vuoto.

In quel giorno di fine febbraio, io e padre Sisto restammo a guardare la foto di mio padre a lungo prima di riuscire a dire qualcos'altro. Reduce dalla mia trasferta messicana, avevo sentito il bisogno d'incontrare il mio vecchio mentore per renderlo partecipe delle novità emerse. Ormai lo avevo eletto come consulente d'indagine e non potevo fare a meno di chiedergli un parere, o un incoraggiamento: le due cose infatti spesso coincidevano. Il mio era più che altro un desiderio di sentirmi meno solo e meno abbandonato al cospetto di quella cazzo di oscurità che premeva, premeva sempre, tutt'attorno.

SERGIO NEGRONERO
5 giugno 1932-19 ottobre 1969
I tuoi cari non ti dimenticheranno...

Notai che nel vaso davanti alla tomba c'erano gladioli e roselline di campo freschi: forse Mara era venuta da poco per cambiarli, vai a sapere.

Papà Sergio, con la mia stessa faccia in una versione con baffi e pizzetto risorgimentale, sorrideva raggiante e imperituro nel bel mezzo della lapide. In tutti i ricordi che conservavo di mio padre, *lui* sorrideva sempre. E la cosa metteva allegria, confortava.

Forse era proprio per quello che avevamo deciso di incontrarci lì, io e il dannato prete. Per disquisire sul concetto di bene e di male partendo dalle imprese di un crudele gangster fuori di testa, serviva un aiuto in più, foss'anche il sorriso di un morto.

Recitammo una preghiera assieme. In verità Sisto la pronunciò a voce alta e io cercai di andargli dietro come potevo, perché non ricordavo le parole dell'*Eterno riposo*. Poi ce ne andammo, camminando l'uno di fianco all'altro, esattamente come eravamo arrivati, masticando sassolini.

La vecchia coi crisantemi che avevo notato prima continuava ad aggirarsi in mezzo alla tombe, come se non riuscisse a trovare quello che stava cercando.

19

Attende che i due imbocchino il vialetto che li avrebbe portati all'esterno del cimitero ed estrae il cellulare per comunicare: «Stanno uscendo in questo istante». Fa una breve pausa e aggiunge: «Il commissario ha raccontato al prete tutto quello che ha scoperto».

Stacca la comunicazione e ripone il telefonino in tasca.

Si guarda un attimo attorno. I suoi occhi cadono per caso su una lapide curiosamente senza vasi davanti. Pensa che deve essere una tomba molto vecchia. Dà un'occhiata alla foto impressa sul marmo e le sorride il volto in bianco e nero di una ragazzina... In un attimo rivede la bambina che è stata lei, tanto tempo prima. In un impulso di rabbia butta su quella lapide vuota i fiori che tiene in mano e di cui si vuole liberare. Lo fa come per dare una frustata al mondo. Cadendo a terra, il mazzo si apre e i crisantemi si sparpagliano ovunque come le schegge di un'esplosione.

A quel punto la vecchia drizza la schiena, si toglie il fazzoletto nero dalla testa e i finti occhiali da vista, e inizia a camminare con passo agile e spedito.

Non vede l'ora di uscire da quel luogo pieno di ombre per accendersi una paglia.

20

«Immaginate un bambino, spaventato, che sente le grida strazianti della madre mentre viene torturata. Quando tutto finisce e le urla finalmente tacciono, lui esce allo scoperto e va a vedere cosa è successo. E trova la donna che ama di più al mondo a terra. Lei però non è morta, lei respira ancora, lei solleva la testa e lo guarda...» Le mie parole risuonavano forti e irreali tra le pareti del Pensatoio. «Immaginate il suo volto scarnificato, ridotto a un teschio vivo. Provate soprattutto a pensare cosa deve aver provato quel bambino al cospetto di un orrore del genere.»

I miei agenti erano attenti e pendevano dalle mie labbra di ufficiale comandante, ascoltavano e nessuno osava fare commenti. Quello che stavo facendo sembrava più l'arringa di un avvocato, che l'esposizione di una tesi accusatoria. Come se la mia intenzione fosse quella di giustificare le gesta del nostro nemico. I discorsi fatti col mio amico prete in qualche modo mi avevano condizionato.

La giudice Cavallo era seduta con le braccia conserte appoggiate sul bordo della scrivania. Non si era messa nemmeno un velo di fard e aveva il viso pallido. «I sicari quindi l'hanno torturata distruggendone i lineamenti, riducendola a un mostro!» disse. «Ma tutte quelle vespe nel vivaio da dove provenivano?»

Le spiegai. «Anita era laureata in Entomologia e probabilmente portava avanti una sua passione. Forse era un modo per rimanere attaccata al suo passato, quando era una studentessa e tutto era più semplice, prima di avere a che fare con dei mafiosi di merda, prima di andare a vivere in una città infernale. Si era messa a studiare e allevare quella specie molto rara di imenottero, la *Vespa Nigra*, che ormai conosciamo molto bene pure noi! La fottuta vespa carnivora.»

«Alla luce di questo, sembra davvero tornare tutto. Abbiamo un possibile movente», continuò lei. «Antongiulio, vent'anni dopo inizia la sua vendetta e uccide quel Manuel Vasco. Poi nel '91 viene in Italia e fa fuori i superstiti del clan dei San Valentino facendo in modo che la sua azione si mescoli con le diverse uccisioni dei Corleonesi. Infine si trasferisce qua da noi, nella città natale di sua madre, e inizia la sua opera criminale sotterranea.»

Annuendo, ripresi la parola. «Antongiulio ha creato un vero e proprio impero del crimine, un'organizzazione che segue metodi efferati e crudeli all'insegna di una specie di simbolo religioso, nel nome della madre...»

Silvia mi stava ascoltando, con gli occhi fissi in un punto lontano. «Quindi la Signora delle vespe non esiste veramente?» chiese.

Negai con la testa. «No. Rappresenta solo la sua ossessione.»

«Vediamo se ho capito bene: lui sarebbe guidato dal delirio che si è formato nella sua testa in seguito alla terribile esperienza che ha dovuto affrontare. Un'esperienza che lo ha reso immune alla compassione. Stiamo quindi parlando di uno psicopatico, narcisista, molto pericoloso...»

Monvisi saltò su dicendo: «Stiamo parlando di un uomo che finge di fare beneficenza e sfrutta associazioni umanitarie per trafficare droga, arrivando a usare neonati morti come contenitori, trasformando un rituale di sacrificio in un business!»

«Se tutto questo è vero, è proprio spaventoso!» commentò la Masina.

«Perché abbiamo ancora dei dubbi sulla sua colpevolezza?» chiese Bondi.

Ballardini lo guardò di sottecchi. «Siamo poliziotti e per incastrare qualcuno ci servono delle prove da presentare in tribunale. Possiamo ipotizzare una trama attendibile, certo, e basarci su quella. Ma poi ci servono dei fatti...»

«Balla ha ragione, una volta tanto. Dobbiamo trovare il modo di incastrarlo e toglierlo di mezzo! » affermò Manichelli, con impeto.

Mentre ascoltavo lo scambio di battute tra i miei agenti, guardai i ritagli degli articoli della Brizio affissi sul Muro del pianto: un morso di murena per ogni operazione che avevamo effettuato durante gli ultimi due anni di spasmodica lotta contro ciò che restava delle bande e delle cosche. Senegalesi, rumeni, cinesi, ucraini, decine di bastardi arrestati. *Lo sceriffo colpisce sempre e ancora.*

« Fanculo! » bisbigliai con rabbia.

Lotta senza quartiere per Negronero.

Forze dell'ordine scardinano... Poliziotti sventano...

A un tratto mi assalì un'agghiacciante considerazione. Durante i mesi trascorsi, con tutto quel turbinio di arresti a destra e a manca, noi non avevamo fatto altro che assecondare i piani del nostro nemico. Per come ci eravamo accaniti sui *mimulicchi* in risposta alla sua provocazione iniziale, distruggendo le bande rimaste, noi gli avevamo liberato il campo e lui, per due anni, si era rafforzato sempre più.

Manico stava aggiungendo: « Forse Terrano si crede una sorta di profeta del male. Alla luce del sole si presenta come un benefattore e attira le genti. Poi di nascosto le fa a pezzi. Il classico grande ingannatore, no? »

Quel fottuto romagnolo testa dura aveva ragione: avevamo a che fare con un demone travestito da angelo. Astuto all'inverosimile e senza alcuna morale. Un essere che andava fermato a tutti i costi.

« Che facciamo adesso? Come procediamo? » La Masina fissò prima me e poi Silvia, con aria interrogativa.

La giudice prese un respiro profondo dal naso, poi espirò di colpo, come se avesse bisogno di calmarsi. « Con quello che è stato raccolto fino a ora, possiamo senz'altro iniziare a effettuare indagini più approfondite su Terrano. Intensificheremo gli appostamenti e le intercettazioni ambientali con microfoni direzionali a distanza, con due agenti fissi che lo seguiranno ovunque come ombre. Purtroppo non possiamo mettergli sotto controllo il telefono, non ancora. Ma potremo passare a indagare in modo più approfondito i conti delle sue imprese, entrando di nascosto nei suoi sistemi informatici. »

Pensai che non era un granché, come piano di attacco. Praticamente non potevamo fare un cazzo. Ma bisognava accontentarsi. Con un uomo così ricco e potente, benvoluto da tutti, il rischio di fare scivoloni era altissimo. Quindi occorreva agire con estrema prudenza e senza fretta, la cosa che più detestavo fare al mondo! Ci attendeva una via molto lunga da percorrere. E ogni nuovo progresso ce lo saremmo dovuto guadagnare col sudore e col tempo.

Per una strana associazione d'idee, mi venne la tentazione di controllare i miei orologi dello yin e dello yang. Ma mi trattenni, infilandomi il mezzo toscano tra i denti. Allungai lo sguardo e intercettai la foto in primo piano di colui che era diventato a tutti gli effetti il nostro nemico numero uno. Antongiulio Terrano sembrava fissarmi con un mezzo sorriso stampato sulle labbra carnose. I suoi occhi color della notte sembravano muoversi, animati da un battito invisibile.

21

Sullo schermo scorre la sigla del TG1. Poi in un riquadro in alto a sinistra compare il titolo IL FATTO DEL GIORNO. Il giornalista, molto serio, è seduto dietro una scrivania semicircolare e di fronte a lui c'è l'ospite che deve intervistare. Primo piano di quest'ultimo, mentre la voce fuori campo chiede: «Cosa significa per lei dare la caccia a un assassino?»

Sullo schermo in sovrimpressione scorre la scritta FRANCESCO NEGRONERO, COMMISSARIO CAPO DELLA SQUADRA OMICIDI DI BOLOGNA.

Primo piano dell'intervistato: ha la barba lunga e gli occhi verdi che sembrano brillare. «È un po' come inseguire una parte di me stesso, l'ombra nascosta.»

«Quindi, per essere un buon poliziotto, occorre conoscere la propria metà oscura?»

L'ospite fa un sorriso accattivante. «Certo, oltre alle norme del codice di procedura penale!»

Il giornalista resta impassibile a quella battuta e si limita ad annuire prima di continuare. «Cosa prova esattamente quando arriva alla soluzione di un caso e trova il responsabile di un delitto terribile?» chiede.

Per un attimo Negronero guarda nel vuoto, poi si riprende. «Mi sento triste», risponde.

Fermo immagine. Rewind. Immagine distorta dalle righe della banda sonora. Play.

Ascolta di nuovo quelle tre parole: «Mi sento triste».

Fermo immagine.

Si avvicina allo schermo. Allunga la mano. I polpastrelli gonfi, le unghie raggrumate di sangue secco, come pennellate di smalto nero. Accarezza quella faccia sullo schermo. Il vetro sembra scivolare sotto l'indice e il medio.

Quello che ha appena visto è la registrazione di un filmato di repertorio: una trasmissione televisiva del 1993, dove il commissario viene intervistato al TG1 dopo aver catturato il Boia.

Pensa ancora a quelle parole: *Mi sento triste.*

Si scosta e indietreggia. Si allontana dal televisore, da quel viso. Con lo sguardo, fruga nei recessi del suo Sancta Sanctorum, la parete con appese le foto del suo nemico. Decine di foto che lo ritraggono in diverse occasioni. Si avvicina per cercare quella che gli interessa.

Francesco Negronero seduto in un bar a Città del Messico. Si tiene la mano destra come se si fosse ferito. Sta parlando con due persone, un funzionario della DEA e un ex poliziotto, tal Pedro Velásquez, un fantasma del passato.

Adesso lui conosce tutto, pensa. *Negronero sa dell'orrore...*

Chiude gli occhi e in un breve flash rivede una scena di quel giorno di tanto tempo prima...

Il capitano della polizia si china su di te, ti afferra per un braccio e ti chiede: «Cosa hai fatto, ragazzino?» E la sua espressione è contratta dalla paura, mentre cerca di toglierti il revolver dalle mani. Intanto tutte quelle vespe che ronzano e non si fermano mai.

Perde una lacrima, una sola. Se l'asciuga in fretta.

Le parole di Negronero continuano a riecheggiargli nella testa: *mi sento triste, mi sento triste,* come un mantra per trasformare la rabbia in tenerezza.

22

Ho sempre amato l'inizio dell'estate a Bologna.

Da un giorno all'altro, l'aria iniziava a profumare di tiglio e la cosa metteva allegria. Dava l'idea che ci fosse ancora speranza, dopotutto. Così quel sabato 21 giugno, in procinto di entrare ufficialmente nella stagione calda dopo un inverno tra i più rigidi degli ultimi dieci anni, mi ero svegliato di buonumore. Ero persino riuscito a dormire quattro ore di fila e quindi mi sentivo in forma smagliante.

Dopo me l'ero presa comoda, in quanto dovevo accompagnare Franco a scuola più tardi perché gli mancava un professore.

Da una settimana a questa parte lo scarrozzavo io perché Mara aveva fuso il motore della sua vecchia auto ed era rimasta a piedi. Ovviamente non faceva altro che sbattermi in faccia le sue rimostranze riguardo a quella spiacevole situazione.

Oh, ma cosa credi?! Che io possa abitare in un posto così isolato senza nemmeno un'auto per spostarmi? Non sono mica una reclusa sai... E poi non posso prendere un taxi tutte le volte che devo andare a scuola a insegnare. Inoltre mi hanno chiesto la disponibilità per i campi estivi e io non mi sogno nemmeno lontanamente di rifiutare un'offerta del genere! I soldi non ci entrano mica dalla finestra, sai...

Ah, guarda che a Franchino ci dovrai pensare tu...

E sono proprio curiosa di vedere come farai, visto che sei sempre così incasinato col lavoro...

Io avevo provato a farle notare che la scuola sarebbe finita tra una settimana e quindi certi problemi di trasporto non ci sarebbero più stati, ma lei non mi aveva nemmeno ascoltato. Alla fine avevo deciso di lasciar perdere, perché non aveva tutti i torti: era suo diritto spostarsi come e quando voleva. Così avevo sparso in giro la voce per riuscire a trovare un'auto d'occasione e speravo di risolvere anche quel problema il prima possibile, come se non avessi già abbastanza casini.

Giunto in villa clamorosamente in ritardo, andai a rifugiarmi nel mio ufficio, dopo aver salutato le mie due agenti, Lois e Chiara, che ormai lavoravano in pianta stabile nella sala computer.

Monvisi era in solaio, di turno alla radio che avevamo installato lassù per restare in contatto con gli agenti impegnati negli appostamenti.

Lo chiamai con l'interfono, perché mi venisse a fare rapporto. « Puoi raggiungermi, per piacere? » gli chiesi, senza riuscire a fare a meno di usare il tono autoritario che mi competeva.

Lui rispose qualcosa che non si capì, una bordata di statica confuse le sue parole.

Presi un mezzo toscano dalla scatola di legno che tenevo sulla scrivania, un elegante humidor di legno di cedro caraibico, ricordo di mio padre e dei suoi trascorsi sudamericani. E me lo infilai in bocca spento. Non volevo rovinarmi il sapore di caffè che avevo in bocca. Il macchiato caldo che mi ero preso nel bar davanti al liceo Minghetti assieme a Sonnyboy, aspettando che lui entrasse a scuola. In mezzo a tutti quei giovani virgulti vestiti con abiti assurdi, mi ero sentito fuori posto. Le divise del popolo dei figli da crescere: i jeans a vita bassa col sedere mezzo di fuori e lo zainetto portato su una spalla sola. I capelli corti tagliati a spazzola, i capelli lunghi rasati sui lati e tirati su in una cresta con tonnellate di gel, i capelli pitturati di rosso, di verde e di blu. I piercing al naso e sulle labbra. Era un popolo bizzarro che mi faceva sentire vecchio e inadeguato, col mio look obsoleto da cowboy impenitente.

Guardavo Franchino e mi chiedevo se lui si vergognasse per la mia presenza. Nei suoi occhi però riscontravo un luccicore che mi confortava: lui mi adorava. E io adoravo lui.

Al momento di pagare, il barista mi aveva detto: « Lasci stare, dottore, offre la casa! »

Mi conoscevano anche lì.

Dopo ce n'eravamo andati, io e Sonnyboy, e lui mi aveva salutato dicendomi: « Ci vediamo all'uscita ». Poi era corso oltre il cancello confondendosi con gli altri alunni, il popolo dei giovani di cui faceva parte. Tutti così fragili ed esposti alle brutture del mondo. Quel mondo che io cercavo di rendere migliore a ogni costo.

Quando Monvisi si degnò di arrivare, entrò deciso, chiudendosi la porta alle spalle. Poi avanzò verso di me, col volto scuro di chi sta per piantar rogna.

Io lo anticipai chiedendogli se sapeva di qualche macchina d'occasione in vendita. Ma lui si limitò a scuotere il capo di scatto, come per scacciare il fastidio di un insetto che si era posato sul suo viso. Poi attaccò con le rimostranze: «Non è che stai perdendo tempo, Francesco?» disse, tutto d'un fiato. Agitando il mezzo toscano spento che teneva tra le labbra.

Lo fissai corrugando la fronte, masticando a mia volta il mezzo toscano che stringevo tra le mie labbra. «In che senso?» chiesi. Vincendo l'impulso di controllare i miei due orologi *giustosbagliati*.

«Ti rendi conto che quello che stiamo facendo per incastrare Terrano non serve a un emerito cazzo?!» affermò lui, con impeto, indicando col dito tutte le foto del sant'uomo appese alle pareti del mio ufficio.

Io mi limitai ad annuire, senza smettere di squadrarlo. Quella mattina non si era sbarbato e aveva un aspetto trasandato, proprio come me. «Semmai il tempo lo stiamo perdendo tutti», dissi. «Non è che la cosa riguarda solo me. O mi sbaglio, Davide?»

«È proprio questo il maledetto punto. Riguarda tutti noi, non è solo una tua battaglia personale. Le indagini su Terrano condotte in questo modo ci stanno facendo perdere tempo prezioso. Sono mesi che gli stiamo addosso senza ottenere il minimo risultato. Indi per cui, ritengo che sia d'uopo trovare altre scelte operative!»

Il mio luogotenente – credendo fosse d'uopo! – mi aveva vomitato addosso quello che gli rodeva. E io lo avevo ascoltato con attenzione. In verità ero interessato più all'espressione dipinta sul suo volto che al significato intrinseco delle sue parole. La sua faccia non sembrava quella che conoscevo. Era pallida, e piena di livore.

«Quindi, secondo te, le chele del granchio mi stanno per staccare la testa?» domandai, con grande serietà.

E lui, con grande stupore, mi chiese: «Quale granchio, Francé? Ma che dici?»

Spinsi la poltrona indietro per poter appoggiare i piedi sulla scrivania, sfoggiando gli stivali texani. Sembravo uno sceriffo, tanto per cambiare. «Il granchio che mi stai paventando, amico mio. Quello che secondo te sto prendendo.» Mi tolsi il sigaro dalle labbra. «Il granchio da cui tu vuoi prendere le distanze!»

Monvisi scosse la testa. « Guarda che hai capito male, non voglio metterti in discussione. Dico solo che dovremmo considerare altre strade. »

Prima attaccava e poi tirava i remi in barca, e la cosa mi faceva imbestialire. Forse Davide non era più un buon petalo per la mia rosa, ma non potevo certo scacciarlo dalla squadra. Gli ero affezionato. In fondo era un buon poliziotto e un ottimo amico. Era stato testimone alle mie nozze e aveva fatto da padrino al battesimo di Franco...

Pensai che tutto sommato gli potevo perdonare una mancanza di quel genere. Soprattutto lo potevo fare considerando che in fondo non aveva tutti i torti, stavamo davvero perdendo tempo.

Avevo tappezzato le pareti del mio ufficio con innumerevoli foto che ritraevano il nostro nemico: un secondo Muro del pianto dedicato solo a lui. Passavo le giornate a leggere sempre lo stesso romanzo del cazzo: *Vita, morte e miracoli di Antongiulio Terrano*. E la trama aveva preso a ristagnare senza evolversi. Pedinamenti infruttuosi, intercettazioni infruttuose... Il granchio stava per bussare alla porta del mio cuore: *Toc toc, c'è nessuno? Posso entrare?* Se non gli avessi aperto, avrebbe sfondato la porta usando le sue fottute chele giganti. Le stesse chele taglienti che poi avrebbe usato per mozzarmi via la testa con tutti gli annessi e connessi. Guardai il mio luogotenente dritto negli occhi. « In definitiva, tu cosa proponi di fare per risolvere questo cazzo di spreco strategico operativo, caro Monvisi? » chiesi, con un tono di voce secco.

Lui mi mostrò i palmi delle mani. « Così su due piedi non lo so, ma... »

« Quindi sai solo rompere i coglioni! » replicai in un ringhio.

Lui abbassò lo sguardo e io provai il desiderio di colpirlo con un pugno. Uno solo, al centro del naso.

In quel momento entrò nel mio ufficio Chiara, tutta eccitata, come se avesse appena ricevuto la notizia di aver vinto la Lotteria Italia. Le sue labbra si muovevano in fretta, mentre annunciavano con entuasiamo: « Abbiamo trovato uno spiraglio! »

23

La sovrintendente Masina era seduta alla sua postazione e ci invitò ad avvicinarci per vedere meglio lo schermo del suo computer. « C'è una vera e propria moltitudine di società di comodo alla base di tutto il sistema finanziario di Terrano, dei gruppi minori. E, dopo settimane di tentativi, sono riuscita a entrare dentro i loro sistemi, aggirando tutte le password », spiegò, mentre usava il mouse per far scorrere un lungo elenco di nomi. Io ne lessi distrattamente qualcuno: Nostra Spes, Twin Sisters, Domus snc... « L'importanza delle imprese che fanno capo a lui si amplifica e cresce in modo esponenziale formando una sorta di piramide, con un vertice inglobatore, una holding primaria che arriva a comprendere tutte le altre, direi la finanziaria delle finanziarie. A questo punto però mi sono trovata di fronte a un vero e proprio muro invalicabile. » Mi lanciò una breve occhiata come per accertarsi che la stessi seguendo.

« Vai avanti, Lois », la incoraggiai con un sussurro. « Pendiamo dalle tue splendide labbra. » Il complimento la fece sorridere e io girai impercettibilmente gli occhi su Chiara, impassibile. Se il complimento che avevo rivolto alla nostra compagna di squadra aveva sortito un qualche effetto di gelosia, non lo stava dando a vedere.

Lois riprese a parlare, con le gote sempre più rosse. « In questa nuova struttura ci sono infinite serie di codici criptati, collegati tra loro seguendo logiche quantistiche, piuttosto che esponenziali... »

« E tradurre quei codici ci permetterebbe di capire che tipo di attività sta veramente portando avanti Terrano? »

« Potrebbe essere, capo. Il fatto stesso che venga usato un sistema di sicurezza così sofisticato è una riprova del fatto che ci sono cose da nascondere. Purtroppo riuscire a portarli in chiaro è un'impresa impossibile. Ci ho provato in tutti i modi, senza ottenere alcun risutato... »

Ecco, giustappunto, pensai. Da un momento all'altro il granchio sarebbe arrivato. Forse stava già salendo le scale. Mi preparai ad afferrarlo.

« E allora di che cazzo di spiraglio si tratta?! » sbraitò Monvisi.

Io lo guardai con espressione glaciale. « Lasciala finire. »

La Masina mi sorrise triste, come per dire « non fa niente ». Poi riprese a parlare. « Credo comunque di aver scoperto una cosa interessante assai. »

Il granchio ritirò le chele. Almeno per il momento, mi dava un'altra possibilità.

« Un sistema così sofisticato deve essere stato progettato da qualcuno con grandi competenze in informatica, ma non solo. Serve un genio della matematica che sia anche in grado di gestire le finanze, spostare crediti e decidere investimenti per ripulire il denaro sporco. »

Drizzai la schiena, irrigidendomi. Pensai che stava per venire fuori qualcosa di buono. « E tu hai scoperto di chi si tratta? »

Lois annuì con foga, mentre digitava velocissima sulla tastiera. Sullo schermo comparve un JPG col primo piano di un uomo magrolino e coi capelli radi. « Ti presento il professor Pasquale Serra, una vecchia conoscenza della Guardia di Finanza. Già sospettato in passato di aver gestito i conti di alcuni boss. È lui il fidato ragioniere di Antongiulio Terrano! »

Con gli occhi incollati su quel volto, pensai che non aveva proprio l'aria di un criminale.

Monvisi disse: « E adesso che sappiamo di questo tipo, che possiamo farci? »

Lo fissai, masticando il mio toscano. « Volevi trovare una nuova strada da percorrere, no? Bene, adesso ne abbiamo una! » Poi mi rivolsi a Chiara. « Raccogliamo tutte le informazioni possibili su questo sedicente Ragioniere. Vediamo se ha dei punti deboli su cui possiamo far leva per convincerlo a collaborare. »

In quel momento mi arrivò un SMS. Presi dalla tasca dei jeans il nuovo cellulare operativo di cui ci avevano dotati, un Motorola StarTac di ultima generazione, e aprii lo sportelletto per controllare il display. Era una comunicazione del maresciallo Calogero, il responsabile del garage della questura. Aveva un'auto d'occasione per me: una Saab 900 turbo sequestrata che sarebbe andata all'asta lunedì pomeriggio. VIENI DOMATTINA ENTRO LE DIECI.

Mandai subito la risposta: OK GRAZIE. Poi controllai il Timex al polso sinistro. Il tempo era volato ed era già ora di andare a prendere Franco a scuola. Era tardi e basta, tanto per cambiare.

Affidai a Chiara il compito di relazionare nero su bianco gli ultimi sviluppi emersi, un rapporto da mandare immediatamente alla Cavallo via fax. Evitando intenzionalmente di affidare quel compito a colui che avrebbe dovuto eseguire la cosa in quanto vice capo della squadra: Monvisi mi aveva già fatto girare abbastanza i coglioni.

Comunque lui non protestò e non fece commenti, si limitò a starsene zitto, a testa bassa. Così che alla fine m'impietosii, lo chiamai in disparte e, appoggiandogli una mano sulla spalla in un gesto affettuoso, gli chiesi se poteva farmi un piacere. «Domattina ti dispiacerebbe venire a prendermi a casa per portarmi in questura?»

Avrei potuto ordinare un autista apposta, un agente preposto a questo compito. Ma chiederlo a lui mi sembrava un modo per alzare bandiera bianca. Per fargli capire che sul piano umano non volevo che ci fossero contrasti tra noi.

«Così ci facciamo una bella colazione domenicale tutti assieme sotto il pergolato...»

Lui mi rispose di sì, senza però riuscire a sorridermi. Mi teneva il broncio. Ma era già qualcosa che aveva accettato.

Presa la giacca, me ne andai via in fretta e furia.

24

Franco si diresse verso il portone del liceo, immettendosi nel fluire di ragazzi in uscita. Una ragazza di terza di nome Maura, una con due gambe da urlo, gli si parò davanti con una proposta. «Nigro, andiamo a farci una pizza da Altero con gli altri?»

Lui si bloccò in mezzo al corridoio e provò un tuffo al cuore. Non gradiva essere chiamato in quel modo, ma stavolta poteva fare un'eccezione. Corrugando la fronte, cercò di prendere tempo e chiese: «Cosa?»

Maura lo prese a braccetto e ripeté il suo invito. «Dai, non fare l'orso, che è sabato...» Si accodò anche Mariella, la sua migliore amica. «Ehi, Negro, fai da cavaliere anche a me, oggi?»

Nigro e Negro: di bene in meglio...

Franco pensava che gli sarebbe piaciuto un sacco accettare quell'invito, alla faccia dei soprannomi che non gradiva. Da qualche tempo, Maura gli stava addosso. E anche Mariella. Il fatto che ragazze di quell'età stessero dietro a lui, che era uno di prima, lo riempiva di smodato orgoglio. Alto, muscoloso, con le spalle larghe e un lieve accenno di barba sulle guance, dimostrava diciassette anni buoni buoni. E di certo se le poteva fare tutt'e due, *quelle due*, se s'impegnava e se la giocava nel modo giusto. Era difficile per lui resistere a un bel viso e a un bel sorriso, per non parlare del resto...

Un anno prima aveva già fatto sesso. Un incontro ravvicinato in una cantina con la sorella ventenne di un suo compagno della Jungen House: leggermente passata di cottura ma desiderabile, dai. Non che avesse fatto chissà quale performance! Con la testa piena stipata di istruzioni su come fare e brigare, carpite a destra e a manca, si era fatto guidare dall'istinto, lasciandosi andare, anche un po' troppo, visto che era arrivato alla fine nel giro di pochi affondi. E, nel tentativo di tirarsi fuori in tempo mentre eiaculava - per carità di Dio, devi avere un tempismo perfetto! -, era caduto dalla rete da letto mezza arrugginita sulla quale si erano coricati. Lei, la ventenne, dopo quella conclusione non troppo esaltante, lo aveva rassicurato accarezzandolo con un'aria materna che non aveva gradito troppo. Ma andava bene lo stesso: in fin dei conti si trattava della sua prima volta. Lui ce l'aveva fatta, aveva scopato, e non era da tutti a quell'età. Era diventato un uomo, mica storie.

Avviandosi lungo il corridoio che conduceva all'uscita, in mezzo a quelle due gran gnocche che lo tenevano a braccetto sotto gli sguardi colmi d'invidia dei suoi compagni, Franco si sentiva il padrone del mondo. Peccato che avesse appuntamento con suo padre, che veniva apposta dal lavoro per portarlo a casa.

E lui non poteva certo tirargli il bidone andandosene in giro a *cazzeggiare*.

Una pizza d'Altero, cosa vuoi che sia?
Poi queste due tipe le riprendi quando vuoi!
E se non riprendi queste, ne prendi altre senza problemi.

Varcò il portone del liceo con le ragazze appese al braccio e si trovò in piena via Castiglione. Il rumore del traffico lo avvolse.

Si guardò attorno in cerca della Hyundai nera, ma non riusciva a scorgerla. E provò delusione e sollievo assieme.

Fatherman gli aveva tirato il bidone. A questo punto lui poteva andare a mangiare una pizza con le sue compagne di scuola e dilungarsi per tutto il pomeriggio in centro. Ma avrebbe dovuto avvertire sua madre per dirle di non preparare e che sarebbe arrivato a casa più tardi. Avrebbe dovuto dirle anche che papà gli aveva dato buca, così i suoi genitori avrebbero avuto una buona occasione per litigare.

Insomma era comunque un gran casino.

Maura inclinò la testa per appoggiargli la guancia sul braccio. E Mariella, dal canto suo, continuava a ridere, vai a sapere per cosa.

Franco pensò: *Oddio, questa è scema.*

Improvvisamene si sentì fuori posto e fuori regola, e non seppe più se aveva davvero voglia di stare con quelle due.

Svenevoli civette che ridono senza motivo.

Però c'era quel buon profumo. E la stretta di Maura che si era fatta più salda. Aveva sentito una scossa al pene, come un segnale della serie « questa ne vuole a pacchi e quindi... vedi tu! »

Poi si sentì un rombo e il muso nero della Hyundai sbucò in fondo alla strada. E lui si sentì contento e scontento nello stesso tempo.

Quando suo padre si fermò tirando giù il finestrino, Franco divenne rosso come un peperone.

Maura e Mariella, agganciate a lui, braccio destro e braccio sinistro, ridevano. E tutte e due in coro salutarono civettuole da morire. « Buongiorno, signor commissario! »

Francesco sorrise alle due ragazzine, strizzando l'occhio. Poi squadrò Sonnyboy con sguardo indagatore.

Restarono a fissarsi per un lungo momento. Padre e figlio.

Occhi verdi contro occhi verdi.

Poi il commissario annuì impercettibilmente, perché aveva capito perfettamente l'antifona. E disse: «Sono venuto solo per salutarti e per prendere il tuo ingombrante zainetto. Quando vuoi che ti venga a prelevare?» Fece una breve pausa e poi aggiunse: «Stai tranquillo, ci penso io a dire qualcosa a tua madre».

Franco esultò. Suo padre aveva capito tutto al volo. Lui era il miglior complice che potesse avere. Lo era sempre stato.

«Non so... starò fuori un paio d'ore. Può andare bene?»

Francesco annuì. «Puoi stare fuori finché vuoi, è sabato, no? Fammi un colpo di telefono quando hai finito e io vengo a prenderti.» Poi attese che suo figlio infilasse nel baule dell'auto lo zainetto di scuola, salutò le due ragazze e se ne andò rombando.

Maura commentò con un «Mica male tuo padre!»

Mariella replicò con un «Sembra tuo fratello!»

Franco guardò andare via la Hyundai provando rimorso e tenerezza. Un senso di pungente malinconia per qualcosa che stava passando. La vita che scorre e le ore che muoiono. Naturalmente era ancora troppo giovane per percepirla come una cosa negativa. Era ancora nella fase in cui l'orologio è solo un optional che scandisce conti alla rovescia che non creano ansia, in cui tutto quello che potrà essere è atteso alla faccia di quello che è stato. Con tanti *chissene* frega a fare da contorno e un unico dato certo ed entusiasmante: ho il mondo in pugno e sono anche abbastanza forte per stringerlo affinché non mi sfugga via.

Quando la coupé scomparve in fondo alla strada, Franco sentì un'ombra di panico percorrergli la schiena. Poi gli arrivò addosso un'altra ondata di profumo di quelle ragazze e ogni sua esitazione si spense.

Suo padre ci sarebbe sempre stato. Lui glielo aveva promesso.

Tanto valeva divertirsi, e diventare grande.

Peccato che nel profondo del cuore sentisse qualcosa pungere. Un'angoscia nascosta dietro l'angolo, in attesa di subentrare.

Cercò di ignorarla, ma non ci riuscì.

25

Pedinamento del 21 giugno 1997, appunti vocali.

Ore 13.30. Il soggetto passa dal liceo del figlio. Ma non lo preleva.
Ore 14.00. Il soggetto torna a Villa Dall'Olio.
Ore 18.30. Il soggetto lascia la sede operativa. Raggiunge il centro città. S'incontra col figlio in via Irnerio, di fronte alla libreria. Lo carica in auto.
Ore 19.11. Il soggetto è giunto a casa in via Vizzana...
Inizio intercettazione ambientale.
Ore 22.00. Nulla di nuovo.
Ore 00.50. Gli occupanti della casa sono tutti a letto.

Schiaccia il tasto STOP del registratore. Inspira un tiro dalla sigaretta che tiene tra le labbra e soffia il fumo stringendo il filtro tra i denti, mentre guarda la sagoma della casa stagliarsi nella notte. La luna piena di fianco alla torretta, come in certe inquadrature di film horror.

Si toglie la sigaretta di bocca e la posa, già quasi del tutto consumata, nel portacenere. Poi tira su col naso e schiaccia il tasto REC sul Sony. Avvicina la bocca al microfono, le sue labbra carnose spingono contro la plastica argentata. Gli occhi corrono al centro della console per leggere l'ora sul timer e inizia a parlare: « Ore 01.00. Situazione invariata ».

Prende una sigaretta dal pacchetto, la infila in bocca e usa quella ormai consumata che ha posato sul portacenere per accendere quella nuova.

Dentro e fuori, petto che si gonfia inspirando e poi si distende di colpo, afflosciandosi. Nell'aria ristagna l'odore del fumo di tante Marlboro consumate l'una dietro l'altra. Per la missione che deve portare avanti, giorno per giorno. Per capire come giostrare le situazioni e creare i presupposti per ottenere quello che deve.

Si accende la luce dello studio in torretta.

E lei pensa che Negronero continua a dormire male.

Troppi pensieri per il commissario. O forse peggio.

26

Tutte le notti in cui cercavo di dormire senza riuscirci mai del tutto, avevo un unico pensiero: *Ci deve essere qualcosa che non va in me, qualcosa che non quaglia.* Ormai erano quasi due anni che avevo disturbi del sonno. Che dormivo alla cazzo. Ultimamente le notti riposanti e confortanti erano state davvero poche. E questa cosa, a lungo andare, poteva ammazzarmi. O farmi uscire di senno.

Anche quella notte era stata come molte altre: una notte di merda, tanto per gradire. Anzi una mezza notte, forse anche meno, se vogliamo proprio essere pignoli e dare la giusta definizione alle cose. Alla faccia del profumo di tigli, la mia insonnia era tornata a farsi sentire forte e chiara.

Quella sera avevo visto un film in videocassetta con Sonnyboy, come facevamo tutte le sere che non ero in servizio. Io e lui da soli, mentre Mara preferiva sempre vedersi qualche stronzata sul piccolo televisore 19 pollici in camera da letto. Era un VHS che avevo comprato già da qualche settimana e che non avevamo ancora avuto occasione di vedere: *La città degli angeli*, il rifacimento del *Cielo sopra Berlino* di Wenders. Un film che parlava di un angelo che, in cambio dell'amore per una donna, accettava di cadere dal cielo e di vivere come un umano, con tutti gli annessi e i connessi, il dolore e il piacere, compresi nel prezzo. Quella vicenda ci aveva fatto discutere a lungo sul senso della vita: la sofferenza fa parte di tutti noi e serve per farci apprezzare le cose belle. Alle 23.45, secondo il responso veritiero del Timex di sinistra, avevo spedito a nanna il pargolo dicendogli: «Domattina viene lo zio Davide a colazione, quindi non si può stare a letto fino a tardi anche se è domenica».

Dopo avevo raggiunto Mara nel nostro talamo intorno a mezzanotte. Una volta sotto le coperte, mi ero addormentato subito, di botto, come se mi avessero spento con un interruttore.

Avevo sognato di essere inseguito da un uomo che sembrava un frate, con la faccia coperta da un cappuccio. Mentre da qualche parte, vai a sapere dove, una campana stonata faceva *dong*.

Mi ero risvegliato, spalancando le palpebre, dopo appena un'ora.

E, per un angosciante attimo, non mi ero sentito più la parte inferiore del corpo, dalla vita in giù.

Aprendo e chiudendo la bocca come un pesce fuor d'acqua, avevo cercato di capire cosa mi stesse succedendo. Era come se io, in quanto persona cosciente con un cervello pronto a tutto, mi fossi svegliato, lasciando però nel mondo dei sogni tutto il resto del mio corpo.

Poi era sopraggiunto un doloroso formicolio a rassicurarmi.

Mi si era fermato il sangue, perché ero rimasto fermo nella stessa posizione, cosa che mi accadeva tutte le volte che riuscivo a chiudere il sipario su uno stato onirico più o meno profondo e, a volte, persino da sveglio. Forse era per quello che soffrivo d'insonnia, un'ipotesi che avevo già fatto in altre occasioni e che diventava sempre più plausibile. Dovevo decidermi a rivolgermi a un medico. Conoscevo un neurologo, un certo Marco Astori, un amico che avevo frequentato durante il periodo universitario e, se avessi continuato così, lo avrei contattato di sicuro.

Mettendomi a sedere sul bordo del letto, mi massaggiai le gambe per risvegliarle e mi guardai attorno. La luna piena filtrava dai vetri. E una luce lattiginosa colpiva la figura immobile riversa al mio fianco, mia moglie nella fattispecie, che se la dormiva della grossa, beata lei.

M'infilai le ciabatte e mi alzai cercando di fare piano, per non svegliarla. Mi misi addosso la vestaglia da samurai, di raso blu col dragone dorato sulla schiena, pacchiana da morire. C'ero affezionato, perché era un regalo che mia madre - buon'anima - mi aveva fatto quando avevo compiuto tredici anni e mi ero iscritto per la prima volta a un corso di karate. Due anni dopo che mio padre era morto durante la sua ultima missione come medico della Croce Rossa in Sud America, lasciandomi da solo a guardare il cielo e a domandarmi cosa fosse tutto quel blu dipinto lassù.

Barcollando come un ubriaco, uscii dalla camera e percorsi tutto il corridoio fino alla scala a chiocciola che conduceva in torretta. Era evidente che non ci sarebbe stato più verso di riuscire a dormire. Tanto valeva far venire mattina coi miei orologi e coi miei pensieri.

Indossando il monocolo da orefice, sotto la luce della lampada apposita, cercai di aggiustare il meccanismo di un Omega degli anni '60 che avevo acquistato il mese precedente. Ma le mani mi tremavano troppo. Le pinzette non stavano ferme e non c'era verso d'infilare la molla nell'apposito alloggiamento.

L'uomo ombra del mio sogno ogni tanto faceva capolino: non se ne voleva andare. Chissà che significato poteva avere... Gli stati onirici sono spesso rappresentazioni metaforiche della nostra realtà. A volte, però, sono forme di premonizione.

Dong!

Sentii risuonare il rintocco della campana della Buia. E mi ricordai di averla sentita anche nel sogno.

Mi alzai per andare a sbirciare dalla piccola finestra circolare. Da quel punto si riusciva a vedere una porzione della casa confinante in mezzo a uno scorcio di vegetazione: una sagoma scura appena definita nella notte fonda.

A un tratto ci fu come uno sfavillio, un riflesso arrossato. Mi chiesi cosa potesse essere. Presi il binocolo e inquadrai l'ultimo piano della Buia. I vetri scuri. Niente di strano. Allora mi diedi dell'idiota e posai lo Zeiss sulla scrivania accanto a una copia di *Best'seven*. Il mio volto in copertina mi sorrise e io feci altrettanto. Il titolo recitava *Nella pentola di Negronero...* Poi continuava con un gioco di parole terribilmente banale: *... cosa ci bolle di bello?*

All'improvviso mi sentii in pericolo. Senza sapere esattamente il perché. C'era qualcosa che non andava, da qualche parte. Attorno a me.

Mi accomodai sulla poltroncina. Fissai a lungo l'Omega smontato sul tappetino di velluto blu, poi chiusi gli occhi per concentrarmi sul ticchettio di tutti gli orologi che tenevo reclusi in quel luogo, dentro il cassetto della scrivania o negli espositori appositi.

Tic tac...

Scanditi da questo suono, lasciai che i pensieri andassero a ruota libera.

Il ragionier Serra. La finanziaria delle finanziarie in cima alla piramide. Il luogo di convergenza finale. Il pozzo nero dove finiscono i soldi sporchi dopo la pulizia.

Tic tac...

Con la testa reclinata all'indietro sullo schienale della poltrona, attesi con ansia che giungesse la luce del mattino.

Tic tac...

I primi raggi di sole giunsero a baciarmi la fronte, un fascio giallo, simile a un riflettore teatrale, che mi colse impreparato ma sveglio.

Ore 07.00 sul Rolex a destra. Ed era quindi già ora di buttarmi sotto la doccia. Aspetta un attimo però: l'orologio giusto a sinistra segnava trentatré minuti in meno e quindi, dai, potevo temporeggiare ancora un po'.

E tutti gli altri orologi che mi circondavano lassù, coi loro folli ticchettii, parvero prendermi per il culo. Assordandomi di battiti l'uno diverso dall'altro. Un'aritmia temporale che mi faceva uscire di testa.

Dal piano di sotto, sentii risuonare dei passi. Mara si era già alzata e stava percorrendo il corridoio. L'ascoltai scendere le scale. Intanto cercai di ricordarmi se le avevo detto che avremmo avuto Davide a colazione.

Mi alzai e lasciai la torretta. Non vedevo l'ora di annunciare a mia moglie che le avevo trovato un'auto. Una volta tanto, chissà, le avrei persino estorto un sorriso.

27

Più che una macchina, sembrava un reperto archeologico. E dava l'idea di uno scarafaggio. Però mi era sempre piaciuto quel modello. Saab 900 turbo a tre porte. Era un'auto sequestrata che riposava nel garage della Questura da tre anni, appartenuta al commissario Costa, il vecchio dirigente della squadra omicidi, quello che io avevo sostituito quando ero tornato a Bologna. Con qualche *magheggio*, della serie « la facciamo risultare da rottamare togliendola dall'asta », potevo portarmela a casa a costo zero. Quindi a buon rendere maresciallo Calogero!

Salii a bordo, accomodandomi al posto di guida. I sedili rivestiti in velluto rosso le conferivano un'aria un po' barocca, un'estetica d'altri tempi, se così vogliamo definirla. Il cruscotto nero era elegante ed essenziale. E il parabrezza concavo regalava una bella visione frontale.

Girai la chiavetta posta sulla sella davanti al cambio, accesi il motore e lo ascoltai rombare schiacciando piano l'acceleratore. Pensai che quell'auto sarebbe andata bene anche per Franchino, una volta che avesse compiuto i diciotto anni e preso la patente. Tanto per cominciare a guidare fin dai primi tempi con qualcosa di decente.

Nel frattempo sarebbe stata perfetta per Dolcemara, anche se lei avrebbe preferito un modello più da signora. Quando le avevo comunicato la cosa, quella mattina, prima che arrivasse Davide a colazione, lei non mi aveva sorriso per la gratitudine, come avevo sperato facesse. Aveva commentato che avrebbe preferito un'auto più piccola e più consona. Stavo per sbottare dicendole «Cazzo vuol dire consona, eh?» quando era suonato il campanello del cancello. E le ostilità erano state rimandate.

Davide era arrivato, era sceso dalla sua Alfa 75 argento metallizzato e mi era venuto incontro sfoggiando un sorrisone, senza mostrare alcun residuo di ostilità nei miei confronti, dopo la nostra discussione del giorno prima. Aveva baciato Mara sulle guance e l'aveva abbracciata, dilungandosi anche più del dovuto, bisogna dire. E lei aveva letteralmente gorgheggiato in sua presenza: ma come stai, ma come sei in forma, cose così. Mi ero accorto che per l'occasione si era truccata: una semplice riga attorno agli occhi e un filo di rossetto sulle labbra. Anche Franchino aveva fatto grande festa allo zio Davide. E prima di sederci a mangiare, lo aveva condotto al piano di sopra e gli aveva mostrato con entusiasmo la sua nuova camera.

Avevamo fatto colazione tutti assieme sotto il pergolato, come da progetto iniziale. Mia moglie aveva preparato dei croissant al forno, fatti con le sue manine, davvero deliziosi. Adesso che poteva fare la regina di una casa vera, si era comprata un sacco di libri di ricette e tutti i giorni sperimentava piatti diversi. Qualcuno le riusciva bene e qualcuno meno, ma, tutto sommato, bisognava ammettere che era brava, dai. Oltretutto, quando le avevo detto all'ultimo momento che avremmo avuto un ospite a colazione, non si era nemmeno arrabbiata. Anzi... Mi aveva dato l'idea che ne fosse particolarmente contenta. Del resto, non è che facesse una vita *particolarmente* eccitante: se si escludevano i giorni in cui insegnava disegno al Jungen House, le sue ore scorrevano all'insegna della monotonia, accudendo la casa e nostro figlio, senza svagarsi mai. Qualunque cosa potesse spezzare il suo tran tran, doveva risultarle gradita per forza di cose.

Per tutto il tempo, tra un sorso di caffè e l'altro, io ero riuscito a non parlare di lavoro col mio vice. E lui aveva fatto lo stesso. Poi i croissant erano finiti, assieme alla marmellata di ciliegie, ed era arrivata l'ora di andare.

Mentre ci recavamo verso il centro, solo allora, avevo tirato fuori l'argomento. « Cosa ne pensi della questione del Ragioniere? » gli avevo chiesto.

Lui si era limitato a scuotere il capo, restando sulle sue. « Non so, Francé. Staremo a vedere cosa salta fuori! »

Una volta giunti a destinazione, davanti all'imbocco della discesa che conduceva ai garage della questura, lo avevo ringraziato per il passaggio. Poi ero sceso e lui, sporgendosi dal finestrino, mi aveva ringraziato per la magnifica colazione. « Auguri per la macchina! » aveva aggiunto, prima di dare gas per sgommare via, sfrecciando davanti alla guardia del parcheggio che lo stava salutando con due dita tese davanti alla visiera del cappello.

Nel cruscotto portaoggetti della Saab c'era la carta di circolazione e il libretto: presi quest'ultimo e lo controllai, sembrava tutto in regola. Quando feci per riporre la documentazione, mi accorsi di uno sportellino laterale. Chiesi spiegazioni a Calogero, il quale, dopo essersi allungato per controllare, disse: « È uno scomparto segreto. Ne abbiamo montati nelle auto dei colleghi patiti per questo genere di marchingegni alla 007. Serve per nascondere munizioni, armi di riserva. Oppure, più semplicemente, una bottiglietta di liquore ».

Infilai la mano per aprire lo scomparto, le mie dita incontrarono qualcosa di metallico, forse una pallottola. La presi con due dita per osservarla: era una Nove Parabellum.

La mostrai al maresciallo, che sorrise. « Sarà del vecchio proprietario. Ma la lasci lì che porta bene! »

Non avevo mai sentito dire che una nove millimetri potesse

portare fortuna. Ma sapevo di certi colleghi che avevano usato delle cartucce per fare portachiavi. Tanto valeva dare retta al buon Calogero. Un proiettile fuori da una pistola non era altro che un frammento metallico inerte. A meno che uno non gli desse una martellata sopra, non poteva essere pericoloso.

Così infilai di nuovo la pallottola in fondo al vano portaoggetti. In quel momento qualcosa nella mia mente, come una confusa premonizione, mi confermò di aver fatto la cosa giusta.

28

Nei giorni a seguire, la Masina si fece mandare dal comando della Guardia di Finanza il dossier che riguardava Pasquale Serra. Lui proveniva da una famiglia avellinese di estrazione modesta: la madre era un'operaia e il padre un poco di buono che faceva piccoli lavori per la camorra, sempre dentro e fuori dalla galera. All'età di diciotto anni, Pasquale era stato spedito in Inghilterra a studiare e si era laureato in Matematica a Oxford, specializzandosi in seguito in tecniche informatiche legate al mondo della finanza. Non era certo una cosa possibile per il figlio di un ladro di polli. L'ipotesi più attendibile era che fosse stato, per così dire, *addestrato* apposta per diventare quello che era. Il suo talento e la sua mente sopraffina al servizio della malavita organizzata per gestire i conti di società legate al riciclaggio di denaro sporco. Nel giro di dieci anni, era stato indagato tre volte, e ogni volta era stato assolto per insufficienza di prove. Era sposato con una donna di nazionalità inglese e aveva un figlio di appena tre anni. Quest'ultimo dato poteva tornarci utile per metterlo con le spalle al muro e convincerlo a collaborare.

La piemme Silvia Cavallo, una volta consultato il questore, si attivò per preparare un ordine di comparizione con tutta una serie di condizioni favorevoli per farlo diventare un collaboratore di giustizia, inserendolo nel programma di protezione nell'ambito della legge sui pentiti. La cosa richiese un po' di tempo a causa dell'ufficiosità della nostra indagine: occorreva aggirare tutta una serie di procedure burocratiche per mantenere la questione il più possibile riservata. Il fatto che la nostra fosse una squadra speciale, che agiva in segreto e alle dipendenze dirette del ministero dell'Interno, giocò a nostro favore e alla fine riuscimmo a spuntarla. Una volta pronta tutta la documentazione, passammo a studiare un modo di procedere che fosse il più consono ed efficace possibile. Dovevamo muoverci con molta cautela, perché, se avessimo giocato male le nostre carte e Serra si fosse rifiutato di collaborare, ci saremmo trovati con un pugno di mosche in mano. O peggio, di vespe... tanto per fare una battuta scontata da morire.

La prima cosa da fare era quella di porlo sotto sorveglianza per studiarne le abitudini. Quindi richiesi quattro uomini di rincalzo che a turno dovevano tenere d'occhio il fottuto Ragioniere. Agenti giovani della mobile, consigliati da Monvisi.

Una nuova strada si era aperta e occorreva attendere con pazienza che arrivassero il momento e l'occasione giusti per imboccarla.

29

Ha tutto in testa: ogni numero, ogni password, tutto quello che serve per entrare nel sistema. Lo ha memorizzato, come sa fare lui, fotografando con la mente una cifra dopo l'altra. E quella dovrebbe essere la sua ancora di salvezza, lo è sempre stata.

Questa volta però è diverso.

Dieci mesi prima lo hanno contattato degli intermediari per fargli un'offerta irrinunciabile. Una cifra altissima come anticipo per un lavoro che lo avrebbe impegnato nei mesi successivi. Così ha accettato, si è trasferito a Bologna e ha comprato casa: una villetta unifamiliare in un quartiere residenziale in zona Fiera. Si è impegnato al massimo riuscendo a creare un sistema di protezione a chiave trigonometrica che rappresenta il suo capolavoro assoluto. Apertura progressiva partendo da una prima password fino ad arrivare all'ultima per entrare nel vivo del sistema. Fondi provenienti da centinaia di istituti bancari sparsi in tutto il mondo hanno riempito le casse di un grande serbatoio finale, e lui ha curato i particolari segreti di ogni transizione. Li ha persino memorizzati, tutti quanti. E la cosa si è presto rivelata essere un motivo d'angoscia adesso che il suo lavoro è praticamente concluso. Perché lui è l'unico a sapere, oltre ai suoi misteriosi committenti. Tutte le imprese che ha gestito fanno capo a un certo Antongiulio Terrano, un ricco magnate diventato famoso per le sue opere umanitarie, un uomo che sta evidentemente nascondendo le proprie attività illecite dietro una facciata di assoluta rispettabilità. La sua organizzazione è potente e priva di scrupoli e non si sarebbe certo fatta remore a eliminare l'uomo che più di chiunque altro ne conosce i segreti e le implicazioni. Coi mafiosi con cui ha avuto a che fare negli anni passati, c'è sempre stato un rapporto basato su un codice d'onore da seguire pedissequamente e che nessuno si sarebbe mai sognato d'infrangere. Ma stavolta è diverso. E lui si sente come se ci fosse un'ombra minacciosa che gli incombe addosso. Ha una moglie e un figlio piccolo di cui preoccuparsi e, ogni giorno che passa, aumenta la paura.

Si avvicina alla finestra, scosta le tendine e guarda fuori, per vedere se l'auto è ancora là, parcheggiata sul ciglio della strada cento metri prima del cancelletto pedonale. Un'Alfetta blu. Con due sagome scure all'interno. Sono fermi là da ore e lui si chiede se per caso non lo stiano controllando. Magari sta solo diventando paranoico, e forse dovrebbe smettere di fare la vita che fa. Ha già guadagnato molti soldi e potrebbe scappare, tagliando i contatti. Fare finalmente una vita tranquilla da qualche parte coi suoi famigliari, sua moglie e suo figlio...

«Papà, gioca!»

La voce argentina di Mariolino, alle sue spalle, lo fa sobbalzare. Si gira e guarda suo figlio, seduto sul tappeto, che cerca di costruire qualcosa coi mattoncini Lego sparsi ovunque. Così piccolo e così fragile. Un topino con le lentiggini. Il *suo* topino. Si avvicina e gli sorride, mentre si siede a terra accanto a lui incrociando le gambe. Accarezza la testa del bambino. «Cosa vuoi che faccia, amore mio?» chiede.

Il piccolo, senza nemmeno alzare gli occhi, ripete: « Papà, gioca! »

E Pasquale si sente stringere il cuore. E pensa che suo figlio ha proprio ragione: lui sta giocando da molto tempo. Dalla cucina proviene un rumore di piatti e pentole. Sua moglie sta trafficando per preparare il pranzo. Lei cucina da schifo, ma non importa visto che lui detesta mangiare. E camperebbe solo di aria e formule matematiche. Tutto quel suo genio sprecato. Poteva essere uno scienziato di fama e invece è rimasto solo un delinquente mafioso. Il prodotto di risulta di una congrega criminale e niente più. Un investimento umano da far fruttare e non una persona in carne e ossa.

« Papà, gioca! » Mariolino gli mostra la costruzione che ha appena terminato, una torre tutta sbilenca.

Pasquale annuisce. *Niente di più appropriato,* pensa. In fondo tutta la sua vita è stata così, come una torre pronta a crollare da un momento all'altro.

« Sì, è vero, papà gioca », sussurra tristemente, rivolto verso il nulla. « Lui gioca sempre... » Continua a sorridere al suo bambino, la faccia triste e lo stomaco di ghiaccio. *Però adesso papà vorrebbe smettere...*

30

Alla fine di luglio il questore mi convocò nel suo ufficio per mostrarmi un comunicato ufficiale giunto alla sua attenzione. Mi allungò il foglio senza dire nulla.

Si trattava dell'inaugurazione di una nuova clinica...

Il 10 di agosto. Inviato per conoscenza a tutti i funzionari comandanti di primo livello. Pregasi inoltrare alle illustrissime maestranze. Seguiranno inviti ufficiali.

Il mittente figurava essere il delegato rappresentante della Terrano Enterprise.

Il cuore iniziò a battermi più forte, mentre terminavo di leggere l'indirizzo del luogo e il nome: La Croce.

Antongiulio doveva aver finito di ristrutturare la sua antica villa. Ma non si trattava della nuova sede della sua holding, come si pensava. Almeno non solo. E ci stava addirittura invitando formalmente all'inaugurazione di quel posto, un gesto che mi dava l'idea di una sfida. O di una sfacciata presa per il culo. Forse tutt'e due le cose assieme.

Restituito il foglio al questore, lo fissai con un'espressione interrogativa, come per dire « e allora? »

Lui fece lo stesso. Solo dopo qualche secondo, si affrettò a dire qualcosa. « Cosa ne pensa, commissario? » La solita domanda del cazzo di chi non sa cosa dire.

Mastroleo stava seguendo gli sviluppi delle indagini approvando il nostro modo di procedere, ma nello stesso tempo invitandoci continuamente alla prudenza...

« *Quell'uomo ha le mani in pasta ovunque. È potente e benvoluto da tutti. Non possiamo permetterci sbagli. È inutile che glielo ribadisca...* »

Non si potevano ignorare tutte le prove indiziarie che avevamo trovato su Terrano, ma non si poteva nemmeno forzare troppo la mano. Mastroleo si trovava in una posizione difficile, lo capivo, però non approvavo per niente i suoi continui tentennamenti. Lui se la faceva sotto pensando più che altro alla carriera, invece che al buon esito dell'indagine, e la cosa m'infastidiva molto.

« Penso che si potrebbe sfruttare la cosa », dissi io.

« E in che modo? » chiese lui.

« Accettando quell'invito, naturalmente! »

Una volta scappato dall'ufficio del mio superiore, mentre attraversavo il portone per uscire dal palazzo della questura, telefonai a Silvia. « Visto che non possiamo controllare le sue linee telefoniche ufficialmente, vorrei mettergli pulci da intercettazione di nascosto. »

« Non è una cosa legale al cento per cento. E quello che andremo a scoprire non potrà essere usato per inquisirlo, lo sai? »

« Lo so benissimo, conosco anch'io le leggi. Però potrebbe comunque servire per prevenire le sue mosse», dissi tutto d'un fiato, mentre frugavo nelle tasche del giubbotto per trovare le chiavi del coupé.

«Perché, cosa hai in mente, Francesco?»

Mi resi conto di non aver chiuso l'auto una volta giunto nel parcheggio quella mattina: dormendo poco diventavo sempre più distratto, cazzo. Salii a bordo e cercai di fare ordine tra i mille pensieri che mi frullavano nella testa. «Non lo so ancora», dissi. «Appena lo scopro, ti dico.» Riattaccai e accesi il motore.

Non vedevo l'ora di raggiungere la villa e di mettermi a lavorare. Non mi sentivo così eccitato da molto tempo.

31

Convocai Chiara e le chiesi di procurarsi la planimetria della Croce.

Telefonai a Calogero e gli chiesi se poteva procurarmi dal magazzino un paio di micropulci da intercettazione con relativo apparecchio ricevente di registrazione. «E che sia tutto funzionante, mi raccomando, marescià...»

Chiamai Monvisi per sapere se c'erano novità dagli appostamenti e gli chiesi di farmi avere i rapporti dei quattro agenti che avevamo comandato davanti alla casa di Serra. «E cerca di fare presto, dai, che sono qui che ti aspetto...»

Lui, che si trovava in solaio, si precipitò nel mio ufficio. Mi allungò l'incartamento e mi fissò con aria interrogativa senza dire nulla: mi conosceva abbastanza da sapere che se avessi avuto l'intenzione di renderlo partecipe, lo avrei fatto spontaneamente. Così tornò a testa bassa nella sua postazione a vigilare la radio collegata con quelle di Ballardini, Manichelli e Bondi.

A quel punto dovevo darci dentro e mi chiusi nel mio ufficio con l'ordine perentorio di non essere disturbato.

Nella testa avevo un vero e proprio marasma di pensieri. Cercai di dare loro un minimo di ordine, stringendo i denti.

Inaspettatamente si era aperta un'altra strada, oltre a quella del Ragioniere. E non si poteva certo sprecare l'occasione. Due piani di attacco erano decisamente meglio di uno. Oltretutto un'azione avrebbe potuto aiutare l'altra. Ma per riuscirci, occorreva coordinare alla perfezione le diverse tempistiche.

Inforcati gli occhiali da lettura, masticando il mio solito mezzo toscano, esaminai con attenzione gli orari riportati sui rapporti degli agenti che controllavano Serra. Il Ragioniere era quasi sempre in casa. In settimana, usciva solo qualche mattina, di solito il mercoledì e il venerdì, per andare a fare la spesa con sua moglie al supermercato. Poi si chiudeva in casa, e lì restava. Non lavorava mai in giardino, non prendeva mai boccate d'aria. Lui era un vero topo da biblioteca, anche se forse sarebbe stato meglio definirlo un «ratto», considerando gli uomini fogna per cui lavorava. Abitava in una villetta nel quartiere fieristico. Da quando lo avevamo messo sotto controllo, non si era mai incontrato con nessuno. E probabilmente i suoi contatti lavorativi li portava avanti telefonicamente, o via Internet. Magari in un secondo tempo avrei potuto richiedere alla polizia postale un controllino sulle sue e-mail.

Finito di leggere tutto quello che mi serviva, raggiunsi la lavagna e iniziai a buttare giù una serie di schemi tattici. E andai avanti per due ore, fino a quando non mi ritenni pienamente soddisfatto del risultato.

Riportato tutto in un file del computer, lessi e rilessi le diverse note strategiche e valutai che il piano avrebbe potuto anche funzionare. Ovviamente la possibilità di compromettere l'indagine beccandoci qualche denuncia sussisteva, ma per incastrare Terrano ero disposto ad affrontare qualunque rischio...

32

L'invito ufficiale giunse l'8 agosto con una raccomandata indirizzata alla mia pregiatissima attenzione. Sul biglietto c'era scritto, in carattere gotici dorati, COMMISSARIO FRANCESCO NEGRONERO E SIGNORA.

Posata la busta sulla scrivania, mi rivolsi a Chiara, seduta sulla poltroncina di fronte a me col suo solito bloc-notes aperto sul palmo della mano, pronta a prendere appunti come certe segretarie che si vedono nei film. L'avevo convocata nel mio ufficio appena giunto in sede, usando l'interfono collegato alla sala operativa. « Monti, mi raggiunga nel mio ufficio, per piacere. »

Lei aveva risposto con un rapido sì.

E subito dopo era risuonata la voce di Manico in sottofondo: « Vada Monti, che il capo la desidera, *per piacere*! »

Erano seguiti i risolini degli altri. Poi la comunicazione si era interrotta.

Chiara mi aveva raggiunto all'istante, era entrata, si era seduta e mi aveva fissato aspettando che io aprissi bocca. Quella mattina non si era truccata, ma era bella lo stesso.

Le sorrisi con fare magico e le chiesi: « Vuole sposarmi, Monti? »

Lei inarcò un sopracciglio e fece un'espressione interrogativa. Non aveva capito cosa stessi intendendo, ma stette ugualmente al gioco. « Oh, ma io sono già sposata! » disse.

« Anch'io, se è per quello », controbattei, con una punta di angoscia al centro dello stomaco.

Chiara arrossì leggermente. E forse pure io.

Schiarendomi la voce, le spiegai cosa intendevo. « Dovremo fare coppia per andare a una festa molto esclusiva. Ce l'ha un vestito da sera? »

Avevo preparato il nuovo piano di attacco con cura nei giorni passati, ragionando con Silvia su tutte le variabili per renderlo attuabile.

« Mi spieghi meglio. »

La guardai con una certa intensità. Pensai che mi sarebbe piaciuto accarezzarla. Poi cominciai a esporre tutti i particolari di quello che avevo intenzione di fare e lei mi ascoltò senza battere ciglio, prendendo appunti, come faceva sempre. Alla fine della mia esposizione, si limitò ad annuire. E non sembrava per niente spaventata.

« Mi scriva un vademecum operativo dopo aver controllato che le tempistiche che ho calcolato non siano errate », dissi. « Poi metteremo a punto il resto con gli altri. Entro domani deve essere tutto pronto.»

33

Domenica 10 agosto 1997, ore 21.00.

M'infilai con la Hyundai nello spazio indicato dal parcheggiatore. Spensi il motore e mi volsi per guardare Chiara seduta al mio fianco. «Tutto bene?» m'informai. Lei si limitò ad annuire, senza dire nulla. Chiamai Monvisi al cellulare. Lui rispose subito.

«Come procede?» chiesi.

«Stiamo per dare il cambio agli agenti appostati da Serra.»

«Okay, per il momento restate lì a controllare la situazione. E vedete di non fare cazzate.»

Lui mi disse di stare tranquillo e riattaccò.

Scesi dall'auto. E andai ad aprire la portiera alla mia dama, le porsi la mano per aiutarla a scendere. E non potei fare a meno di ammirarla ancora una volta. Si era pettinata i capelli all'indietro col gel. E aveva un trucco leggero che non le appesantiva il volto. Le labbra sensuali erano impreziosite da un rossetto carminio che le rendeva incredibilmente appetitose. Indossava un vestito attillato, a mezza coscia, di seta blu, e le curve del suo corpo erano perfette. Tacchi a spillo. Calze a rete. Teneva a tracolla una borsetta dello stesso colore del vestito, probabilmente aveva ricoverato lì la pistola.

Notai che c'era un grosso furgone bianco e blu con la scritta RAI3. L'avvenimento era così esclusivo che veniva trasmesso in diretta TV.

Lei mi prese a braccetto e assieme ci avviammo verso l'entrata, in mezzo a una vera e propria processione di gente ben vestita. Tutta l'alta società bolognese era presente all'evento: industriali, commercianti, imprenditori. Riconobbi anche molti uomini della politica e della cultura cittadina. Le telecamere riprendevano l'ingresso degli invitati.

Mi sentivo un po' a disagio. Lo smoking che indossavo, preso a noleggio a un prezzo stracciato, mi andava corto di maniche e un poco stretto sulle spalle. Avevo indossato l'ascellare per la Beretta e dovevo tenere la giacca slacciata se no il gonfiore dell'arma si sarebbe notato troppo, con buona pace di tutti i film di James Bond che mi ero sparato in vena da ragazzo.

Nel rigoglioso giardino che si apriva dopo l'entrata, c'erano lunghi tavoli da buffet con decine di vassoi coperti di cibo e bottiglie di vino e di champagne nei secchielli pieni di ghiaccio.

Un passo dopo l'altro, entrammo nella magione del nemico. Su un palco che sembrava fatto di plexiglass, c'era un'orchestra jazz con una cantante straniera che si esibiva in un classico italiano: *Nel blu dipinto di blu* di Domenico Modugno. Un'interpretazione lenta e cadenzata, non del tutto priva di fascino. Sentire quella musica mi fece tornare in mente episodi della mia adolescenza. Vecchi dolori, vecchie perdite. E poi l'interrogativo degli interrogativi: *Che cos'è un cielo?* La risposta che mi ero dovuto dare allora me l'ero portata dietro per tutti quegli anni. E di sicuro avrebbe continuato a scandire le mie angosce future, come ticchettii d'orologi folli, *giustosbagliati* che fossero.

La sala principale era un tripudio di festoni colorati e luci. Sulla parete di fondo campeggiava uno schermo gigante dove venivano trasmesse scene di bambini sorridenti che correvano al rallentatore su prati verdi e sconfinati. Ogni tanto lampeggiava la scritta: TRASFORMEREMO IL VOSTRO DOLORE IN UN SORRISO.

Camerieri in marsina giravano servendo champagne e porgendo vassoi di tartine.

Presi la mano della mia collega, sentendo quanto fosse bollente e sudata, oltre che minuscola, poi mi guardai attorno per cercare di orientarmi. Entrambi avevamo memorizzato la planimetria di quel luogo grazie alle copie di tutti i progetti originali e di ricostruzione che ci eravamo procurati. Così sapevamo esattamente come muoverci. Ma dovevamo capire quando farlo, scegliere il momento più opportuno per evitare errori.

In mezzo alla calca c'era anche Mastroleo. Lo vidi che s'intratteneva col prefetto esibendo un sorrisone sulla sua faccia molliccia.

La folla si accalcava. Signore in abiti da sera sculettavano sorridenti davanti a macchine fotografiche che sparavano raffiche di flash. Il jet set offerto alla cupidigia dei paparazzi.

Individuai un paio di uomini del servizio d'ordine: vestiti di nero con l'auricolare, in piedi davanti alle uscite di emergenza con le mani congiunte davanti ai coglioni, le dita intrecciate come se stessero pregando.

Chiara mi strinse il braccio per attirare la mia attenzione. Terrano era arrivato e si stava intrattenendo coi giornalisti. Indossava un completo di Armani di raso nero, giacca e pantaloni, camicia blu scuro col colletto alla coreana.

Per osservarlo meglio, senza però farmi notare troppo, mi avvicinai costeggiando un'esposizione di vecchie apparecchiature mediche schierate lungo la parete. La mia attenzione fu attirata da uno strano serbatoio metallico, che sembrava una bara col coperchio di vetro... Mi chiesi cosa potesse essere.

« È una vasca di deprivazione! » Una voce di donna risuonò alle mie spalle. Una voce inconfondibile, che ricordavo molto bene.

Mi volsi per affrontarla. « Morena Brizio, anche lei qui? »

La giornalista si avvicinò, ignorando bellamente Chiara. Indicò il serbatoio che aveva stimolato la mia curiosità. « Lo usavano in questo posto, quando era ancora un manicomio, vi cacciavano dentro i matti e li facevano sognare a ruota libera... » spiegò. Con la scusa del casino generale, avvicinò le labbra al mio volto. « Sei venuto per sognare o per arrestare qualcuno, mio sceriffo preferito? » Il suo fiato sapeva di alcol. Doveva essersi fatta fuori parecchi bicchierini.

Mi scostai leggermente schifato. « Vuole che le legga i suoi diritti? »

La donna fece un risolino e si avvicinò ancora di più, arrivando quasi a sfiorarmi la pancia coi suoi seni prosperosi. « Mi sei sempre stato simpatico, commissario! »

Allungai un braccio per spostarla delicatamente da una parte, attento a non toccarle le tette, impresa piuttosto ardua. « Lieto di averla incontrata, Brizio », dissi, continuando volutamente a mantenere le distanze dandole del lei. « E mi raccomando, continui coi suoi articoli su di me, sono davvero divertenti. » Trascinai Chiara lontano dalla murena. Quella giornalista, ficcanaso com'era, poteva crearci dei problemi con la sua presenza.

Mi voltai indietro per vedere cosa stesse facendo: mi salutava sventolando le dita della mano destra con un sorrisino *prendingi-*

ro dipinto sulle labbra. «Quella è ubriaca», sussurrai a Chiara, aspirando il suo profumo per diluire il ricordo del fiato alcolico della murena.

Cercai con lo sguardo Terrano. E lo vidi che stava conversando con l'onorevole Pierantoni, un uomo influente a capo di un nuovo partito che stava già racimolando molti consensi. I due si misero in posa davanti ai fotografi sorridendo nel baluginare dei flash.

Dopo essersi accomiatato dal politico, il padrone di casa si dedicò alle maestranze omaggiando assessori e consiglieri comunali, finendo la passerella col mio capo, l'esimio Mastroleo, che se ne stava in un angolo in attesa che venisse il suo turno.

Trascinandomi dietro Chiara, decisi di raggiungerli. Quando il questore mi vide venirgli incontro, mi fece un sorrisone tutto denti. «Commissario! Vedo con piacere che è arrivato!» Il suo sguardo si spostò su Chiara: «Lei deve essere...»

«Vicecommissario Chiara Monti!»

«Oh sì, ricordo. Lei si è trasferita qua dalla questura di Palermo.»

Io e Terrano ci fissammo. Occhi neri contro occhi verdi. Come per studiarci. E una spina dietro la mia nuca si conficcò a fondo e con gusto. C'è chi sostiene che abbiamo tutti una mezza mela da trovare, in amore. L'altra metà del nostro cielo personale. L'anima gemella che potrà completarci il cuore. Forse la stessa cosa succede per i nemici: ognuno di noi ha una mezza mela da odiare, un avversario naturale da affrontare. Trovandomi per la prima volta a tu per tu con quell'uomo, guardando di persona il suo volto ambiguo, sentii come una sorta di richiamo ancestrale, come quando ti trovi di fronte a un predatore che può divorarti.

Mastroleo intanto stava dicendo: «Signor Terrano, posso presentarle due validi funzionari di polizia che lavorano per il mio ufficio?»

Il boss parve ignorarlo. E si rivolse direttamente a me. «Ho sentito parlare molto di lei, commissario Negronero. Ricordo il caso da lei risolto con brillante abilità: quello del serial killer che colpiva sui colli.»

Passò il cameriere con un vassoio pieno di tartine al caviale. Io feci segno di no con la testa e Chiara fece lo stesso. Mastroleo invece allungò la mano per arraffarne un paio.

Terrano continuava a fissarmi. « In questo momento su chi sta dirigendo il suo genio investigativo? »

« Sto dando la caccia a un insetto. »

Lui sfoggiò un ghigno. « S'interessa di entomologia? »

Tenni gli occhi fermi, stando serio, come in una sfida a chi ride prima. « Mi piace studiare la natura partendo dalle sue creature più infime », dissi.

Il boss fece una risata e perse il match. « Gli insetti non fanno parte delle gerarchie inferiori, commissario », disse, assumendo di colpo un'espressione glaciale. « Certuni primeggiano nella scala evolutiva. » Fece una breve pausa a effetto. « E rendono grazie a un retaggio superiore di perfezione. » In quel momento la cantante terminò l'esibizione e abbandonò il palco tra lo scrosciare degli applausi. Uno degli uomini del servizio d'ordine si avvicinò a Terrano per sussurrargli qualcosa all'orecchio, lui annuì e poi si rivolse di nuovo a me: « Adesso devo andare. Reclamano un mio discorso di benvenuto ». Spostò impercettibilmente l'occhio sinistro verso Chiara, doveva essere afflitto da una leggera forma di strabismo. « Lei è troppo bella per fare la poliziotta... » disse. « Suo marito si sentirà trascurato! » Andandosene, aggiunse, allusivo da morire: « Commissario, anche sua moglie sentirà spesso la sua mancanza... e suo figlio ». Voleva farmi capire che conosceva le nostre vite private, che aveva preso informazioni su di noi. La cosa avrebbe dovuto spaventarmi, invece mi faceva incazzare ancora di più. Lo guardai allontanarsi verso il palco, là dove lo attendeva il microfono che avrebbe accolto le sue parole.

Mastroleo, mentre avanzava verso le prime file per seguire meglio il discorso, si girò un attimo per lanciarmi un'occhiata preoccupata. Io gli sorrisi per rassicurarlo, abbassando appena il capo con aria complice.

Era il momento giusto per agire: mentre tutti si avvicinavano al palco, io e Chiara ne approfittammo per raggiungere le cabine degli ascensori.

Il discorso iniziò e la voce profonda del padrone di casa risuonò nella sala, amplificata dalle casse acustiche poste ai lati del palco. « Signore e signori, sono commosso per la vostra partecipazione... » Non volava una mosca e tutti ascoltavano attenti. « Vedete, io, da sempre, coltivo sogni. Semplici. Scevri da interessi personali. Sogni di rinascita per un mondo migliore... »

Allungai una mano per chiamare la cabina dell'ascensore. Poi cercai con lo sguardo la Brizio, per essere sicuro che non mi stesse controllando. La individuai ai piedi del palco, accanto al suo operatore, che registrava il discorso del santo dei santi.

« L'inaugurazione di questo ospedale per malati terminali è simbolo di questo sogno. Accogliere il dolore per trasformarlo in una possibilità di comprensione. Trovare il sorriso di Dio nella sofferenza. Il paradiso negli occhi di coloro che non hanno più una via di fuga. In questa notte dei desideri, la mia stella è fatta di sorrisi che cadono. »

Ci fu un applauso, scrosciante e improvviso.

La cabina arrivò al piano e le porte si aprirono scorrendo. Attenti che nessuno, proprio in quel momento, stesse guardando nella nostra direzione, entrammo.

Primo piano. Secondo piano. Giunti all'ultimo, uscimmo nel corridoio: individuai subito la porticina che dava sul locale dove erano alloggiati i diversi contatori che gestivano la clinica, compresi quelli telefonici. Allungai la mano per saggiare la maniglia. Era ancora bloccata, ovvio. Sapevo che c'era un meccanismo elettronico che si poteva aprire solo con l'ausilio di un telecomando.

Presi il cellulare, chiamai la Masina e dissi solamente: « Ora ». Poi sussurrai alla mia collega di restare appostata in cima alla rampa di scale. Suo compito era quello di controllare che nessuno salisse da là, tenendo d'occhio nel contempo anche gli ascensori.

Mi scoprii il polso destro. Per l'occasione avevo indossato come orologio dello yin uno Sector No Limits digitale, regalo di Dolcemara per il mio quarantesimo compleanno. Richiamai la funzione del count-down, pre-impostato sui sei minuti. E restai in attesa. Sentivo il mio cuore battere e immaginavo delle lancette al posto dei ventricoli. Lancette di carne che fanno *bum bam*, invece che *tic tac*...

Mi chiesi come mai Lois ci mettesse tanto. Era già in contatto telefonico col tecnico della Società elettrica, come da accordi presi dal sottoscritto col responsabile, e doveva dare l'ordine di far staccare la corrente a tutta la zona dei colli.

Finalmente tutto si spense, l'oscurità ci avvolse. E io azionai il count-down sul Sector: 05:59.

Provai la maniglia e adesso girava, si era sbloccata. Come già sapevo, c'era una sorta di meccanismo di sicurezza grazie al quale, se fosse andata via la corrente, il catenaccio si sarebbe aperto automaticamente.

Recuperata la torcia a stilo, illuminai l'interno della stanza, spostando il fascio di qua e di là. Dovevo sbrigarmi: prima che gli accumulatori d'emergenza incamerassero abbastanza energia e i generatori di riserva entrassero in funzione, avevamo calcolato che sarebbero passati circa sei minuti. Controllai il Sector, il count-down scorreva inesorabile.

04:58

Una volta tornata la luce, la serratura si sarebbe di nuovo bloccata e io sarei rimasto prigioniero là dentro.

Individuato il pannello principale, mi avvicinai per aprirlo. Studiai con attenzione lo schema dell'impianto. Era abbastanza semplice. M'infilai la torcia tra i denti e presi dalla tasca interna della giacca un piccolo contenitore di plastica, lo aprii e afferrai con due dita la microspia magnetica all'interno. Poi la inserii dietro la connessione dello snodo principale, collegandola con due minuscoli spinotti calamitati alla scatola dell'amplificatore e alla presa di corrente.

Faceva caldo e gocce di sudore m'imperlavano la fronte. Controllai con attenzione se erano rimasti segni del mio passaggio. Sembrava tutto a posto.

Richiusi il pannello. Mi tolsi la torcia dalla bocca e deglutii.

Controllai l'orologio e imprecai.

00:20

Il tempo stava per scadere! Abbassai la maniglia e spalancai l'uscio.

Nell'attimo in cui varcai la soglia per uscire, la luce tornò, in anticipo di qualche secondo.

La porta alle mie spalle fece *tlanc!* ribloccandosi. Ce l'avevo fatta per un pelo.

Chiara mi venne incontro. «Dobbiamo muoverci, ho sentito dei passi provenire dalle scale!»

Non era il caso di prendere l'ascensore, così l'afferrai per un braccio e me la trascinai dietro, dirigendomi dalla parte opposta rispetto a dove eravamo venuti. In fondo al corridoio, voltammo a destra e raggiungemmo una porticina di servizio. Si trattava di un'uscita di emergenza che dava sulla scala antincendio sul retro dell'edificio, l'unica via di fuga possibile a nostra disposizione. Uscendo sul pianerottolo, guardammo giù: il prato, illuminato da un unico lampione, appariva deserto.

Mi rimisi la torcia accesa tra i denti e iniziai a scendere, io per primo e la Monti dopo di me. Un errore imperdonabile perché, mentre scendevo cercando di fare luce alla mia collega, ero costretto ad ammirare, illuminato dal piccolo fascio di luce, lo spettacolo delle sue gambe perfette... Per non dire di peggio. Aveva le calze autoreggenti e le mutandine trasparenti. E la cosa era così eccitante da commuovermi...

Un gradino dopo l'altro scendemmo fino al piano terra. Ci guardammo attorno con circospezione.

Nessuno.

Riposi la torcia nella tasca. Allungai una mano per afferrare quella di Chiara, gliela strinsi forte e lei fece lo stesso. Contraccambiò.

Di fronte all'entrata principale avevano iniziato a servire il rinfresco all'aperto e la gente era assiepata davanti ai tavoli.

Presi un sigaro e me lo infilai in bocca. Inquadrai Mastroleo, che si stava facendo riempire un bicchiere di champagne. Ci avvicinammo per salutarlo. «Andate già via?» chiese lui, corrugando la fronte. «Vi perdete i fuochi d'artificio finali.»

Annuii. «Direi che è giunta l'ora di togliere il disturbo.»

Il questore si chinò in avanti, come per rivelarmi un segreto. «Dopo che è andata via la luce, il padrone di casa sembra essere scomparso», disse.

«Si vede che aveva qualcosa da fare», commentai con un certo sarcasmo.

Raggiungemmo senza problemi la Hyundai nel parcheggio antistante l'edificio. Salimmo a bordo e partimmo. Altre auto se ne stavano già andando e così potemmo passare abbastanza inosservati.

Usciti dal cancello, presi la strada a destra che saliva. Poi chiesi a Chiara di mettermi in contatto con gli altri della squadra. Lei recuperò il walkie-talkie dentro il bauletto portaoggetti, lo accese e me lo porse.

« Falco a Falco uno », provai a chiamare.

Risuonò la voce di Monvisi: « Avanti Falco ».

« Stiamo abbandonando la clinica. Potete procedere. »

Attesi che il mio vice mi rispondesse « Affermativo », poi staccai la comunicazione e restituii la trasmittente alla Monti.

Scalai la marcia per affrontare una prima curva e controllai dallo specchietto retrovisore: gli occhi gialli di due fanali anabbaglianti foravano l'oscurità. C'era un'auto dietro di noi. Sperai che non ci stessero inseguendo. Scalai la marcia per rallentare ulteriormente e toccai subito il rigonfiamento della pistola. Un gesto istintivo, quasi scaramantico, da bravo sceriffo. Stringersi la Beretta, invece che i coglioni.

34

Monvisi si rivolse secco agli uomini in auto con lui. « Entriamo nel cortile col lampeggiatore sul tettuccio e la sirena spiegata, così ci facciamo sentire clamorosamente da tutto il quartiere. Poi lei, Bondi, resterà al volante e comunicherà alla centrale del 113 che stiamo andando ad arrestare un sospetto, nome e cognome, mi raccomando. Mentre Manichelli e Ballardini usciranno con me per spalleggiarmi. » Stava dando del lei a tutti, si vedeva che era entrato in pieno nel ruolo di colui che dirige le operazioni. « Dovremo mostrarci decisi con quel tipo, senza essere troppo duri, e se vuole fare una telefonata, glielo permetteremo. Voi non intromettetevi e lasciate parlare me », si raccomandò.

Bondi scosse impercettibilmente la testa, non sopportava Monvisi. Poi fece per accendere il motore ma si bloccò vedendo un fanale spuntare da dietro la curva. « C'è una moto », affermò.

« Okay, allora aspettiamo che passi. »

Rimasero fermi dentro l'abitacolo, fino a quando il faro non si spense di colpo, dietro la casa confinante con quella di Serra.

« Si è fermato », disse Ballardini.

« Forse è il vicino di casa », provò a ipotizzare Manichelli.

Monvisi scrutava l'oscurità. Il naso appiccicato al vetro del finestrino laterale. Non si sentiva per niente tranquillo.

35

Accostai a destra e l'auto che stava sopraggiungendo da dietro proseguì dritta senza rallentare e presto scomparve alla prima curva in fondo. Io guardai serio Chiara, nella luce soffusa dell'abitacolo, e lei mi fece un piccolo sorriso.

La stradina che dovevamo prendere si trovava dieci metri avanti sulla destra. Era una sterrata che costeggiava i campi confinanti con la proprietà su cui sorgeva la clinica. Partii per imboccarla. La carreggiata era piena di buche e dovevo procedere molto lentamente. Raggiunsi una sorta di piccolo spiazzo, nascosto dagli alberi. Un punto strategico da cui si poteva vedere l'edificio dall'alto, perfetto se qualcuno avesse voluto tentare un'incursione.

Spensi il motore. Guardai di nuovo la mia collega. « Tutto bene? » le chiesi.

Lei si limitò ad annuire con la testa. Poi tirò fuori dal vano portaoggetti il ricevitore a modulazione di frequenza collegato alla microspia che avevo installato nella centralina telefonica di Terrano. Lo accese e mosse il cursore per amplificare il segnale dello scanner. Dall'altoparlante provenne una serie di fruscii. E nient'altro. « Vedremo se questo ci servirà a qualcosa », disse, mentre posava l'apparecchiatura poco più grande di una scatola di sigari sul cruscotto. Nel farlo, urtò il deodorante alla mimosa che avevo infilato nella bocchetta dell'aria. Lo rimise a posto e aspirò il profumo che n'era scaturito. « Mi piace un sacco questo odore... »

« Con un po' di fortuna, Serra cercherà di avvertire il suo principale e noi avremo qualcosa di registrato che proverà il loro rapporto di lavoro. »

In quel momento ci fu uno scoppio che mi fece portare istintivamente la mano alla pistola nell'ascellare. Sembrava uno sparo. In un attimo il cielo s'illuminò con un arabesco purpureo tingendo di rosso acceso la sagoma illuminata del santuario di San Luca che s'intravedeva in lontananza sullo sfondo del paesaggio collinare.

Erano fuochi d'artificio.

La festa d'inaugurazione di Terrano era giunta al termine e quello doveva essere il gran finale per festeggiare la notte di san Lorenzo all'insegna dei desideri e delle stelle che cadono come se fossero angeli.

Una clinica per malati terminali battezzata da un tripudio di luci e di allegria. La cosa di per sé mi faceva venire i brividi.

Altri botti e altri squarci di colore. Il cielo si dipinse di complicate corolle variopinte. Chiara ne era come ipnotizzata. Teneva gli occhi fissi su quello spettacolo suggestivo. « Mi hanno sempre fatto paura i fuochi d'artificio », disse, in un sussurro. Si girò per guardarmi. Aveva gli occhi lucidi come se stesse per piangere. « Quando mia madre morì, c'era la festa del paese. E mio padre la sera mi portò a vedere quelli che lui chiamava 'i fuochi in mezzo al cielo'. Ero molto piccola e lui mi teneva in groppa. Mi diceva che la vita doveva continuare, che la morte era una cosa naturale. E io piangevo sulle sue spalle, terrorizzata per tutte quelle luci che scoppiavano. Mi dava l'idea che il cielo si stesse rompendo. Qualcuno mi aveva detto che mia madre era andata là, ed ero preoccupata che la sua nuova casa si potesse rovinare. »

Io allora fui sul punto di farle una domanda topica: *Ma che cos'è un cielo?* Mi trattenni a stento. Per confondere le acque, accesi lo stereo, tenendolo basso come sottofondo. C'era una canzone di Armstrong, *We Have All the Time in the World*, una delle mie preferite. Avvolto da quella musica, mi venne naturale avvicinarmi a Chiara in un gesto di protezione. Lei non aveva smesso di guardarmi. E i suoi occhi luccicavano sempre più. Allungai una mano per accarezzarla. E avvertii una vibrazione sotto le dita, come se la sua pelle si fosse accesa a contatto con la mia.

I fuochi nel cielo scoppiavano di luce. E io restai ad ammirare il volto di quella donna mentre mutava colore. Tante versioni di un volto stupendo, uno più suggestivo dell'altro. Solo le sue labbra, incredibilmente, continuavano a rimanere rosse, come se non potessero assorbire altri spettri di colore.

Chiara avvicinò il suo volto. Con una lentezza esasperante. E io feci lo stesso. « Esprimiamo un desiderio? » chiesi in un sussurro.

Lei annuì piano. « Facciamolo, sì... »

La voce di Armstrong in sottofondo. L'odore di mimosa nell'aria. Le nostre labbra si unirono, le lingue si trovarono e assieme cominciarono a danzare, sempre più veloci, mentre i nostri respiri crescevano e si moltiplicavano confondendosi l'uno nell'altro.

Chiara azionò il ribaltabile del sedile, si sfilò le mutandine con urgenza, io mi tolsi la giacca e la pistola, buttando il tutto sul sedile posteriore e poi le fui sopra, con l'ascellare ancora indosso. Mi calai i pantaloni quel poco che serviva e la penetrai, trovandola già pronta. Lei prese ad ansimare. Io cercai ancora la sua bocca, la sua saliva.

Intanto i fuochi scoppiavano in un cielo incomprensibile.

36

Sua moglie ha messo a letto Mariolino. E si è addormentata accanto a lui, come succede sempre. Pasquale non va a svegliarla. La lascia lì. Poi scende al piano di sotto e si reca in soggiorno. Ha sentito il rumore di una moto nel cortile della villetta vicina che lo ha incuriosito perché, per quanto ne sa, quell'immobile è ancora sfitto.

Senza accendere la luce, va a controllare dalla finestra.

Col cuore in gola, scruta nell'oscurità. Coglie un movimento sulla destra, là dove il suo giardino costeggia la casa. C'è la sagoma di qualcuno che avanza piano scivolando nel buio come uno spettro. La fievole luce di un lampioncino posizionato dietro un cespuglio illumina per un attimo il suo volto, bianco e terribile.

Serra sul momento non capisce. Strizza le palpebre per vedere meglio e si rende conto con orrore che quell'uomo sta indossando una maschera da teschio.

37

Tornai a sedermi al mio posto. Ero sudato e il cuore mi batteva forte. Allungai una mano per spegnere lo stereo.

Chiara si stava pulendo con un kleenex. Il vestito da sera tirato su fino a metà pancia. La guardai provando un'infinita tenerezza. Era accaduto tutto così in fretta. Come se fosse una cosa naturale per entrambi, inderogabile. Fare all'amore io e lei. Con un'intensità spaventosa. Disperatamente, come se non ci fosse un domani.

Avrei voluto dirle qualcosa. Ma non sapevo cosa. Qualunque parola sarebbe stata inadeguata.

Anche lei stava zitta.

Quando ebbe finito di ripulirsi, abbassò il finestrino e buttò il fazzolettino appallottolato. I vetri dell'auto erano completamente appannati. E nell'abitacolo ristagnava l'odore di sesso, mescolato col profumo di mimosa.

La guardai mentre prelevava dalla borsetta la trousse per il trucco. Accese la luce di cortesia. Si esaminò un attimo nello specchietto. Fece una smorfia. Poi prese la matita nera e si aggiustò la riga che si era disfatta sopra gli occhi. In quel frangente, un gesto così tipicamente femminile denotava una ricerca spasmodica d'indifferenza, come per dire « tanto non è successo niente, va tutto bene, devo soltanto dare una sistematina al trucco come tutte le donne di questo mondo ».

Suonò un cellulare. Sussultammo entrambi. Era il mio. Cercai di capire dove l'avevo messo. Allungai una mano dietro per recuperare la giacca dello smoking. Frugai nelle tasche, trovai il Motorola e lessi sul display un nome che non avrei mai voluto leggere nella situazione di piacevole confusione in cui mi trovavo dopo aver fatto quello che avevo fatto: *scoparmi la mia sottoposta, anzi peggio, farci all'amore.*

Quel nome lampeggiava sul display, inesorabile: DOLCEMARA. Mia moglie mi stava cercando proprio in quel momento, con un tempismo perfetto.

Lanciai un sorrisino di scuse a Chiara, che scosse la testa come per dire «non c'è problema!» mentre continuava imperterrita a disegnare righe nere sulle sue magnifiche palpebre socchiuse. Notai quanto fosse appuntita la matita da trucco che usava, e mi chiesi come poteva non farsi male con quell'affare... Il telefono continuava a squillare, era assordante e allora aprii la portiera per scendere. Non potevo rispondere stando dentro la macchina. L'aria tiepida della sera mi avvolse. Era l'ultima notte di luna piena e c'era una gran luce, tanto che potevo distinguere perfettamente i particolari di ogni cosa attorno a me, i tronchi degli alberi, i cespugli. Mi tirai su le braghe e allacciai la patta, mentre mi allontanavo di qualche metro. Una forma di pudore come un'altra. Mi decisi a rispondere. «Pronto?»

«Ti ho visto in televisione!»

Solo quelle parole, per salutarmi. E io che non capivo dove volesse andare a parare. «Quindi?»

Ci fu un attimo di silenzio. Poi mia moglie riprese a parlare. «Ti ha visto anche Franchino. Eri a braccetto con quella donna...»

Silenzio.

Io cominciai a sentirmi un verme. E per reazione, pronunciai di nuovo quella parola interrogativa, vagamente inquisitoria: «Quindi?»

«Mi ha chiesto perché non c'eri andato con me a quella festa...»

«Ero là per lavoro, Mara, non per divertirmi!»

Silenzio.

Un silenzio così lungo da farmi credere che fosse caduta la linea. Ed ero già sul punto di chiedere «Pronto?», quando la voce di mia moglie risuonò nell'altoparlante: «Ti passo nostro figlio, che ti vuole salutare».

Guardai il cielo. Una scia infuocata, come la coda di una cometa, lo attraversò da parte a parte...

«Papà?» La voce triste di mio figlio.
«Sonnyboy! Che combini?»
Una seconda cometa proveniente dalla parte opposta s'incrociò con la precedente.
«Niente. Sto per andare a letto. E tu?»
I fuochi d'artificio esplosero diramandosi in spruzzi accecanti.
«Sto ancora lavorando, sai...» dissi. Ma la mia voce venne quasi coperta dal fragore.
«Cosa sta succedendo?»
Un'altra scarica di botti: era il momento del gran finale...
«Papà?»
Alzai la voce per spiegare: «Sono fuochi d'artificio per festeggiare la notte di san Lorenzo».
Il cielo era ricolmo di spruzzi abbaglianti, arabeschi elaborati che si univano l'uno all'altro. Stelle finte che cadevano.
«Qua invece non c'è nulla.»
Mi sentivo un verme e non sapevo cosa dire. Nel dubbio lo salutai. «Fai sogni d'oro, figlio.» Poi me lo figurai annuire e sorridere. Mi faceva comodo così.
«Anche tu, quando potrai, padre.»
Riattaccò e io mi sentii così solo da non poterne più.

38

Si toglie dalla finestra di scatto. Sente come se ci fosse una mano che gli stringe la gola. *Cosa diavolo sta succedendo?* pensa. Una goccia di sudore gli cola dalla fronte e scende rapida lungo la guancia, facendogli il solletico come un insetto. Si schiaffeggia per scacciare il fastidio e cerca di reagire. Corre verso l'ingresso di casa, inserisce la serratura di sicurezza e attende. Dopo poco vede la maniglia abbassarsi lentamente. Il Teschio sta cercando di entrare. Pasquale Serra si asciuga la fronte madida. Ascolta. I battiti del suo cuore gli pulsano in gola, come in un attacco di tachicardia.
Cosa posso fare? si chiede spasmodicamente.
Lo vogliono uccidere. Tutti i suoi sospetti si sono rivelati fon-

dati. Non avrebbe mai dovuto accettare quell'incarico. Avrebbe dovuto scappare, tanto tempo prima. Adesso è troppo tardi e lui è in pericolo e lo sono anche sua moglie e suo figlio.

La maniglia smette di andare giù e su. Adesso sente dei passi sulla ghiaia del vialetto.

Serra torna in sala e cerca il telefono. La cornetta del cordless non è sul supporto. *Dov'è finita? Dov'è finita?* La cerca spasmodicamente e alla fine riesce a individuarla, appoggiata sul bracciolo della poltrona. Corre ad afferrarla, se la porta all'orecchio e schiaccia il tasto per aprire la comunicazione ma la linea dà occupato. È interrotta. Si guarda attorno smarrito. Cerca di stare calmo, ma le mani gli tremano. Pensa che comunque in casa sua non è così facile entrare. Ci sono persino le sbarre alle finestre. All'improvviso si ricorda della porta del cucinotto che dà sul retro e che non chiude mai nessuno. Il cuore gli sparisce dal petto per ricomparire come un pugno in gola. Deglutisce forte per rimandarlo giù. Attraversa la sala in un lampo, percorre il breve corridoio, irrompe nella cucina e inciampa sul tappeto che c'è davanti all'acquaio. Piomba a terra con le ginocchia e resta fermo in quella posizione come se stesse pregando. Con gli occhi sbarrati guarda la porta che si affaccia sull'esterno aprirsi lentamente, come se fosse mossa da un soffio di vento.

Cerca di alzarsi in piedi. Di fare qualcosa, ma non sa cosa.

Il killer è sulla soglia. Con una pistola puntata. Spaventoso e terribile.

Monvisi dà l'ordine di intervenire, subito.

Niente lampeggiatore sul tettuccio, non c'è più tempo. «Però inserisci la sirena, cazzo!»

Avevano intravisto quella figura sospetta muoversi in giardino, e poi correre sul retro della casa. Per un attimo avevano colto il luccichio dell'arma che quello stava impugnando. Qualcuno era venuto per chiudere la bocca al Ragionere e bisognava sbrigarsi.

Partire sgommando di brutto per fare irruzione, sperando di fare in tempo. Bondi al volante con le mascelle contratte all'inverosimile. Monvisi con la Beretta già stretta in pugno. Manichelli e Ballardini pronti all'azione con le armi e le torce elettriche.

Serra prova a immaginarsi la sensazione della sua testa che esplode. Il cervello che si spegne di colpo, come una luce che va via all'improvviso. Tutta la sua vita gli passa davanti agli occhi accompagnata da un gemito e nell'ultima scena che vede c'è suo figlio con la torre sbilenca in mano che gli chiede di giocare.

I giochi sono finiti, topolino.

Poi sente l'urlo di una sirena e il rumore di un auto che entra nel cortile sgommando. Portiere che sbattono, passi di corsa.

Cosa sta succedendo? Cosa...

Apre gli occhi e il killer è ancora lì davanti con la pistola puntata. Lui però adesso impugna una torcia e gli sta tendendo la mano. E Pasquale non capisce. La faccia da teschio non c'è più. Ora c'è solo un viso normale...

Intanto qualcuno sta bussando alla porta principale e una voce sta gridando: « Aprite, siamo della polizia! »

Ode confusamente il pianto di suo figlio provenire dal piano di sopra. Sua moglie che lo chiama dalle scale gridando stridula: « Pasqualino, cosa sta succedendo? » con quel suo accento inglese.

Un voce di fronte a lui dice: « Resti fermo dove si trova ».

Il teschio è diventato un giovane riccio con una pistola puntata assieme a una torcia. « Sono l'ispettore Ballardini, s'identifichi, prego! »

Allora capisce, quello che ha di fronte non è più il killer. È arrivata la polizia e non gli sembra vero. Lui l'ha scampata.

« Sono Pasquale Serra! » dice, cercando di usare un tono di voce il più fermo possibile. « Hanno tentato di uccidermi. »

Qualcosa di umido e di caldo gli sta scorrendo in mezzo alle gambe e lui si rende conto di essersela fatta addosso.

39

Nel bel mezzo del cielo, tutti quei lampi di luce e quelle figure di fuoco si erano unite fino a tratteggiare una forma mostruosa, un leviatano fuggito dal mare di tenebra pronto a distruggere il mondo a morsi... Riposi il cellulare in tasca e indietreggiai, provando qualcosa di molto simile alla paura.

C'era qualcosa che non andava attorno a me. Sopra, sotto e in ogni luogo. Il mondo era un posto crudele e spaventoso.

Sentii un fruscio alle mie spalle, seguito da un grido strozzato. Mi volsi di scatto e vidi quello che non avrei mai voluto vedere.

Tre teschi nella notte.

Uno mi punta contro una SIG SAUER .45.

Un altro impugna una roncola da boscaiolo con la destra, mentre con la sinistra tiene un sacco di plastica della spazzatura.

Il terzo sta stringendo Chiara per il collo. Lei è inginocchiata a terra e ha qualcosa di strano sulla faccia... Come se i lineamenti del suo viso si fossero trasformati in plastica. Poi mi rendo conto, con orrore, che le hanno avvolto la testa con una pellicola trasparente. Sta per morire soffocata.

In un attimo registrai tutto questo cercando di restare calmo, stringendo i pugni. Feci un passo, ma quello con la pistola mi ordinò di stare fermo. « Non devi muovere un muscolo, commissario di merda. Nemmeno uno. » Un accento siciliano, come in una puntata della *Piovra.*

« Cosa volete fare, bastardi? » provai a chiedere. Accento bolognese, come in un film di Don Camillo e Peppone.

« Cucinare uno spezzatino e spedirlo ai vostri cari... » spiegò quello con la roncola.

Pensai all'auto che sembrava inseguirci dopo che eravamo andati via dalla clinica. Aveva proseguito dritto, ma poi, di certo, era tornata indietro per cercarci. E ci aveva trovati.

Pensai anche che dovevano essersi divertiti un mondo a vederci scopare in macchina.

Pensai che erano riusciti ad avvicinarsi senza farsi sentire coperti dal rumore dei fuochi d'artificio.

Pensai che ero stato un vero coglione. Avevo lasciato la pistola sul sedile posteriore e adesso ero disarmato. In balia di quelle facce da morto, con un ascellare vuoto a disposizione. E Chiara stava per morire in modo orribile.

Pensai che ci avrebbero fatti a pezzi e infilati dentro quell'enorme sacco di plastica, come spazzatura umana, carne da buttare. *Cucinare uno spezzatino e spedirlo ai vostri cari...*

M'immaginai Mara e Franco che aprono un pacchetto regalo e dentro trovano la mia testa mozzata, gli occhi sbarrati e la barba lunga...

Non potevo permettere che accadesse una cosa del genere.

L'uomo teschio che teneva Chiara per il collo, adesso la stava toccando in mezzo alle gambe da dietro, usando la mano sinistra. « È ancora tutta bagnata, la zoccola », stava dicendo. « E bravo commissario, che si scopa la collega in macchina... »

« Lasciala stare, pezzo di merda! » La mia voce parve risuonare lontana, come se non avessi parlato io effettivamente, una parte di me si era spostata da un'altra parte.

« Pezzo di merda a chi? » Il teschio con la pistola mi si parò davanti e mi colpì al volto usando la canna dell'arma, da sinistra a destra. Non feci in tempo a schivare il colpo. Sentii la pelle dello zigomo lacerarsi e poi il tonfo del contraccolpo dentro la testa. E nessun dolore.

Dopo fui colpito di nuovo, da destra a sinistra, e persi l'equilibrio. Crollai sulle ginocchia e l'altro ne approfittò per prendermi a calci la pancia, una volta, due volte, tre volte. Mi piegai in due e cercai di assorbire i colpi tendendo gli addominali. Mi affiorò un ricordo lontano, di quando ero ancora un ragazzino, com'era finita la sfida contro Brufolo Bill e i Gemelli Rossi... Adesso come allora le stavo prendendo di santa ragione. Quello con la roncola giunse per dare manforte al suo compagno e cominciò a pestarmi selvaggiamente. Sentivo lo scricchiolio delle ossa che s'incrinavano e avvertivo le cartilagini che si staccavano. Assaporavo il sapore del sangue in bocca. E nient'altro.

Nessun dolore.

Un colpo, un altro. Se andavano avanti così, mi avrebbero ucciso. Prima o poi si sarebbe lacerata la sacca gastrica. Oppure peggio ancora, mi avrebbero fatto esplodere un rene, spaccato in due il fegato o la milza.

Un colpo, un altro.

Cercai di tirarmi su, mettendomi in ginocchio. Grondavo sangue e respiravo in fretta. Il mio cuore pompava impazzito, stavo andando in fibrillazione atriale.

Poi tutto accadde velocemente, come in un sogno. Vidi Chiara tirarsi su di scatto e colpire colui che la stava tenendo ferma. Vidi la matita da trucco infissa alla base della sua gola, come in una tracheotomia improvvisata. Uno schizzo di sangue lungo e nero. Un grido che diventa subito una sorta di gorgoglio.

Chiara che si stacca via la pellicola dalla faccia e prende un profondo respiro. Il volto cianotico, gonfio per lo sforzo, una vena scura in rilievo sulla sua fronte.

Il teschio armato si girò verso di lei e lanciò un'imprecazione, mentre sollevava la pistola per spararle.

Mi lanciai in avanti e gli afferrai il braccio teso, premendo il dito medio sull'articolazione, subito sopra il tendine estensore, tirandolo come se fosse una corda di chitarra. Approfittando della contrazione dei nervi di apertura delle dita, con la sinistra lo disarmai impadronendomi della sua arma. Puntai la SIG SAUER .45 al centro della fronte da teschio e feci fuoco. La sua testa esplose e la maschera di lattice fece da schermo, evitando che m'imbrattassi con lo spruzzo del suo cervello.

Quello con la roncola mi si buttò contro e io gli sparai centrandolo all'addome, subito sotto il diaframma, e lui si accasciò con un gemito.

Chiara si stava tirando giù il vestito per coprirsi il sedere nudo. E intanto fissava l'uomo che aveva appena ucciso. La matita da trucco infilzata nella gola sotto il bordo della maschera.

Mi avvicinai allo sgherro ancora vivo. Calciai via la roncola e gli tolsi la faccia da teschio degradandolo al semplice ruolo di essere umano, normalmente pezzo di merda. Perdeva sangue dalla bocca: sangue scuro. Esaminai la sua ferita, il proiettile gli aveva lesionato il fegato. Spingendogli la canna della pistola sulla fronte scoperta, lo perquisii sotto il giubbotto che indossava e gli tolsi la SIG SAUER .45 che aveva nell'ascellare e la buttai lontano.

Lui mi guardava con gli occhi sbarrati e aveva il viso esangue. « Aiutami per piacere », chiese, con la voce incrinata dal dolore.

Io non gli risposi. Per come lo avevo colpito, non sarebbe sopravvissuto a lungo. Era inutile chiamare un'ambulanza. Mi toccai il viso e sentii l'umido del sangue. Con la punta delle dita mi saggiai il gonfiore degli zigomi... gli squarci nella pelle. Premevo sulle ferite e non sentivo il minimo accenno di dolore.

Dio mio, mi sta capitando ancora... Pensai che però stavolta era diverso. Stavolta non si trattava di una cosa breve. Il meccanismo di sensibilità al dolore si era deteriorato così tanto che non bastava più un colpetto per far tornare tutto a posto. Il mio corpo non si stava risvegliando per un cazzo. Continuava a restare insensibile. E la cosa di per sé aveva contribuito a salvarmi la vita. Mi avevano picchiato a sangue, e, in condizioni normali, sarei andato fuori combattimento e adesso sarei stato carne da spezzatino e assieme a me anche lei, Chiara delle mie brame.

La mia collega si era piegata da una parte e stava vomitando. E io dovetti vincere l'impulso di correre ad abbracciarla, per consolarla, per dirle che era stata brava, che aveva fatto la cosa giusta.

Mi rivolsi allo sgherro che gemeva moribondo a terra, con le mani strette sul ventre, in un lago di sangue. «Chi vi ha mandato?» provai a chiedergli.

Lui mosse le labbra per dire qualcosa, ma gli riuscì solo un verso intraducibile. Sputò un ultima boccata di sangue, poi s'irrigidì, smettendo di respirare. Era andato, cazzo!

Poi ci fu un trillo. Il suo cellulare suonava.

Mi chinai per frugare nelle tasche del cadavere, recuperai un Nokia e spinsi il tasto verde per accettare la chiamata. Con un ringhio, dissi: «Ti è andata male, Terrano!» Provai un tuffo al cuore, perché mi sembrò di sentire la mia voce riecheggiare da un punto molto vicino, dietro le mie spalle. Come se mi fossi sdoppiato.

Dal microfono del Nokia giunse in risposta una voce strana: «Sei ancora più duro di quanto pensassi, bravo commissario...» Era una voce dal timbro metallico che sembrava emessa da un laringofono. Probabilmente l'uomo dall'altra parte stava usando un sistema di contraffazione vocale affinché non potesse essere riconosciuto se la chiamata fosse stata registrata.

Ma io non avevo bisogno di prove particolari per sapere chi fosse il mio interlocutore.

Chiara mi aveva raggiunto e mi guardava preoccupata. « Devi andare all'ospedale », disse in un sussurro. « Chiamo il 113? »

Io scossi la testa e alzai un braccio per calmare la sua apprensione. Portai l'indice davanti alla bocca e le intimai di stare zitta. Col Nokia spinto contro l'orecchio avvertivo un respiro provenire dal microfono, un ansito, che non capivo se fosse il mio o se appartenesse all'uomo con cui stavo parlando.

« Commissario è ancora lì? »

« Certo che sono qua, ci sarò sempre, pezzo di merda. »

« Non riuscirai a fermarci, lo sai? »

Mi resi conto che anche la voce del mio interlocutore era sdoppiata. Come se ce ne fossero due che parlavano in coro. Guardai la Hyundai, ferma in mezzo al prato, con le portiere spalancate. La raggiunsi, barcollando come un ubriaco. Mi girava la testa ma - buon Dio! - non sentivo il minimo accenno di dolore, *nada de nada*.

Infilai la testa nell'abitacolo e guardai con stupore l'apparecchio da intercettazione, la spia rossa accesa, stava rilevando una chiamata. Questa chiamata, cazzo!

Ascoltai quella voce risuonare contemporaneamente dentro il mio orecchio e di fronte a me, mentre terminava di parlare. « Ormai è arrivato il tempo delle rose spente. »

Chiara se ne stava impalata in mezzo al prato, allungando uno sguardo spaurito verso di me. Dio, che voglia di stringerla ancora.

Il cielo senza fuoco. Il dolore senza battiti.

La voce doppia di un mostro che sussurra parole di veleno, nell'aria morta della mezzanotte. « Il fiume è alle porte, commissario. Sta arrivando per travolgerci... » La comunicazione s'interruppe a cavallo di un brivido. L'apparecchio d'intercettazione si spense definitivamente, restò nell'aria un vago ronzio, come una vespa che urla, nella profonda immensità di un abisso senza cuore.

E io che non sapevo quanto avrei potuto resistere ancora al cospetto di tutto questo.

SECONDA SOGLIA

DIFFERENZIALE

It was all so different then
There's nothing yet has really sunk in
Looks like it always did
This flesh and bone

PETER GABRIEL, *I Grieve*

Mai, non saprete mai come m'illumina
L'ombra che mi si pone a lato, timida,
Quando non spero più...

GIUSEPPE UNGARETTI, *Giorno per giorno*
(da *Il Dolore*)

Mio Dio, mi pento e mi dolgo...

Atto di dolore

Nelle tane dell'Incubo,
dove Giustizia è nuda,
dall'ombra il Tempo vigila [...]

WYSTAN HUGH AUDEN, *Una sera che ero uscito a spasso*

III

FIUME DI DOLORE

1

Il dolore era un ricordo, evanescente. Come nebbia che ti sfiora.

Il bacio di un fantasma. La carezza di un sogno. Un sussurro nel buio.

Dentro e fuori...

Il dolore restava nascosto sotto la linea di demarcazione tra il cuore e la mente, come in un gioco a rimpiattino...

Dove sei? Dove cazzo ti sei nascosto?

Uno, due, tre... faccio la conta...

Chi è fuori è fuori...

Chi è dentro è dentro.

Tutto quello che era successo sembrava appartenere a una dimensione senza tempo. Avevo il corpo distrutto, ma non sentivo niente. E la cosa mi spaventava oltre ogni dire. Con le mani strette sul volante, cercavo di restare aggrappato a un minimo di consapevolezza.

Monvisi mi aveva chiamato, mi aveva detto dell'attentato alla vita del Ragioniere. Lo avevano salvato per miracolo e adesso si trovavano in villa con lui. Silvia Cavallo era già stata avvertita e li stava raggiungendo là. E io avevo subito pensato che da quel momento sarebbe stato molto più facile convincere quell'uomo a collaborare.

Chiara, seduta al mio fianco con lo sguardo perso nel nulla oltre il vetro del parabrezza, perdeva lacrime a flusso continuo, senza nemmeno un accenno di singhiozzo: un pianto silenzioso e profondo.

Né io né lei riuscivamo a trovare il coraggio di dire qualcosa, consapevoli che qualunque parola non sarebbe stata all'altezza dell'angoscia che stavamo provando. Ci aspettavamo che da un momento all'altro nuovi uomini ci assalissero. Altri teschi ringhianti, come una pioggia di mostri sulla macchina.

Ottenebrati dal forte senso d'irrealtà che ci avvolgeva, raggiungemmo la sede operativa. E soltanto quando il cancello si richiuse alle nostre spalle, riuscimmo a tirare un respiro di sollievo.

Io guardai Chiara e lei guardò me. Avvicinammo i nostri volti per un bacio fuggevole, seguito da un sorriso stentato. Poi scendemmo dall'auto per entrare nell'edificio. Al piano di sopra c'era la squadra al completo che ci attendeva.

« Capo, cosa ti è successo? » La Masina mi corse incontro preoccupata. Non dovevo essere molto bello con la faccia tutta pesta. Lo smoking che indossavo era pieno di macchie di sangue, stracciato in più punti: era da buttare, con buona pace del mio portafoglio quando avrei dovuto risarcire chi me lo aveva noleggiato.

Al mio fianco c'era Chiara, pallida e stralunata. Con quel vestito da sera sgualcito che continuava a farla sembrare sexy, nonostante tutto.

Spiegai quello che era capitato. Terrano aveva cercato di farmi fuori ancora una volta, ma non c'era riuscito. La pulce inserita nei suoi telefoni aveva comunque fatto il suo dovere. Il boss si era messo in contatto con uno degli sgherri neutralizzati e io avevo preso la palla al balzo per parlargli. Il nostro uomo non aveva ammesso chi fosse apertamente, ovvio, e la sua voce era alterata elettronicamente. Ma la telefonata proveniva da casa sua e se ci fossero stati ancora dei microscopici dubbi sulla sua colpevolezza, ora si erano dissolti definitivamente.

Andai in bagno, mi tolsi lo smoking, restando in mutande e mi guardai allo specchio: sembravo Rocky dopo l'incontro con Apollo Creed. Proprio in tutti i sensi, considerando la frase che il buon Stallone ripete durante l'incontro per riuscire a farcela: « Non fa male! Non fa male! »

Mi lavai via il sangue raggrumato. E intanto stavo già cominciando a chiedermi cosa avrei potuto dire a Franchino per non preoccuparlo, una volta che mi avesse visto in quello stato: *Ehi, Sonny, non è niente di che. Ho solo litigato con tre teschi inferociti.*

Magari, col passare delle ore, i gonfiori si sarebbero ridotti e sarei stato più presentabile.

A torso nudo, mi controllai il costato, premendo le dita nei punti arrossati. Nessun dolore neanche lì, e vai... Poi indossai i vestiti che avevo quel pomeriggio prima d'iniziare l'operazione, il costume da Negronero: jeans scoloriti, maglietta nera, texani ai piedi...

Quando uscii dal bagno, mi trovai di fronte Chiara.

Lei mi stava aspettando con in mano una borsa del ghiaccio presa dal piccolo freezer che avevamo messo nella sala operativa. Vedendola, il mio cuore aumentò i battiti. Allungai una mano per accarezzarla e lei perse una lacrima, forse l'ultima che le era rimasta. Che io subito asciugai con la punta dell'indice.

L'espressione del suo viso sembrava volermi chiedere rassicurazioni sul futuro. Una cosa che non avrei potuto certo darle.

Me la tirai contro, incurante che qualcuno degli altri potesse vederci. E le diedi un bacio sulle labbra, troppo fuggevole per calmare la sua confusione. Poi accettai il ghiaccio dalle sue mani e le strizzai l'occhio, senza riuscire a sorridere, e assieme raggiungemmo la sala del Pensatoio, dove Pasquale Serra ci stava aspettando.

2

Colui che avevamo soprannominato il Ragioniere era seduto in mezzo alla stanza e aveva uno sguardo impaurito. Cercai subito di rassicurarlo: « Adesso lei e i suoi famigliari siete al sicuro ».

In quel momento arrivò anche la giudice, che non si perse nemmeno a salutare e subito si avvicinò a Serra. Gli tese la mano con un sorriso glaciale. « Sono il procuratore Silvia Cavallo », si presentò. « Il magistrato incaricato delle indagini. »

Lui la fissò serio, allungando la mano per farsela stringere senza troppo entusiasmo. « Ma voi cosa volete da me? » chiese con voce tremante.

Io lo guardai dritto negli occhi: « Collaborazione », risposi, con una certa enfasi. « Collaborazione e pentimento... » Poi mi avvicinai al Muro del pianto, ignorando i balbettii confusi del mio interlocutore che cercava di replicare in qualche modo alle mie parole: « Ma io non capisco: di cosa dovrei pentirmi? »

« Lei ha una minima idea di cos'è arrivato a fare l'uomo per cui ha lavorato? » dissi, tanto per cominciare. Poi presi dalla scrivania una cartelletta e gliela diedi. Lui l'aprì e divenne ancora più pallido vedendo le foto che conteneva: immagini di minuscoli corpi col ventre aperto, sorrisi vuoti di una bocca tagliata di traverso... Con voce calma passai a descrivergli il metodo usato da Terrano per contrabbandare la Mistura. « ... E questa non è certo l'unica nefandezza di cui quell'uomo si è macchiato », conclusi, pigiandomi la borsa del ghiaccio sul costato *non* dolorante.

Serra scosse la testa, assolutamente incredulo. « Io non c'entro nulla con questa follia! »

Strinsi i pugni. E mi trattenni dal colpire in faccia quell'uomo con la borsa del ghiaccio. Lui era affetto da un'incipiente calvizie e i pochi capelli rimasti se li era riportati in cima alla testa, una soluzione che trovavo insopportabile. Serra era un genio della matematica, ma a vederlo sembrava un coglione.

« Lei invece è responsabile, eccome! » dissi, con impeto. « Ha gestito i conti di un mafioso che si nasconde dietro la facciata di mecenate e che usa fondi di beneficenza per incrementare traffici illeciti d'inaudita gravità. »

Serra aveva gli occhi lucidi come se stesse per scoppiare a piangere. « Io ho solo creato i codici di sicurezza del suo sistema informatico e organizzato la rete di finanziarie. Il mio compito era quello di moltiplicare i guadagni, sulla base degli investimenti fatti. Niente più. »

Silvia non riuscì a trattenersi e saltò su: « Però non si è mai chiesto da dove provenissero tutti quei soldi, giusto? Ha preferito fare finta di niente! »

Il Ragioniere mostrò i palmi delle mani. « Non rientrava nei miei compiti conoscere le fonti. Nel mondo degli affari si lavora spesso a compartimenti stagni. Così nessuno può venire direttamente coinvolto. »

« Non siamo qua per inquisirla, Serra. Non perdiamo tempo. E saltiamo tutta questa parte della tragedia: lei che si dichiara innocente e noi che invece proviamo a incastrarla. Ormai lei è passato oltre. E non siamo più noi i suoi nemici! »

Il Ragionere distolse lo sguardo dal magistrato e incrociò il mio. Deglutì: non dovevo avere un'espressione troppo cordiale. « Hanno già cercato di farla fuori. E se non fossero arrivati i miei uomini, lei e i suoi famigliari, adesso, sareste carne morta dentro un cazzo d'inceneritore.» Feci una piccola pausa a effetto. «Non credo che le siano rimaste molte alternative: lei si dovrà pentire per forza.»

Nella mia mente era sopraggiunto un sussurro: *io mi pento e mi dolgo...* Un ricordo lontano di quando ero piccolo e andavo a catechismo per imparare gli stratagemmi per non finire all'inferno. Allora le suore ci facevano recitare l'*Atto di dolore* inginocchiati sulle panche di legno, dopo le partite di pallone, quando avevamo tutte le ginocchia sbucciate, così che potessimo soffrire su ogni fottuta parola.

«Ma di cosa sta parlando, si può sapere?»

La piemme gli sorrise, come si fa con un bambino. «Lei dovrà semplicemente accettare di lavorare per noi. E verrà inserito in un programma di protezione per pentiti, assieme alla sua famiglia. Una volta che avremo ottenuto quello che ci serve, le verrà assegnata una nuova identità e un nuovo posto dove stare.»

Serra scosse il capo, con aria sconsolata. «Ma poi saremo veramente al sicuro?»

Avvicinandomi a lui, gli misi una mano sulla spalla, come per confortarlo. Sentendo le ossa sotto, provai un senso di fastidio. Quell'uomo era così fragile. Pensai a come il mondo girasse male a causa di coloro che sopravvivono accettando compromessi. Con la scusa della debolezza, quello che restava nel cuore dei pavidi era solo indifferenza. Cercai di trattenermi dal fargli male, stringendo quella spalla ossuta, fino a staccargli l'omero dalla capsula articolare. Mi piegai, avvicinando il mio volto al suo, e scrutai nei meandri della sua paura e della sua confusione. «Lei non ha scelta, Serra, si deve fidare di noi», dissi, con fare insinuante. Un serpente tentatore con la faccia tutta pesta.

Il Ragioniere si scansò indietro, come se temesse che potessi morderlo. «Cosa volete che faccia?» chiese.

«Lei e i suoi famigliari verrete portati in un luogo segreto, sotto la protezione continua dei miei uomini. E lì dovrà decriptare i numeri dei conti cifrati che fanno capo alla Terrano Enterprise usando le password operative di transazione che immagino conoscerà molto bene, visto che le ha inventate lei...»

Serra si mostrò perplesso. «Però occorrerà risalire alle fonti d'investimento per dimostrare che la provenienza del denaro è illegale!»

«Lei ha ragione da vendere, *Ragioniere*», confermai, con una punta di ironia. «Ed è esattamente quello che ci aspettiamo che lei faccia per noi.» Puntai il dito verso di lui. «Naturalmente, una volta raccolte le prove sufficienti per inquisirlo, lei sarà anche il testimone chiave al processo che verrà istituito contro...»

Serra non mi fece nemmeno finire la frase, saltando su rapido, come per spegnere qualunque possibile tipo di esitazione residua. «Va bene», disse, in un sussurro rauco. Poi si schiarì la voce. «Accetto di fare quello che mi chiedete!»

Io guardai la Cavallo e le sorrisi, soddisfatto. Lei fece lo stesso, poi tirò fuori dalla sua valigetta di pelle alcuni documenti e li appoggiò sulla scrivania. Si rivolse al Ragionere. «Dovrà firmare in calce tutti questi protocolli per avviare le giuste procedure burocratiche. Lo può fare con comodo anche dopo.»

Serra annuì stancamente. Era sempre più pallido e mi faceva un po' pena. Continuava a non darmi l'idea di un delinquente, sembrava più una vittima. Preso da un impeto di umana comprensione, mi avvicinai e gli tesi la destra esclamando: «Coraggio, andrà tutto bene!»

La mano di Serra era fragile, mentre gliela stringevo, proprio come la sua spalla. Metacarpi di gelatina e ossicini di vetro. Il Ragioniere mi guardò con sospetto. Non era un idiota e sapeva benissimo che i rischi che avrebbe corso nei giorni a seguire sarebbero stati molto alti. E che la sua vita e quella dei suoi cari non sarebbe più stata la stessa. «Mi servirà un computer con un microprocessore PowerPC G3 a frequenze di 333MHz con un controller per la gestione dell'hard disk...» annunciò, con voce solenne.

Smisi di stringergli la mano. «Disponiamo già di questo tipo di apparecchiatura», lo rassicurai. «Noi della polizia siamo attrezzati, cosa crede?»

Non colse la mia battuta. E mi guardò sbattendo le palpebre come se qualcuno gli stesse soffiando in faccia. Gli si era formata una goccia di sudore, esattamente al centro della fronte, una sola goccia, stimolata dalla tensione che stava provando. La guardai scivolare giù, mentre lui riprendeva a parlare. «Occorrono cinque giorni per riuscire a portare in chiaro tutti i numeri inseriti nel sistema.» La goccia era scivolata rasente l'occhio sinistro e aveva continuato la discesa, simile a una lacrima. «Esiste una chiave di sicurezza che limita il numero giornaliero di decriptazioni.»

«E non può aggirarla nemmeno lei che l'ha inventata?» chiese Lois.

Serra si girò verso la sovrintendente scuotendo il capo. «No, è stata una delle specifiche imposte dai miei committenti.» La goccia di sudore, giunta sul mento, stava per spiccare il balzo definitivo. «Si possono acquisire diciotto numeri al giorno, non di più. Creare file di stazionamento coi dati che servono, per arrivare all'ultimo con tutto predisposto.»

La goccia cadde nel vuoto.

Feci un rapido calcolo. Se tutto andava bene, potevamo completare il lavoro per ferragosto, il giorno della Beata Assunzione, per celebrare la caduta di un demonio!

Adesso però occorreva sbrigarsi. Terrano di sicuro si stava già organizzando per preparare una contromossa. Il suo uomo dei conti *barra* testimone scomodo era scampato alla morte ed era stato preso in custodia dalla polizia. La cosa più logica era che *lui* mandasse qualcuno per risolvere la situazione...

Il luogo scelto per nascondere Serra era un complesso colonico, con tanto di chiesetta sconsacrata, che sorgeva in mezzo a un bosco al limitare di un piccolo campo di lavanda. Situato sull'Appennino tosco-emiliano, superato Rioveggio, si trovava in una località che si chiamava La Trappola. All'inizio degli anni '90, quel posto era stato acquistato dal ministero dell'Interno con l'intenzione di usarlo nei programmi di protezione. Adesso come adesso se ne stava là, inutilizzato, in attesa che ci fossero i fondi per iniziare i lavori di ristrutturazione. Noi avevamo compiuto alcuni sopralluoghi nei giorni precedenti, per accertarci che la linea telefonica che avevamo fatto ripristinare funzionasse, compreso il collegamento a Internet. E che ci fossero l'acqua corrente e la luce elettrica. Nell'edificio principale avevamo ripulito la grande cucina al pianterreno, attrezzandola con tutto quello che ci sarebbe servito. Al piano di sopra avevamo approntato tre camere da letto, una sarebbe stata usata dal Serra e dalla sua famiglia, mentre le altre da noi: la più grande per i maschietti di turno e la seconda per le femminucce.

Mi rivolsi ai miei agenti, e li esortai a completare i preparativi per andare via. Poi invitai il Ragioniere a raggiungere la moglie e il figlio nell'altra stanza, e gli diedi un quarto d'ora di tempo perché li preparasse a quello che sarebbe successo nei giorni a seguire. « Cerchi di essere sincero con la sua consorte. È sempre la cosa migliore », gli consigliai. « Lei, di sicuro, capirà. » E non potei fare a meno di pensare a Dolcemara con una punta di rimorso per il tradimento che avevo consumato con la mia collega. Io non sarei stato sincero con lei, di sicuro, comprensione o non comprensione.

Per confondere le acque, mi tamponai lo zigomo con la borsa del ghiaccio e guardai Serra uscire dal Pensatoio. Visto da dietro, era così gracile. Provai ancora una volta un'infinita pena per quell'uomo. E anche per me, tanto per stare sul sicuro. Col mio fisico da picchiatore e la faccia da divo dell'action thriller *barra* pugile sfatto stile Rocky, forse ero ancora più patetico di lui.

Chiara mi si avvicinò per chiedere come stavo.

Non sentivo dolore, ma ero stanco. La testa mi girava e avevo una punta di nausea. Stomaco vuoto *barra* batticuore... « Sto bene », mentii. « Lei invece? » Non riuscivo ancora a darle del tu, nonostante quello che c'era stato tra noi.

« Sto da Dio, commissario », rispose Chiara, facendo brillare gli occhi con fare allusivo. E io provai l'impulso di abbracciarla proprio là, in mezzo al Pensatoio, e di baciarla alle falde del Muro del pianto, respirando il suo profumo fino a consumarmi il cuore.

Non sapevo ancora come avrei potuto gestire un rapporto extraconiugale nel bel mezzo di un'operazione di polizia così pericolosa e difficile. Con l'apparato sensoriale in malora che rendeva tutto ancora più complicato.

Alla fine non baciai Chiara e le voltai le spalle.

Ma era solo una finta. Come tutto il resto.

3

Mi presentai a casa solo verso le ventitré di lunedì. Dopo che Pasquale Serra era stato posto al sicuro nel *posto sicuro*. Dopo che mi ero accertato che lui iniziasse a fare quello che doveva fare, seduto al computer per decriptare le prime password. Coi miei agenti armati di tutto punto pronti a presidiare il fortino per rendere sicura la fottuta Trappola. Avevo ordinato alla volante che avevamo chiesto come supporto fisso di pattugliare l'imbocco della strada che conduceva alla proprietà: dovevano impedire l'accesso ai non autorizzati, facendo quindi da tampone iniziale. Noi, dal canto nostro, avevamo formato un perimetro di sicurezza attorno all'edificio, con tanto di telecamere di controllo. Ci eravamo organizzati con turni a rotazione, quattro operativi presenti, mentre due riposavano. Io, da bravo comandante, avrei presieduto andando e venendo a mio piacimento. Stando attento a non essere seguito, ovvio. Occorreva tenere duro e non fare cazzate. Se tutto fosse andato come previsto, per il fine settimana avremmo concluso l'operazione. Una consapevolezza che non mi rincuorava affatto. Perché c'era un sussurro dentro di me che mi suggeriva di continuo: *Guarda che tanto non finirà mai.*

E i brividi si sprecavano: col dolore a volume azzerato, loro erano diventati assordanti e vibravano come le corde di un'arpa stonata nei recessi più intimi del mio corpo, abbattendo tutte le mie certezze.

Quando Franco si accorse di com'ero ridotto, la sua preoccupazione mi colpì al centro del cuore, tanto era sincera. « Non è niente, Son. Non sento nemmeno male! » gli dissi, provando a rassicurarlo con una frase che, sotto sotto, era un tentativo di ironizzare su quello che mi stava accadendo: una forma di sarcasmo che però potevo comprendere solo io. Lui mi saltò al collo e mi abbracciò e poi mi chiese scusa, pensando di avermi fatto male stringendomi troppo forte. Ma io lo incoraggiai a continuare: « Non smettere, ne ho bisogno! » Poi alzai lo sguardo sopra le sue spalle: Dolcemara assisteva alla scena impalata sulla soglia con le braccia conserte, divisa tra preoccupazione e risentimento. Mancavo da casa da due giorni. L'ultima volta che mi aveva visto era stato domenica sera in televisione a braccetto con una bella donna. E l'ultima volta che mi aveva sentito era stato per telefono, con dei fuochi d'artificio in sottofondo. Dopodiché silenzio assoluto. Non mi ero degnato di farmi vivo per ore e ore. Perché ero stato troppo preso.

A combattere il male, e a combattere l'amore. Già...

Alla fine ero tornato nella mia tana per leccarmi le ferite, come un fottuto vecchio lupo senza pelo e irto di vizi. Col muso sporco di sangue.

Era come se fossimo tornati ai bei tempi del mio periodo esterofilo, quando andavo a combattere nei tornei di full contact a Berlino e tornavo a casa distrutto e Mara mi minacciava che se non l'avessi fatta finita mi avrebbe mandato a cagare perché già le bastava avere un marito poliziotto.

Dopo aver tranquillizzato Franchino, facendo di tutto per mostrarmi allegro, attesi che lui salisse nella sua camera, poi andai in cucina per mangiare qualcosa: qualunque cosa sarebbe andata bene.

Mara mi seguì come un cagnolino rabbioso, attaccando con la solita solfa: « Io non sopporto più questo tuo atteggiamento della serie 'mi faccio i cazzi miei e siccome sono un poliziotto non sono autorizzato a dire niente a nessuno'. Perché vedi, il problema è che io non sono *la signora nessuno* quindi esigo spiegazioni ».

La lasciai parlare senza arrabbiarmi. Sapevo che reagiva così perché era preoccupata e che quello era il suo modo per dirmi che mi voleva bene.

Ma io ero così stanco e confuso e non ne potevo più di brancolare. Quindi mi avvicinai a lei e spensi la sua raffica di parole posando le mie labbra sulle sue. Mara rimase talmente sorpresa che mi gettò le braccia intorno al collo, m'infilò la lingua in bocca e mi baciò a lungo, disperatamente.

Io restituii quel bacio in assenza di respiro, chiedendomi con una certa preoccupazione se lei poteva avvertire qualche sapore che non avrebbe dovuto esserci. Il senso di colpa mi stava mordicchiando il cuore, e mi venne voglia di spingerla via: non si meritava proprio un marito come me.

Poi mi resi conto di avere il pene in erezione.

E mi sentii così solo da non poterne più...

4

I cadaveri dei tre uomini che avevano cercato di ucciderci erano scomparsi nel nulla e di loro non era rimasta traccia. Di certo il boss aveva mandato immediatamente qualcuno per ripulire. E la cosa di per sé aveva giocato a nostro favore. Per come si erano messe le cose, l'avvio di un'indagine ufficiale da parte dei colleghi dell'investigativa avrebbe complicato le cose, ostacolando il piano di attacco che stavamo portando avanti.

La micropulce che io e Chiara avevamo nascosto con tanta fatica nella magione del nemico non aveva più dato segni di vita nei giorni a seguire: era rimasta muta come un pesce. Lui doveva averla scoperta. Quell'uomo non peccava certo di mancanza di risorse né di furbizia.

«*Ti è andata male, Terrano!*»

«*Sei ancora più duro di quanto pensassi, bravo commissario...*»

Avevo ascoltato svariate volte la registrazione della delirante conversazione che avevo avuto con la voce elettronica di Terrano. L'avevo ascoltata con gli occhi chiusi, ragionando su ogni singola parola, sulle frasi.

«*Non riuscirai a fermarci, lo sai?*»

Parlava al plurale, perché forse si riferiva alle sue due personalità: lui e la Signora delle vespe...

«*Ormai è arrivato il tempo delle rose spente.*»

Questa era la frase più sibillina. Che cazzo erano *le rose spente*? Forse si riferiva ai fiori che erano nel vivaio dove avevano ucciso sua madre...

«*Il fiume è alle porte, commissario. Sta arrivando per travolgerci...*»

La conclusione era incomprensibile: una frase metaforica, un delirio tutto suo, poeticamente fuori di testa. Pensando al possibile significato intrinseco, mi veniva in mente un ribollire di schiuma e di urla, come un corso d'acqua fatto di lamenti liquidi. Un fiume di dolore che tornava sempre.

Stavo combattendo contro un essere ossessionato da tutto ciò che aveva a che fare col male, nella sua forma fisica e nella sua forma mentale. E io ero diventato insensibile all'uno e completamente in balia dell'altro. Dopo quella terribile sera alla Croce, le mie percezioni sensoriali non si erano più riattivate, continuavo a restare spento. Forse era giunto il momento di chiedere il parere di qualcuno.

5

Per tutta la vita sprechiamo ore a creare alibi emotivi per mascherare le nostre debolezze. L'indifferenza può essere una difesa, così come l'anestesia. Affrontare il male, combatterlo. Affrontare l'amore, combatterlo. La confusione degli intenti scandita dal ritmo di un orologio impazzito.

Ambulatorio di diagnostica neuronale. Ore 17.30 del 13 agosto.

Mi fecero sdraiare su un lettino mobile e m'iniettarono nel braccio un liquido blu. Poi m'infilarono con la testa dentro l'oblò di un'apparecchiatura che sembrava una gigantesca lavatrice.

Dopo iniziò la tortura.

«Dimmi cosa senti.» La voce del mio amico dottore, esimio primario neurologo Marco Astori, suonò dolce e profonda, assolutamente fuori luogo. Lui mi stava infilando un ago nel petto per stimolare un nervo toracico anteriore del plesso brachiale, trapassandolo da parte a parte...

Le mie labbra si mossero per rispondere: «Non sento nulla».

La lavatrice registrava le reazioni del mio cervello.

Tomografia assiale a emissione di positroni.

Si udì un ronzio, seguito da tonfi metallici e infine una specie di onda sussultoria di forte intensità che mi fece battere i denti.

Programma di lavaggio per tessuti delicati seguito dalla centrifuga.

Mi stavano strizzando il cervello per vedere se si risvegliava?

Quando tutto cessò e restarono solo dei *bip bip* intermittenti, piegai la testa in avanti, il mento contro il petto, per cercare soccorso nella visione di qualcosa che non fosse la parete metallica della lavatrice. Dalla finestra in fondo, s'intravedevano le fronde dei platani che circondavano la clinica stagliarsi nel cielo dipinto di blu.

Che cos'è un cielo? mi chiesi, con una punta di malinconia.

Quella domanda me l'ero fatta molto tempo prima davanti alla salma di mio padre, dopo che mia madre, puntando il dito verso l'alto, mi aveva spiegato che lui era finito in un luogo misterioso tra le nuvole e il paradiso.

Ma quindi cos'è un cielo? Un posto dove volare o dove cadere?

Forse quello che mi stava capitando in quel momento era solo un folle tentativo per trovare risposta a quel limpido interrogativo di allora.

Magari mi stavo trasformando in un essere celeste, l'esatto opposto del protagonista della *Città degli angeli* che diventa umano per provare le sensazioni che gli sono precluse: il piacere e il dolore! Baratta il cielo con la terra, in cambio di un minimo di consapevolezza.

Stavo regredendo allo stato angelico e presto avrei dovuto lasciare il mondo per andare a vivere sulle nuvole. Per vegetare sui cirrocumoli e respirare e cagare nel cielo dipinto di blu.

Distogliendo gli occhi dalla finestra, cercai di farmi distrarre dai *bip bip* emessi dalle apparecchiature. Stavano monitorando le mie onde cerebrali. Cercavano di tradurle, mentre l'ago penetrava nel mio petto.

Il mio amico dottore sembrava un sadico torturatore in vena di scherzi. « Adesso avverti qualcosa? » chiese.

Io mi limitai a fare no col capo, da dentro la lavatrice. Non sentivo una madonna. Nessun dolore. L'unica sensazione che provavo era quella di avere del ghiaccio nello stomaco. Granatina di menta che sale, inarrestabile, verso la gola. Poi più su, fino a raggiungere i meandri dell'anima, impregnandola di brividi, uno più gelato dell'altro.

La piattaforma su cui ero sdraiato fu fatta scorrere in avanti e la mia testa uscì allo scoperto. Puntando i gomiti, tirai su il busto e fissai il medico con espressione afflitta. « Allora Marco, quale sarebbe la questione? Me lo puoi dire... »

Lui ripose l'ago e inspirò rumorosamente dal naso mentre si rivolgeva al tabellone luminoso dove erano schierate le lastre prodotte dalla tomografia. La rappresentazione della mia testa: i suoi più intimi recessi. Il cervello sembrava una nuvola strana, evanescente nel grigio... Marco puntò il dito, indicando una piccola macchia scura al centro. « C'è una massa di tessuto anomalo... » fece una pausa, come per prendere la rincorsa. « Un tumore che preme esattamente in questo punto. »

La macchia aveva una forma strana, sembrava un mostro urlante.

« Ed è a causa di quel *coso* che non sento più nulla? » Mi allungai in avanti, sedendomi sul bordo del lettino. I muscoli del mio torace guizzarono per una contrazione improvvisa indipendente dalla mia volontà. Sentii le ossa del costato cigolare sotto la pelle, le incrinature cercavano di farsi notare come potevano.

« Quello che ti sta succedendo è invero molto strano. In pratica stai subendo gli stessi effetti di un'analgesia congenita, una malattia molto rara che di solito si manifesta già alla nascita. Nel tuo caso parrebbe indotta da una formazione che potrebbe essere anche maligna. »

« Vuoi dire che ho *invero* un diavolo nel cervello? »

Marco annuì. « Qualcosa del genere. Un demone malvagio se ne sta abbarbicato sul tuo lobo parietale destro, il cosiddetto *giro angolare*, provocando una lesione che si sta via via espandendo... »

« Un diavolo che non è asportabile, immagino... »

« Con un'operazione chirurgia rischieresti la paralisi, data la posizione in cui si trova. E non è possibile nemmeno compiere ulteriori indagini con una biopsia. È un tumore dalla consistenza particolare, come non ne ho mai visti. Non mi dà l'idea di essere neoplastico, sembra più qualcosa di presente fin dalla nascita, che si è risvegliato ora. »

Fissai dritto negli occhi il mio amico. « Ma in che modo riesce a spegnere il dolore? »

« Il dolore viene scatenato dall'attivazione delle terminazioni nervose, i cosiddetti recettori non ricettivi. Lo stimolo doloroso è inviato mediante le fibre nervose al midollo spinale, stabilendo poi connessioni verso l'alto fino a trasmettere al cervello l'informazione. » Marco parlava con quella sua voce dolce e profonda e io di colpo non volevo più sentire nulla.

« La famosa teoria del cancello, sulla regolazione degli impulsi. » Volevo mettermi a piangere, o anche solo urlare un poco, prendendo a pugni il muro: *Basta, basta basta...*

« Una trasmissione correlata all'equilibrio delle informazioni:

attraverso le fibre larghe nessun dolore, cancello serrato... Nel tuo caso la forma tumorale che hai nel cervello sembra provocare proprio questa chiusura. Ma, ripeto, non ho mai sentito di una patologia del genere. Tanto che mi sentirei di annoverarla nei casi d'idiopatia...» Il medico andò a prelevare gli esiti dell'EEG. Studiò i grafici con attenzione, annuendo piano. Poi li ripose e riprese a parlare. «Ci sono molti picchi di onde theta nel tuo cervello, impulsi elettrici correlati agli stati onirici, quando in realtà tu sei sveglio. È come se fosse avvenuto un cortocircuito nella tua sfera percettivo-emozionale. Sono gli stessi dati che si riscontrano nei casi di estasi mistica.»

«E tutto questo mi provoca anche l'insonnia?» chiesi.

«I disturbi del sonno sono probabilmente gli effetti collaterali di questa alterazione. Il tuo organismo sta subendo un attacco e reagisce in qualche modo.»

«Quindi, in sintesi, quanto tempo mi resta?»

Marco mi fissò per qualche secondo, poi distolse gli occhi e disse: «Gli episodi di analgesia potrebbero già essere diventati irreversibili...»

Si può sapere quanto tempo mi resta?

«Se così fosse, la tua sopravvivenza da adesso in poi dipenderà da come riuscirai a gestire la vita di tutti i giorni: dovrai stare attento a muoverti per non provocarti danni alle articolazioni.»

«Quanto tempo mi resta prima di morire?»

Marco scosse la testa con aria sconsolata. «La forma tumorale potrebbe espandersi fino a provocarti una paralisi respiratoria.»

Scesi dal lettino, presi la camicia e la indossai. «Quindi potrei crepare da un momento all'altro?»

Marco abbassò il capo. «Data la natura straordinaria della patologia che ti ha colpito, non è possibile ipotizzare previsioni. Potrebbe accadere tra un giorno, un mese, un anno...»

Recuperai la fondina con la pistola e me l'agganciai alla cintura. «Nessun dolore e nessuna certezza», dissi con tono ironico.

Voce di caramella e sguardo triste, Marco allungò una mano per posarla sulla mia spalla sinistra. «Mi dispiace tanto, Francesco, davvero... Credo che sia opportuno contattare un centro per la chemioterapia... Fare un tentativo almeno in quel senso. Il tuo caso è molto insolito e si potrebbe consultare qualche altro specialista. Sottoporti a nuovi esami più approfonditi in centri di ricerca... »

« Non mi sottoporrò a nessuna chemioterapia del cazzo », ribattei, in un ringhio. « E mai e poi mai accetterò di diventare una cavia da laboratorio per dei fottuti ricercatori. » I miei occhi puntavano un luogo al di là del medico che mi stava di fronte, al di là delle quattro pareti di quella stanza, al di là del mondo intero. La mia ora stava arrivando. Ma non c'era nulla di strano: era una vita che l'ossessione per il tempo mi accompagnava. Da quando era morto mio padre e avevo chiesto al mio cuore notizie riguardo all'identità del cielo, era iniziato il mio personale count-down verso la fine.

Pensai a mio figlio, il suo volto così simile al mio.

Piccolo esploratore dei sogni e indomito combattente delle stelle, pensai. *E adesso come farai?*

I padri si preoccupavano sempre per i figli. E viceversa. *« Papà, cosa ti è successo? »* Pensai alla voce spaventata di Franco, alle sue parole e alle sue lacrime quando lunedì sera mi aveva visto col volto ferito.

Soltanto la condivisione può rendere gli uomini liberi dalle proprie impossibilità. Fare in modo che gli altri sappiano di noi, renderli partecipi di quello che siamo, di quello che ci accade, trasforma la nostra debolezza in un punto di forza.

Per sconfiggere il vuoto, questo è l'unico metodo.

È la stessa cosa del saluto nel karate: prima di combattere, i due avversari entrano in sintonia guardandosi negli occhi e rispettandosi, in modo che, comunque vada, ne possa venire fuori una sorta di esorcismo collettivo. Condividere i propri demoni al fine di distruggerli.

Per poter fare tutto questo, però, serviva coraggio. E io forse quello lo avevo finito da un pezzo. Mi restavano solo rabbia e senso d'impotenza.

Perdere il dolore, come se fosse un amore, mi permetteva di scegliere solo una strada da lupo solitario. « Non voglio che questa mia malattia venga resa nota. Nessuno deve sapere. Nemmeno mia moglie. Per non parlare di mio figlio... » Le mie parole dette tutte d'un fiato risuonarono tra le pareti di quell'ambulatorio lucido pieno di apparecchiature bianche.

Marco fece una smorfia di disapprovazione, corrugando la fronte. « Be', forse sarebbe un loro diritto sapere... »

Sguardo duro e pugni stretti. « Decido io quali sono i diritti dei miei famigliari. E tu dovrai rispettare la mia decisione! » Avvicinai il mio volto al suo: « Guarda che dico sul serio! »

Il neurologo annuì, facendo un passo indietro. « Se è questo che vuoi. »

« È questo che esigo! »

Marco cercò di consolarmi, dicendo: « Mi dispiace, davvero ».

E io provai l'impulso di colpirlo dritto al volto con un pugno per fargli del male. Mi trattenni a stento, stringendo forte i pugni. « Grazie per tutto quello che hai fatto », dissi in un sussurro. « Adesso però devo andare. »

« Se hai bisogno di qualcosa, io sono qua, a tua disposizione... » rispose lui.

Lo guardai e pensai: *Non è vero, stai mentendo.* Poi mi volsi per guadagnare la porta dell'ambulatorio. Non vedevo l'ora di andarmene da quella scena insopportabile. Avevo bisogno di pensare ad altro. Vecchio guerriero e lupo spelacchiato in vena di malinconie. Ridere e piangere come se ci potesse essere un domani.

6

Mi recai subito alla Trappola, cercando di non pensare a nulla. E che si fottesse il maligno spengitore abbarbicato nella mia testa a fare la guardia ai cancelli del dolore.

Quando giunsi a destinazione, la volante di rincalzo era ferma di traverso davanti all'imbocco della strada vicinale. Lampeggiai coi fanali, secondo il segnale concordato. Passando, tirai giù il finestrino e sorrisi ai tre agenti. « State in allerta, ragazzi », dissi.

E loro annuirono tutti quanti assieme. « Non si preoccupi, signor commissario! »

Feci duecento metri di stradina sterrata in mezzo al campo di lavanda prima di arrivare nel cortile. Parcheggiai la Hyundai davanti alla casa e scesi. Mentre andavo verso l'entrata, col braccio feci un cenno di saluto in direzione della telecamera di controllo. In risposta, scattarono dei catenacci e la porta si aprì. Varcata la soglia, venni subito piacevolmente assalito dall'odore di pancetta abbrustolita e lo stomaco mi si contrasse.

Monvisi, che era venuto ad aprire, disse: « Era ora! Aspettavamo solo te per cominciare ».

La tavola era imbandita con pagnotte di pane montanaro, vassoi con fette di salamino e formaggio, molte bottiglie di rosso, piatti e bicchieri di plastica. L'atmosfera era così allegra da far male.

Andai a sedermi al mio posto, rispondendo ai sorrisi di tutti. La festa poteva cominciare.

Una montagna di spaghetti fumanti nel colapasta pronti per essere conditi. La Masina indossava un grembiule bianco, mentre da dietro la cintura le spuntava il calcio della pistola, ed era buffa: una cuoca armata con la testa rapata, tutta sorridente mentre versava il condimento della carbonara nella pentola. Chiara era al suo fianco, brandendo il mestolo.

Intanto Manico e Ballard disquisivano se fosse meglio mescolare il pepe con l'uovo prima o aggiungerlo dopo, secondo il gusto personale.

Bond, dal canto suo, non si curava di loro e teneva lo sguardo incollato sullo schermo della TV portatile appoggiata sopra la credenza, una Grunding da 18 pollici che si era portato dietro per passare il tempo durante le ore di guardia. Il volume era a zero. Sullo schermo stava passando una pubblicità: Charlize Theron, bionda e fatale, che abbandona un ricco vecchiaccio per andarsene con un giovane con gli occhiali scuri che continua ad asciugarsi le labbra da fantomatiche gocce con la punta del pollice, come uno scemo. Un angolo del vestito di maglia che Charlize indossa s'impiglia in qualcosa e, mentre lei si allontana, la gonna inizia a sfilarsi, mostrando il suo sedere da sotto, nudo e provocante. L'ex sottotenente fece un fischio di approvazione.

La Masina gli posò la pentola fumante proprio davanti al naso per impedirgli di vedere oltre, poi allungò la mano per spegnere e disse: « Non guardare certe cose, che ti fanno male! »

Monvisi subito canticchiò: « Gelosia... »

Io osservavo quella scena provando un grande affetto per le

persone che mi circondavano, i miei petali combattenti che mi avevano seguito fino in capo al mondo per lottare contro un demone.

Il nostro *capo del mondo* era quel luogo antico in cui ci trovavamo, una casa rurale che doveva risalire almeno a tre secoli prima. Il rifugio che avevamo scelto per assestare il colpo definitivo al nostro nemico, per metterlo in *trappola* una volta per tutte.

Quella sera dovevamo festeggiare il penultimo giorno di scaricamento dati: la vigilia dell'atto finale. E anche fare una sorpresa a Ballardini, che faceva gli anni: 28, tanto per gradire. Era ancora così giovane, con tutta una vita davanti. Mentre io, pensandoci, avevo ormai tutto dietro, e cercavo almeno di tamponarmi il culo, senza riuscirci più di tanto.

Nessun dolore e nessuna certezza, oh yes!

Continuavo a nascondere la questione della mia malattia sotto la soglia della consapevolezza. Quello che avevo appreso poche ore prima, dopo aver soggiornato in una lavatrice con un ago infilato nel petto, la rivelazione del maligno spengitore, mi lasciava la stessa sensazione che si ha dopo essersi svegliati da un brutto sogno. Adesso dovevo solo concentrami sul mio lavoro, sulla mia crociata, sulla nostra battaglia contro Terrano.

Stare in quel posto strano, fuori dal tempo, con quei giovani pronti a tutto, mi faceva sentire comunque invincibile. E pieno di speranza. Eravamo una squadra unita per qualcosa che andava ben oltre le esigenze di servizio. In completa sintonia dal punto di vista umano, oltre che professionale. In loro compagnia cercavo di sentirmi all'altezza della situazione nonostante tutto, e mi sembrava persino di riuscirci.

In fondo alla tavolata, leggermente in disparte, sedeva il Ragioniere assieme alla sua famiglia. Lui stava fissando il piatto di spaghetti che gli avevano appena servito come se fosse una cosa brutta: decisamente non era un amante della buona tavola, mangiava sempre poco e sembrava campare solo di aria e di conti. Invece il figlioletto ci dava dentro senza fare tanti complimenti. Ogni tanto alzava lo sguardo per cercare l'approvazione di sua madre. La signora Serra era bruttina, ma aveva un carattere dolce ed era sempre piena di materna attenzione, anche verso tutti noi. Brandendo la macchina fotografica Polaroid che portava sempre con sé, fece uno scatto al pargolo... E lui rise contento, con la bocca piena e tutta unta.

Manico guardava con sospetto gli spaghetti nel piatto e scuoteva il capo. « Per me il pepe andava dopo, insisto. »

Lois gli strizzò l'occhio: « Cerchi sempre il *pepe* nell'uovo, guaglione ».

Scoppiammo tutti a ridere, tranne Serra.

Alzai il calice per fare un brindisi. « Alla squadra! » dissi, ad alta voce.

E tutti ripeterono quelle parole, con le braccia tese verso il soffitto.

La moglie di Serra posò il bicchiere sul tavolo. « *Wait, please wait*. Aspettate, rimanete così! » disse, con quel suo buffo accento inglese. Prese la Polaroid e la puntò. « *Look at me now*. Guardate verso me! » Noi ubbidimmo e lei scattò. Si udì il caratteristico ronzio, mentre dalla fessura frontale uscì la lingua di foto in via di sviluppo.

Riprendemmo le libagioni tra risate e sorsi di vino e io spezzai un po' di pane per fare scarpetta nel piatto. Ballard mi guardò e disse: « Sembra l'ultima cena! »

Manico si girò perplesso verso di lui : « E che cazzo di film sarebbe? » chiese.

« Ma no, volevo dire l'ultima cena, quella di Gesù. »

Lois lo fissò con aria di rimprovero. « Che fai, porti iella? »

Il riccio scosse la testa. « Intendevo per la tavolata, col capo al centro che beve vino e spezza il pane e tutti noi che gli facciamo ala come fossimo gli apostoli. »

Bond mandò giù una forchettata di spaghetti: « Però noi siamo solo in dieci! »

« Pochi ma buoni, burdèl! » Manico si era deciso ad assaggiare la carbonara e masticava veloce.

Monvisi si pulì la bocca con un tovagliolino di carta. « Dove si nasconderà il Giuda di turno? »

A quelle parole calò il silenzio e i nostri occhi corsero automaticamente ai monitor delle telecamere che avevamo installato attorno alla casa, per controllare il cortile antistante e il retro. Gli schermi posizionati su una vecchia credenza erano tutti completamente neri. I sensori di movimento non rilevavano nulla. Tutto deserto e tutto immobile là fuori. Ci fu un sospiro di sollievo collettivo. Dopo continuammo a mangiare in silenzio: le parole del mio luogotenente avevano innescato un certo nervosismo.

Alla fine del primo piatto ci fu il bis per non lasciare nulla nella pentola e Manico recitò: « Alla seconda portata disse: 'Prendete sta carbonara e mangiatene tutti! » imitando la voce cantilenante di un sacerdote.

Risate, pacche sulle spalle, e la tensione si allentò fino a far tornare l'allegria di prima.

La signora Serra mi allungò la foto di gruppo che ci aveva fatto, dicendo: « Questa la tenga lei, mister commissario! »

La ringraziai e controllai subito come eravamo venuti: alzavamo i calici al soffitto, tutti sorridenti, tranne Monvisi, Chiara era splendida, e io avevo gli occhi sbarrati e il viso gonfio. Riposi la foto nella tasca interna della giacca, pensando che sembravo più Gesù dopo la Passione, visto come ero conciato.

Giunse l'ora del dolce e la Masina disse che c'era una sorpresa. E sparì nel cucinotto attiguo.

In quel momento mi voltai verso Chiara, seduta accanto a me, dedicandole uno sguardo complice, della serie « quanto ti desidero! » Lei ammiccò di nascosto, arrossendo leggermente sulle gote.

Di colpo si spense la luce e tutti noi trasalimmo, anche se sapevamo *tutti*, tranne uno, il motivo del black-out. Comparve sulla soglia la piccola Lois portando un vassoio con sopra una torta illuminata da una candelina. Tutti assieme intonammo il coro di rito: « Tanti auguri a te... » come se fossimo dei ragazzini che partecipano a una festa, invece che agenti in procinto di sfidare l'impossibile, lupi che giocano con la propria vita nel nome della giustizia.

Ballard soffiò una volta, due volte... ma la candela non si spegneva. Ci mancava solo lo scherzo della fiamma che ritorna. Tutti che ridevano e dicevano cose del tipo: « Oh, ma che fai, vecchio, non hai abbastanza fiato? », « Chissà come devi essere bravo quando scopi... »

Io mi godevo quella scena. Sotto il tavolo avevo allungato la mano per stringere quella di Chiara. E giocavamo con le dita, come per fare all'amore coi polpastrelli. Mi sentivo il cuore gonfio, come se stessi per piangere, e il pene in erezione, come se stessi per eiaculare. *Cazzo, non sei mica un ragazzino, commissario,* pensai. *E poi per giunta stai anche morendo, non te lo dimenticare.*

Le luci si riaccesero e Ballard, stanco di soffiare inutilmente, sfilò la candelina e la buttò dentro il bicchiere di Manico, spegnendola nel vino.

« Oh, ma sei proprio un coglione, fratello! » Il romagnolo protestò, ma lo fece col sorriso sulle labbra.

Lois andò a stampare un bacione sulla guancia del festeggiato. « Mo' ti faccio gli auguri! » disse, e gli diede il suo regalino: un origami a forma di stella. « Così puoi esprimere un desiderio quando vuoi », aggiunse.

Il riccio la guardò con gratitudine. « Grazie, Lois. Sei troppo troppa... Citazione da *Alien 2!* »

Manico andò a recuperare qualcosa dentro uno degli scatoloni usati per trasportare le apparecchiature. Avvicinandosi a Ballard, gli porse un pacchettino avvolto in una carta fiorata, dicendo: « A nome di tutti noi! »

Il riccio scartò subito il regalo e dentro c'era un manoscritto rilegato con un titolo enigmatico:

IMMAGINARIO COLLETTIVO E SOCIETÀ CRIMINALE:
GLI ANNESSI E I CONNESSI
TESI DI LAUREA DI MICHELE BALLARDINI

Partì un applauso e Ballard disse: « Oh, ma dove siete andati a scovarlo questo? » Sembrava commosso.

Manico spiegò: « Siamo i migliori investigatori sulla piazza, o no? »

« Adesso sappiamo perché hai questa ossessione per i film », aggiunse Lois, mentre tagliava la torta a fette per distribuirla.

Bondi si alzò in piedi, fece un inchino e recitò: « Un'interessante disquisizione documentata sui fatti criminosi rapportati alle opere cinematografiche, con riflessioni sulle possibili influenze sociocuturali ». Poi scoppiò a ridere. E diede una pacca sulla spalla del festeggiato.

Quest'ultimo fece una smorfia buffa, e alzò un braccio per invitare tutti al silenzio. Poi attaccò a parlare. « Volevo dirvi grazie.

Ma non per questo regalo. Cioè, anche per questo! » Imbarazzato per come non gli venivano le parole giuste, sorrise per confondere le acque. « Ma vorrei ringraziare soprattutto la persona che ha creduto in me, che ha creduto in tutti noi. » Girandosi verso di me, iniziò a battere le mani.

E subito tutti gli altri lo imitarono.

Io mollai di scatto la mano di Chiara e diventai rosso come un peperone. Stavano applaudendo me, il loro comandante. Sentii qualcosa crescere nella pancia: un groppo di lacrime, un senso di esaltazione, una selva di ululati e grida, tutte tristi e tutte disperate. Mi alzai in piedi e invitai tutti al silenzio con un gesto della mano: « Sono io che ringrazio voi! » dissi con impeto. « Vi ringrazio per esserci. Per come siete... »

Mariolino mi fissava come un leprotto abbagliato dai fari di una macchina, mentre masticava la torta con la panna sul mento. Intanto sua madre gli accarezzava la testa.

« Vi dico grazie soprattutto per il vostro coraggio. » Tornai a sedermi, senza riuscire ad aggiungere altro. I miei agenti mi guardavano con ammirazione incondizionata.

Pensai che in quel momento eravamo al sicuro. Tutti quanti assieme, uniti e indivisibili. Il resto non aveva più importanza.

In quell'attimo, intenso e interminabile, mi sentii contento di quello che ero. E per nulla spaventato da quello che sarei diventato.

7

Il 14 agosto mi presi la serata libera, rassicurando quelli della squadra che li avrei raggiunti entro la mezzanotte. A casa raccontai che sarei rimasto fuori fino al giorno dopo.

Io e Chiara c'incontrammo in un albergo vicino alla stazione per fare all'amore, rubando gli attimi di una passione che non potevamo ignorare.

Ricordo come se fosse adesso: la camera in penombra, i gemiti della mia amante, mentre si muoveva su di me attenta a non gravare troppo sulle mie costole incrinate, il suo corpo nudo e bellissimo che si stagliava nella luce soffusa, la linea dei fianchi, i seni coi capezzoli turgidi protesi verso le mie labbra.

La sensazione che provavo era quella di vivere un sogno, di galleggiare in mezzo al sole.

Le mie mani strette sui suoi glutei morbidi. I nostri respiri che si mescolavano. I movimenti sempre più veloci e poi così lenti da far male. Fino a terminare entrambi in un'esplosione infinita di fuoco e di sudore.

Dopo restammo sul letto, abbracciati l'uno all'altra, i corpi umidi e gli occhi lucidi.

Diedi uno sguardo all'orologio. Quello giusto, tanto per non fare casino coi miei deliri temporali. Erano quasi le dieci di sera e Chiara aveva il treno alle undici meno un quarto, quindi era il caso di darsi una mossa. Smettemmo di abbracciarci. Chiara andò in bagno a lavarsi e a sistemarsi il trucco. Io mi rivestii e rimasi seduto sul bordo del letto a fissare il vuoto, riempiendolo col ricordo di quello che era stato, degli odori e dei sapori. Era stato tutto molto intenso, come un'esperienza mistica: la percezione falsata del dolore rendeva il piacere sessuale dolce e puro e fine a se stesso, come se fosse una pulsione dell'anima piuttosto che della carne.

Adesso però era giunta l'ora di andare.

Chiara doveva recarsi a Roma per fare compagnia al padre malato. L'infermiera, che lo accudiva, si era presa un permesso per il giorno di ferragosto, così lei si era dovuta organizzare per raggiungerlo. Senza dire nulla al marito, per evitare che lui decidesse di accompagnarla, aveva chiesto a Lois di sostituirla alla Trappola per quel sabato notte, anche se sarebbe stato il suo turno di guardia. Monvisi, l'unico col turno di riposo, non si era dato disponibile e così la piccola sovrintendente aveva accettato di buon grado. Quella era una sera particolarmente importante. A mezzanotte in punto, Serra avrebbe acquisito le novanta password che servivano per entrare nel sistema principale, e noi finalmente avremmo potuto carpire tutti i segreti che ci sarebbero serviti per incastrare Terrano. Una cosa del genere la Masina non voleva perdersela, e nemmeno io.

La stazione era deserta e umida di caldo. La gente era tutta in vacanza, e c'erano come minimo trenta gradi. Accompagnai Chiara fin dentro lo scompartimento: prima classe, riservata. Avevo chiesto agli agenti della polizia ferroviaria di turno in carrozza di tenere d'occhio la collega. « Restate a sua disposizione, per piacere. »

Quando il capotreno fischiò per annunciare la partenza, diedi un bacio veloce alla mia amante e le augurai buon viaggio.

« Domattina chiamami per dirmi com'è andata stanotte », si raccomandò lei, con gli occhi che le brillavano per un accenno di commozione, mentre io mi affrettavo a scendere.

Guardandola allontanarsi, mentre mi salutava, sporta dal finestrino del vagone in partenza, mi sentii pungere il cuore da una malinconia, cruda e improvvisa.

Uscito su piazza Medaglie d'oro, controllai il grande orologio sulla parete del palazzo a sinistra: quel quadrante rotondo con le lancette nere che era diventato tristemente famoso perché si era bloccato nell'ora esatta dell'esplosione nella strage di Bologna di diciassette anni prima. Adesso segnava le undici, e coincideva esattamente col fuso orario dello yin del mio orologio al polso sinistro. Facendo un rapido calcolo, se mi sbrigavo, potevo raggiungere la Trappola in tempo per mezzanotte. Affrettai il passo. Mi sentivo le gambe molli per la stanchezza. Non ricordavo quand'era stata l'ultima volta che avevo dormito per più di due ore di seguito. E tutto sommato preferivo non saperlo.

Attraversai viale Pietramellara fino a raggiungere piazza XX settembre. Poi guadagnai la scalinata che conduceva al parcheggio sotterraneo dell'autostazione: quel posto chiudeva al pubblico alle 20, ma io, in quanto funzionario di polizia, avevo a disposizione un posto riservato da usare a qualunque ora. Giunto di fronte al cancello, mi avvicinai al campanello collegato con la guardiola del sorvegliante e pigiai il pulsante. Una voce di donna mi chiese chi fossi. Mostrai il tesserino alla telecamera di controllo e subito si sentì un *clanc* e il cancello iniziò a scorrere sulle guide per farmi entrare. Varcai la soglia e mi ritrovai nel buio, avvolto dall'odore di pneumatici e benzina. Pensai che il guardiano, anzi la guardiana, avrebbe potuto anche degnarsi di accendere le luci. Magari era una nuova.

Se non ricordavo male, la Hyundai doveva trovarsi nella fila laterale destra. Puntai il telecomando a distanza e lo azionai. E la coupé fece lampeggiare le quattro frecce. Era circa a metà. Feci un passo nel buio, in quella direzione, mentre istintivamente cercavo di sentire il conforto della pistola, infilata nella cintura, che premeva.

Percorsi un paio di metri, azionai di nuovo il telecomando e le frecce, accendendosi, mi concessero ancora un sollievo di luce.

Raggiunsi la schiera di auto parcheggiate. Ancora le quattro frecce. Era come se ogni volta stessi facendo una foto col flash. Istantanee del garage sotterraneo che comparivano nel buio.

Ero praticamente arrivato, se allungavo la mano potevo accarezzare il mio bolide, come si fa con un cavallo.

Percepii un movimento alle mie spalle. Mi girai di scatto portando la mano alla pistola. Azionai il telecomando.

Nel lampeggio intravidi sagome scure avventarsi. Estrassi la Beretta e cercai di puntarla, ma fui troppo lento. Avvertii un tonfo. E mi piegai in avanti, sbattendo i denti per il contraccolpo. Mi avevano colpito in testa. Sentivo il sapore del sangue. Sperai di non essermi tranciato la lingua. Spalancai la bocca per cercare di appurarlo, richiudendola poi, come un pesce fuor d'acqua. Provai a dire qualcosa e mi venne fuori un'imprecazione: « Oh, Cristo! » La lingua c'era ancora.

Cercai ancora di puntare la pistola, però qualcuno mi afferrò il braccio armato, immobilizzandolo. Provai a calciare alla cieca, ma persi l'equilibrio e mi ritrovai a terra. Mi girava tutto. Il colpo che avevo ricevuto mi stava facendo perdere i sensi, senza che avvertissi il minimo accenno di dolore, e la cosa di per sé mi dava l'idea di vivere un sogno, uno di quelli in cui cerchi invano di sfuggire da qualcosa perché sei rallentato. Mi sembrava di essere paralizzato. Avevo ancora il telecomando stretto nella mano sinistra e in un moto involontario schiacciai di nuovo il pulsante. Nel lampo di luce, comparvero terrificanti facce da teschio. Poi un tampone mi fu premuto sulla bocca. Respirai qualcosa di dolciastro. Cloroformio, qualcosa del genere. Pensai che mi avevano fregato, mentre precipitavo nell'incoscienza.

8

Nella notte della Beata Assunzione l'odore del sangue è così forte che si avverte persino fuori del paese. Un aroma metallico mescolato ai fumi dell'incenso e al profumo dei fiori. Lungo la strada principale di Sacramundi, decine di ragazzini vestiti da angioletti, con le candele accese, scortano la processione dei battenti, incappucciati che si flagellano il petto nudo. In quel paesino sperduto sull'Appennino, al confine tra Emilia e Toscana, la celebrazione della Madonna assunta al cielo assume connotazioni ancestrali, crude e impressionanti. Le spugne dei penitenti sono così imbevute da sgocciolare e la strada appare striata di rosso.

In cima al podio delle maestranze, circondato dalle guardie del corpo, assieme al figlio, Antongiulio Terrano partecipa all'evento, come ogni anno. Seduto in una posa regale, coi gomiti appoggiati sui braccioli, le mani adagiate con grazia l'una sull'altra e il mento sopra l'intreccio di dita inanellate, i suoi occhi si spostano in continuazione, registrando immagini e assaporando gemiti. *Il dolore aiuta a comprendere*, pensa. *Così come il sangue che cola*. Con l'occhio sinistro inquadra il ragazzino seduto al suo fianco. Suo figlio appare tutto sudato e tiene la testa bassa, come se avesse paura a guardare. Vasco è ancora tenero e innocente, ma lui lo forgerà per renderlo forte. È suo dovere, inevitabile come un respiro.

Controlla l'ora, sono già le ventitré e trenta. Nella sua mente compare l'immagine di una rosa bianca e di una vespa nera. La voce di sua madre che spiega come quell'insetto si nutra della dolcezza di un fiore per trovare la forza necessaria per portare carne cruda alle sue larve... I figli hanno bisogno del sangue per crescere. Il miele e il ferro sono gli odori primari della vita, e della morte.

9

Quando uscii dallo stato d'incoscienza, provai una sensazione strana, come se i miei occhi mettessero a fuoco le immagini senza aver prima sollevato le palpebre.

A mano a mano che i miei sensi si riprendevano, il buio cambiava forma fino a definire un quadro. Più che un quadro, uno schermo. Di fronte a me c'era un televisore acceso, sintonizzato sul nulla. Il brulichio elettrostatico che produceva dava l'idea di un'invasione di formiche d'argento...

Ero seduto su una sedia. Provai a muovere le braccia, ma erano bloccate dietro la spalliera. I polsi stretti da qualcosa di metallico: manette, o qualcosa del genere. Anche le gambe erano legate. Non potevo muovermi, non potevo fare nulla.

Cercai di capire dove mi trovassi muovendo la testa a scatti per guardarmi attorno, ma non riuscii a distinguere nulla di significativo. Solo pareti scure che mi circondavano. Sentivo la nausea aumentare. Il sapore del cloroformio che avevano usato per mettermi fuori combattimento mi tornava su, confondendo la mia percezione olfattiva. Avvertivo un odore strano, qualcosa di minerale, acqua stagnante in un pozzo. «Cazzo volete fare?» provai a chiedere.

In quel momento il brulicare sullo schermo lasciò il posto a immagini confuse coi colori smorti, virati sul verde, come in una ripresa fatta con una camera a visione notturna. Scorci di un corridoio. Non capivo cosa volesse significare una cosa del genere. «Si può sapere cos'è questa stronzata?» chiesi, rivolto verso il nulla. Poi capii, e qualcosa di molto simile a una spada di ghiaccio mi penetrò il centro dello stomaco, togliendomi il fiato. Qualcuno stava riprendendo il corridoio del piano superiore di casa mia ... Un fottuto cameraman inviato dall'inferno si trovava nel bel mezzo del nido dei Negronero per fare chissà cosa.

Mi venne da urlare, ma mi trattenni. Dovevo stare calmo perché non sarebbe servito a nulla agitarmi. Le mie pupille erano fredde e colme di lacrime, però non riuscivo a sbattere le palpebre. Pensai che me le avessero asportate.

Nel televisore la ripresa continuava, a scatti, con immagini sporche e i pixel troppo accentuati. C'era una data, quella odierna, e l'ora, 00.11. Stavano riprendendo in tempo reale l'interno della mia casa. E ne trasmettevano le immagini in diretta su quel televisore che mi trovavo davanti. Mi chiesi come ci riuscissero.

La sensazione dell'aria che mi feriva i bulbi oculari era fastidiosa come un'unghia che graffia una lavagna. Qualcosa m'impediva di chiudere gli occhi. Il mio sguardo doveva restare acceso proprio come quel cazzo di schermo televisivo.

Le immagini della mia casa continuavano a comparire.

Adesso non c'era più il corridoio, ma una camera.

« Cosa volete fare, si può sapere? »

Avvertii un movimento alle mie spalle, il suono di un respiro. « Buonasera commissario. » Una voce soffocata. « Lo spettacolo sta per cominciare. »

La sensazione di aria che si sposta. Al mio fianco e poi di fronte. Un volto con una calza sul viso. Lineamenti deformati, labbra schiacciate. Occhi a fessura con la fronte corrugata dal cappuccio di nylon. Impossibile riconoscere qualcuno sotto. Una faccia senza faccia.

« Cosa volete fare? » Ancora quella domanda stupida.

Nella ripresa trasmessa nel televisore, il poster dell'Uomo mascherato appeso alla parete, il diploma di cintura nera primo *dan* e l'orologio tondo fatto come un bersaglio da tirassegno.

Poi l'inquadratura di un letto...

Occhi che bruciano, lacrime che gonfiano lo sguardo fino a offuscarlo, e che poi colano rapide facendo diventare tutto chiaro.

Un ragazzino che dorme... Con quella sua posa caratteristica: la mano destra chiusa a pugno contro la fronte, come per voler pensare, oppure per difendere qualcosa, magari i suoi pensieri dentro i sogni.

Franco... Qualcuno era entrato in casa mia nel cuore della notte e ora si trovava di fronte al letto di mio figlio. L'inquadratura ferma, forse avevano messo la telecamera su un treppiede.

« Dorme bene, dorme tranquillo... » Ancora la voce soffocata di quell'essere con la calza in testa accanto a me. Le curve dei fianchi segnate dai pantaloni di pelle attillati: si trattava di una femmina. « Sembra un angioletto, commissario... è d'accordo? » Una parlata senza accento. « E lei lo può vedere bene, vero? »

« Che significa tutto questo? » Scrollai la testa per far sì che altre lacrime schizzassero via dai miei bulbi oculari. « Cosa mi avete fatto? »

La donna scoppiò a ridere e la calza si tese sul suo volto. « Sono divaricatori di palpebre. Li usano gli oculisti durante gli interventi chirurgici alla retina... » Volevano fare del male a mio figlio e *volevano* che io assistessi. Mi avevano bloccato gli occhi perché non mi perdessi nulla.

Antongiulio Terrano, mezza mela avvelenata nel mondo delle antitesi, aveva sferrato un attacco a sorpresa. Lui mi aveva fregato.

La donna si piegò in avanti fino a sfiorare il mio volto, come per baciarmi. Mi annusò inspirando profondamente e disse: «Puzzi ancora della tua amante. Mentre tu ti divertivi con lei, noi facevamo quello che dovevamo e adesso qualcuno è in casa tua, di fianco al letto di tuo figlio». Nello schermo, il primo piano di Franco... «Qualcuno che ha portato con sé un bel giochino...» Nella ripresa comparve la lama di una mannaia.

Mi sentii colmare dalla rabbia e persi il controllo. Diedi un forte strattone alle manette che m'imprigionavano i polsi. Poi cominciai a gridare: «Non dovete fargli del male, io vi distruggo, bastardi!»

La punta della mannaia sulla gola del mio piccolino.

Gli occhi mi pizzicavano, mi veniva da piangere. «No, vi prego, non fatelo...» Il tono rabbioso aveva lasciato il posto a quello supplichevole.

Intanto lei mi sussurrava parole dolci: «Potrebbe tagliargli la testa. Ma potrebbe anche non farlo».

Un vago senso di sollievo diluì la mia disperazione. Forse volevano solo minacciarmi per ottenere qualcosa da me. E io avrei fatto di tutto per salvare la mia carne e il mio sangue...

«Se lei si comporterà da persona ubbidiente, suo figlio potrà continuare a dormire e a sognare e non gli verrà torto un solo capello.»

«Cosa volete da me?»

La donna si spostò facendo un passo indietro. «*Vogliamo* l'indirizzo esatto dove tenete nascosto quell'infame di Serra assieme alla sua famiglia. *Vogliamo* sapere quanti uomini sono comandati di guardia, gli orari dei cambi e dove sono ubicate le telecamere di controllo... Insomma, ci deve fornire tutte le istruzioni perché *possiamo* recarci sul posto e risolvere il problema alla radice...» Aveva usato verbi al plurale in ogni frase, come a voler puntualizzare che tutta quella follia era il frutto di una pianificazione collettiva. La voglia di vomitare era cresciuta. Mi avevano in pugno, avrebbero ucciso mio figlio se non avessi fatto esattamente come volevano. Ubbidire però significava firmare la condanna a morte dei miei agenti. « Non posso fare una cosa del genere! » dissi, con impeto. Poi cercai di bluffare, avanzando una falsa proposta: « Trattiamo su qualcos'altro. Farò in modo che Serra non testimoni al processo. Troverò la maniera di non farlo deporre ».

Dovevo sembrare un rospo con quegli affari negli occhi che mi tenevano aperte le palpebre, identico a Malcolm McDowell in *Arancia meccanica* quando gli mostrano le scene di violenza con Beethoven in sottofondo, la *Nona sinfonia*, per educarlo alla buona coscienza. Quel film lo avevo visto sei volte di seguito quando ero ragazzo... Pensai che mi sarebbe piaciuto vederlo ancora una volta con mio figlio.

Il ringhio della donna mi giunse alle orecchie, distraendomi dai miei tentativi di malinconico distacco. « Tu non hai capito un cazzo, commissario. Tu non puoi trattare. Tu devi fare quello che ti diciamo e basta. A noi non interessa nulla della tua carriera e dei tuoi sensi di colpa. Ti sei messo contro il nemico sbagliato. Ti sei messo contro qualcuno che può farti sciogliere le budella solo pensandolo. Quindi adesso tu ci dici quello che ci serve, lo fai subito. Entro un minuto. In caso contrario io darò ordine all'uomo che ora si trova in casa tua, davanti al letto di tuo figlio, di procedere. Lo decapiterà con la mannaia, poi andrà a fare una visitina alla tua dolce mogliettina e, con la testa di vostro figlio appoggiata sul comodino, sodomizzerà a sangue la tua signora: desidera farlo da tanto tempo. E quando avrà finito, se lei non sarà già morta per il crepacuore, le praticherà una tracheotomia a mani nude. Naturalmente dovrai assistere a tutto questo in diretta, senza mai chiudere le palpebre. Con la consapevolezza di essere *tu* il responsabile di quello che sta accadendo, *tu* il responsabile della loro morte. »

Le parole furono chiarissime e non c'era tempo da perdere, non c'erano vie di uscita, non c'era nulla... Le mie labbra si mossero, indipendentemente dalla mia volontà, per pronunciare parole che erano solo il residuo di un'eco, di quello che avevo pensato di dire piuttosto che di quello che volevo: « Io non posso fare una cosa del genere... »

La donna si drizzò di scatto, prese il cellulare dalla tasca dei pantaloni, chiamò un numero in memoria e parlò: « Metti il telefono in viva voce e appoggialo sul comodino col volume al massimo».

Guardai sullo schermo la mano del killer che eseguiva l'ordine. Notai distrattamente che era la sinistra. Quindi lui doveva essere mancino o ambidestro...

L'incalzata avvicinò il telefonino alla mia faccia e disse: «Ascolta». Si sentiva il respiro regolare di mio figlio. «Lui adesso è vivo. Ma tra poco non lo sarà più...»

«Non dovete farlo, vi prego!»

Sentii i capelli che mi si rizzavano, quando la mia carceriera ordinò forte: «Procedi!» rivolgendosi al suo compare attraverso il viva voce.

La mannaia si sollevò, il cameraman dell'inferno stava per colpire.

Mi morsi le labbra. Nell'assenza di dolore, sentii solo il caldo umido del sangue che mi scendeva lungo il mento, mescolandosi al sudore.

Sonnyboy stava per essere ucciso e io non potevo permetterlo. La mia bocca si mosse, come in un sogno. L'aria aspirata che percuote le corde vocali. «Località La Trappola!» confessai.

Lei si rivolse di nuovo al suo complice, dicendo a voce molto alta: «Fermati!» E la mannaia si arrestò a pochi millimetri dalla gola di Franco.

Dong!

In quel momento la campana della Buia si fece sentire. Risuonando dentro il viva voce così forte da dare l'idea di essere nella stanza assieme a me. Un rintocco che sembrò riverberarmi nella testa.

La donna mi mise il cellulare in grembo perché rimanessi collegato con la camera di mio figlio, perché ascoltassi il suo respiro. «Continui a parlare commissario. Entri nei particolari.»

Provavo un odio profondo per quella strega cattiva. E avevo pensato: *Un giorno io ti ucciderò, bastarda che non sei altro.* Anche se probabilmente quella era solo una pedina. Il responsabile era qualcun'altro. Eravamo riusciti ad averlo in pugno. Eravamo andati così vicino da distruggerlo, e adesso... Tutto stava andando a puttane.

Avevo fatto l'errore più grande e più stupido, quello che facevano i combattenti principianti. Ma anche quelli troppo sicuri di sé. Avevo sottovalutato il nemico e non avevo preso tutte le precauzioni possibili e immaginabili. Adesso avrei pagato la mia imprudenza.

Tutti avrebbero pagato.

Sullo schermo c'era ancora Sonnyboy che dormiva. Il suo respiro era calmo con una mannaia luccicante pendente sopra la gola...

Rivelai tutto quanto di getto, come se stessi vomitando. Con le lacrime di umiliazione che si mescolavano a quelle d'irritazione e colavano dai miei occhi da rospo, dissi: « La casa protetta si trova in via della Trappola 3/3, a Rioveggio... In una sorta di radura nascosta dagli alberi. C'è una volante con tre uomini all'imbocco della strada. Nella casa ci sono quattro agenti di guardia. Il perimetro esterno è controllato da telecamere collocate ai lati dell'edificio, che si attivano con sensori di movimento e inviano le immagini a una serie di monitor all'interno... »

L'incalzata ascoltò con attenzione prendendo appunti. Poi recuperò un walkie-talkie, lo accese, spinse le labbra sul microfono e ripeté ciò che si era appuntata. « Adesso sapete tutto, potete procedere. E lasciate accesi i ricetrasmettitori durante tutta l'operazione! » concluse.

I miei occhi spalancati a forza continuavano a fissare l'immagine di mio figlio che dormiva. *Con un mostro che lo vigila con una mannaia stretta in pugno.* Ascoltavo il suo respiro attraverso il viva voce del cellulare che avevo in grembo e pensavo: *Lui è ancora vivo, questo è l'importante.* Mi sentivo il cuore gelato. Avevo già cominciato il lento processo di dissoluzione. E il dolore che provavo dentro era così forte.

10

Gli incappucciati procedono lentamente lungo il tratto conclusivo del percorso, in fondo al viale principale stipato di gente, e stanno per entrare di nuovo in chiesa consumati dagli ultimi spasmi di sofferenza. Si percuotono il petto con gli spilli infissi nel sughero, pregando in coro a voce bassa per celebrare l'avvento della sposa del dolore: *Mater dolorosa, mater suspiriorum...*

Schierate sul sagrato, torme di creature deformi si agitano nell'attesa di una possibile grazia. Si odono le grida gutturali degli indemoniati: corpi che si agitano a terra con la bava alla bocca, crisi epilettiche e disperazione.

Terrano assiste a tutto questo inspirando boccate di aria cruda.

A un certo punto il suo cellulare squilla e lui risponde. Ascolta quello che hanno da dirgli, annuisce lentamente e riattacca. *Ormai sta cominciando,* pensa.

11

La volante è sul bordo del fosso, davanti all'imbocco della stradina sterrata, con le portiere spalancate. I corpi dei tre agenti all'interno all'abitacolo sembrano fantocci inzuppati di sangue.

Sagome nere prendono ad avanzare nel buio in mezzo al campo di lavanda. SPAS-15 impugnati, armature di protezione, anfibi, passamontagna e maschera da teschio sul volto.

Un commando giunto dall'inferno, demoni che scivolano silenziosi.

Arrivati al limitare del cortile, uno di loro estrae una balestra dotata di cannocchiale a visione notturna. Prende la mira, schiaccia il grilletto e colpisce la prima telecamera di controllo. Poi ricarica e lancia un'altra freccia mettendo fuori uso la seconda telecamera. Adesso il perimetro di fronte all'edificio è violabile senza che possa innescarsi alcun allarme visivo. Tutto sarebbe rimasto spento. Dall'interno della casa proviene una musica. Si sentono percussioni e chitarre elettriche.

Dal computer si sentiva un vecchio brano di Santana, *Soul Sacrifice.* La traccia di una playlist appositamente preparata per condire le fasi lavorative più noiose.

Il Ragioniere era seduto davanti allo schermo e stava digitando veloce sulla tastiera. La Masina gli faceva da spalla, mentre gli altri assistevano. Tutti erano distratti dal momento. La resa dei *conti* stava per partire con quella colonna sonora sudamericana fatta di organo Hammond e timbales...

Si erano chiesti come mai Negronero non fosse ancora arrivato. Avevano provato a chiamarlo, ma il suo cellulare era staccato.

Mariolino sbucò in cima alle scale col suo pigiama di felpa e la faccia disperata, gridando qualcosa riguardo alla presenza di mostri nel cortile. Sua madre corse ad abbracciarlo per rassicurarlo. Gli disse che doveva aver fatto un brutto sogno. Ma il piccolo insisteva: « Ci sono dei teschi che fanno luce con la testa! »

La Masina si sentì graffiare il cuore. Afferrò il walkie-talkie collegato alla volante appostata nella strada vicinale e lo attivò. « Base a pattuglia, rispondete! » Mentre parlava, corse a controllare i monitor delle telecamere esterne. L'altoparlante del ricevitore mandò in risposta una scarica elettrostatica. « Merda! » Girò la manopola e si rese conto che il circuito era disattivato e allora lanciò l'allarme: « Ci stanno attaccando! » disse, mentre portava la mano alla fondina ed estraeva la Beretta.

In quel momento la porta si spalancò, sfondata da un ariete da incursione, e una sagoma si stagliò sulla soglia con un fucile a pompa imbracciato. Lois sparò facendo esplodere la maschera da teschio.

Bondi prese Serra per un braccio e lo trascinò su per le scale. Raggiunsero il figlio e la moglie al piano di sopra.

Ballard e Manico scattarono, uno a destra e uno a sinistra, già con le pistole puntate e il colpo in canna...

In sottofondo si sentivano delle percussioni, batteria e congas, come una danza tribale. Poi i vetri delle finestre andarono in frantumi e si scatenò l'inferno.

Lois pensò: *Devo mettermi fuori portata.* Ma ormai era troppo tardi. Si portò la mano alla gola, sentì l'umido del sangue e allora capì di essere stata colpita. *Oh, cazzo!* Seguirono altri scoppi di sangue sul suo corpo. Cadde sulle ginocchia, mentre qualcosa di rovente le attraversava il ventre. Pensò: *Ora è finita.* Con le viscere che le uscivano da dietro, come serpenti di sangue, cadde a faccia in giù. Immersa in una pozza del suo stesso sangue, pensò a sua figlia e cercò disperatamente di ricordarsi se le aveva dato un bacio, quella mattina, prima di uscire. Un bacio solo: l'ultimo della sua vita.

Ballard vide la collega accasciarsi a terra e si fece prendere dal panico. Lanciò un grido di rabbia, stringendo la pistola in pugno.

Tutto stava esplodendo dentro la stanza. Da fuori crivellavano di colpi l'interno della casa sparando contro le finestre. I nemici dovevano essere parecchi.

Manico reggeva la pistola con due mani, tenendo la schiena contro il muro. Senza sapere cosa fare.

Poi la pioggia di fuoco s'interruppe. Manico guardò Ballard e Ballard guardò lui. Anche la musica in sottofondo era terminata e adesso c'era solo un orribile silenzio, interrotto dai gemiti e dal sangue che gocciolava.

Al piano di sopra Bondi, con la pistola impugnata, percorse il corridoio seguito da Serra e dai suoi famigliari. Voleva metterli al sicuro, ma non sapeva come. Entrò nella camera da letto e all'improvviso si ritrovò i teschi davanti, loro erano entrati anche dalla finestra. Sparò all'impazzata e ne colpì uno al petto. Inutilmente. I nemici indossavano giubbotti antiproiettile e risposero al fuoco. Sentì gli spari e sentì il dolore. Le costole che si frantumavano e i polmoni che si bucavano... L'impatto dei proiettili lo fece volare all'indietro, contro la finestra. I vetri si ruppero e lui cadde nel cortile tra cocci di vetro e schizzi di sangue.

Ballard si rivolse a Manico e disse: «Vendiamo cara la pelle, bordèl?» Era strano sentire un calabrese usare le parole di un romagnolo.

Manichelli si asciugò le lacrime dalla faccia. «Si dice burdèl con la 'u'», disse al collega, facendogli l'occhiolino. «Sei sempre stato un coglione Balla, ma ti voglio bene!» Estrasse anche la pistola di riserva. Guardò la Masina sul pavimento che tremava, percorsa dagli ultimi spasmi di vita. Disse: «Fanculo a quei pezzi di merda!» Poi si buttò oltre la soglia sparando a più non posso...

Ballardini fece lo stesso, gli andò dietro.

Bondi atterrò in mezzo al cortile e l'aria gli uscì dai polmoni assieme a una boccata di sangue. Puntandosi a terra con le braccia, riuscì a mettersi in ginocchio. Si guardò attorno e vide gli uomini teschio circondarlo. Erano tanti e indossavano tutti torce da fronte accese sopra la maschera e portavano un walkie-talkie a tracolla. La spia rossa accesa, come se fosse inserita la funzione di trasmissione.

Lui avrebbe voluto ucciderne qualcuno, ma non aveva neanche più la pistola. Allora cercò di gridare sforzandosi di contrarre i polmoni lacerati, ma non fece in tempo a emettere un solo fiato. Iniziarono a colpirlo coi calci dei fucili costringendolo di nuovo a terra. Si trascinò sul terreno, con le unghie che graffiavano la ghiaia. Altri colpi. Altri tonfi. *Vi prego basta...*

Ballard e Manico avanzavano verso il nemico con le pistole puntate come in un duello. L'uno di fianco all'altro, respirando l'odore della lavanda e del sangue. Terrorizzati ma pieni di rabbia. Iniziarono a sparare e iniziarono a morire, crivellati da decine di colpi.

I teschi che corrono, i teschi che ridono. I teschi che distruggono tutti i computer. Dopo trascinano fuori il Ragioniere. Lui e la sua famiglia. La moglie con gli occhi sbarrati dal terrore. Mariolino che piange di continuo, un lamento di paura lungo e sottile...

12

La Madonna nera campeggia sopra l'altare.

Il cellulare suona di nuovo. Terrano spinge il tasto per accettare la chiamata e si porta il Nokia all'orecchio. Una voce gli comunica che Serra lo sta aspettando...

Staccando la comunicazione, si lascia scappare un ghigno. *È ora di andare...* pensa. Sorride a Vasco e suo figlio lo guarda con timore. Lui sa cosa lo sta attendendo: il battesimo del sangue e dell'orrore, per crescere e diventare uomo. Quello che ha appena visto, la processione di flagellanti, è solo il prologo della sua iniziazione.

« Dovrai essere duro come la minchia di un toro, lo sai, piccolino? » Le parole del padre nell'aria densa di dolore.

13

I corpi dei quattro poliziotti vengono trascinati contro il muro della casa e inchiodati alle pietre con lunghi cancani da carpentiere, in modo che restino in piedi, con le braccia in croce. Poi inizia il tirassegno. Tanti colpi, l'uno dopo l'altro, fino a ridurre i corpi a irriconoscibili frammenti di carne, macchie di midollo e briciole di ossa.

Serra si mette a gridare. Sul punto di perdere la ragione di fronte a quello spettacolo orribile. Sua moglie fa lo stesso, mentre Mariolino prosegue la sua litania di gemiti sottili, battendo forte i denti come se sentisse un freddo da morire.

Poi vengono portate le ceste con dentro i favi e i vasi di terracotta pieni di miele.

Un teschio indica la chiesa sconsacrata sullo sfondo e dice: « Prepariamo l'infame per l'arrivo del padrone ».

14

Quando tutto l'orrore si concluse e il walkie-talkie terminò di trasmettere, l'incalzata prese il cellulare ancora acceso sulle mie gambe e comunicò col killer dentro casa mia. « Ora puoi andartene », disse. E io provai un senso di sollievo così forte da restare senza fiato.

Anche la trasmissione delle immagini fu interrotta e lo schermo si riempì di nuovo di formiche d'argento.

La mia carceriera comparve nel mio campo visivo brandendo

una siringa ipodermica. «Sei stato bravo...» disse. «Meriti un premio, caro il mio bel poliziotto senza paura.»

Io restai a guardare l'ago avvicinarsi alla mia gola, senza dire nulla. Non me ne fregava un cazzo, ero così svuotato e perso.

Il volto informe della donna mascherata emise una risata sottile, la strega si divertiva da morire. L'ago penetrò nella mia giugulare. Lo stantuffo della siringa spinse una sostanza nera dentro le mie vene. Latte di tenebra che si sarebbe mescolato al mio sangue. Mi chiesi se sarei morto avvelenato. Una richiesta che in fondo si rivelava una speranza. Morire, in quel momento, non mi pareva una gran brutta soluzione per risolvere la sofferenza che stavo provando per quanto era successo. La consapevolezza di come sarebbe stata la mia vita adesso. D'ora in poi.

Un incubo in Terra. Nero di seppia sotto il cielo dipinto di blu.

La mia testa si riempì di ronzii assordanti. Fui assalito da rapide visioni di vespe urlanti che si avventavano, mentre precipitavo nell'incoscienza. Scomparendo dentro l'oscurità...

Per poi riapparire, seduto nella mia auto parcheggiata dentro il garage dell'autostazione. Confuso e disorientato, mi chiesi se avessi sognato tutto quanto. Mi toccai il collo e trovai un gonfiore, là dove mi avevano fatto l'iniezione. Non era stato un sogno!

Il mio mondo era crollato per davvero. Il mio mondo era stato fatto a pezzi, lasciando solo frammenti microscopici con la consistenza di pulviscolo, una polvere nera che avrebbe ricoperto ogni cosa, da adesso in avanti. La mia anima avrebbe odorato di fumo e cenere. Il contagio del male era iniziato e non si sarebbe concluso mai.

Acceso il motore, andai via dal parcheggio. Guidando come un pazzo, alle sei del mattino, raggiunsi casa mia, passando dalla strada collinare sopra la città.

Il cancello era aperto. Entrai nel cortile sgommando. Scesi dall'auto e corsi in casa. Il soggiorno. Le scale. Il corridoio, interminabile. Raggiunsi la camera di mio figlio...

Sonnyboy dormiva. Il mio angelo era sano e salvo. Mi sedetti sul bordo del letto per osservarlo, col desiderio di toccarlo, di annusarlo, per sentire se c'era veramente.

Provai a immaginarmelo senza testa, col sangue sparso sulle lenzuola, rosso su bianco. Mi scesero due lacrime che mi gelarono i bulbi oculari, come se fossero fatte di acido, ma senza dolore, neanche un briciolo.

Mara comparve sulla soglia all'improvviso, un raggio di sole in vestaglia, coi capezzoli scuri che trapelavano, tondi e grossi. Il suo bel viso e i suoi occhi blu gonfi di sonno. Un'espressione interrogativa. « Cos'è successo? » La sua domanda invase l'aria pervasa di stupore.

Io risposi, semplicemente: « Nulla ».

Lei però non mi credette, fece un passo avanti per scrutarmi meglio il volto e mi chiese: « Sei sicuro? Sembra che tu abbia pianto... »

Mi limitai a scuotere il capo, senza sapere cosa dire. Cercai soccorso nel volto di mio figlio. Ma non era facile continuare ad aggrapparsi a qualcosa. Tutti i salvagente erano bucati e affondati. Ormai restavano a disposizione poche bracciate per nuotare verso qualche isola inesistente, il massimo che ci si poteva concedere per continuare a vivere. In mezzo alle lacrime, nella valle di dolore che avvolge e nutre nei secoli e nei secoli.

Mara mi fissava con spaventosa intensità. L'eco della sua richiesta di spiegazioni – *Sei sicuro?* – faceva da ponte alle incomprensioni di tutta una vita.

« Non sono più sicuro di niente... » dichiarai, in un sussurro. Lo stomaco era un pugno stretto nella pancia.

All'improvviso la vibrazione del cellulare. Sobbalzai. Controllai il display. Mi alzai in piedi, mentre la vibrazione continuava.

Mara mi chiese perché non rispondessi.

In quel momento Franco aprì gli occhi e mi guardò, sfoggiando un sorriso luminoso. « Papà! Sei qui... »

No piccolo, io non ci sono più...

Cercai di sorridergli per rassicurarlo. Avrei voluto abbracciarlo. Ma ero bloccato. Invisibili viticci m'imprigionavano, limitando i miei movimenti. Io non sarei più stato lo stesso. Non dopo quella sera. Non dopo quello che avevo fatto.

E non contava nulla la vocina che cercava di consolarmi: *Ti hanno costretto. Guarda che tu non hai colpa...* Un mantra che si ripeteva: *Ti hanno costretto. Guarda che tu non hai colpa...*

In un angolo remoto della mia mente sapevo che ci sarebbe stato altro male da affrontare. Dolore dentro invece che fuori.

Guardando il mio tenero pulcino, dissi in un sussurro: « Ti voglio bene, sai... »

La vibrazione del cellulare continuava. Uscii dalla camera e mi decisi a rispondere: « Pronto? »

La voce agitata di Monvisi: « Capo, è successo un casino! »

Poi il resto: un fiume di parole concitate per raccontare. Frasi smozzicate simili a punte di coltello.

Alla fine trovai il coraggio di dire: « Vengo subito ». Ma era come se qualcun altro parlasse al mio posto. Riuscii a compiere uno sconvolgente passo in avanti. E poi un altro. « Adesso devo andare », annunciai, girandomi verso mia moglie, che mi fissava preoccupata sulla soglia della camera.

Giunto in cortile salii in auto e partii. Per andare incontro all'incubo, quello che io avevo contribuito a creare.

Guidando come un pazzo e stringendo il volante più forte che potevo, giunsi a destinazione in meno di un'ora. La nostra Trappola in capo al mondo, rifugio sicuro e inferno in Terra.

15

Nell'attimo in cui scesi dall'auto fui aggredito dall'odore di sangue e di fiori. Odore di metallo mescolato al profumo proveniente dal campo di lavanda. Un mix disgustoso e nauseabondo.

Macchine biancoazzurre della polizia, auto blu striate di rosso dei carabinieri, i lampeggiatori sui tettucci... C'era anche un mezzo dei vigili del fuoco, vai a sapere perché. Agenti in divisa correvano da tutte le parti.

Qualcuno si girò verso di me, per salutare. Avanzai nel cortile, cercando di mettere i piedi dove la ghiaia non era sporca di sangue. Due pompieri arrivarono di corsa, indossavano caschi e tute di protezione e brandivano strani erogatori che assomigliavano vagamente ad annaffiatoi. Mi chiesi cosa volessero fare con quei cosi. Poi mi resi conto: c'erano un sacco di vespe, grosse e nere, che volavano impazzite, ronzando nell'aria in prossimità della casa. Centinaia erano posate sulla facciata, brulicavano letteralmente e sembravano pasteggiare su qualcosa, delle forme che sembravano corpi umani.

I vigili del fuoco si avvicinarono e presero a spruzzare veleno dagli erogatori. Sbuffi di fumo azzurato investirono quegli enormi insetti che cominciarono a cadere a terra, come pioggia secca, liberando la parete e quello che c'era spiaccicato sopra...

Restai a fissare i corpi inchiodati al muro, quello che restava dei miei ragazzi massacrati da decine di colpi: li avevano cosparsi di miele e li avevano dati in pasto alle vespe nere.

Morti ammazzati in quel modo assurdo, per colpa mia.

Quello che era successo, io l'avevo vissuto. I suoni degli spari e le grida li avevo ancora nella testa. Non se ne sarebbero andati mai. Mi avrebbero accompagnato per sempre.

Li avevo ascoltati tutta la notte, in diretta esclusiva, provenienti dalla ricetrasmittente che l'incalzata aveva lasciato accesa apposta per me, perché mi rendessi conto di quello che stava succedendo, perché capissi sino in fondo quello che avevo provocato. Mi ero messo contro un demonio in Terra e ne stavo pagando le conseguenze. Tutti quegli spari e quelle grida: la colonna sonora della trasmissione che ero costretto a vedere sullo schermo televisivo dove mio figlio dormiva come un angelo col cameraman assassino pronto a tagliargli la testa.

Avevo trascorso la notte col divaricatore impiantato sulle palpebre, i bulbi oculari gelati e le lacrime che si formavano e colavano di continuo. Pregando che Franco non si svegliasse prima del tempo. *Sogna piccolo, sogna di fate buone e cavalieri senza paura. Sogna di fiori profumati ed eroi. Non ti svegliare.*

«Francesco, sono stati uccisi tutti, *tutti.*» La voce di Monvisi da dietro le mie spalle. Mi voltai lentamente, provando l'impulso di mettermi qualcosa sulla faccia, per coprire la mia espressione. Temevo che si potesse leggere in qualche angolo remoto della mia disperazione quello che avevo fatto, quello che mi avevano costretto a fare!

Davide mi guardò, con gli occhi gonfi di lacrime. E io feci lo stesso. Le labbra mi tremavano in uno spasmo involontario. Dopo qualche secondo, con uno sforzo, recuperai la padronanza dei nervi e cacciai via le lacrime che spingevano per uscire. « La giudice è stata avvertita? » chiesi.

« Sì, certo. Lei era in vacanza in riviera per trascorrere il ferragosto e quindi arriverà tra una mezz'oretta. » Il mio vice era pallido. Anzi peggio: la pelle del suo volto sembrava fatta di pasta cruda e i suoi occhi cerulei spiccavano su quel fondo bianco.

Il comandante dei carabinieri di Rioveggio intervenuti sul posto mi venne incontro chiedendo: « Lei è il commissario Negronero? »

« Sì, sono io », risposi.

« Eravate in questo luogo per un programma di protezione ufficiale? »

« Informazioni riservate, capitano », dissi. Poi controbattei chiedendogli cosa fosse saltato fuori dai primi rilevamenti.

« Gli assalitori erano almeno una ventina. Un vero e proprio commando d'assalto. Hanno prima ucciso i tre agenti dentro l'autopattuglia appostata nella stradina di accesso, poi sono entrati, passando dal campo, e hanno attaccato. Una cosa incredibile! Si sono divertiti a crivellarli di colpi. Poi li hanno cosparsi di miele, vai a sapere perché. Mi dispiace per i suoi agenti. » Una vespa sopravissuta alla strage dei pompieri gli ronzò davanti al naso e lui la scacciò con la mano.

« Hanno dato loro da mangiare », spiegai.

Il carabiniere mi guardò perplesso. « Come dice, dottore? »

« No, dicevo alle vespe! » puntualizzai. Mi sentivo gli occhi fuori dalla testa come se avessi ancora indosso il divaricatore. Strinsi forte le mascelle e cercai di darmi un contegno.

« Commissario si sente bene? » stava chiedendo il capitano. Considerando come ero conciato, col viso pieno di lividi e gli occhi arrossati, la sua doveva essere stata una domanda retorica. Così nemmeno gli risposi. E mi accomiatai da lui.

Il sole era sorto da un po'. Una luce rosata pareva accarezzare le cime degli alberi. La notte si era definitivamente conclusa.

Ma l'incubo sarebbe continuato. Ancora, per sempre. Per tutti i giorni che mi restavano da vivere. E forse anche di più. L'incubo circolava dentro le mie vene: veleno nero al posto del sangue. Me lo avevano iniettato, come uova di vespa, alla fine di quelle ore interminabili ad ascoltare i suoni dell'inferno. L'orribile colonna sonora di quello che era accaduto.

Un agente della scientifica stava fotografando i resti inchiodati al muro. Aveva il volto rigato di lacrime e sussurrava: « Perché così tanto? Perché così tanto, eh? »

Provavo la sensazione di avere le dita appiccicose, come se le avessi immerse nella colla o nella marmellata.

Le mie mani erano lorde di sangue, invisibile agli occhi, ma assolutamente presente nel cuore.

I miei coraggiosi petali di rosa, indomiti cavalieri, erano ridotti alla stregua di carne da macelleria spiaccicata sulle pietre per nutrire un'ossessione.

Un pensiero inadeguato e cattivo si fece largo in me: *Meno male che Chiara era andata via...* Mi sentii un egoista pezzo di merda. La mia amante si era salvata. Tutti gli altri no. Mi veniva da vomitare.

« Se ieri sera non mi prendevo un permesso, qua c'ero pure io, capo... » La voce di Monvisi, da qualche parte. Era come se il mio vice mi avesse letto nella mente. E la cosa m'indispettì.

Entrammo assieme dentro l'edificio. Nella sala dove la sera prima avevamo consumato la nostra ultima cena, mi guardai attorno: le apparecchiature distrutte, il computer crivellato di colpi. Sul pavimento c'era la stella di carta di Lois, l'origami dei desideri. Mi chinai per raccoglierlo, lo strinsi in pugno e lo buttai via con rabbia. Il manoscritto della tesi di laurea era ancora sopra il tavolo. La copertina strisciata di sangue. Il nostro regalo a Ballardini. Se lui fosse stato ancora là, chissà a quale cazzo di film avrebbe paragonato tutto quel macello. Mi sentii invadere dalla rabbia per quello che i bastardi ci avevano fatto. Mentre una vocina dentro di me, dispettosa e crudele, sussurrava: *Guarda che sei stato tu il primo artefice di tutto questo. Sei tu il Giuda dell'ultima cena. Gesù e Giuda nello stesso tempo.*

Mavvaffanculo! pensai, in risposta.

Corsi fuori della sala, calciando qualcosa a terra. Era il bossolo di una cartuccia. Lo mostrai a Monvisi. Dovevano avere usato munizioni caricate a borra, di quelle per la caccia ai cinghiali. Il mio vice si limitò ad annuire.

Quello che mi avevano costretto a sentire quella notte mi riecheggava nella testa. Tutti quegli spari e quelle urla che sembravano non dover finire. Ma il peggio era accaduto da un'altra parte. E io lo sapevo molto bene.

Un altro passo, masticandomi il cuore, deglutendolo.

Mi decisi a uscire per andare a vedere nella chiesetta sconsacrata.

C'era un agente che vomitava da una parte, di fianco alla porta d'ingresso. Lo guardai e lui mi guardò, pallido e disperato.

Mi chiesi che faccia dovessi avere io. Mi sentivo ancora con gli occhi in fuori, la testa senza palpebre e il petto senza cuore.

Varcai la soglia per entrare nella chiesa. E fu come trovarsi nell'anticamera dell'inferno. Nell'aria c'era odore di tortura: una vernice che ricopre tutto.

Monvisi, alle mie spalle, non mi abbandonava. « Non ci posso credere, capo, non ci posso credere. »

Stai zitto, ti prego stai zitto, stai zitto, stai...

« Ma come avranno fatto a sapere del nascondiglio? »

Stai zitto, stai zitto, stai zitto, stai... Cercai di non mettermi a urlare. Dentro di me continuavo a ripetermi: *Non ho potuto fare altro. Non ho avuto scelta...*

Il cavaliere senza macchia che popolava il mio cuore, scuoteva la testa sconsolato, mentre diceva: *C'è sempre una scelta, lo dovresti sapere.*

Quello con la macchia cercava di zittirlo: *Piantala di rompere le palle, sei troppo pulito per parlare!*

La chiesetta era popolata di statue di santi e di angeli con le ali spezzate che si stagliavano contro pareti ricoperte d'antichi mosaici e affreschi scrostati. Colonne sbreccate e quadri appesi lungo le pareti laterali, le diverse tappe della via crucis. La strada dolorosa. Una lamentazione del cazzo.

Serra era appeso alla croce dell'altare con gli occhi sbarrati, nudo e scheletrico. Sembrava un Cristo con problemi di calvizie. Costole come rebbi e pelle giallastra. Uno squarcio slabbrato in fondo all'inguine: dove avrebbe dovuto avere gli attributi, c'era solo sangue. Pochissimo ormai. Solo qualche goccia cadeva dentro il bidone metallico colmo fino all'orlo posto sotto di lui.

Un terribile sgocciolio... *Plinc plinc...*

Risentii nella mente il suo grido al momento dell'evirazione, durante il mio ascolto in diretta in quella lunghissima notte di orrore.

La moglie di Serra era sdraiata sull'altare, tutta nuda, grassoccia e con le gambe aperte: una minchia di toro dentro la vagina. Era stata impalata davanti al marito. E i suoi gemiti erano stati così strazianti, così interminabili, fino a spegnersi in un gorgoglio nell'attimo in cui la verga era giunta in fondo. Il Ragioniere aveva dovuto assistere alla morte di sua moglie, mentre uomini crudeli la violentavano aprendole in due la pancia. Sua moglie torturata davanti agli occhi terrorizzati del figlioletto.

Mariolino era a terra. Con la testa schiacciata. Ossa e cervello ridotti in poltiglia. Le manine strette a pugno. Le gambe aderenti al petto. Ricordavo perfettamente il suono acquoso dell'osso che si rompeva, come un ramo spezzato nel fango.

Serra aveva le palpebre incollate alle arcate sopraccigliari. Lui aveva dovuto assistere a tutto senza poter mai chiudere gli occhi. Dopo gli avevano fatto quello che gli avevano fatto e lui si era consumato nel sangue, una goccia alla volta, fino a scomparire nel nulla. La morte era giunta solo alle prime ore del mattino, ponendo finalmente termine alla sua sofferenza, quella dentro e quella fuori.

Mi domandai cosa fosse stato peggio per lui: il dolore della tortura o aver perso i propri cari in quel modo terribile? Forse non esisteva una risposta a un interrogativo del genere. Il dolore dentro e quello fuori fanno parte di una compagine che si organizza per distruggerti l'anima. Forse è in quel frangente che la bestemmia ti sembra una via di redenzione nei confronti delle tue impossibilità e allora diventi amico del diavolo.

Se non mi fossi trasformato in un infame traditore, avrei trascorso io la notte con gli occhi spalancati a vedere fare a pezzi le persone che più amavo. E poi magari avrebbero tagliato le palle pure a me. E la mia aguzzina avrebbe assistito mentre mi dissanguavo...

Quest'ultima consapevolezza era terribile soprattutto perché, in qualche modo perverso, mi provocava una forma di sollievo.

All'insegna del classico, ma intramontabile, principio della *mors tua, vita mea*.

Per un assurdo momento mi sentii piombare in un limbo di solitudine. Erano scomparsi tutti: poliziotti, carabinieri, uomini della scientifica... Come se fossi rimasto *io* l'unico abitante di quella cazzo di valle di lacrime. Il fiume del dolore aveva un corso impetuoso, il letto era fatto di gemiti e pioggia. In tutti i casi era grigio. Solo le venature di sangue facevano la differenza.

« Hai visto che cazzo di macello? » Risuonò all'improvviso la voce di Monvisi.

Mi girai per fissarlo con un certo stupore, non ero più solo là dentro. « Ho visto tutto, certo. Ho anche sentito, amico mio. »

« Non capisco cosa vuoi dire. »

Testa che nega. Nausea che cresce. « Non lo capisco nemmeno io. È tutta una follia così grande. » Mi accorsi di un registratorino posato a terra. Mi chinai per recuperarlo. Lo feci andare indietro un poco e poi schiacciai PLAY. Il silenzio si riempì di grida strazianti. Avevano registrato tutto quello che io avevo già sentito in diretta. Terrano mi aveva lasciato un omaggio per ricordarmi che adesso io ero diventato suo complice.

Spinsi subito STOP. Non ce l'avrei fatta a sopportare di nuovo quei lamenti. Ne avevo abbastanza di quelli che mi erano rimasti nella testa.

Il sangue residuo di Serra sgocciolava nel bidone colmo. *Plinc plinc.*

Notai che c'era un fiore bianco posato a terra, proprio ai piedi dell'altare. Una rosa albina. In quel momento mi risuonò nella testa una voce metallica, distorta e terribile: *Ormai è arrivato il tempo delle rose spente.* La frase che aveva pronunciato Terrano la sera della Croce.

Feci un sospiro e colsi di nuovo, ma in modo più prepotente, il mix nauseabondo di lavanda e sangue che aleggiava nell'aria. Si era aggiunto al cocktail anche l'odore di escrementi. E tutto quanto si mescolava al ricordo dell'odore minerale del cloroformio o di chissà cos'altro, che mi aveva accompagnato durante la notte. Difficile resistere senza vomitare anche l'anima.

Avevo bisogno di una boccata d'aria fresca. Di scappare da qualche parte, lontano anni luce, in cima al cielo...

Un'ultima goccia cadde nel bidone sotto il cadavere del Ragioniere. E il sangue prese a traboccare, allagando il pavimento.

Io mi sentii - dentro - molto in sintonia con quel bidone e con quel sangue. Mi restavano poche gocce a disposizione, poi tutto sarebbe esploso, fuori. Era solo una questione di *tempo*. Come sempre.

16

Seguirono giorni frenetici in cui cercai di fare il mio lavoro senza pensare a niente, affiancando quelli della scientifica per elaborare tutte le rilevazioni effettuate alla Trappola. Nel mio rapporto riguardante quella dannata sera, scrissi di aver accompagnato in stazione la dottoressa Monti e di essere poi andato a casa a dormire. Guardandomi bene dal dichiarare di aver parcheggiato l'auto nel garage dell'autostazione. La guardia giurata in servizio quella notte era stata trovata uccisa, e non era certo il caso di aggiungere ulteriori interrogativi riguardo alla mia condotta.

La situazione era davvero molto complicata. La stampa ci stava facendo un culo così perché qualcuno avanzava gravi accuse d'incompetenza. E soprattutto venivano fatte le ipotesi più fantasiose riguardo all'operato di una squadra speciale di cui non si sapeva nulla e che aveva il pittoresco nome di Antigang. Torme di vampiri scribacchini erano sbucate dal nulla per bere a profusione sangue fresco, avventandosi sui vivi e sui morti. Tanto che ero persino arrivato a rimpiangere gli articoli della murena, la quale, per quanto testa di cazzo, sapeva perlomeno sfoggiare una certa classe nell'inventarsi articoli eclatanti.

Io passavo le ore cercando di restare sospeso, lontano dalla consapevolezza di ciò che ero stato costretto a fare. E non ne potevo più di tutto e di tutti, in particolare non ne potevo più di esistere in quanto tale, in quanto Negronero, il Giuda, il traditore...

Fui convocato da Mastroleo. Una chiamata diretta al mio cellulare da lui in persona: « Venga subito che la stiamo aspettando io e il procuratore Cavallo ».

E io avevo risposto: « Certo! Vengo senza porre tempo in mezzo... » Poi era corso ai piani superiori e non avevo nemmeno atteso qualche minuto per fare dispetto. Ero così stanco.

Appena entrato, non feci nemmeno in tempo a salutare, che lui mi apostrofò, puntandomi il dito contro e inondandomi di interrogativi l'uno dietro l'altro: « Cos'è andato storto, esattamente? Come hanno fatto a sapere dove tenevate Serra? Dove pensa di aver sbagliato, commissario? » Troppe domande per un questore solo.

Io cercai di dire qualcosa, ma non mi venne fuori nulla.

Silvia, che era in piedi con le braccia conserte di fianco alla scrivania, saltò su, con tono brusco: « Dottor Mastroleo, non mi sembra proprio il caso di prendersela col commissario. Il dottor Negronero ha agito sempre seguendo le regole. E dietro mie precise disposizioni! »

Io la guardai con gratitudine e pensai che le avrei dato volentieri un bacio. Lei era dalla mia parte, ancora una volta. In fondo era come un mio petalo collaterale, un cavaliere con la macchia potenziale. Credeva nella giustizia vera e probabilmente era una fan di Gary Cooper, sebbene avesse molti anni meno di me. E ai tempi di *Mezzogiorno di fuoco* fosse ancora su una nuvoletta in cielo, ben lungi dall'essere anche solo lontanamente un pensiero nella mente e nel cuore di sua madre. Mi sentii vecchio. Ma andava bene lo stesso.

Vecchio, malato, e senza via d'uscita, oh yes!

Mastroleo fece un sospiro. E mi guardò per un fuggevole istante. « Partirà un'inchiesta interna per giudicare l'operato suo e della squadra. E tutto il materiale della sede operativa sarà posto sotto sequestro in attesa che vengano compiuti tutti gli accertamenti del caso. » Fece una breve pausa, come per prendere la rincorsa per poi continuare. « Nel frattempo, intendo lasciarla a casa per qualche tempo. Sospeso dal servizio per ragioni di salute. Dopo quello che ha passato, nessuno avrà da obiettare. Oltretutto non mi sembra messo molto bene fisicamente... Lei dovrà riposarsi e stare fuori dai guai. Per quanto riguarda la questione di Terrano, dobbiamo agire con ancor più prudenza, è inutile che lo ribadisca. Si tratta di un uomo potente con amicizie altolocate. Lasciamo passare un po' di tempo, cosicché le acque si calmino. Poi decideremo come procedere. »

Volevo protestare, ma, incrociando lo sguardo di Silvia, lei mi fece un rapido cenno di diniego con la testa, come per dire: « Lascia stare, che è meglio! »

Allora deglutii un sorso di amaro e mi congedai sbrigativamente dal mio superiore. « Se non ha nient'altro da dirmi... »

Mastroleo si limitò a grugnire, muovendo la mano destra davanti al viso, il suo solito gesto del cazzo per invitare a smammare. Il suo atteggiamento non era certo migliorato nel corso degli anni.

Così girai le spalle e uscii dall'ufficio, seguito da Silvia. Ci avviammo lungo il corridoio, camminando in silenzio, l'uno di fianco all'altra. Giunti in fondo, incrociammo una donna bionda coi capelli corti e una sigaretta accesa stretta fra le labbra, che mi rivolse un'occhiata fugace accennando un sorriso come se mi conoscesse. Portava un pass appeso al collo e assomigliava un sacco a quell'attrice della pubblicità del Martini, Charlize Theron... Mi tornò in mente *l'ultima cena* consumata coi miei ragazzi e mi sentii mordere lo stomaco dall'angoscia e dal rimorso. Mi voltai per seguire quella donna con lo sguardo mentre passava. Indossava un tailleur con gonna corta. Ancheggiava, e si notava perfettamente il rigonfiamento della pistola sotto la giacca...

Silvia tossicchiò dicendo: « Il lupo perde il pelo... »

Io smisi di guardare la schiena della fumatrice e scossi il capo. « Era uno sguardo innocente », mi giustificai. Quella donna aveva un'aria famigliare e mi chiedevo dove l'avessi già incontrata. Non che la cosa di per sé avesse una particolare importanza. In quel momento era già molto se continuavo a respirare. Trascorrevo la maggior parte delle ore a pensare a come fare a pezzi Terrano. E il resto del tempo a progettare come fare a pezzi me stesso.

Quella tipa bionda girava per il corridoio della questura con un permesso da operatore in visita. Ed era armata. Quindi doveva essere una collega o qualcosa del genere, e magari l'avevo vista lì in giro in qualche altra occasione.

Arrivati in fondo al corridoio, Silvia si accomiatò perché doveva andare a trovare Simona Mammano, un'amica poliziotta che lavorava proprio su quel piano. Mi diede un bacio su una guancia per salutarmi. « Come ha consigliato il questore, è meglio che per ora ce ne stiamo tranquilli, commissario. » Allungò una mano per accarezzarmi su una guancia. «Resta con la tua famiglia e stai il più possibile sereno. Tu non hai colpa di nulla!» Poi girò le spalle per andarsene.

Io la guardai con affetto, mentre si allontanava, e subito dopo pensai: *Invece io ho colpa di tutto!*

17

Con gli occhi fissi sul televisore.

L'immagine del cronista del telegiornale che parla al microfono davanti alla telecamera.

Ci troviamo davanti alla cappella di San Sebastiano. Là dove si stanno svolgendo i funerali privati dei quattro agenti della squadra Antigang uccisi...

Le salme dei tre giovanissimi agenti della mobile pare invece che siano state spedite nei loro paesi di origine e riceveranno là le esequie funebri...

La telecamera inquadra una coupé nera che arriva nel parcheggio e si ferma. Scende un uomo alto e ben piantato. Con un giubbotto di pelle.

Il cronista gli va incontro e gli piazza il microfono davanti: «*Commissario, ha qualcosa da dichiarare?*»

Zoom veloce sul volto del poliziotto, fino a coglierne a fondo l'espressione tesa. Gli occhi verdi cerchiati di stanchezza. Si notano delle cuffiette da walkman infilate curiosamente nelle orecchie.

La sua bocca che si muove veloce e dice: «*Voi non dovreste essere qui!*» Il tono è rotto dall'emozione. Allunga una mano e scosta il microfono con malgarbo, poi tira dritto. Compie un paio di passi, immortalato dalla telecamera: la schiena ampia e quella sua camminata strana. Si gira e alza le braccia come uno che si vuole arrendere: «*Nessuno di noi dovrebbe essere qui!*» asserisce, con un sorriso triste.

La voce fuori campo del cronista: *Nessuna dichiarazione rilasciata dal commissario capo Francesco Negronero...*

Franco si asciugò una lacrima scesa su una guancia, mentre

guardava lo schermo con gli occhi sbarrati: «Lui è mio padre», disse, in un sussurro dolce.

18

Ci sono due tipi di dolore: quello dentro e quello fuori.

Il dolore interiore è quello che ha a che fare con l'anima. Un'estremizzazione dei nostri sentimenti attraverso una miriade di varianti e di sfumature, tutte lancinanti. Una malinconia può essere percepita a diversi stadi, e a ognuno di questi corrisponde una risposta emotiva e un grado di malessere. Dolore per un fallimento, dolore perché ci sentiamo soli e non riusciamo più a capire cosa siamo diventati e allora siamo confusi. Dolore per un amore perduto. La sofferenza che si prova quando ti viene a mancare qualcuno...

Dolore e caos... Dolore e disperazione: chi è dentro è dentro...

Io stavo sperimentando tutte queste variabili emotive racchiuse in una sola. Un drago mostruoso mi sovrastava allargandosi in spire, con tanti pungiglioni che mi straziavano la carne del cuore, iniettandomi veleno nei ventricoli e gocce di buio come se piovesse, ancora e ancora.

La mia insensibilità al dolore esteriore non faceva altro che rendere più intenso quello che stavo provando *dentro*.

Il giorno del funerale, un sabato di agosto denso di grigio, senza nuvole e senza sole, senza niente, dentro una cappella minuscola e soffocante, cercavo di tenere a bada il drago *vesposo*, aggrappandomi al ricordo dei miei petali per non impazzire del tutto.

Lois sorridente mentre mi regala l'origami della gru per mio figlio: il Natale di un secolo prima, per realizzare i desideri del cuore.

Bondi sempre impassibile e calmo.

Ballardini con quel suo sorriso triste.

Manico che scuote il capoccione, sempre rude e allegro.

La donna, il biondo, il riccio e il pelato...

Quello che resta di loro, dentro quattro bare avvolte nella bandiera italiana. Davanti all'altare, coi ceri accesi.

Mastroleo in piedi in prima fila, assieme a Silvia Cavallo.

Poi i tre sopravissuti schierati l'uno di fianco all'altro: Negronero, Monti e Monvisi.

Davide indossava dei Ray-Ban a goccia e teneva la testa china come per guardarsi le punte dei suoi stivali texani, neri e lucidi, a punta, identici ai miei.

Chiara si era coperta gli occhi con degli Sting e cercava di starmi vicino il più possibile, di toccarmi in qualche modo.

Io non mi curavo di lei, *io* non mi curavo di nessuno. Indossavo delle cuffiette collegate a un walkman e ascoltavo una musica che avevo preparato apposta per omaggiare i miei eroi. Un modo come un altro per estraniarmi da quello che stava succedendo e rendere sospeso tutto quanto. Come in una dimensione sognante: io, loro, il ricordo di come erano stati, lo sciame di vespe nel cuore e la musica nella testa. Peter Gabriel, *I Grieve*, dalla colonna sonora della *Città degli angeli*. Il sottofondo perfetto per quel rito funebre in forma privata. Senza clamori. Quella musica nelle orecchie per non sentire le parole cantilenanti del prete mentre recitava le sue omelie, i singhiozzi trattenuti provenienti dalla platea, i borbottii del dolore tenuti bassi.

I funerali hanno sempre qualcosa di falso. Come una rappresentazione teatrale che segue un copione. E trovavo insopportabile mescolare la voglia di gridare e di lanciare bestemmie con quella di pregare: sotto l'insegna di corone di fiori variopinte e il profumo d'incenso.

Nell'intimità del dolore brulicante che stavo provando, ascoltavo la musica di Gabriel, trattenevo le lacrime e deglutivo di continuo, cercando soccorso nella presenza degli altri attori, dentro quella piccola cappella privata.

I parenti stretti delle vittime erano seduti sul lato destro dell'altare, dove di solito prendeva posto il coro.

Guardai il padre di Manico: una sua versione più vecchia, con la stessa testa tonda e pelata. Reduce da un ictus, o qualcosa del genere, era in sedia a rotelle e aveva la mano destra rattrappita, tesa all'insù come per voler chiedere di continuo «che cazzo vuoi?!?» Alle sue spalle c'era un'infermiera dalle tette enormi e dal volto austero, un po' sovrappeso ma carina: doveva essere la famosa badante protagonista dei racconti erotici del giovane romagnolo. Lei, come me, non indossava occhiali scuri, piangeva e basta, tenendo affettuosamente una mano sulla spalla del vecchietto affidato alle sue cure. Manichelli senior tremava di continuo e aveva lo sguardo perso e dava l'idea di non rendersi conto di dove si trovasse, perché aveva le labbra piegate in un tentativo di sorriso. Io però sapevo che era tutta una finta. Quell'uomo si stava rifugiando dentro una sorta di cerchio anestetico. Isolato dal mondo, bluffava col dolore dentro, un po' come facevo io col dolore fuori. Come si poteva arrivare a quell'età e sopravvivere a un figlio?

In fondo io ero il responsabile di un'aberrazione.

Mio figlio in cambio dei figli di altri...

Cosa mi aveva dato il diritto di decidere cosa fosse meglio?

Il mio egoismo, solo quello. E non era una consolazione pensare che tutti, al mio posto, avrebbero agito allo stesso modo. Non era una consolazione pensare che tutti gli uomini del mondo sono uguali nelle loro bassezze e nelle loro altezze. Stesse dinamiche, stesse follie.

La sorella di Ballardini, con una matassa di riccioli in testa, annusava il fiore che stringeva in pugno, una rosa rossa.

Per Bondi invece non c'era nessun parente, solo alcuni ex colleghi dei GIS. Ragazzi giovani, alti, ben piantati, in divisa da cerimonia, con le mascelle contratte.

Poi c'era Carmela, la madre di Lois, con la piccola Laura in braccio. La bambina guardava a terra come se fosse particolarmente interessata al colore del pavimento. E ogni tanto indicava col ditino, vai a sapere cosa... D'un tratto, sollevò lo sguardo e mi fissò. E sembrò anche riconoscermi perché mi sorrise. E io sentii un morso al cuore e persi un paio di battiti.

La musica nelle cuffiette finì e io entrai in confusione e non risposi al sussurro di Chiara che mi chiedeva come mi sentissi. Mi limitai a scuotere il capo, stringendo forte i denti.

La cerimonia giunse al termine e il cappellano della polizia invitò gli addetti al trasporto a prendere le bare. I pochi intervenuti, per lo più colleghi, salutarono le salme con un caloroso applauso.

Monvisi mi afferrò un braccio per scuotermi e io lo guardai senza quasi riconoscerlo. Mossi un passo e mi trovai di fronte Silvia con la faccia pallida. La mano tesa. Gliela strinsi, mentre mi chiedeva come mi sentivo, pure lei. Cercai di sorridergli. «Sto bene», mentii, tanto per dire qualcosa. Lasciai la sua mano e passai oltre, evitando di guardare Chiara, mentre mi avviavo verso l'esterno della chiesa.

Sullo spiazzo, una selva di telecronisti cercava di rubare immagini da trasmettere a qualche cazzo di TG. Dedicai loro un'occhiata infastidita. Sembravano avvoltoi. Notai distrattamente la Brizio, davanti a tutti gli altri, con una macchina fotografica dotata di teleobiettivo. Scattava a ripetizione, la *fottuta murena*...

Sentii un pizzicore, qualcosa sulla guancia, come un insetto, una vespa scappata dal mio cuore. Mi toccai con la punta del dito e scoprii una lacrima. *Cazzo*, pensai. Piangevo senza nemmeno accorgermene. Come quando ci si taglia con qualcosa di molto affilato e capisci cosa ti sei fatto solo quando senti il sangue colare.

Gli addetti delle pompe funebri stavano caricando le bare sulle auto. In mezzo alla calca vidi la madre di Lois con in braccio la nipotina. Era molto pallida e forse aveva bisogno di aiuto. Andai da lei con le braccia tese in avanti perché mi allungasse la piccola.

Laura mi sorrise e disse: «Tu sei l'amico della mamma! Ti avevo visto anche prima, sai?» Poi mi abbracciò forte forte.

Annusai l'odore di capelli e lacrime che emanava. Mentre centinaia di pungiglioni mi perforavano il cuore, avvicinai la bocca al suo orecchio e sussurrai: «Adesso la mamma è in cielo!» pentendomene subito dopo. Poi guardai nonna Carmela, che cercava di sorridermi nonostante la faccia stravolta, e mi offrii di accompagnarle a casa. Lei disse che non importava, che poteva tranquillamente chiamare un taxi. Ma io, senza nemmeno ascoltarla, mi avviai verso la mia auto parcheggiata con la bambina in braccio.

E mentre mi allontanavo sentivo gli occhi di Chiara appiccicati sulla schiena, uno sguardo che bruciava a distanza. Raggi X che mi passavano da parte a parte. Temevo che se lei avesse continuato a osservarmi in quel modo così penetrante, sarebbe riuscita a carpire il mio segreto innominabile. Così affrettai il passo. Non volevo che scoprisse cos'ero diventato. Infame Giuda traditore che non ero altro! La lasciai sola con Monvisi per portare a casa la madre della povera Lois e la sua dolce bambina.

19

Durante il viaggio, Laurina si addormentò come un sasso.

Appena giunti a destinazione, la presi in braccio, attento a non fare movimenti bruschi che avrebbero potuto svegliarla. Poi seguii la madre di Lois fin dentro l'appartamento.

Misi a letto la piccola e la guardai dormire chiedendomi se lei si fosse veramente resa conto che sua madre non sarebbe mai più venuta a rimboccarle le coperte, a baciarla, ad accarezzarla, a raccontarle le favole della buonanotte. Quando si è piccoli, il concetto di morte non è facile da comprendere. Ne sapevo qualcosa pure io. Occorre rifugiarsi da qualche parte per restare vivi e continuare a respirare.

Laurina borbottava qualcosa mentre dormiva. E sorrideva. Fortunatamente stava facendo un sogno bello. Poi una parola emerse dal suo sussurro: « Mamma! » M'immaginai che Lois fosse nella stanza con noi, in quel momento. Un fantasma che accarezzava la sua bambina con mani invisibili, guardandomi con disprezzo. Forse da un momento all'altro avrei sentito una mano gelida che mi stringeva la gola. Inspirando forte per diluire l'angoscia, mi parve di sentire un profumo nell'aria. Allora rivolsi un sorriso al nulla. E per un momento mi parve che il nulla mi rispondesse a sua volta con un sorriso.

Uscito dalla cameretta, raggiunsi nonna Carmela in cucina. Lei mi stava aspettando con un'enorme terrina ricolma di struffoli. « Vieni, commissario, che festeggiamo la nostra Luigina », mi disse.

Io allora mi sedetti accanto a lei. E presi una manciata di dolci.

Mangiammo senza dire nulla per molto tempo. Senza remissione, avvolti nel sapore di zucchero e lacrime.

Quando giunse il momento di congedarmi, mi alzai dalla sedia e andai ad abbracciare quella piccola donna rugosa, stampandole un bacio su una guancia. « Cosa pensa di fare, adesso? » chiesi.

« Torno dai miei parenti a Napoli. È tutta gente brava. Mi aiuteranno a crescere Laurina... »

Io l'accarezzai su una guancia, dicendole: « Andrà tutto bene! » Una di quelle frasi che si dicono sempre, in certe circostanze.

«Lei commissario ha fatto molto per la mia Luigina.» Le parole di quella donna erano come lame di coltelli che entravano e uscivano, a ripetizione. «Ha creduto in lei. Ha capito...»

Annuii più volte, sentendomi il solito verme ambulante. Avrei voluto gridare forte: «No, guardi che io non ho fatto un cazzo!» Avrei voluto confessarmi. Dirle che Laura era rimasta senza mamma perché io avevo scelto di sacrificare dei petali in cambio di una stella.

Carmela proseguiva, implacabile: «Lei ha fatto tutto quello che doveva fare...» Una volta giunti sulla soglia, si frugò nelle tasche della gonna. «Mi stavo dimenticando...» tirò fuori qualcosa e me la porse. «Questo Luigina l'aveva fatto proprio la mattina di sabato, prima di andare in servizio per l'ultima volta. L'ho trovato sulla scrivania. Voglio che lo tenga lei...» Si trattava di un origami. Presi la piccola scultura di carta tra le mani senza nemmeno guardarla e feci per andarmene. Ero spaventato, chissà perché... Carmela mi trattenne un attimo per un braccio e mi disse, guardandomi dritto negli occhi: «Lei non ha colpa!»

Allora io voltai le spalle per scappare via, lontano. Corsi giù in strada e raggiunsi la Hyundai, barcollando come un ubriaco. Solo quando mi fui seduto nell'abitacolo, più o meno al sicuro, trovai il coraggio di guardare l'ultimo origami di Lois: pieghe di carta precise definivano una figura incappucciata con le braccia tese. Si trattava della rappresentazione di un fantasma.

20

Il telefono squilla.

«Come ti senti, figliolo?»

«Come vuoi che mi senta...»

«Ti vengo a trovare, così facciamo quattro chiacchiere?»

«Preferisco stare solo, padre.»

La comunicazione s'interrompe. La linea torna libera.

Lo schermo proietta le immagini di lui che cammina avanti e indietro dopo aver terminato di parlare con quel prete...

Solo. La mattina. Nella mia casa. Ad aggirarmi come un leone in gabbia, disperatamente perso in una dimensione parallela che non potevo e non volevo condividere con nessuno.

Mi dispiaceva essere stato così sbrigativo al telefono col mio amico prete, ma non potevo agire in altro modo. Nessuna confessione sarebbe servita. Quello che avevo fatto - quello che mi avevano costretto a fare - era una cosa così immensa. Non avrei avuto la forza per raccontarla. La sofferenza sarebbe stata insopportabile.

Quella mattina Franco era andato via con la madre per farsi portare in centro, dove aveva un appuntamento con alcuni amici. Mara era poi andata a tenere una lezione alla Jungen, e avrebbe pranzato fuori con la sua amica Irene. Quindi ero solo in casa, e lo sarei rimasto per tutto il giorno...

Qui, ora. Era come se non ci fossi. In qualunque posto andassi, dentro qualunque porta mi rifugiassi, ero un fantasma che scivolava. Perché non sentivo più un cazzo.

Planando a mezz'aria, mi recai in soggiorno e accesi lo stereo. Dalle casse giunse un arpeggio di chitarra. *Stairway to Heaven*, Led Zeppelin. Inseguito dalla musica, salii in torretta, in mezzo ai ticchettii dei miei orologi, e pensai alla sera precedente.

Franco mi aveva raggiunto lassù, perché non mi ero ancora deciso a scendere per vedere il film con lui. Impalato sulla soglia, mi aveva guardato con aria smarrita. Io ero seduto alla scrivania, con l'oculare nell'occhio destro e un minuscolo cacciavite in mano, mentre cercavo di aggiustare il meccanismo del mio vecchio Timex d'argento. « Ciao papà, come stai? » mi aveva chiesto.

E io lo avevo guardato stranamente, pensando: *Niente di che, sto solo cadendo a pezzi, sai...* Poi gli avevo risposto: « Io sto bene, figlio, e tu? » mentendo con un sorriso triste.

Franco aveva annuito, si era avvicinato, mi aveva preso la mano e me l'aveva stretta forte, per molto tempo, senza dire nulla. Mi fissava e non diceva nulla, quasi volesse imprimersi nella mente quel momento. Era come se avvertisse qualcosa, una minaccia incombente, un senso di malinconia. Era come se sentisse che io non sarei potuto durare ancora a lungo: per lui, per me, per il mondo intero.

Raggiunsi la finestra circolare per controllare la sagoma della

Buia in mezzo alle fronde del bosco. Chiusi gli occhi e aspettai... fino a quando non giunse il solito rintocco stonato: *dong!*

Fanculo.

In quel momento arrivò un messaggino sul cellulare, e il cuore prese a battermi forte perché sapevo già di chi si trattasse.

Era Chiara: TI PREGO RISPONDIMI...

Fissai il vuoto per molto tempo, senza avere il coraggio di fare nulla. Poi mi destai e tornai giù in soggiorno dove il brano dei Led Zeppelin era terminato da chissà quanto. Allora lo andai a mettere su di nuovo, da capo: altro arpeggio di chitarra in attesa del paradiso.

Chiara... Sognavo di abbracciarla, di stringerla, di respirarla...

Ma sentivo che non era una cosa giusta. Lei non si meritava di stare con uno come me: era sposata e con una vita davanti. Lei non si meritava di mettere tutto in gioco nel nome di una passione che sarebbe comunque finita. Che forse era già finita in partenza. Quando l'attrazione è troppo forte, tutto diventa doloroso, impegnativo. Il cuore batte sempre a mille. E l'unico modo per far calare la tensione è disintossicarsi, come si fa dopo aver abusato di una droga.

Per questo non l'avevo ancora chiamata. Per questo mi ero rifiutato di rispondere ai suoi SMS. Dal giorno della strage mi ero fatto di nebbia, come si suol dire. L'ultima volta che l'avevo vista era stato il giorno del funerale dei nostri quattro colleghi.

Chiusi gli occhi e pensai al suo sguardo smarrito dentro la chiesa. A come cercasse di aggrapparsi a me. Disperatamente. Io ero rimasto freddo, lontano. Mantenevo le distanze. E lei certamente non capiva. E nemmeno io, se era per quello. Stavo morendo. Di dentro e di fuori. E meditavo vendetta. Non c'era posto per l'amore. Non più.

Raggiunsi il bagno. Mi tolsi la camicia e restai a torso nudo. Avvicinando il viso allo specchio, mi scrutai a lungo, come per cercare rassicurazioni sulla mia presenza nel mondo. Barba incolta, rughe e sguardo disperato. Le tumefazioni e i lividi sulla faccia, ormai, se n'erano andati quasi del tutto.

Spalancai lo sportello del pensile sopra il lavabo. Sul ripiano, c'era un rasoio a manico infilato dentro un bicchiere. Allungai la mano per recuperarlo e lo fissai a lungo. La lama lucente aveva un che di glaciale, come se fosse di ghiaccio. L'avvicinai al mio petto e incisi la carne fino a far sgorgare il sangue, all'altezza del cuore. Sentivo i battiti risuonarmi direttamente dentro la testa. Un pulsare sordo che mi faceva contrarre i muscoli. Un rivolo rosso scese rapido, accompagnato da un senso d'inutilità. Non sentivo nulla e nello stesso tempo provavo una sofferenza insopportabile. Il dolore dentro, al centro del vespaio, non si spegneva neanche a morire. Posai il rasoio sul ripiano e afferrai il cellulare. Risposi a Chiara. Scrissi: MIA MOGLIE È AL LAVORO. Digitando in fretta: VIENI SUBITO. QUI, ORA.

21

I giorni passarono. Le ore e i minuti corsero via. Troppo veloci e, allo stesso tempo, tanto lenti da far male.

Esattamente un mese dopo la strage dei miei uomini, il 10 settembre, decisi di andare a Villa Dall'Olio, anche se mi era proibito.

Dovevo in qualche modo celebrare quanto era successo e rendere omaggio ai miei prodi. Andare al cimitero e pregare sulle loro tombe non sarebbe servito.

Attesi il tramonto per togliere i sigilli ed entrare. Poi mi aggirai per le stanze per molto tempo, prima di trovare il coraggio di raggiungere la sala principale. Il Pensatoio sembrava percorso da correnti gelide.

Rabbrividendo, avanzai di un passo, superando la soglia della mia incertezza. Non ero tanto sicuro che fosse stata una buona idea quella di recarmi in quel luogo. Era come infilare volontariamente una mano nell'acido. La corrosione della nostalgia era peggio di qualunque tortura, ormai lo sapevo molto bene.

Tutto il materiale usato dalla squadra era stato posto sotto sequestro per avviare quella cazzo d'indagine interna. La mia presenza in quel luogo era la meno indicata. Ero sospeso dal servizio, e sospeso da un sacco di altre cose poco piacevoli. La mia carriera di poliziotto stava volgendo al termine e quella di uomo la seguiva di pari passo. Ma non ero ancora intenzionato ad arrendermi...

Mi guardai attorno accarezzando ogni particolare. Mi soffermai sulle sei poltroncine schierate davanti alla parete delle lavagne.

Salutai i miei quattro agenti seduti che mi fissavano attenti, in attesa che le mie labbra elargissero ordini e stimolassero elocubrazioni. Li guardai ridere e diventare seri. Li guardai alzare le mani e abbassarle, tutti assieme, come in un sogno grottesco. Strizzai le palpebre con forza e feci un passo indietro. Poi spalancai di nuovo gli occhi e le poltroncine erano tornate vuote.

Fingendomi tranquillo e indifferente, andai a posare la mia valigetta sulla scrivania, feci scattare le chiusure di sicurezza e vi frugai dentro. L'ultimo numero di *Best'seven*. In copertina il sottoscritto con la faccia disperata, mentre si asciuga una lacrima che scende lungo una guancia al funerale dei quattro agenti. Il titolo a caratteri cubitali: NEGRONERO IL COCCODRILLO!

Buttai la rivista sopra la scrivania. Poi mi frugai nelle tasche del giubbotto, tirai fuori la foto e andai ad attaccarla al centro esatto del Muro del pianto. La squadra Antigang durante l'ultima cena: tutti col calice alzato a brindare a un sogno. Un'idea, una speranza che si era infranta.

Restai a guardare quell'immagine per molto tempo, con le lacrime che si formavano e poi precipitavano rapide lungo le guance. L'una dietro l'altra, come sangue che cola da una ferita. Lacrime senza singhiozzo per il coccodrillo Negronero. Un'inarrestabile emorragia di dolore che scaturisce da dentro e cresce sempre più.

Allungai la mano e puntai l'indice per sfiorare il bel viso di Chiara, il suo sorriso in quella foto. *Chiara delle mie brame.*

Il ricordo delle sue carezze non mi abbandonava. Le avevo permesso di invadere il nido. Avevo fatto all'amore con lei sul divano del soggiorno. Nel bel mezzo delle mie cose, sporcando l'intimità che fino a quel momento avevo condiviso solo con mia moglie e mio figlio. In qualche modo avevo compiuto l'atto finale. Imperdonabile. Senza ritegno e senza morale. Avevo tradito mia moglie, avevo tradito i miei uomini e avevo tradito soprattutto me stesso.

Mi asciugai le lacrime con un gesto di rabbia e raggiunsi il mio ufficio personale. E là non c'era freddo. Anzi l'aria era densa e soffocante. Umida di caldo, come per una febbre che cresce...

I miei occhi caddero sulla mia scrivania, sommersa di roba e tutta in disordine, come se ci avessi lavorato fino al giorno prima. Accarezzai la scatola di sigari di mio padre, e pensai che me la sarei dovuta portare a casa con me, quella sera stessa.

Sulla parete di fronte alla scrivania, c'erano le immagini di Terrano su decine di JPG stampati e appesi. Mi avvicinai, inspirando dal naso per riempirmi di quel senso di aria malsana che aleggiava attorno a me, dentro di me. Pensai ai corpi massacrati dei miei agenti con le vespe che si nutrivano della loro carne. E colpii con forza una delle foto. Le mie nocche contro il muro. Il tonfo, la sensazione dell'osso che impatta, il contraccolpo sull'avambraccio: il tutto senza sentire un cazzo. Un piccolo segno di sangue al centro della foto, la faccia di Terrano timbrata di rosso. Sinistro e destro. Ancora e ancora. Con mille interrogativi e mille angosce che s'incrociavano e si sovrapponevano. Così come i ricordi confusi con le speranze. La realtà e l'incubo uniti e indivisibili.

Smisi di colpire la parete e mi accasciai a terra. Con le nocche sbucciate. Silenziose. E l'unica cosa che provavo era un senso di freddo e di caldo, alternati a battiti e contrazioni sotterranee.

Le foto di Terrano appese al muro, istoriate di ghirigori purpurei, sembravano fissarmi.

Come posso distruggerti? pensai. *Come posso distruggerti, io...*

22

Il suono del cellulare all'improvviso. Con un tuffo nel bel mezzo del cuore, mi distolsi dal torpore in cui ero caduto. Mi alzai in piedi. Mentre il sudore mi colava dalla fronte e i brividi mi crescevano lungo la schiena, frugai nelle tasche del giubbotto e trovai il Motorola. Sul display la dicitura NUMERO PRIVATO lampeggiava seguendo ritmicamente la suoneria. Schiacciai il tasto verde per rispondere: « Pronto?! » Silenzio, ossessivo e freddo. « Chi cazzo parla? » Avvertii un suono. Come un soffio sul microfono.

Il mio sguardo corse alla finestra. Attraverso i vetri, i rami contorti degli alberi, battezzati dalle luci dei lampioni, si agitavano per un alito di vento improvviso. Mi avvicinai per sbirciare giù. Immobile, in mezzo al vialetto pedonale, una donna guardava verso la mia finestra, verso di me, col cellulare premuto contro l'orecchio. Pensai subito che doveva trattarsi di una strega che si era materializzata dai tronchi delle querce per portarmi via con lei, in un viaggio andata e ritorno per l'inferno, tutto compreso. Peccato che io conoscessi già quell'itinerario: si trattava infatti di una gita scolastica cui avevo già partecipato in passato e cui stavo partecipando di nuovo, giorno dopo giorno, cercando di sopravvivere ai tormenti del settimo girone senza riuscirci. « Chi sei e cosa cazzo vuoi?! » ringhiai nell'apparecchio.

Risuonò una voce roca, vagamente sensuale. « Commissario, dobbiamo parlare. »

23

Quando me la ritrovai di fronte, dopo averla fatta salire al piano di sopra, mi resi conto che si trattava della bionda che avevo notato in questura, quella simile all'attrice della pubblicità del Martini.

Adesso che la vedevo bene in faccia, la sensazione di averla già incontrata si fece ancora più forte della prima volta, fino a diventare un'assoluta certezza: figurandomela con gli occhiali da sole e la cuffia calcata sulla testa, quella era la stessa donna che, qualcosa come tre anni prima, attendeva il mio arrivo assieme a Franchino davanti al cancello della scuola, la misteriosa fumatrice che se ne stava là, inspiegabilmente.

« Perché mi stai addosso? » le chiesi, con tono duro.

La donna mi piazzò sotto il naso un distintivo del SISDe, dicendo: « Mi chiamo Maria Rossi. Faccio parte di un'unità speciale ».

Controllai il distintivo: la placca col falco che caccia e la scritta

PER ASPERA AD VERITATEM sembrava autentica. Dopo squadrai la donna con sospetto e cercai di fare un quadro della situazione giocando al detective con me stesso: quella tipa aveva una voce senza inflessioni, e sarebbe potuta essere chiunque, il suo nome puzzava di falso lontano un miglio. Decisi comunque di stare al suo gioco, tanto non avevo nulla da perdere. « Adesso che ti sei presentata, vai al punto! » esclamai, con impeto.

La donna recuperò una sigaretta. Notai che indossava ancora gli stessi guanti di pelle con le dita scoperte. Mi porse il pacchetto. Io scossi la testa. Lei allora fece spallucce, s'infilò la paglia tra i denti, l'accese con uno Zippo e fece un tiro profondo. « Sappiamo esattamente qual è il tuo sogno... » asserì, balbettando fuori il fumo. Parlava al plurale, esattamente come la donna che mi aveva rapito per ricattarmi. Stava diventando una moda nazionale il *pluralis maiestatis*...

Strinsi le palpebre. « E quale sarebbe questo sogno? Sentiamo... »

La donna mi piantò gli occhi in faccia. « Vendicarti di Terrano! » affermò con calma.

Cercai di sostenere il suo sguardo senza mutare espressione. « Ucciderlo per vendicarmi di quello che ha fatto ai miei uomini? » chiesi.

Maria scosse la testa sfoggiando un ghigno cattivo. « No, no, ucciderlo per quello che ti ha *costretto* a fare. »

Mi sentii avvampare e gridai: « Cosa cazzo dici! »

La donna si fece seria. « Sappiamo che sei tu il traditore. »

Provai un tuffo al cuore e uno nella testa: come qualcosa che cade e si fa male. « Cosa cazzo dici... » ripetei, abbassando il volume della voce.

Lei fece un tiro di paglia prima di dire: « Noi lo abbiamo visto! »

Squadrai il volto di quella tipa e provai l'impulso di cancellarlo in qualche modo, come se farlo scomparire potesse servire a dissolvere il ricordo, la colpa, tutta quanta la mia esistenza dispersa nel nulla. « In che modo lo avete visto? » chiesi, con un filo di voce.

« Ti stiamo monitorando da qualche tempo. »

Sbarrai gli occhi. « Che cosa? »

« Intercettazioni ambientali. Microcamere di controllo collocate nella tua nuova casina. E in questa stessa sede operativa... »

Pensai a come doveva essere la sensazione di spezzarle il collo, con un unico colpo dietro la nuca, come si fa coi conigli. « Mi stai dicendo che sono stato spiato in casa mia? » Ero incredulo. « Buon Dio, ma perché? » La mia intimità era stata violata. E mi sentivo come se mi avessero infilato una sonda endoscopica su per il culo e una giù nella gola, contemporaneamente, e la pancia mi doleva e i polmoni mi scoppiavano.

Pensai che *quelli* dovevano avermi spiato, mentre scopavo con Chiara, anzi peggio, mentre facevamo all'amore.

Loro sapevano tutto di me. Avevano assistito a ogni cosa...

Percorso da una serie di tremiti, l'uno più bruciante dell'altro, feci un passo verso di lei, coi pugni stretti all'inverosimile. « Quindi, voi, pezzi di merda che non siete altro, avete visto mio figlio in pericolo e non avete fatto un cazzo per salvarlo! »

Maria indietreggiò, con un'espressione vagamente allarmata, fissando le mie nocche sbucciate. Poi cercò di spiegare: « Intervenendo, rischiavamo di peggiorare le cose ». Feci un altro passo, brandendo la mia rabbia. Mentre lei parlava a raffica per convincermi, per sedare il mio risentimento. « Quell'uomo teneva una mannaia sulla gola di Franco... »

« Non chiamare mio figlio per nome, non ti permettere. »

« Okay, okay. Stai rilassato. Sei un po' troppo aggressivo! »

« Questo è niente, ti assicuro. » Feci una pausa a effetto. « Adesso tu devi darmi una buona ragione perché io non ti spezzi il collo. Potevate evitare un massacro e non lo avete fatto, giustificamelo! »

Lei mi mostrò i palmi delle mani in segno di resa. « Noi non sapevamo cosa stesse succedendo. Abbiamo solo visto un uomo che minacciava tuo figlio. »

« Ma conoscevate il posto dove tenevamo nascosto Serra, giusto? »

« Certo, lo conoscevamo. »

« E non avete fatto nessuna supposizione in merito? Siete rimasti nascosti per mesi a predare le nostre informazioni, a controllare il nostro operato, come avvoltoi, e avete assistito alla nostra fine senza muovere un dito? »

Questa volta fu Maria ad avanzare di un passo. Si pose davanti a me, allungando il viso. «Il nostro scopo primario era, ed è, distruggere Terrano, con ogni mezzo. Non certo quello di aiutare dei poliziotti che si mettono a giocare agli eroi...» Il suo fiato sapeva di roba affumicata e cenere. Fumatrice del cazzo.

«E naturalmente, quando dici con ogni mezzo, intendi proprio *qualsiasi*, sacrificando chiunque!»

Maria annuì. «Le regole del gioco le conosci meglio di me. Gli equilibri sono instabili. E il bene e il male si confondono...»

La interruppi: «Queste cazzate le ho già sentite! Risparmiami le banalità». Poi mi feci indietro per respirare meglio, fuori della giurisdizione del suo fiato di sigaretta. «Raccontami esattamente come stanno le cose e facciamola finita.»

Maria sospirò. «Terrano è la cuspide di qualcosa di molto grande. Una sorta di organismo criminale, più che un'organizzazione. Un mostro che cresce. Le sue diramazioni all'interno del potere internazionale sono incredibilmente complesse. Si tratta di un potere occulto parallelo, quasi leggendario.»

«Tipo 'Superiori Sconosciuti' e tutte quelle stronzate lì?»

«Hai mai sentito parlare della Triplice?» Scossi la testa con decisione. «È una sorta di piattaforma criminale, che si sta costituendo, mattone dopo mattone, per sostenere nuove imprese. Nostro compito è cercare di evitare che avvenga questa costruzione...»

Quello che stava asserendo quella donna non era soltanto assurdo, ma gelava il sangue. «'Triplice' ha un significato preciso?» domandai.

Lei scosse il capo. «Non lo sappiamo ancora esattamente... Forse qualcosa che ha a che fare con la simbologia del numero 3 legata al male.»

«E come state cercando di contrastare tutto ciò, si può sapere?»

«Il nostro compito è quello di infiltrarci nel cuore dell'organizzazione per carpirne i disegni e le oscure trame...» fece un tiro alla paglia. «... E questo si può fare solo ottenendo la loro fiducia.»

Il mio sguardo s'infiammò. «Fammi capire! Vuoi dire che ci stavate addosso per venderci a loro?»

Maria confermò: « Qualcosa del genere! Se non ci avessi pensato tu a fare il lavoro per noi! »

Io mi sentii morire una volta di più e presi una decisione: avrei ucciso quella strega di merda. « Va bene, mi hai convinto! » ringhiai. « Adesso ti spezzo il collo... »

Lei alzò la mano come un vigile che dà lo stop a un'auto che non deve passare. « Aspetta. Fammi finire », intimò. « Non siamo qua per piacerci né per diventare amici. Siamo qua per aiutarci a vicenda. » Sorrise ammaliante ed era come veder ridere una pianta carnivora, impassibile e fredda, in attesa della vittima. « Perché in fondo noi due vogliamo la stessa cosa... » Rimasi un attimo ad ascoltare per sentire se stava arrivando uno sciame di vespe per ingravidarmi. Vespe di dentro e vespe di fuori... Mentre quella tipa continuava a sibilare tentazioni: « Tu vuoi uccidere Terrano? » Nel giardino dell'Eden, svolgendo spire attorno a una mela, ci sarebbe stata benissimo. « Vuoi eliminare colui che ha distrutto la tua vita? Ebbene noi te ne daremo la possibilità. Senza che i tuoi famigliari possano correre rischi, né ora né mai. »

La guardai come si guarda una matta, con stupore e paura. La travel agent mi stava proponendo un viaggio in offerta speciale. Occorreva capire bene quali fossero le condizioni. Corrugai la fronte e le chiesi: « Spiega bene tutto! » E lei attaccò a parlare...

24

Per tutto il viaggio di ritorno, lungo ogni curva presa col fiato corto, non feci altro che risentire le parole di quella donna riecheggiarmi in testa.

Parcheggiando sotto il pergolato di casa, cercai di respirare a fondo per diluire l'angoscia che stavo provando. Ma non era facile. Perché l'aria andava a nascondersi dentro la mia gola, confondendosi col sapore amaro della malinconia.

Pensai al sorriso di mio figlio. A quello di mia moglie. A quello di Chiara... Pensai a tutti i sorrisi del mondo. Quelli già vissuti e quelli che mi sarei perso. Io che ormai potevo celebrare solo le lacrime. Impalpabili fuori. Feroci dentro.

Il dolore è un'ombra, che sta alle spalle, in agguato. E la morte incombe.

Le parole dell'agente del SISDe, la sua proposta indecente: adesso mi era assolutamente chiaro quello che dovevo fare, prima di diventare angelo del tutto. Il mio tempo era contato, e non mi restavano altre scelte. Le opzioni si erano ridotte a una sola.

Sollevai il braccio destro e osservai il quadrante del Timex, sotto la luce del piccolo lampione accanto alle aiuole: le lancette segnavano l'ora sbagliata, trentatré minuti avanti. *Sono in ritardo,* pensai. Poi controllai l'orologio sul polso sinistro e presi un sospiro, fingendo che fosse di sollievo. L'ora giusta incombeva. E mi faceva stare male pure lei.

Tic tac...

La mia testa era così piena di ticchettii da scoppiare. Si confondevano coi battiti del mio cuore e l'aritmia che ne scaturiva rendeva la mia anima preda della disperazione. *Gary Cooper non è ancora morto,* pensai. Mezzogiorno di fuoco mi attendeva al varco e giustizia sarebbe stata fatta.

Presi dal sedile del passeggero la scatola di sigari di mio padre e raggiunsi l'ingresso di casa mia.

Una ventata di freddo improvviso mi fece sentire come se fossi nudo al cospetto di qualcosa che non può morire.

IV

GIUSTIZIA NUDA

1

Ricordo, come se fosse adesso, il silenzio dentro la stanza. In quel fatidico lunedì di ottobre, il numero 6 del mese, due volte tre per servirmi.

Nella custodia di velluto bordeaux, la brunitura delle due Smith & Wesson .357 Magnum faceva un particolare effetto, come qualcosa di solido e liquido, allo stesso tempo: l'acciaio nero in contrasto con l'impugnatura in avorio antico. Un modello 27, con canne da tre pollici e mezzo, lasciato in eredità da un fantasma del mio passato. Il serpente sordo, *bounty killer* e chitarrista, miglior nemico dei miei giorni più veri, quando combattevo in prima linea, sfoggiando una placca dell'Interpol come se fosse un crocefisso...

Sverginai un pacchetto di cartucce – pallottole di piombo semi wadcutter punta cava – e presi a caricare i tamburi con religiosa lentezza, cercando di non pensare a quello che ero stato allora. A quanto fossi giovane e pieno di speranze. Non volevo fare confronti emotivi su come mi sentivo in quel momento.

Terminata l'operazione, riposi le armi e mi guardai attorno in quella squallida camera d'albergo. La numero 33. La stessa che ci facevamo assegnare io e Chiara per consumare i nostri corpi nel nome della passione. Questa volta però ero solo là dentro.

Rividi con gli occhi della mente quello che era successo una settimana prima, il 29 settembre. Una data che non potevo dimenticare. Le parole che avevo detto a Chiara, dopo che avevamo fatto all'amore senza nemmeno toglierci i vestiti, con l'urgenza famelica di due belve che cercano di divorarsi.

«Non possiamo più andare avanti così noi due, mi dispiace...»

«Ma cosa stai dicendo? Cosa?»

«Io non sento più nulla. Sono come un'ombra, un fantasma...»

Ce l'avevo messa tutta per mantenere un'espressione dura. Poi me ne ero andato a testa bassa, ignorando le sue lacrime disperate, cercando di non ascoltare il desiderio di stringerla ancora.

Adesso ero di nuovo in quella stanza a condire la mia malinconia, mescolandola con la paura.

Mi posizionai davanti allo specchio a figura intera, posto sull'armadio a muro. E cercai di capire se trapelava qualcosa. Ero dimagrito molto nell'ultimo mese e la maglia cadeva larga, quindi non si vedeva un cazzo. Mi tastai per controllare che il microfono fissato al torace fosse collegato al registratore. Sembrava tutto okay.

Dalla borsa con la scritta MUSOKAN KARATE CLUB, aperta sul letto, recuperai le due fondine cosciali Zed Holster da tiro dinamico. E me le fissai alle gambe, prima l'una e poi l'altra, usando le cinture elastiche con gli agganci di velcro per posizionarle all'altezza giusta. Erano a estrazione frontale, perfette per quello che dovevo fare.

Inseriti i revolver negli appositi alloggiamenti, feci un respiro profondo, e poi buttai fuori l'aria di colpo per cercare di sentirmi vivo.

Dove sono finito? mi domandai, con una certa curiosità.

Mi sembrava di vivere un sogno. Disperato e senza traccia.

Strinsi i pugni con forza, conficcandomi le unghie nei palmi. Nessun dolore. Solo vespe che pungevano un cuore che faceva *bum*, in un corpo che non sembrava più appartenermi.

Ancora davanti allo specchio. Come in duello, estrassi veloce i due revolver e li puntai alla mia immagine riflessa. Le gambe divaricate, il peso distribuito al centro, pronto a sparare. Due colpi *giustosbagliati* al centro esatto della mia espressione disperata. Stentavo a riconoscermi: così pallido, con la faccia scarna e la barba lunga, sembravo proprio un *desperado* in fase terminale...

Dovetti fare uno sforzo di volontà per non sparare veramente, per non distruggere quello specchio del cazzo con quella copia della mia faccia. Come se, con quel gesto, avessi potuto distruggere una mia metà nascosta, la copia oscura e sinistra, l'ombra nera del mio cuore.

Vacillai, confuso e disperso. Fino a quando il fottuto maligno spengitore dentro la mia mente gridò: *Nessun dolore!*

Distogliendo lo sguardo da quello che restava di me stesso, abbassai le braccia e inserii le .357 nelle fondine.

Indossato il soprabito di pelle nera, presi la borsa da ginnastica e uscii nel corridoio, diretto agli ascensori, provando l'intima sensazione di galleggiare.

2

M'infilai con la Hyundai nella strada sterrata che conduceva al piccolo spiazzo circondato dagli alberi, in cima al pendio che sovrastava la Croce. Il luogo dove io e Chiara avevamo fatto all'amore la prima volta, sotto la roboante benedizione dei fuochi d'artificio in mezzo al cielo. Lo stesso posto in cui si era consumato l'attacco dei teschi di Terrano, un mese prima o giù di lì. Amore e orrore in rapida successione.

Avanzando a passo d'uomo, giunsi a ridosso della fila di olmi che delimitava l'inizio della china. Girai la chiave per spegnere il motore, all'improvviso tutto divenne buio e mi sentii cogliere dal panico. Mi sentivo evanescente e leggero, distante da me stesso. Accesa la luce nell'abitacolo, cercai soccorso nella mia immagine riflessa nello specchietto retrovisore: occhi verdi e barba lunga, un fantasma impazzito mi fissava con stupore.

Inspirai, trattenendo il fiato nei polmoni il più possibile, poi espirai di colpo per liberarmi dall'apprensione. M'infilai un paio di guanti di pelle nera da tiratore, senza dita, tipo quelli che era solita indossare Maria Rossi, la mia personale travel agent. Controllai l'ora con impazienza, prima destra e poi sinistra. Feci un rapido calcolo e tirai un sospiro di sollievo, ero ancora in tempo, senza trucco e senza inganno.

Pensai a quello che dovevo fare, a come lo dovevo fare. Il piano era semplice: divorare la mia mezza mela avvelenata, uscire da un incubo per entrare in un altro. Semplice ed efficace.

Il difficile sarebbe arrivato dopo...

Trasformarsi in un angelo fottuto, cadendo nell'abisso. Continuare a vivere da morto, camminando come un'ombra.

Ogni tanto mi assaliva un dubbio, e la paura mi dava un morso deciso allo stomaco. Poi pensavo al fatto che stavo per affrontare l'autore dei miei incubi, e questo m'infondeva una forma d'esaltazione che spegneva sul nascere ogni esitazione: in un modo o nell'altro, quella notte la questione si sarebbe risolta.

« Si deve presentare alla clinica, dottor Negronero. Il signor Terrano sarà là, da mezzanotte in poi. E sarà lieto di riceverla »: queste erano state le parole della donna che mi aveva contattato il giorno prima, la stessa voce soffocata dell'incalzata, col suo fottuto *pluralis maiestatis*. « La preghiamo di non mancare, altrimenti la potremmo considerare una grave mancanza di rispetto. » Tono di velata minaccia. Come da copione.

Avevo ricevuto istruzione di presentarmi al cancello principale e di farmi riconoscere dalle guardie che mi avrebbero condotto all'interno dell'edificio. E io avevo detto che andava bene, che non sarei mancato.

Nell'attimo in cui la comunicazione si era interrotta, avevo provato uno senso di sollievo. L'inizio della fine era vicina e la nuova resa dei *conti* era alle porte: stava già bussando.

La mia complice era stata immediatamente avvertita. Occorreva iniziare a coordinare le operazioni da compiere in seguito, nel caso in cui la mia incursione si fosse risolta con successo. Avevamo trascorso trenta giorni a studiare ogni più piccolo particolare. L'itinerario del viaggio era stato definito, tappa per tappa, dall'orario di partenza a quello di arrivo...

Aprii la portiera dell'auto e scesi. Puntai il binocolo a visione notturna per scrutare la facciata illuminata della clinica che sorgeva in fondo al campo di frumento. La sede operativa del boss, così come avevo già pensato la prima volta che l'avevo vista l'infausta notte dell'inaugurazione, sembrava proprio un castello: ai lati dell'edificio c'erano due torri gemelle merlate e tutte le finestre erano a cuspidi coi vetri composti da mosaico colorato...

Dopo la nuova ristrutturazione, la facciata era stata tinteggiata di azzurro, il colore del cielo... *già*... Una scelta che non si addiceva a quel posto.

Un tempo quel luogo era stato un manicomio. Adesso era un girone dell'inferno: una clinica oncologica per malati terminali morfino-resistenti. Un luogo che custodiva esseri perduti, senza speranza, carcasse agonizzanti che si torcevano per il dolore e desideravano morire tra grida e lacrime. I minuti e i secondi scanditi dai battiti di una tortura indicibile. Calvario senza redenzione. Passione e atrocità.

Spostai il binocolo esplorando lo spazio circostante: il parcheggio interno, sul retro, era completamente deserto. La recinzione posteriore era costituita da una rete metallica, sarei passato da lì.

Il boss mi attendeva, ma io sarei andato all'appuntamento seguendo una prassi differente. Una bella improvvisata era d'obbligo.

L'auricolare che indossavo vibrò, e la voce del mio vice risuonò forte e chiara. Monvisi era appostato con un'auto civetta nella stradina prospiciente l'entrata principale della clinica. «Terrano è dentro. È appena giunto con la solita Mercedes blu assieme agli uomini della scorta», disse.

Il boss era entrato nel suo Regno.

Inferno in Terra. Clinica che non guarisce e non conforta. Mi ricordai della frase che scorreva nel filmato pubblicitario della Croce, la sera dell'inaugurazione...

Trasformeremo il tuo dolore in un sorriso...

Non esistevano molti posti che accettavano di accudire pazienti del genere. E le famiglie che potevano permetterselo, pagavano fior di quattrini per non dover assistere allo scempio e alla distruzione dei loro cari. Persone che hai amato, ridotte alla stregua di mostri urlanti che si consumano giorno dopo giorno nella merda e nel dolore. Sangue che cola e sguardi atterriti. Un posto del genere poteva fruttare molto. Lo scopo di Terrano però non era quello del guadagno facile. Non solo, perlomeno. Ormai sapevo come ragionava quell'uomo. Mi ero immedesimato in lui tante volte, per cercare di comprenderlo, per prevenirlo. Lui in quel luogo si nutriva. Abitava dentro quelle mura intrise di grida e pianti e assorbiva la sofferenza. Così diventava sempre più forte.

« Capo, cosa devo fare ora? » La voce di Davide nell'orecchio, mi fece sussultare.

« Non devi fare più nulla », risposi, cercando di tranquillizzarlo. Il mio vice era nervoso, perché lo avevo costretto a diventare mio complice in un'azione non autorizzata. Per coprirmi le spalle il più possibile, alla faccia dei servizi segreti. Non sopportavo di lavorare per loro, con loro. Erano deviati per natura e non si fermavano davanti a nulla. Con la scusa della missione, si permettevano d'ignorare ogni tipo di morale. Pedine sacrificabili erano all'ordine del giorno. In fondo non erano molto diversi dalle organizzazioni che combattevano.

« Davide, sei ancora lì? » domandai.

« Sì, certo, Francé. Dove vuoi che vada? »

Era giunto il momento dei convenevoli svenevoli. « Se mi dovesse capitare qualcosa di brutto, stai vicino a Mara e a Franco. »

« Ma che cazzo vuoi dire, eh? » La sua voce era farcita d'apprensione. Almeno così sembrava. Avevo comunque colto un tono collaterale, aspro e indefinibile. Del resto lui era fatto così: da sempre diviso tra l'amicizia nei miei confronti e il livore, e ogni tanto gli saltava fuori una punta di fastidio.

« Voglio dire che sei stato un buon amico », aggiunsi. Poi tagliai corto: « Stai lì, e aspetta che tutto sia finito prima di chiamare chi sai ». Staccai la comunicazione e guardai l'orologio giusto, subito, al primo colpo. Non era più il caso di giocare, era tempo di andare.

Riposi il binocolo sul sedile del passeggero, poi mi allungai dentro l'abitacolo per azionare il tasto di apertura del bagagliaio posteriore.

Recuperai delle piccole cesoie e feci un sospiro. Ero stato un poco melodrammatico col mio vice. Ma del resto... Davide doveva essere un testimone indiretto di quello che sarebbe successo, e nient'altro.

Controllai le .357 Magnum nelle fondine sotto lo spolverino, destra e sinistra. I revolver dello yin e dello yang erano pronti all'uso. Bene.

Vincendo l'impulso di estrarre il coltello e farmi un taglietto per vedere se avevo ancora sangue dentro, cercai soccorso nel cielo. Era punteggiato di stelle all'inverosimile.

Che cos'è un cielo?

La luna tonda e piena sembrava finta. Una luna da lupi mannari. Quella che ci voleva per quella notte.

Iniziai a discendere la china d'erba e di terra. Adesso che ero entrato in azione, mi sentivo calmo e determinato.

Raggiunta la recinzione, usai le cesoie per tagliare le maglie fino a creare un varco abbastanza grande per poter passare. Corsi sul prato, stando chino, fino a raggiungere una delle entrate di sicurezza dell'edificio. Spinsi la porta ed entrai. Un lungo corridoio deserto. Un passo dietro l'altro, avanzai. Lungo le pareti, si affacciavano delle porte, socchiuse. Provenivano gemiti sommessi, strani versi gorgoglianti, pianti leggeri e lontani.

La prima volta che ero stato in quel luogo, c'era un'atmosfera di festa, con la musica nell'aria e la gente elegante che rideva.

Adesso si respirava un'aria nera che distorceva la percezione, nutrendo le ombre con quell'aroma di sangue marcio che aleggiava. Plasma sgorgato da un corpo oppresso da indicibili sofferenze, il puzzo del dolore fine a se stesso, che non è più guardiano ma carceriere. Il dolore e il sangue di chi non ha più vie d'uscita.

Avevo già sentito quell'odore, durante una retata nel covo di un gruppo eversivo, affiliato alla setta esoterica degli Nomenloss, i rapitori senza nome. Ai tempi lavoravo per l'Interpol a Friburgo, e indagavo sulla misteriosa scomparsa della figlia di un imprenditore di origini italiane che lavorava in Germania. In un casolare disperso nella Foresta Nera, la povera donna era stata trovata appesa a dei ganci da macellaio, scuoiata viva. E lei emanava proprio quell'odore, che sapeva di dolore senza via d'uscita.

Al cospetto di quell'orrore, io avevo vomitato anche l'anima, mentre l'appesa aveva sussurrato in mezzo ai gemiti: « Basta, basta... » Occhi grandi nel rosso della pelle viva, vene bluastre in rilievo, una tavola anatomica vivente che aveva suscitato un ribrezzo intenso e terribile. « Basta, ti prego. » Denti da teschio che si erano mossi in mezzo agli strati di muscoli mascellari.

Io l'avevo guardata senza riuscire nemmeno a respirare, paralizzato da capo a piedi. Quello che lei voleva da me era chiaro.

« Basta, ti prego... » Quella donna voleva che io ponessi fine.

«Basta, ti prego...» Ma io non potevo farlo. Non potevo...

Altri agenti erano arrivati. E subito dopo l'ambulanza. La vittima era stata caricata su una barella. E i suoi occhi non avevano smesso di fissarmi mentre gli infermieri la stavano portando via. Lei aveva chiesto una fine pietosa e io non ero stato in grado di dargliela.

All'ospedale la poveretta era stata sottoposta a una speciale terapia intensiva dentro vasche apposite. Non poteva sopravvivere senza pelle, ma non poteva nemmeno morire. E gli antidolorifici non facevano effetto. Dopo una settimana di calvario, quella donna si era suicidata, lanciandosi dalla finestra. Era precipitata dal quarto piano in un tripudio di frammenti di vetro. Una tavola anatomica schiantata al suolo. Lei si era finalmente spenta: basta dolore, basta tutto.

Cercai di allungare il passo per sfuggire in qualche modo a quei lamenti diffusi nell'aria. Per i pazienti ricoverati in quella clinica, sarebbero servite dosi da cavallo di droga, e anche in quel caso avrebbero continuato a ringhiare per il dolore. Con le braccia e le gambe immobilizzate dalle cinghie posizionate all'altezza delle articolazioni perché non si rompessero le ossa non potevano muoversi, solo urlare e piangere. In attesa che la fata con la falce turchina giungesse a liberarli.

Santa Morte. Per farli cadere in cielo, già...

Nessuno in giro, né infermieri né dottori. Tutto deserto.

Arrivato in fondo, spinsi la porta a doppio battente che chiudeva il reparto e mi avviai verso gli ascensori. Ero già stato lì, ricordavo a memoria la planimetria di quel posto e sapevo esattamente come muovermi. Dovevo raggiungere l'ultimo piano, dove c'erano gli appartamenti del boss. Lo stesso piano in cui erano state sistemate le camere degli orfani. Dalle informazioni prese dalla Rossi, là si trovava il cosiddetto *reparto finale*: il luogo che ospitava bambini malati terminali che non avevano nessuno al mondo. I Dimenticati assoluti. L'aberrazione finale: esseri talmente segnati dalla malasorte da superare qualsiasi limite di accettabilità. Di fronte a certe miserie naufraga tutto e diventa assolutamente inutile filosofeggiare su premi celesti, o su possibili cieli. Il paradiso si sarebbe fatto attendere. Il paradiso era perduto per sempre perché non era nemmeno mai esistito.

Iniziai a percorrere il corridoio. C'erano tavole anatomiche appese alle pareti: rappresentazioni accurate di crani scoperchiati, con le fasce di muscoli in evidenza, percorsi rossastri di sangue, cavità orbitali che sembravano fissarmi... come la donna scuoiata del mio ricordo. E per un assurdo istante mi parve che tutte quelle immagini appese mi parlassero. Immagini di morte che mi pregavano. Voci sussurranti, con un'unica parola ripetuta: *Basta, basta...*

Il corridoio terminò in un fondo cieco, con un muro chiuso da un arco murato. A destra c'erano le porte metalliche degli ascensori, a sinistra le scale che portavano di sopra. Decisi di salire a piedi.

Un gradino alla volta, raggiunsi il primo piano e poi il secondo, con le orecchie tese a percepire ogni più piccolo rumore.

Non mi sentivo impaurito o rabbioso. Ero calmo. Nessun battito accelerato. Il mio sangue scorreva tranquillo nelle vene. E la cosa di per sé mi metteva a disagio. Era come se un'altra persona fosse lì, in quella clinica a percorrere le strade della paura. Un passo alla volta diretto verso la fine dei giochi.

Era come in un combattimento di karate: adesso io ero penetrato nel cerchio muto dell'avversario. Adesso potevo colpirlo, metterlo ko.

E lui poteva colpire me.

Ultimo piano. Finalmente. Col fiato corto.

REPARTO FINALE.

Contai le porte. Un passo, due passi. Un rumore alla mia destra. Mi girai di scatto e mi ritrovai di fronte un omaccione con una pistola puntata. Alto e grasso, con un viso quasi infantile e gli occhi come capocchie di spillo che mi scrutavano con calma.

Alzai subito le mani in segno di resa.

E lui annuì e mosse le labbra carnose per parlare. «Mi segua, commissario», disse, pronunciando la esse in modo strano, come quella degli spagnoli. Notai che indossava un auricolare. Mi condusse davanti a una porta imbottita di pelle rossa. Poi parlò nel trasmettitore: «Negronero è arrivato».

Dopo qualche secondo la porta si aprì e sbucò nello spiraglio un tipo che indossava un camice bianco.

L'omaccione mi fece cenno di entrare, spostandosi indietro, senza smettere di controllarmi con la pistola spianata.

Io attesi che l'uomo in camice si scostasse per farmi passare e varcai la soglia. La porta si richiuse alle mie spalle, lasciando fuori il tipo grasso. Notai che la porta aveva un catenaccio interno, di quelli scorrevoli, un vero colpo di fortuna...

Dentro una piccola stanza spoglia, che dava l'idea di essere un'anticamera, c'era un altro uomo, con un piercing al naso e sopracciglia folte, tratti marcati da meridionale. Sulla parete di fondo, alle sue spalle, c'era una tenda rossa che di sicuro celava un'entrata.

Per smorzare la tensione, cercai ancora una volta di sentirmi le .357 da sceriffo fissate alle cosce, destra e sinistra. Mi concentrai sulla sensazione di quel contatto, ma non riuscii ad avvertire nulla, come se le mie armi si fossero dissolte. La tensione stava acuendo la mia insensibilità. A tutto e a tutti.

Camice bianco estrasse una SIG SAUER e me la puntò alla schiena mentre m'intimava di avanzare.

Si sentivano dei versi simili a singhiozzi provenire da qualche parte, come il sottofondo di una radio mal sintonizzata che trasmette un programma in diretta dall'inferno. Ormai stavo per raggiungere la prima tappa del viaggio. La mia travel agent sarebbe stata contenta di me.

Un passo, due passi... Fermo. Restai in attesa con le mani incrociate davanti, come se stessi pregando.

L'uomo che mi stava attendendo al centro della stanza era un tipo alto e magro, con le braccia lunghe, e una giacca di pelle indosso.

Quello col camice si era leggermente spostato a sinistra dietro le mie spalle e continuava a tenermi sotto mira.

Con noncuranza mi slacciai l'unico bottone dello spolverino, intanto che Giacca di pelle veniva verso di me. Poi sollevai le braccia, come per arrendermi, mentre lui iniziava a perquisirmi, partendo dal petto e scendendo lungo i fianchi. Con gesti esperti, giunse a contemplare le cosce interne. Poi quelle esterne. E io pensai: *Ecco, ci siamo.*

Quando trovò le pistole nelle fondine cosciali, s'irrigidì di colpo, imprecando. Ma non fece in tempo a fare altro. Lo colpii sotto il mento con una ginocchiata precisa. L'uomo sbatté i denti con forza troncandosi la punta della lingua e crollò all'indietro perdendo un verme di carne rossa dal bordo delle labbra.

Camice bianco gridò: «Cazzo fai?!» mentre spingeva il dito sul grilletto per sparare.

Mi spostai da una parte girando su me stesso come un ballerino per togliermi dalla linea di mira. Sentii l'esplosione dello sparo e il sibilo del proiettile passarmi vicino alla testa e nel contempo portai le mani, sinistra e destra, all'altezza delle cosce e scostai lo spolverino per estrarre i revolver. Come in un duello al sole, puntai quella di destra sullo sgherro a terra per tenerlo a bada, sollevai quella di sinistra sull'uomo in camice e premetti il grilletto. Per tre volte, intanto che il braccio teso andava dal basso verso l'alto: gli feci esplodere un testicolo, bucai il suo addome, gli sfondai il centro del petto. Il corpo fu scaraventato indietro dall'impatto cinetico dei proiettili e atterrò in una posa disarticolata. Un lago di sangue si allargò sotto di lui, nel tremore convulso delle membra, le ultime scariche delle terminazioni nervose in via di spegnimento.

Avanzai di un passo, deglutendo un sapore ferroso.

Adrenalina come se piovesse. Il battito del cuore regolare, il respiro tranquillo.

Abbassai la sinistra e mantenni puntata la destra. Spinsi la canna contro la testa di Giacca di pelle: lui stava cercando di afferrare la sua pistola a terra. La punta mozzata della lingua come un lombrico che scende sulla manica della sua giacca di pelle...

Inspirai lentamente, contraendo gli addominali: acciaio nel ventre e nel cuore. Espirai e tirai il grilletto, come in un'esecuzione. Il revolver sobbalzò per il rinculo e la testa esplose con un effetto da film dell'orrore, un pallone pieno di vernice rossa e gialla: sangue e midollo cerebrale.

Assordato dal rumore delle detonazioni, provai a contarmi i battiti del cuore. Li sentivo dentro la testa, il ticchettio di un orologio impazzito. Inspirai l'odore del sangue e della polvere da sparo. Mi veniva da vomitare. Deglutii con forza per decomprimere i timpani.

Risuonavano dei passi provenienti da fuori. Qualcuno correva lungo il corridoio. Dovevano essere le guardie attirate dalle deflagrazioni. Mi buttai in avanti, mentre la porta iniziava ad aprirsi. Dallo spiraglio trapelò una sagoma col volto magro, e l'espressione stupefatta e feroce assieme. In un batter d'occhi calciai la porta per richiuderla. Poi puntai la rivoltella sinistra e sparai tre colpi contro il legno dell'infisso. Udii un gemito provenire dall'altra parte: avevo neutralizzato colui che stava cercando di entrare. Con un angolo della mente considerai che non si trattava del colosso che mi aveva scortato fino a lì. Non che avesse importanza. Mi sbrigai a chiudere il catenaccio. Mi volsi per contemplare la tenda sulla parete in fondo, un drappo di velluto rosso che dava l'idea di un sipario. I gemiti della radio nascosta sembravano provenire da là dietro. Versi gutturali e sottili. Lamenti.

Riposi nella fondina la .357 di sinistra ormai scarica e strinsi più forte il calcio di quell'altra. Scostai il sipario per entrare.

3

Il male esiste, dentro e fuori. In ogni momento della nostra vita incombe, ci mostra l'ombra nella quale scivolare. Il male soffia a un passo dalla tenerezza e subito a destra del raccapriccio.

Lui era in ogni dove in quella camera. In ogni particella, in ogni anfratto, dentro i frammenti di consapevolezza e disperso nelle illusioni.

Tapparelle abbassate. Odore di escrementi e lacrime saturavano l'aria.

Il bambino sul letto stava piangendo con le labbra piegate all'ingiù. E, per un attimo, vidi il suo volto trasformarsi in quello di mio figlio. Ricordandomelo quando era ancora piccolo e stava male per qualcosa. Che voglia di abbracciarlo che sentivo, per proteggerlo dal mondo e da tutti i suoi derivati.

Ancora un passo.

Il braccio armato, improvvisamente troppo pesante, mi crollò lungo il fianco.

Accanto al letto c'erano numerose apparecchiature elettroniche. Il bambino era pieno di tubicini infilati ovunque per flebo e cateteri. La testa priva di capelli collegata all'apparecchiatura elettroencefalografica. I tamponi e i beccucci immersi nella gelatina isolante formavano intorno alla sua fronte qualcosa di molto simile a una corona di spine.

Ancora un passo.

Il viso ossuto e gli occhi grandi, enormi, spalancati, con le pupille intrise di tormento che mi fissavano. Era come se il suo sguardo mi attraversasse da parte a parte...

Cosa ti stanno facendo...

Il bambino sussurrò qualcosa, tra un gemito e l'altro: qualcosa che non si capiva.

Cosa mi stai dicendo, cosa...

« Batta, batta... » Il bambino sul letto, oppresso dalla sofferenza, con una vocina disperata, provava a fermare tutto, come una magia, usando le parole storpiate di un rito propiziatorio. « Batta, batta... »

Quella scena era simile a un'altra scena. La donna scuoiata che mi aveva chiesto di farla finita, quel giorno lontano. La disperazione di una tavola anatomica dispersa nel vuoto. « Basta, basta... »

Ancora un passo.

Cercando di non farmi rapire dalla commozione.

C'era un séparé di tela bianca di fianco al letto, a ridosso della console del biofeedback. S'intravedeva una sagoma scura, che adesso si stava muovendo, pronta a uscire allo scoperto.

Contraendo gli addominali inspirai una boccata d'aria per diluire la tensione che mi stava subissando.

Terrano fece la sua entrata trapelando dalla semioscurità come in una dissolvenza d'apertura cinematografica. I capelli sciolti, fluenti e neri, lunghi fino alle spalle. Il viso pallido, pelle d'alabastro, le labbra tese e gli occhi che si spostavano in qua e in là, spaventosi da morire. Indossava il solito pastrano di pelle lungo fino alle caviglie, come il sacerdote di un culto strano. Nella mano destra impugnava una di quelle maledette rose albine. E aveva delle cose strane infisse sulla punta delle dita, come degli aghi che sbucavano da polpastrelli raggrumati di sangue: artigli, o peggio...

Pungiglioni del cazzo!

Nella sinistra stringeva una Colt Frontier a singola azione, un'arma del vecchio West, già col cane alzato, pronta a sparare. Lo stesso modello che aveva usato molti anni prima per effettuare l'eutanasia alla madre.

Sul suo viso era dipinta un'espressione enigmatica, a metà tra un sorriso e una smorfia di disprezzo. «Sei pronto per farti travolgere, commissario?» disse, con un tono ammaliante.

In quel momento il bambino smise di recitare il suo mantra *batta, batta,* e lanciò un gemito più forte degli altri.

Notai che c'era una sorta di registratore a bobine sul ripiano della console. «Cosa stai facendo con questa creatura?» domandai.

Terrano si portò la rosa al naso e inspirò profondamente, come se la volesse respirare anziché annusare. «Cerco soltanto di comprenderlo.» I suoi occhi ebbero un guizzo, la pupilla sinistra restò fissa su di me mentre la destra si spostò per inquadrare il piccolo paziente sul letto. Abbassando il fiore, proseguì: «Lui sta morendo, soffre e non ha nessuno che si può prendere cura di lui e lo ascolti gridare».

Di fianco alla console c'erano equalizzatori, analizzatori di spettro e una giraffa con un microfono.

Così all'improvviso capii.

Quell'uomo stava registrando la sofferenza del bambino. Monitorava i suoi lamenti. E intanto che lo faceva, annusava le rose albine, assieme al puzzo di sangue e di dolore.

«La sofferenza purifica, non lo sai?» La voce di Terrano, profonda, tranquilla. «Il dolore libera dai peccati.» Gli occhi di nuovo puntati su di me. Entrambe le sue pupille bruciavano di un fuoco irreale.

«Cosa vuol dire, si può sapere?»

Lui sorrise. «Un uomo che non sente nulla si allontana dalla salvezza, non lo sai, commissario?» Mi chiesi a cosa stesse alludendo. Pensai alla malattia che mi aveva colpito. Al tempo che mi restava a disposizione per porre rimedio all'incubo. Il mio nemico avanzava lentamente. E sembrava scivolare. Come un'ombra. Un fantasma di carne e ossa. La sua bocca si mosse ancora per parlare: «Il dolore rende liberi». Ma non era più la *sua* voce. C'era qualcuno che stava parlando attraverso di lui. Dentro di lui. Una voce di femmina che si sprigionava dalla sua gola, dal suo cuore. La Signora delle vespe era giunta dal mondo delle tenebre per celebrare il nulla. « Benvenuto in questa splendida festa di morte, commissario. »

« Cosa stai dicendo? Cosa? »

Il volto di Terrano, la sua pelle si dissolveva, lasciando trasparire a tratti il teschio sotto, come in una radiografia stroboscopica. « Solo attraverso la sofferenza si può raggiungere la conoscenza. » Ancora quella voce di donna, sensuale e dolce, quasi rassicurante. « Il dolore è un'opera d'arte da celebrare. » Adesso era tornata la voce di lui, come un'intermittenza vocale tra il dentro e il fuori.

Mi girava la testa e sentivo crescere la nausea. Pensai a quello che avevo appreso di quell'uomo, durante tutte quelle indagini, al profilo psicologico che gli avevano fatto da ragazzo dopo la sua terribile esperienza.

Psicopatico, incapace di sentire compassione per gli altri, incapace di amare, di provare sentimenti. Probabilmente affetto da una totale mancanza d'empatia: niente rimorso, nessuna morale.

Lui non sentiva il dolore dentro, proprio come io non sentivo quello fuori. Noi eravamo l'uno l'esatto contrario dell'altro.

Probabilmente Terrano cercava di compensare la propria mancanza emozionale assorbendo il dolore degli altri, per farselo entrare in circolo, per capirlo e farlo proprio. Lui era una carta assorbente. Un registratore. Incamerava orrori per diventare più forte.

« Il male così si alimenta di se stesso e cresce fino a scoppiare, spargendo schegge di follia intorno, contagiando il mondo »: le parole di padre Sisto per spiegare l'essenza della follia e della perversità. La genetica del diavolo o di chi per esso...

Strinsi forte il calcio della .357.

Terrano avanzava verso di me con un teschio che compariva sulla faccia, e parlava a tratti con la voce che doveva essere quella di sua madre. *Nomine mater e vaffanculo!* Tutto era così assurdo e impossibile.

Fissai quell'obbrobrio cercando di recuperare un minimo di determinazione. Stavo perdendo il controllo e non potevo permettermelo. Ero andato là con uno scopo preciso e dovevo riuscire nel mio intento. Mi portai la mano sinistra al petto – un gesto simile a quello di un soldato che sta per onorare la bandiera – e feci pressione per azionare il pulsante del registratore che mi ero fissato al torace. Si poteva dare inizio alla fase finale della rappresentazione. «Tu hai ucciso i miei uomini, li hai fatti massacrare in quel modo...» dissi a voce alta.

Il suo volto parve recuperare la sua normale consistenza e i suoi lineamenti tornarono a definirsi del tutto. «Non ci hai lasciato scelta, commissario.»

La nausea cresceva sempre di più. Cosa avrei dato per mettermi a vomitare tutto, soprattutto l'anima. Per non doverla subire, così come si era ridotta: tutta sporca e unta...

«Quello che ha fatto...» Cercai le parole più adatte. «Trafficare Mistura usando neonati morti...» Mi mancava il fiato. E le parole si allungavano oltre il bordo delle mie labbra dando l'idea di bloccarsi a mezza via, dentro una scansione percettiva inesistente. «Spacciarsi per benefattore e dirigere di nascosto un impero del crimine...» Io lo guardavo e lui guardava me. Durante quel dialogo assurdo.

«Quindi tu vorresti fermarci?» Voce di uomo e voce di donna assieme, in un coro agghiacciante: il *pluralis maiestatis* della follia.

Annuii molto lentamente. «Voglio porre fine a un incubo...» Armai il cane del revolver.

Il bambino sul letto aveva ripreso il suo mantra *batta, batta...*

Dio come vorrei essere già fuori da tutto questo...

Feci un passo in avanti e sollevai il braccio pronto a sparare.

Terrano fece lo stesso con la sua .45.

Come in uno specchio ci ritrovammo l'uno di fronte all'altro con le armi puntate.

Il dito sfiorava il grilletto, leggero come un pensiero.

Pensai ai miei uomini trucidati alla Trappola... Gli insetti che si dissetavano col loro sangue. Pasquale Serra appeso alla croce con un buco rosso al posto dei coglioni. La moglie sdraiata sull'altare con la minchia di toro che spunta dalla sua figa. Poi il bambino a terra, con la testa scomparsa in un grumo di capelli e di osso.

Il dito spingeva il grilletto.

Ripensai al funerale. Le bare di legno avvolte nel tricolore.

Il dito spingeva il grilletto e vibrava...

Rividi il cameraman dell'inferno con la mannaia in pugno che minacciava la vita di Franchino. Poi i neonati morti con la pancia vuota. E i cinque crocefissi a testa in giù nella cripta dell'orrore...

Terrano davanti a me, come in uno specchio.

Cercai di restare con lo sguardo fisso in quello del mio avversario, per coglierne le intenzioni in anticipo. Le sue pupille vibravano indipendenti l'una dall'altra. Uno sguardo che faceva venire la nausea.

« Pensi di poterla risolvere così? » La voce del boss sdoppiata e distorta. Una voce da strega che si sovrapponeva a quella del banditore televisivo. « Non potrà terminare mai, lo sai, commissario? »

Chi è dentro è dentro...

Il cuore fece *boom* al centro del mio petto.

Chi è fuori è fuori.

Un piccolo botto per incoraggiarmi ad andare oltre. Come un fuoco in mezzo al cielo.

Nell'attimo in cui i suoi occhi si bloccarono su di me, fermando il loro vorticare, mi spostai di lato.

Terrano fece fuoco. E io feci lo stesso.

4

Avverte in modo inequivocabile che sta per finire. Che Negronero sta per farcela. Che sta per compiere vendetta *per tutti,* come per la liberazione dei prigionieri in un gioco a nascondino trasformato in un gioco al massacro. Nessuna « pace » sarebbe giunta infine, solo sangue che cola.

Si toglie il mezzo guanto di pelle e osserva la cicatrice a forma di mostro che le marchia il polso risalendo verso il dorso della mano sinistra. Con la punta dell'indice della destra ne percorre i contorni, le brucia, come se si stesse incendiando...

Chiude gli occhi e le pare di sentire i gemiti trasformarsi in grida laceranti. L'odore di miele mescolato a quello di sangue le invade i polmoni. Per un terribile istante ha la sensazione di non poter muovere le braccia, come se fosse legata con qualcosa. Manette d'acciaio temperato che mordono i suoi polsi.

Spalanca gli occhi di colpo e tutto sparisce. Reminiscenze. Fuochi di dolore e rabbia sotterranea.

Recupera una sigaretta e l'accende. Inspirazione, espirazione. Fumo dentro, fumo fuori. Suona il cellulare, risponde. Qualcuno le dice che sta andando tutto come previsto. Lei si raccomanda: « Quando la questione sarà conclusa, fai in modo che al commissario non accada nulla ».

Una volta riattaccato, spinge lo sguardo nel nulla e cerca di immaginarsi la scena.

Perché finalmente sta accadendo...

Le sue labbra sussurrano: « Adesso! »

5

Fiammate lunghe e gialle dalle canne delle pistole.

Il sibilo del proiettile rasente la mia tempia sinistra.

Terrano colpito in pieno crollò all'indietro come per effetto di un poderoso calcio di mulo. Rimase schiena a terra con le gambe che tremavano a scatti, mentre il sangue si allargava sotto la sua testa inondando di rosso il pavimento.

Avanzai verso di lui, sentendomi come un angelo caduto per sbaglio: un angelo *fottuto*. Gli pestai con la punta del piede l'avambraccio sinistro per tenerlo inchiodato a terra, poi mi chinai per strappargli di mano la Colt Frontier e la lanciai lontano nella stanza.

Terrano aveva la fronte bucata e buona parte del cervello sparso per la stanza, ma non era ancora morto e cercava di dire qualcosa.

Mi sforzai di capire cosa stesse dicendo allungando il collo verso di lui. Sentii l'odore del suo sangue e quello acido dei succhi gastrici... E contrassi le narici per riuscire a sopportarlo.

Tesi l'orecchio. *Cazzo stai dicendo?!*

Parole gorgoglianti. In una lingua indecifrabile. Forse stava vaneggiando. Diceva cose senza senso mentre la morte veniva a portarlo via. Mi chiesi come potesse essere il cielo che avrebbe dovuto contenere uno come lui. Di che colore e di che tipo.

Terrano fu scosso da un tremito. Le sue pupille si stavano colmando di sangue e si muovevano impazzite, indipendenti l'una dall'altra, goccioline rosse nello sbattere delle ciglia. Sembrava che stessero cercando qualcosa d'invisibile nell'aria, forse la sua anima che si staccava e scappava via. All'improvviso afferrò la mia mano armata e la strinse forte. E per un attimo mi parve di sentire al centro della testa un sussurro, la voce di Dolcemara che dichiarava: *Ti raggiungerò ovunque andrai...* A destra del mio cuore, Chiara (« orario sbagliato ») con un bisbiglio mi chiamava: *Amore mio!* A sinistra, dove la mia anima cercava di sopravvivere alla corruzione, mio figlio (Sonnyboy « orario giusto ») mi rassicurava dicendo: *Verrò con te* Fatherman, *nel bel mezzo del giardino del male.*

Basta, basta... Vinsi l'impulso di spegnere quegli occhi farneticanti su quel volto usando il calcio del revolver come se fosse un martello.

La stretta sul mio polso divenne più forte, e poi di colpo si spense. Terrano s'irrigidì ed emise l'ultimo rantolo. I suoi occhi si bloccarono. Il teschio sarebbe rimasto nascosto per sempre là sotto.

In quel momento mi accorsi della rosa... Il fiore albino che stringeva nella sua mano irta di aculei era caduto a terra e i suoi petali, così come il suo impossibile stelo spinato, si stavano imbevendo di rosso. Allungai la sinistra per afferrarla. Era gelida. Come se fosse stata dentro un freezer. Un petalo candido si staccò e cadde nella pozza di sangue sul pavimento e lì restò a galleggiare come l'ala staccata di una farfalla.

Provai a contarmi i battiti del cuore. E cercai di recuperare una respirazione tranquilla.

Si sentivano delle grida provenire da chissà dove, accompagnate dall'inconfondibile suono delle sirene della polizia. Il buon Monvisi aveva eseguito gli ordini e aveva chiamato chi di dovere.

Spinto dal desiderio di uscire dall'incubo al più presto, lanciai via la rosa gelata e cercai di sollevarmi. La testa mi corrispose un giramento e temetti di svenire, di cadere a terra accanto al corpo del mio nemico. L'idea di sporcarmi col suo sangue mi riempiva di nausea. Anche se... *Io sono già imbrattato di lui. Da capo a piedi...*

« Batta, batta... » Una voce giunse a scalfire, ancora una volta, le pendici del mio cuore. Come per attirare l'attenzione. Per dire: *Guarda che io ci sono ancora, commissario mio bello. Io sono ancora qua e continuo a dire sempre la stessa cosa. Imperterrito...* « Batta, batta... » Il bambino sul letto soffriva le pene dell'inferno.

Mi portai la mano destra al petto, ancora una volta, per spegnere il dispositivo di registrazione che mi ero nascosto all'altezza del cuore.

Poi iniziai a distruggere con calci e pugni tutte le apparecchiature.

Ansimando, mi avvicinai al piccolo malato e gli accarezzai le guance. La pelle era appiccicosa di sudore. I suoi occhi grandi mi guardavano con speranza e paura.

Stai tranquillo, tesoro...

La piccola creatura con la corona di spine sulla fronte sorrise nell'attimo in cui smisi di accarezzarlo e col palmo guantato gli tappai con dolcezza infinita bocca e naso.

Iniziai a perdere lacrime l'una dietro l'altra, come al solito, un'emorragia inarrestabile.

Il bambino tremò appena, mentre i suoi polmoni si contraevano alla ricerca spasmodica di aria.

Oh sì, batta, batta...

Il palmo premuto sempre più forte sulla sua bocca. La mia mano che gli ruba il respiro per sempre. Fino a quando tutto tacque.

Il piccolo orfano immobile. Lui era morto e adesso non soffriva più.

Colsi un baluginare candido nell'aria, come di qualcosa che volava via, un aquilone che si librava verso il cielo...

Qualcuno stava dando dei colpi contro la porta, poi una voce urlò: « Aprite, polizia! »

Non me ne fregava un cazzo. Che aspettassero i miei colleghi.

Restai seduto di fianco a quel bambino a guardarlo riposare finalmente libero. Senza grida. L'aquilone nell'aria era scomparso.

C'era un *bip* continuo che proveniva dall'unico monitor sopravvissuto alla mia furia devastatrice. Sullo schermo di gestione del biofeedback erano comparse sequenze di numeri.

Mi asciugai le lacrime che m'infestavano gli occhi e cercai di capire di cosa si trattasse. Erano sequenze continue di numeri 3, l'uno dietro l'altro, come un'invasione.

Con un sapore di morte in bocca, fui colto sul fatto da una considerazione angosciante: l'orrore non sarebbe mai finito.

6

Lui si era messo in contatto con un semplice messaggio sul telefonino.

Erano le tre esatte del mattino e lei non si era ancora addormentata. Stava sdraiata sul letto, girata dalla parte opposta rispetto all'uomo che dormiva al suo fianco russando come un maiale. L'uomo che l'aveva scopata di dritto e di rovescio per buona parte della notte e di cui lei non ricordava nemmeno il nome. Lo aveva conosciuto a una festa e assieme avevano bevuto molto. Il resto era brumosa confusione. Piccoli flash di lui che la prendeva da dietro e spingeva forte e grugniva. Una notte di sesso sfrenato come tante altre. Che l'aveva lasciata come al solito indifferente al mondo e a tutti i suoi derivati. Né felice né scontenta. *Neutra* poteva dare l'idea del suo stato d'animo ricorrente.

Così, quando giunse quell'imprevisto SMS, lei se ne stava ferma e immobile senza riuscire a dormire, con la sensazione di avere ancora il pene del suo amante occasionale fermo nella vagina. Come se lui lo avesse perso, e lei se lo stesse mangiando con la figa.

Quando aveva sentito la vibrazione, aveva subito allungato il braccio, pensando che si trattasse di un messaggino di sua figlia Monica che non riusciva a dormire e cercava conforto in una madre che nemmeno si sarebbe presa la briga di risponderle. Poi aveva letto il nome sul display. L'ultimo nome che si sarebbe aspettata: NEGRONERO.

Lo sceriffo la stava cercando. E la cosa di per sé era davvero strana.

Lesse il testo più volte: HO BISOGNO DI INCONTRARTI. DIMMI DOVE.

Morena Brizio ci pensò un attimo, poi digitò: SAI DOVE ABITO, NO?

Subito giunse la risposta: SONO GIÀ QUI SOTTO.

La murena all'improvviso non si sentiva più tanto *neutra*. Il suo cuore batteva all'impazzata.

7

Nei giorni a seguire, tutte le benedette emittenti televisive e radiofoniche trasmisero frammenti della registrazione che avevo effettuato di nascosto prima di fare fuori Terrano. La Brizio, per mio assoluto volere unica destinataria di quella sconvolgente testimonianza, si prodigò per spargerla come un seme, arrivando a creare una vera e propria *piantagione* mass-mediatica: esattamente quello che mi aspettavo. Era stato un modo semplice ed efficace per pararmi il culo, alla faccia di tutti. Persino di coloro che si erano schierati con me, i travel agent con cui avevo stipulato patti diabolici, o angelici che dir si voglia.

Così risultava evidente un fatto sopra ogni altro: io ero andato da Terrano per interrogarlo e lui aveva cercato di uccidermi. La mia era stata legittima difesa. Nella registrazione lui non ammetteva, ma nemmeno smentiva, di essere il responsabile di quello di cui lo accusavo. In tribunale forse una prova del genere non avrebbe retto. Ma a me interessava che la gente sapesse tutto, a prescindere. Il benefattore doveva mostrare la sua vera faccia, una volta per tutte. Anche se era brutta, e non stava ferma un momento. E, d'altro canto, io non potevo assolutamente passare per un poliziotto andato fuori di testa che si trasformava in un giustiziere: la mia reputazione era un'eredità che mio figlio si sarebbe portato dietro per sempre. Il modello Gary Cooper, per quanto obsoleto e fuori dal tempo, era romanticamente meglio da sopportare e da seguire.

Com'era logico prevedere, il questore non fu troppo contento del mio operato e mi convocò dopo che il bubbone era già scoppiato, spargendo fetido pus in ogni dove. Tutti i giornali avevano iniziato a chiamarmi « l'eroe assassino », un appellativo che per un tutore della legge non era proprio il massimo.

Quando mi presentai al mio superiore, lui mi assalì, come da copione. « Quello che non capisco è perché lei abbia dato la registrazione a quella giornalista prima ancora di fare il suo rapporto a noi. La notizia sta rimbalzando a destra e a manca come una palla da tennis impazzita. E così noi ci facciamo la solita figura da coglioni! »

« Noi chi? » fui sul punto di chiedergli. Ma poi tanto *chissene* frega! Che pluralizzasse a ruota libera pure lui, fottuto Mastroleo.

Nell'ufficio del capo stavolta c'era anche lei, Maria Rossi, con l'immancabile sigaretta stretta fra le labbra. Mi era stata presentata come una sorta di supervisore inviato dal ministero. Il SISDe stava nell'ombra e gestiva e controllava. Quella fottuta sosia di Charlize Theron faceva il doppio gioco, e forse anche di più: triplo o quadruplo, vai a sapere. Avevo già avuto a che fare con gente di quella risma ai tempi dell'Interpol, e non ero mai riuscito a sopportarla. Io propendevo per una giustizia essenziale, senza maschere, « nuda » si potrebbe dire. Persone come Maria Rossi sono propense a camuffare ogni cosa. Anche quando il carnevale non serve. Molte di loro non hanno morale, esattamente come non l'avevano quelli come Terrano.

Si spalancò l'uscio ed entrò Silvia Cavallo tutta trafelata, con un pacco di cartellette sotto il braccio. « Scusate il ritardo », disse.

Mastroleo la invitò a sedersi con un gesto della mano. « Non si preoccupi, abbiamo appena iniziato. »

La « supervisionatrice » schiacciò la paglia in un enorme portacenere di cristallo che non avevo mai notato prima sulla scrivania del questore. Poi si fece avanti e allungò la mano per presentarsi alla nuova arrivata. La piemme restituì il saluto con una rapida stretta. Poi si girò verso di me e iniziò con l'interrogatorio: « Mi dica com'è andata », chiese, con un tono formale, dandomi del lei.

Io allora iniziai a raccontare: « Terrano mi aveva invitato alla Croce ».

« Per quale motivo la voleva incontrare? »

« Voleva sfidarmi, forse. Guardarmi negli occhi e vederli ancora bagnati di lacrime per quello che era successo. Crogiolarsi nella sua vittoria. Umiliare il nemico, cose così... »

« È abbastanza inverosimile, non crede? »

« Non so cosa dirle. Io sono stato al suo gioco e sono andato da lui con un registratore nascosto. Poi, una volta che lui ha confessato quello che volevo, ho cercato di arrestarlo. Ma lui si è opposto, mi ha puntato la pistola e ha sparato, e io ho fatto lo stesso. »

La Cavallo mi fissò con uno sguardo serio. « Invece del bambino che mi dice? » chiese in un sussurro.

Io deglutii con forza. All'improvviso mi sembrava di avere qualcosa in gola. Un rospo morto infilato nel bel mezzo bloccava la mia capacità di respirare. O di parlare. Di dire cose sensate. « Si è spento come una fiammella... Soffriva le pene dell'inferno. »

Mastroleo saltò su. « Era un orfano senza nome che Terrano ospitava nella clinica. Pare rientrasse in un piano di sperimentazioni relative a nuove terapie contro il dolore, promosso dal Sistema sanitario nazionale! » Fece un breve pausa, poi proseguì: « Vi rendete conto delle implicazioni? »

Tutti attendemmo che concludesse la frase. Ma lui la lasciò in sospeso come se non sapesse in che modo proseguire.

Silvia allora riprese a fare il suo lavoro e, rivolgendosi di nuovo a me con aria mesta, asserì: « Commissario, lo sa che è nei casini? » Io annuii, senza dire nulla. Lei proseguì: « Si è presentato da quell'uomo per arrestarlo. Ha ucciso tre dei suoi uomini. Ha ucciso lui... Se ne rende conto? »

« Basta ascoltare la registrazione e credo che le mie azioni possano essere giustificate. »

« Il suo operato sarà attentamente valutato in sede d'indagine », replicò lei. « Però io non intendevo questo quando parlavo di casini. »

Fui sul punto di apostrofarla come facevo coi miei agenti, sussurrando con fare insinuante: « Quindi? »

Ma la giudice continuò da sola, senza appoggiarsi a qualche mio interrogativo inopinatamente suggerito. « L'organizzazione criminale che sta dietro Terrano cercherà di fargliela pagare. Penso che lei debba prendere in considerazione l'eventualità di girare con una scorta.»

Io lanciai uno sguardo fugace alla Rossi. E quella mi rispose con un sorrisino appena accennato. Mostrai i palmi delle mani scuotendo la testa. «Non voglio nessuna scorta, almeno per adesso. Sono stanco. E vorrei solo andare a casa...»

Silvia annuì. Poi si rivolse al questore come per chiedere il suo parere in merito e lui si limitò ad acconsentire, sbandierando la mano destra, come faceva sempre. «Per quanto mi riguarda, per ora può bastare», disse. «Nei prossimi giorni convocheremo una conferenza stampa e dovremo un attimo coordinarci su cosa dire.»

Io girai le spalle per uscire, e Silvia mi venne dietro. Nel corridoio mi prese a braccetto. «Chiara mi ha chiamato per sapere cos'è successo. Si lamenta che tu non le rispondi al cellulare.»

«Dille che non voglio vedere nessuno!»

«È preoccupata per te, e lo sono anch'io.»

Provai a dirle qualcosa, ma non mi venne niente di sensato, così lei ne approfittò per proseguire: «Dai primi esami effettuati sulla salma del bambino risulta che è morto per arresto respiratorio. Sulla sua bocca hanno trovato delle abrasioni, come se qualcuno gli avesse spinto qualcosa sulla bocca. Hanno trovato anche un'impronta digitale. La stanno esaminando e credo già di sapere quale sarà il risultato, ma tu poi mi dirai che lo hai toccato per aiutarlo in qualche modo. E io infatti penso proprio che sia quello che hai fatto: tu lo hai aiutato...» Fece una pausa per prendere la rincorsa necessaria per concludere il suo ragionamento. «Lo hai aiutato a morire!» Abbassò il tono di voce. «E ti dirò anche una cosa, Francesco. Io al tuo posto avrei fatto esattamente la stessa cosa. Ma sono un giudice e devo seguire le procedure e attenermi alla legge... Lo capisci vero?»

«Mi farai mettere agli arresti?»

«Sarai indagato, per forza di cose, te l'ho già detto. Ma non pensare a questo. Riuscirai a cavartela, vedrai. Adesso però vai da tua moglie e da tuo figlio. Hai bisogno di stare un po' con loro.»

Mi venne in mente che mi aveva detto le stesse cose anche dopo che erano stati uccisi i miei agenti.

Arrivati in fondo al corridoio, la salutai con un sorriso e feci per andarmene verso gli ascensori, ma lei mi richiamò: «Commissario?»

Mi volsi, tenendo lo sguardo basso. Mi sentivo gli occhi pesanti, tanto che non riuscivo nemmeno a guardare dritto. «Dimmi, Silvia.»

«Sei pallido e smagrito... Non mi crollare, per piacere...» disse.

«Farò il possibile», risposi. Dentro di me pensavo: *Tanto sono già crollato da un pezzo.*

8

Quando tornai nel mio ufficio, c'era un pacchetto per me. Il mittente era un sito di vendita on line. Sapevo di cosa si trattava. Lo scartai e dentro c'era una scatola di plastica. L'aprii e mi scappò un sorriso. Afferrai l'anello d'argento, con cautela, come se avessi paura di romperlo, e scrutai con attenzione il piccolo teschio luccicante. Il regalo per Franco era finalmente arrivato, appena in tempo: l'anello dell'Ombra che cammina. Era ironico pensare a come quel simbolo di morte potesse assumere aspetti diversi: in questo caso metteva allegria. Lo riposi nella custodia, vincendo l'impulso di infilarmelo, anche solo per un minuto o due, per giocare a sentirmi ancora un ragazzino. Sarebbe stato bello portare indietro il tempo, fuggire nel passato, sdraiarsi sulla malinconia.

M'infilai il mezzo toscano tra i denti, l'accesi e sbuffai il fumo, scrutando il vuoto. Il volto di Chiara mi comparve nella mente: le labbra, il sorriso... Avrei tanto voluto spiegarle il motivo per cui ero stato costretto a piantarla in quel modo.

Cercai la carta da lettere dentro il cassetto. Misi il toscano sul portacenere e inforcai gli occhiali da lettura. Presi una penna, la puntai sul foglio e pensai a qualche frase bella. *Cosa posso scriverti, amore mio?*

Mi sentivo il cuore stretto e pieno di spine, non mi veniva nulla.

Non potevo scriverle frasi d'amore. Non sarebbe stato giusto. Lei si doveva dimenticare di me il prima possibile e un epitaffio toccante non le sarebbe certamente stato d'aiuto. Quindi non era per niente una buona idea quella di lasciarle un-ultimo-messaggio. Fui sul punto di mettere via tutto e vaffanculo, poi la mano si mosse, quasi indipendentemente dalla mia volontà, e iniziò a scrivere. Di getto, senza fermarmi, con gli occhi sbarrati come se fossi in trance, riempii l'intera facciata e poi anche quella dietro. Quando terminai, avevo il fiatone, come dopo una corsa.

Controllai con stupore ciò che avevo scritto: l'intero foglio era pieno di numeri 3, l'uno dietro l'altro...

Ipotizzai che volesse essere un modo per avvertirla della Triplice che incombeva, l'organizzazione post-Terrano di cui la Rossi - fottuta travel agent che non era altro - mi aveva riferito. Oppure ero semplicemente partito con la testa e con tutto il resto.

Piegai la lettera e la infilai in una busta. Poi leccai i bordi di colla e la chiusi. Scrissi: *Per il vicecommissario Chiara Monti.*

Presi il toscano per fare un tiro e la cenere cadde sulla busta. Cercai di ripulire ma peggiorai soltanto la situazione: si era formata una macchia che sembrava vagamente una vespa. I brividi si raggrupparono tra le scapole e, con un grido scellerato, si buttarono giù in discesa libera lungo la mia spina dorsale. Attesi che giungessero in fondo, poi controllai l'orologio di sinistra e quello di destra. Constatai che ero in ritardo da entrambi i punti di vista, ma andava bene lo stesso.

9

Con la busta stretta in mano, sbirciai in fondo al corridoio per vedere se c'era la luce accesa nell'ufficio di Chiara. Era tutto spento. Con cautela raggiunsi la porta a vetri e la spinsi per entrare. Dopo quello che era successo, lei era stata provvisoriamente assegnata alla mobile, in attesa di un incarico che le fosse più congeniale e forse, data l'ora, aveva già staccato per andare a pranzo, oppure era di turno da qualche parte. Una volta dentro, colsi nell'aria il suo profumo e mi sentii colmare di tenerezza. Misi la busta nel cassetto della scrivania e me ne andai via in fretta, per non dover sentire troppo male.

Mi precipitai per le scale. Scappai dal palazzo della questura senza nemmeno salutare il piantone che presidiava l'uscita.

Avevo lasciato la Hyundai in piazza Roosevelt, invece che nel parcheggio interno. La raggiunsi, guardandomi attorno con circospezione e notai due tipi su una moto, con dei caschi integrali, che mi guardavano. Pensai a quello che mi aveva detto Silvia: *Tu sei in pericolo...* Immaginai una puntata della *Piovra* e mi venne da ridere. *Cazzo, non sono in un serial televisivo, e nemmeno in un film,* pensai. Alzai gli occhi al cielo e chiesi allo spirito di Ballardini di proteggermi da lassù. E anche di perdonarmi, già che c'era.

Allungai la mano per aprire la portiera e la moto partì, venendo verso di me. Mi figurai una scena: io che mi volto per affrontare i due centauri con le mani lungo i fianchi, quello seduto dietro punta una mitraglietta e spara, e io estraggo rapido e faccio lo stesso.

Sparatoria sotto il palazzo della questura! Lo sceriffo colpisce ancora. Chissà quale titolo di merda avrebbe usato la Brizio per lanciare nuovi morsi. Pensai che alla fine dei guai ero diventato complice anche di quella stronza. Negronero, caduto così in basso, pubblica un annuncio: cercasi una vanga di seconda mano per scavare il fondo del fondo.

Quelli sulla moto passarono oltre e scomparvero in un viottolo, senza colpo ferire. Rimasto solo, guardai a terra e vidi la pozza bluastra sotto la mia coupé. Sospirai. Poi presi il cellulare e chiamai l'officina della polizia. «Calogero, scusa se ti disturbo, ma credo che mi abbiano sabotato la macchina... Puoi mandare qualcuno?»

10

Così la Hyundai venne controllata da cima a fondo, facendo emergere un fatto sconcertante – si fa per dire: i tubi dei freni risultavano tagliati.

«Qualcuno ha voluto mandarti a puttane il circuito idraulico, e potevi schiantarti», aveva spiegato il buon Calogero, dopo aver terminato il check-up. Si trattava di un tentativo di farmi fuori piuttosto infantile, tanto da rendere più plausibile l'ipotesi dell'avvertimento. Qualcuno voleva lanciarmi una cazzo di minaccia. « In attesa che ti aggiustino la coupé, posso darti una 133 civile che mi hanno appena riportato in garage dalla revisione », aveva concluso il responsabile degli automezzi. E naturalmente io avevo accettato.

Venendo a sapere di quello che era successo, il questore, irremovibile, decise di affibbiarmi seduta stante una scorta di due agenti che mi sarebbe rimasta alle costole giorno e notte.

Ormai era già pomeriggio inoltrato e io non vedevo l'ora di andare a casa per stare coi miei famigliari. Prima però c'era una persona che dovevo assolutamente incontrare. Così mi schiodai dal garage della polizia sopra quella specie di auto di cortesia, seguito a ruota dalla volante con dentro i miei angeli custodi. Destinazione: via Codivilla, seminario arcivescovile.

Durante il tragitto mi venne voglia di fumarmi un toscano, ma li avevo lasciati nella Huyndai, e non era certo il caso di fermarmi per comprarne un pacchetto nuovo: il tempo dei vizi stava per finire.

Parcheggiai l'auto nello spiazzo antistante il seminario, attesi che la macchina che mi seguiva si fermasse a sua volta, poi aprii lo sportello e scesi. Passando davanti agli agenti preposti alla mia protezione, lanciai loro un'occhiata infastidita, mentre mi dirigevo verso la scalinata che conduceva all'ingresso dell'austero edificio.

In portineria chiesi di monsignor Sisto Connubio.

Il giovane pretino seduto dietro il bancone mi guardò con sospetto e con la mano indicò il corridoio di sinistra, lucidato a cera. « Nell'ultima aula in fondo », spiegò, senza cavarmi gli occhi di dosso. « Dovrebbe aver finito la lezione or ora. »

Mi affrettai nella direzione indicatami, proprio mentre i seminaristi uscivano. Un fiume di cornacchie nere si aprì per evitarmi. Sbirciai oltre la porta dell'aula: padre Sisto era in piedi davanti alla cattedra e stava parlando con un giovane vestito elegante, che non aveva per niente l'aria di un prete. Mi avvicinai e il mio mentore, vedendomi, sorrise mostrando il dito indice, come per dire « sarò da te tra un minuto! »

Io annuii e sorrisi a mia volta.

Sisto mise una mano sulla spalla del pretino elegante: « Coraggio, Cristoforo. Ci vuole coraggio! » Mi chiesi quale fosse l'argomento. Non certo qualcosa di legato alla teologia... Sembrava più un tentativo di consolazione. Il prete elegante salutò e volse le spalle. Venendo verso la porta, mi sorrise, illuminando il suo volto triste, poi uscì dall'aula.

« Mi fa piacere vederti, Francesco. » Sisto mi raggiunse e mi squadrò da capo a piedi. « Vedo che sei in forma smagliante: pallido e smagrito e con una barba che sembri un frate benedettino! »

« Possiamo andare in un posto tranquillo? » chiesi.

Lui mi prese a braccetto e mi condusse in una saletta attigua all'aula. Chiuse la porta alle sue spalle. « Qua non ci disturberà nessuno. »

Ci guardammo per un attimo, in piedi l'uno di fronte all'altro, come in una tacita sfida.

Poi mi decisi a parlare: « Sono venuto per confessarmi, padre ».

Sisto annuì gravemente. « Lo so, figliolo. »

« Non chiamarmi sempre così, che sembri uscito da un film. »

« Se tu mi chiami padre non mi dai alternative... *figliolo.* »

« Vuoi che ti arresti, prete della malora? »

« Prima raccontami tutto! »

« Chiedere perdono non basta? »

« Al buon Dio potrebbe anche bastare. Ma a te no, di sicuro. »

Lo fissai serio. « È che non ho bisogno di un'assoluzione. Mi serve piuttosto un'estrema unzione! »

« Cosa intendi dire? »

Sorrisi. « Niente, era solo una battuta. »

« Da morir dal ridere, figliolo. » Sisto si avvicinò a una vetrinetta e ne estrasse una grossa ampolla verde con due bicchierini. « Vuoi un poco di vin santo, che ti fa bene? »

Feci segno di no con la testa. Ci sedemmo l'uno di fronte all'altro. « Hai letto i quotidiani? » chiesi.

« No, ma ho visto tutti i telegiornali. Quindi so cos'è successo. » Fece una pausa durante la quale si perse a fissare il crocefisso intagliato nel legno che campeggiava sulla parete di fronte. Poi tornò a rivolgersi a me: « Dai, mandali fuori! » mi esortò.

Io lo guardai corrugando la fronte. « Che cosa? »

Sisto rivolse scherzosamente i palmi al soffitto. « Benedetto Signore Iddio! Aiuta questa pecorella smarrita a sfogare tutti i suoi tarli! »

Io sospirai, prima verso il crocefisso e poi verso il mio amico prete. Poi attaccai a parlare, di getto. « C'era un bambino dentro la camera di Terrano: una piccola creatura che stava soffrendo le pene dell'inferno e io... » Mi bloccai, come sull'orlo di un precipizio, incapace di proseguire oltre.

Sisto mi fissò senza battere ciglio. « Tu cosa? »

Mandai giù un grumo di saliva troppo denso e l'ultimo tarlo rimasto mi pizzicò la gola. « Io ho posto fine alle sue sofferenze », confessai. E subito dopo diedi un colpo di tosse per non soffocare troppo. Sentii qualcosa sulla guancia. Il tarlo era scappato fuori e adesso cercava di rodermi i lineamenti, così come le vespe stavano facendo col mio cuore. Mi toccai per scacciarlo e la punta delle dita individuarono una lacrima che asciugai raccogliendola sul polpastrello e che osservai, come se fosse una sfera magica... Nei meandri del mio pianto *tarlesco*, iniziai a rivedere con la mente la scena, mentre le mie labbra continuavano con la cronistoria dell'orrore... « Mentre gli premevo la mano sulla bocca, lui mi ha sorriso. Poi, nell'attimo in cui la vita se n'è andata da lui, dissolvendosi assieme al dolore, il suo corpicino ha tremato e io ho sentito l'anima che usciva... e mi è perfino parso di vederla salire al cielo. Era bianca e sembrava un aquilone. » Presi un respiro dal naso, come una rincorsa per dire qualcos'altro. Ma non c'era abbastanza ossigeno per infondermi coraggio per andare oltre.

Padre Connubio versò il vino e mi porse il bicchiere. « Bevi su, che ti tira su lo spirito », insistette.

« Lo sai che mi fa schifo: è troppo dolce. È da quando sono piccolo che cerchi di rifilarmelo, te ne rendi conto? »

Lui mi dedicò uno sguardo denso di comprensione e mi chiese: « Ti ricordi tuo padre, Francesco? »

« Soltanto quando guardo il cielo! » risposi, con un sorriso triste.

Il gesuita non chiese spiegazioni sulla mia frase criptica e proseguì. « Come sai bene, tuo padre era un medico molto preparato, un pediatra combattente, come amavo definirlo. Io lo conobbi durante la mia missione in Africa. E diventammo subito amici per la pelle. Assieme combattevamo il male: io cercavo di esorcizzarlo con la parola del Signore e lui cercava di mandarlo via con le medicine, erano entrambe forme di preghiera. Abbiamo visto molta sofferenza, cose orribili: bambini malati e denutriti, madri disperate che soffocavano i figli per non farli soffrire più e poi si uccidevano a loro volta buttandosi nel fuoco coi corpicini stretti al petto. Si immolavano nel nome dell'amore. Secondo tuo padre in quei gesti si sentiva l'odore del Signore e non del diavolo, e io naturalmente non ero d'accordo con lui. La vita deve sempre essere la cosa più importante, al di là di ogni sofferenza. Ma non ti nascondo che tante volte mi sono venuti dei dubbi a riguardo. E ho dovuto pregare molto per farmeli passare.» S'interruppe un attimo per svuotare il suo bicchierino. «Il mistero della fede è una cosa enorme. Trascendentale quasi...»

«Intendi dire che ho fatto bene a fare quello che ho fatto?»

«No, assolutamente. Intendo solo dire che sei umano e non puoi fare altro che brancolare, come tutti. Passando tra luci e ombre, cercando di comprendere l'incomprensibile.» Il gesuita sorrise. Poi mi fece cenno di avvicinarmi. «Vieni che ti devo dire un segreto.» Mi sporsi verso di lui. Col pollice mi fece il segno della croce al centro della fronte. «*Ego te absolvo a peccatis tuis in nomine Patris, et Filii et Spiritus Sancti...*» Sorriso, pacca sulla spalla. «Estrema unzione effettuata, figliolo.»

Mi alzai, guardai il bicchierino pieno di liquido rosso, che sembrava sangue. Allungai una mano per prenderlo e dissi: «Grazie! Quando sarò morto, ti verrò a tirare i piedi». Bevvi un sorso e mandai giù facendo una smorfia come se avessi male alla gola. Era davvero troppo dolce per i miei gusti. «Stai vicino a Mara e Franco, se dovesse capitarmi qualcosa», mi raccomandai. Poi posai il bicchierino, girai le spalle e me ne andai. Non vedevo l'ora di essere a casa. Un desiderio forte come quello di respirare. Soltanto per non morire, non ancora.

11

Arrivato davanti al cancello di casa, ordinai agli agenti che mi dovevano stare alle costole di appostarsi là, per non farsi vedere dai miei famigliari, per non preoccuparli. Entrai nel vialetto d'accesso alla proprietà, avanzando a passo d'uomo, e parcheggiai sotto la tettoia di fianco alla Saab. Scesi dall'auto e mi guardai attorno con disperata intensità. Il sole stava tramontando. Ed era tutto così bello.

Adesso ero lì. Ma provavo la sensazione di essere già andato via.

Entrato in casa, andai a baciare Dolcemara e lei ricambiò il mio saluto con freddezza: era arrabbiata con me perché la stavo facendo preoccupare troppo. Io avevo avuto un conflitto a fuoco e tutti i notiziari parlavano di me. Qualcuno mi chiamava assassino e qualcuno eroe. Mia moglie forse non riusciva a decidere se doveva sostenermi a oltranza, senza farmi domande, oppure se doveva rinnegarmi.

Guardandola intensamente per cercare di imprimermi nella memoria ogni più piccola sfaccettatura delle sue espressioni – per portarmela in qualunque posto fossi finito –, mi colse prepotente la visione del volto di Terrano che cambiava forma divenendo un teschio. Allucinazioni, deliri, sempre quelli!

Fortunatamente lei interruppe quella mia crisi di realtà, girandomi le spalle – una delle cose che le riusciva meglio al mondo – per dedicarsi alla preparazione della cena.

E io ne approfittai per raggiungere mio figlio, che stava giocando con la Play Station in camera sua. Cercava di colpire con una pistola di plastica degli zombi che avanzavano con le mani protese...

Vedendomi arrivare, mise subito in pausa riponendo la sua arma e sorrise. E io feci lo stesso. « Ciao Son, hai fatto buona caccia? » Mi allungai per dargli un bacino. E lui me lo restituì, diventando rosso sulle gote. Poi mi guardò stranamente. Si vedeva che voleva chiedermi qualcosa. E forse io avrei dovuto rassicurarlo, dirgli che era tutto a posto e che non era successo nulla di grave. *Ho solo schiacciato un insetto schifoso. Niente di che.* Invece rimasi in silenzio.

Ci fissammo a lungo, per molto tempo. Padre e figlio.

Poi lui sorrise. « Sono sicuro che tu hai fatto la cosa giusta, papà. »

E io avrei voluto stringerlo tra le braccia per ringraziarlo, non per quello che aveva detto, ma per il semplice fatto che esisteva.

Poi la voce di Mara ci distolse, chiamandoci per la cena. Allora ci alzammo e raggiungemmo assieme la cucina.

12

Il tempo trascorse troppo veloce, senza permettermi di afferrare gli attimi. Concedendomi dei *carpe diem* alla cazzo di cane, tanto per rovinarmi quei momenti trascorsi con la mia famiglia.

Mangiai senza sentire il sapore. Sorrisi senza sentirmi la faccia.

Ogni tanto guardavo verso i punti dove sapevo esserci le microcamere, dietro le feritoie che si aprivano nel rivestimento in carton gesso. E mi chiedevo se la fottuta congrega dei travel agent ci stesse spiando, rubando anche quei momenti della mia vita, come predatori crudeli che sbranano per il semplice gusto di farlo.

Vinsi l'impulso di prendere un martello e andare a distruggere quegli occhi invisibili che mi fissavano dal mondo delle ombre.

Dopocena riuscimmo a convincere Dolcemara a vedere un film con noi. *La città degli angeli,* ovviamente. E lei, nel bel mezzo della proiezione, quando partì la canzone di Sarah McLachlan, *Angel,* si commosse. Così io ne approfittai per abbracciarla e per sentirmi, per un secondo o due, una persona normale. Mentre Franco si stringeva a noi con un certo stupore, felice di poterlo fare. Restammo così tutti e tre: disperatamente avvinghiati davanti alla TV, anche un bel po' dopo i titoli di coda.

Poi d'un tratto il mio cellulare suonò - mi ero dimenticato di mettere la vibrazione - e diventai rosso senza muovermi.

Mara disse: «Non guardi chi ti scrive *a quest'ora*?» Gli occhi pieni di sospetto e gelosia, come se sapesse esattamente chi mi stava mandando un SMS. Come del resto lo sapevo io.

Spostandomi da una parte, perché lei non riuscisse a sbirciare il display, lessi il testo del messaggio: COSA SIGNIFICA LA LETTERA CHE MI HAI LASCIATO? Chiara aveva trovato la mia missiva. Ringraziai in cuor mio di non averla incontrata durante la furtiva intrusione nel suo ufficio e, nello stesso tempo, maledissi il fatto di non averla potuta vedere.

Spensi il cellulare e cercai di sorridere a mia moglie. Mentre lei restava seria, consapevole del mio turbamento.

Franco, temendo l'arrivo di una delle nostre litigate, disse che sarebbe andato a fare la nanna, e si alzò dal divano per lasciarci soli.

Io e Mara restammo là, improvvisamente infreddoliti, sotto l'egemonia dei fantasmi del passato che soffiavano aria gelida per festeggiare quello che eravamo stati e quello che avremmo potuto o voluto essere. Le gioie e i dolori. Ci sentivamo soli e abbandonati e non era sopportabile. Non dopo aver trascorso una serata così bella.

Mia moglie si alzò dal divano e scappò al piano di sopra. Io restai in soggiorno a contarmi i battiti del cuore, ancora col Motorola stretto nel pugno. Un respiro dopo l'altro proteso verso il margine che stavo per superare ancora una volta.

Immobile di fronte all'occhio che spiava il soggiorno, mi lasciai invadere dalla selva dei ricordi. Tutti quegli attimi che facevano parte di me in quanto tali, uniti e indivisibili, nonostante le incomprensioni e gli sguardi cattivi. Cercai di ricordare quando avevo incontrato Mara la prima volta. Quello che ci eravamo detti, i sapori e gli odori. Eravamo ancora dei ragazzini... Muovendomi come un automa, raggiunsi il piano di sopra, entrai nella camera di Franchino e mi sedetti sul bordo del letto. Lui era girato su un fianco. «Dormi già, Son?»

Senza dire nulla mio figlio allungò il braccio destro verso di me e mi afferrò la mano per stringermela. Non stava dormendo.

Presi un respiro prima di iniziare a parlare, come facevo quando lui era piccolo e gli raccontavo la favola della buonanotte per addormentarlo. Mi sentivo il cuore gonfio di tristezza. Cercai di ignorarlo e attaccai con la storia che narrava del perfido Brufolo Bill e dei Gemelli Rossi e dell'impavido cavaliere che li sgominò...

13

« Avevo undici anni quando incontrai tua madre la prima volta.

« Frequentavo la prima media a Casalecchio, sezione G, e lei era nella H. Invece nella sezione D, quella dei deficienti, tanto per dire, c'erano loro, Brufolo Bill e i Gemelli Rossi, due teppistelli che se ne andavano in giro a dar fastidio a tutti.

« Brufolo Bill lo chiamavano così perché aveva il volto invaso dall'acne: protuberanze rosse che gli gonfiavano le guance e la fronte. I suoi compari invece erano cosparsi di lentiggini e avevano i capelli color carota, e da qui il soprannome Gemelli Rossi... Ma avrebbero potuto chiamarsi anche i gemelli *grossi* tanto erano robusti e alti. Facevano paura. E tutti in effetti li temevano.

« Io, dal canto mio, non mi curavo di quei tre, e mi facevo i fatti miei. All'epoca ero un tipo taciturno, che se ne stava in disparte, perché soffrivo ancora tanto per la morte di mio padre... tuo nonno Sergio, hai presente? Lui ci aveva lasciati da pochi mesi e quello che sentivo dentro, nel bel mezzo del cuore, faceva molto male. Era come avere del ghiaccio che bruciava al centro del petto. Mia madre - tua nonna - mi aveva spiegato che papà se n'era andato in cielo. E io avevo afferrato il concetto fino a un certo punto... Mi chiedevo se mio padre si fosse trasformato in una specie di uccello, oppure in un angelo del Signore... Facevo lunghe conversazioni con lui, di notte, mentre contavo le stelle che mi separavano dal suo ricordo. Lo facevo stringendo al petto, contro il cuore, la sua scatola di sigari, vuota, ma ancora piena del suo odore, quello che sentivo quando mi dava un bacio. Un profumo forte di tabacco e cuoio che mi faceva sentire più forte e più sicuro.

« Quando me la vedevo brutta, andavo al cinema e fantasticavo di eroi e cavalieri. Non avevo né amici né amiche.

« Poi era arrivata lei: una nuova, a metà anno, trasferita da un'altra scuola. Zanetti Mara dagli occhi blu. All'improvviso l'avevo trovata in un raggio di sole e mi ero innamorato a prima vista. Ma anche a seconda e a terza, pensandoci. Già allora, a undici anni, tua madre era molto bella, sai? Da togliere il fiato.

« Ma anche Brufolo Bill si era accorto di lei e aveva preso a corteggiarla e a darle fastidio, e un bel giorno aveva oltrepassato la misura e le aveva messo le mani addosso. Io l'avevo trovata in lacrime, seduta in disparte vicino al campetto da calcio. Le avevo chiesto cosa fosse successo e lei me lo aveva spiegato tra i singhiozzi, e io allora l'avevo abbracciata per consolarla... Era stato un momento perfetto. Essere là con lei, stringerla. Cercare di calmare il suo pianto e annusare il suo odore, respirarlo. Mi ero chiesto come si potesse fare del male a una creatura così splendida. Non potevo tollerare una cosa del genere. 'Adesso ci penso io a quelli', avevo detto, rivolto verso il nulla. Poi mi ero alzato per andare a fare quello che occorreva.

« Affrontare da solo tre ragazzini più grandi era una vera pazzia e di sicuro le avrei prese di santa ragione. Ma non m'importava. Dovevo fare giustizia, proprio come avrebbe fatto il mio eroe preferito: Gary Cooper, lo sceriffo di *Mezzogiorno di fuoco*. Solo contro tutti.

« Io a quell'età credevo ancora negli eroi e nelle loro imprese e ritenevo che valesse la pena combattere per costruire un mondo migliore. Era come avere un'energia che partiva da un punto magico al centro della pancia. Come il ki nel karate, hai presente? La sensazione di essere al servizio di un dono preciso: credere negli spiriti e salvare le creature più deboli.

« Così mi ero fatto coraggio stringendo forte i pugni ed ero andato a stanare i cattivi. Li avevo trovati appartati a giocare alle figurine sul retro dell'edificio scolastico. Tre bulli che tiravano le carte con le immagini dei calciatori contro il muro, e ridevano.

« Brufolo Bill e i Gemelli Rossi, mi avevano visto arrivare e avevano subito smesso di giocare, incuriositi.

« Io, più basso di loro di due spanne, li avevo squadrati coi pugni chiusi e l'aria di sfida. 'Se la toccate ancora vi uccido', avevo detto, con la voce tremante di rabbia e paura.

« Brufolo Bill mi aveva apostrofato con un ringhio: 'Noi facciamo quello che ci pare, soldo bucato! Quindi cavati dalle balle che se no...'

« Ma non aveva fatto in tempo a finire la frase che il mio pugno gli era arrivato esattamente al centro della fronte, proprio sul brufolo gonfio di rosso che vi campeggiava.

« Non era stato un pugno particolarmente forte, ma era riuscito a farlo indietreggiare. Il brufolo che aveva sulla fronte era scoppiato e gli stava colando un siero giallognolo sulla faccia, una lacrima strana attorno all'occhio sinistro che gli conferiva un'aria grottescamente dispiaciuta.

« Lui piangeva lacrime di pus e io lo guardavo con odio, pronto a colpirlo ancora. A quel punto, i Gemelli Rossi mi si erano lanciati addosso come due furie e mi avevano spinto facendomi cadere. Poi mi avevano preso a calci e io non ero riuscito a difendermi. Ero rimasto a terra in posizione fetale a beccarmi tutti i colpi, l'uno dietro l'altro. Di quella scena ricordo più che altro i rumori, i tonfi che producevano le punte delle loro scarpe quando affondavano nella mia schiena. In lontananza si sentiva la canzone di Domenico Modugno *Nel blu dipinto di blu*... Doveva esserci una radiolina accesa da qualche parte, oppure un mangiadischi, vai a sapere.

« Mi avevano picchiato a lungo, fino a quando una bidella ci aveva visti ed era accorsa gridando, e allora i tre bulli erano scappati.

« Modugno da lontano continuava a volare e io sanguinavo e mi sentivo bene. Avevo affrontato i cattivi. Qualcuno lo doveva pur fare.

« Il giorno dopo mi ero aggirato per i corridoi cercando d'incontrare la bella bambina dagli occhi blu che mi aveva rapito il cuore. Ma non l'avevo trovata da nessuna parte. Lei non c'era. Lei era andata via.

« Appresi in seguito che i suoi genitori avevano avuto dei problemi e si erano separati e lei era andata ad abitare con la madre in un'altra città. Pensavo che non l'avrei mai più rivista. Poi dieci anni dopo io e Mara ci siamo incontrati di nuovo, all'università. Ci siamo sposati. E abbiamo messo al mondo te, la cosa migliore che ci poteva capitare... »

14

Aveva pensato: *Perché papà mi sta raccontando questo?* Se lo era chiesto con gli occhi chiusi, mentre cercava d'immaginarsi le scene, trasformando le parole in un film proiettato nella mente. Come faceva quando era piccolo, mentre ascoltava la favola della buonanotte.

C'era qualcosa in quel racconto che lo spaventava. Non l'aneddoto in sé. Sentiva che c'era qualcosa di strano nel tono che stava usando suo padre: la voce pervasa da una tristezza senza via di uscita.

Poi il sonno era giunto, tendendogli le braccia fluttuanti. E lui si era fatto abbracciare... Nell'attimo in cui aveva chiuso gli occhi del tutto, le sue labbra avevano bisbigliato: « Ti voglio tanto bene, papà... »

15

Mi ero asciugato una lacrima alzandomi dal bordo del letto. E non me ne fregava nulla se c'erano *occhi* che registravano il mio turbamento, le mie debolezze.

Raggiunsi Mara in camera da letto. Mi spogliai senza nemmeno spegnere l'abat-jour, incurante di tutto e di tutti. M'infilai sotto le coperte e mia moglie era già nuda e pronta. Pronta per me, per noi.

Le ore trascorsero veloci e lente nello stesso tempo. Come accade in certi sogni, dove il tempo segue una scansione insensata. In quel tempo senza tempo, i nostri corpi fecero di tutto per ritrovarsi. E fu come ricordare quello che eravamo stati: fare all'amore come sfogliare le pagine di un diario. Ancora e ancora.

Quando tutto finì, mi abbandonai da una parte, provando un forte senso di angoscia. Mara si tirò su un gomito e mi fissò con quei suoi occhi blu. Una goccia di sudore le stava colando sulle labbra, se la leccò con la punta della lingua. Poi restò a fissarmi coi seni che si sollevavano e si abbassavano in fretta per il respiro ancora affannato, le labbra atteggiate in un sorriso triste. Allungò una mano, oltrepassando i mille chilometri che ci separavano, e mi accarezzò il viso, infilando le dita nella mia barba. « Io ti amo ancora, lo sai? » sussurrò.

La guardai stupito e non riuscii a dire nulla. Me la tirai vicina per abbracciarla con tutta la tenerezza di cui ero capace, accarezzandola sulla testa fino a quando lei non si addormentò.

Alle quattro scesi dal letto. Sentivo ancora nella bocca il sapore di mia moglie. Le dedicai un ultimo sguardo, mentre mi vestivo con calma.

Salii in torretta, scelsi dalla mia collezione gli orologi che amavo di più e me li misi al polso, regolando subito quello di destra sull'orario sbagliato. Sul ripiano del tavolo di lavoro c'era l'ultima copia di *Best'seven* con la mia faccia in copertina: un primo piano tagliato a metà dalla scritta IL GIUSTIZIEROE. La sfogliai fino a trovare quello che m'interessava: il reportage alla Croce con le foto riprese sul luogo della sparatoria. A tutta pagina c'era Terrano riverso a terra con la testa bucata e la scritta LA FINE DI UN MOSTRO. Restai a fissare quell'immagine, col cuore che mi faceva *bam bam*, mentre una voce di donna e di uomo mi risuonava nella testa: *Non potrà terminare mai, lo sai, commissario?* Con un brivido, strappai la pagina, la ripiegai e me la ficcai in tasca. Poi andai a prelevare dalla cassaforte la busta che avevo già preparato da tempo, gonfia dei reperti del Muro del pianto. Mi soffermai a guardare quel posto, con un groppo in gola, accarezzando con lo sguardo le mie cose: i diplomi da cintura nera, le coppe vinte nei tornei di combattimento, il quadretto con la foto del matrimonio dove io e Mara sorridiamo vestiti come star del cinema, con gli occhi lucidi, belli come il sole. Cercando di non farmi sopraffare dall'emozione, presi dal cassetto della scrivania il regalo per Sonnyboy.

Sceso al piano di sotto, raggiunsi la camera di mio figlio e mi avvicinai al letto in punta di piedi. *Adesso devo proprio andare. Da qualche parte nel cielo...* pensai. Posai sul comodino l'anello del teschio. Il regalo per quando sarebbe stato il suo compleanno, da lì a qualche mese. E deglutii la selva di lacrime che premeva per uscire.

Poi girai le spalle per andarmene, provando la sensazione di qualcosa che mi bruciava la schiena. Forse era lo sguardo del mio ragazzone che si era svegliato, ma non trovai il coraggio di voltarmi per constatare se fosse vero. In quel momento non avrei potuto sostenere un confronto faccia a faccia che sarebbe sfociato in una nuova esplosione di malinconia. Quello che dovevo dire lo avevo già detto. L'anello sul comodino suggellava il discorso come un punto in fondo alla frase più bella del mondo, e qualunque altra appendice avrebbe rovinato la magia.

Così scesi in soggiorno senza guardare più nulla delle cose che mi circondavano. I rimpianti per quello che era stato si confondevano con l'agonia del presente, creando compagini d'incertezza sul domani. Quando non hai più scelte, cessano di esistere le speranze di un momento migliore, e tanto vale smetterla coi patemi e gridare forte « Vaffanculo! »

Con la busta sotto il braccio e la scatola di sigari di mio padre portata come un'offerta propiziatoria per qualche oscuro rito di passaggio del cazzo, varcai la soglia di quella che era stata la mia casa, con un sapore di morte in bocca.

16

Nel cielo c'era quel colore strano che caratterizza il momento in cui la notte sta per lasciare posto al giorno. Un blu così profondo da sembrare più nero del nero. *L'ora degli assassini*, pensai, mentre salivo sulla 133 e accendevo il motore. Uscendo dal cancello, mi fermai di fianco all'auto con gli agenti di scorta. Tirai giù il finestrino. « Devo assentarmi *per qualche ora*. Vorrei che voi restaste, come protezione ai miei famigliari », spiegai.

Sguardi gonfi di sonno mancato, vagamente perplessi. « Veramente, dottore, noi avremmo ricevuto l'ordine di seguirla ovunque... »

« Fate come vi dico! » ribattei, con tono brusco. Poi, senza dare loro tempo di replicare, partii, sgommando di brutto. Lasciandoli là davanti.

Controllando nello specchietto retrovisore, vidi le luci dei loro fanali posteriori accendersi: gli agenti preposti non mi stavano dando retta, esattamente quello che mi aspettavo, e avevano acceso il motore con l'intenzione di seguirmi.

Però quando arrivai all'incrocio con via Sabbiuno loro non si vedevano ancora. Li avevo battuti sul tempo! Guidai come un pazzo, a *perdicurva* con *Paranoid* a tutto volume nello stereo, cercando di non pensare a nulla. L'obiettivo era quello di essere *dentro* all'altezza del *fuori*: impassibile, freddo e privo di dolore. Ma non era facile. Tanto che d'un tratto presi il cellulare e feci il numero di Chiara, fregandomene se erano le cinque del mattino. Rimasi in attesa col Motorola in viva voce che faceva *tu-tu-tuuu...*

Poi una voce femminile rispose: « L'utente da lei chiamato non è raggiungibile... »

Iniziai a parlare: « Mi manchi, sai? »

« Si prega di riprovare più tardi. »

« Come vorrei che tu fossi qui. »

Tu-tu-tu-tu-tu...

Riposi il cellulare e imprecai sottovoce. Guardando l'orologio dello yang mi domandai: *Ehi, ma perché non sorge ancora il sole, data l'ora?* Poi controllai l'orologio dello yin. *Ah, ecco perché... Il sole è ancora in tempo, cazzo!* Una volta tanto era presto. Prestissimo.

Dopo aver scollinato, rombai giù per via San Mamolo. Poi tirai dritto all'incrocio coi viali. M'infilai nelle stradine prospicienti il centro storico. E mi fermai in Santa Margherita. Scesi e andai a suonare al citofono di un palazzo. Dopo qualche minuto mi rispose una voce di donna assonnata, chiedendomi chi fossi con tono infastidito. Io mi presentai, dissi: « Sono il commissario Negronero ».

« Francesco, cos'è successo? »

Scossi la testa, rivolto ai campanelli. « Volevo lasciarti una busta. »

Si sentì lo scatto d'apertura del portone d'ingresso. « Dai, sali su che mi spieghi meglio, abito al terzo piano. »

Sentii la vibrazione del cellulare che avevo in tasca. Non mi presi nemmeno il disturbo di controllare sul display, tanto sapevo di chi si trattava. Spinsi l'anta, raggiunsi l'ascensore. La cabina era già al piano. Salii al terzo. Silvia mi stava aspettando sulla soglia, stretta nella vestaglia, le braccia conserte e la faccia gonfia di sonno. « Accidenti, commissario, non potevi venire un po' più tardi? »

Scossi il capo. Sorrisi. Porsi la busta alla mia piemme preferita. « Dentro ci sono tutte le documentazioni raccolte e i resoconti delle indagini effettuate dalla squadra Antigang in questi ultimi tre anni. Voglio che li tenga tu. »

Lei mi guardò corrugando la fronte. « Immagino che tu li abbia presi dalla vostra sede operativa. Ma perché lo hai fatto? Sono atti che mi avrebbero consegnato ufficialmente. »

La interruppi con un gesto. « Preferisco che tu abbia gli originali. Nel caso che qualcuno voglia insabbiare le cose o distorcere i fatti in qualche modo. » Lei mi guardò, sempre più perplessa. « Prendilo un po' come un mio testamento per i posteri », aggiunsi.

« Cosa vuoi dire? »

Sorrisi di nuovo. « Niente, era una battuta. » Mi allungai verso di lei per abbracciarla e le diedi un bacio su una guancia. Non ci eravamo mai toccati così tanto prima. « Sei una in gamba. È stato un onore lavorare con te », le dissi, melodrammatico da morire. Poi mi voltai, raggiunsi l'ascensore e salii in cabina. Attraverso il vetro della porta sorrisi un'ultima volta a Silvia, ancora impalata sulla soglia con la sua vestaglia stretta.

Tornato all'auto, vibrò di nuovo il cellulare. Stavolta risposi. Si trattava di uno degli agenti della scorta che cercava di contattarmi, era da più di mezzora che ci provava. « Dottore, ci sta mettendo nei casini! »

Attesi qualche secondo prima di parlare. Poi spiegai loro dove si sarebbero dovuti trovare per intercettarmi. Riattaccai e spinsi sul gas, nel viale pressoché deserto a quell'ora di domenica mattina. Un'occhiata rapida al cruscotto. Lessi distrattamente la data. Era il 12 di ottobre, lo stesso giorno in cui mio padre era partito per il Sud America per il suo ultimo viaggio. In un rapido flash lo rividi all'aeroporto, mentre mi sorrideva per salutarmi, con quel suo barbone nero e gli occhi luminosi e sinceri. Poi il suo bacio, condito dall'odore di cuoio antico e tabacco. Guardai la scatola di sigari che mi faceva compagnia appoggiata sul sedile del passeggero. Pensai che non ci sarebbe stato niente di più simbolico al mondo. Un anniversario perfetto.

17

Giunsi nel luogo prestabilito: quartiere Pilastro. Banca Nazionale del Lavoro. La cassa continua del Bancomat illuminata. A quell'ora, in un giorno di festa, non c'era nessuno in giro, quindi bene.

Parcheggiai la 133 dalla parte opposta, e scesi portandomi dietro la scatola di sigari vuota. Attraversai la strada. Inserii la tessera, digitai il mio codice segreto per prelevare. Mi venne quasi da fare ciao con la mano rivolto alla telecamera di controllo.

Sentii il rumore di un motore alle mie spalle. Un furgone Nissan Vanette si era fermato a destra, sul ciglio della strada. Presi il cellulare e chiamai i miei angeli custodi. «Dove siete?» chiesi. Loro stavano per arrivare dalla via laterale. «Fermatevi e attendete», ordinai. Passai davanti al furgone col cellulare premuto contro l'orecchio e feci per attraversare la strada, come per tornare alla mia auto. Il Nissan Vanette si mosse a passo d'uomo, spostandosi di un paio di metri, ponendosi esattamente tra me e la postazione del Bancomat. Sentii il rumore della portiera sulla fiancata del furgone che si sbloccava. Pensai: *Ecco...* Parlai ancora al cellulare con gli agenti di scorta. «Lasciate passare tre minuti esatti, poi raggiungetemi, sono parcheggiato davanti alla banca.» Poi riattaccai e guardai il Sector al polso sinistro. Feci partire il count-down e pensai: *È arrivata...* La portiera del Vanette si aprì veloce scorrendo. *Fanculo, adesso...*

18

Allo scadere esatto dei tre minuti, secondo più secondo meno, i due agenti di scorta partirono, percorsero i cento metri che li separavano dall'incrocio. Misero la freccia e svoltarono. C'era un furgone bianco che si allontanava in fondo alla via. La 133 era parcheggiata duecento metri più avanti.

L'agente al volante accostò a destra e disse al collega di telefonare di nuovo. «Chiedi a Negronero cosa dobbiamo fare.»

L'altro imprecò. «Il nostro turno finisce tra un quarto d'ora e dobbiamo ancora stare qua a fare da balia a questo rompicazzo.» Prese il cellulare, ma non fece nemmeno in tempo a digitare il numero.

Un'esplosione giunse improvvisa: un fiore ruggente sbocciò

dal nulla. Lo spostamento d'aria ridusse in frantumi il vetro del parabrezza. E sul momento gli agenti di scorta non capirono cosa potesse essere successo: coi timpani doloranti e gli occhi increduli cercavano di distinguere qualcosa in mezzo alla spessa coltre di fumo nero. Muovendosi come automi, scesero dall'auto e corsero in mezzo ai rottami della 133 sparsi sulla carreggiata.

L'aria era intrisa del puzzo acre di benzina mescolato con quello di polvere detonante e fosforo. Sembrava vorticare tutto: una trottola incessante di grida lontane e passi di corsa.

Gli agenti della scorta si guardarono attorno senza sapere cosa fare. Uno di loro perdeva sangue dalle orecchie. L'altro continuava a ripetere senza posa: « Il commissario è morto... » come in un'oscura litania.

TERZA SOGLIA

TERMINALE

Ho un'immagine davanti che riflette il battito
e i suoi mutamenti.
Ho un'ombra in movimento, come leggero palpito d'ala,
come buio feroce.
Ho una visione fulminea come vento di bufera,
come lama veloce.
E tutto scorre, anche se immobile appare.
E tutto modella, anche se statico fotogramma.
Così il ritratto, oleoso scioglie il suo legame
di matassa di tempo, di respiro scomposto.

ANTONIO ZOCCHI, *Il ritratto*

You're in the arms of the angel,
May you find some comfort here.

SARAH MCLACHLAN, *Angel*

In the silence of the darkness when all are fast asleep
I live inside a dream calling to your spirit
As a sail calls the wind, hear the angels sing

MANOWAR, *Master of the Wind*

V

NEL GIARDINO DEL MALE

1

Con tutte quelle grida...

Franco è seduto sul bordo del suo letto a fissare il vuoto, immobile, come una statua di sale. Tranne che per un unico movimento: apre e chiude la mano destra. L'anello del teschio, infilato nel dito medio, brilla ogni volta che stringe il pugno e si spegne quando lo rilassa, come se fosse dotato di una luce interna, collegata a qualcosa, forse il battito del cuore. Un orologio smarrito dentro uno sprazzo di malinconia. Nello stereo sta suonando a tutto volume un brano dei Pink Floyd: *The Great Gig in the Sky*. Con tutte quelle grida. Che si allargano.

REGISTRAZIONE FOTOGRAMMA CAMERA 5 - ORE 00.00 DEL 13/10/97

Con tutte quelle lacrime...

Mara è in piedi nel bel mezzo della torretta e si guarda attorno muovendo la testa di qua e di là, come se cercasse qualcuno. Poi la campana della casa vicina lancia il suo famelico rintocco *dong!* e lei s'immobilizza di colpo. Resta a fissare il vuoto con espressione atterrita. Gli occhi lucidi, con tutte quelle lacrime che si allungano sul volto...

REGISTRAZIONE FOTOGRAMMA CAMERA 7 - ORE 14.06 DEL 15/10/97

Con tutte quelle nuvole...

La Huyndai nera avanza nel viale d'entrata fino a fermarsi davanti alla casa. Mara e Franco sono impalati al centro del cortile vestiti di nero con gli occhiali da sole. Il vento scompiglia i loro capelli in modo asimmetrico, come se stesse spirando contemporaneamente in due direzione diverse. Sta arrivando la pioggia e il cielo è così grigio che fa paura. Cirrocumoli scuri avanzano minacciosi, ribollenti di vampate violacee. Dalla macchina scende Monvisi, con giubbotto di pelle e Ray-Ban a goccia. Subito muove la mano per salutare, poi apre le portiere e attende che gli altri salgano... Con tutte quelle nuvole. Che s'inseguono.

REGISTRAZIONE FOTOGRAMMA CAMERA 1 - ORE 09.09 DEL 17/10/97

2

Nella piccola cella illuminata dalle feritoie, lui è a torso nudo davanti allo specchio punteggiato di ruggine. Candele accese incollate alla cera fusa sopra i bordi del lavabo rendono la sua figura spettrale.

Nell'angolo a destra, sopra un cavalletto, c'è una videocamera Sony Super 8 accesa, la spia rossa che lampeggia.

È dimagrito ancora. Senza più un grammo di grasso, il suo fisico da peso massimo è diventato nervoso, irto di muscoli e vene.

Si allunga in avanti tendendo il collo, per scrutarsi meglio il volto riflesso. Pensa a quello che deve fare per cambiarsi i connotati per sembrare diverso e assumere la sua nuova identità. *Indossare il costume dell'Ombra...*

Chiude la mano destra a pugno, se la porta vicino al viso, e la osserva un attimo. Poi, con uno scatto del polso, si dà un colpo secco al setto nasale. La cartilagine si stacca e il caldo del sangue gli piscia in gola. Continua a colpirsi, con un ritmo cadenzato. Schizzi di gocce purpuree finiscono sullo specchio e sfrigolano sulla cera calda delle candele. Si percuote il viso come fa un penitente che si batte il petto recitando l'*Atto di dolore*: io mi pento e mi dolgo... Quando sente l'osso rompersi del tutto, interrompe la sua preghiera. Il naso schiacciato, gli zigomi rigonfi, il mento e il petto inondati di rosso. S'infila nelle narici dei tamponi per bloccare l'emorragia. Poi recupera dalla mensola il tubetto di tintura decolorante. Svita il tappo e spreme la pasta, spalmandosela sulla barba insanguinata.

Attende che l'impasto si secchi, respirando con la bocca aperta come un pesce fuor d'acqua. I tamponi dentro le narici si gonfiano sempre più di sangue. Si guarda attorno: le pareti di sasso nero, la toilette chimica in un angolo, le aperture strette delle feritoie, un gioco di contrasti fra antico e moderno che inquieta.

Afferra il rasoio a manico posato sul bordo di metallo del lavabo e ne osserva la lama lucente. Senza usare schiuma, prende a radersi la testa. Lunghe passate avanti e indietro e ciuffi di capelli neri che cadono come una pioggia fluttuante che ricopre il bacile screpolato e in parte finisce sul pavimento. Alla fine l'intero cranio è glabro e lucido.

Dopo aver finito, ripone il rasoio e apre al massimo il rubinetto. Le vecchie tubazioni sembrano dare colpi di tosse, ruggire. Un fiotto lento e fangoso prende a uscire. In un gorgoglio da mostro, il getto cresce e diviene forte. Infila la testa sotto. Aiutandosi con le mani, si toglie la tintura secca dalla barba. L'acqua vortica mentre trascina nello scarico ciuffi di capelli e sangue.

Tirandosi su, con la faccia gocciolante, recupera i due orologi posati sulla mensola e li indossa: sinistra, destra... Gemelli del tempo che fu. Oscuri simulacri del bene e del male. *Quando sei morto, il tempo è un cuore fermo, un orologio senza battiti*, pensa. Si asciuga con un canovaccio di tela grezza, poi, spostandosi indietro, recupera il saio posato sul paglericcio e se lo infila chiudendosi il cordone sui fianchi.

Si rivolge alla videocamera. Allunga una mano e la spegne, interrompendo così le riprese della sua trasformazione. Recupera la microcassetta. Va a prendere la scatola di legno dal blocco di pietra che funge da scrittoio, la apre e inserisce quell'ultima registrazione assieme alle altre: le nove Super 8 collocate all'interno, compresa quella repertata quella stessa notte, una volta terminata la sua confessione.

Quando sei morto, ci sono giardini da visitare e sofferenze, malinconie di ghiaccio e di fuoco, pensa. Si china per raccogliere i capelli dal pavimento e li sparge all'interno della scatola come per condirne il contenuto con vacui pizzichi di sé, di quello che è stato. Poi si toglie i tamponi dal naso e ripone dentro pure quelli, vermi gialli intinti di rosso. L'epistassi pare essersi bloccata. Chiude la scatola con un sospiro e si tira su. Passa una mano sullo specchio per ripulirlo dal sangue schizzato, e si controlla il viso nella porzione riflettente emersa in un semicerchio striato di goccioline. Occhi brillanti di verde, la testa pelata, il naso rotto e la barba bianca: sembra un vecchio monaco zen sopravvissuto a un combattimento all'ultimo sangue in un film di kung fu.

Soffia sulle candele. L'odore della cera fusa si mescola con quello del sangue. Fili candidi di fumo si sposano al pulviscolo che galleggia nell'aria. Da fuori proviene il rombo di un tuono e lo scrosciare della pioggia. Raggi di luce come lame sottili scaturiscono dalle feritoie e lo colpiscono di traverso aggredendo la sua figura, mentre si cala il cappuccio del saio sulla testa con esasperata lentezza.

Adesso è diventato un altro. L'ombra del suo cuore, il fantasma.

Indossata la mantella di cerata, s'infila gli occhiali scuri, prende la scatola delle reliquie, e si prepara ad andare.

Assolutamente irriconoscibile: di dentro e di fuori. Un angelo fottuto in attesa di precipitare nel cielo. Che non sente più un cazzo.

Quando sei morto, assapori il dolore come se fosse musica, pensa.

3

Dall'alto del suo cielo, l'uomo con la mantella nera si confonde con la pioggia. Ha preso una rosa rossa da una corona di fiori e adesso la stringe in pugno. Muove la testa intorno, ascolta e osserva.

Emittenti televisive nazionali filmano il funerale simbolico dell'eroe assassino. Frotte di cronisti. Morena Brizio, immancabile, davanti a tutti, fotografa a raffica. Centinaia di persone: gente comune e autorità cittadine.

In piedi davanti al feretro, Irene Robbins, capelli ricci, occhi chiari, jazz singer americana e amica intima di Dolcemara, rende il suo omaggio al martire cantando senza musica sotto, come in uno spiritual. Il gorgheggio di un'allodola roca che si fa largo nell'aria. I versi che narrano le gesta di angeli caduti e di amori che non finiscono.

Quella canzone presa dalla colonna sonora della *Città degli an-*

geli deve essere stata un'idea di Franco. Un messaggio per suo padre, da angelo ad angelo, per dirgli che non lo avrebbe dimenticato.

Una nota dopo l'altra. In quel giorno di nuvole spesse. Nel cimitero spettrale ricolmo di gente vestita di nero. Ombrelli aperti. Occhiali da sole nella pioggia. Tutti in piedi con una rosa rossa stretta in pugno e la testa china, raccolti attorno ai famigliari del defunto.

La moglie e il figlio sono in prima fila, pallidi e smunti. Mara sembra più bassa, come se il dolore l'avesse rattrappita, e Franco invece sembra più alto, come se il dolore lo avesse fatto diventare più grande.

Monvisi, schierato al loro fianco, li ripara dalla pioggia con un ombrello gigantesco, immobile come una statua di marmo.

All'inizio della cerimonia, il questore ha voluto dire due parole sottolineando il carattere straordinario di quell'evento. Ha elogiato l'indomito servitore dello Stato sacrificato nel nome della giustizia. Le solite frasi di circostanza per condire il lutto.

Poi alcuni colleghi in divisa da cerimonia, coi guanti bianchi, hanno sparato dei colpi a salve in aria.

Chiara, sull'attenti con la mano tesa sulla visiera del cappello, ha fatto il saluto marziale. Poi è indietreggiata, guardandosi attorno con aria smarrita. Silvia Cavallo, in piedi di fianco al questore si è accorta del suo turbamento e ha fatto un passo verso di lei. Chiara ha girato le spalle ed è corsa via. Un cronista del TG ha cercato di fermarla per chiederle qualcosa, ma lei ha scosso la testa, passando oltre. Se n'è andata dalla scena del funerale, liberandosi del fiore che stringe in pugno come se bruciasse. La rosa rossa è rimasta a terra, dimenticata, immersa nel fango, con la pioggia che trafigge di gocce i suoi petali.

In quel momento è partita la canzone e tutti sono rimasti in silenzio e immobili ad ascoltare quella voce che si propagava nell'aria liquida. « *Sei nelle braccia dell'angelo, possa tu trovare un po' di conforto...* »

La gente impalata con gli occhiali scuri. Corpi immobili che non sanno più come respirare. Timorosi di non essere più in grado di tornare a ridere, dopo tutta quella commozione.

La canzone finisce e nel silenzio irreale padre Sisto Connubio si lascia andare a un discorso sul perdono e la redenzione che dà l'idea di essere rivolto soprattutto al defunto. Terminato di parlare, dà l'ordine di calare la bara nella fossa. Una bara senza corpo. Piena di reliquie: foto che ritraggono Francesco a tutte le età, messaggi d'amore dei suoi cari, lettere giunte in questura dalla gente comune per ringraziarlo del suo servizio allo Stato, la sua divisa piegata, la fondina e il cinturone. Una bara che sembra una capsula del tempo lasciata per i posteri, perché un domani qualcuno possa trovarvi dentro lo scheletro di una speranza. Sotto terra, come le radici di una pianta, l'albero della conoscenza nel giardino del bene e del male.

Le persone intervenute sfilano in processione per lanciare nella fossa la rosa rossa che stringono in pugno. Un passo alla volta, teste chine, nel silenzio. Un fiore dopo l'altro, fino a ricoprire tutta la bara.

L'uomo con la mantella nera si mette in coda e, quando arriva il suo turno, si sfila da sotto la cerata la cassetta di legno, la butta nella fossa assieme alla rosa e si allontana.

Poi inizia il rumore di motori: le ruspe spostano il terreno e riempiono la fossa con strati di terra per suggellare una promessa di redenzione, una delle tante. Una croce di legno piantata in mezzo al cumulo. Senza foto. Le corone di fiori, bianche, rosse e verdi e poi ancora acqua che scende e la gente che si fa il segno della croce e comincia ad andare via. Sotto gli ombrelli. Sotto gli occhiali scuri. Un passo alla volta.

L'uomo con la mantella nera si stringe dentro il suo nuovo corpo e cerca di confondersi in mezzo alla gente, per allontanarsi da quelle due uniche figure rimaste immobili: la moglie e il figlio del defunto impalati davanti alla tomba vuota.

Col cappuccio calato sulla testa, la schiena curva per non mostrare il volto, si avvicina a una donna bionda che se ne sta defilata, in disparte, poi scivola via, accanto a lei: invisibile e leggero come un'ombra.

4

Gli occhi sono tutti in fila. Disposti l'uno di fianco all'altro sulla parete dell'osservatorio. A ognuno di loro corrisponde uno sguardo, la visione di un frammento. Telecamere che rubano scorci di malinconia.

Sette schermi da dodici pollici. Pulsanti luminosi sulla console. Il datario elettronico segna 20 OTTOBRE 1997.

Wi-Eye 1: ore 18.53. Il cortile deserto. Arriva la Saab 900 turbo che s'infila sotto la tettoia, di fianco alla Hyundai coupé. Scendono Mara e Franco. Aprono il baule e recuperano le sporte con la spesa. Poi raggiungono la porta d'ingresso della casa ed entrano.

Wi-Eye 2: ore 19.00. Il soggiorno, caminetto spento, divano di pelle. Franco e Mara attraversano la stanza per raggiungere la cucina.

Wi-Eye 3: ore 19.03. Mara ripone la roba nel frigo. Franco l'aiuta. Lei a un certo punto allunga una mano per accarezzare il figlio. E cerca di sorridergli. Lui la guarda, annuisce e allunga una mano a sua volta per contraccambiare. Poi gira le spalle ed esce dalla stanza. Mara va ad aprire gli sportelli della dispensa e continua il suo lavoro.

Wi-Eye 2: ore 19.21. Franco raggiunge le scale e inizia a salire.

Wi-Eye 4: ore 19.23. Corridoio del piano di sopra, il ragazzo di spalle avanza, pestando i piedi con forza, si odono rimbombare i suoi passi. Apre una porta in fondo e scompare all'interno.

Wi-Eye 5: ore 19.24. Franco si chiude l'uscio alle spalle e si guarda attorno smarrito. Poi va davanti allo specchio a figura intera dell'armadio. Muove la testa di qua e di là. Sorride e torna serio. Poi si allontana di un passo e resta fermo per molto tempo. Immobile con gli occhi chiusi. A un certo punto, alza la mano destra, come un capo indiano, l'anello del teschio che porta al dito, sembra scintillare. E dice qualcosa. La sua voce risuona dentro l'altoparlante, con la ricezione al massimo, irreale e sospesa: «Ora e per sempre!»

5

Il mondo andava avanti lo stesso. Un meccanismo becero e indifferente che non teneva conto di nulla. Da una parte dovevi fare i conti col dolore che sentivi addosso e dall'altra dovevi continuare a fare le stesse cose di sempre. Cose stupide, normali, come pisciare o cagare, mangiare, bere...

Erano passati tre giorni dal funerale di suo padre. Tre giorni che erano sembrati tre secondi e anche tre secoli. Troppo rapidi e interminabili: un paradosso temporale difficile da spiegare. Venerdì, sabato e domenica si erano dissolti, veloci o lenti che fossero, portandosi via la quotidiana porzione di dolore che competeva loro. Fino ad arrivare a un veloce e interminabile lunedì.

Quel pomeriggio erano andati a fare la spesa, lui e sua madre. Al supermercato Coop di Sasso Marconi, come due persone normali. E per tutto il tempo Franco aveva provato la sensazione che tutti quanti potessero vedere chiaramente il suo dolore. Si sentiva gli sguardi della gente addosso, pungenti e risucchianti, come zanzare. E gli era venuta voglia di mettersi a gridare come un ossesso: «Andate a prendere il sangue di qualcun altro!» Si era trattenuto a stento e aveva cercato di mostrarsi tranquillo e all'altezza della situazione, aiutando sua madre a scegliere la roba da comprare, sorridendo per tutto il tempo, mentre lei faceva esattamente la stessa cosa. Recitavano entrambi il ruolo degli indifferenti. Ma non erano attori molto bravi. Recitavano alla cazzo. I loro sorrisi sembravano ghigni di teschio.

Bene o male erano riusciti ad arrivare alla cassa col carrello colmo. Avevano pagato e si erano allontanati, sotto gli occhi di tutti, sguardi compassionevoli di zanzare mannare che li seguivano ansiosi, sniffando le loro vene sature di dolore.

Avevano stipato il bagagliaio posteriore della Saab di borse termiche piene di carne, pesce surgelato, formaggi, pacchetti di crackers, cartoni di latte, e confezioni di acqua minerale... Scorte che sarebbero bastate per una decina di giorni. Poi se n'erano andati via in fretta, consapevoli che non ci sarebbero stati luoghi di sollievo, non ancora, da nessuna parte. E che quindi tanto valeva prendersela con calma. Ma andando comunque più forte che potevano. Con la radio accesa a tutto volume, mentre il sole tramontava e la sera calava rapida. Le ombre lunghe avanzavano e diventavano sempre più aggressive in quell'autunno che sfuggiva rotolando sulle soglie dell'inverno. Sembravano inseguirli e spingerli da dietro verso il sole che calava lassù, in cima al mondo, alle falde della follia.

A un certo punto Franco aveva chiesto a sua madre di aumentare la velocità. «Fai presto, che se no ci raggiungono.» E lei non aveva chiesto spiegazioni su chi potessero essere gli inseguitori e aveva spinto il pedale con forza, come se fuggire da qualcosa fosse la cosa più normale del mondo. Una corsa a *perdicurva* per combattere il tempo che passava.

Franco aveva ricordato quella volta in cui, da piccolino, suo padre era andato a prenderlo a scuola e aveva messo su *Paranoid* al massimo e gli aveva detto: «*Chi non fa in tempo muore!*» Dopo lui era schizzato via, andando più veloce che poteva. Franchino all'inizio si era spaventato da morire, poi qualcosa era cambiato. Mentre tutto sfrecciava in una coltre insensata di batticuore, si era sentito pervadere da un'inebriante senso di sicurezza. E aveva capito il senso della follia e del coraggio.

Così adesso Mara stava facendo qualcosa di simile per scappare dalle ombre e andava forte, e lui pensava a suo padre e cercava di percepire tutte quante le spine della sua mancanza conficcate nel cuore. Più sentiva dolore e più suo padre c'era ancora.

Girandosi verso Mara, le aveva detto: «Chi non fa in tempo muore!»

E lei si era limitata ad annuire, come se sapesse esattamente di cosa suo figlio stesse parlando, a cosa stesse alludendo. Con gli occhi blu, resi opachi dal dolore, e le rughe che le incidevano il volto pareva invecchiata di dieci anni e allo stesso tempo così spaurita da sembrare una bambina: le solite contraddizioni del cazzo. E Franco se la immaginò come nella leggenda di Brufolo Bill: con la coda di cavallo, a piangere e a ridere, mentre l'indomito cavaliere senza paura l'abbracciava e le prometteva amore e vendetta.

Una curva dopo l'altra, stridendo con le gomme, in cima alle colline, madre e figlio tentavano disperatamente di fuggire dal tempo vecchio per inoltrarsi in quello nuovo, ma non ci riuscivano.

«Quando tu e papà vi siete sposati, vi amavate molto!» Lui

aveva parlato. Ma non aveva fatto una domanda. La sua, in effetti, era stata un'affermazione per giungere a un interrogativo che invece doveva essere: « Ma quindi, perché dopo no? » C'erano tante cose che non riusciva ancora a comprendere dei meccanismi della vita. Durante il rito del matrimonio, i preti invitavano gli sposi a fare il giuramento di amarsi e rispettarsi finché morte non li separi. Per come la vedeva lui, era una frase priva di senso. L'amore doveva essere un sentimento immortale, che continuava per sempre, valicando qualsiasi confine e proseguendo a oltranza dopo qualunque cosa. Persino oltre la morte. E quindi alla base c'era una profonda contraddizione che confondeva.

La sua domanda invisibile era rimasta sospesa dentro l'abitacolo della Saab: *Perché dopo non vi amavate più?* Senza che nessuna risposta *invisibile* giungesse, Mara si era limitata a scuotere il capo.

Nella radio era partita la sigla del notiziario. Poi la voce del cronista: *... a Riofreddo, sull'autostrada per L'Aquila, è stato ucciso l'ispettore dei NOCS Samuele Donatoni durante uno scontro a fuoco. Un altro poliziotto sacrificato nel nome della giustizia. Quando non si è ancora spenta l'eco di commozione suscitata dalla morte del commissario Francesco Negronero, avvenuta a Bologna il 12 ottobre...*

Mara aveva allungato la mano per spegnere la radio, distraendosi, e per poco non era finita fuori strada. Senza scomporsi più di tanto, aveva spinto il pedale del freno, bloccando l'auto al limitare del fosso. Dopo era rimasta a guardare un punto vuoto oltre il parabrezza. E suo figlio aveva fatto lo stesso: non sembrava per nulla impaurito, nemmeno lui. Era difficile pensare che potesse accadere qualcosa peggiore di quello che stava già avvenendo dentro e fuori di loro. Si erano asciugati entrambi le lacrime e poi erano ripartiti.

Avevano raggiunto finalmente casa. E Franco aveva cominciato a sentirsi strano, come se stesse scomparendo nel nulla.

Dopo aver aiutato sua madre a riporre la roba in cucina, dopo averla accarezzata con tutta la tenerezza di cui era ancora capace, era salito al piano di sopra e aveva cercato di fare più rumore possibile mentre camminava per essere sicuro di esserci, di avere ancora una massa solida. *Faccio rumore e quindi esisto!* Era entrato nella sua cameretta. E si era guardato allo specchio, a lungo, compiendo movimenti strani con la testa, per vedere se corrispondevano con quelli della sua immagine riflessa.

Alla fine era stato in grado di affermare senza ombra di dubbio che lui esisteva. Con quella consapevolezza, però, era tornato il senso di angoscia. Allora aveva chiuso gli occhi. Impalato al centro della stanza, si era aggrappato al ricordo di suo padre: le immagini e i suoni, gli odori e i sapori. Poi aveva alzato la mano destra per giurare solennemente che non lo avrebbe scordato mai. « Ora e per sempre! » aveva annunciato ad alta voce: una promessa che suonava come un grido di battaglia. Le parole di un rito propiziatorio per raccogliere manciate di magia e sollievo.

Alla faccia di tutte le linee di separazione di quella morte stronza...

Tu ci sarai ancora. Dentro questo luogo pieno di fiori che piangono. In questo giardino del male.

6

Blocca l'immagine su quella scena e su quelle parole: *Ora e per sempre...* Si chiede cosa abbia voluto dire suo figlio.

Ha guardato infinite volte le registrazioni di quanto è successo solo poche ore prima, il resoconto di quegli *occhi* fottuti che fanno da ponte tra la sua disperazione e il desiderio di non morire.

Esce dal programma di gestione montaggio e spegne il movie player dove sono raccolti cronologicamente tutti i file video archiviati: il sofisticato sistema d'intercettazione del SISDe è assolutamente all'avanguardia e si avvale delle ultime soluzioni tecniche anche per quanto riguarda la repertazione delle immagini.

Con un sospiro, gira la poltroncina per rivolgersi alla console dove sono schierati gli schermi Wi-Eye che trasmettono in tempo reale le immagini del suo nido, il rifugio del suo cuore.

Tutti quei monitor davanti a lui. Occhi negli occhi.

Pensa alle parole di spiegazione della Rossi, quando lo ha portato in quel luogo la prima volta: l'osservatorio da dove quei fottuti agenti segreti hanno spiato la sua vita per tanto tempo.

L'intero sistema è indipendente per quanto riguarda l'alimentazione elettrica e la trasmissione del segnale video, grazie a moduli a batteria ricaricabile collegati a un generatore. Il programma è gestito da un PowerBook a gestione di montaggio Multiplayer che permette di archiviare in file appositi le registrazioni effettuate ora per ora. Il computer è collegato a Internet, con allacciamento su rete fissa...

L'unità di gestione, con la console di regolazione e i diversi monitor, attraverso un ponte radio, comanda e gestisce le telecamere, che sono dotate di lenti sensibili all'infrarosso per la visione notturna. La registrazione delle immagini è effettuata tramite videocassette ad alta risoluzione, e si può innescare manualmente, oppure tramite uno speciale sensore di movimento.

Attivata l'unità di controllo, sono visualizzate le immagini in tempo reale e sarà possibile gestire la rotazione e lo zoom delle telecamere nascoste con un joystick di controllo.

Aveva già sentito quelle parole, tanto tempo prima durante un corso di aggiornamento sulle nuove tecnologie d'intercettazione ambientale, a Piacenza, lo stesso giorno del trasloco. Quando lui era stato assente una volta di troppo, tanto per cambiare, lasciando sua moglie alle prese con un'orda di facchini e una compagine di scatoloni. Una mancanza giustificata che non consolava. Proprio come adesso: dentro quella casa nera, vestito da frate fantasma, col naso rotto e la barba da santone, a spiare le persone che ama. Marito e padre mancato nel nome del male minore.

La sua eliminazione ha fatto cadere i rischi che qualcuno dell'organizzazione di Terrano potesse portare avanti tentativi di vendetta. I suoi famigliari sono così al sicuro. E lui può vegliare su di loro, in attesa che la malattia faccia il suo corso e il maligno *spengitore* completi la sua opera. La proposta indecente della fottuta travel agent per convincerlo a sottoporsi a quel delirante viaggio nel paese della vendetta e del martirio sembra fare parte di un sogno irreale: *Ti metteremo a disposizione la nostra postazione d'intercettazione ambientale dentro la Buia. Così potrai vigilare i tuoi cari, mentre noi porteremo avanti il nostro piano...*

L'obiettivo della misteriosa unità dei servizi segreti di mettere in scena la sua morte è riuscito perfettamente e loro adesso stanno procedendo con la fase successiva: spacciarsi per un gruppo eversivo responsabile dell'attentato e infiltrarsi nella Triplice. Un piano semplice ed efficace, si potrebbe dire quasi diabolico.

Sappiamo che hai i giorni contati. Sappiamo che non hai scelta. In questo modo avrai l'opportunità di eliminare il tuo nemico e di trascorrere il tempo che ti rimane in compagnia dei tuoi cari. Loro non lo sapranno, ma tu sì. E potrai stare con loro, sino alla fine. Consapevole di averli salvati per sempre. Ti travestirai da frate per non destare sospetti, nel caso dovesse capitare qualche visitatore inopportuno, e ti faremo ufficiosamente risultare come una sorta di custode incaricato dalla curia, visto che questo luogo è di sua proprietà.

La fottuta travel agent, con quei suoi occhi insinuanti e la sigaretta sempre tra le labbra, era stata maledettamente convincente. Così lui aveva accettato. Si era immolato, cadendo come un angelo e trasformandosi in un fantasma, un'ombra che cammina e guarda. Col cuore in mano riarso dai rimorsi per quello che è stato e per quello che dovrà essere, d'ora in avanti.

Dopo il fatidico giorno della sua esplosione, ha trascorso le prime notti da fantasma a confessarsi davanti agli occhi delle telecamere, rivolto alle immagini di sua moglie e di suo figlio mentre dormono, raccontando come se fosse una favola della buonanotte tutto quanto: la battaglia contro Terrano e la sua Signora delle vespe, la lotta contro le proprie impossibilità, i tradimenti, le incertezze. Una confessione debitamente videoregistrata in nove microcassette Super 8 e poi seppellita nella sua finta tomba dentro la scatola di sigari di suo padre. Una sorta di reliquiario dove ha cristallizzato i peccati di cui si è macchiato. Un gesto simbolico di espiazione, in omaggio a quel morto che non c'è: seconda stella a destra e poi dritto fino al mattino, viaggio offerta speciale andata-ritorno per l'isola blu, nel cielo infinito della rabbia.

Adesso come adesso, dopo che ha fatto quel che ha fatto, si sente più leggero. Ma non è una bella sensazione: è come se il suo corpo si fosse arreso al vuoto una volta di più.

Sentendosi come la sentinella di un sogno, inizia a schiacciare i pulsanti dell'attivazione manuale, accendendo uno schermo dopo l'altro, ipnotizzato dalla visione che si sposta a scatti. La casa immobile nel pieno della notte. Camere silenziose. Scure. Poi sua moglie che dorme sul monitor 6 e suo figlio sul 5. Tutti e due con la stessa posa: il braccio destro piegato e il pugno chiuso sulla fronte, un tentativo sommario di protezione da tutti i sogni brutti del mondo. Sua moglie e suo figlio: i superstiti del pianeta proibito, i sopravvissuti del suo cuore.

Adesso che non ha più racconti della buonanotte da elargire ai suoi cari, guardarli dormire serve unicamente a sedare la solitudine che prova. Perché la vita dei fantasmi non è facile. Mentre il cielo è alle porte, vorresti divorare l'ombra che sei diventato, ma non ci riesci.

Azionando il joystick per zoomare, guarda il primo piano del figlio. E cerca d'intravedere qualche piccolo sprazzo etereo che possa rivelargli la sostanza dei sogni che sta facendo in quel momento. Non riesce a vedere nulla. Allora allunga una mano tremante verso quello schermo.

7

La copertina dell'ultimo numero di *Best'seven*, fresco di stampa, era *decisamente* efficace, come al solito. La fossa ricolma di fiori, tante corolle come gocce di sangue, nel grigio della pioggia che scende. Il titolo cubitale recitava: ROSE ROSSE PER TE. Morena Brizio smise di ammirarla e pose di nuovo il fascicolo sul comodino. Guardò la sveglia digitale, segnava le 03.33. *Cazzo*. Da ore si rigirava nel letto, senza riuscire a riaddormentarsi. Luce accesa, luce spenta. *Non la trovava mai pari*, come diceva sempre sua madre, buon'anima, bolognese puro sangue. Non aveva dormito praticamente un cazzo. Ma non si sentiva stanca. Solo nervosa oltre ogni dire. A distanza di una settimana dalla morte del commissario, provava la sensazione di aver smarrito qualcosa, ma non sapeva cosa.

Con una leggera imprecazione, si decise ad abbandonare la lotta contro il sonno e si alzò. Allacciandosi la vestaglia per coprirsi i seni che le erano sfuggiti fuori in un baluginare di carne di burro e capezzoli scuri, uscì dalla camera per andare a farsi un caffè.

Impalata davanti ai fornelli della cucina, fissò la moka fino a quando non iniziò a bollire, con un pensiero ricorrente che le lampeggiava nella testa: *C'è qualcosa di storto, bella mia!*

Con la tazza fumante, raggiunse il suo studio, si sedette alla scrivania. Accese lo stereo, tenendolo basso, che a quell'ora non voleva svegliare tutti i vicini. Un brano di Linda Perry, *Knock Me Out*, prese a risuonare. La voce della singer lady, roca e coinvolgente, attaccò con la prima strofa: *You Knocked Me Out*... Tu mi hai buttato giù... Niente di più adatto per quel momento di fastidio e confusione che stava passando.

Prese un sorso di caffè, poi recuperò la fedele Moleskine. E lesse le note che si era appuntata: stralci di rapporti autoptici, notizie provenienti dalla conferenza stampa, informazioni di prima e seconda mano che aveva captato a destra e a manca, assumendole come sapeva fare lei, senza ritegno, usando tutte le fonti possibili e immaginabili.

Aveva segnato certe parti in giallo e altre in rosso. La sua tecnica era come quella di un romanziere: creava un serbatoio con tutto quello che poteva servire, e poi arrivava a definire la storia.

Riguardo alla morte del suo sceriffo preferito, c'era qualcosa che non quadrava. Ma non capiva ancora bene cosa fosse. Avevano usato cinque granate incendiarie al fosforo bianco, cui avevano sfilato il detonatore per combinarle in un unico innesco. Probabilmente le bombe erano collocate dentro una scatola nascosta nel baule oppure sotto il sedile di guida.

Evidenziato in giallo, c'era un appunto relativo all'auto che stava usando Negronero, che non era la solita: si trattava di un'Alfa 133 che gli avevano dato al posto della Hyundai, portata con urgenza in officina a causa di un guasto sospetto al circuito dei freni.

La Brizio sottolineò in rosso *guasto sospetto*. Poi passò a leggere le altre note in giallo: *La 133 era appena tornata dalla revisione.*

Quindi gli attentatori avevano approfittato di questo fatto per collocare le bombe? si chiese. In tal caso si poteva ritenere che ci fosse un complice all'interno della polizia. E questo era sempre un tipo d'insinuazione che faceva colpo sui media. Se lo appuntò sulla pagina, di traverso: *Un informatore in seno alla questura??*

Subito dopo sorrise perché la trama stava diventando appetitosa. Colta da un moto d'eccitazione, riprese a leggere e a sottolineare.

In rosso: *Il detonatore attivato da un segnale radio a distanza.*

In giallo: *Gli agenti della scorta, unici testimoni dell'esplosione, hanno riferito di aver visto poco prima un furgone bianco allontanarsi.*

Ruotò la sedia verso destra e allungò la mano per accendere il televisorino sulla mensola. Poi spinse il tasto del videoregistratore incorporato nell'apparecchio stesso per far partire il filmato. Si trattava di una copia della registrazione presa dalla telecamera di controllo del Bancomat. Era riuscita ad averla di straforo, prima di tutti i suoi colleghi. L'aveva già vista innumerevoli volte. E ogni volta provava quel non so che, come se ci fosse qualcosa di storto, appunto.

Il commissario, prima di essere ucciso, era andato a trovare Silvia Cavallo, il magistrato incaricato delle indagini. E pare le avesse lasciato una busta con delle documentazioni di cui non era dato sapere. Un fatto di per sé piuttosto strano, considerando che erano le cinque del mattino. Oltretutto lui, per qualche oscuro motivo, aveva tenuto lontano gli uomini della scorta.

Nella ripresa si vedeva Negronero fermarsi con la 133 dall'altra parte della strada. Poi lui che scende e attraversa con una scatola di legno sotto braccio, effettua un prelievo di duecentomila lire... Forse quel denaro gli doveva servire per pagare qualcuno?

La Brizio mise in pausa il videorecorder e appuntò subito due parole: *Fantomatico informatore?*

Fece partire di nuovo il filmato.

Negronero mette i soldi prelevati nella scatola, prende il cellulare e chiama i suoi agenti - come risulta agli atti -, poi si gira per tornare verso la sua auto. *Ed ecco...* In quel momento esatto compare il furgone, proprio mentre lui attraversa la strada. Un Nissan Vanette cargo bianco che procede a passo d'uomo in un modo che avrebbe insospettito chiunque, perlomeno incuriosito. La prima nota stonata è che il commissario sembra non farci nemmeno caso, come se fosse la cosa più normale di questo mondo.

La Brizio mordicchiò la penna che stringeva in pugno, facendo *crunch crunch* come un roditore, uno scoiattolo coi denti da predatore. *Questo non torna per un cazzo!* pensò. *Lui a quel punto avrebbe dovuto allarmarsi. Invece chiama gli agenti della scorta al cellulare e dice loro di attendere qualche minuto prima di raggiungerlo...*

Guardò la scena successiva: il furgone scompare dall'inquadratura e si vede la 133 sul ciglio. Dopodiché: l'esplosione di fuoco e fiamme...

Sapeva che le bombe al fosforo bianco possono sprigionare fino a mille gradi di calore. Il risultato era la completa distruzione di qualunque tessuto organico. Del commissario non era rimasto nulla. Solo cenere. I responsabili dell'attentato lo avevano voluto dissolvere nel nulla. Con un sospiro, la giornalista fece un nuovo appunto, scrisse in stampatello: *Atto barbarico estremamente simbolico.* Ci pensò su un poco, poi aggiunse: *Loro lo volevano cancellare!* Socchiuse gli occhi e fece una considerazione sulla base della precedente: Negronero era stato attirato in un luogo poco frequentato alle prime ore di una domenica mattina probabilmente per rendere pressoché nulla la possibilità di coinvolgere persone innocenti. In questo modo la sua uccisione sarebbe venuta fuori come unica e speciale. E i telegiornali avrebbero dato notizia solo della sua *estinzione.*

Mandò indietro il filmato per riguardarlo e, quando comparve il furgone, si annotò i numeri del contatore dei minuti.

Il furgone passava mentre il commissario attraversava, e si fermava nascondendolo alla vista esattamente per trenta secondi. Giusto il tempo perché lui arrivasse all'auto e salisse di nuovo a bordo.

Fermo immagine della 133 con Negronero dentro. *Presumibilmente.* Quella parola le comparve al centro dei pensieri: presumibilmente.

Con gesto brusco, tolse la pausa e il filmato riprese a scorrere. Quasi un minuto dopo, il tempo che quel cazzo di furgone si allontani e *boom!*, l'auto esplode. Fine dei giochi.

Morena Brizio si sentiva come se lo stomaco si annodasse. Il suo istinto le diceva che c'era qualcosa di storto: insisteva.

Perché gli attentatori dovevano proprio passare in quel modo davanti a lui col rischio di insospettirlo? Sempre ammesso che loro fossero nel furgone bianco. Sempre ammesso - già - e non concesso.

La cosa più logica sarebbe stata attenderlo a debita distanza, magari in fondo alla via, controllarlo con un binocolo e poi schiacciare il pulsante del telecomando stando al sicuro fuori portata!

Perché farsi vedere in quel modo dalla telecamera del Bancomat?

Perché correre rischi inutili?

Gli attentatori erano organizzati. E di certo non si trattava di gente che lasciava qualcosa al caso. Ammesso e non concesso che fossero davvero degli attentatori. Professionisti di sicuro. Ma chissà...

Presumibilmente... e porcatroia!

Ragionando a ruota libera, la Brizio cercava di mantenersi fredda e distaccata come faceva sempre, ma stavolta non ci riusciva più di tanto. Sentiva una piccola, ma insistente, punta di dispiacere in fondo al cuore, che non era da lei. Negronero era morto e la cosa la sconvolgeva molto più di quello che avrebbe mai potuto immaginare.

Tu mi hai buttato giù. E io non potrò più essere la stessa...

Francesco era morto. E lei sentiva odore di bruciato. E avrebbe indagato fino a quando non avesse scoperto cosa stava ardendo sotto. La sua febbre si alimentava di passione e di rabbia. Come sempre.

Il delirio della notizia era solo la punta dell'iceberg. Sotto sotto covava un amore sviscerato per la verità e tutti i suoi derivati, compresa la menzogna. Soprattutto la menzogna: inderogabile come il morso di un'anguilla predatrice. Pensò a sua figlia. Vinse l'impulso di mandarle un messaggino. Chiuse gli occhi e si fece rapire dalla canzone di Linda Perry. Sentendosi abbattuta da morire.

Attraverso tutto questo tempo, senza rimpianto baby.

8

Allunga la mano destra per accarezzare l'immagine sullo schermo: Sonnyboy che dorme e sogna... Il vetro è caldo e vibra, sembra vivo. Prova la sensazione che le sue dita vi affondino dentro fino a toccare la guancia vellutata di suo figlio. In quel momento, Franchino spalanca di colpo gli occhi e sembra guardarlo attraverso il monitor; e lui allora tira indietro di scatto la mano. *Mi ha sentito!* pensa. Ma naturalmente non può essere vero.

Dopo qualche secondo, il figlio riprende a dormire.

Distogliendo gli occhi dallo schermo, Francesco si guarda la mano, come per cercare di svelare l'arcano traducendo le pieghe sul palmo, le linee del destino coincidono con quelle della paura.

Il timer dell'orologio che porta al polso sinistro lancia un *bip*, il segnale di allarme. E lui allora si alza subito in piedi. Ha impostato una speciale funzione count-down che lo avverte ogni quindici minuti, perché cambi posizione per far circolare il sangue negli arti e non provocarsi danni alle articolazioni.

Nella cella in penombra, illuminata vacuamente dagli schermi sulla console, inizia a muovere le braccia e le gambe per improvvisare un *kata* lento, concentrandosi sul libero fluire del sangue nelle vene. Mentre lo fa, punta gli occhi sulla parete di pietra grezza e nera della cella, dove ha affisso la foto di Terrano riverso a terra con la testa esplosa. La sua mezza mela cattiva eliminata dalla faccia della Terra.

Contrae i muscoli espirando e poi li rilassa inspirando. Danza col diavolo, in quel luogo che sembra uscito da un viaggio nel tempo nel Medioevo, con quella sfilza di apparecchiature elettroniche da film di fantascienza che provocano un contrasto strano.

La Buia adesso è il suo rifugio. Una sorta di limbo che lo sta preparando per la discesa finale nell'oblio. Morire del tutto e per sempre è diventato un traguardo da raggiungere. In qualche modo sta compiendo il suo personale calvario verso la resurrezione. Anche se il più delle volte prova la sensazione di trovarsi nell'anticamera di qualcosa che non assomiglia nemmeno lontanamente al paradiso. Quello che è appena successo – la sensazione di aver toccato il viso di suo figlio attraverso il monitor – potrebbe essere un'assurdità allucinatoria dettata dalla solitudine.

Smette di muoversi. Interrompe la danza. Controlla i monitor: suo figlio e sua moglie sono ancora là. Dormono e sognano. E lui vorrebbe tanto spiccare un volo assieme a loro.

Pensa che forse sarebbe il caso di sottoporsi a una nuova seduta di deprivazione. L'unico modo che gli è rimasto per non impazzire del tutto: volare a più non posso dentro un abisso dipinto di blu, approfittando del pozzo per spurgarsi l'anima.

9

Morena Brizio rovesciò la busta con le foto scattate al funerale di Francesco. Decine di istantanee riprese da tutte le angolazioni, a raffica, l'una dietro l'altra, come faceva sempre lei in certi frangenti, quasi stesse usando un mitragliatore invece che una Nikon supersofisticata con teleobiettivo ultrapotente...

Simile a una cartomante col suo mazzo di tarocchi, sparse le foto sopra il tavolo. Poi prese una lente d'ingrandimento dotata di illuminatore e iniziò a esaminarle, una per una. Non sapeva nemmeno lei cosa stesse cercando. Brancolava a caccia di scintille casuali per riuscire a comprendere il motivo di quella sensazione di *stortaggine* latente che percepiva...

A mano a mano che esaminava una foto, la buttava a terra e passava a quella successiva. Eliminò le prime dieci senza aver trovato un cazzo. Imprecò. Passò a quelle dopo. E la sua attenzione fu attirata da una donna bionda, che se ne stava in disparte a fumare sotto al portico. Si chiese chi potesse essere. Si appuntò il numero del negativo. Poi riprese a scorrere le restanti, esaminando particolari e quant'altro. Scartava e controllava.

Ripescò la fumatrice bionda in una delle ultime che aveva fatto, alla fine della cerimonia. Lei si allontanava con accanto un uomo che indossava una mantella nera col cappuccio.

Riprese a controllare le foto scartate, esaminandole con più attenzione, inginocchiata sul tappeto dove le aveva buttate. Individuò il tipo con la mantella nera in altre due istantanee: in una era confuso in mezzo alla gente in fila, in procinto di rendere l'omaggio floreale al defunto; nell'altra era chino sulla fossa, sotto lo scrosciare incessante della pioggia, e stava buttando nella tomba un oggetto squadrato che non si riusciva a capire cosa fosse.

Si appuntò anche quei numeri di negativo. Poi si alzò e raggiunse la minuscola camera oscura che si era ricavata nello sgabuzzino dell'appartamento. Occorreva compiere al più presto degli ingrandimenti.

La puzza di bruciato adesso era davvero forte. Le invadeva i polmoni e doveva riuscire a capirci qualcosa se non voleva morire soffocata.

10

La cosiddetta cella del purgatorio si trova nei sotterranei ed è il fulcro attorno al quale è stato costruito l'intero l'edificio. Le pareti sono nude, erose dall'umidità, e nere come una notte di novilunio. Non ci sono finestre ma solo un paio di feritoie che lasciano passare l'aria attraverso condotti scavati nella roccia di serpente.

Il pozzo di deprivazione si trova esattamente al centro. Con un diametro di appena un metro e mezzo, è circondato da una cordolo di sassi, come a voler cingere gli estremi di un cerchio d'acqua muta e immobile. Quella è la fonte legata alla leggenda della contessa Buia: la sconfitta del diavolo e la sua dipartita hanno provocato una voragine senza fondo che si è colmata di un liquido salato e caldo, un pozzo artesiano naturalmente effluente di acqua termale. La fonte di penitenza è stata usata dai reclusi che vi hanno dimorato, gli adepti della Confraternita degli Addolorati.

Francesco avanza nella penombra con la torcia da subacqueo che gli cinge la fronte, illuminando l'apertura del pozzo, simile a una bocca al centro esatto del buio, in attesa di divorarlo un poco.

Inspirando l'odore minerale che pervade l'aria, si sente come un assetato che sta per bere dopo esser stato preda dell'arsura per ore, freddamente consapevole di avere a disposizione soltanto qualcosa di estremamente tossico per sedare la sete. Il dilemma vissuto da tutti i drogati del mondo: stare male per stare bene per stare male... Il serpente si mangia la coda, come sempre, buon appetito, pezzo di merda.

Così lui è ansioso di entrare di nuovo nell'abisso, d'immergersi e galleggiare al di sopra del paradiso e dell'inferno. Ma nello stesso tempo vorrebbe fuggire via a gambe levate e nascondersi in un buco, tagliarsi la gola e stare lì a dissanguarsi nel dolce e rilassato stupore di chi non sente più un cazzo. Non esistono morti violente per chi non avverte il dolore fisico. Potrebbe strapparsi il cuore dal petto e rimanere a osservarlo fino all'ultimo battito e spegnersi assieme a lui col sorriso sulle labbra.

Ma ci sono ancora delle cose che deve fare. Per tutti i minuti che gli restano, secondo dopo secondo, lui sarà l'angelo custode dei suoi cari.

Si toglie il saio e sotto è nudo. Si avvicina al bordo. Regola il timer dell'orologio di sinistra impostandolo sui centoventi minuti, un tempo di seduta che corrisponde grosso modo a otto ore di sonno normale. La suoneria è regolata con un segnale a vibrazione, perché non sarebbe in grado di sentire un allarme acustico durante la seduta.

Il pozzo del purgatorio, in pratica, funziona come le vasche di deprivazione sensoriale usate per dare sollievo agli schizofrenici. La fonte della Buia è costituita da un'acqua minerale con una composizione particolare: satura di solfato di magnesio, ha una concentrazione intorno al dieci per cento con una densità pari a cinque volte quella del mare, che consente il completo galleggiamento del corpo umano. Mentre la sua temperatura resta costante sui 34 gradi centigradi.

Si siede sul bordo e immerge le gambe fino alle ginocchia. Prepara il marchingegno che ha trovato appeso a un gancio nel muro, probabilmente una delle dotazioni degli antichi monaci segregati in quel posto, quando si sottoponevano alle loro meditazioni trascendentali. Si tratta di una sorta di maschera di canapa grezza con quattro nodi: due di fronte e due di lato. Cingendosi la faccia con quella, può occludersi perfettamente gli occhi e tapparsi le orecchie. Con un sospiro, se la infila, posizionandola sotto la torcia a tenuta stagna che ha sulla fronte, attento a non stringere troppo per non correre il rischio di provocarsi dei danni alla retina. Di colpo non vede e non sente più nulla. Cerca il pulsante della torcia e la spegne: è inutile sprecare le batterie. Dopodiché, stringendo i denti per farsi coraggio, si puntella con le mani sul bordo, posando i piedi sulle piccole sporgenze che fungono da gradini, e si lascia scivolare nel pozzo oltre la linea piezometrica, immergendosi nell'abbraccio tiepido della soluzione salina.

Il corpo resta in posizione verticale grazie alla sezione stretta della cavità e il volto è naturalmente rivolto verso l'alto, con la bocca fuori per respirare. Nel buio assoluto, senza sentire né vedere nulla, privo di peso, sente subito l'inebriante sensazione di galleggiare sopra qualcosa di molto simile a un cielo, nel bel mezzo di un arcobaleno, mentre nugoli di stelle rumoreggiano da un punto lontano della sua coscienza. È come trovarsi di nuovo nel grembo materno, al sicuro dentro la sacca placentare ad assaporare sensazioni provenienti da luoghi oltre la percezione. Nel ritmo incalzante di un tempo che batte come un orologio di carne viva.

Tic tac. Tic tac...
Una donna nuda girata di spalle. Che si gira lentamente.
Il volto scarnificato con le ossa lucide. Si avventa per mordere.
Tic tac. Tic tac...

Spostarsi indietro, sempre più indietro, mentre cresce il rumore scrosciante di un applauso e tanta gente grida...

In un punto impreciso, tra la fantasia e il ricordo, esplodono immagini. Lampi di luce e frammenti di colore che si uniscono fino a formare il quadro di una scena lontana: il palazzo dello Sport pieno stipato di gente, con striscioni scritti in tedesco: *Kunst von Kampf...*

11

Il cerchio lo potevi vedere. Con precisione lo sentivi sulla pelle. Il cerchio era pieno di silenzio e, al suo interno, tutto sapeva di calma. Come l'acqua sottostante di un mare in tempesta.

Devi essere come quell'acqua. *Le parole del tuo maestro risuonano nella mente, come un'eco distorta, confortante e fastidiosa.* Dentro il cerchio muto devi diventare così: incurante ma impetuoso. Pronto a colpire.

L'avversario che ti trovavi di fronte era un muay thai di novanta chili con occhi tesi e duri, che cambiava guardia continuamente mentre cercava il tempo giusto per colpirti.

Spostandoti col peso da una gamba all'altra, mantenendo il centro dell'equilibrio subito sotto i testicoli, cercavi di addentrarti in una forma di rilassato stupore senza riuscirci. Sta per finire. Se Dio vuole, sta per finire... *pensavi. Ti facevano male le tibie per tutti i colpi ricevuti e non ce la facevi più a saltellare. Il tuo karate fino a quel momento era stato inferiore.*

Il thailandese aveva appena stretto lo sguardo, trasformando gli occhi in buchi di mandorle nere, e aveva teso gli addominali impercettibilmente. Si stava preparando a perforare il tuo cerchio. E tu avresti potuto indietreggiare per restare fuori portata, al sicuro dai colpi. Ormai mancavano pochi minuti alla fine dell'incontro, eri pesto e sanguinante e di certo non avresti vinto ai punti. Ma almeno non saresti andato al tappeto risparmiandoti l'onta del ko.

L'alternativa era tentare il tutto per tutto e buttarsi contro quel diavolo urlante tutto muscoli e ossa di ferro e cercare di colpirlo. Se fallivi potevi farti molto male. Ci voleva determinazione. Occorreva fare in modo che tutto fosse perfetto: il movimento e il tempo. Comprendere le intenzioni del nemico. Invadere il suo cerchio risalendo dal fondo e trasformare l'acqua calma e silenziosa in un'onda tempestata di fragore, travolgente: i flutti cangianti di un respiro che esplode nel colpo, quando raggiunge il bersaglio.

La platea di spettatori – centinaia di uomini e donne, che assistevano all'ultimo incontro della giornata – si era zittita all'improvviso.

Semifinali dei campionati europei di arti marziali miste in full contact, a Berlino city, Germania. Il torneo aveva un nome emblematico, che proveniva dal greco: Pankration, che significa «pieni poteri», il combattimento totale, la competizione delle competizioni. Quasi nessuna regola. I match erano cruenti e senza esclusioni di colpi. Incontri veri, dove si colpiva e si veniva colpiti. Il ko era quasi sempre la conclusione. Difficile non farsi male. Difficile non sentire la paura.

Avevi deglutito saliva insanguinata e sudore. Un sapore salato, metallico. Un paio di costole incrinate ti facevano un male d'inferno e la testa ti girava. Tumefazioni in ordine sparso costellavano la faccia e le braccia. Concentrandoti sulle sensazioni del tuo corpo, avevi cercato di sentire pienamente ogni singola ferita. Era come se tutte le abrasioni e i lividi lanciassero dei piccoli urli, segnali segreti che delimitavano la coltre delle tue percezioni. Il dolore era una mappa che donava consapevolezza piena del tuo essere. Così tu esistevi. Sapevi dove ti trovavi.

Concentrandoti sui battiti del tuo cuore, sposandoli con la sofferenza, ti eri preparato ad affrontare il tuo avversario, a pochi minuti dalla fine. La scelta era: accontentarsi di giungere sino alla fine del combattimento in piedi, oppure osare il tutto per tutto e vaffanculo.

Eri così stanco. Non ne potevi più, e ti mancava il fiato.

Dentro o fuori dal cerchio?

L'incertezza faceva capolino, ma tu la scacciavi concentrandoti sul respiro. Pronto a caricare il colpo, pronto a reagire in un modo o nell'altro.

Metterti al sicuro.

Osare.

Silenzi o grida. Aria dentro. Aria fuori...

In platea c'era tuo figlio, seduto in prima fila che assisteva al match. Che cercava di essere fiero del suo papà. Con quel visino preoccupato. Dovevi dare un buon esempio: non indietreggiare.

Ti eri concentrato sul collo del tuo avversario. La giugulare, che pulsava nella respirazione: scompariva e ricompariva, inspirazione ed espirazione. Ti eri immaginato il sangue defluire, scorrere, salire dal cuore al cervello per nutrirlo di battiti.

Il collo che si tendeva. Espirazione...

Ora.

Il thailandese era scattato in avanti, sferrando un diretto sinistro: un movimento rapido, ma non abbastanza.

Eri rimasto immobile al centro del cerchio. Poi il tuo corpo aveva reagito ancora prima della mente, lasciandosi cadere a terra col ginocchio sinistro piegato per schivare il colpo, che era passato sopra la tua testa. Nel contempo avevi reagito con un choku-zuki *al plesso solare, teso e pesante, nell'attimo preciso in cui l'addome del tuo avversario si rilassava dopo la contrazione del colpo mancato. Così le nocche inguantate erano affondate nel ventre dell'altro proprio mentre iniziava l'inspirazione.*

Si era udito chiaramente il tonfo.

Avevi ritirato la destra chiusa a pugno. Mentre scattavi in kiba-dachi *e continuavi l'azione con un colpo di gomito alla decima costa fluttuante e una percossa allo zigomo sinistro. Infine avevi roteato sulle an-*

che per un mawashi-geri *rovesciato che aveva colpito il tuo avversario sul setto nasale, mandandolo a volare sul tappeto.*

Il pubblico si era alzato in piedi con un boato.

L'arbitro si era avvicinato per contare.

Il thailandese cercava di rialzarsi in piedi, con lo sguardo stupito, e la canna del naso completamente spostata verso destra che gli conferiva un'aria mostruosa. Puntando le braccia a terra, si era messo in ginocchio congiungendo le mani guantate e per un assurdo attimo era parso sul punto di mettersi a pregare.

Tu eri rimasto in piedi al centro del ring. A cercare lo sguardo di tuo figlio.

« ... cinque, sei, sette... »

Non lo stavi trovando e la cosa ti riempiva di apprensione. Dove sei, piccolino?

« ... otto, nove... »

L'avversario si era alzato in piedi, si era afferrato la punta del naso e l'aveva rimessa al suo posto con uno movimento secco. Perdeva solo poche gocce di sangue, la sua cartilagine doveva essere già rotta da un pezzo. Continuava a scuotere il capo come per dire « tanto non mi ha fatto nulla ». Mentiva. Il dottore era salito sul quadrato per controllargli il volto.

E tu eri riuscito finalmente a individuare tuo figlio, in prima fila, là dove era sempre stato. Nella confusione lo avevi perso di vista e adesso potevi sorridergli. Ma il respiro bruciava troppo. E il tuo tentativo era fallito in una smorfia.

Franco ti stava mostrando il pollice come per dire che era tutto okay. Allora aveva dieci anni e il suo cuore era già molto grande e dorato. Aveva gli occhi gonfi di commozione. Doveva essere preoccupato per il suo papà, per come le aveva prese di santa ragione fino a quel momento. E tu, allora, gli avevi strizzato l'occhio, per rassicurarlo in qualche modo. Va tutto bene, sì... *Era suonato il gong.* Meglio di così non potrebbe andare. *L'incontro era finito.*

Qualche spettatore si era lasciato andare a un applauso.

Dopo aver consultato i giudici di gara, l'arbitro aveva chiamato vicino i due contendenti per annunciare chi fosse il vincitore.

Vestito di bianco, in mezzo a due bestioni a torso nudo coperti di addominali sudati e sangue, tenendoli per mano, si apprestava a officiare il rito della proclamazione.

C'era stato un momento di silenzio, nell'attesa del responso. Era stato sollevato il braccio del thailandese. Qualcuno dal pubblico aveva fischiato.

Avevi perso ai punti, non eri riuscito a tenerlo giù quello stronzo di picchiatore mongoloide. Avevi però pensato che non te ne fregava un cazzo, mentre ti toglievi il paradenti.

In prima fila, tuo figlio ti guardava serio. Cercava di sorridere senza riuscirci. Sembrava imbarazzato.

Dopo esserti tolto i guantoni, avevi stretto la mano al tuo avversario, ti eri messo la giacca della tuta sulle spalle e avevi scavalcato le corde per andare a raggiungere il tuo piccolino. Così sparuto là in mezzo. Solo.

Dio come ti sentivi stanco. Tumefatto fuori, pesto dentro.

La voce di tuo figlio, le sue parole: « Sei stato bravo papà », mentre ti saltava al collo per abbracciarti, strappandoti una smorfia di dolore. Le fottute costole incrinate che volevano far sapere che c'erano ancora. « Peccato che hai perso, però. »

« Non è importante quello. Per noi vecchietti è già molto arrivare alla fine del match... » Strizzata d'occhio, carezza sulla testa.

Tuo figlio aveva cercato di sorridere, ma ancora una volta non c'era riuscito. Si vedeva che era dispiaciuto. Lui era ancora così piccolo, la luce dei tuoi occhi. « Voglio fare anche io il karate, papà... » Le sua voce sottile, da passerotto.

« Verrà il tempo anche per quello. »

Il thailandese era ancora sul ring e saltellava con le braccia alzate in segno di vittoria. Con quel naso da mostro e il sorriso insanguinato. Ti stava fissando: non si era ancora tolto il paradenti e i suoi occhi erano punti gialli e cattivi.

Cazzo vuoi da me? Si può sapere...

Era tutto così sospeso.

Dentro e fuori dal cerchio.

Valeva sempre la pena di contemplare evasioni, vie di fuga dal mondo degli uomini. Ma le cose si rivelavano sempre più difficili del previsto.

Avevi preso per mano Franco e, zoppicando un poco, lo avevi guidato nel corridoio che conduceva agli spogliatoi, con tutta la gente che indicava e guardava il vecchio karateka perdente e il suo giovanissimo figlio: benvenuti alle porte del paradiso, amici vicini e lontani.

Quello era stato il tuo ultimo incontro. Alle soglie dei quaranta, la malinconia avrebbe preso il posto della voglia di volare. Basta acqua di tempesta sul ring.

Avresti insegnato tutto quello che sapevi a tuo figlio, come fanno i padri. Solide istruzioni su come prendere pugni in faccia e vivere col sorriso anche se sanguini, sfidare il mondo cercando di volergli un bene da morire. Gli avresti fatto capire come scappare dal cerchio e come rifugiarsi in esso. Prima che fosse troppo tardi per tutto.

12

Allontanarsi da quel ricordo. Un passo alla volta, dentro il corridoio della memoria. Irto di abrasioni. Sospeso nel tempo. A rivivere tutto quanto. Per sempre racchiuso. Per sempre deluso. In questo cerchio che non parla più.

Tic tac. Tic tac...

Franco spalancò gli occhi di colpo. Le pupille pervase di bagliori irreali sembravano spegnersi e accendersi come luci stroboscopiche: si svuotavano e si riempivano. Un gioco di sguardi intermittenti che si perdevano in una dimensione intermedia tra il sonno e la veglia.

Drizzò il busto con lentezza esasperante, stando rigido col collo teso, fino a mettersi seduto sul letto, come se una mano invisibile lo avesse aiutato a tirarsi su. Si toccò il viso inondato di lacrime quasi volesse appurare di esserci ancora. Un interrogativo gestuale della serie *cucù, ci sono o non ci sono?* Come per cercare di farsi tana da solo.

Chi è dentro è dentro, chi è fuori è fuori...

Sporse le gambe dal letto, appoggiò i piedi nudi sul pavimento per alzarsi. Fece un passo incerto perché non capiva bene dove si trovasse. Un momento prima era seduto in mezzo a una folla urlante ad assistere a un combattimento di suo padre sul ring. Una scena di quando era piccolo. Un sogno lontano. *Ma così vivido, così vivido...* Adesso però non capiva dove si trovasse, esattamente. Si guardava attorno e c'era come un cerchio di buio che lo circondava.

Si costrinse a compiere un altro sconvolgente passo in avanti, verso lo specchio che lo attendeva in fondo a un baluginare di frammenti scomposti di lampi e sussurri.

Cercò la propria immagine riflessa. Dapprima riuscì a scorgere solo un ribollio. Pensò all'acqua ferma. Pensò alla tempesta sotto. Pensò al cerchio che attende. Si chiese: *Dove sono? Dove sono andato?* Lui non c'era da nessuna parte.

Poi qualcosa parve spuntare dalla schiuma torbida che riempiva lo specchio. Il suo avversario stava avanzando piano, partendo dal nulla, per raggiungerlo e colpirlo per fargli male. Il suo avversario ruggiva. E rideva. Non stava fermo un secondo.

Un'ombra scura che si espandeva con forza. Entrava nel vivo dello sguardo e rivelava i suoi lineamenti. Un teschio ringhiante, una creatura dell'inferno, che si avventa...

Devi uscire dal cerchio, Son, lo devi fare, sai... La voce di suo padre, da qualche parte nel cielo: un sussurro che gli riecheggia nel cuore, rimbalzando fino alle pendici dell'anima.

Il mostro lo stava per assalire. Franco allora lanciò un grido e colpì quello specchio. Colpì quel mostro. La superficie s'incrinò diramando un fiore dal centro del suo volto. E per un attimo gli parve di vedere il marchio dell'anello con la testa da morto impresso in mezzo alle crepe: teschio su teschio, sotto uno sguardo di occhi trasparenti e lacrime...

Avvertiva un ronzare nell'aria. Uno sciame di vespe impazzito si allargava nel vuoto, pericolosamente vicino al bordo della veglia, in bilico sull'onda del torpore. Mentre lo specchio davanti a lui si svuotava di ogni contenuto infernale per lasciar posto al vuoto, Franco indietreggiò di un passo e si guardò attorno. Una goccia di sangue sul dorso della mano.

Al limitare del cerchio di buio che lo circondava, gli parve di scorgere lo sguardo di un angelo che lo fissava in cima alla follia: suo padre vegliava su di lui e lo proteggeva, lui e il suo amore per sempre.

Non c'era da temere alcun male.

Ora e per sempre.

Dentro ogni frammento di tempo.

13

Dispose gli ingrandimenti freschi di stampa sopra il ripiano di vetro della lavagna luminosa. Accomodata sullo sgabello di lavoro, regolò lo stelo a molla della lente da tavolo e passò a esaminare i particolari delle foto. Il suo cuore da giornalista fece un guizzo. Boccheggiando per la sorpresa, avvicinò il volto per capire più da vicino quello che stava vedendo: l'oggetto che l'uomo con la mantella nera stava buttando nella tomba era una scatola di legno, identica a quella che Francesco si era portato dietro quando era sceso dalla 133 per andare a fare il prelievo, subito prima di ridursi in cenere. Cercando di non farsi prendere troppo dall'eccitazione, regolò la messa a fuoco della lente per far risaltare al massimo il volto di quell'uomo incappucciato. Nell'esigua porzione che restava scoperta non si notava un granché. Si vedeva soltanto che portava una barba lunga e candida come la neve.

Chi cazzo sei tu, si può sapere? La sua mente allenata a formulare ipotesi ne sfornò subito una che si basava sull'incontro del commissario con un possibile informatore: quel misterioso vecchio con la mantella nera aveva riscosso il suo compenso dentro quella scatola. In quei famosi trenta secondi in cui Negronero era rimasto nascosto alla telecamera del Bancomat, col maledetto furgone che gli faceva da scudo, doveva essere avvenuto lo scambio. *Il vecchio è dentro il vano posteriore del Nissan. Apre la portiera scorrevole. Francesco gli porge la scatola coi soldi e torna alla sua auto. Il furgone va via e la 133 fa boom!*

Altra ipotesi: quello non era un informatore bensì un ricattatore recatosi a riscuotere il compenso per il suo silenzio. Forse Negronero era implicato in qualche casino. Magari era andato dal magistrato a un'ora così insolita per pararsi il culo in qualche modo, prima d'incontrare colui che gli rompeva il cazzo...

A quel punto un'altra domanda sorgeva spontanea: per quale motivo quel tipo là, informatore o ricattatore che fosse, si era recato al funerale per buttare la scatola nella fossa del defunto?

Morena Brizio si mise a osservare il primo piano della fumatrice bionda. Doveva assolutamente scoprire la sua identità. E forse c'era una persona che poteva darle una mano. Controllò l'ora. Se si sbrigava, poteva beccarla prima che andasse al lavoro.

14

Alle 07.45 il timer inizia a suonare nel buio liquido. Una vibrazione che si amplifica, espandendosi, fino a trasformarsi in una sorta di ringhio: il verso assordante di un nugolo di vespe inferocite.

Riprende coscienza, a rapidi scatti, contraendosi e rilassandosi più volte. Prova la sensazione di rigenerarsi una cellula alla volta: un momento prima era dissolto nel nulla e adesso sta tornando a esistere, nella carne e nel sangue.

Si aggrappa ai bordi di pietra, punta i piedi sui gradini e cerca di uscire dal pozzo. Non sente la parte inferiore del corpo, è come se fosse scomparsa, divorata. E lui immagina di essersi ridotto a un orrido busto umano, senza più nulla dal cuore in giù. Un simulacro d'uomo, che perde viscere dentro quel liquido vorace: una saliva densa prodotta dalle fauci del pozzo.

Preso dal panico, lancia un gemito che gli risuona in testa. La maschera occludente gli stringe il volto così forte che gli pare di sentire le ossa del cranio scricchiolare per la troppa pressione.

Cerca di concentrasi per superare quella crisi di realtà e finalmente sente rianimarsi le gambe. Un risveglio improvviso, di soprassalto, come dopo un incubo. Il liquido scuro in cui ha galleggiato non ha divorato le sue carni, si è solo limitato a digerire il suo desiderio di volare avanti e indietro nel tempo.

I muscoli guizzano. Gli addominali contratti all'inverosimile. Si siede sul bordo del pozzo, al sicuro, fuori dell'acqua tiepida.

Adesso avverte chiaramente il dolore pungente del suo ricordo. Ogni singolo livido di quel combattimento lontano. Piccoli fuochi che si spengono l'uno dopo l'altro, fino a lasciare di nuovo il silenzio.

Si erge al di sopra del buio, appoggiando i piedi nudi sul pavimento. Ha il pene irrigidito per l'accumulo di sangue.

Si toglie la maschera di corda liberando gli occhi e le orecchie.

Avverte un movimento nel buio di fronte a sé. Allarmato, trova il pulsante della torcia da fronte e l'accende. Tenendo la testa bassa, inquadra il pavimento e vede un mucchietto di vespe morte in un angolo: minuscoli gusci neri rinsecchiti, come un grappolo. Si chiede da quanto tempo si trovino lì e come possano essere entrate. Dalle feritoie, forse. Oppure peggio: sono comparse come per magia.

Ancora quel movimento davanti a lui. Solleva il capo molto lentamente. Guarda la donna bionda in piedi in mezzo alla stanza, illuminata dal piccolo fascio di luce. Si chiede da quanto tempo lei si trovi là dentro, al buio, ad attendere che lui esca dallo stato di deprivazione. Un'immagine catatonica e immobile, una statua che gioca a fare l'apparizione misteriosa. La travel agent è lì con lui, soddisfatta - ancora una volta - del viaggio che gli ha organizzato, tutto compreso. Accende la torcia a stilo che stringe in pungo, gliela punta addosso e lo osserva gocciolare, sondandogli il pene e le cosce, e poi risalendo fino a inquadrargli il volto, abbagliandolo. « Buongiorno, commissario, hai dormito bene? » chiede.

Francesco socchiude le palpebre, si copre con le mani il sesso e avanza di un passo. Calcia, senza volere, il mucchietto di vespe morte e provoca un rumore di foglie secche che si spargono per una ventata improvvisa. Si rivolge alla donna per dirle: « Vaffanculo, Rossi. Spegni quella cazzo di torcia ».

Il volto di lei, nei giochi di luce e di ombra, ha un che di spaventoso, mentre le sue labbra si muovono, gonfie e insinuanti: « Vedo che stai seguendo i miei consigli di viaggio, mio pallido fantasma col naso rotto! » dice, mentre gli porge l'accappatoio perché lui lo indossi.

15

Frugò nella borsetta, tirò fuori la fotografia, la posò sul tavolino, di fianco alla tazza di cioccolata appena servita, e con un dito la fece scivolare verso l'uomo seduto di fronte. Questo si limitò a piegare il capo, come per fare un inchino. Esaminata sbrigativamente l'istantanea, alzò gli occhi e guardò con espressione interrogativa la giornalista. « Dov'è stata scattata? » chiese.

La Brizio afferrò la tazza e ne prese un piccolo sorso, con le labbra tese in avanti, attenta a non scottarsi. Si leccò con la punta della lingua prima di rispondere: « Al funerale del commissario! »

L'altro fece un tiro dal toscano e sbuffò fuori il fumo. « E cosa vorresti da me? »

« Vorrei conoscere l'identità di quella donna. »

« E perché? »

La giornalista fece un sorriso malizioso. « Segreto professionale! »

L'uomo corrugò la fronte, togliendosi il sigaro dalla bocca e muovendolo davanti a sé come per spargere manciate di fumo nell'aria. « Se vuoi che ti passi delle informazioni, dovrai essere meno evasiva, cara. Adesso sono in una posizione diversa e devo essere cauto... »

Lei lo fissò cupa. « Quando dovevi arrotondare lo stipendio, non ti sei fatto troppi scrupoli a passarmi delle soffiate. » Tirò su col naso, come per prendere la rincorsa. « In ogni caso, non credo ti convenga essere scortese con una tua vecchia amica. Ho qualche registrazione dove si sente la tua vocina al telefono che mi elargisce notizie piccanti. »

L'altro si guardò attorno per controllare se c'era qualcuno che poteva sentire la loro conversazione, ma gli unici tavolini occupati erano dalla parte opposta rispetto a dove si trovavano loro, abbastanza lontani. Si mosse nervosamente sulla sedia, allungò lo sguardo oltre la vetrata sulla facciata della basilica di San Petronio e annuì lentamente, mentre alcuni piccioni si alzavano in volo dopo aver pascolato sulla piazza. Poi tornò a fissare la sua interlocutrice con espressione gelida. « Mi vuoi ricattare, per caso? »

La Brizio scosse il capo, con gli occhi stretti a fessura. « Ma che brutta parola! Volevo solo farti sapere di aver tenuto dei ricordini della nostra relazione amorosa e professionale. » Fece una pausa per guardare la tazza di cioccolata, che ormai non fumava più. « Certo che con tutti i pompini che ti ho dovuto fare, potresti essere più gentile quando ti chiedo un piacere! » Si alzò dal tavolino, provando un improvviso senso di fastidio, per tutto. Una volta si sarebbe divertita un mondo a stare là a punzecchiare uno stronzo di poliziotto vagamente corrotto. Ma adesso si sentiva stranamente impaurita. E di malumore. Era come se quell'indagare a vanvera sulla morte di Negronero la riempisse di confusione. Forse stava infilandosi in un vespaio. E non era una bella cosa. Se poco poco ci cadevi dentro, quando ne uscivi - se ne uscivi - era sempre e comunque con qualche puntura addosso. E lei detestava quel tipo di iniezioni. Ne prediligeva altre.

Guardò il suo informatore, la serpe in seno di Negronero. Si chiese come avesse potuto andarci a letto, così tante volte. Non che fosse una cosa strana per lei. Se le serviva per manovrare qualcosa, non si faceva remore e andava giù pari, come si suol dire. Però per quel tipo aveva sempre provato una strana forma di avversione, anche se era un uomo piacente. Gli stava sul cazzo perché era borioso, vagamente strafottente, e, oltretutto, doveva avere qualche problema di crisi d'identità, visto che cercava di vestirsi come il suo defunto capo. Forse la sua non era semplice emulazione, ma incommensurabile invidia. «Sappimi dire qualcosa al più presto», disse, con tono sbrigativo. «C'è qualcosa di strano nella morte di Francesco e io voglio vederci più chiaro! Cosa che per altro dovreste fare anche voi, *organi* preposti dei miei stivali!» Fece per andarsene, ma poi si bloccò per rivolgergli un'ultima frase di commiato. «Dimenticavo: complimenti vivissimi per la tua promozione!» disse, cercando di usare un tono il più possibile sprezzante. «E grazie per avermi offerto la colazione.»

16

Ascolta il rumore dell'auto che si allontana fino a sfumare nel silenzio. Tira un sospiro di sollievo. Non gradisce la compagnia di quella donna, non gradisce la compagnia di nessuno. Prigioniero di quel luogo, avvolto nella solitudine come se fosse un sudario, si sente al sicuro.

La Rossi gli ha portato un po' di quotidiani e riviste, ubbidendo alla sua richiesta di essere informato di quello che succede nel mondo che è rimasto là fuori e che va avanti lo stesso senza di lui. Leggere gli serve a far passare il tempo più velocemente, oltre che impunemente. Un compromesso perfetto tra quello che desidera e quello che teme: per non farsi coinvolgere troppo da una vita che non può appartenergli più.

Dentro un sacchetto di carta oleata, lei gli ha preso un paio di brioche per la colazione. Un pensiero gentile. Così come la borsa termica piena di provviste con cui gli ha riempito il freezer.

Prima di lasciarlo, si è informata sul suo stato di salute. Lui per tutta risposta le ha chiesto notizie su come stavano procedendo le cose « là fuori ». Se erano riusciti a infiltrarsi nella fantomatica organizzazione alle spalle del fu Terrano...

E lei gli ha risposto che andava tutto come doveva andare, evasiva da morire. Avvicinando il volto come per confidare un segreto, ha aggiunto in coda tre parole di spiegazione, vagamente minacciose: « Ci siamo dentro ».

Nauseato per il suo alito di sigaretta, lui si è tirato indietro. Difficile fare a meno di pensare al suo grido di battaglia dei bei tempi andati: « Chi è dentro è dentro, chi è fuori è fuori ».

Dong. Il rintocco della campana sul tetto dell'edificio, lo distoglie dallo stato di trance in cui è precipitato.

Dopo la seduta nel pozzo, la sua mente è fresca e pulsante. I pensieri nitidi. E si sente più forte e leggero, incurante di tutto e di tutti. Persino la voglia di fumare i suoi toscani è scomparsa, così come gli impulsi sessuali. I desideri terreni hanno lasciato posto a una forma di rilassato stupore che lo fa sentire in pace. Il modo migliore per attendere la fine dei giorni.

Si siede alla console e controlla i diversi schermi. A quell'ora del mattino non c'è più nessuno a casa: Franco è a scuola e Mara al lavoro alla Jungen House. Quindi tutto fermo e tutto immobile, mentre tutto tace.

In soggiorno c'è il cavalletto da pittura montato. Sua moglie ha ripreso a dipingere, dopo tanto tempo. Ha ritrovato la vena, forse come una reazione al dolore, vai a sapere... Negli anni passati lui aveva provato più volte a convincerla a riprendere col disegno, sostenendo che l'avrebbe fatta sentire più realizzata, meno annoiata. Ma lei non gli aveva mai dato retta.

Riesce a vedere parte della tela sul cavalletto e zoomando in avanti distingue dei tratti confusi che non definiscono alcuna figura. Sembrano macchie casuali di colore, come quelle di Rorschach che usano gli psicanalisti per studiare i pazienti. *Benvenuta nel club della confusione, cara,* pensa.

Cercando di ricordare la notte trascorsa, ha dei vaghi ricordi di quello che ha sognato. Più che una visione onirica, si è trattata di una rimembranza vissuta in prima persona, come in una polluzione notturna. Il combattimento di tanti anni prima, le sensazioni, il dolore: era stato così vivido e così preciso.

Gira la poltroncina su cui è accomodato, accende il movie player a gestione di montaggio e attende che lo schermo del PowerBook s'illumini dividendosi nei sette riquadri che corrispondono alle videocamere collocate nella casa. Poi richiama l'ultimo file di registrazione catalogato in automatico dal programma e lo manda indietro per controllare ciò che è avvenuto durante la notte trascorsa.

Subito dopo la carezza fantasma, Franco ha continuato a dormire tranquillo e la telecamera, col sensore di movimento attivato, non ha registrato nulla. Poi il suo sonno ha cominciato a essere agitato e lui si è mosso di continuo. E ogni volta è partita la ricezioni delle immagini, rilevando ciascun suo spostamento. Quindi nella registrazione compaiono dei flash veloci dove lui appare sempre in una posizione diversa: braccio su, braccio giù, girato su un fianco, gamba piegata... *Perché eri così agitato piccolo?* si chiede. Francesco assorbe quei confusi balbettii d'immagini che si susseguono, provando la sensazione di scomparire e comparire pure lui assieme a suo figlio. E ci manca poco che si metta ad assumere le stesse posture, come per fare un *kata* con lui, una danza di combattimento per gli indomiti cavalieri dei sogni...

Poi succede una cosa strana. Si accende lo schermo esterno, come se il sensore avesse rilevato un movimento. L'inquadratura si apre sul cortile deserto davanti casa. Pensa che possa essere transitato qualche uccello notturno che abbia innescato il sensore, oppure un pipistrello, o una cazzo di falena particolarmente grossa. *Niente di strano, dai.*

Poi si accende anche la camera 2 del soggiorno, e le immagini subito si distorcono come per un'improvvisa interferenza. Dopo è la volta della 4 che inquadra il corridoio al piano superiore. La registrazione prosegue, come se passasse qualcuno, un essere invisibile che avanza provocando disturbi alla ricezione.

Francesco ipotizza che l'unità d'innesco dei sensori si possa essere guastata. Controlla l'ora del fotogramma sullo schermo: 05.33.

Non ci dà troppo peso e continua a guardare. La cameretta di suo figlio rimane sotto registrazione, anche se il ragazzo è assolutamente immobile nel letto. Se prima si muoveva in continuazione, ora se ne sta talmente fermo da sembrare cristallizzato... oppure peggio. E la telecamera lo riprende lo stesso, mentre tutto il resto della casa è tornato a essere fermo e scuro.

Si allunga in avanti per vedere meglio suo figlio che dorme. Gli pare di cogliere degli sprazzi distorti di luce, simili a quelli appena rilevati in soggiorno e in corridoio. Manda avanti la registrazione, ma è sempre uguale: mostra Franco che dorme. Le ore scorrono sul timer in sovraimpressione sotto il quinto riquadro: alle 07.11 suo figlio si sveglia di soprassalto, si guarda attorno con espressione smarrita, scende dal letto e muove qualche passo nella stanza con lo sguardo vacuo di un sonnambulo. Resta fermo davanti allo specchio per qualche minuto e poi, all'improvviso, lo colpisce con un pugno, crepandone la superficie.

17

Il commissario capo Davide Monvisi, rimasto solo al tavolino del bar affacciato su piazza Maggiore, attende che la giornalista esca dal locale e sparisca. Non prova una rabbia particolare nei suoi confronti, soltanto tristezza. Lei si crede tanto furba, invece è solo una troia senza arte né parte che pensa di aver capito tutto, mentre non ha capito un cazzo. Scuotendo il capo con aria sconsolata, osserva la foto che gli ha lasciato.

Con un sospiro denso di rassegnazione, prende dal tavolino la ciotola di terracotta contenente le bustine di zucchero e la svuota. Fa un tiro profondo dal toscano, per renderne più lunga e rovente la punta, tiene la foto sopra la ciotola e usa il sigaro per incendiarla. Attende che la fiamma cresca fino a lambirgli le dita, prima di lasciarla cadere quasi del tutto incenerita. Viene investito dall'odore acre generato dalla combustione e fa una smorfia. Recupera il cellulare. Occorre fare subito una telefonata a chi di dovere.

18

Nella registrazione, Franco, dopo aver colpito lo specchio, perde sangue dalle nocche, ma non se ne accorge. Torna a dormire gocciolando rosso sul tappetino scendiletto e sulle lenzuola.

Francesco continua a guardare il monitor, preoccupato per quello che ha visto: suo figlio sembrava un sonnambulo. Aveva gli occhi spalancati ma non era in sé, di questo ne è sicuro. Si chiede il motivo per cui abbia colpito lo specchio. Come se avesse visto qualcosa di pericoloso. *Che cosa stavi sognando, piccolo?* Pensa alle strane interferenze che ha notato nelle registrazioni notturne. Forse una presenza invisibile che si aggirava per la casa, innescando i sensori.

Risuona il *bip* dell'allarme movimento. Ma lui non ci fa caso. Ha altre cose cui pensare.

Riparte dall'inizio, deve cercare di capire. Guarda di nuovo il punto in cui le telecamere si attivano inspiegabilmente. Il cortile deserto. Il soggiorno deserto... Nella ripresa del corridoio del piano di sopra, nell'attimo in cui rileva l'interferenza, inserisce il fermo immagine. Osserva con attenzione, ingrandendo con lo zoom: c'è un piccolo sprazzo di luce, come un bagliore che transita nell'aria per un secondo e poi scompare, riassorbito dal nulla.

Alza il volume. Il brusio di energia elettrostatica in sottofondo cresce assieme a quel lampo. Ricorda il ronzio rabbioso di un insetto.

Torna di nuovo indietro a guardare, fotogramma per fotogramma, come se fosse in trance. Franchino si agita nel letto. Poi resta fermo e la videocamera si accende, mentre le interferenze sembrano calare su di lui, come per stringerlo tra dita invisibili.

Un nuovo *bip* dell'allarme movimento lo distoglie dalla sua contemplazione ossessivo-compulsiva. Pensa a quando è stata l'ultima volta che ha mosso le gambe.

Guarda l'ora. Il Rolex Submarine sul polso destro segna le 12.33. *Cazzo se è tardi*... Il Sector sul sinistro lo riporta all'ordine e al sollievo.

Si costringe in piedi e le gambe sono completamente addormentate e gli viene da ridere. Inizia a darsi dei colpi per riattivare la circolazione. Si avvicina alla finestra, barcollando come un ubriaco, scosta le pesanti tende di velluto nero e guarda fuori. In mezzo a uno scorcio tra gli alberi, ammira la torretta di casa sua. Il cielo di un celeste amorfo e uniforme la contiene, come in una cartolina.

Qualcosa sbatte contro il vetro con un tonfo e lui si fa indietro. Guarda la grossa vespa nera spiaccicata con l'addome da cui cola una piccola lacrima gialla. Pensa di avere un'allucinazione. Arrivano altre vespe e altri tonfi, l'uno dietro l'altro. E ogni volta lui indietreggia con stupore.

Nel giro di poco tempo il vetro è coperto di vespe morte suicidate – uno strato compatto e denso come miele – e lui si ritrova senza rendersene conto dalla parte opposta della cella, con la schiena contro il muro. La sua testa è esattamente accanto alla foto di Terrano cadavere con la testa bucata.

Occhi chiusi, occhi aperti: il vetro è tornato pulito, come d'incanto.

Cerca di scuotersi dal senso di irrealtà che sta provando facendo no con la testa. Si stacca dal muro, si volta per guardare l'immagine di Terrano e pensa: *Non ti decidi proprio ad andare via del tutto, eh?* Il suo nemico ucciso rimane abbarbicato alla sua anima. La Signora delle vespe incombe sempre, come una malattia.

Si avvicina alla console per cercare conforto. Gli schermi sono tutti in fila e spenti. Non vede l'ora che si attivino di nuovo. Non vede l'ora che i suoi famigliari tornino a casa. La solitudine che prova è così pesante, insopportabile, e lo sta facendo impazzire.

19

Dopo l'incontro col commissario Monvisi, Morena Brizio decise di recarsi in redazione, dove rimase l'intera giornata.

In attesa di ottenere informazioni riguardo all'identità della donna bionda, decise di buttare giù un sunto delle cose che aveva scoperto. Seduta al computer, aprì un file nuovo, che intitolò *Qualcosa di storto*. Poi scrisse, in una sorta di diario delirante, tutte le considerazione fatte fino a quel momento sulla morte di Negronero. Un modo per fare il punto della situazione, ma non solo. Sentiva il bisogno di cristallizzare in parole tutti i sospetti e gli interrogativi che le erano venuti, soprattutto quello che si riferiva alla misteriosa cassettina buttata nella fossa dall'uomo con la mantella nera...

Valutò se fosse il caso di darsi da fare per recuperare quel reperto e scoprire cosa contenesse.

Sentì delle voci provenire dal corridoio: dovevano essere i suoi colleghi di redazione che andavano via dato che erano già le otto di sera. Qualcuno bussò alla porta del suo ufficio. «Morena, sei tu?» La voce della segretaria del direttore.

Lei alzò gli occhi dallo schermo del computer e rispose sgarbatamente: «Ma chi vuoi che sia!»

«Sei ancora al lavoro a quest'ora, cara? Non ti senti bene...»

Non si degnò nemmeno di risponderle. *Spiritosa del cazzo.*

Tutti uscivano, ma lei sarebbe rimasta ancora un po'.

Attese di sentire i catenacci della porta principale chiudersi e pensò: *Adesso sono rimasta sola*. Si sentì percorrere da un brivido. Con un sospiro, diede una scorsa a quello che aveva scritto. Salvò il file, inserendolo in un archivio segreto cui si poteva accedere solo con una password.

La sua attenzione venne attirata dalla cartella intitolata IMAGINE OF THE PEOPLE. Cliccò per aprirla e restò a fissare la schiera di cartelline contenenti le foto digitali dei personaggi su cui aveva indagato negli ultimi tempi. Aprì quella con scritto NEGRONERO e si mise a osservare le foto a una a una, pensando: *Lo sceriffo del mio cuore...*

Il cellulare squillò e lei ebbe un sussulto. Magari era Monvisi. Allungò la mano per afferrare il Nokia e rispose con un «Pronto?» pieno di speranza. Silenzio. Dall'altra parte nessuno parlava. «Si può sapere chi cazzo sei?» chiese, premendo le labbra contro il microfono. Ancora silenzio e vaffanculo.

Forse si trattava di qualche idiota che voleva farla arrabbiare...

Con un'imprecazione chiuse la comunicazione e rimase a fissare un JPG che ritraeva il commissario assieme alla moglie e al figlio, una foto recente. Richiamò il dossier corrispondente e lesse: Mara Zanetti, nata il 31 maggio 1958... Nella sua mente si sprigionò un bagliore, simile a un flash, accecante e rapido: intervistare la moglie del commissario poteva essere una buona idea per sondare il terreno e annusare eventuali bruciature.

Sentendosi colmare dall'eccitazione, valutò se fosse il caso di telefonare prima per avvertire del suo arrivo. Ma poi fece spallucce e decise di non farlo. Sapeva per esperienza che una bella improvvisata poteva aggirare l'ostacolo dell'inevitabile diffidenza. Interpellate per telefono, quasi tutte le persone rispondevano di non voler rilasciare dichiarazioni. A tu per tu, invece, molte si lasciavano andare, già che c'erano. Consultò l'orologio sulla parete: non era poi così tardi. Si munì di registratorino da intervista, recuperò il trench di pelle dall'attaccapanni e uscì dall'ufficio.

La strada era illuminata dai lampioni e s'intravedeva una porzione di cielo stellato sopra i tetti delle case. Una ventata di freddo improvviso l'avvolse e si chiuse il bavero per proteggersi. Con la coda dell'occhio notò che nell'aiuola spartitraffico c'era una persona anziana che portava a passeggio un cagnolino, un botolo nero che annusava e scodinzolava a più non posso. Poi si guardò attorno per ricordarsi dove avesse parcheggiato l'auto. Quando la inquadrò - dalla parte opposta della strada - si accinse ad attraversare. Ticchettando sull'asfalto coi tacchi alti raggiunse la sua Mini Minor rossa. Salì a bordo e partì, senza accorgersi del fuoristrada che si staccava dal marciapiede e si poneva al suo inseguimento.

20

A metà pomeriggio Dolcemara e Sonnyboy sono rientrati, riempiendo di nuovo il nido. E lui è rimasto con loro, ogni momento, per tutte le ore che restavano prima che calasse la sera.

Li ha ascoltati. Li ha guardati. Li ha sentiti. È entrato nelle stanze con loro, condividendo i respiri, gli sguardi, i pianti, i sorrisi, invadendo intimità perdute per percepire consolazioni passeggere.

Così a poco a poco la paura che ha provato di fronte all'apparizione delle vespe suicide si è dissolta.

Dopo cena Mara lava i piatti e Franco va in camera. Ha le nocche della mano destra fasciate con un cerotto.

Nel monitor 3, sua moglie è china sul lavello, quando suona il cellulare. Lei chiude in fretta il rubinetto, si toglie i guanti di gomma e va a rispondere: «Pronto?» Un sorriso luminoso si apre un varco sul suo volto triste. «Tiriamo avanti, dai», afferma. Poi ascolta una fantomatica risposta dall'altra parte... «Mi piacerebbe, sì. Ma non sono sicura che sarebbe una buona idea», continua.

Francesco si chiede con chi stia parlando, che cosa significhino quelle parole. *Cosa ti piacerebbe e quale sarebbe la cattiva idea?* Prova una stretta allo stomaco e una alla gola, contemporaneamente.

«Ci sentiamo presto!» La telefonata si conclude con quella promessa.

Magari si è trattata di Irene, la sua amica del cuore che si è informata sul suo stato d'animo e che le ha proposto di incontrarsi. Niente di male, niente di misterioso.

Dopo aver riattaccato, Mara fissa il vuoto con un'espressione indecifrabile dipinta sul volto. Perde una lacrima che si asciuga in fretta, come se bruciasse.

Quale brutta idea stai pensando, tesoro mio?

Nel monitor 5 Franco controlla lo specchio rotto nella sua camera: con la punta dell'indice ne percorre il fiore di crepe. Si toglie il cerotto dalle nocche della mano destra, osserva il taglio e sembra chiedersi cosa possa essergli successo. Di certo non ricorda nulla del suo episodio di sonnambulismo, quindi è estremamente confuso.

Tieni duro, mio piccolo cavaliere delle stelle.

21

Si fermò con l'auto davanti al cancello di accesso alla proprietà, scese e raggiunse il citofono. Puntò il dito per suonare il campanello ma si bloccò un istante pensando: *Se si rifiuta di vedermi, che faccio?*

Provò a spingere il cancelletto pedonale: ovviamente era chiuso. Tornò alla sua auto, s'infilò nell'abitacolo e aprì il bauletto portaoggetti per recuperare il coltellino svizzero che si portava sempre dietro. Per ogni evenienza. Già che c'era spinse il pulsante dell'antifurto, nascosto sotto il volante: un'invenzione del suo elettrauto che staccava l'impianto elettrico. Soddisfatta di sé, di come fosse sempre così controllata ed efficiente, tornò al cancello.

Estratta la lama che fungeva da cacciavite del coltellino multiuso, la infilò nel meccanismo di sblocco per farlo scattare. Sentì un rumore provenire da un punto imprecisato, una specie di ronzio, seguito da un tonfo molle, come di un insetto che sbatte contro un vetro. Si guardò attorno con sospetto. Riposto il coltellino, si disse di stare calma. In campagna ci possono essere suoni strani, che una cittadina come lei non poteva decifrare e non era certo il caso di farsi prendere dal nervosismo. Facendo spallucce si decise a entrare. Non aveva sentito cani abbaiare, quindi cosa rischiava? Percorse il vialetto di accesso, illuminato da piccoli lampioncini, col cuore che le bussava nel petto – *Toc toc, posso entrare?* – fino a quando non raggiunse il cortile.

Guardò la casa ergersi davanti ai suoi occhi e pensò che era così *ruralmente* suggestiva con quella torretta in cima, insopportabile. Lei odiava le case di campagna.

Si fece coraggio e andò a suonare il campanello.

Passarono alcuni minuti.

Poi la porta si aprì e, nello spiraglio, comparve il volto di una donna, con un'espressione stupita, vagamente allarmata. «E lei chi sarebbe?»

La Brizio allora produsse un sorrisone smagliante, come sapeva fare lei, e si presentò.

22

Cosa cazzo ci fa la murena in casa mia? Francesco guarda incredulo e ascolta.

Wi-Eye 2: giornalista d'assalto seduta sul divano in soggiorno che intervista la moglie del defunto. Chiede cose. S'informa. Mordicchia, assaggia, pregusta.

Francesco sente crescere dentro una rabbia sottile.

La Brizio insinua. Blandisce. Ipotizza. Interroga.

Muovendo il joystick per zoomare, osserva la scena nei particolari. La fottuta anguilla predatrice ha un registratorino e sta incidendo su nastro le dichiarazioni di Dolcemara, ignara e disponibile, che parla a ruota libera, come se avesse finalmente trovato una buona occasione per sfogarsi.

«Non deve essere stato facile essere la moglie di un poliziotto.»

«Lei non ha idea, tutti quegli anni trascorsi col cuore in gola.»

«Adesso come si sente?»

Le solite domande del cazzo!

«Non mi sento.»

Le solite risposte del cazzo.

«La sua vita adesso è cambiata?»

«No, quella è rimasta uguale. E forse è proprio questo il problema: quando si subisce una disgrazia, si cambia dentro a scapito del fuori, ci si sente sfasati e...»

«Così alla fine si diventa sordi verso se stessi?»

Francesco cerca di capire dove la murena voglia andare a parare. Se lei si trova lì è perché ha annusato la pista per uno scoop.

«Lei ha capito perfettamente cosa intendo.»

«È il mio lavoro comprendere.»

Wi-Eye 4: Franco è uscito dal bagno dopo essersi fatto una

doccia e sta percorrendo il corridoio per andare in camera. Sentendo delle voci provenire da sotto, raggiunge la balaustra della scala e guarda di sotto. Ha l'accappatoio aperto e si allaccia la cintura in fretta.

Wi-Eye 2: la Brizio guarda su e Mara fa lo stesso. « È mio figlio. »

« Ma che bel ragazzo! »

« La signora è una giornalista, sai? È venuta a chiederci di papà. »

Franco scuote il capo. « Non me la sento di parlare di lui! » dice. Poi gira le spalle e se ne va, senza nemmeno salutare.

Bravo Franchino...

« Lo deve scusare, lui è molto scosso! »

« Non si preoccupi. Sono abituata a certi comportamenti. »

Francesco guarda incredulo e ascolta. Continua a domandarsi il motivo per cui quella donna si sia recata dai suoi famigliari.

Wi-Eye 5: Franco si è rifugiato in camera sua, si è sdraiato sul letto con le cuffiette nelle orecchie per ascoltare un po' di musica.

Wi-Eye 2: la Brizio si è frugata nelle tasche del trench che non si è nemmeno tolto. Mostra una foto e gliela porge: « Conosce quest'uomo? »

Dolcemara scuote il capo. « Non mi pare di averlo mai visto », dice. « Perché me lo chiede? »

« Era al funerale di suo marito, e ha semplicemente attirato la mia curiosità ». La giornalista si alza. « Comunque gliela lascio, nel caso le venisse in mente qualcosa »

Mara posa la foto sul tavolino e si alza a sua volta. « Va già via? Non vuole che le prepari un caffè? » chiede.

Morena Brizio fa segno di no. Vede la tela sul cavalletto e dà uno sguardo al dipinto. « Lei è una pittrice? »

Dolcemara sorride. « Lo ero tanto tempo fa. »

« E poi ha smesso? Come mai? »

« Il mio maestro ha avuto un incidente d'auto in cui è stata coinvolta sua moglie incinta. Quest'ultima è morta partorendo. Così lui ha smesso d'insegnare per crescere la figlia e io, senza la sua guida, sono andata in crisi. Poi mi sono sposata e non ho più trovato il tempo... »

La Brizio annuisce. « A volte succede a certe donne che, quando mettono su famiglia, tendono ad annullarsi.» Fa un sorrisino vagamente malizioso, da brava stronza e aggiunge: «Adesso però ha ripreso!»

«*Adesso* cerco solo di disegnare le mie paure.»

Il dipinto sulla tela appare più definito e si distingue vagamente una figura, che potrebbe essere una donna nuda, la macchia ha preso corpo.

«Cosa vuole rappresentare?» chiede la giornalista.

«Niente. Solo un incubo che ho fatto e di cui ricordo molto poco.»

La Brizio distoglie gli occhi dal quadro e si avvia verso la porta.

Dolcemara l'accompagna.

Francesco muove il joystick per zoomare sulla fotografia appoggiata sul tavolino cercando di mettere a fuoco il più possibile. Riesce a distinguere la sagoma confusa di un uomo con una mantella nera. Gli scappa un'imprecazione... La fottuta murena non si smentisce mai e sta per sferrargli un ennesimo morso.

Cerca di stare calmo. Si chiede se sia il caso di avvertire la Rossi. Pensa che è stanco morto e non ne può più di continuare a brancolare. Si alza in piedi per andare a scostare le tende della finestra: i vetri sono puliti, meno male.

La confusione cresce. Si sente la testa così pesante. Tutto sta vorticando attorno a lui. Deve recuperare un minimo di chiarezza.

Pensa al pozzo di deprivazione e prova un brivido di piacere. Ha bisogno di farlo, come un drogato in crisi di astinenza. Non sa se è una cosa buona o una cosa cattiva. Sa solo che deve staccare il contatto se non vuole impazzire.

Percorso da tremori da capo a piedi, prende la torcia da fronte e se la infila. Esce dalla cella. Scende nei sotterranei. Si spoglia e si siede sul bordo del pozzo. Indossa la maschera dei nodi, imposta il timer su 180 minuti - una dose maggiore del solito - e si lascia scivolare dentro.

Il liquido lo abbraccia, caldo come sangue appena versato. Nel silenzio del nulla, in bilico tra la coscienza e l'oblio, avverte un suono lontano, la campana stonata sul tetto che elargisce il suo immancabile *dong*...

Trasborda al di fuori della realtà, mentre sente il pene irrigidirsi. Ascolta il proprio cuore pompare il sangue nelle vene. Cerca di separare quei rumori per scoprire dove si nasconde la paura. Il piacere cresce stimolandogli la corteccia cerebrale, stuzzicandogli le gonadi. Il suo orgasmo esplode in un brivido, eliminando la sua umanità fino a trasformarla in vuote convulsioni dell'anima.

Un sussurro, una voce suadente di femmina riecheggia in un angolo remoto della sua coscienza. « È ora di ricominciare, in questo cielo. »

Volando e precipitando nel tempo fermo, adesso lui è un insetto che si moltiplica, espandendosi in un nugolo compatto di vespe velenose.

Crescono nel buio particelle di un corpo nuovo che nasce. Lo vede, lo percepisce e lo annusa, mentre si stacca come una pelle dalla sua carne. Alla fine resta un magma di tessuti in via di formazione che ribolle, gonfiandosi, prendendo forma. Sempre di più.

Cartilagini di ghiaccio congiungono le sue estremità, come un'ombra che resta collegata, proiettando una forma distorta. La proiezione della sua anima, crocefissa al contrario, nella cripta oscura del cuore.

23

Nell'attimo in cui varcò il cancelletto per tornare verso la sua auto parcheggiata, sentì risuonare nell'aria il suono di una campana: *dong*. Si chiese se ci fosse una chiesa lì vicino.

Salita sulla Mini Minor, prese il cellulare e, spinta da un'urgenza improvvisa e inspiegabile, mandò un messaggino a sua figlia. Scrisse, semplicemente: « Ti voglio bene ». Non lo aveva mai fatto prima e la cosa di per sé le fece venire le lacrime agli occhi, un'altra cosa inusuale per lei. Dandosi mentalmente dell'idiota sentimentale, portò la mano alla chiavetta per accendere, quando balenò una luce dentro l'abitacolo. Proveniva dai fari di un'auto che stava facendo manovra sul lato opposto della strada, in un anfratto che si apriva in mezzo alla vegetazione che costeggiava la carreggiata. Pensò a una coppietta che si era andata a imboscare, e che proprio in quel momento aveva deciso di defilarsi.

I fari continuavano a puntare la sua Mini. Restò ferma, indecisa sul da farsi. L'auto iniziò a muoversi e sembrò avanzare verso di lei.

Ma che cazzo vuole quella? Guardò nello specchietto retrovisore: i due fari gialli sembravano gli occhi di un mostro pronta ad assalirla. Era il caso di andarsene. C'era qualcosa che non andava.

Girò la chiavetta per accendere ma il motore di avviamento non diede segni di vita. Provò a girare un'altra volta, e fece ancora cilecca. Come se si fosse scaricata del tutto la batteria. I suoi occhi corsero di nuovo a controllare nello specchietto: i fari continuavano a puntarla e il motore non si avviava.

Sentì il panico crescerle dentro.

Continuò a girare la chiave, mentre sentiva il sudore colarle lungo le guance. Un sudore freddo come le lacrime di una morta. *Ti prego...* Poi ebbe un'illuminazione e si ricordò del pulsante dell'antifurto. Imprecando, corse con la mano sotto il volante e riattivò l'impianto elettrico. Girò di nuovo la chiave e stavolta il motore si accese.

La luce dei fanali provenienti da dietro stava calando d'intensità. Controllò nello specchietto e vide con sollievo che l'auto che sembrava puntarla faceva manovra per andarsene.

Attese che scomparisse in fondo alla strada e tirò un sospiro di sollievo. Non c'era nessun pericolo. Si era semplicemente fatta suggestionare. Provò a sorridere per stemperare la tensione, ma non ci riuscì. Si sentiva la faccia addormentata e le espressioni non riuscivano a formarsi. Restava seria e impaurita.

Accese le luci. Il parabrezza era appannato e non vedeva nulla. Allungò la mano per ripulirlo e le parve d'intravedere una sagoma scura scivolare accanto all'auto. Sentì i capelli rizzarsi dietro la nuca. Inserì la sicura alle portiere e innestò la retromarcia.

Affondando col piede sul gas, andò indietro di un paio di metri, poi mise la prima e partì. Si chiese se stava impazzendo. Seconda, terza... Affrontò la prima curva a una velocità così sostenuta da far stridere i pneumatici. Voleva allontanarsi da quel luogo il prima possibile perché c'era qualcosa di strano che vi aleggiava, ma non capiva cosa. La paura che aveva provato era qualcosa che aveva a che fare con una sfera di percezioni interiore che non amava troppo contemplare. Qualcosa di molto simile a un terrore ancestrale.

Spinse l'auto a tutta velocità lungo quella strada collinare piena di curve. Controllò nello specchietto retrovisore e vide due punti gialli in lontananza. Si chiese se la stessero inseguendo.

Adesso basta, adesso smettila, adesso stai calma... Una curva, e subito un'altra. Forse stava andando troppo forte. *Adesso basta, adesso smettila, adesso stai calma...* Un tonfo contro il parabrezza. Un grosso insetto si era spiaccicato sul vetro. *Cosa cazzo?* Ne seguì un altro. E un altro ancora, come una grandine assurda. Sembravano vespe, uno sciame giunto dal nulla che la stava assalendo... *Di notte, com'è possibile?* Azionò i tergicristalli per ripulire, e le spazzole disegnarono strisce di sangue sul vetro. Non vedeva un cazzo. Tirò la leva per spruzzare il liquido detergente per cercare di aprirsi un varco nello strato che si era venuto a creare. I tergicristalli sembravano impuntarsi, nel loro movimento, come pendoli scarichi di un orologio in procinto di morire.

Allungandosi in avanti per vedere dove andava, attraverso la pioggia di insetti, il suo cuore fece un balzo così doloroso da farla boccheggiare. Una curva improvvisa davanti a lei. Sterzò, schiacciando il pedale del freno e perse il controllo della macchina che iniziò a vorticare. Sfiorò il tronco di un albero, poi sbandò verso il guardrail e lo urtò con violenza, sfondandolo.

La Brizio non aveva messo la cintura e sbatté la faccia contro il volante, spaccandosi il setto nasale. Col sangue che le riempiva la gola, emerse a rapidi scatti dai flutti dello stordimento, cercando di tirarsi su.

Il motore si era spento ma i tergicristalli continuavano a muoversi. Guardò oltre il parabrezza, attraverso i due semicerchi di vetro pulito, in mezzo alla colla di vespe morte. La macchina si trovava in bilico, sull'orlo di un piccolo dirupo che dava su un calanco. Da un momento all'altro poteva precipitare. Come a voler confermare quell'orrida ipotesi, con uno scricchiolio spaventoso, l'auto ondeggiò spostandosi avanti di mezzo metro.

Facendosi coraggio con un grido strozzato, la Brizio cercò di aprire la portiera per salvarsi buttandosi fuori dell'auto. Ma i meccanismi delle sicure sembravano bloccati. Allora restò immobile, nel silenzio. Il battito del cuore le rimbombava nella testa. E aveva la sensazione di avere la faccia spaccata a metà. Il sangue ribolliva schiumando dalle narici a ogni suo respiro affannato. C'era un rumore che cresceva da qualche parte, attorno a lei, dentro di lei... Una specie di ronzio, sempre più forte. Sopra, sotto, in ogni luogo.

Guardò con gli occhi sbarrati il brulicare d'insetti che si addensava dentro l'abitacolo. Erano ovunque. Ricoprivano a strati il tettuccio e il cruscotto. Spalancò la bocca per gridare e le vespe nere le furono addosso: uno sciame ringhiante e velenoso che le invase la bocca e il naso, entrandole dentro da ogni orifizio. Cercò di respirare ma sentì la gola come se si stesse lacerando. Quello che le stava succedendo non era possibile, come tutto il resto, d'altronde. Da qualche parte aveva letto che le vespe erano attirate dalle cose dolci e dai rifiuti. Con un lato della mente che cercava di sopravvivere all'orrore con tutte le sue forze, mantenendosi aggrappato a un minimo di lucidità, si pose una domanda: *Tu delle due cosa sei, amica mia?* Dolce o rifiuto che fosse, lo sciame la stava saturando di veleno.

I suoi polmoni divennero cavità brulicanti e atroci. Il dolore che provava era insopportabile. Le vespe si stavano sostituendo al suo corpo, una particella dopo l'altra, integrandosi con la carne, avvelenando il vecchio per fare posto al nuovo.

Ancora una luce dietro. L'auto misteriosa era tornata e stava puntando i suoi fanali gialli come occhi di mostro.

Nell'attimo in cui sentì il tonfo contro il paraurti posteriore della sua auto, Morena Brizio capì che non ci sarebbe più stata salvezza né redenzione per lei. In un baluginare di luci e sussurri, si rese conto che la macchina la stava spingendo in avanti. Cercò di tirare il freno a mano in un ultimo sussulto di reazione, ma non servì a nulla. L'auto venne lanciata giù per il calanco e lei con essa: dolce rifiuto che non era altro...

La Mini Minor precipitò nel vuoto per venti metri, carambolò nel buio e andò a schiantarsi contro il tronco di un albero.

La pompa della benzina si ruppe eruttando un fiotto di carburante e la batteria in via di spegnimento fece una scintilla. Ci fu un'esplosione. E il buio della notte parve accendersi, come un fuoco fatuo disperso nel cimitero delle stelle.

24

Fare colazione assieme, come una famiglia normale.

Francesco è seduto davanti ai monitor. Ha apparecchiato sul ripiano, ritagliandosi un piccolo spazio. Ci sono una tazza vuota e un piattino con una delle brioche che gli ha portato la Rossi il giorno precedente. Adesso è diventata dura e secca, ma fa lo stesso.

Attraverso il Wi-Eye 3, guarda la scena che si sta svolgendo in cucina: Franco e Mara sono seduti al tavolo e non dicono nulla di particolare. Mangiano e basta.

Sul mobiletto di fianco alla credenza c'è il piccolo televisore acceso. Stanno trasmettendo le notizie del TG regionale e la voce del cronista rimbomba in sottofondo...

Fare colazione assieme: lui e i suoi cari.

Franco prende la tazza di latte e ne beve un sorso. Francesco fa lo stesso, a tempo perfetto: beve il suo latte inesistente. Poi dà un morso alla brioche, facendo pendant con Dolcemara che sbocconcella l'angolo di un toast.

A un certo punto lei si gira verso il televisore, prende il telecomando e alza il volume. La voce dello speaker: «... Un terribile incidente ha visto coinvolta una famosa giornalista...» Francesco allunga la mano per alzare il volume di ricezione. «Morena Brizio aveva trentadue anni e lavorava per una rivista scandalistica ad alta tiratura...»

Franco dice: «Ma quella è la donna che è venuta ieri sera?»

Mara annuisce. «Deve esserle capitato dopo che è stata qua.»

Francesco sente un suono nella testa... Un ronzio lontano. Cerca di capire se gli dispiace. Adesso la murena non potrà più annusare piste che potrebbero portare a lui. Ma la cosa non lo conforta.

Il telegiornale è finito e stanno passando la pubblicità.

Madre e figlio hanno smesso di fare colazione. Stanno in silenzio, come se quella notizia li avesse ammutoliti.

«Che cosa ti ha chiesto quella giornalista?» chiede Franco a un certo punto.

Mara scuote il capo, rispondendo: «Niente di particolare. Domande generiche su come mi sentivo adesso che papà non c'è più».

«E tu cosa le hai detto?»

«Le solite cose. Banalità sul senso del dolore e della perdita.» S'interrompe un attimo e si fruga nelle tasche. Tira fuori un foglio piegato in quattro e lo porge al figlio. «Mi ha anche chiesto se conosco questo tipo.»

Franco apre il foglietto e lo guarda con attenzione. «Ma non si vede nemmeno la faccia!» dice.

Francesco davanti alla console tira un sospiro di sollievo: loro non lo hanno potuto riconoscere quindi il suo segreto è salvo. E la cosa di per sé lo fa sentire bene e male allo stesso tempo. Le solite contraddizioni del cazzo. La Brizio c'era andata vicino. Gli era arrivata praticamente addosso. Forse avrebbe dovuto fare la poliziotta invece che la giornalista.

Lei aveva invaso il nido. Ed era stata punita... Il destino, o chi per lui, l'aveva tolta di mezzo. Un incidente nel cuore della notte, mentre lui era immerso nel pozzo.

Non ricorda nulla di quello che ha sognato durante la seduta. Ogni tanto ha piccoli sprazzi. Rapidi bagliori di un corpo che si disgrega. Un sussurro alieno in una coltre gelida.

La sua mano corre al joystick per zoomare sul volto di sua moglie. Nota due rughe ai lati della sua bocca che non c'erano il giorno prima. Sta invecchiando a vista d'occhio. Appare smagrita, oltre che spaventata. Ma è ancora, comunque, molto bella.

All'improvviso Mara si guarda attorno con espressione allarmata. Franco le chiede se c'è qualche problema e lei si abbraccia da sola e risponde: «Non so, ho sentito come una ventata gelida».

Nel bel mezzo del giardino del male, il tempo continua a sussurrare ebbro di follie e di vuoto. E i brividi forse non se ne andranno mai.

VI

IL TICCHETTIO DELL'OROLOGIO PAZZO

1

Seguendo il ritmo di un cuore che batte come un orologio di carne viva.

Tic tac. Tic tac...

Il bambino si lamenta sul letto. Pieno di cateteri e tubicini...

Tu ti avvicini con le mani protese...

Ti aiuterò. Io lo farò...

E lui di scatto si tira su e ti guarda con occhi senza pupille e spalanca la bocca perdendo fili di bava verde e lanciando ruggiti. Indietreggi. Una mano irta di pungiglioni ti afferra la caviglia, perdi l'equilibrio e cadi a terra. Di fianco al corpo agonizzante di Terrano, cerchi di strisciare via. Con le mani spingi sul sangue che allaga il pavimento e scivoli. Le tue impronte sono graffi di mostro che si aprono varchi di bianco nel rosso.

Riesci a tirarti su e resti in ginocchio, come per pregare sul corpo del tuo nemico riverso a terra. Terrano ti guarda, ride e il suo volto si trasforma, si ricopre con una maschera di donna...

Dolcemara sussurra, nel pieno del silenzio: « Ti raggiungerò in ogni luogo andrai, amore mio... »

Tic tac. Tic tac...

Galleggiando nel cielo, nel bel mezzo dell'arcobaleno. Quando le stelle piangono. Spostarsi avanti, sempre più avanti.

Ancora e ancora.

Nel pozzo. Sospeso nell'abisso del tempo.

Ancora e ancora.

Per sempre racchiuso. Per sempre deluso.

In questo cerchio che non parla più. Proteso verso un futuro che attende.

Tic tac. Tic tac...

Così vede Dolcemara nel suo sogno sospeso.

In un giorno che verrà...

Come se fosse in trance, combattuta da una selva di sussurri dolorosi, lei entrerà in camera e aprirà l'armadio. Cercherà il suo vestito più bello: gonna di raso nero e maglietta di Versace coi brillantini, lo stesso che si è messa l'ultima volta che siete andati a cena assieme, tu e lei, ricordi?

Come se fosse adesso: voi due mano nella mano al ristorante cinese, che vi promettete ancora amore, nonostante tutto, con un involtino primavera rimasto al centro del piatto e un bicchiere di birra di riso on the rocks a farvi da testimone. Futili promesse nell'aria intrisa di fritto misto alla cantonese.

Cercando di tenere lontano i gemiti che la perseguitano, lei indosserà il vestito di allora. Poi raggiungerà il bagno. Davanti allo specchio di cristallo sopra il lavabo di marmo rosa si truccherà con cura il viso, come non fa da tanto tempo. E quando avrà finito, sembrerà ringiovanita di colpo. Come se una macchina del tempo l'avesse portata di nuovo ai suoi vent'anni, o giù di lì...

E si sentirà perduta da morire.

Allora aprirà l'acqua calda della vasca e la lascerà scorrere fino a farla diventare bollente. E resterà a fissare quel getto scrosciante, il vapore che sale, per molto tempo.

Cercherà di sedare la voce dentro di lei. La voce che le fa compagnia da quando è rimasta sola e la blandisce per prepararla a qualcosa che dovrà avvenire... Sussurri e grida. Quando giungerà il tempo giusto.

Lei stringerà tra i denti la sua malinconia per trovare la forza necessaria per resistere, per ribellarsi.

Sa che deve - e può - fare soltanto una cosa: correre dal suo amore perduto prima che sia troppo tardi. Prima che la voce possa avere il sopravvento su di lei e trasformarla.

Per questo prenderà la lametta dal mobiletto sopra il lavabo. E la guarderà con calma, leccandosi le labbra come un'assetata che sta finalmente per bere. Si siederà sul bordo della vasca con le maniche tirate su fino ai gomiti per liberare gli avambracci e gli occhi chiusi. Stretta nella sua determinazione, cercherà di non sentire il ruggito di quella cosa che si nasconde nel profondo della sua anima. *Non farlo... Non devi tu.* Un lato della sua mente valuterà che non ci sono alternative. E che occorre farla finita prima che la voce diventi troppo forte per non essere ascoltata.

La lama fredda sulla sua carne, pronta a sezionarla.

Penserà: *Qui, ora...* Poi si spalancherà la porta del bagno e giungerà il soccorso di un volto trasfigurato dall'angoscia e dallo stupore. Il piccolo cavaliere dei sogni che non è più tanto piccolo: alto, con le spalle larghe, i capelli lunghi e neri e la barba incolta, correrà da lei per abbracciarla e per toglierle la lametta dalle mani. E lei cercherà di non ascoltare la voce nella testa che approfitta della sua distrazione per darle dei rapidi consigli per gli acquisti: un omicidio fresco di giornata a prezzo di assoluto realizzo. Tipo: prendere la testa di suo figlio tra le mani, e rompergli l'osso del collo con un unico movimento convulso, una torsione laterale che gli spezzi la colonna vertebrale, come se fosse un ramoscello verde.

Nella sua mente trapelerà lo spiraglio di una luce con una mano che emerge a tratti: un momento c'è e quello dopo sparisce. Dentro e fuori... Come una luce stroboscopica in una discoteca del cazzo, che rallenta le intenzioni, incrina la visione in una miriade di possibilità suggestive. Dovrà concentrarsi a fondo per afferrare quella mano. Prendere il tempo giusto per lanciarsi in avanti e stringerla per farsi trascinare nel bel mezzo del fulgore. Oltre il confine di tenebra, nella dimensione dove tutto può accadere, lontano da luoghi tristi e lenti.

Senza sapere esattamente dove e quando, scapperà col suo amore dentro il paradiso delle ombre, alle pendici dell'inferno, il terzo parallelo che conduce all'isola che non c'è.

Quando finalmente Dolcemara riaprirà gli occhi, non riconoscerà più nessuno. E guarderà suo figlio incombere e gli chiederà: «Ma si può sapere tu chi sei?»

Il resto di lei, sempre più perso in mezzo al cielo.

2

È uscito dal pozzo e si è sentito nudo ed esposto. Ha pensato che fosse una sensazione simile a quella provata da un neonato uscito allo scoperto. Dopo la sicurezza del grembo materno, eccolo catapultato nel grembo del mondo, con tutto il dolore che c'è dentro e fuori.

Percorso dai brividi da capo a piedi, si toglie la maschera isolante e cerca di ricordare quello che ha sognato. Stavolta è abbastanza nitido. Ed è la prima volta, dopo la notte in cui è morta Morena Brizio, che riesce a ricordare bene i momenti della sua seduta nel pozzo. Questa volta il viaggio intrapreso ha lasciato il segno. Ma non sa il perché.

Riguardava sua moglie. Una visione del futuro che verrà, qualcosa del genere. Lei era in pericolo e stava per fare qualcosa di brutto e lui – in qualche assurdo modo considerando che si trattava del futuro –, allungandosi verso di lei, come in un viaggio nel tempo, la salvava *da qui,* dal presente. La solita folle follia quotidiana.

Ma prima ancora di quello, c'è stato qualcosa che riguardava il suo passato prossimo. Una piccola rievocazione che ha avuto come interprete principale Terrano. La sua mezza mela continua a perseguitarlo. *Non potrà terminare mai, lo sai, commissario?*

Forse non se ne andrà più e rimarrà a fargli compagnia, oltre la vita e la morte, guardandolo con gli occhi storti sopra quel viso crudele e disperato. Si dice che l'amore deve essere per sempre... e forse anche l'odio, vai a sapere.

Illuminando con la torcia da fronte il pavimento, cerca l'accappatoio. Quando lo trova, lo usa per tamponarsi il corpo nudo per cercare di sedare i brividi che prova. Mentre una vocina dentro di sé gli sussurra una considerazione ovvia: *Guarda che tu non puoi sentire freddo così...* Infatti la sua insensibilità è diventata molto più aggressiva. E ci sono momenti in cui gli scompare quasi totalmente il senso del tatto. Il tumore sta peggiorando ogni giorno di più.

Il tempo è pazzo, sfugge, rotola... Si avvia alla scadenza come una confezione vecchia di latte.

S'infila l'accappatoio ed esce dalla cella del purgatorio. Sale all'ultimo piano, entra nell'Osservatorio e raggiunge la postazione di controllo. Guarda i monitor. Numero 1, 2, 3, 4... Nulla da segnalare.

Nell'*occhio* numero 5: Franco dorme beato.

Sposta lo sguardo sullo schermo corrispondente alla microcamera numero 6: Dolcemara è sveglia. Sta seduta sul bordo del letto e si tiene la testa tra le mani. La sua schiena vibra a scatti, scossa da continui sussulti. Probabilmente sta piangendo. Forse ha avuto un incubo. Qualcosa di brutto l'ha svegliata.

La malinconia. La paura. L'incertezza... vai a sapere.

Francesco si sente invadere da una tristezza così definitiva, così intensa. Vorrebbe correre ad abbracciarla per consolarla e dirle che sarebbe andato tutto bene e che ce l'avrebbe fatta anche da sola.

Mentire con lei, come aveva sempre fatto, dirle che il mondo era bello lo stesso. Che tutto avrebbe funzionato *lo stesso*. Che Franco sarebbe cresciuto bene *lo stesso*.

Dolcemara piange e lui adesso fa *lo stesso*. Mentre controlla quei cazzo di monitor per vedere se è tutto a posto. Anche se sa perfettamente che nulla potrà più essere *a posto*. Purtroppo la poltrona della serenità è perennemente occupata e ti tocca stare in piedi a sperare che qualcuno si alzi per farti sedere almeno per qualche secondo.

Tutto a posto è un sogno, un'utopia. Una menzogna da mormorare stando sull'attenti col pugno stretto attorno a una pistola vendicatrice spinta sul petto, come nel giuramento alla bandiera per una nazione che non c'è. Una landa desolata e senza speranza. Senza più nulla.

Si cala sulla testa rasata il cappuccio dell'accappatoio. Mentre i suoi occhi non si spostano dallo schermo. Sembrano incollati. Sbarrati di lacrime e di stupefatta malinconia.

Dolcemara seduta sul letto si tiene la testa e piange. Alza il volume dell'audio. Ascolta il pianto di sua moglie invadere la stanza. Ma non c'è solo quello. Ci sono suoni strani. Interferenze. Ronzii, ancora una volta.

Perché ti sei svegliata? Vorrebbe capire meglio. Una volta per tutte vorrebbe fermare il ticchettio pazzo del tempo. Smettere di macerarsi in dubbi e confusioni, con quella cazzo di angoscia che graffia e non cede spazio a null'altro.

Concedendosi un sospiro, si guarda la punta delle dita: la pelle dei polpastrelli appare bianca e molliccia a causa delle lunghe sedute d'immersione in acqua. Forse le sue impronte digitali si sono consumate del tutto divenendo come quelle di un fantasma senza traccia. Allunga una mano per avviare la registrazione delle due ore di monitoraggio senza controllo diretto, le riprese effettuate in automatico mentre lui si trovava nel pozzo a deprivarsi di ciò che gli è rimasto del suo corpo terreno.

Programma nella finestrella di attivazione l'ora corrispondente all'inizio della gestione in playback delle camere spia e sposta il mouse cliccando su PLAY. Sua moglie e suo figlio sono sdraiati nei rispettivi letti e dormono. Poi tutto si spegne. Gli allarmi di sensore movimento non rilevano più nulla e gli schermi restano neri. In fondo a destra, nel timer, scorrono i minuti. Attiva l'avanzamento veloce medio di 8x e controlla minuto per minuto. Compaiono a tratti righe di rumore elettrostatico, linee argentate che scendono... Come se ci fossero dei suoni nascosti nel buio.

Allo scadere dell'ultimo minuto, il monitor che controlla la camera di Franco si accende di colpo. Suo figlio sta scuotendo la testa come per negare qualcosa, le sue labbra si muovono in fretta...

Francesco blocca subito l'avanzamento veloce, manda indietro, alza il volume al massimo e ascolta.

Sonnyboy mormora qualcosa nel sonno: «Non sono nessuno, io...»

Manda di nuovo indietro e riascolta.

Poi inserisce il fermo immagine e si decide a dire qualcosa, mentre si asciuga una lacrima furtiva sfuggita da un angolo dell'occhio, un pizzico di vespa sulla guancia: «Anch'io non sono più nessuno, figlio dei sogni». *Non ho mai saputo cosa sono per davvero*, pensa. Poi si gira di scatto per controllare sua moglie in presa diretta sul monitor 6: lei sembra essersi calmata. Di colpo. Ha smesso di piangere. Francesco si sente cogliere dal panico e non sa perché.

3

Dopo un ultimo, definitivo singhiozzo, Dolcemara si asciugò le guance col dorso della mano, poi si alzò dal bordo del letto. Non voleva più pensare al sogno che aveva fatto: lei che cercava di uccidersi perché sentiva una voce cattiva nella testa e suo figlio che la sorprendeva con le mani nel sacco, anzi, con le mani sul rasoio...

Quella rappresentazione ipotetica di un tempo che verrà.

Si sentiva così colma di malinconia e di angoscia. E i resti graffiavano. Tanto che le era sembrato persino di udire la voce di suo marito che la chiamava, confusa col sogno. In qualche modo lui l'aveva salvata, portandola via. Aveva spento la voce cattiva che sentiva nella testa, in quella sorta di versione casalinga di *Ritorno al futuro* in veste noir per la moglie del poliziotto ucciso, la moglie dell'eroe...

Dopo due settimane di lutto feroce, lei stava cominciando a provare nei confronti del marito defunto un sentimento diverso. Il dolore stava trasformandosi in qualcosa di molto simile all'odio. Non riusciva a perdonarlo per come se n'era andato a crepare in un'esplosione dopo quella notte intensa d'amore. La sensazione che aveva avuto allora - e che aveva anche adesso, se era per quello - era che in fondo lui *sapesse*. O che perlomeno *sentisse* di essere giunto alla fine. Suo marito era rimasto con lei quell'ultima sera come non aveva fatto da tanto tempo. Durante l'ultima cena e l'ultima scopata, era tornato a essere l'uomo che lei desiderava avere accanto. Era come quando uno vuole salutare per bene, prima di andare via per sempre.

Che Francesco immaginasse che qualcuno avrebbe cercato di fargliela pagare non era poi così strano. Lui però si era comportato proprio come se ne fosse stato sicuro. Una forma di premonizione? Come del resto il sogno che lei aveva fatto, ora. Il ritorno al futuro della moglie dell'eroe.

A mano a mano che i minuti passavano da quando si era risvegliata, tutto stava sfumando nella sua testa. Cercò di restare aggrappata alle sensazioni che aveva provato, per tentare di comprenderle. Ma il ricordo del sogno si stava dissolvendo sempre di più. Fino a quando tutto scomparve e le restò addosso solo un senso di sgradevolezza.

Diede un'occhiata all'ora. Era prestissimo. Pensò che era venuto il tempo di un ripulisti. Se lo rimandava ancora, rischiava di non poterlo fare mai più. Così si decise e andò a prendere la «custodia dei resti» dentro l'armadio. Poi scese in soggiorno.

Nel caminetto bruciavano ancora le braci della sera prima. Da qualche tempo aveva preso l'abitudine di accendere il fuoco perché la temperatura si era abbassata molto, l'inverno era alle porte. Tutto era in tema col suo stato d'animo, o quasi. Lei l'inverno ce l'aveva già dentro da un pezzo, infiltrato nell'anima.

Con un attizzatoio mosse le braci, mise qualche tronchetto di legno e attese che il fuoco prendesse, ipnotizzata dalle evoluzioni delle fiamme, giallo-rosse splendenti. Poi s'inginocchiò sul tappeto e si mise in grembo la «custodia dei resti», una scatola di cartone blu coi fiorellini rosa, e l'aprì. Dentro c'erano gli album delle foto. Tante foto. Tutta la sua vita cristallizzata in rettangoli di carta patinata. Lesse i titoli sulle copertine: RICORDI DI SCUOLA, RICORDI DEI MIEI, MATERNITÀ... Prese quello con la dicitura MATRIMONIO e iniziò a sfogliarlo.

Francesco, tutto elegante, sembrava un attore che sorrideva mentre brindava con gli amici. Di fianco a lui Davide con la faccia seria. Allungando il dito, accarezzò l'immagine di quest'ultimo e poi scese a toccare il volto di colui che allora stava per diventare suo marito. Attese che la lacrima che le stava scendendo gocciolasse sul foglio, marchiandolo.

Poi voltò pagina ed eccola: la splendida sposa in bianco, tutta ricami, e sorrisi. Il viso luminoso e gli occhi pieni di una gioia incontenibile. Il bouquet di roselline rosse stretto in pugno.

Altra lacrima, altra pagina: Francesco e Mara inginocchiati davanti all'altare, occhi negli occhi, sorridenti. Padre Sisto Connubio che tiene alto il calice del vino.

Poi i coniugi Negronero escono dalla chiesa in una tempesta di chicchi di riso. Sul lato destro, una selva di mani protese nel gesto di lanciare sembrano far parte della sequenza di un film sugli zombi. Tante braccia protese per ghermirli...

Il primo piano di Francesco, bellissimo, con gli occhi verdi che luccicano. Mara sgocciolò le ultime lacrime e chiuse l'album: non ce la faceva ad andare oltre, faceva troppo male.

Nel caminetto il fuoco era alto e bruciava.

Con un gesto così lento da sembrare studiato, buttò l'album tra le fiamme lanciando un grido agghiacciante. Rimase a guardare le pagine dei «resti» accartocciarsi, diventare nere, imperlate di bollicine fumanti. Gli occhi sbarrati e le lacrime che continuavano a scendere. Fino a quando non si sentì afferrare da dietro. Un abbraccio caldo. «Non fare così, mamma. Adesso ci penserò io a te, stai tranquilla...» Franco era arrivato e l'aveva vista così disperata che era corso da lei per salvarla. Proprio come nel sogno. Mara continuò a gridare e Franco fece lo stesso, senza smettere di stringerla, nemmeno per un secondo.

4

Ore 07.33: i monitor immobili, la casa vuota, il nido nudo.

Mara è uscita per portare Franco a scuola e chissà quando tornerà.

Il PowerBook acceso, il programma per la registrazione notturna attivato. Lo schermo mostra ancora il fermo immagine sul primo piano di suo figlio dopo che ha sussurrato quella frase così toccante e condivisibile: *Non sono nessuno, io.*

Francesco muove il mouse e dà l'ordine di stampa. Un foglio di carta scorre dentro il supporto e le testine iniziano a strisciare avanti e indietro, con un rumore metallico e ansimante.

In quel momento l'orologio dell'allarme movimento lancia un *bip* e lui risponde con un bel « Fanculo » con le labbra protese in avanti. Apre e chiude i pugni e poi si colpisce le gambe per riattivare la circolazione. *Io mi pento e mi dolgo...* Intanto ripensa alla scena di sua moglie che brucia le foto e cerca di non starci troppo male.

La stampante termina una prima copia e passa alla seconda...

E lui continua a colpirsi.

Terza copia. Quarta copia...

Quando il sangue ha ripreso a scorrere del tutto, fluido e inespressivo come sempre, lui spegne la stampante e torna al movie player, mettendo a tutto schermo la sequenza che riguarda la camera 6. Ancora una volta guarda Mara svegliarsi di soprassalto. Alza il volume al massimo. Ascolta con attenzione. Nel momento esatto in cui avviene la solita interferenza col quadro che sembra accartocciarsi su se stesso per poi tornare normale, avverte un sussurro insinuarsi nella selva di ronzii. La quiete notturna sfaldata come un argine di sabbia al cospetto di un'onda che cresce di colpo.

La voce di qualcuno è risuonata nella camera di sua moglie. E l'ha chiamata per nome, anzi, per soprannome: « Dolcemara ».

Francesco si sente rabbrividire. Si passa la lingua sulle labbra salate.

Sua moglie si è svegliata di soprassalto perché ha udito quel sussurro inspiegabile. Forse gli è uscito qualcosa dal sogno.

Materializzazione di incubi in Terra. Ci mancherebbe solo quello.

La voce che si sente non sembra nemmeno umana, nel senso che ha un che di artificiale, di metallico. Magari si è trattata di una frequenza dispersa nell'etere. Ha letto da qualche parte che esistono suoni dentro dimensioni lontane. Gamme acustiche appartenenti a una banda sonora che il nostro orecchio non riesce a percepire.

Andando indietro con la registrazione, ascolta di nuovo quel sussurro fantasma. Una volta, due volte... Quando tutto ciò diventa intollerabile, esce dal programma, si alza e inizia a camminare per la cella dell'Osservatorio. Va alla finestra. Scosta la tenda piano, con cautela. Scruta la torretta di casa sua che appare sullo sfondo. In mezzo agli alberi. In mezzo al cielo. In mezzo al mondo. Pensa che è da tanto tempo che non respira aria fresca, non assapora il calore del sole sulla faccia... Deglutisce qualcosa di molto amaro. Si sente come se stesse per arrivare qualcosa di brutto e gli viene da ridere. Cosa potrebbe capitare di peggio di quello che è già stato?

Ore 10.30, monitor 1: la Saab si ferma al centro del cortile. Mara è tornata prima del solito. Scende dall'auto ed entra in casa.

La camera 2 la riprende nel soggiorno. Ha qualcosa di diverso. I suoi capelli sono molto più corti.

Perché sei andata dal parrucchiere, dolce mogliettina mia?

5

Doveva farsi forza, *oh sì*. Era quello che le dicevano tutti: «*Fatti forza, mia cara*». Ma a cosa sarebbe servito *farsi* con tutta quella *forza*?

Aveva trascorso i giorni da quando era morto suo marito a ripetersi di continuo alcune consapevolezze basilari della serie: non sentirò più la sua voce, non sentirò più il suo odore, non sentirò più il suo sapore, non sentirò più i suoi rumori.

Soprattutto i rumori. Di solito non si pensa ai rumori caratteristici di una persona: il rumore che si fa quando si mastica, lo sgranocchiare dei denti, il suono dei passi che varia a seconda dell'umore ma che comunque resta particolare e diverso per ognuno. L'insieme dei rumori che si fanno in bagno: la successione degli scrosci, la potenza dell'acqua quando ci si lava i denti, cose di questo genere... L'identità sonora di una persona. Mara pensò a quanto la rassicuravano quei rumori. Anche quando le cose non andavano bene tra loro, anche quando era incazzata nera, adorava i rumori di suo marito.

Le impronte sonore erano molto più identificative di quelle digitali. E adesso quei rumori le mancavano da morire. Le restava solo un'angoscia così densa di silenzio da rallentarle i battiti del cuore.

Muovendosi come un'automa, Mara andò ad aprire l'armadio e cominciò a frugare tra i vestiti appesi fino a quando non trovò quello che stava cercando. Buttò sul letto il vestito rosso. Poi raggiunse lo specchio della toilette e si contemplò a lungo, con quella sua nuova pettinatura corta corta. Non le stava bene per niente. La sua faccia era così pallida e smunta...

Con un sospiro, aprì la trousse per il trucco. Era ora di fare qualcosa, di porre rimedio. Non ne poteva più di sentirsi così, piena di graffi da non poterne più.

6

Non ricorda di aver mai visto l'abito che sua moglie ha posato sul letto.

Ora lei si sta passando la matita intorno agli occhi, tenendo le palpebre socchiuse, prima l'una e poi l'altra. Poi si colora con l'ombretto celeste, appena appena, e si mette il mascara sulle ciglia. Si controlla con attenzione, per vedere se ci sono sbavature.

Prende il rossetto, se lo passa sulle labbra lentamente, seguendo i contorni della bocca, aiutandosi con piccole smorfie. Dopodiché osserva il risultato stringendo le labbra e socchiudendole.

È bellissima.

Si alza in piedi, si slaccia la vestaglia e la lascia cadere a terra.

Francesco prova un tuffo al cuore e uno al pene, vedendo spuntare il corpo nudo di lei. Muove il joystick per zoomare e osservarla meglio, entra nei particolari dei suoi capezzoli grossi, e coglie due leggere smagliature che lo inteneriscono. Poi indietro e ancora avanti per seguirla mentre si dirige verso il letto, ammirando i glutei che si contraggono, come se stessero masticando aria. Poi le fossette di venere, così graziose.

Dolcemara guarda il vestito sul letto, lo afferra e lo tiene davanti a sé con entrambe le mani, le braccia tese, come per controllarlo meglio.

Resta in quella posizione a lungo, come volesse scrutare i meandri del tessuto per rinvenire qualche curiosa premonizione sul futuro che verrà o una semplice rimembranza su quello che è stato: due condizioni emotive che si sovrappongono per generare incertezza...

Francesco nota qualcosa di strano e si avvicina al monitor mentre coi comandi mette in primo piano una porzione di quel vestito rosso. Sembra ricucito con un sacco di punti. Visto da vicino si notano dei rattoppi, come se fosse stato tagliato, fatto a pezzi e poi ricucito. Il vestito di Frankenstein.

Dolcemara adesso sta piangendo, piano, senza singhiozzi. A un certo punto lo butta via, lontano nella stanza. Prende la vestaglia e se la rimette.

Occhio numero 1: sta arrivando un'auto. Un'Alfa 164 color argento, che sembra nuova. *Chissà chi cazzo è?* pensa. Scende Monvisi che si avvicina alla porta di casa. Francesco spia il suo amico mentre suona il campanello, chiedendosi il motivo della sua visita.Torna sulla 6: Mara non si mostra stupita. Non va nemmeno a guardare dalla finestra per vedere chi possa essere.

Una fuggevole curiosità che serpeggia: *Come avrà fatto a entrare dal cancello?* Davide è arrivato direttamente davanti a casa, e questo può voler dire solo una cosa: lui ha il telecomando per entrare. *Dal mio fottuto cancello*, pensa Francesco, mentre sente crescergli qualcosa dentro, tra la pancia e il cuore. Un senso di malessere che si dirama verso la punta delle braccia.

Continua a spiare Mara che scende, in vestaglia, con un sorriso radioso stampato sul volto. La segue nel corridoio diretta verso le scale per scendere. E poi nel soggiorno (camera 2). Va ad accendere lo stereo e apre l'uscio mentre parte la musica, una vecchia canzone di Sam Cooke: *Wonderful World*.

Le sue mani si trasformano in pugni serrati, quando vede sua moglie alzarsi sulle punte piedi e salutare lo zio Davide. Con un bacio. Sulle labbra.

Le vespe ronzano. Da lontano, dentro il favo. Con tante larve affamate che attendono solo di nutrirsi un poco.

L'albero della conoscenza del bene e del male offre frutti proibiti nell'aria densa di stupore. Mele avvelenate. Biancaneve sta per riceverne una. La strega è in agguato da qualche parte. Lei è la padrona delle vespe e la madre di tutti i dolori del mondo. L'anima proibita che ringhia.

Dolcemara prende per mano lo zio Davide.

Mentre Sam Cooke canta, crudele e imperterrito: *But I do know that I love you, and I know that if you love me too...*

Francesco pensa che in quel momento suo figlio è a scuola e che quei due hanno a disposizione tutta la mattina - ore e ore - per fare qualcosa. Cosa esattamente lo avrebbe scoperto presto.

What a wonderful world this would be.

Continua a stringere i suoi pugni increduli. Le nocche diventano bianche, esangui. Avverte un *bip* in lontananza e con un angolo della mente pensa che non ha ancora cambiato posizione, ma non gliene frega un cazzo. Pensa che magari, muovendosi, potrebbe interrompere la comunicazione e smettere di vedere quello che sta accadendo in casa sua dentro il nido nudo. E lui non vuole smettere di vedere, nemmeno per un momento, lui vuole controllare tutto quello che sta succedendo. Sapere...

Sapere cosa...

Anche se... Una vocina dentro di lui lo ragguaglia: *Meglio se stacchi, amico. Non ti fa bene bere questo calice.*

Anche se... Un'altra vocina dispettosa, dalla parte opposta, sussurra: *E poi scusa, tu non ti sei scopato la collega? Quindi cosa?*

Quindi cosa, cosa?

Una terza voce s'infila, e gli graffia il contorno del cuore, gli spalma dolore come se fosse miele avariato sui ventricoli, mentre gli dice: *Lei ha già dismesso il lutto, come puoi vedere. E sono passati solo pochi fottuti giorni. Prima ha bruciato le vostre foto nel caminetto e poi...*

« Poi cosa! » La sua voce scappa fuori all'improvviso e lui quasi si spaventa. Dopo aggiunge, con tono più calmo ma ugualmente minaccioso: « Non è che potete stare zitte? »

Così le tre vocine smettono di sussurrare e lui può riprendere a guardare e ascoltare. Come un guardone di merda.

Mara e Davide si tengono per mano mentre vanno a sedersi sul divano, l'uno accanto all'altra, e lei, piegandosi in avanti, scopre uno dei suoi seni che esce dalla vestaglia. Adesso si vede molto bene, chiaro e tondo, il nero caffè del capezzolo. E anche il morbido burro della sua pancina che fa da pendant. *Perché non ti copri?*

Deo gratias, lei si decide a chiudersi la vestaglia, in un gesto che sembra più un riflesso che un'intenzione vera. Monvisi le sorride e le chiede: « Allora come va? » Poi allunga una mano e l'accarezza su una guancia e lei inclina la testa per imprigionare quella mano tra il mento e il collo e chiude gli occhi. Lui se la tira vicino per abbracciarla e consolarla. « Vedrai che col tempo... » La sua frase resta a metà. Lucida e inderogabile nella sua mancanza d'interesse e di saggezza. Banale da morire.

Vedrai che col tempo un cazzo!

Le labbra di Mara, morbide e rosse, sono molto vicine a quelle dello zio Davide.

Francesco non si muove, serra i pugni, tiene gli occhi sbarrati e ascolta il gelo che gli stringe lo stomaco così forte da spezzarlo in due: una metà versa acidi gastrici sul fegato, corrodendolo, e l'altra sputa sangue fino ad arrivare a schizzargli il cuore di rosso.

Le labbra di sua moglie e quelle di Monvisi si uniscono, si masticano, con le lingue che si spostano, s'intravedono e s'intuiscono: creature avide di sapori e di saliva. Un bacio appassionato, quasi disperato, per non dire peggio: un bacio *goloso*. Intanto le mani si cercano e la vestaglia scende facendo entrare in scena i seni nella loro sconvolgente interezza, e tutto precipita.

Francesco non riesce a smettere di guardare. Non ce la fa. Lui resta immobile e osserva tutto. Una statua osservatrice nell'Osservatorio. Nella sua testa si sprigiona un mantra, recitato in coro da tre vocine sovrapposte: *Non è possibile, non puoi farmi questo. Voi non potete.*

Bocche che cercano e trovano. Ansiti. Dolcemara dice no. E Davide che dice *oh sì*. Le braghe calate. La vestaglia aperta. Il pelo nero di sua moglie.

« No, per piacere, non farlo! » Una voce gli scaturisce dalla bocca spalancata, ma Francesco non la riconosce e pensa che sia entrato qualcuno in quella cella del cazzo, una quarta voce. E allora aggiunge con fare magico: « Vieni avanti pure tu, voce di merda ».

Lo zio Davide s'infila tra le gambe di sua moglie.

Non è possibile, non puoi farmi questo. Voi non potete...

E inizia a muoversi, con quel suo culo peloso, con le ossa dei fianchi che spuntano. Lui che fa l'amore, che scopa, che si fa sua moglie! Tutto ciò non è sopportabile. Con quella musica sotto no. Sam Cooke continua a cantare, la canzone arriva alla fine e poi ricomincia: ossessivo romantico compulsivo.

Non è possibile, non puoi farmi questo. Voi non potete...

Occhi negli *occhi*, continua a guardare, non smette. E loro non finiscono mai. Continuano, incessanti e crudeli. Così come la canzone... *Io so che ti amo. E so che se anche tu mi amassi. Il mondo sarebbe meraviglioso!*

I gemiti di lei e i grugniti di lui. Spera che tutto termini in fretta. E allo stesso tempo spera che lui non finisca mai... *Cioè...* L'eiaculazione... fino a quando non ci sarà quella, il tradimento non sarà completamente consumato.

Quindi magari, forse. Che confusione. Nel dubbio spera di non morire soffocato. *Non è possibile, non puoi farmi questo. Voi non potete...*

Sente qualcosa premergli da qualche parte in fondo alla gola, subito in cima al cuore, a sinistra dell'anima: un grido lacerante che risale fino a uscirgli dalle labbra. Un grido forte, assordante e silenzioso assieme. Un grido che sembra non dover più finire.

In quel momento, Mara spalanca gli occhi e smette di gemere irrigidendosi. Mentre Sam Cooke continua a cantare, il bastardo.

Poi una delle lampadine della plafoniera appesa al soffitto esplode con un botto soffocato. E lei si guarda attorno smarrita, mentre Monvisi non si è accorto di nulla e continua a muoversi imperterrito: dentro e fuori, dentro e fuori...

Mara lo spinge via con decisione, come se all'improvviso fosse diventato incandescente. Troppo bruciante per essere vero.

Lui si fa da parte e la guarda interrogativo. « Cosa ti prende? » chiede. Il tono infastidito e anche un poco rabbioso.

« Non lo so, è che... » Guarda i frammenti di vetro della lampadina sparsi a terra. « Io non posso così. »

Lui strizza le palpebre a fessura: « Cosa non puoi 'così'?! »

Lei appare sempre più confusa. « È come se... » sussurra tra sé, ma non riesce ad andare oltre, e la sua frase rimane sospesa nell'aria.

Monvisi si alza in piedi, indispettito. « Forse è meglio che io vada! » esclama, mentre si tira su i jeans. E per un attimo sembra guardare in direzione della videocamera che li ha spiati per tutto il tempo.

Rimasta da sola, Mara si mette seduta, cercando di allacciarsi la vestaglia. Dai suoi occhi sgorgano fiumi di lacrime.

Sam Cooke arriva alla fine, poi riprende. *Io so che ti amo. E so che se anche tu mi amassi. Il mondo sarebbe meraviglioso!*

7

Il dopo va digerito. Sempre, in qualche modo. Mangi e il cibo scende e ti riempie per poi trasformarsi in qualcos'altro, nutrimento per la carne. Quello che vedi, che senti e che tocchi scivola al tuo interno e si propaga cambiando forma. Il segreto per uscirne indenni sta nella capacità di assimilazione.

Così Francesco adesso deve fare i conti con ciò che è accaduto e cercare di accettarlo nel cuore e nell'anima.

Smette di guardare sua moglie. Adesso non è più infuriato e prova una compassione infinita per lei. Allunga una mano e prende dal leggio della stampante i fogli col primo piano di suo figlio. Immortalato subito dopo aver pronunciato quella frase toccante: « Non sono nessuno, io ». Stringe con forza quei fogli, se li schiaccia contro il petto, come per tamponarsi i battiti del cuore troppo accelerati e per sentirsi meno solo, poi si alza dalla poltroncina e cerca di muovere un passo dentro la cella. Le sue gambe sono inchiodate perché è rimasto seduto per un'ora e passa senza cambiare posizione e adesso le sue articolazioni sono rigide come legno. I suoi arti sono rami secchi e insensibili. Perde l'equilibrio e crolla a terra. Guarda il soffitto a volta: le pietre nere al posto di un cielo dipinto di blu.

Quello cui ha assistito - il tradimento di Dolcemara, la santissima moglie sconsolata che si è fatta fottere (anche se non sino in fondo!) dall'amico di famiglia - è come un rigurgito acido che gli brucia la gola. Si domanda da quanto tempo vada avanti la loro storia. Quello cui ha assistito potrebbe in realtà essere stato solo un prodotto di risulta, la logica conseguenza di un iniziale rapporto innocente sfociato in qualcosa di più torbido, tentennando tra il « vorrei, non vorrei, ma se puoi » e il desiderio di non sentirsi troppo abbandonati. In fin dei conti, lui è stato un marito di merda. In fin dei conti, lui ha smesso di amarla. In fin dei conti, lui *adesso* non esiste più.

Continuando a tenersi i fogli col volto del figlio contro il petto, si rannicchia su se stesso in posizione fetale, sul pavimento polveroso, e cerca di aggrapparsi al ricordo di Chiara per provare un minimo di sollievo... Ma non ci riesce. Lui ha rimosso tutto. Lui l'ha cancellata. Chiara Monti delle sue brame, splendida splendente, dolce amore e chi più ne ha più ne metta, appartiene alla vita di un altro uomo, il Negronero vivo e vegeto. Quello che *resta* adesso è solo un simulacro, un angelo fottuto custode dell'ombra, una sentinella che veglia in attesa della fine.

Ormai non c'è più posto per nulla, tranne che per la compassione, il perdono. Per lei, per lui...

Gli uomini e le donne sono quello che sono: fragili.

Incerti per le domande e confusi nelle risposte.

Prova a chiudere gli occhi e rivede le chiappe di Monvisi che si contraggono in quel movimento febbrile di penetrazione selvaggia.

Occhi aperti per un minimo di sollievo e poi di nuovo occhi chiusi. Sotto le palpebre serrate Dolcemara geme, si morde le labbra e sorride annuendo come per dire: hai viso che roba, marito mio bello? Una voce risuona lenta e sottile, la sua voce: « E questo è niente! »

Questo è niente un cazzo. Questo è doloroso e triste. Questo non sembra vero e punge.

I ventricoli sanguinano a tempo coi suoi orologi dello yin e dello yang: amore e odio, luce e buio, e via andare...

Occhi aperti e sul pavimento, davanti al naso, vede il cadavere di una vespa che si sposta per il suo respiro ansimante. Dice: « Tanto io ti perdono! » E crede persino di essere sincero.

Senza nemmeno aspettare che lui richiuda le palpebre, di rimando sua moglie sussurra nel buio: « Tanto io non ho colpa di nulla, lassù ».

Hai ragione, è solo che io...

« Cazzo, mi dispiace, sai? »

... non volevo ridurti così.

« Perdonami, se puoi, per tutto questo e per tutto il resto. »

Occhi chiusi e Davide se ne sta lì che lo guarda fisso e sorride cattivo... Francesco spalanca le palpebre costringendosi a uscire dal loop in cui è malamente precipitato. Si tira su a fatica. Il sangue ha ripreso a circolare nelle sue gambe, o almeno così gli sembra. I muscoli rispondono, si tendono. Si mette in ginocchio lasciando cadere le immagini a terra come foglie morte, e si alza in piedi. Si guarda attorno e la testa gli corrisponde un giramento. Si afferra il cranio con tutt'e due le mani e lo stringe forte per cercare di farlo stare fermo. Inspira dal naso, trattiene l'aria dentro, espira di colpo per calmarsi. Pensa che ha ancora tutta una giornata davanti da far passare. E vorrebbe vomitare anche l'anima.

Si gira verso la console degli *occhi* per controllare dove si è cacciata sua moglie. Non la vede da nessuna parte, quindi deve trovarsi in bagno, l'unico posto dove non ci sono camere spia. E se la immagina seduta sul bidet che si lava la vagina per ripulirsi da quello che ha fatto. Oppure, chissà, lei è scomparsa nel nulla. Dolcemara non c'è mai stata. Tutta la sua fottuta vita non c'è mai stata. Nessuno è esistito veramente. È stato tutto un gioco, un'illusione.

Pensa che sta perdendo il controllo, ammesso che lo abbia mai avuto.

Una vocina s'insinua dentro di lui e gli sussurra perfida: *Tu ormai sei in balia, lo sai, vero? Preda di te stesso.*

Ci sono cose che non ritornano mai e altre invece che ritornano troppo spesso. La confusione degli intenti impera nel mondo dei fantasmi così come in quello degli uomini. E la verità è che non ci sono vie di fuga. Nemmeno una!

Guardando la parete su cui è affissa la foto del cadavere di Terrano, considera che sembra proprio una lavagna. Si ricorda di aver visto un bianchetto sulla mensola di fianco alla console, lasciato lì dai fottuti travel agent quando stavano in quel luogo a spiare a più non posso. Attento a non calpestare i fogli a terra, lo recupera, toglie il cappuccio coi denti, lo punta in avanti come un'arma e si avvicina a quella parete. È arrivato il momento di capirci qualcosa. Occorre approntare un nuovo Pensatoio con Muro del pianto annesso e connesso.

Cerca di fare mente locale sulla prima cosa strana che è successa: lui ha toccato lo schermo e ha provato la sensazione di passare al di là e di accarezzare il volto di suo figlio, come se si fosse infilato *materialmente* nella ricezione delle immagini. E Franco si è svegliato di soprassalto, come se avesse sentito quel tocco. Scrive in stampatello, bianco su nero, di fianco al ritaglio con la foto del boss: TRASMISSIONE DI UN DESIDERIO?

Poi pensa alla seconda assurdità che gli è capitata: *Sensori di movimento che si animano da soli. Interferenze. Disturbi alla ricezione?* Ci riflette un attimo su, prima di continuare con l'elenco. *Vespe suicide che compaiono e poi scompaiono: allucinazione?* Lancia un rapido sguardo alla foto della sua mezza mela cattiva morta. *Tu ne sai qualcosa, vero? Bastardo psicopatico con un complesso edipico grande come una casa!!* Scrive in stampatello subito sotto: IL RITORNO DELLA SIGNORA DELLE VESPE? Sembra il titolo di un film del cazzo.

Con un sospiro e un brivido, continua a elucubrare e scrive: SUSSURRO FANTASMA CHE SVEGLIA DOLCEMARA... Esita un attimo prima di tornarci sopra perché farlo vuol dire rinvangare quel dolore sordo e quel senso di delusione e di sconforto per se stesso e per sua moglie. *LAMPADINE CHE SCOPPIANO ALL'IMPROVVISO...* mentre grida sconvolto, assistendo a quello che sta facendo Dolcemara col suo ex migliore amico. Avanza un'ipotesi, come se fosse in trance: *LA MIA RABBIA SI È AMPLIFICATA AL PUNTO DA PROIETTARSI ALL'ESTERNO DELLA MIA MENTE?*

Ancora una forma di telepatia. Anzi no, di telecinesi, gli pare che si chiami così. Da ragazzo ha visto un sacco di film dove ne parlavano e lo ha sempre ritenuto un nome buffo. Emittenti televisive del Sol Levante che si uniscono col paranormale... Che ridere, da sbellicarsi!

Concentrandosi sulle parole segnate sulla parete, prova con tutte le sue forze a ragionare con freddezza, abbandonando i pregiudizi legati al senso comune. La regola numero uno del buon detective è analizzare i fatti nudi e crudi, in quanto tali, senza perdere tempo a convergere sullo stupore. Ma non è facile tenere le redini di ragionamenti così strampalati. La spiegazione più logica è che lui abbia perso la cotenna e che veda e senta cose inesistenti.

Torna alla console. Controlla i monitor: deserti e vuoti, tranne quello corrispondente alla camera 1. La Saab sta uscendo in retromarcia. Probabilmente Mara sta andando a prendere Franchino a scuola. Si domanda come lei si possa sentire dopo quello che ha fatto. Il nido nudo è stato violato, ancora una volta. Si chiede come lei potrà *adesso* guardare il ragazzo dei sogni negli occhi e fare finta di nulla.

E la solita vocina dispettosa dentro di lui si fa subito sentire con una di quelle considerazioni che lasciano un segno rosso sul cuore: *Farà come hai fatto tu, del resto, caro il mio bel traditore primario.*

Lancia un'occhiata colpevole verso il viso di suo figlio cristallizzato sui fogli sparsi a terra, poi impreca a denti stretti.

Aspetta di veder scomparire l'auto dall'inquadratura, accende il PowerBook ed entra nell'archivio digitale e clicca il file corrispondente alla notte del 21 ottobre. La registrazione parte e, per l'ennesima volta, lui guarda l'intera sequenza dove s'innescano i sensori di movimento senza che ci sia - apparentemente - nessuno che gira per casa.

Blocca i fotogrammi in cui compaiono le misteriose interferenze. Esattamente com'è successo la prima volta che ha provato ad analizzare la registrazione, non riesce a vedere altro che bagliori, sprazzi di luce improvvisi.

Arrivato alla fine, subito prima che Franco si svegli per andare a colpire lo specchio da bravo sonnambulo, imposta la funzione di rewind con la velocità rallentata al massimo, fotogramma per fotogramma. E quello che vede sullo schermo non sembra possibile: una sagoma compare a scatti. Una figura strana, che sembra umana e allo stesso tempo non lo è, si muove in casa sua. Una presenza che diventa distinguibile solo guardando la registrazione rallentata e al contrario. Forse sta vedendo l'immagine di un fantasma?

Una selva di brividi passa al setaccio tutta la gradinata della spina dorsale, una vertebra dopo l'altra.

Incredulo e spaventato, fa ripartire la registrazione dal punto in cui Franchino si alza dal letto. Attende che lui si posizioni davanti allo specchio e, nell'attimo in cui il suo braccio prende lo slancio per colpire, mette il fermo immagine. Ingrandisce l'immagine riflessa nello specchio e dà l'ordine di stampa al grido di battaglia di: « Che cosa hai visto? Che cosa ti ha spaventato? Che cosa hai cercato di colpire, mio piccolo guerriero dei sogni? »

Attende che il foglio sia stampato del tutto, lo recupera. Col cuore che gli batte in testa, nello stomaco e persino dietro i bulbi oculari, osserva con attenzione. Il volto di Franco riflesso nello specchio risulta confuso, come se fosse sospeso in una dimensione nebulosa priva di colori. I contorni del viso sono distorti e sfuggenti, come se fossero sdoppiati. Franco ha lo sguardo spaventato. Ma non è solo quello. Quel ribollio segreto che gli fa da corona, scontornandogli i lineamenti, fa emergere i tratti di un altro volto nascosto sotto, come se nello specchio ci fosse stata una seconda immagine riflessa.

Sentendosi cogliere da un senso di spaventata eccitazione, si fruga nelle tasche del saio e recupera il bianchetto e lo usa per ridipingere i tratti del volto di Franco, per sfocarne i lineamenti il più possibile. Ma l'immagine resta comunque confusa, forse anche di più. Non si capisce un cazzo. Allora si alza e raggiunge la finestra per vederci meglio alla luce del sole. Appoggia il foglio sul vetro e i battiti del suo cuore, all'improvviso, si coalizzano riunendosi in un unico punto al centro del petto. Amplificati dall'unione di paura, emozione e senso d'incredulità, provocano un'aritmia che lo fa boccheggiare. E deve concentrarsi per prendere aria nel modo giusto.

Quello che vede non gli sembra possibile.

Altro che allucinazioni, altro che delirii...

Sta succedendo qualcosa d'inspiegabile e di pericoloso. E non sa cosa fare. Deve chiedere l'aiuto di qualcuno.

8

È sceso dal taxi in cima a via Indipendenza. Si sta avviando verso l'entrata di San Pietro. Tra le mani stringe una cassetta VHS dentro una custodia nera.

Sicuro che è lui?

Non ci sono dubbi!

Stagli pure alle costole, ma senza farti notare, che se ti vede è un casino...

Gocce fredde sul cranio rasato. Scende una pioggerellina fine fine e l'aria odora di umidità e cemento. Inspira lentamente per riempirsi i polmoni a fondo, mentre si guarda attorno. Si sente come un carcerato appena uscito di galera, e prova un senso di liberazione e fragilità assieme.

Si cala sulla testa il cappuccio del saio, poi sale i gradini, varca la soglia dell'enorme portone e subito l'odore d'incenso lo assale, mescolato a quello di cera fusa. Il soffitto a volta lo sovrasta e i suoi passi riecheggiano sul pavimento di marmo.

Si rivolge al sacrestano, che sta accendendo con un lungo bastone le candele davanti a uno degli altari laterali dedicati alla Madonna, e gli chiede dove si trovi padre Sisto Connubio.

« Monsignore è nell'ufficio pastorale », risponde l'uomo, indicando col dito una porticina in fondo alla navata. « Subito fuori nel corridoio », puntualizza.

Seguendo le indicazioni senza affrettare il passo per non dare troppo nell'occhio, trova il luogo che sta cercando. Bussa alla porta e attende.

Da dentro proviene una voce: « Avanti! » Allunga la mano, abbassa la maniglia, entra nella stanza, richiude la porta dietro di sé e si toglie il cappuccio. Padre Sisto è seduto alla scrivania e sta scrivendo qualcosa. « Cosa desidera? » chiede, senza distogliere lo sguardo da quello che sta facendo.

« Sono venuto per tirarti i piedi, prete della malora! »

Monsignore alza il capo di scatto, squadra il nuovo arrivato e trasalisce incredulo. « Mio Dio, Francesco, sei tu? »

9

Padre Sisto si alzò dalla scrivania, corse incontro al finto frate e si fermò a una spanna da lui piegando la testa di lato. Con le palpebre strette provò a mettere a fuoco lo sguardo. « Ma com'è possibile! » disse, con impeto. Poi allungò una mano tremante e gli strinse il braccio, sentendolo muscoloso e magro, come se l'osso fosse diventato più grande. « Sei proprio tu! » Avendo conferma definitiva di non trovarsi di fronte a un'allucinazione, vinse l'impulso di abbracciarlo o di prenderlo a schiaffi: entrambe le cose non sarebbero servite. Scrutando nei meandri dei suoi lineamenti distrutti, stentava a riconoscerlo. « Ma come ti sei ridotto, figliolo? » sussurrò, con aria sconsolata. Continuando a fissare il suo pupillo con un accenno di commozione che gli inumidiva gli occhi, gli chiese spiegazioni. « Giustifica questa follia! » Poi rimase ad ascoltare incredulo il racconto di Francesco, cercando di comprendere nei minimi particolari tutto quello che gli veniva riferito: la malattia, gli eroismi e le viltà...

C'era una vecchia pendola a parete che faceva *tic tac*, scandendo gli attimi di quella confessione assurda, contribuendo a rendere ancora più irreale e sospesa l'atmosfera nella stanza.

10

« Quindi la tua esplosione è stata una messa in scena coordinata coi servizi segreti per arrivare a distruggere l'organizzazione di Terrano e ora stai nascosto in quella casa a spiare i tuoi cari in attesa di morire? »

Annuendo con la faccia distrutta, Francesco si sente come se stesse galleggiando. Oppresso da un senso d'irrealtà, passa a spiegare delle sue sedute nel pozzo di deprivazione. Racconta delle interferenze e di come è riuscito a rilevare le immagini di una sorta di fantasma che gira per la casa. Per correlare il tutto, chiede di usare il videoregistratore per mostrargli il VHS che si è portato dietro, un nastro apposito dove ha fissato i punti salienti.

Sisto osserva con grande attenzione e subito commenta: «Madonna santissima, questa sembra proprio un'apparizione spettrale...» Francesco a quel punto mette in pausa, si fruga nelle tasche, tira fuori un foglio piegato in due e lo mostra al gesuita: si tratta dell'ingrandimento dell'immagine nello specchio. «Questo sarebbe Franchino dopo l'episodio di sonnambulismo che mi dicevi?» chiede il prete.

«Mentre lo sta subendo, in realtà. Guarda quello che si vede riflesso nello specchio dietro la faccia di mio figlio, mettendo il foglio contro la finestra.»

Sisto va a osservare la foto contro la trasparenza del vetro. E trasalisce. Si vedono i tratti di un teschio... «Quindi in casa tua aleggia una presenza che si mostra col volto di una delle simbologie ricorrenti di Terrano?»

Francesco annuisce. «Il volto mostruoso di sua madre, la Signora delle vespe in nome della quale agiva...»

Sisto si morde le labbra in un atteggiamento riflessivo. «Davvero spaventoso, figliolo», commenta con tono funebre.

Il pendolo oscilla e le lancette scattano portando avanti i minuti...

Il gesuita si alza. Raggiunge la libreria e controlla le coste dei libri fino a quando non trova quello che sta cercando, lo sfila e inizia a sfogliarlo. «Negli anni '30, il luogo dove vivi adesso era stato acquistato dalla curia bolognese e usato come sede conventuale da un gruppo monastico molto particolare.»

«La Confraternita degli Addolorati, lo so. Mi è parso di capire che usassero il pozzo nel sotterraneo per raggiungere stati di trance profonda...»

Sisto annuisce. «Il loro scopo primario era quello di raggiungere forme di estasi, come fanno i flagellanti. Il dolore affrontato in un'ottica si potrebbe dire 'interdisciplinare', per giungere a comprendere i segreti dell'aldilà. Erano detti anche 'lamentatori'.»

Negronero prova un brivido. «Quindi usavano il pozzo di deprivazione per raggiungere stati più elevati di coscienza?»

«Conosci il saggio di Huxley, *Le porte della percezione*?»

Francesco annuisce. «Ma certo, quello che ha ispirato il nome al gruppo musicale dei Doors! Mi pare che sia un testo che esamina gli effetti delle droghe sulla psiche.»

«Non solo. Huxley ha cercato di analizzare gli stati visionari per capirne il meccanismo di innesco, per così dire. Eliminando le strutture spazio-temporali portanti, quelle in cui s'inserisce la percezione del mondo ordinario, si può aprire un varco nella scorza di realtà per arrivare a esplorare altri versanti della coscienza...»

Francesco ascolta e cerca di capire dove il prete voglia andare a parare. «Quindi dentro il pozzo della Buia si possono ottenere stati allucinatori simili a quelli provocati dalle sostanze stupefacenti?»

«Qualcosa del genere. Gli antichi cristiani compivano immersioni nel cosiddetto *pozzo di san Patrizio*, ne avrai sentito parlare... In assenza di stimoli sensoriali, loro ritenevano di entrare nel mondo dell'aldilà. Allo stesso modo i cenobiti della Buia cercavano di raggiungere un'intensità simile di libera immaginazione, in una vibrante fusione tra sogno e realtà, per evocare gli spiriti.» Connubio continua a sfogliare il libro. «Ecco qua! Mi ricordavo bene», dice, puntando il dito su una pagina. «Ci fu un fatto misterioso, risalente agli anni del dopoguerra.»

«Tutti i frati morirono bruciati, ho letto pure questo.»

«Ciò che non viene riportato nelle cronache ufficiali, però, è che i poveretti, prima di morire, si murarono all'interno della cella.»

«Magari erano andati fuori di testa e avevano deciso di immolarsi in quel modo atroce, dandosi alle fiamme racchiusi in un luogo che non poteva incendiarsi.»

Il gesuita ripose il tomo. «Oppure volevano che *qualcosa* restasse imprigionato là dentro.»

«Un'entità evocata da loro stessi, vuoi dire questo?»

«Hai mai visto un vecchio film di fantascienza intitolato *Il pianeta proibito*?»

«Quello dove c'è un simpatico robot che si ubriaca?»

Monsignor Connubio annuisce. «In quel film si ipotizza la costruzione di una macchina in grado di soddisfare i desideri dell'uomo, che sfugge al controllo provocando la materializzazione dell'Id, un mostro impossibile da fermare e che distrugge tutto.»

«Stai cercando di dirmi che il mio subconscio è il responsabile delle cose strane che stanno accadendo in casa mia?»

Il prete resta un attimo in silenzio, come per raccogliere meglio le idee, prima di riprendere: «L'analgesia che ti ha colpito, facendoti smettere di sentire il dolore fisico, potrebbe aver acuito in te delle capacità paranormali. E le sedute nel pozzo di deprivazione non hanno fatto altro che amplificarle».

«Sì, ma qui non stiamo parlando di forme telepatiche o di percezioni extraensonsoriali. Nel mio caso si materializza una presenza!»

«Tu sai cosa è un tulpa?»

Francesco scuote il capo. «Mai sentito dire.»

«Tulpa è un termine usato nell'ambito delle credenze legate al buddhismo magico, roba della concorrenza, insomma. E definisce un'entità incorporea creata attraverso particolari metodi di meditazione.»

«Una sorta di fantasma immaginato?»

«I testi tantrici asseriscono che l'universo abbonda di forme-pensiero, di esseri buoni e cattivi, di spiriti della natura, di ego di umani disincarnati, di fantasmi e mostri. Questi possono diventare realtà per i loro creatori e per tutti coloro che si trovano a muoversi nell'atmosfera psichica così creata. Immagina una forma-pensiero che diviene entità.»

La pendola fa *tic*.

«Un essere scaturito dal sogno e dal desiderio?»

La pendola fa *tac*.

«Nel tuo caso, forse, qualcosa che ha a che fare con la paura scaturita dall'esperienza che hai vissuto lottando contro Terrano e la sua Signora delle vespe. Ti ricordi i ragionamenti che abbiamo fatto sul significato del male in quanto entità scaturita dalla nostra interiorità?»

La pendola si ferma di colpo. I due uomini si fissano. Mentre nella stanza sembra essere calata una coltre di freddo.

Francesco rabbrividisce. « Vuoi dire che sto portando avanti l'ossessione per Terrano in un ambito soprannaturale? »

Padre Sisto guarda la pendola con sospetto. Poi riprende a parlare, tenendo la voce bassa, come se non volesse farsi sentire troppo. « Questo è quello che il demonologo Spinelli definiva il Continuum: il male che si moltiplica nel tempo e nello spazio per raggiungere lo stato di essenza. »

« Quindi i miei famigliari sono in pericolo! »

Il gesuita mette una mano sulla spalla del suo pupillo per confortarlo. « Le mie sono soltanto ipotesi. » Si avvicina alla pendola e le dà un colpetto per farle riprendere l'oscillazione. « Lasciami le registrazioni, voglio mostrarle a un vecchio collega dei tempi in cui insegnavo Paranormologia per avere un parere. » Con un sorriso triste, accompagna Francesco alla porta. « Torna subito nel tuo rifugio », si raccomanda. « Evita di fare altre sedute nel pozzo di deprivazione e prova a pregare un poco, anche se non sei abituato ».

11

Esce dalla cattedrale e si avvia a piedi sotto i portici di via Indipendenza. Non ha chiamato un taxi perché preferisce camminare un po', alla faccia del pericolo che qualcuno possa riconoscerlo. Il rischio vale la candela, come direbbe Dolcemara, nel senso che non ne può più della situazione di solitudine che sta vivendo e sente il bisogno di stare in mezzo alla gente. Per sentirsi vivo, anche solo per gioco.

Le parole di padre Sisto riecheggiano nella sua testa, fragorose e cupe. Semmai nutrisse dubbi a riguardo, adesso ne ha l'assoluta certezza: lui sta vivendo un vero e proprio incubo, in tutti i sensi. Anzi, per dirla meglio, lui sta facendo rivivere un incubo.

Con la testa china, il cappuccio calato sulla pelata, le braccia conserte in una tipica posa da monaco, allunga il passo. La gente gli passa a fianco e lo sfiora con lo sguardo. Molti appaiono incuriositi: fa sempre un certo effetto incontrare un uomo che indossa un saio, è una cosa di altri tempi.

Mentre cammina, circospetto e attento, cerca di guardarsi attorno, di assaporare ciò che lo circonda di sfuggita. Sbircia le vetrine dei negozi e nota che quasi in tutte campeggia una zucca intagliata a definire occhi, naso e bocca. Così si ricorda che tra poco sarà Halloween.

All'improvviso viene assalito dal profumo delle pizze d'Altero. Il negozio si trova una decina di metri più avanti e lui viene colto da un senso di languore e malinconia. Altero è una specie d'istituzione bolognese, come la statua del Nettuno o piazza Maggiore. C'è sempre stato. Generazioni di studenti hanno divorato le sue mitiche pizze al taglio e anche Francesco, quando andava alle superiori, se ne è sparate in vena parecchie. Adesso, passando là davanti, lo coglie un crampo allo stomaco. Non si ricorda l'ultima volta che ha mangiato. Si sente debole e forse dovrebbe fermarsi e comprare una doppia con mozzarella. Una vocina dentro gli sussurra che non è proprio il caso, mentre una seconda vocina suggerisce: *È una grande e stupenda idea, ombra che cammina!*

Come d'incanto si ritrova dentro il negozio, davanti alla cassa per fare lo scontrino in mezzo a una torma di studenti che gli fanno largo, stando lontani da lui, come se emanasse cattivo odore. « Cosa desidera, padre? » La cassiera è bionda e carina e parla senza guardarlo in faccia. È in soggezione pure lei, meglio così.

Francesco ordina una doppia e paga. Poi si mette in fila con lo scontrino in mano e attende di essere servito. Quando le pizze sono pronte, belle fumanti appena uscite dal forno, allunga la mano per prenderle ed esce in fretta dal locale. Si mette in disparte, in un angolo del portico, e dà un morso aprendo esageratamente la bocca per non sporcarsi di pomodoro la barba bianca. Il boccone brucia. E lui non sente nulla, però se lo immagina, e allora mastica con cautela, figurandosi la sensazione dei denti bollenti e si concentra sul sapore che sa di bei tempi andati. Pensa a come sarebbe bello tornare al passato, salvarsi dal presente e scampare al futuro.

Continuano a entrare e uscire tanti studenti, maschi e femmine con lo zainetto sulle spalle. Tra quelli ne riconosce uno. E il suo cuore fa un balzo. Suo figlio Franco è là, assieme a una ragazza carina. Stanno passando davanti al negozio.

Francesco non sa cosa fare. Dovrebbe andarsene da lì, schiodarsi. Per non farsi vedere. Da un momento all'altro lui potrebbe girarsi e riconoscerlo. Ma non riesce a muovere un muscolo e resta appoggiato alla colonna, con la pizza in mano, a guardare il suo ragazzo dei sogni. Fuori dal nido nudo.

Franco ha il visino tirato e triste, ma cerca di ridere lo stesso: fa il possibile per reagire al dolore e a tutto il resto. Vederlo così, in carne e ossa, senza monitor a fare da intermediario, lo riempie d'emozione e gli viene da piangere. Si trattiene masticando più in fretta, immobile, come se gli si fossero paralizzate le gambe.

Guarda il figlio andare via assieme a quella ragazzina carina. Si allontana da lui, da quello che è diventato: un fottuto fantasma che non vede l'ora di divorare la pizza che tiene in mano, solo per non scoppiare in lacrime, come un bambino.

12

Quindi lui è uscito, è scappato dalla Buia per andare da quel prete suo amico. E questo fatto potrebbe compromettere tutto, pensa, mentre osserva le foto di Franchino a terra. Poi solleva il capo e contempla la parete nera con tutte quelle scritte bianche: TRASMISSIONE DI UN DESIDERIO?

Legge ogni parola e cerca d'interpretare ogni frase. LA MIA RABBIA SI È AMPLIFICATA AL PUNTO DA PROIETTARSI ALL'ESTERNO DELLA MIA MENTE?

Guarda il ritaglio con l'immagine di Terrano morto, appesa al muro come un quadro, e pensa che Francesco sta perdendo il controllo e sta cominciando a delirare. Forse non è stata una buona idea quella di consigliargli di fare sedute dentro il pozzo di deprivazione per sollevarlo dall'insonnia che lo affligge. Evidentemente la sua malattia sta peggiorando e il suo equilibrio psicofisico si sta alterando. E questo potrebbe rivelarsi un problema.

La cosa più sensata sarebbe stata ucciderlo per davvero, dopo la sua finta eliminazione. Ma non se l'è sentita di fargli ulteriore male. Negronero è un uomo coi giorni contati che vuole solo passare le ultime ore che gli restano da vivere a vigilare i suoi cari.

Il problema è che la missione non è ancora finita e ci sono ancora molte metastasi da estirpare: la morte del boss è stata solo il primo passo di un'azione molto più ampia e non si può permettere di mandare in malora tanti anni di lavoro all'insegna del dolore e della rabbia. Non è solo la vendetta a gridare.

Legge la scritta al centro del muro, IL RITORNO DELLA SIGNORA DELLE VESPE?, e non può fare a meno di rabbrividire. Nella sua mente scaturisce un gemito che si amplifica fino a trasformarsi in un ronzio assordante. Vince l'impulso di tapparsi le orecchie e rivede in un rapido flash un corpo nudo che si agita nella sofferenza... Stringe i denti e cerca di calmarsi.

Maria Rossi prende il cellulare e chiama il suo complice in appostamento. « Cosa sta facendo, adesso? » chiede.

Una voce gli risponde: « Dopo che è uscito dalla cattedrale, si è messo a passeggiare sotto i portici. Ha comprato da mangiare... »

« Continua a controllarlo, ma senza stargli troppo addosso, mi raccomando. Non fare cazzate! »

« Mi hai preso per un novellino? »

La donna riattacca bruscamente e impreca tra i denti perché non si fida di quell'uomo. Ripone il cellulare. Si avvicina alla console e scruta i monitor accesi: casa Negronero appare deserta. Prende una sigaretta e l'accende. Aspira un primo tiro, poi un secondo, e un terzo... Si sfiora la cicatrice sul polso e sul dorso della mano sinistra. Gli occhi umidi come se volesse piangere e le labbra tese come se volesse ringhiare.

13

Butta in un cestino la carta oleata che avvolgeva la pizza. Si ferma davanti alla vetrina del negozio di abbigliamento che c'è subito accanto e scruta la propria immagine riflessa. Sopra una mensola, tra due pile di maglioni, compare un'enorme zucca di Halloween. Per un curioso effetto ottico, quella zucca si sostituisce all'immagine della sua faccia, così che ne viene fuori una figura strana: quella di un frate con la testa da mostro. Fa un passo indietro, pensando all'immagine del teschio sovrapposta al volto di Franchino sonnambulo. Sul vetro il riflesso cambia per il diverso angolo di luce e si vedono i passanti dall'altra parte della strada, gente che cammina frettolosa per i fatti propri. Formichine di città. *Persone normali per una vita normale,* pensa Francesco con un pizzico di rimpianto. *Il mondo dei vivi.*

È sul punto di scostarsi per continuare la sua passeggiata, quando nota, in mezzo a quell'incessante andirivieni, un uomo impalato vicino a una colonna. Il cuore prende a battergli forte, rimbombando nella testa. Davide Monvisi se ne sta là e sembra osservarlo.

Francesco si fa prendere dal panico: prima incontra suo figlio e adesso s'imbatte in quello stronzo. Riprende a camminare in fretta, con la testa china, domandandosi come sia possibile che lo abbia riconosciuto a quella distanza, travestito da frate e col viso cambiato. Percorre una ventina di metri e poi si ferma di nuovo. Facendo finta di nulla, cerca di sbirciare il riflesso di un'altra vetrina: Monvisi sta camminando sotto il portico, dall'altra parte della strada, e non gli cava gli occhi di dosso, quindi lo sta proprio pedinando. Se fosse stato solo incuriosito dal suo aspetto, o dal suo modo di camminare, da qualcosa insomma, si sarebbe avvicinato per vedere meglio, invece di continuare a procedere cercando di non dare nell'occhio, ma standogli comunque alle costole in quel modo.

E questo può significare una cosa sola: lui è implicato. Lo zio Davide, traditore del cielo e della terra, ha a che fare coi fottuti servizi segreti.

In un flash lo rivede nel soggiorno di casa, mentre lascia il corpo di Mara. Per un fuggevole istante, lui ha guardato in direzione della telecamera nascosta.

Vincendo l'impulso di andare a prenderlo per il bavero e chiedergli spiegazioni, riprende a camminare con passo spedito. *Se lui sa, lui è complice, e così lo scenario diventa agghiacciante.*

Il portico finisce. La pioggia ha smesso di cadere. Volta in via Goito e affretta il passo. S'infila nel viottolo per arrivare in via Marsala. Si gira per controllare. Attende qualche minuto, ma non spunta nessuno. *Mi sono immaginato tutto?* si domanda convulsamente. *Un altro cazzo di fantasma evocato dal mio cervellino bacato?*

Un taxi sta scaricando un cliente in fondo alla via. Corre per raggiungerlo, sale a bordo e comunica la destinazione all'autista. Dopo che sono partiti, per sicurezza, si volta indietro per controllare attraverso il lunotto posteriore imperlato di goccioline se lui è là. Ma non scorge nulla. Nella sua testa lampeggia quell'assurda considerazione: *Monvisi sa. Lui è implicato. Lui...* Cerca di spegnerla, anche solo per un momento. Ma non ci riesce.

14

Suona il telefono e lei risponde. La voce del suo complice: « Ho dovuto lasciarlo per non correre il rischio che lui si accorgesse di me ».

La Rossi afferma bruscamente: « Non importa. Non era una buona cosa che proprio tu gli stessi alle costole, abbiamo rischiato molto. Adesso vai a casa tua. Ti raggiungerò appena possibile ».

Guarda l'ora: se Negronero sta tornando alla Buia, non ci metterà molto ad arrivare. Entro trenta minuti sarà lì. *E quando salirà quassù, mi troverà ad aspettarlo.*

Giunti a quel punto è essenziale sondare il suo stato d'animo, capire come si è ridotto. Non potendo fare a meno di preoccuparsi, guarda di nuovo le scritte bianche sulla parete: deliri apparentemente senza capo né coda. Si chiede ancora il motivo per cui sia andato da quel prete del cazzo rischiando di far saltare la copertura. Adesso c'è qualcuno che sa, e che non dovrebbe. Con una smorfia triste, pensa che occorrerà porre rimedio al più presto.

Un brivido le percorre la schiena. Lo accoglie di buon grado, mentre si accende un'altra sigaretta.

15

All'improvviso tutto diventa chiaro: i tasselli vanno al loro posto e lui comprende. Adesso sa che ruolo può avere avuto Monvisi.

Le sedute dentro il pozzo lo hanno reso più acuto e percettivo. Nello spazio aperto che è diventata la sua mente, le diverse supposizioni si uniscono e creano logiche ipotesi di connessione. L'una dopo l'altra. Scientificamente plausibili, si potrebbe dire.

Così rivede il cameraman dell'inferno avanzare in casa sua con la mannaia stretta in pugno. Risente le parole della donna che l'ha sequestrato, le sue minacce, il suo ricatto. Prova di nuovo le stesse sensazioni di allora: sente l'odore minerale propagarsi nella stanza in cui è tenuto prigioniero, come di acqua stagnante. Poi suo figlio compare di colpo nell'inquadratura di quella che supponeva fosse una videocamera. Ha creduto che ciò che gli stavano mostrando fosse una ripresa in soggettiva. Per compiere una trasmissione di immagini e suoni ci volevano apparecchiature molto sofisticate, una regia mobile collegata a un satellite come nelle trasmissioni televisive. Ma non si è trattata di una cosa del genere. Tutto è stato molto più semplice. Dannatamente semplice. Quelle che lui ha visto, sapientemente dosate in modo che potessero sembrare altro, sono state *semplicemente* le riprese delle camere spia impiantate nel suo nido. Gli sono state mostrate le immagini degli *occhi* trasmesse dall'apparecchiatura di rilevamento ambientale della Buia. Oltretutto l'uomo con la mannaia era mancino, proprio come il suo vice.

Monvisi nel ruolo del cameraman dell'inferno e la Rossi in quello della sequestratrice: un'ipotesi così mostruosa da lasciarlo senza fiato.

Quello che occorre fare adesso è andare sino in fondo. E deve farlo subito. Così si rivolge al tassista e gli dice che ha cambiato idea e gli comunica la nuova destinazione.

16

Quartiere Barca, complesso popolare chiamato il Treno. Monvisi parcheggia l'auto e scende, dirigendosi verso l'entrata del suo palazzo. Non incontra nessuno. A quell'ora, a metà pomeriggio, gli abitanti del condominio, per lo più operai, sono quasi tutti al lavoro.

Entra nell'androne e sente nell'aria un odore di cavoli bolliti che lo infastidisce, si deve trattare di qualche minestra del cazzo che cuoce sempre la donnina che abita al primo piano. Un giorno o l'altro dovrebbe trovare qualche pretesto per arrestarla. O per ucciderla. Farla a pezzi emettendo ringhi. Come un cane rabbioso. *Oddio, sto perdendo le ultime parvenze!* pensa. Si sente stanco. Stremato, quasi. Ultimamente gli succede spesso. Ci sono tutti quei sussurri *ringhiosi* dentro la testa che lo blandiscono e gli assorbono ogni energia. A volte si domanda qual è stato il momento esatto in cui ha venduto la sua anima... Non lo ricorda come un fatto a se stante. Le parvenze si sono dissolte gradualmente. Ha cominciato con cose di poco conto, piccoli peccati veniali. Poi si è ritrovato nel bel mezzo di quelli mortali senza quasi accorgersene. All'inizio si è sentito più forte. Poi è giunto il senso di spossatezza. Come se portasse sulle spalle un essere ringhiante che gli dice cosa fare.

Prende l'ascensore e sale all'ultimo piano. Percorre il corridoio. Il cellulare gli vibra nelle tasche dei jeans proprio quando giunge di fronte alla porta del suo appartamento. Risponde: «Pronto, dimmi.» La Rossi parla con un tono concitato, dice qualcosa che viene reso incomprensibile da un'interferenza improvvisa. «Non capisco un cazzo», ribatte lui, mentre infila la chiave nella toppa. L'uscio si socchiude con un *clac*, ancora prima che venga girato il catenaccio. E questo vuol dire che è stata forzata la serratura. Nel telefonino ancora premuto contro l'orecchio la voce della Rossi lo sta mettendo in guardia. «Lui non è ancora tornato alla Buia, fai attenzione, non vorrei che...»

Non vorresti cosa? Monvisi apre la porta col braccio destro teso e varca la soglia.

«Non vorrei che stesse venendo da te!» Lei continua a dire cose ma lui non l'ascolta più. Si mette il telefonino in tasca senza staccare la comunicazione e porta la mano sinistra alla pistola nell'ascellare. Stringe il calcio ed estrae. Percorre circospetto il breve corridoio deserto fino a entrare in soggiorno. Guarda la sagoma scura stagliarsi contro la finestra. Alza il braccio armato e lo punta in avanti.

17

Nel cellulare risuona una voce, soffocata ma inconfondibile. « Perché lo hai fatto? » È la voce di Negronero. « Come hai potuto? »

Le cose stanno precipitando malamente.

La Rossi guida, cercando di fare presto. Ha messo il viva voce per ascoltare quello che sta accadendo nell'appartamento di Monvisi, visto che lui non ha riattaccato. Ha fatto male ad affidarsi a quell'uomo. Sfruttare la sua prosopopea e il suo livore per costringerlo al tradimento era sembrata una buona idea. Adesso le cose stanno sfuggendo di mano.

Pestando forte sull'acceleratore, pensa che deve fare presto. Provare a risolvere quel casino. Vorrebbe avvertire suo fratello, ma non vuole staccare la comunicazione.

Giunta in fondo a viale Aldini, gira in via Saragozza in direzione Stadio. Il quartiere dove abita il suo poliziotto corrotto non è lontano, al massimo dieci minuti di strada.

Vorrebbe farsi una paglia. Ma si trattiene.

18

Lui è rimasto di spalle mentre parlava e poneva quei due interrogativi strazianti: « Perché lo hai fatto? Come hai potuto? »

Monvisi guarda quella figura imponente, vestita da frate, e cerca di restare calmo. Sente qualcosa di freddo aggrovigliarsi nello stomaco, come un serpente di ghiaccio. Stringe un po' di più la Beretta e toglie la sicura alzandola col pollice. Poi cerca di bluffare: « Chi è lei? »

Francesco si gira molto lentamente. Butta indietro il cappuccio. Mostra il viso deturpato. « Lo sai benissimo chi sono. »

Monvisi solleva il cane. Adesso la pistola è pronta per sparare al minimo tocco del grilletto, nel caso si fosse mostrato necessario. « Non so di cosa lei stia parlando », insiste col suo cazzo di bluff. I suoi occhi però lo tradiscono. Sono lucidi e cattivi e per niente sorpresi. Solo preoccupati, quello sì.

«Eri tu, vero, in casa mia quella sera, a minacciare mio figlio mentre dormiva? Tu avevi le chiavi per entrare ed è stato come bere un bicchiere d'acqua, giusto? In combutta con quelli dei servizi segreti, hai messo in scena quel crudele tentativo di ricatto per farmi diventare un traditore. Serviva che io mi sentissi responsabile per mettermi con le spalle al muro, per costringermi a fare quello che vi serviva: eliminare Terrano e tutto quello che ne conseguiva...»

Francesco avanza di un passo e Monvisi tende il braccio minacciosamente. «Resta fermo dove sei!»

«Credi di farmi paura con quella? I fantasmi non si possono fermare con una pallottola.» Un altro passo avanti.

«Be', ti sparo dritto nel cuore, così vediamo se è vero!»

«So che lo faresti. Hai già ampiamente dimostrato di che pasta sei fatto. Ti fottevi mia moglie. E ti mostravi come un amico di famiglia. Sei stato testimone alle mie nozze. Sei stato padrino al battesimo di Franco. Lo zio Davide, che ridere...»

Monvisi annuisce. «Quello è stato prima, Francé. In un'altra vita del cazzo. Se muovi un altro passo premo il grilletto, non sto scherzando.»

Francesco lo guarda con infinita tristezza. «Hai ragione, il tempo degli scherzi è finito da un pezzo.» Gli fa l'occhiolino. «Però se spari farai un bel botto, e qualcuno potrebbe chiamare la polizia. La vicina del primo piano, magari quella che mi raccontavi che se ne sta sempre là a preparare minestrine con le orecchie tese per cogliere il minimo pettegolezzo nell'aria. Così i tuoi colleghi, *i nostri colleghi,* arriveranno a spron battuto. Tu non farai in tempo a liberarti del mio corpo. E loro ti troveranno qui col cadavere di un frate senza identità. Tu magari potrai inventare qualche scusa del cazzo della serie: 'Non so cosa ci facesse questo in casa mia, e ho dovuto difendermi, perché lui mi ha aggredito'. O altre cose del genere... E nessuno metterà in dubbio le tue parole perché sei commissario capo adesso, giusto? Ma poi ci sarà un'autopsia. E scopriranno la mia identità. E tu ti troverai implicato in un vero casino. Tu e i tuoi compari del cazzo. Quindi dai, sparami pure.»

«Loro possono deviare tutto, coprire tutto.» La sua mano ha come un tremito. Si vede che sta perdendo sicurezza.

«E tu credi che *loro* ti lasceranno vivo? Credi che, una volta che avranno raggiunto lo scopo prefissato, si limiteranno a stringerti la mano dicendo: 'Grazie tanto, ci vediamo per un'altra tresca...' e buonanotte sognatori. Credi davvero questo, coglione che non sei altro?» La sua voce si è alzata di tono mentre avanza di un altro passo. Monvisi è pallido e spaventato e si vede che non sa cosa fare. Non più. Punta la pistola e non smette di tremare. Francesco scuote il capo. «Io mi fidavo ciecamente di te, lo sai?» Tira su col naso. «Avrei messo la mia vita nelle tue mani, così come hanno fatto gli altri.» Un altro passo avanti. «Te li ricordi gli altri? La donna, il biondo, il riccio e il pelato... Ti ricordi come li hanno ridotti, eh?» Monvisi cerca di assumere un'espressione feroce ma non ci riesce. Punta la Beretta. «Ti ricordi il piccolo di Serra? Aveva solo tre anni... Come fai a resistere al rimorso?» Un ultimo passo verso Monvisi. Adesso il suo petto è contro la bocca della pistola, all'altezza esatta del cuore. Francesco tiene le braccia lungo i fianchi e non ha nessun atteggiamento aggressivo. «Cosa hai provato? Dimmelo!» S'inginocchia lentamente, alzando le braccia al cielo. La bocca della Beretta adesso è rivolta verso la sua testa. «Dimmi cos'hai sentito al cospetto di tutto quell'orrore.» In ginocchio davanti a Monvisi, come un religioso davanti all'altare in un gesto benedicente della serie «rivolgiamo i nostri cuori al Signore», con la Beretta puntata al centro della fronte. «Adesso devi completare l'opera, lo sai?» I suoi occhi verdi appaiono più chiari e luminosi. «Uccidimi. Premi il grilletto, sei hai i coglioni. Sparami dritto nel cervello, distruggi la casa del mio diavolo personale. Il maligno *spengitore*. Il bacato guardiano del cancello del male.» Le sue pupille sono ferme e bruciano, senza il minimo accenno di paura. «Però devi farlo guardandomi in faccia.» Il dito di Monvisi è teso sul grilletto. «Uccidimi, per piacere.» La voce di Francesco sembra provenire da un punto lontano e vicino allo stesso tempo.

Davide esita. Nel suo sguardo passano rapide espressioni, l'una dietro l'altra, come se ci fosse una personalità nascosta dietro i suoi lineamenti. Confuso dalla selva di contraddizioni che lo stanno infestando, si lascia scappare un singhiozzo, come un rigurgito dopo aver bevuto una bibita gassata. I suoi occhi si ricoprono di un velo rossastro. Diventano come quelli di una fottuta zucca di Halloween.

Francesco prende un respiro, gonfiandosi di aria e pensa: *Ecco...*

All'improvviso dei passi provengono dall'ingresso. Qualcuno è entrato nell'appartamento.

Il tempo sembra rallentare fino a fermarsi. Monvisi è immobile. Il dito paralizzato sul grilletto. La sua gola pulsa. La giugulare è un serpente che vibra.

Consapevole nella percezione dell'adesso e del prima, in attesa del dopo, Francesco trattiene l'aria nei polmoni e si prepara ad agire.

Sulla soglia compare la Rossi con la pistola impugnata a due mani.

Francesco butta fuori l'aria mentre scatta verso sinistra per portare la propria testa fuori dalla linea di mira della Beretta. Poi fa roteare il braccio sinistro dal basso verso l'alto, afferra il polso del suo avversario tirandosi in piedi fulmineo e col palmo aperto gli colpisce il gomito spezzando l'osso all'altezza dell'articolazione. In un decimo di secondo l'arma che Monvisi stringeva in pugno è in mano sua.

La Rossi gli punta la pistola contro e dice: «Fermati, tu non capisci».

Francesco solleva l'arma a sua volta e risponde: «Vaffanculo!»

Lo sparo sembra risuonare per un tempo interminabile.

Gli occhi della travel agent sono diventati strabici. Dal buco al centro della sua fronte cola un rigagnolo che si dirama rapido ricoprendole gli occhi di una crema di sangue e midollo. Sembra un ciclope. Il foro del proiettile guarda ciecamente l'uomo rasato e barbuto in piedi al centro della stanza con la Beretta ancora fumante stretta in pugno.

La donna crolla sulle ginocchia e poi a faccia in giù sul pavimento. Alle sue spalle, un grumo di materia cerebrale sta colando sulla parete.

Monvisi si tiene il braccio spezzato e si lamenta. E Francesco si china su di lui e lo guarda. Lo zio Davide muove le labbra. «Perdonami.»

Francesco lo afferra per il collo con un ringhio mentre pensa: *Perdonami un cazzo!* Gli spinge la canna sulla faccia, gli taglia la pelle della guancia col mirino, poi cerca di premere il grilletto ma non ci riesce. Gli infila la pistola in bocca, poi sulla fronte. Ogni volta non riesce a sparare. Sente odore di urina: Monvisi se l'è fatta addosso. Nauseato, si tira su e la testa prende a vorticargli. Si deve appoggiare al muro per non cadere pure lui a terra.

Il corpo della Rossi sta sussultando per gli ultimi spasmi peristaltici. Una pozza di sangue si sta allargando sotto il suo corpo.

Davide sta piangendo con quel braccio girato al contrario.

Francesco pensa che non ne può più di tutta quella merda. Muove un passo verso la porta. L'inquilina ficcanaso di sicuro ha già chiamato il 113. Lui deve andarsene in fretta.

Sta per varcare la soglia del soggiorno e sente un rumore inconfondibile, alle sue spalle: quello di un carrello di pistola che scorre. Si gira e vede il suo ex amico col braccio sano teso in avanti che stringe in pugno una piccola Beretta .25. La pistola di riserva che si porta sempre dietro in una fondina alla caviglia.

Monvisi dice: « Ti ho fregato ».

Francesco scuote il capo. « Non credo! » sussurra.

Lo sparo non è più forte di un tappo che salta da una bottiglia di spumante. Il proiettile sibila e colpisce. Entra nella spalla sinistra di Negronero e fuoriesce dall'altra parte e si conficca nel legno dello stipite della porta con un tonfo, come se qualcuno avesse bussato.

Senza percepire nulla, tranne la sensazione di avere qualcosa di aperto da cui spiffera aria in cima al braccio, Francesco punta la Beretta e spara in faccia a Monvisi, smontando definitivamente il suo ghigno. Resta a guardarlo, valutandone il guazzabuglio di ossa frantumate: la sua testa dà l'idea di una zucca spaccata a metà. Gli occhi che spuntano in mezzo alla poltiglia non sono né rossi né luminosi, sembrano frammenti di vetro.

Francesco cerca di capire come si senta. Né bene né male, in effetti. « Indifferente » potrebbe essere una buona definizione per il suo stato d'animo in quel momento. Adesso però deve muoversi.

Esce nel corridoio, e corre giù per le scale fino al piano terra. Infila l'arma nella tasca laterale del saio mentre guadagna l'uscita del palazzo. L'aria fresca lo investe, mentre si guarda attorno. La Cherokee della travel agent è parcheggiata dall'altra parte della strada.

La raggiunge e vi sale sopra. Un odore ristagnante di sigaretta lo stringe alla gola. La chiave d'accensione è infilata al suo posto. Accende il motore con un rombo, parte a tutta velocità e presto scompare in fondo alla strada.

Controlla nello specchietto retrovisore per vedere se qualcuno lo segue. Nessuna auto dietro, può stare tranquillo. Prende un respiro, poi un altro. Cerca di calmarsi. La spalla ferita gli pulsa, come se fosse viva. Il sangue gli cola dentro la manica del saio. Sente l'umido e il caldo. Il muscolo però non deve essere lesionato perché riesce a muovere il braccio. Si conta i battiti del cuore. Cerca di sentirseli come se fossero lancette e vince l'impulso di controllare i suoi orologi del bene e del male. «Vaffanculo», dice, rivolto al cielo. Il tettuccio della Cherokee non è per niente blu; è foderato di moquette grigia striata di macchie come di fuliggine.

Arrivato al primo incrocio, il semaforo diventa rosso. Si ferma e ne approfitta per aprire il vano portaoggetti e frugarvi dentro. Trova il libretto di circolazione e gli dà un'occhiata veloce: l'auto è intestata a un autonoleggio dell'AVIS, il contratto a nome di Maria Rossi. Ripone il documento e fruga con la mano all'interno. Le sue dita incontrano qualcosa di metallico. Si tratta di una chiave appesa a un ciondolo con una forma strana, che sembra un rosa stilizzata con un numero inciso sopra, il 66. Sembra la chiave di un albergo. Gira il portachiavi e scopre una targhetta in alluminio con una scritta: CASA SANTA ROSA. Conosce il posto: si tratta di un pensionato che affitta appartamenti in residence. Non è lontano.

Scatta il verde e parte, voltando a destra in direzione centro. La pistola infilata in tasca gli preme sull'inguine, e si sente come se dovesse pisciare, ma cerca di non farci caso.

19

Giunto davanti alla palazzina numero 66, s'infila nel garage in dotazione a ogni appartamento. Scende dalla Cherokee e sale le scale che conducono all'interno con la Beretta impugnata.

Si ritrova in una piccola cucina. Ci sono una moka sopra i fornelli e una bottiglia d'acqua minerale sul tavolo. Attento a non fare troppo rumore, passa nella stanza attigua.

La camera da letto è deserta. Le coltri sfatte con le lenzuola aggrovigliate. Sul comodino c'è una stecca nuova di Marlboro e un portacenere ricolmo di cicche con uno Zippo a fianco. Aleggia un odore stagnante di fumo che gli dà il voltastomaco.

Entra nel piccolo bagno. Dentro l'armadietto sopra il lavabo trova le solite cose da donna: una spazzola per capelli, una confezione di shampoo, una trousse per il trucco, dentifricio e spazzolino, una bottiglietta di Bioalcol.

La spalla ferita continua a sanguinare copiosamente e la pettorina del saio si sta già scurendo. Deve fermare l'emorragia in qualche modo. Si spoglia in fretta e rimane a torso nudo. Prende la carta igienica di fianco al water e ne strappa via una striscia lunga una decina di centimetri. Afferra la boccetta di disinfettante e la versa sopra. Ponendosi davanti allo specchio, si pulisce dal sangue. Poi strappa altra carta igienica e se la infila nel foro della ferita, fino riempirlo completamente. Torna in camera, prende lo Zippo dal comodino e dà fuoco al lembo di carta imbevuta di alcol che fuoriesce dal buco, come una miccia. Il sangue sfrigola divorato dalla fiamma e la carne si annerisce. Un odore repellente si propaga nella stanza. Dopo essersi cauterizzato la ferita in quel modo, con una smorfia di disgusto dipinta sul volto, si riveste e riprende la perquisizione della stanza.

Controlla nell'armadio: ci sono vestiti appesi alle stampelle. Nei cassetti trova biancheria intima. Niente di particolare. Sopra un piccolo scrittoio c'è un PowerBook grigio. Va subito ad accenderlo. Il programma di apertura richiede una password. Quindi un cazzo.

Impreca tra i denti. E ancora si guarda attorno. C'è una valigia sopra l'armadio. La tira giù e la apre sopra il letto. Dentro c'è una cartelletta porta documenti. Ne controlla il contenuto: un dossier su Terrano. Nulla di strano, in effetti... Sfoglia le pagine in fretta. In fondo c'è un rapporto della polizia messicana che riguarda l'uccisione di Manuel Vasco e un piccolo album di foto. Lo apre per dargli un'occhiata. Ci sono le immagini di due bambini, un maschietto e una femminuccia che giocano assieme e ridono. Lei è molto carina, lui invece è grassoccio e con la faccia larga. Nell'ultima istantanea i bambini sono cresciuti, devono avere undici-dodici anni e sono entrambi abbracciati a un uomo. Francesco guarda con attenzione e si rende conto che si tratta sempre di quel Vasco. Lui è in compagnia dei suoi figli, quelli che non sono mai stati trovati dopo la sua morte. Ripone gli incartamenti dentro la valigia e fruga l'unica tasca interna. Trova una busta di pelle con dentro un passaporto internazionale. Nella foto c'è la travel agent che sorride, coi capelli scuri e più giovane di almeno dieci anni. Ma il nome sul documento non è quello che dovrebbe essere. Gli viene da imprecare, ma si trattiene. Il nome riportato è MARIA VASCO. RESIDENTE A CITTÀ DEL MESSICO.

Prende di nuovo la foto dei due ragazzini che ridono assieme al presunto papà. La pone di fianco a quella del passaporto. Controlla i lineamenti della femmina. *Cazzo.* Un'altra tessera s'inserisce perfettamente nel quadro. Una tessera imprevista. La travel agent era la figlia di quel narcotrafficante che è stato la prima vittima di Terrano. E questo apre un altro scenario ancora, come se non ce ne fossero già abbastanza... Quella donna non era un'agente del SISDe, almeno non solo. Lei si era infiltrata da tutte le parti e aveva corrotto e manipolato al solo scopo di vendicare il padre, usando ogni mezzo lecito e illecito, senza alcuna morale, usando e sacrificando.

Chiude la valigia e la ricolloca sopra l'armadio.

La testa gli gira e ha una punta di nausea. Vuole andare via da quel posto. Scappare dal mondo intero.

Torna di sotto e sale sulla Cherokee. Fa marcia indietro per uscire dal garage, poi s'infila nella stradina che conduce al viale, dalla parte opposta rispetto al complesso residenziale.

Adesso può fare un'unica cosa: tornare a nascondersi. Scomparire nell'ombra ancora una volta.

Nell'attesa di affrontare il peggio.

VII

ANESTESIA DELL'OMBRA

1

Nella sede del CSP - il Centro Studi di Parapsicologia -, monsignor Sisto Connubio fu accolto dal professore Raffaello Inardi.

Seduti l'uno di fronte all'altro, in un studio arredato come la cabina di una nave, i due uomini si sorrisero con affetto.

« Qual buon vento ti ha fatto giungere da queste parti? » chiese il professore, col viso rubicondo e gli occhi attenti.

Sisto non perse tempo in preamboli. « Vorrei un tuo parere su delle immagini registrate », rispose, mentre gli porgeva la videocassetta che stringeva in pugno.

Inardi gli chiese se nel frattempo desiderasse qualcosa da bere: un caffè, un bicchierino di nocino... A entrambe le offerte il vecchio gesuita disse di no. Si sentiva nervoso e teso come la corda di un violino.

Intuendo la premura dell'anziano gesuita, il parapsicologo non insistette ulteriormente coi convenevoli, accese il televisore, inserì il VHS nel videoregistratore e schiacciò PLAY.

Si vedevano gli scorci notturni di una casa ripresi con gli infrarossi. Poi delle strane interferenze... Un ragazzino che si risveglia muovendosi come un sonnambulo e va a colpire lo specchio dell'armadio. Una donna che si desta di soprassalto e si mette a piangere.

Alla fine del nastro Inardi guardò il suo vecchio amico con espressione perplessa. « Chi sono queste persone? »

Sisto smise di fissare il fermo immagine su Mara che si tiene la testa seduta sul letto e rispose al collega: « Non posso spiegarti molto. Fai come se fosse una cosa coperta dal segreto della confessione. Vorrei solo che tu mi aiutassi a comprendere meglio... »

« Cosa vuoi sapere in definitiva? »

« Durante le riprese notturne di quella casa, come hai potuto constatare, compaiono delle interferenze. »

« Che non sono imputabili a difetti del nastro o della videocamera? »

Monsignore scosse il capo. « No, assolutamente. » Si avvicinò al videoregistratore. « Posso? » Senza attendere risposta, schiacciò il tasto REWIND azionando la velocità che permette di visualizzare fotogramma per fotogramma. « Guarda con attenzione », disse.

Il professore avvicinò il volto allo schermo. Si vedeva una figura indefinita che si spostava a scatti nella stanza... « Oh, ma che diamine! C'è come una forma di energia! » Girandosi verso il gesuita, gli fece in fretta una domanda: « Che tu sappia si sono verificati anche spostamenti di oggetti in quel luogo? »

« Non è un *poltergeist*, se è quello che stai pensando. » S'interruppe un attimo per valutare quello che poteva dire senza tradire il segreto di Francesco. « Credo si tratti di un fenomeno di materializzazione psichica. »

Inardi corrugò la fronte. « Vuoi dire un'entità incorporea creata dall'inconscio? Tipo un'eggregora o un tulpa! »

« Qualcosa del genere, sì. Con una connotazione negativa, però. »

« In che modo si sarebbe formata questa presenza malvagia? »

« Non posso spiegarti tutti i particolari, te l'ho già detto. »

« Sì certo, segreto confessionale. » Con gli occhi che gli brillavano, il professore azionò i comandi per vedere ancora una volta quelle immagini straordinarie. Dopo aver finito, si rivolse all'amico: « Considerando come quella figura prenda consistenza mettendo la registrazione al contrario, mi viene da pensare a un qualcosa che proviene da una dimensione atemporale ».

« Particelle subatomiche in viaggio dalla quarta dimensione? »

Inardi annuì. « Realtà insondabili dove il tempo si ferma, la logica crolla e dettano legge solo fantasmi e ombre. »

2

Ha trascorso tutta la notte davanti ai monitor dell'Osservatorio a vegliare il sonno dei suoi cari. Resistendo al richiamo del pozzo come un drogato in crisi di astinenza.

Ogni quarto d'ora il *bip* dell'allarme movimento ha suonato e lui tutte le volte ha cambiato posizione sulla sedia per far circolare il sangue nelle gambe.

L'emorragia alla spalla pare essersi fermata. Per sicurezza si è riempito il foro del proiettile con un fazzoletto appallottolato e, se non fosse malato di analgesia, sentirebbe un male d'inferno.

Con la mente persa in un vortice d'immagini e concetti, assurdità del mondo reale e assurdità dell'irreale, ha ripensato a tutto quello che è successo, temendo per quello che accadrà. Le supposizioni su una sorta di entità liberata dall'inconscio che sta insidiando la sua famiglia, così come la faccenda di Monvisi e della travel agent, sembrano appartenere a uno strano sogno.

Fino al mattino i monitor sono rimasti spenti. Nessun movimento sospetto nel nido nudo.

Poi Mara e Franco si sono svegliati, si sono vestiti e sono scesi in cucina per fare colazione. E Francesco ha finto di essere seduto a tavola con loro, immaginandosi l'odore di caffè e il sapore dei biscotti.

Una volta finito di mangiare, suo figlio si è recato in bagno e sua moglie ne ha approfittato per dare qualche colpo di pennello al quadro sopra il cavalletto in soggiorno. La figura che sta cercando di far venire fuori così faticosamente partendo dalle sue macchie di Rorschach assomiglia sempre più a un corpo femminile accovacciato, con una postura che dà l'idea di una belva che sta per scattare. Il volto è ancora una massa indefinita. Quando Franchino si è presentato in soggiorno con lo zainetto sulle spalle, lei ha riposto il pennello in fretta, come se scottasse. Lui allora le ha chiesto quale soggetto stesse dipingendo e Mara gli ha risposto che non lo sa.

Francesco ha continuato a spiarli fino a quando non sono usciti per andare via: il figlio al liceo e la moglie al lavoro alla Jungen House.

Quando la Saab è scomparsa dall'inquadratura nella camera 1, lui si è sentito una volta di più solo e abbandonato. Presente al nulla, in quella prigione oscura che lo sta contenendo.

Ha trascorso il resto della mattina e buona parte del pomeriggio con gli occhi sbarrati a fissare i monitor vuoti, mentre con la mente ha ripercorso tutte le tappe del viaggio destinazione inferno organizzato per lui da Maria e dai suoi complici. L'epilogo della travel agent è stato repentino e drammatico: ancora adesso lui può risentire con esattezza il suono del proiettile che entra nella fronte di lei. Il tonfo e il sangue e gli occhi che diventano strabici. La sua bellezza smontata dall'espressione attonita della morte. Il cervello che cola sulla parete...

Pensa alla foto di Manuel Vasco assieme ai figli... due bambini sorridenti che si aggrappano al loro papà. La femminuccia da una parte e il maschietto grasso dall'altra... Si domanda dove possa essere finito quest'ultimo. Intanto un brivido lo percorre da capo a piedi.

3

Si guarda attorno e registra i particolari nella stanza: i fornelli, i mobili pensili, il tavolo di legno. C'è una confezione di medicinali sopra il ripiano di formica di una vecchia credenza. Gli dà un'occhiata, si tratta d'insulina. Dentro ci sono numerose siringhe con l'apposito dosatore. Prende un respiro per calmarsi. Lui è un professionista e non deve farsi coinvolgere troppo dall'onda delle emozioni. Ma non è facile.

Con gli occhi sbarrati, le pupille come punte di spilli, stringe forte i pugni, grossi come magli. Pensa: *Mia sorella adesso è morta.*

In un breve flash la rivede ragazzina contorcersi sul letto coi polsi imprigionati dalle manette, i capelli appiccicosi di sudore e miele.

Deglutisce e cerca di non farsi cogliere dalla paura. Lui deve portare avanti la missione, per celebrare l'orrore, nel nome del ricordo. *Eliminazione, pulizia...* Il suo compito. La sua ragione di vita.

Tende le orecchie e ascolta. Un rumore di passi proviene dall'esterno, qualcuno sta arrivando.

Dopo il colloquio con Inardi, monsignor Connubio si sentiva come se gli avessero svuotato lo stomaco con un cucchiaino. Doveva essere qualcosa che aveva a che fare col desiderio e la speranza di nutrirsi di risposte e la frustrante incapacità di trovarne almeno una che fosse soddisfacente sino in fondo. Aveva dedicato buona parte della sua vita a studiare la paranormologia, solo e unicamente per scoprire la bellezza del disegno divino nella sua spaventosa ed entusiasmante interezza. Ma quello che si era sempre ritrovato stretto fra le dita era un nuovo pugno d'interrogativi. Una sorta di matrioska dell'umana impossibilità a comprendere. Se l'entità che insidiava Francesco era davvero quello che aveva ipotizzato, l'unica cosa che poteva fare per aiutarlo era andare da lui armato di preghiere e buone intenzioni, e cercare di impedirgli di perdersi del tutto. Prima però doveva farsi una dose d'insulina. Quel pomeriggio si era dimenticato l'occorrente a casa, nella fretta di andare a parlare col suo vecchio amico professore.

Infilando la chiave nella toppa dell'uscio di casa, si rese conto che il catenaccio non era inserito. Probabilmente se l'era dimenticato, non era certo la prima volta che succedeva. Entrò, chiudendosi l'uscio alle spalle e se lo ritrovò davanti, al centro della stanza. Un uomo grande e grosso che lo fissava con sguardo spento e una pistola silenziata in pugno.

« Cosa vuole lei? » chiese il prete.

Un voce dolce, quasi un sussurro nell'aria pervasa di stupore, gli rispose: « Voglio te... »

4

Il cuore gli batte nel petto come se si fosse afflosciato. Emette i tonfi molli di un insetto che sbatte contro un vetro, in un tempo che sta morendo. Alzandosi dalla sua postazione, Negronero prende a girare per la stanza. Guarda i fogli col volto di suo figlio sparsi sul pavimento, foglie morte della malinconia. Poi avanza di un passo, tenendo la testa china fino a inquadrare tutte le armi che ha allineato a terra, alle pendici del nuovo Muro del pianto. Si china e allunga la mano e le sfiora a una a una, come per accarezzarle. Le ha trovate dentro una borsa di tela nel baule della Jeep di Maria. Una mitraglietta Skorpion, un revolver .44 Magnum e una semiautomatica .45 SIG SAUER dotata di silenziatore.

Allungando una mano, prende il cilindretto che riposa leggermente da una parte rispetto agli altri oggetti letali e lo esamina con attenzione. Si tratta di una granata al fosforo dello stesso tipo di quelle usate per compiere il suo finto attentato. Da brava professionista, Maria ne ha tenuta una di riserva.

Pensando a lei ancora una volta, sente un'onda di tristezza invadergli il cuore. *Quella donna mi ha usato per vendicarsi... E io l'ho uccisa.*

E adesso, da qualche parte, ci deve essere un fratello che attende di pareggiare i conti. Il Continuum è inarrestabile.

5

Puntando minacciosamente la pistola in avanti, invita il prete a sedersi sulla sedia davanti al tavolo. Gli immobilizza le braccia dietro la spalliera, legandogli i polsi con manette di plastica.

«Perché stai facendo questo, figliolo?»

Il Grasso scarta una confezione d'insulina e riempie una delle siringhe con la dose massima. Si avvicina al suo prigioniero e lo pugnala con uno scatto del polso, facendogli un'iniezione direttamente nella giugulare.

«Devo solo confessarmi, padre», sussurra con calma. «*¿Entiendes?*» Posizionandosi al centro della stanza, inclina la testa da una parte e guarda la sua vittima scuotere il capo a scatti, l'inizio di una convulsione. Poi inizia a raccontare... «Eravamo solo dei ragazzini quando ci siamo perduti sulle strade dell'inferno, io e mia sorella...» Tono freddo, privo d'inflessioni. La voce di un pupazzo senza cuore. «Sono venuti a prenderci nella notte. Uomini con le facce da teschio. Ci hanno portato in un magazzino per lo stoccaggio di materiali medici. Ci hanno legato alla spalliera di un letto rugginoso, i polsi imprigionati dalle manette. Seduti nudi su una rete che faceva male sotto, che tagliava. Ci hanno cosparso di miele da capo a piedi e noi avevamo così paura. Tremavamo, mentre loro ridevano. »

Padre Sisto ascoltava cercando di non perdere i sensi. Si sentiva come se la sua testa si stesse riempiendo di ronzii. Insetti arrabbiati pasteggiavano con la sua materia cerebrale.

Le labbra dell'uomo di fronte a lui, carnose e umide, sembravano vibrare, mentre le parole uscivano cadenzate e lente. « Quando hanno portato dentro nostro padre, anche lui era senza vestiti. C'era una sedia inclinata davanti al letto dove ci trovavamo noi. Lo hanno costretto lì sopra e gli hanno fissato i polsi ai braccioli col nastro da pacchi. Ricordo come ci guardava, con gli occhi sbarrati dalla paura, mentre ci diceva che sarebbe andato tutto bene. »

Quello che gli stava raccontando quell'omone assurdo sembrava non avere senso. Monsignore era incredulo e spaventato. La comprensione piena delle cose, come al solito, sfuggiva e allo stesso tempo incombeva. Pesante e clamorosa, non mancava mai di lacerati il cuore.

6

Passiamo la nostra vita a creare significati e a trovarli, quasi per forza. La ricerca della felicità spesso passa attraverso una smodata assunzione di alibi. Alias di quello che siamo, conditi con quello che vorremmo diventare. Poi c'è la paura, certo. E quella fa sempre la differenza e c'influenza nel profondo.

Così alla fine creiamo fantasmi su cui far convergere le nostre colpe.

Francesco pensa e ripensa alle teorie sul Continuum: il male come un virus, un soffio malato che si propaga nel tempo e nello spazio.

Il pozzo di deprivazione è come una porta di accesso a una dimenzione altra. Quella spaventosa dell'inconscio, dove ribolle il magma di paure, solitudine, rabbia. Tutto il dolore di una vita racchiuso in un favo pronto a esplodere. La Signora delle vespe è la regina della sofferenza, la santificazione della morte, la madre mostro che sussurra nel buio della coscienza, retaggio genetico e ancestrale sublimazione. Lei cresce in quell'inframondo della coscienza dove il tempo si comprime e il dolore si espande. E forse la strada per sconfiggerla si trova proprio lì, nel dolore e nel tempo.

Usando il computer che gestisce l'unità di rilevamento ambientale, entra in Internet e inizia a cercare notizie relative alla teoria degli universi paralleli. Con quella sua nuova mente estremamente ricettiva e pronta, inizia ad assimilare concetti l'uno dietro l'altro. A flusso continuo. Apprende così dell'esistenza di una materia oscura e di un'energia del vuoto. E cerca di ragionare sul concetto di multiverso spazio-temporale.

Mentre una parte di lui comincia a elaborare un piano.

7

« Hanno infilato una sonda nella bocca di nostro padre, e gliel'hanno spinta giù sino in fondo. E non dimenticherò mai il suono gorgogliante del suo respiro, mentre gli riempivano lo stomaco di larve. » Il pomo d'Adamo va su e giù mentre deglutisce, come per pompare le parole che servono per proseguire il suo racconto. « Una volta terminato, sono andati tutti via, lasciandoci là da soli. » Il Grasso si avvicina al prete e si piega su di lui. « Può immaginare che cosa si prova, padre? Ore e ore trascorse a contarsi i battiti del cuore. Ore e ore, in cui mia sorella ha cercato disperatamente di sfilarsi le manette per liberarsi, tirando e strattonando senza smettere un secondo, coraggiosa e testarda. » Si tira su di scatto. « Fino a quando nostro padre ha cominciato a lamentarsi. Il suo ventre... » Muove le mani, come per frugare l'aria. « Era come se pulsassse, sembrava un cuore! » Una breve pausa. Con gli occhi fissi nel nulla. Le labbra grasse che si spostano per fare uscire altre parole: « Sotto la sua pelle, sotto la sua carne qualcosa cresceva e divorava, aprendosi varchi nei tessuti, per uscire all'esterno ». Deglutisce per emettere la frase successiva. « Nostro padre era come un bozzolo che presto si sarebbe spaccato riversando su di noi nugoli di insetti che, attirati dal miele, ci avrebbero ricoperto di morsi e veleno. »

Scuotendo il capo come per negare l'assurdità delle sue stesse parole, in quel racconto di orrore senza fine, il killer si avvicina al tavolo e prende un secondo flacone d'insulina.

Sisto guardò quella specie di colosso mentre preparava un'altra siringa e pensò che la fine si stava avvicinando al galoppo in un mare di bollicine, emboli cerebrali in arrivo sul terzo binario e gazzosa al posto del sangue. Il tutto condito con la colonna sonora di quel racconto terribile.

« Usando il miele, per lubrificare meglio il polso, Maria è riuscita a fare in modo che l'anello risalisse per una decina di centimetri scivolando sul pollice piegato. E ha continuato a strattonare sempre più forte, fino a quando la pelle si è lacerata e ha iniziato ad accatocciarsi sopra il bracciale, spellandole la mano, scoprendo vene bluastre e tendini... »

Serbatoio pieno fino all'ultima tacca del dosatore, l'ago luccicante, una goccia che cade sul tavolo, il racconto che prosegue.

« Il ferro della manetta le ha scavato il polso fin quasi all'osso. La pelle raggrumata in cima è scivolata con un denso rumore di fango e all'improvviso la sua mano è stata libera. »

Monsignore guardò quell'uomo enorme incombere su di lui e, per un paralizzante attimo, lo vide come doveva essere un tempo: un ragazzone con problemi di sviluppo ghiandolare, con la faccia rubiconda e disperata. In contrasto coi lampi di ferocia che scaturivano dalle sue pupille nere, un secondo sì e uno no, lui era un essere tormentato che non ce la faceva più a convivere con gli incubi del suo passato e quindi induceva compassione e incuteva tristezza. Poi quelle labbra, sempre quelle che si muovevano come per baciare l'aria, una parola dietro l'altra...

« Ricordo la sensazione di sollievo che ho provato quando la mia Maria si è alzata in piedi sulla rete del letto. La sua mano sembrava una zampa di gallina rattrappita che tremava e gocciolava sangue... L'ho guardata con gratitudine mentre afferrava il tubo di alluminio della spalliera e col piede dava un colpo di traverso, riuscendo a scalzare gli alloggiamenti laterali. Così lei è riuscita a liberare anche l'altra mano. Poi mi ha aiutato a fare lo stesso... »

L'ago della siringa che penetra nel collo e spinge il liquido nella vena. Una lama di bruciore che sale fino al cervello ed esplode in una serie di palpiti, tra una tempia e l'altra. Il cuore che batte sempre più furiosamente al centro del petto. Sisto non aveva paura di morire. Si sentiva pervaso da un forte senso di calma ma era preoccupato per Francesco. Il suo pupillo era malato e ossessionato e doveva affrontare un mostro terribile. E adesso avrebbe dovuto farlo da solo.

Le parole dell'omone continuavano incessanti, proseguendo verso la fine dei giochi. « Io e mia sorella siamo fuggiti via nella notte, mentre il ventre di nostro padre rigurgitava nugoli di vespe nere... »

Dio mio, perché tutto questo orrore? Il cuore nel petto stava sparando battiti come un forsennato e presto sarebbe esploso. Sisto non riusciva nemmeno più a respirare. La sua vista si stava ricoprendo di un velo.

« Mia sorella mi ha salvato la vita. Mi ha condotto per mano, mi ha aiutato a crescere. Assieme abbiamo iniziato a costruire la vendetta. E io mi sono sempre fidato. Siamo diventati agenti segreti, muovendoci nell'ombra in nome del dolore, per eliminare i responsabili di tutto. Quando la mia Maria non ha voluto uccidere il commissario, io l'ho assecondata. E adesso lei è morta. »

Perché tutto questo dolore?

« Mi dispiace ma adesso non posso più lasciare vivo nessuno, padre. »

Sisto strinse i denti. La pelle del viso madida di sudore così bianca da sembrare di pasta cruda. Recitò mentalmente una preghiera. *Io mi pento e mi dolgo...* Ma non riuscì ad andare oltre la prima frase, il buio giunse bruciando e lui lo accolse con un ultimo definitivo brivido sincopato.

8

Il suo sguardo cade sulla data che compare in cima a uno dei monitor che ha di fronte. Oggi è il 31 ottobre, l'antivigilia del giorno dei morti.

Si volta e osserva la parete nera della cella su cui sembra lampeggiare sotto lo sbattere accelerato delle palpebre la scritta *SIGNORA DELLE VESPE*.

Lei sta tornando. E lo farà questa sera allo scadere della mezzanotte, l'ora esatta in cui è morta Anita.

Il Continuum è alle porte. E lui lo dovrà fermare.

Adesso che è calata la sera e che il momento si sta avvicinando, si sente percorso da frange di panico e di brividi.

Controlla l'ora sul destro: l'orologio dello yang annuncia le 19.30. *Oh, cazzo, ma come è possibile?*

L'orologio dello yin va leggermente meglio, ma non più di tanto, solo 33 minuti meglio. In ogni caso il tempo è volato.

Tutte le cose che ha letto. Tutte le cose che ha pensato. Si sente la testa gonfia. Forse il tumore sta peggiorando e sta per esplodergli nella testa, come una bolla di pus: il maligno *spengitore* del bene e del male sta per dargli il colpo di grazia. E lui sta cominciando a precipitare verso quel cielo che lo attende da tanto tempo. Il blu gli tende la mano da tutta una vita. E adesso il suo richiamo è diventato ancora più forte.

Cerca di reagire, si distoglie dal loop che lo attanaglia.

Corre alla console. Controlla i suoi cari.

Dolcemara sta dipingendo furiosamente in soggiorno, camera 2. Ha spostato il cavalletto verso la luce della lampada a piantana di fianco al divano, così che adesso non si riesce più a vedere nulla di quello che sta creando con un ritmo forsennato.

Camera 5: Franco è nella sua stanza, sdraiato supino sul letto, con le mani dietro la nuca. Sta ascoltando un brano di musica.

Francesco allunga una mano e alza il cursore per aumentare la ricezione del suono. Dalle casse in dotazione alla console si propaga una voce grossa, con un pianoforte in sottofondo.

In the silence of the darkness, when all are fast asleep...

Si tratta della cover di un brano dei Manowar, *Master of the Wind*... L'esecuzione di un gruppo tedesco con un nome che è tutto un programma: Die Apokalyptischen Reiter, i cavalieri dell'Apocalisse. La cosa lo fa commuovere facendogli venire in mente i suoi petali combattenti morti in nome della giustizia nuda. Adesso che può non sentirsi più in colpa, è in grado di tenerli nel cuore senza paura che loro comincino a morderlo.

La donna, il riccio, il biondo e il pelato si tengono per mano. Un corpo unico di guerrieri che cercano di sopravvivere a ogni costo, anche oltre la morte. Cavalieri per sempre, come l'amore vero, come l'odio.

Far beyond the sun across the Western sky...

Lontano oltre il sole attraversando il cielo occidentale...

Franco è immobile sul letto e ascolta la musica con gli occhi chiusi. Forse si è addormentato. Il suo piccolo cavaliere dei sogni.

Close your eyes, look into the dream...

Francesco si aggrappa ai suoi lineamenti, mentre il pozzo ricomincia a chiamarlo, come un grido che si sprigiona all'improvviso.

Sullo schermo compaiono le solite interferenze: il quadro si dilata e si stringe. Poi arrivano le vespe. I *tump* contro il vetro e contro il suo petto.

Tutto è confuso. Irraggiungibile.

Il pozzo chiama. E lui stringe i denti e cerca di resistere.

Camera 2: Mara sta dipingendo furiosa. Ha gli occhi sbarrati all'inverosimile.

Dolcemara fermati, smettila, dai... Tu?

Il pozzo urla, tende la mano e dice: « Qua è tutto così blu, non ci puoi credere! »

Tu non sei un cielo!

L'interferenza nella camera di Franco germoglia una forma precisa. Una mano irta di pungiglioni che avanza come una serpe nell'aria, apparendo e scomparendo con un sibilo.

Dolcemara dipinge senza tregua.

Tu sei? Francesco pensa a *tutte* le nozioni che ha cercato di apprendere durante quell'interminabile giornata. Teoria dei quanti, dimensioni parallele, energie del vuoto. Il modo per sconfiggere la Signora delle vespe nascosto in quei concetti.

Lacerare il Continuum, razzolare nella materia oscura, fermare il tempo... Con la benedizione degli orologi dello yin e dello yang, naturalmente. Come uno sceriffo che combatte gli orari *giustosbagliati* cavalcando nel silenzio dell'oscurità.

Fly away to a rainbow...

Lontano da quel cazzo di arcobaleno insopportabile.

La mano del fantasma cala sul volto di Franco e sembra fondersi coi suoi lineamenti, allora lui spalanca gli occhi e boccheggia tirandosi su come se non ce la facesse più a respirare. La sua faccia si disfa in palpiti fosforescenti facendo trapelare il teschio sotto, l'osso che lo costituisce in quanto essere mortale in un mondo dominato dai fantasmi.

Una stroboscopia mortale gli scompone i lineamenti. E poi li riforma.

Francesco grida più forte che può. Grattandosi la gola fino a farsela sanguinare. La voce del pozzo si ritira con un guizzo.

Il teschio lascia posto alla carne e Franco riesce finalmente a respirare. E si guarda attorno smarrito.

Lui è salvo, per ora...

Dolcemara ha smesso di dipingere. Adesso è sul divano, accasciata si potrebbe dire. Con gli occhi spenti. Sporca di colore: un baffo verde sulla guancia destra...

«Mamma mi sento male!» Suo figlio la sta chiamando, dal piano di sopra. E lei non sembra sentire. Il cavalletto è rovesciato.

Perché non va da lui, perché?

Franco continua a chiamarla e lei di colpo sembra scuotersi dall'inebetimento, si alza e corre su per le scale.

La tela che stava dipingendo cade a terra, rivolta all'insu.

Francesco si asciuga le lacrime che gli inondano le guance. Muove il cursore del joystick per zoomare sulla tela: *la donna nuda, come una belva che scatta...* La macchia al posto della sua faccia adesso ha assunto una forma precisa. Il volto verdastro di un teschio.

9

È rimasto impalato in mezzo alla stanza a guardare il cadavere del prete per molto tempo. Monsignor Connubio irrigidito sulla sedia con la testa all'indietro, il collo pieno di grinze e una leggera bava di sangue che gli cola da un angolo della bocca.

Quando si ridesta dal suo imbambolamento, cerca di capire come si sente. Non prova rimorso, solo una grande tristezza. Lo ha dovuto fare. Non c'erano altre soluzioni: il percorso è segnato e non si può sfuggire.

Si avvicina al cadavere da dietro, gli toglie le manette di plastica e lascia che il corpo si affloscì scivolando a terra. Poi recupera i flaconi vuoti di insulina e le siringhe e s'infila il tutto nelle tasche del cappotto.

Si guarda attorno per controllare se ha lasciato tracce in giro. Sembra tutto a posto. Crederanno che il prete abbia avuto un infarto. Così vecchio e così malato.

Raggiunge la porta ed esce. Fuori è buio. La notte è calata. Il furgone Vanette lo attende. Sale a bordo e parte. Con un sapore di morte in bocca e la voglia di vomitare.

Non si è mai sentito così solo in vita sua.

10

Gli *occhi* sono tutti in fila. Sette schermi che mostrano scorci di malinconia. Nel monitor 5 Franco si sta agitando nel letto. Dorme ed è completamente coperto di sudore. Lo stereo è acceso, nell'aria si propaga una canzone lenta e graffiante di quel gruppo di metallari che piace tanto al ragazzo dei sogni, Z Mastéma: *Dreamless Dream*.

Mara è seduta accanto a suo figlio e gli tiene la mano. Dopo una cena a base di latte caldo e biscotti, gli ha dato un'aspirina, ma la febbre non è ancora calata. Così se ne sta lì e lo osserva con un'espressione strana. I suoi occhi sono troppo fissi. Persi dentro qualcosa. Una fottuta isola che non c'è.

Dove sei andata, Dolcemara, si può sapere?

Francesco si è già messo la torcia da subacqueo sulla fronte e la maschera occludente intorno al collo. Gli orologi del bene e del male battono imperterriti nel loro folle ticchettio.

Si è tolto il saio e il suo corpo nudo sembra vivere di giochi di contrasto nella luce soffusa prodotta dagli schermi accesi. La spalla ferita si è gonfiata, il fazzoletto appallottolato che ha usato per tamponare il buco della pallottola si è fuso coi coaguli di sangue e di pus. Tutto si sta infettando, dentro e fuori.

Senza smettere di spiare i suoi cari, afferra il rasoio a manico che ha preparato sul ripiano della console. Con un sospiro, l'avvicina al petto e prende a incidere la pelle dello sterno, proprio sulla vecchia cicatrice che si è fatto tanti secoli prima nel tentativo di parodiare un cuore che sanguina nonostante l'anestesia. Stillando una goccia purpurea, chiude gli occhi e si concentra, mentre spinge la lama per tagliare più a fondo per raggiungere la carne. Si sforza di ricordare il dolore, d'immaginarselo. Sposta il rasoio e incide in un altro punto. Poi in un altro ancora. Ripensa con gioia ai bruciori del passato. E prova a immaginarsi la luce di un faro che illumina la notte a mille miglia dal suo cielo. Incide in altri punti in ordine sparso. Tatuando il simbolo della sua paura. Ancora più a fondo, a volte fino a sfiorare il muscolo, fermandosi subito prima per non provocarsi danni. Quando ha finito, spalanca gli occhi e controlla i monitor: Dolcemara è piegata in avanti, addormentata con la testa sul letto, di fianco a suo figlio. Le interferenze stanno già cominciando.

Francesco osserva il sangue con cui ha schizzato il ripiano della console. È riuscito a immaginarsi la sensazione di dolore, l'ha ricostruita col ricordo e adesso si sente più forte e più determinato.

Dopo aver dedicato un'ultima occhiata a sua moglie e a suo figlio, posa il rasoio, si alza dalla console e si avvicina alla finestra.

Il rumore di un motore spezza la coltre di silenzio. Fari abbaglianti forano l'oscurità. Il furgone Nissan Vanette che lui conosce molto bene entra nel cortile, si ferma di fianco alla Jeep e spegne i fanali. Una grossa sagoma scura scende, accende una torcia elettrica e si avvia verso l'entrata.

Francesco sa di chi si tratta e indietreggia di un passo. Poi di un altro. Si toglie dal polso sinistro l'orologio dello yin e lo va a posare sopra la console cercando di non guardare il quadrante. Non vuole e non deve sapere che ora sia veramente. Poi si avvicina alle armi schierate a terra. Si china per prendere la SIG SAUER .45 e mette il colpo in canna.

11

Sfonda la porta per entrare. Nell'androne si guarda furiosamente attorno puntando la canna silenziata della pistola assieme alla torcia per frugare il buio. Inquadra con la luce la porta del sotterraneo aperta. Tende le orecchie e gli pare di avvertire qualcosa provenire da sotto, una specie di lamento, oppure un respiro, non capisce bene. Cerca di concentrarsi. Contrae i muscoli dell'addome, nascosti sotto gli strati di adipe, duri come lingotti d'acciaio temperato. Un sussurro nella sua testa gli suggerisce di scendere. La voce della sua Maria che gli dà consigli, affacciandosi dalla soglia dell'aldilà come da una finestra sul buio. Dio come gli manca. Il suo nemico si trova laggiù e deve andare a ucciderlo. Nonostante la sua mole, affronta con agilità gli antichi gradini di pietra. Senza fare rumore, raggiunge il sotterraneo e irrompe nella sala del purgatorio. Si trova davanti quell'essere spaventoso e urlante all'improvviso. Muscoli gonfi, la pelle incisa di tatuaggi e sangue...

Il Grasso preme il grilletto, inizia a sparare un colpo dietro l'altro, lanciando un grido di rabbia: secche esplosioni di spari silenziati.

Nel baluginare di luce, l'Ombra cammina con la pistola puntata in avanti, incurante delle pallottole che entrano nella sua carne. Su ogni centimetro della sua epidermide è inciso il numero 3, persino sulla testa rapata. Gli occhi verde acceso, rabbiosi. La barba bianca striata di rosso. Tira il grilletto. Domina il riculo. Lunghe fiammate dalla bocca della SIG SAUER, schizzi purpurei e grida soffocate. *Tump tump*, un colpo dietro l'altro. *Tump tump* come incessanti battiti di un cuore simile a una vespa che si schianta contro un vetro.

Finché non risuona solo un ronzio nell'aria, con l'odore di cordite e metallo. Ansimando nel silenzio improvviso, Francesco lascia cadere a terra la pistola ormai scarica. Illumina il pavimento con la torcia da subacqueo accesa sulla fronte. Il corpo immenso del killer è riverso a terra e sembra un fantoccio rigonfio inzuppato di rosso.

Francesco si chiede come quell'uomo informe potesse essere il fratello gemello di una bella donna come Maria. Misteri della genetica e degli ovuli eterozigoti... Fa un respiro profondo e si controlla le nuove ferite sul corpo: tre proiettili lo hanno raggiunto. Ha un foro su un fianco, uno in una coscia. L'unico preoccupante è il colpo al torace che gli ha rotto una costola e potrebbe aver leso un polmone. Non riesce a capire. Prova a concentrarsi sulle pulsazioni del proprio cuore e controlla l'orologio al polso destro.

Pensa a un termine greco che ricorda dai tempi dell'università, *kairos*. Una parola che significa «occasione», il tempo giusto in cui le cose accadono veramente. Solo in quell'inframondo, al confine tra paura e coraggio, tra sottomissione e determinazione, si possono trovare ancora vie d'uscita. E diventa possibile cambiare le cose. Salvarsi.

Pensa che adesso lui sta vivendo in un tempo finto. Quello dell'orologio avanti - il tempo dello yang - che segna le 23.45.

Ormai è ora di andare. Il momento è venuto. Spera di non aver fatto male i suoi calcoli.

Zoppicando, raggiunge il pozzo di deprivazione e si siede sul bordo. Inspira lentamente dalle narici, trattiene il fiato per cinque secondi, lo lascia mescolare col sangue che gli allaga gli alveoli polmonari, poi espira lentamente, cercando di sentire il fiato in gola mentre esce in forma liquida. La costola rotta vibra scricchiolando. Un rigagnolo rossastro gli cola da un angolo della bocca.

Io sono l'angelo fottuto e l'Ombra. Desiderio di luce e disperazione. Dentro l'isola del dolore che non c'è.

Non è facile concentrarsi su ogni più piccola parte del proprio corpo e controllarla, analizzandone i contenuti. Esporsi al tutto attraverso il niente. L'unico modo per arrivare sino in fondo è quello di sentirsi il più possibile vivo. Ricordare il male, immaginarselo. Metodica abitudine a realizzare se stessi, passando dalla carne per giungere allo spirito.

Chiude gli occhi e si concentra sulla percezione di se stesso, quello che ne rimane: i resti del proprio corpo.

Tendini e vene lunghe pulsano, tortuosi serpenti s'intersecano sotto la pelle e scendono in percorsi tubolari. All'interno dei gomiti, nelle mani. Circuiti di capillari marchiano i pettorali, poderosi e glabri. Nodi tesi nelle pareti addominali incise a sangue. La simmetria del suo sviluppo muscolare, i tessuti striati, tutto sotto controllo.

Si slaccia il cinturino dell'orologio destro, poi lo fa scivolare dal polso fino a stringerlo in mano: il quadrante sulla schiera delle dita, come se fosse un tirapugni.

Tic tac...

Si sintonizza mentalmente sui battiti del tempo. Indossa la maschera occludente. Tenendosi con le mani sui bordi del pozzo, s'immerge nel liquido denso e caldo. Il sangue che gli sgorga dalle ferite si nebulizza nella sospensione divenendone parte.

L'Eucarestia può cominciare, pensa. *Il sacrificio della carne offerto per lei.* Poi inizia a precipitare con un brivido.

12

Qualcosa l'ha svegliata. Rumori lontani che riecheggiano. Cerca di concentrarsi per riuscire a tradurli. Si guarda attorno nella stanza. I suoi occhi cadono sull'orologio appeso al muro, quello fatto come un bersaglio da tirassegno: le lancette si muovono di continuo, come impazzite, in un girotondo incessante e assurdo. *Cosa sta succedendo?* Avverte dei movimenti attorno a lei. Sprazzi di qualcosa. È come se ci fossero presenze invisibili. Così arriva la paura.

Controlla suo figlio, si china su di lui per ascoltare il suo respiro. Franco è coperto di sudore e mormora il nome di suo padre mentre dorme. Allora si tira su e cerca di capire ma non ci riesce.

Qualcuno, qualcosa sta arrivando... Sente i passi. Li riconosce.

Sono i rumori di Francesco. Riconosce il suo modo di camminare. Il suo modo di tossire. All'improvviso tutta la casa è pervasa dai suoni di lui così famigliari. Suo marito si muove, cammina e vive ancora dentro quella casa aperta al dolore e alla malinconia. Quei rumori l'avvolgono come un sudario, soffocanti e spaventosi e, allo stesso tempo, così dolci e confortanti. *Francesco è tornato.* Lo sente mentre sale le scale.

E lei, per un fuggevole attimo, pensa a Davide. A quello che ha rappresentato veramente: come una sorta di calmante contro le cefalee del cuore, un sonnifero che ti stordisce così non puoi fare sogni, né belli né brutti. Davide è stato un palliativo, niente di più. E adesso vorrebbe solo dimenticarlo, per sempre.

I passi di suo marito continuano a riecheggiare. L'aria nella stanza si sta ricoprendo di gelo. Nuvole di vapore escono dalla sua bocca a ogni suo respiro ansimante. Dolcemara abbraccia suo figlio, lo stringe forte per proteggerlo, per riscaldarlo. Sente il suo corpo tremare nel sonno. Chiude gli occhi per far scendere le lacrime. Si aggrappa al rumore di passi che risuona nella casa. *Francesco sei proprio tu?*

Ascoltando bene, quei passi possiedono una cadenza strana. Una lieve differenza nel modo di appoggiare i piedi a terra. All'improvviso lei è sicura che quello che sente aleggiare è soltanto una simulazione. Qualcuno o qualcosa sta imitando i passi di suo marito.

Scricchiola l'ultimo gradino. Chi sta salendo è già arrivato in cima. Un rumore lieve, come un respiro. I passi adesso sono nel corridoio e si avvicinano.

Mara apre gli occhi. Guarda la porta con speranza e paura. Aspetta. Spera ancora che possa essere suo marito. Ma sa benissimo che non è possibile che sia lui. Il padrone di quei passi furtivi in odor di Francesco deve essere un prodotto malato della sua angoscia, del suo rimorso. Il desiderio di tornare indietro nel tempo.

I passi sono sempre più vicini e sempre più deformati, il simulatore ha perso il controllo e sta sbagliando completamente il ritmo e il peso. Adesso dà persino l'idea di scivolare invece che camminare.

Cosa sta succedendo, Dio mio? La temperatura nella stanza cala ulteriormente.

Dolcemara stringe suo figlio più forte per proteggerlo da quella coltre gelida. Le manca il respiro. L'ossigeno si sta dissolvendo, l'aria è sempre più vuota, avvolgente e senza sapore.

La porta si socchiude piano.

Le lancette dell'orologio appeso alla parete continuano a fare girotondo.

13

Tic tac...

Sei comparso sulla soglia col volto da folle, tumefatto e gonfio, sinistramente pallido. Vagamente informe. Carne come creta che cerca di modellarsi sull'osso. Un mostro che avanza furioso.

Hai coperto la distanza che ti separa dal volto spaventato di quella donna sdraiata sul letto assieme a quel ragazzo. La moglie e il figlio dell'eroe.

I tuoi occhi non stanno fermi un secondo. Vorticano impazziti, come per seguire il girotondo dell'orologio appeso alla parete.

La donna spalanca la bocca per gridare ma non riesce a emettere un fiato, avvinghiata al corpo del figlio per fargli da scudo.

Protendi le mani, le dita irte di pungiglioni carichi di veleno. Inizi a colpire, a graffiare. Spruzzi di sangue schizzano fino al soffitto e poi colano, sgocciolando a terra. Fino a quando tutto finisce. Sul letto inzuppato di rosso restano ammassi confusi di carne e ferite scintillanti. Anatomie di muscoli esposti, ossa candide e brandelli.

Ti fermi, ansimante e contento. Leggermente angosciato. Confuso solo in parte. Il sacrificio finale è compiuto. Tu ce l'hai fatta.

Avverti una presenza. Qualcuno che non dovrebbe esserci. Là con te. Dentro quel luogo.

Ti rendi conto solo adesso che ci sono particolari che non tornano. Come se le pareti fossero sfumate dentro coltri trasparenti: la consistenza eterea di un vapore.

All'improvviso, ti sembra di essere su una nuvola. In mezzo a un cielo sbagliato. Ti volti stupefatto. Ti guardi attorno e solo allora mi vedi e non sai cosa pensare. Ammesso che tu possa pensare.

Io avanzo, un passo alla volta. Indomito sceriffo con l'orologio stretto in pugno. Col mio orario sbagliato. Gary Cooper è tornato, lui torna sempre. L'avresti dovuto sapere.

Sei solo una mezza mela, cattiva e senza sapore, e di sicuro adesso hai perso. Anche se indietreggi, fa lo stesso.

Io avanzo e non mi fermo.

Tu cerchi di tenere lo sguardo su di me. Sei confuso. Intorno tutto sta svanendo. I corpi maciullati sono sempre più indistinti.

« Non hai ucciso nessuno! » grido.

E tu allora ti avventi su di me con un urlo. Ormai hai smarrito il controllo. Cerchi di ghermirmi. I tuoi occhi si spostano, vibrano. I tuoi denti da teschio battono di continuo, come per cercare di mordere l'aria attorno al mio viso, per strapparmela via. Per farmi morire soffocato.

È giunto il momento di chiudere la partita. C'è sempre il momento giusto, per ogni cosa. Il kairos, *sempre quello.*

Alzo la destra brandendo l'orologio dello yang – sbagliato da morire – stretto sulle nocche come se fosse un tirapugni e ti colpisco con tutta la forza che possiedo, con tutto l'odio e l'amore. Colpisco il tuo volto nemico rompendo il quadrante. Penetro nella tua sostanza di tenebra. Sembra di entrare in un cesto di ossa decomposte che si sbriciolano come biscotti.

Prima che tutto si dissolva, riesco a vedere l'orologio tirassegno che si ferma, racchiudendo tutta la scena nel Continuum. Benvenuta materia oscura. Che tu sia benedetta tra le doglie. *Poi anch'io scompaio con un brivido. Inseguito dall'urlo disumano delle mie ossessioni.*

14

Riemerge dal pozzo gocciolando acqua salata e sangue. Si tira fuori aggrappandosi al bordo di pietra. Striscia sul pavimento, cerca di sollevarsi. Resta in ginocchio al centro della cella, mentre un tremore lo pervade. Deve fare presto perché il tempo sta per scadere.

Si alza in piedi e la testa prende a turbinargli come una trottola impazzita. Il suo respiro è pesante. Lento. Il sangue continua a colargli dalla ferite. Muove un passo e poi un altro. Si sente nauseato e gonfio, come se avesse mangiato troppo, roba guasta, velenosa. Qualcosa si sta muovendo dentro di lui. Si allarga dentro la sua anima.

Scavalca il cadavere crivellato di colpi dell'ultimo travel agent, esce dal sotterraneo e sale al piano di sopra. Cerca di non pensare a nulla. Di restare indifferente. Lontano. Disperso. La cosa che lo sta colmando potrebbe capire le sue intenzioni e cercare di fermarlo.

Entra nell'Osservatorio. Si china per afferrare la granata di esplosivo al fosforo parcheggiata sul pavimento. Avanza verso la console con la mente invasa da un ringhio feroce.

La Signora delle vespe sta arrivando. Deve sbrigarsi. Guarda l'orologio dello yin: segna le 23.55.

Di fronte a lui, i monitor sono tutti in fila, l'uno di fianco all'altro. *Occhi* spenti. Nessuno si sta muovendo in casa sua. Nel nido nudo.

Allunga una mano tremante per azionare l'accensione delle camere spia. Schermo numero 1, schermo numero 2...

Tutto deserto. Tutto fermo.

Mio Dio...

Schermo numero 3, schermo numero 4...

Nel quinto monitor: sua moglie e suo figlio sono sul letto. I loro corpi sono intatti. Dolcemara abbraccia il ragazzo dei sogni e tutti e due dormono. Francesco ci è riuscito: loro sono salvi, il sacrificio è avvenuto dentro un lembo di tempo sbagliato.

Con un angolo della mente valuta la possibilità che tutto quanto possa essere stato solo il prodotto di una sua forma di follia. Un delirio provocato dal pozzo, una fantasia malata del maligno *spengitore*.

Ma la cosa ha poca importanza giunto a quel punto.

Francesco afferra la granata. La stringe in pugno.

L'atmosfera dentro la cella sta cambiando. Una coltre oscura cresce, delimitando un cerchio nero e brulicante. Migliaia di vespe nere si stanno addensando sostituendosi alle particelle dell'aria. Fameliche e ronzanti.

I sommovimenti dentro di lui si espandono. Ci sono propaggini artigliate che cercano di uscire dai buchi delle ferite. Mentre la sua pelle nuda pulsa. È come se le interiora cercassero di assumere nuove forme anatomiche. Rigurgiti di sangue colano da ogni orifizio. I numeri 3 tatuati sulla pelle sembrano cose vive. Cerca di resistere. Sente l'entità frugare dentro, per trovare i canali del dolore, per poter uscire, ma non trova nulla, perché è tutto spento. Chiuso a quattro mandate.

L'anestesia dell'ombra è una prigione invalicabile.

23.57

Francesco toglie la spoletta della granata. Prende un respiro. Il mostro lancia un grido graffiandogli l'interno della gola. Ma lui deglutisce e non sente un cazzo. Solo paura. Malinconia.

23.58

Spia sua moglie e suo figlio. Sgorgando lacrime e sorrisi. Mentre i secondi trascorrono lenti e veloci allo stesso tempo.

23.59

Allunga la mano sinistra verso il monitor. Posa le dita sul vetro e cerca di accarezzare quei volti così cari. Vorrebbe ancora una volta passare di là per accarezzarli. Prova la sensazione di penetrare dentro lo schermo. Sostanza densa che si apre per lasciar passare le sue dita avide di tenerezza. Una spira nera e artigliata cerca di seguirlo protendendosi verso l'esterno dai fori delle ferite sanguinanti.

Si porta al cuore la mano destra che trattiene la granata, come per fare un giuramento, il saluto alla bandiera degli intrepidi cavalieri delle stelle.

Chiude gli occhi. Libera il meccanismo d'innesco, aprendo la mano come per salutare, un'ultima volta.

Ora e per sempre, pensa, scomparendo in un roboante sprazzo di luce e di calore, diretto verso il cielo blu che lo sta attendendo.

NEL BLU

Soglia assoluta: valore minimo per cui a uno stimolo corrisponda una reazione.
Soglia differenziale: minima differenza d'intensità di stimolo capace di modificare la reazione allo stesso.
Soglia terminale: valore massimo per cui, modificando l'intensità di uno stesso stimolo, si ottiene una differenza nella reazione.

Non ci prenderanno mai lassù, voglio salutarti ancora
Perché mi penserai soltanto tu, quando ti sentirai sola
Nel blu, dove hai perso gli occhi tu

ASSOLUTO NATURALE, *Nel Blu*

You are
The warrior of the dreams
You are the flyer
You reach to me, oh yes

Z MASTÉMA, *Dreamless Dream*

Alla prime luci dell'alba, Franco si svegliò di soprassalto e si guardò attorno, mettendosi a sedere sul letto. Le sue labbra si mossero da sole, come per buttare fuori una parola che era lì, e premeva forte per uscire. « Papà? »

Ricordava di essere andato a letto con la febbre alta e un'aspirina in corpo. Il resto era brumosa confusione. Forse aveva sognato suo padre.

Il pigiama che indossava era appiccicoso e umido. Doveva aver fatto una bella sudata.

Si alzò in piedi, temendo che la testa gli girasse, invece niente. Stava bene. Il suo equilibrio era perfetto. Nessun capogiro. Pensava di essersi preso un'influenza, però adesso stava bene.

Si chiese dove fosse sua madre.

La casa era silenziosa e fredda. Come se il riscaldamento fosse spento. Il fiato tendeva a formare nuvole di vapore.

Allacciandosi la giacca del pigiama, uscì in corridoio. Andò a sbirciare in camera di sua madre. Il letto era intatto. Lei non era andata a dormire. *Dove sei mà? Si può sapere...* Tornato nel corridoio, si accorse che la porta che dava sulle scale che portavano in torretta era aperta. Salì i gradini, raggiunse il piano di sopra e si guardò attorno. I ticchettii degli orologi di suo padre scandivano piccoli battiti di tempo.

Mara era girata di spalle davanti alla finestra, guardava fuori e non si muoveva. Sembrava una statua.

Franco si avvicinò. « Mamma? »

Lei non rispondeva. Appoggiata a terra, vicino alla sua gamba destra, c'era la tela che aveva dipinto.

« Mamma? »

Un altro passo verso di lei, provando un forte senso d'inquietudine. Quando le arrivò vicino, allungò una mano, la prese per un braccio e la sentì così gelida da far paura. Se non fosse stato che lei stava tremando, poteva sembrare di stringere un cadavere. «Mamma ti senti bene?»

Mara si volse lentamente per guardare il figlio e, per un attimo, parve non riconoscerlo. Gli occhi vacui, finiti chissà dove. Le sue labbra si mossero per parlare. «Stavo guardando il cielo, lassù. E mi sono un po' persa.»

Franco prese la tela dalle sue mani e le disse: «L'hai finita!» Guardò la figura dipinta. La donna nuda che sembrava scattare. Una femmina predatrice. «Ehi, ma è venuta bene, sei brava. Dovresti farne altri.» Poi la sollevò portandola all'altezza del viso di sua madre per confrontare i due volti, quello vero e quello raffigurato. «Non è facile farsi un autoritratto!» disse.

Sulla tela, il volto di Mara al posto del teschio sembrava percorso da un sorriso vagamente spettrale, con tutti i colori virati su tonalità verdastre e cupe.

«Lo so», rispose lei. Poi tornò a guardare fuori della finestra. Il cielo quella mattina era estremamente terso e molto più blu del normale. Sembrava dipinto. La cosa di per sé trasmetteva serenità e allo stesso tempo angoscia: le solite contraddizioni del cazzo.

«Mi manca il babbo.» Le parole di Franco risuonarono all'improvviso, nell'aria pervasa da quel celeste stupore.

Dolcemara non disse nulla. Continuò a scrutare nei meandri del blu. Occhi che si spostano veloci, bruciando ossigeno nel vuoto.

Da qualche parte, oltre il confine del cielo, il favo di vespe stava crescendo ancora.

POSTFAZIONE DEL NERO

Quindi eccoci: ancora una volta *qui, ora*. A scandire i festeggiamenti del sospirato epilogo, nel nome del principio.

Come tutti i romanzi che si rispettano, anche questo è stato sofferto da entrambi i punti di vista: dall'inizio alla fine. E credo che la cosa mi faccia onore, sudore e sangue a parte. Soffrire per poi godere, e viceversa. È una regola fondamentale di vita. Così come l'argomento di questo romanzo: una riflessione sul dolore e sul tempo, per arrivare a comprendere i percorsi del male e quelli dell'amore.

Questo libro è un prequel. Che non è una malattia strana, almeno non solo. Narra dei fatti antecedenti a quelli descritti ne *Il cerchio muto*. Dieci anni prima nella fattispecie. Ed è stato interessante constatare come le cose siano cambiate nel giro di così pochi anni, da adesso ad allora. Dieci anni fa c'era ancora la lira, il vecchio conio, eh! Dieci anni fa i computer non erano sofisticati come adesso, non c'era il collegamento wireless e i cellulari non erano smartphone. Dieci anni fa c'erano altre mode nel vestire, altri modelli di auto... E così via.

Qualcuno dice – e lo sostengo anch'io – che scrivere sia una forma di libertà che libera. *Sacrosanto*, non credete? Per questo, noi scrittori, approfittatori che non siamo altro, di libertà ce ne prendiamo tante. Qualcuno le vuole chiamare, puntualizzando a più non posso, *imperfezioni*. Noi di solito affermiamo: «La trama così esigeva». Ma per tagliare la testa al toro ci scusiamo lo stesso. E così stavolta lo faccio anch'io: chiedo venia, cospargendomi la testa pelata di cenere.

Naturalmente tutti i personaggi descritti sono casuali e frutto di fantasia nuda e cruda. Quindi nessuno si senta offeso: magistrati, religiosi, poliziotti, giornalisti, e quant'altro... né adesso né mai.

E a proposito di tempo, ci tengo a spiegare la mia scelta dei modi verbali. Che avrete notato essere piuttosto particolare in questo romanzo. Nel senso che cambiano spesso. Li ho voluti usare così: come se fossero degli evidenziatori, per connotare meglio certe categorie di personaggi. Il male infatti agisce sempre in terza persona presente; le persone normali invece al passato, in terza o in prima. Sprazzi di futuro anteriore non solo epistemici balenano nelle visioni ipnagoniche, così come i participi *partecipanti* e i transitivi. Quello che sostengo da sempre, da bravo musicista nonché ex batterista rock, è che la scrittura di una storia debba essere espressa come una composizione su una partitura, seguendo i ritmi giusti, le melodie, rispettando le pause. La parola d'ordine deve essere: il più coinvolgente possibile, oh yes! E confido di esserci riuscito. (Se qualcuno vorrà affermare il contrario, se la dovrà vedere con la mia cintura nera!)

Vorrei fare due puntualizzazioni doverose: Il Centro tutela e ricerca fauna esotica e selvatica esiste veramente, proprio a Monte Adone, ed è un posto bellissino, gestito da bellissima gente. Così come Villa Dall'Olio che si trova proprio a Casalecchio, ed è stata la sede delle prove musicali del gruppo rock di cui ho fatto parte ai tempi in cui avevo i capelli lunghi fino a metà schiena e suonavo la batteria come un forsennato. Quel luogo esiste tutt'ora e ospita alcuni uffici del Comune, la bocciofila di un centro anziani e una sede del CNA.

Durante la stesura del romanzo mi è capitata una cosa strana. Mi serviva un'idea per descrivere un'importazione di droga da un continente all'altro che si adattasse allo stile del mio cattivo. Pensa che ti ripensa, d'un tratto mi è venuta un'idea illuminante e subito l'ho buttata giù con entusiasmo. (Non rivelo ovviamente quale sia in questo contesto *postfattorio*, nel caso in cui qualche *manigoldo* stia leggendo queste mie note prima di iniziare il romanzo). Trovo la mia soluzione di trama e la scrivo. Poi, qualche tempo dopo, mi capita in mano, scivolando stranamente dallo scaffale della mia libreria (ove riposano centinaia di volumi) un romanzo di Lorenzo Carcaterra che s'intitola *Apaches*, una sua opera che mi ero dimenticato di avere e che non avevo ancora letto. Carcaterra è l'autore di *Sleepers*, il bellissimo romanzo da cui hanno tratto l'omonimo film con Robert De Niro, Brad Pitt, Dustin Hoffman e compagnia bella. Film che oltretutto avevo rivisto tipo due sere prima con mio figlio durante una delle nostre serate di remember cinematografici: le solite coincidenze del cazzo. Così, per forza di cose, mi è subito venuta una gran voglia di leggere quel libro caduto dal cielo della mia collezione e, dopo qualche capitolo, che ti trovo? La stessa idea che avevo avuto per il commercio di droga di cui sopra. Lui l'ha scritto prima e io dopo. Ma fa lo stesso. Inoltre si tratta di un piccolo particolare praticamente irrisorio all'interno di una trama vasta e complicata. Ma ci tenevo a parlarne, perché mi affascina sempre questa alchimia che a volte aleggia tra gli scrittori, lontani o vicini, nello spazio o nel tempo. Si chiama sintonia.

Comunque dai, ancora una volta eccomi qua a professare la mia innocenza per tutto quello di cui sopra e di cui sotto.

L'innocenza del diavolo, naturalmente.

Con tutto il cuore, però. Come sempre, solo per voi.

GfN

SASSO MARCONI

11 NOVEMBRE 2010 - 13 SETTEMBRE 2011

RULLANDO RULLANDO

Vorrei ringraziare tutti coloro che hanno contribuito ad alleviare le mie (in)sofferenze creative in un modo o nell'altro. Durante tutti questi mesi. Rullate di tamburo, come prima di un salto mortale. Una piroetta e un colpo di piatto per ciascuno di voi, miei indomiti eroi.

Trrrrrrrrrrrrrrrr... Ciaf!

In primis per mio figlio Samuele, ragazzo dei sogni pure lui, e cavaliere delle stelle per vocazione, oltre che grandissimo consigliere.

Trrrrrrrrrrrrrrrr... Ciaf!

Tutta la banda postale, col capo dei capi, Anna. E poi Patrizia, Cristina 1 e 2, Gei, Grazia, Rage, e tutti gli altri (anche quelli che mi sono dimenticato): grazie per l'infinita pazienza.

Poi la Congregazione di San Michele Imbosco, di cui mi professo grande sacerdote a fianco dell'Immenso Graziano. Con fratello Emiliano (l'araldo), Tony, Max, Luca, Giuseppe, Beppe... Con un piccolo rollio in particolare a Vittorino (per Santa Muerte) e il poeta Antonio Zocchi che mi ha deliziato di una sua toccante ode barbarica. Infine Aggeo per le consulenze tecniche da Sol Levante.

Trrrrrrrrrrrrrrrr... Ciaf!

Il gentile e simpatico signor Colombari per la bottiglia di vino (promessa mantenuta!).

Il mio vecchio amico Anders Turicchia, che ha interpretato ancora una volta il ruolo del patologo.

Il dottor Francesco Casimirri e il dottor Mirco Magnani, indomiti combattenti della medicina, per le consulenze.

L'avvocato Silvia Cavallo, mia dolce fratellina, che ancora si è prestata a fare il magistrato, con un'interpretazione ancora più (im)pregnante.

Giulia (Juls) Cotti, mia dolce fotografa ufficiale.

Barbara Di Micco, dolce regista del videoclip *Redivivo*.

Annadora Scalone per le dolci coreografie dello spettacolo *cerchioso*, assieme alle sue graziose e dolci ragazze ballerine.

Oh Dio, mi verrà il diabete!

La mia cantante Irene Robbins, splendida voce e amica, interprete ispirata dei miei reading più veri (stavolta anche guest star nel romanzo). Così come i PropheXy, nel ruolo dei Z Mastéma. Gabriele (Berry) Martelli avanti a tutti e subito a ruota: Stefano Vaccari, Alessandro Valle. E Matteo Bonazza.

La mia traduttrice tedesca: Birgitta Höpken, che mentre io scrivevo questo romanzo, lei traduceva l'altro, facendomi respirare tutte quelle vecchie atmosfere, e aiutandomi per le nuove.

Trrrrrrrrrrrrrrrr... Ciaf!

Tutta la Banda della Nord e della Tre60: Cristina Prasso, Stefano Res, Barbara Trianni, Patrizia Segre e Paolo Caruso... ma quanto siete forti!

La mia agente Roberta Oliva e la sua collaboratrice Silvia Arienti.

Trrrrrrrrrrrrrrrr... Ciaf!

Mia Madre, Nadia Raimondi, per il suo sostegno semplice e inderogabile, nonché insostituibile.

E mio padre Bruno, che se ne sta lassù ma è come se fosse quaggiù: il suo cielo è anche il mio.

Trrrrrrrrrrrrrrrr... Ciaf!

All'indimenticabile nonno Sergio, per quei suoi sorrisi belli. E a nonna Petti, che deve tener duro, in attesa che il ricordo divenga dolcezza.

Tutti quanti i miei famigliari.

E tutti quanti i miei amici, quelli di penna: Andrea Cotti (risorgiamo *amigo*, dai!), Carlo Lucarelli (grazie come sempre per il sostegno!), Giampiero Rigosi (idem). Sergio Altieri per i preziosi consigli da perfetto maestro d'armi (hai visto che esplosione big bro?). Andrea Carlo Cappi e Andrea G. Pinketts (e alla sua gentile mamma, per i complimenti *cerchiosi*). I colleghi del Zanna Bianca (e benvenuto a Matteo Bortolotti!). Il curatore del mio sito, Riccardo Coltri (altro lavoro da fare, ora, eh!). Poi i fratellini di vita: Domenico Paone (il futuro ci attende ancora, sai), Bruno Pozzi e le sue cornici toccanti. E tutti i compari dell'Assoluto Naturale: Luca Lodi, Renato Forni, Michelangelo Carrozzo, Massimo Brugnatti (zoccolo duro), Paolo Ferrari, Marco Borderi (the free lancers) per come ho preso a prestito la villa delle nostre *prove* di allora (oh, che nostalgia).

Sergio Franzosi (che ci siamo rivisti grazie al Cerchio e non era cambiato nulla) e sua moglie Luisa (esattamente lo stesso).

Luca Crovi e tutta la banda di Tutti i colori del giallo (per me ci sarete sempre, lo stesso, alla faccia dei palinsesti!)

Vincenzo, fan irriducibile che ogni tanto chiama.

Il mio maestro di karate: Beppe Perlati, per gli insegnamenti preziosi, di combattimento e di vita.

Così come a tutti i miei vecchi compagni di dojo: oss! Impavidi guerrieri. E grazie a Benito che si ricorda di tenerci uniti con le cene...

Trrrrrrrrrrrrrrrr... Ciaf!

Dulcis in fundo: alla copia della mia mano sinistra, impressa, come sempre, indelebilmente, come un arcobaleno. Nell'anima e nel cuore.

Infine l'ultimo rullo, indovinate per chi?

Trrrrrrrrrrrrrrrr...

Guardatevi allo specchio e... lo saprete, indomiti lettori che non siete altro: *ciaf!*

Alla prossima *amigos*.

SOUNDTRACK

Domenico Modugno, *Nel blu dipinto di blu* (Modugno/Migliacci), disco singolo (1958)

Louis Armstrong, *We Have All the Time in the World*, (Barry/David), dalla colonna sonora di *Agente 007 – Al servizio di sua maestà* (1969)

Led Zeppelin, *Whola Lotta Love* (Page/Plant), dall'album *Led Zeppelin II* (1969)

Santana, *Soul Sacrifice* (Santana), dall'album *Santana* (1969)

Black Sabbath, *Paranoid* (Iommi/Ward/Butler/Osbourne), dall'album *Paranoid* (1970)

Led Zeppelin, *Stairway to Heaven* (Page/Plant), dall'album *Led Zeppelin IV* (1971)

Pink Floyd, *The Great Gig in the Sky* (Whrigth), dall'album *The Dark Side of the Moon* (1973)

Barbra Streisand, *The Way We Were* (Alan e Marilyn Bergman), dalla colonna sonora di *Come eravamo* (1973)

Assoluto Naturale, *Nel blu* (Nerozzi), dall'album *Apollo Live* (1985)

Die Apokalyptischen Reiter, *Master Of The Wind* (Shankle/Demaid), cover *Manowar* (1992)

Linda Perry, *Knock Me Out* (Perry/Willson-Piper/Slick), dalla colonna sonora de *Il corvo 2* (1996)

Peter Gabriel, *I Grieve* (Gabriel), dalla colonna sonora di *La città degli angeli* (1998)

Sarah McLachlan, *Angel* (McLachlan), dalla colonna sonora di *La città degli angeli* (1998)

Z Mastéma, *Our Mother* (Neyroz/Gemma), *Dreamless Dream* (Neyorz, Camus/Gemma), dall'album *In the Time of the Pain* (1997)

Sam Cooke, *Wonderful World* (Cooke/Alpert/Adler), dall'album *Sam Cooke Legend* (1999)

Gus Black, *Paranoid* (Iommi/Ward/Butler/Osbourne), dall'album *Uncivilized Love* (2003)

VISIONTRACK

Fred Zinnermann, *High Noon* (*Mezzogiorno di fuoco*), 1952
Fred McLeod Wilcox, *Forbidden Planet* (*Il pianeta proibito*), 1956
Dario Argento, *L'uccello dalle piume di cristallo*, 1970
Stanley Kubrick, *A Clockwork Orange* (*Arancia meccanica*), 1971
Ken Russell, *Altered States* (*Stati di allucinazione*), 1980
Wim Wenders, *Der Himmel über Berlin* (*Il cielo sopra Berlino*), 1987
Brian De Palma, *The Untouchables* (*Gli intoccabili*), 1987
Simon Wincer, *The Phantom* (*The Phantom – Il ritorno dell'uomo mascherato*), 1996
Brad Silberling, *City of Angels* (*La città degli angeli*), 1998
Geoffrey Sax, *White Noise* (*White Noise – Non ascoltate*), 2005
Pascal Laugier, *Martyrs*, 2008
Oren Peli, *Paranormal Activity*, 2009

BIBLIOTRACK

Karl Bruckner, *Il gran sole di Hiroshima*, Bemporad Marzocco, Firenze, 1964

W.J. Stuart, *Il pianeta proibito*, Mondadori, Milano, 1965

Géza Ròheim, *Le porte del sogno*, Guaraldi Editore, Rimini, 1973, 2 voll., vol. II, *La discesa agli inferi*

Paddy Chayefsky, *Stati di allucinazione*, Mondadori, Milano, 1981

Robert Bly, *Il piccolo libro dell'ombra*, Red edizioni, Milano, 1992

Patrick Wall, *Perché proviamo dolore*, Einaudi, Torino, 1999

Lorenzo Carcaterra, *Apaches*, Rizzoli, Milano, 1999

Gennaro Francione, *Bibbia Infernale – Libro primo*, Athena Edizioni, Pietrasanta, 2001

Valerio Evangelisti, *Mater Terribilis*, Mondadori, Milano, 2002

Stephen King e Peter Straub, *La casa del buio*, Sperling & Kupfer, Milano, 2002

Davide Ambrose, *Superstizione*, Meridiano Zero, Padova, 2004

Giuseppe Ungaretti, *Vita di un uomo. Tutte le poesie*, Mondadori, Milano, 2005

Alejandro Arís

L'ARTISTA DELLA MORTE

Una serie di efferati omicidi
Scene del crimine che ricreano
celebri opere d'arte
Una corsa contro il tempo
per fermare un geniale assassino

Washington, 1968. Dopo aver trascorso più di due anni nell'inferno del Vietnam, il dottor Kenneth Philbin è ormai abituato ad affrontare le atroci sofferenze dei feriti e a confrontarsi quotidianamente con l'orrore della morte. Tuttavia neanche lui può rimanere indifferente davanti a uno spettacolo così macabro e inquietante: un uomo seminudo crocifisso ai pali di sostegno di un molo. Poco sopra la testa della vittima, è stato inchiodato un foglietto con scritto «Salvador», mentre sull'acqua sottostante c'è una piccola imbarcazione. Sebbene Kenneth, in qualità di chirurgo del pronto soccorso, sia stato convocato dalla polizia solo per certificare la causa della morte, è lui il primo a capire che la scena del crimine è l'esatta riproduzione di un celebre quadro di Salvador Dalì, il *Cristo di san Giovanni della Croce*. E, nel giro di pochi giorni, arriva un'altra drammatica conferma: la polizia infatti trova un cadavere disposto in modo da raffigurare l'*Uomo vitruviano* di Leonardo. Ma è la maestria con cui il corpo è stato sezionato a mettere in allarme Kenneth: l'omicida non è ossessionato soltanto dalle opere d'arte, ma anche dal corpo umano, ed è chiaro che ha una profonda conoscenza dell'anatomia e una straordinaria abilità chirurgica. Forse l'assassino è molto più vicino di quanto Kenneth possa immaginare, ed è proprio a lui che ha lanciato la sfida...

Chris Kuzneski

PROFEZIA FINALE

« Un romanzo emozionante dall'inizio alla fine... Una perla per gli amanti dell'avventura. »
STEVE BERRY

Francia, 17 giugno 1566. Pochi giorni prima di morire, un uomo scrive una lettera, la chiude in un cofanetto di legno e, in una postilla al suo testamento, dispone di svelarne il contenuto soltanto molti secoli più tardi...
Stati Uniti, oggi. Dopo aver ricevuto una lettera in codice un'enigmatica quartina composta in varie lingue antiche, una giovane insegnante inizia a sospettare di essere pedinata e, intuendo di essere in pericolo, decide di chiedere aiuto al milionario Jonathon Payne e al suo collega David Jones, ex soldati delle forze speciali diventati consulenti del governo americano. Per incontrarli, si reca quindi a una serata di beneficenza organizzata all'università di Pittsburgh ma, proprio mentre sta per mostrare loro una copia della lettera, la donna viene assassinata da un cecchino, che a sua volta muore poco dopo. Decisi a fare luce su quell'omicidio e sul significato della misteriosa quartina, Jones e Payne vengono così coinvolti in un'avventura che li porterà prima a casa della vittima - dove scopriranno che lei aveva mentito sulla sua identità -, poi nel caveaux di una banca svizzera e, infine, in un antico castello in Belgio, costantemente braccati da nemici determinati a difendere un segreto custodito da centinaia di anni, un segreto che riguarda il nostro futuro...

Finito di stampare
nel mese di giugno 2012
per conto della TEA S.p.A., Milano
dalla Grafica Veneta S.p.A.
Printed in Italy